SCIENCE FICTION

Herausgegeben
von Wolfgang Jeschke

Von Caroline Janice Cherryh erschienen in der Reihe
HEYNE SCIENCE FICTION & FANTASY:

Brüder der Erde · 06/3648
  auch in: Chroniken der Zukunft,
  hrsg. von Wolfgang Jeschke, Band 1 · 06/1001
Weltenjäger · 06/3772
Der Biß der Schlange · 06/4081
Die letzten Städte der Erde · 06/4174

DIE MORGAINE-TRILOGIE
Das Tor vor Ivrel · 06/3629
Der Quell von Shiuan · 06/3732
Die Feuer von Azeroth · 06/3921
Alle drei Romane in einem Band als illustrierte Sonderausgabe
unter dem Titel:
  Tore ins Chaos · 06/4204

EALD-ZYKLUS:
Stein der Träume · 06/4231
Der Baum der Schwerter und Juwelen (in Vorb.)

DIE DUNCAN-TRILOGIE
(auch ZYKLUS DER STERBENDEN SONNEN)
Kesrith – die sterbende Sonne · 06/3857
Shon'jir – die sterbende Sonne · 06/3936
Kutath – die sterbende Sonne · 06/3948

DER PELL-ZYKLUS
Pells Stern · 06/4038
Kauffahrers Glück · 06/4040
40000 in Gehenna · 06/4263

DER CHANUR-ZYKLUS
Der Stolz der Chanur · 06/4039
Das Unternehmen der Chanur · 06/4264
Die Kif schlagen zurück · 06/4401
Die Heimkehr der Chanur · 06/4402

Darüber hinaus:
Kassandra
in: SF Story Reader 13
  hrsg. von Wolfgang Jeschke · 06/3685
und in: Science Fiction Jubiläumsband
25 Jahre Heyne Science Fiction & Fantasy 1960–1985,
Das Lesebuch
hrsg. von Wolfgang Jeschke · 06/4000
Hestia
in: Heyne SF Jahresband 1982,
  hrsg. von Wolfgang Jeschke · 06/3870

C. J. CHERRYH

DIE KIF SCHLAGEN ZURÜCK

Dritter Roman des Chanur-Zyklus

Science Fiction

Deutsche Erstveröffentlichung

WILHELM HEYNE VERLAG
MÜNCHEN

HEYNE SCIENCE FICTION & FANTASY
Band 06/4401

Titel der amerikanischen Originalausgabe
THE KIF STRIKE BACK
Deutsche Übersetzung von Thomas Schichtel
Das Umschlagbild schuf Alan Gutierrez
Die Illustrationen zeichnete John Stewart
Die Karte zeichnete Christine Göbel

Redaktion: Wolfgang Jeschke

Printed in Germany 1987
Umschlaggestaltung: Atelier Ingrid Schütz, München
Satz: Schaber, Wels
Druck und Bindung: Elsnerdruck, Berlin

ISBN 3-453-00405-1

Inhalt

RAUMGEBIET DES PAKTES

Raumtiefe = +/− 40 Lichtjahre

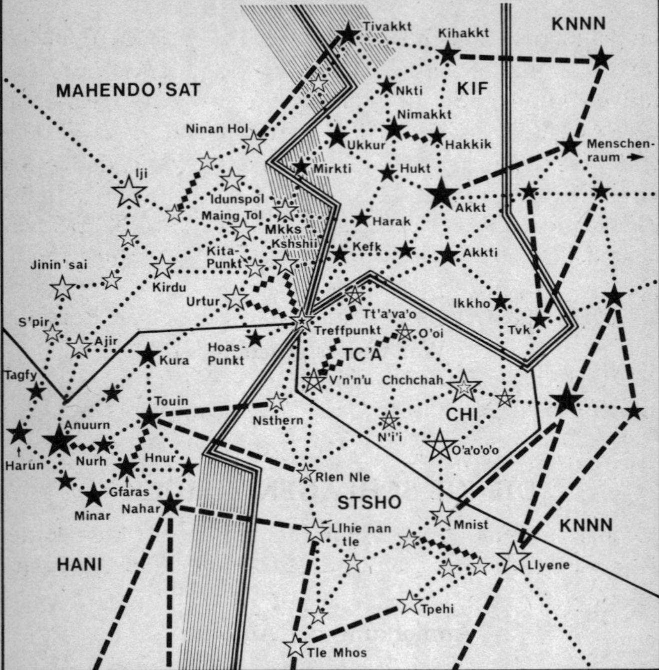

SYMBOLE

- ☆ (groß) = Heimatsystem
- ☆ (mittel) = ein kontrolliertes System und/oder Orbitalstation
- ☆ (klein) = ein Sprungpunkt und/oder kleine Handelsstation

GRENZEN

- ——— = freundschaftlich
- ═══ = verboten
- ≡≡≡ = umstritten

ROUTEN

- ▬ ▬ ▬ = Routen, die nur von Knnn-Schiffen beflogen werden können
- ◆◆◆◆◆◆ = Routen, die nur von Schiffen ohne Fracht beflogen werden können
- ······ = Routen, die auch von Schiffen mit Fracht beflogen werden können

Bitte beachten Sie: Oft stehen Sterne scheinbar dicht nebeneinander, während sie durch die Tiefe des Raums weit voneinander getrennt sind. Ebenso steigen die Routen zwischen den Systemen auf und ab, entsprechen also nicht den dargestellten Entfernungen je nach Vektor zum Betrachter.

VORBEMERKUNG

Am Schluß des letzten Kapitels von DAS UNTERNEHMEN DER CHANUR (CHANUR'S VENTURE) fanden Sie den Hinweis, die Handlung werde fortgesetzt mit dem Roman DIE RACHE DER CHANUR (CHANUR'S REVENGE). Dieser Band *entfällt,* der Inhalt wurde in den vorliegenden Roman DIE KIF SCHLAGEN ZURÜCK (THE KIF STRIKE BACK) und den abschließenden Band DIE HEIMKEHR DER CHANUR (CHANUR'S HOMECOMING) eingearbeitet.

Der CHANUR-Zyklus umfaßt also folgende vier Romane:

DAS SCHIFF DER CHANUR · 06/4039
DAS UNTERNEHMEN DER CHANUR · 06/4264
DIE KIF SCHLAGEN ZURÜCK · 06/4401
DIE HEIMKEHR DER CHANUR · 06/4402

– wobei die drei letztgenannten Bände eine Trilogie bilden (siehe ANMERKUNG DER AUTORIN am Ende des Bandes).

WAS BISHER GESCHAH:

In den vorausgegangenen Episoden, erzählt in DAS SCHIFF DER CHANUR und DAS UNTERNEHMEN DER CHANUR, machte ein kifischer Prinz namens Akkukkak Beute und fand eine beispiellose Gelegenheit: Ihm fiel das Schiff einer unbekannten Rasse mitsamt Besatzung in die Hände; das verhieß neue Jagdgründe für die Kif und eine neue Rasse, bei der man Beute machen konnte. Er mußte nur herausfinden, woher das Schiff kam und wie stark diese Aliens waren.

Aber das letzte überlebende Alien entkam ihm auf den Docks der Treffpunkt-Station und suchte auf dem Hani-Schiff *Chanurs Stolz* Zuflucht.

So begegnete Pyanfar Chanur dem Menschen Tully; und so wurde der alte Chanur-Clan in einen Kampf verwickelt, den die Hani normalerweise vermieden hätten.

Er endete in einer ausgewachsenen Schießerei auf der Gaohn-Station im Heimatsystem der Hani, als Akkukkak Gaohn besetzte. Der Chanur-Clan und zwei Mahendo'sat-Jagdkapitäne namens Goldzahn und Jik schlossen sich zusammen, um die Kif zurückzuschlagen.

Akkukkak kam in diesem Kampf um – oder machte zumindest einen unfreiwilligen Abgang in der Gesellschaft einer Rasse, die man die Knnn nennt, Methanatmer mit einer bizarren Mentalität.

Tully kehrte in den Menschenraum zurück. Damals hoffte Pyanfar Chanur, daß sich Handelsbeziehungen entwickeln würden. Sie erwartete ein ganz neues Zeitalter der Hani-Prosperität und Reichtum für den Chanur-Clan.

Aber sie wurde schon bald verraten, zuerst von den Stsho, denen die Treffpunkt-Station gehört und die sie von dieser entscheidenden Handelsstation verbannten – und damit auch von einem Weg in den von Menschen bewohnten Raum; dann verrieten sie auch ihre Mahendo'sat-Partner, die davonzogen und ihre eigenen Geschäfte mit den

Menschen machten; schließlich auch ihre eigene Rasse, denn sehr viele Hani sahen im Chanur-Clan eine Bedrohung ihrer eigenen Macht und waren nur zu froh, Zeuge zu sein, wie er verarmte.

In Hani-Augen hatte Pyanfar Chanur etwas Abscheuliches getan, als sie Aliens nach Gaohn brachte. Die Hani waren von den Mahendo'sat in den Weltraum geführt worden und nahmen ihnen diese Schuld übel. Die Mahendo'sat hatten damit aufgehört, direkten Einfluß auf Anuurn, der Hani-Heimatwelt, auszuüben, aber die Hani vertrauten ihnen nie ganz. Sie mochten die Kif noch weniger, mißtrauten den Stsho und wollten über die Knnn möglichst überhaupt nicht nachdenken – ganz zu schweigen von der Vorstellung paktfremder Aliens wie der Menschen. Und all dies hatte Pyanfar Chanur direkt ins Zentrum der Hani-Zivilisation gebracht.

Und obendrein war sie ihnen *fremd* geworden. Wenn ein Hani-Lord bei einer Herausforderung besiegt wird, stirbt er; aber Pyanfar mischte sich ein, als ihr Sohn ihren Ehemann verdrängte. Sie nahm letzteren mit in den Weltraum, was noch nie einem männlichen Hani erlaubt worden war, und erklärte ihn als zur Besatzung der *Stolz* gehörig. Überdies billigte Kohan, Lord von Chanur, dieses Vorgehen, ein Umstand, der Anlaß gab zu deftigen Witzen auf Kosten Chanurs und zu einer weiteren Schädigung des Ansehens der Chanur unter den Hani.

In der Folge machten die *Chanurs Stolz* und andere Chanur-Schiffe zwei Jahre lang nur kurze Fahrten, wenn sie überhaupt im Dienst waren, und sie versanken immer tiefer in einer ruinösen finanziellen Situation.

Unablässig erneuerte Pyanfar ihre Anträge auf Zugang zur Treffpunkt-Station, aber ihr fehlte das Geld für die beim Umgang mit Stsho erforderlichen Bestechungen. Sie bekam keine Hilfe von den Mahendo'sat und nicht die Spur eines Anteils am Handel mit den Menschen, und es schien für Chanurs Geschick keine Hoffnung zu geben.

Aber dann schickten ihr die Stsho ganz unerwartet ur

aus keinem ihr verständlichen Grund eine Nachricht, daß ihrem Antrag stattgegeben worden sei. Die *Stolz* nahm Kurs auf den Treffpunkt, beladen mit der letzten großen Fracht, die Chanur zusammenkratzen konnte.

Kaum im Dock, eilte Pyanfar unverzüglich in das Büro von Stle stles stlen, dem Stationsleiter des Treffpunktes, um die erforderlichen Dokumente zu unterzeichnen und ihre Handelslizenz wiederherzustellen.

Auf dem Dock wurde sie von Goldzahn angesprochen, der sie an Bord seines Schiffes, der *Mahijiru*, schleppte und sie dort mit Tully konfrontierte. Der war zurück im Pakt und auf einer Station, die in einen Aufruhr des Fremdenhasses ausbrechen konnte, falls sie erfuhr, daß sich ein Mensch hier aufhielt.

Nun war Pyanfar Chanur eine Hani von beträchtlichem Mut, aber das war mehr, als sie ertragen konnte – bis Goldzahn ihr die Vorteile eines Geschäftes aufzählte, wie Handel mit den Menschen, Geld und Bündnisse –, und bis ein leiser Alarm in ihrem Kopf losklingelte und ihr sagte, *wer* ihre Papiere in Ordnung gebracht hatte und wie schnell das alles wieder zusammenbrechen konnte, wenn sie Goldzahns Geschäft ausschlug.

Sie nahm an, und damit auch Tully *und* ein Paket von Papieren; und sie kehrte zurück, um ihrer Besatzung die Nachricht zu überbringen.

Aber Kif, die sich auf der Station aufhielten, inszenierten einen Aufruhr, um den Versuch zu decken, Tully aus Pyanfars Gewahrsam zu reißen. Goldzahn floh aus dem Dock; und Pyanfar und ihre Besatzung erhielten die Rechnung für die Schäden – mit denen sie ihrerseits die Mahendo'sat-Regierung belastete, unter Verwendung der Papiere, die Goldzahn ihr überlassen hatte. Stle stles stlen war besänftigt – für den Moment sogar so freundlich gesonnen, daß dieser rklärte Freund der Mahendo'sat Pyanfar unverblümt warn-: *Vertrauen Sie Goldzahn nicht!*

Auch die Kif unterbreiteten ihr zwei direkte Angebote: tens wollten sie ihr Tully *abkaufen*, und zweitens wollten sie sich mit ihr gegen einen bestimmten Kif verbünden, der ein Kopfgeld auf Pyanfar ausgesetzt hatte.

Das war sicherlich verlockend. Geld genug, um ihre Probleme zu lösen. Ein Ausweg aus ihrem Dilemma. Ein möglicher Frieden mit den Kif.

Aber sie wies die Angebote zurück, verscherbelte ihre wertvolle Fracht und verschwand mit Tully an Bord so schnell von der Treffpunkt-Station, wie sie konnte, denn ihr Kredit bei Stle stles stlen hing von einer Kreditgenehmigung der Mahendo'sat ab – und *die* besaß nur so lange einen Wert, wie sie ihre Rolle als Goldzahns Kurier spielte. Kif-Angebote oder nicht, sie hatte noch nie Geschäfte mit Kif gemacht und verspürte auch nicht den Wunsch, das je zu tun; überdies hatte Goldzahn sie in der Falle ... und er war geflohen, auf dem Weg in die Tiefe des Stsho-Raumes, mit kifischen Jägern auf seinen Fersen, von denen *einige* an Pyanfar interessiert waren.

Dann erfuhr sie, daß die Ablieferung von Tully und seiner Botschaft in der regionalen mahen Hauptstadt nur ein Teil des Ganzen war ...

Ein Knnn verfolgte sie vom Treffpunkt aus. *Das* war keine gute Nachricht. Gerüchte über das, was sie mitführte, waren offensichtlich bis auf die Methan-Seite gedrungen. Die Knnn, so fremdartig, daß niemand mit ihnen sprechen konnte, technologisch so weit fortgeschritten, daß niemand gegen sie kämpfen konnte – existierten innerhalb des Paktes und außerhalb des Gesetzes. Sie konnten jederzeit an irgend etwas Anstoß nehmen und ein Schiff vernichten, und niemand würde in dieser Sache etwas unternehmen, denn niemand konnte sich mit ihnen verständigen. Es war eine enorme Leistung, daß die schlangenartigen Tc'a es irgendwann einmal geschafft hatten, den Knnn das Konzept des Handels klarzumachen. Und so pflegten Knnn heutzutage mit einer Station Kontakt aufzunehmen, rasch in ihr Methan-Dock einzufliegen, irgend etwas zu deponieren, sich zu schnappen, was sie wollten, und wieder abzufliegen. Das war ein Fortschritt im Vergleich zu ihrem früheren Verhalten, als sie sich darauf beschränkt hatten, zu plündern und wieder zu verschwinden. Oder ein Schiff auseinanderzunehmen.

Und als Pyanfar Tully befragte, erklärte er, die Rückkehr von Menschen in den Paktraum habe sich verzögert, weil ihre Schiffe abgefangen worden seien. *Irgend jemand* betätigte sich im Menschenraum als Pirat gegen Menschenschiffe, und die automatische Schlußfolgerung lautete: Kif. Die Botschaft und die Mission schienen etwas mit einer mahen Entschlossenheit zu tun zu haben, mit Nachdruck eine reguläre, durch Patrouillen kontrollierbare Route einzurichten, über die Menschen in den Pakt-Raum gelangen konnten – zufällig genau vorbei an den alten Feinden, den Kif. All das ergab Sinn, und Pyanfar war keiner Sache abgeneigt, die den Kif Kopfzerbrechen bereitete.

Aber Tully teilte ihr seine Vermutungen mit – daß es nicht die Kif waren, die sie überfielen: es waren die Knnn, und Menschen hatten auf Knnn-Schiffe geschossen.

Pyanfar war entsetzt.

Wenn Tully recht hatte, befand sich ein potentielles Ziel der Knnn an Bord ihres Schiffes. Sie hatte eine Botschaft dabei, die auch Angelegenheiten der Knnn betraf. Beides war ihr ungefähr so willkommen wie eine tickende Bombe. Falls die Knnn gegen sie vorgingen, waren sie einwandfrei erledigt. Überdies hatte der Kif, der sie jagte, die kürzeste Route zur mahen Hauptstadt besetzt, und sie mußten nun Kurs auf die Grenzstation von Kshshti nehmen – bei weitem kein sicherer Ort, wenn man eine Beute wie Tully dabeihatte; vielmehr ein Ort, der in der Nähe des Kif-Territoriums lag und von Methanatmern frequentiert wurde.

Als ob sie noch mehr Probleme gebraucht hätten, hatten sie sich einen zusätzlichen Verfolger auf den Hals geladen. Ein Schiff der Hani-Regierung, das von einer Rhif Ehrran befehligt wurde, war unterwegs auf der Jagd nach einer Hani-Renegatin namens Tahar. Diese Tahar hatte sich beim Kampf um Gaohn auf die Seite der Kif gestellt und war nun eine wohlbekannte Gesetzlose. Man sagte, sie operiere als

Pirat in der Nähe von Kefk und des Treffpunktes. Aber dann tauchte die *Chanurs Stolz* direkt vor Rhif Ehrrans Nase auf, verhandelte mit Mahendo'sat und Kif – und da wandte sich diese Polizistin des *Han* von ihrer bisherigen Beute ab und einer potentiellen weiteren Verräterin zu. Rhif Ehrrans politische Gönner würden viel lieber das Ende Chanurs sehen als das einer bloßen Piratin, die bereits machtlos war, was Hani-Angelegenheiten betraf. Also wurden die Prioritäten revidiert. Rhif Ehrran erfuhr, wahrscheinlich von Stle stles stlen, daß die Chanur Tully an Bord hatten – und daß die Chanur im Dienst einer fremden Regierung standen; und Rhif Ehrran erblickte eine Chance, Chanur ein für allemal zu erledigen.

Ehrran verschaffte sich auf dem Befehlsweg Unterstützung: Banny Ayhar von der *Ayhars Wohlstand* wurde gezwungen, sich ihrer Fracht zu entledigen und Ehrran als Verbündete zu begleiten, als diese in die einzige Richtung aufbrach, die ihr nun offenstand.

Pyanfar schaffte es kaum, Kshshti lebend zu erreichen. Die *Stolz*, die schon lange in Betrieb war, ohne daß nötige Reparaturen durchgeführt worden waren, brach unter der Belastung des Sprungs zusammen und schleppte sich noch nach Kshshti, um dort ein Begrüßungskomitee im Hafen vorzufinden: Rhif Ehrran, Banny Ayhar – sowie denselben Kif, der versucht hatte, Tully am Treffpunkt zu kaufen.

Der Name dieses Kif lautete nun Sikkukkut an'nikktukktin, früher ein Vasall von Pyanfars altem Feind Akkukkak. Akkukkak hatte tatsächlich *zwei* Statthalter gehabt: Akkhtimakt und Sikkukkut, und diese beiden kämpften gegenwärtig um die Vorherrschaft bei den Kif. Akkhtimakt war es, dem sie auf dem Weg nach Kshsti ausgewichen waren; Akkhtimakt hatte die Blockade nicht nur verhängt, um den Verkehr zu unterbinden, sondern auch, um seinem Rivalen Sikkukkut zuvorzukommen – und sieh mal da, der ganze Mahendo'sat-Plan, die Kif auszumanövrieren, gelangte in die Reichweite Sikkukkuts, und er tat es in Gestalt von Pyanfar Chanur und Tully.

Die Mahendo'sat-Behörden von Kshshti wußten, was Sikkukkut im Schilde führte, und sie waren eifrig bestrebt, die *Stolz* um jeden Preis wieder aus der Station zu bekommen. Sie montierten die alte Energieanlage der *Stolz* vom Heck des Schiffes ab und machten sich daran, eine neue zu installieren, wobei sie das Schiff effektiv umbauten. Während die *Stolz* jedoch noch unbeweglich festsaß im letzten Stadium der Reparaturarbeiten, entführten die Kif bei einem Überfall Tully und zufällig auch noch Pyanfars junge Nichte Hilfy Chanur, und sie verwundeten Pyanfars Kusine Chur Anify schwer.

Wer auch immer den Zwischenfall angezettelt hatte, die Agenten Akkhtimakts oder Sikkukkuts, es war unbestreitbar Sikkukkuts Schiff *Harukk*, das sich mit Tully und Hilfy an Bord eilig von Kshshti entfernte, während die *Stolz* noch ans Dock gefesselt und hilflos war.

Obendrein übermittelten die methanatmenden Tc'a Pyanfar eine mehrdeutige Warnung vor mehreren Gruppierungen und Mitwisserschaft unter den Kif; vor Gefahr für sie selbst und vor der Verwicklung von Knnn in die Angelegenheit.

In dieser tiefen Verzweiflung flog ein weiteres Schiff Kshshti an: das mahen Jägerschiff *Aja Jin*, befehligt von keinem anderen als Keia Nomesteturjai – *Jik* für seine Freunde. Er war ein Partner Goldzahns, Agent der mahen Regierung und mit genug Vollmachten ausgestattet, um sogar Rhif Ehrran unter seinen Befehl zu zwingen.

Pyanfar besaß immer noch das Paket mit der für Maing Tol bestimmten Botschaft – aber Sikkukkuts Abschiedsbotschaft sagte, daß sie, wenn sie Hilfy und Tully lebendig wiedersehen wollte, statt dessen nach Mkks kommen mußte – noch tiefer in die Grenzzone, die die Kif kontrollierten.

Jik berief eine Konferenz der Kapitäne ein und überreichte das Paket Banny Ayhar, mit dem Befehl, es nach Maing Tol zu bringen. Rhif Ehrran schob er ein Bündel Vollmachten zu, mit dem er auch ihre Unterstützung gewann.

So ist nun eine Botschaft nach Maing Tol unterwegs; Hilfy

und Tully werden an der kifischen Grenze als Geiseln gehalten; Goldzahn gehört zu den Vermißten, und ein weiteres Dock ist zerstört worden.

Alle bewegen sich in die Richtung, die ihnen aufgezwungen ist. Und die *Stolz* verläßt Kshshti, um absichtlich in eine kifische Falle zu fliegen.

Die Kif
schlagen zurück

ERSTES KAPITEL

Die *Stolz* traf ein, stürzte plötzlich in das Hier und Jetzt; und Pyanfar Chanur griff nach der Steuerung, noch halb benommen.

Wo sind wir? fragte sie sich, beherrscht von der angsterfüllten Vorstellung, daß der Antrieb sie vielleicht verraten hätte und sie nirgendwo wären. Sie mußte sich die Routine ins Gedächtnis rufen. Sie hatte es mit neuen Parametern zu tun, neuen Systemen ...

Nein! Verlaß dich auf den Computer, du Dummkopf; soll die Automatik sie übernehmen ...

»Ortung«, preßte sie hervor, aus einem Mund, der trokken wie Staub geworden war.

»Wir sind im Bereich«, sagte Tirun.

Die erste Bremsphase kam, trieb sie in die Schnittfläche und wieder hinaus; und die *Chanurs Stolz* bahnte sich den Weg zurück in den Realraum.

»Wir sind noch am Leben«, stellte Khym fest.

Und das überraschte sie alle.

»Chur?« fragte Geran.

»Hier«, meldete sich schwach und undeutlich eine Stimme über In-Schiff-Kom. »Ich bin in Ordnung. Wir haben es geschafft, ja?«

Zweite Bremsphase: Die *Stolz* verlor noch mehr von der Geschwindigkeit, die ihr der Gravitationssturz erteilt hatte.

Und sie flog weiter, während rote Zahlen über das Kontrollpult wirbelten, eine Durchgangsgeschwindigkeit, bei der astronomische Entfernungen wie lokale Belanglosigkeiten vorbeizüngelten.

»Sind gerade an der dritten Marke vorbei«, meldete Haral.

»Gut«, sagte Pyanfar.

»Funkfeuer-Alarm.«

»Keine Antwort.« Pyanfars Blick ruhte auf dem Scannerbild, das das Robot-Funkfeuer von Mkks ihnen übermittelte; es zeigte sämtliche Positionen im Mkks-System. Das Funkfeuer protestierte gegen die Geschwindigkeit der *Stolz*. »Gebt mir meinen Kurs, verdammt noch mal! Schaffen wir es? *Wo bleibt mein Kurs? Wacht auf!*«

Eine Linie blitzte auf dem Monitor auf, rot und gefährlich, und zeigte ihnen einen Kurs, der gegen jede Navigationsbestimmung des Paktes verstieß.

Alarmsignale blitzten, und die Sirene heulte. Pyanfar legte die Ohren zurück und griff heftig nach der Steuerung, während Haral sich mit ihr abstimmte, um die Zahlen dem Scanner-Comp abzufragen und sie dem Nav-Comp einzugeben. Pyanfar bestätigte, ein Druck auf eine Taste. Die Alarmsignale verstummten, und die *Stolz* flog weiter, folgte mit Entschlossenheit der Linie ...

(»Wir sind dran, wir sind dran, wir sind dran!« flüsterte Tirun.)

... ein lichtschnelles Sprungschiff auf einem Kurs direkt zur Mkks-Station, ein Manöver, das den Raum zwischen zwei Sternen überspannte und alles darauf setzte, daß das Mkks-Funkfeuer exakte Angaben machte. Die *Stolz* lief mit der lichtschnellen Wellenfront ihrer Ankunft um die Wette, mit der Botschaft, die das Sprungbereichs-Funkfeuer nach Mkks abgeschickt hatte, jagte diesem Augenblick hinterher, die Zeitlinie hinab, so schnell es ein Schiff nur wagen konnte, mit ausreichend Energie in seiner Masse, um zu einem grellen Ball zu explodieren, falls irgend etwas ohne Warnung durch das Mkks-Funkfeuer auf seinem Weg auftauchte – eine Miniatur-Nova, eine kurz aufflackernde Sonne.

Pyanfar ließ die Steuerung los; bewegte die schmerzenden Hände und griff in der schwerkraftlosen Drift nach dem Folienpäckchen, das sie an die Armlehne ihres Sessels geheftet hatte. Es entglitt ihren Krallen, und sie riß es wieder an sich, biß ein Loch hinein und trank den Inhalt in krampfartigen Schlucken, schauderte über den Geschmack und den Einlauf der Flüssigkeit in ihren Magen. Es war nötig: Der Körper verlor Haare, Haut, Mineralien und Feuchtigkeit. In Kürze würde der Blutzucker ansteigen und wieder abfallen, und Pyanfar mußte das hinter sich haben, bevor der Kurs der *Stolz* wieder einen kritischen Punkt erreichte.

Auf die Steuerung konnten sie jetzt keine Hoffnung mehr setzen. Sie waren zu schnell, um sich noch einem anderen Einfluß auszusetzen als dem des Sterns, dessen Anziehung in ihren Kurs eingearbeitet war. Pyanfar wischte sich die Mähne nach hinten und rieb sich die juckende Nase – Juckreiz plagte sie schon seit Kshshti.

»Mkks neun Lichtminuten«, sagte Haral.

Neun Minuten noch, bis die Mkks-Station die Nachricht von ihrer Ankunft erhielt. Die Mahendo'sat-Behörden würden noch ein paar Minuten mehr brauchen, um festzustellen, daß die *Stolz* die entscheidende dritte Bremsphase nicht durchgeführt hatte. Inzwischen verkürzte die *Stolz* das neunminütige Antwortsintervall. In weit weniger als achtzehn Minuten würde sie in die Wellenfront abgehender Sendungen einer hektisch gewordenen Station geraten.

Das war die Zeit, wie Sternenschiffe sie sahen. Aber irgend jemand mußte die Kif über Kom benachrichtigen; jemand mußte physisch Schalter drücken und zu Kif-Behörden durchdringen, während mit jedem Schritt rennender Kif-Füße in einem Korridor ein anfliegendes Sprungschiff einen Planetendurchmesser zurücklegte.

»Sende folgendes«, wies Pyanfar Khym an: »*Chanurs Stolz* im Anflug auf Mkks. Erbitten Schiffsliste und Dockszuweisung. Wir wollen beiderseits von uns freie Liegeplätze. Wir haben eine gefährliche Fracht an Bord. Gib es durch!«

Das würde sie verwirren: Ein Schiff, das sich benahm, als hätte es eine Havarie im Generatorflügel, und das über Funk einen die Fracht betreffenden Notfall meldete. Acht Komma neun Minuten, bis diese Durchsage die Station erreichte. Fünfzehn Komma irgendwas, bis die Station auch nur antworten konnte, sofern sie ohne Verzögerung reagierte. *Irgend jemand* mußte erst einen Sessel drehen, einen Aufseher fragen, die Nachricht weitergeben. Pyanfar hörte, wie Khym sie durchgab – ihr Götter, eine männliche Stimme von einem Hani-Schiff! Das allein würde schon die Stationszentrale verblüffen. So etwas hatten sie sicher vorher noch nicht vernommen. Sie würden ihre Doppler-Empfänger auf mögliche Fehlfunktionen untersuchen und an der Wahrheit zweifeln, während sie schon auf sie zuraste, sogar Techs, die an c-fraktionelles Denken gewöhnt waren ...

»Zweite Durchsage: Nachricht an *Harukk* unter dem Kommando Sikkukkuts. Wir haben eine Verabredung mit Ihnen. Wir sind gekommen, um sie einzuhalten. Wir treffen Sie auf den Docks.«

(Jemand, der sich entschloß, das an die Kif weiterzugeben; Kif-Füße eilenden Schrittes auf der Suche nach dem Kommandanten. Ein weiterer Augenblick, um sich zu entscheiden, ob man ablegte oder im Dock blieb – die Erwägung eines Augenblicks, und wieder war ein Planetendurchmesser vorbeigehuscht.)

Zehn Minuten, um ein Schiff wie die *Harukk* zu starten, wenn sie es einfach ohne Vorbereitungen aus dem Dock rissen; vierzig weitere, um es in ausreichende Entfernung von der Station zu bringen, damit es die Felder hochfahren konnte. Die *Harukk* würde gegen einen Stern um ihre Geschwindigkeit ankämpfen müssen, und dieser Stern *half* den Hani beim Anflug.

Wieder verging eine halbe Minute.

Pyanfar hatte bei dieser Geschwindigkeit und innerhalb dieses Zeitpaketes ein seltsames Zeitlupengefühl, ein Gefühl der Isolation von den Kif und ihren Drohungen.

Und eines der Hilflosigkeit: Die Kif *konnten* einiges tun – zum Beispiel einen Abzug drücken oder eine schutzlose Kehle durchschneiden ...

Das Schwindelgefühl packte sie; das Konzentrat hatte die Blutbahn erreicht.

»Ist dir schlecht, Khym?«

»Nein.« Eine leise und erstickte Stimme. Es war nicht zum ersten Mal so.

»Chur?«

»Immer noch bei euch, Käptn.«

»Tirun: hast du die Realzeit überprüft?«

»483 Stunden im Transit, dem Funkfeuer nach.«

»Das macht noch zwanzig Minuten bis zur letzten Bremsphase«, sagte Haral.

Im Zeitplan, auf der Markierung. Sie hatten alles auf Kshshti ausgearbeitet, bevor sie diesen Wahnsinn in die Tat umsetzten; sie hatten es auf die mühsame Art getan, in den Stunden vor dem Start und während der langen, harten Schubphase, die die *Stolz* tief in den Gravitationsschacht führte, bei den Göttern, zu einem Sprung verdammt tief hinein in den hiesigen Schacht, in ein Manöver, vor dem die Besatzung eines Jägerschiffes zurückgeschreckt wäre, und das ein Kauffahrer niemals versucht hätte.

Sie alle waren Hani, mit rotgoldenen Mähnen und Bärten und rotgoldenen Pelzen. Alle außer einer trugen sie reichlich goldene Ringe an den Bogen ihrer in Büscheln auslaufenden Ohren – Gold, das Erfahrung bedeutete, Reisen und Unternehmungen, die sie von zu Hause, von Anuurn, nach Idunspol geführt hatten, zum Treffpunkt, nach Maing Tol und Kura, nach Jininsai und Urtur; fremde Häfen und Handel mit Fremden, Würfelspiele und riskante Wetten. Aber noch nie eine Reise wie diese. Mkks war kein Hani-Hafen. Kein Ort, den ein ehrlicher Frachtunternehmer gern aufsuchte. Und kein ehrlicher Kauffahrer besaß eine übergroße Energieanlage wie sie oder ein solches Verhältnis von Generatorflügel zu Masse.

Pyanfar sagte nichts. Sie öffnete die Abdeckung des Sicherungsschalters für das wenige an Bewaffnung, das die *Stolz* aufwies, und brach damit ein weiteres Gesetz.

»Achtzehn bis abschließende Bremsphase«, meldete Haral.

»Sendung kommt herein – Tirun – Tirun, *welche?*« Khyms Stimme verriet Anspannung und Panik, so unerfahren, wie er an diesem Pult war. Angesichts seiner Verwirrung und der Sprungkrankheit war das auch kein Wunder. Aber die

Schaltung kam zustande und die Stimme der Station wurde verständlich, nachdem die Verschiebungen des Dopplereffekts korrigiert waren.

Eine mahen Stimme. *»Bremsmanöver bestätigen, Bremsmanöver bestätigen ...«*

»Wiederhole unsere frühere Durchsage. Sag ihnen, daß wir diese Schiffsliste wollen. Schnell!«

Sie hätten Codes verwenden können, um die Mahendo'sat zur Zusammenarbeit zu bewegen, aber sie durften sie hier nicht verwenden. Die Kif hatten auch Ohren.

Also wählten sie den schwierigen Weg, und die Mkks-Station geriet nun in Panik. Eine Durchsage vermischte sich mit der anderen, für ein paar Sekunden noch von der anfänglichen Annahme ausgehend, daß ein außer Kontrolle geratenes Schiff genau auf sie zu kam.

Aber inzwischen war die Durchsage der *Stolz* auch zu den Kif unterwegs, und die würden weniger naiv sein.

Die Kif hätten – *hätten* – in diesem Stadium noch ein Schiff fluchtartig wegschicken können; aber Pyanfar verstand Sikkukkut an'nikktukktin nicht als einen derartigen Kif.

Nicht, wenn er Gefangene in Händen hatte.

Sie waren in einem Saal im oberen Teil des Schiffes, das im Dock lag, mochten die Götter wissen, wo. Hilfy Chanur wußte jetzt, wie es hieß: *Harukk.*

Und sie kannte den Kif, der vor ihr saß, zwischen anderen Kif. Er hieß Sikkukkut. Er saß als dunkelgewandeter Klumpen auf einem insektenartigen Stuhl, zwischen dessen schwarzen, gebogenen Beinen. Natriumlicht vertrieb die Dunkelheit im engeren Umkreis, warf scharfe Schatten und erzeugte einen orangefarben getönten rosa Schein. Duftwolken kräuselten aus schwarzen Kugeln, die rings um den Raum verteilt waren, und vermischten sich mit Ammoniakgestank. Hilfy konnte sich nicht einmal die beleidigte Nase reiben, denn ihre Hände waren hinter dem Rücken mit Schnüren zusammengebunden, wie Tullys, wobei ungewiß war, was er hätte ausrichten können, wenn seine Hände frei gewesen wären. Sein Gesicht war bleich, die goldene Mähne und der goldene Bart waren zerzaust und vom Schweiß verfilzt, die empfindliche Menschenhaut von Krallenstriemen durchzogen, die in dem grellen Licht bluteten. Er hatte sein Bestes getan. Hilfy auch. Beides hatte nicht gereicht.

»Was habt ihr euch davon versprochen?« fragte Sikkukkut. »Was wolltet ihr unternehmen?«

»Ich hatte gehofft«, sagte Hilfy Chanur, denn es zahlte sich niemals aus, gegenüber einem Kif klein beizugeben, »ein paar Schädel einzuschlagen.«

»Keiner ist eingeschlagen«, versetzte Sikkukkut. »Nur Gehirnerschütterungen.« Es war nicht erkennbar, ob das der Humor eines Kif war oder ein kif-typischer völliger Mangel daran. Der Kapitän der *Harukk* entfaltete seine Gestalt, indem er sich mit raschelnden schwarzen Gewändern von dem Insektenstuhl erhob. Keine Farbe tauchte hier auf, außer der des Natriumlichtes, im ganzen Schiff nicht. Gegenstände, Wände, Kleider, alles zeigte nur Grau und Schwarz ... *Sie sind farbenblind*, dachte Hilfy, *wirklich total farbenblind.* Sie dachte an Anuurns blauen Himmel, die grünen Felder und die Hani selbst in einem Durcheinander von Rot und Gold und all den Farben, mit denen sie sich herausputzten, und sie hielt diese Erinnerung wie einen Talisman vor sich, setzte ihn der Dunkelheit und dem grellen Höllenlicht entgegen.

Sikkukkut kam näher. Ein Geräusch wie von Wind, der in alten Blättern raschelt, ertönte, als die übrigen Kif sich hinter den Lampen und den sich kräuselnden Rauchschwaden bewegten. Hilfy nahm festeren Stand ein; aber es war Tully, auf den es der Kif abgesehen hatte.

»Das da spricht Hani«, sagte Sikkukkut. »Es versucht, so zu tun, als sei das nicht der Fall ...«

Hilfy vertrat ihm den Weg.

»Und da versagt unser Verständnis«, sagte der Kif in fehlerlosem Hani. »Ich weiß, daß du Sachkenntnis besitzt, was diesen Menschen angeht. Wir können sie uns auch aneignen, nicht wahr?« Er schob sich an ihr vorbei und riß Tully plötzlich an sich, wobei er ihn an beiden Armen hielt. Seine Krallen gruben kleine Einschnitte in Tullys Fleisch, und Tullys Augen waren gerade noch eine Handbreit von den Kiefern des Kif entfernt. Hilfy roch den Schweiß und die Angst.

»Weich«, sagte Sikkukkut und verstärkte seinen Griff. Die Krallen bohrten sich tiefer. »Solch eine zarte, zarte Haut. Sie könnte schon für sich einen Wert haben.«

Er zog Tully noch näher.

»Lassen Sie ihn los!«

Der Kif rümpfte die dunkle Schnauze, und ihre Spitze zuckte. Kif-Nahrung war zum größten Teil flüssig, behaupteten Außenseiter. Die Kif waren ausschließliche Fleischfresser und hatten überhaupt keine Hemmungen, die rasiermesserscharfen äußeren Kiefer zu benutzen. Zwei Zahnreihen, zwei Kieferpaare. Eines zum Beißen, und das andere, bewegliche und schnelle, diente tief im Innern dieser langen Schnauze dazu, die von den Außenkiefern gelieferten Bissen zu Brei und Flüssigkeit zu verarbeiten, damit die winzige Kehle sie schlucken konnte. Die Zunge zuckte in der V-förmigen Lücke zwischen den Zähnen hervor. Tully versuchte schweigend, sich loszureißen und zurückzuweichen. Das lange Gesicht fuhr hoch, um Tully mit geradeaus gerichteten Augen anzublicken, die Kiefer ...

»Halt! *Bei den Göttern, verdammt ... halt!*«

»Aber es wird aufhören müssen zu kämpfen«, meinte Sikkukkut. »Ich kann meine Krallen sonst nicht lösen. *Sag ihm das!*«

Hilfy holte Luft, aber Tully hatte seinen Widerstand schon eingestellt ... hatte sich ganz plötzlich verraten.

»Ah. Es versteht.«

»Lassen Sie ihn los!«

Der Kif schnüffelte, riß Tully an seine Brust und schleuderte ihn dann von sich, zwei rasch aufeinanderfolgende Bewegungen.

Tully stolperte rückwärts. Hilfy schob die Schulter zwischen ihn und Sikkukkuts Schritt nach vorn. Sie hielt Stand,

2·87·2

während ihr vor nackter Angst die Knie zitterten. Sie hatte die Ohren zurückgelegt und die Nase zu einem Grinsen gerümpft, das so ganz anders war als das Grinsen von Tullys hilfloser Primatenart.

Ein trockenes Schnüffeln. Kifisches Lachen. Sikkukkut musterte sie unter der Kapuze hervor, und das matte Licht glitzerte in seinen Augen. »Die Hani-Sprache enthält Vorstellungen wie Freundschaft und Zuneigung. Sie unterscheiden sich vom *Sfik,* sind aber gleichermaßen nützlich. Ich lasse sie besonders dann nicht unberücksichtigt, wenn du so erfolgreich mit dieser Kreatur sprechen kannst. Womit habt ihr ihn gewonnen?«

»Versuchen Sie es mit freundlichen Worten.«

»Meinst du wirklich? Ich bin freundlich gewesen. Vielleicht verwirrt ihn mein Akzent. Sag ihm, daß ich alles erfahren möchte, was er weiß – warum er gekommen ist, zu wem er gekommen ist und was er zu erreichen hoffte ... *Sag ihm das!* Teile ihm mit, daß ich begierig und ungeduldig bin und noch vieles mehr.«

Sie erwog das, nahm sich dafür soviel Zeit, daß es ihr wie eine Ewigkeit vorkam. Sie wunderte sich, daß der Kif soviel Geduld aufbringen konnte.

Dann riß diese Geduld. Der Kif streckte die Hand aus, und Hilfy blockierte diese Bewegung mit der Schulter. »Er stellt Fragen, Tully«, sagte sie in einem Atemzug. »Er will mit dir reden.«

Tully schwieg.

»Ich schätze, er versteht nicht«, sagte sie. »Er bringt die Wörter durcheinander ...«

»Ich war *Skku* beim *Hakkikt* Akkukkak zu seiner Zeit.« Sikkukkuts Stimme klang weich und kultiviert; aber aus ihrer Weichheit hörte Hilfy deutlich das Klicken tief in der Kehle heraus, das Zusammenschlagen der inneren Kiefer, als er das Kinn hob. »Wir kennen einander, er und ich. Wir sind uns schon mal begegnet – früher. Auf dem Treffpunkt. Erinnert er sich daran?«

»Ein Freund von Akkukkak«, sagte Hilfy. *Lenke ihn ab; ihr*

Götter! Lenke ihn ab! Bring ihn von der Jagd ab! »Wenn Kif Freunde hätten.«

»Dieser Mensch hat *Sfik*«, fuhr Sikkukkut fort, ohne sich zu bewegen. »Akkukkak hat das nicht erkannt. Wie konnte eine so weiche Kreatur soviel *Sfik* haben, daß es ihr gelang, auf den Docks des Treffpunktes den Kif zu entkommen? Wäre ich dabeigewesen, wäre es ihm natürlich weit schlechter ergangen. Und jetzt bin ich hier, und er ist hier, und ich frage ihn nach diesen Dingen.«

»Er stellt immer noch Fragen«, sagte sie, zu Tully gewandt.

»Ich werde sie auch weiterhin stellen«, sagte Sikkukkut. »Das werde ich wahrhaftig.« Das Schweigen dauerte an. Leichte kifische Finger berührten Hilfy an der Schulter, streichelten das Fell ...

... zogen sich wieder zurück. Sie atmete die von Kifgeruch geschwängerte Luft ein und zitterte. Die Ohren hatte sie flach angelegt. Sie wurde taub, fast blind, als sich der Jägerblick zu einem langen schwarzen Tunnel verengte, der auf den Kif gerichtet war. Aber Sikkukkut wich zurück. Er setzte sich wieder auf seinen vielbeinigen Stuhl und zog die Beine hoch, bis er tatsächlich einem unansehnlichen Insekt ähnelte.

Tullys Schulter berührte ihre; er lehnte sich an sie. Sie spürte sein Gewicht, die Kälte seines Fleisches. *Ihr Götter, nein, halte dich aufrecht! Gib nicht nach! Werde nicht ohnmächtig, sonst stürzen sie sich auf dich ...*

Der Kif hob die Hände an seine Kapuze und schob sie auf die hängenden Schultern zurück, und zum ersten Mal sah Hilfy einen Kif ohne seine Kapuze – und es war kein angenehmer Anblick. Dieser lange dunkle Schädel, das mattschwarze kleine Büschel von einer Mähne, entlang der Mittellinie nach vorne gestrichen. Er hatte praktisch keine Ohren, war in dieser Hinsicht stsho-ähnlich. Hilfy hatte schon Modelle gesehen. Holos. Aber nichts davon hatte diesem eigenartig würdevollen, häßlichen Wesen wirklich geähnelt.

Seine Augen ruhten auf ihr, paßten zu einem solchen Gesicht, dunkel und glitzernd. »Du wirst das begreifen: Diese Kreatur besitzt mehr als nur *Sfik*-Wert; sie besitzt selbst *Sfik*. Ich will es in Hani-Begriffen ausdrücken: Akkukkak starb aus Verlegenheit. Deshalb liebe ich diese Kreatur: Sie tötete meinen Vorgesetzten, so daß ich jetzt keinen Vorgesetzten mehr habe.«

»Quatsch!«

»Ich halte das für sehr deutlich. Sie besitzt Wert. Wenn sie mir ihren Wert hergibt und meine Fragen beantwortet, werde ich noch dankbarer sein.«

»Sicher.«

»Vielleicht werde ich sie in meiner Zuneigung bewahren und sie Zeuge sein lassen beim Tode meines Freundes Akkhtimakt. Vielleicht erlaube ich ihr, von meinem Rivalen zu essen.«

Er sprach immer noch Hani, aber die Worte brachten anderes zum Ausdruck, kifische Dinge. Hilfys Nackenhaare sträubten sich. Sie wollte hinaus, weg von hier.

»Übersetze das!«

»– Er ist verrückt wie alle Kif.«

Der dünne Körper bebte und zischte auf seinem Insektenplatz. »Fanatikerin! Dann übersetze ich mich selbst. *Kkkt!*«

»Dummkopf!« schrie der mahen Beamte über Kom und fügte noch weiteres, weniger schmeichelhaftes, hinzu.

»Bereithalten für dritte Bremsphase!« sagte Pyanfar.

»Sie Dummkopf, Tochter von zehntausend Dummköpfen, was Sie tun eigentlich? Was Sie tun? Sie werden erhalten Bericht wir schicken an Han *von dieses Skandal; wir berichten Sie gefährden ...«*

Die *Stolz* verlor Geschwindigkeit; die Telemetrie brach zusammen ...

... und paßte sich wieder an, nur um eine neue Flut von Geschnatter seitens der Station aufzufangen.

»Khym, die Liste.« Es war die Stimme von Tirun, die ihn aus seiner Benommenheit scheuchte. »Rüber damit, *los!*«

Die eintreffende Schiffsliste erschien auf Bildschirm zwei.

Harals Datentransfer verlief glatt und routiniert, während die Stimme der Station auf einmal ruhiger wurde ...

»Es sind noch zwei Lichtminuten«, stellte Geran fest. Sie befanden sich praktisch wieder in der Realzeit, in Übereinstimmung mit der Mkks-Station, und bewegten sich nur noch im Kriechtempo, innerhalb der Kapazität ihres Realraum-Bremsschubtriebwerkes.

Harukk, stand da auf der Schiffsliste, dazu weitere kifische Namen. Eine ganze Menge. Ein paar Mahendo'sat. Ein Stsho. (Ein Stsho auf Mkks!) Ein Haufen Tc'a und Chi in Mkks' kleinem Methansektor.

»Dank den Göttern«, murmelte Pyanfar und machte sich wieder an der Telemetrie zu schaffen, konzentrierte sich wieder auf die sachlichen Notwendigkeiten. »Anflug«, sagte sie, und als Geran zögerte: »*Kursfreigabe*, götterverdammt, kümmere dich darum!« Sie leitete die Hochgeschwindigkeits-Bremsrolle der *Stolz* ein. »Achtung, es geht los! Jetzt!«

»Welche Aufgabe hatte er?« fragte Sikkukkut, und Hilfy drängte sich eng an Tullys Seite, als sie hörte, wie sich hinter dem Rauch und den Lampen die Kif bewegten. »Was hat er mit den Mahe vereinbart? Kkkt. Frag ihn! Verschaff mir eine Antwort, junge Chanur!«

»– Er fragt nach den Abkommen«, übersetzte Hilfy, und sie bewegte sich wieder, als ein Kif von dieser Seite her zu Tully trat. Sie sah Sikkukkut an. »*Er versteht nicht!* Er *kann* es nicht verstehen, verdammt noch mal! Auf unserem Schiff benutzt er einen Translator. Er kann nicht sprechen, kann unsere Worte nicht formen – könnte es nicht einmal, wenn er wüßte, was ich zu ihm sage.«

Sikkukkut hob eine silberne Tasse vom Tisch, ein ballähnliches Ding, dicht besetzt mit daumengroßen, flach endenden Vorsprüngen. Er streckte die lange dunkle Zunge hervor, tauchte die Schnauze in die Tasse und trank – die Götter allein wußten, was. Er hob das Gesicht. Eine dünne Zunge fuhr rasch über das Maul. Er hielt die Tasse immer noch und liebkoste die mit den flachen Vorsprüngen besetzte Oberfläche. »Wähle bessere Wörter. Sie werden ihm weh tun, meine *Skkkukun*, junge Chanur, das kannst du mir glauben. Überrede ihn! Brich sein Schweigen! Wenn mechanische Translatoren erforderlich sind, werden wir sie besorgen. Aber bring ihn zum Sprechen!«

»Ich werde es versuchen.« Sie bewegte sich wieder, bezog Position zwischen Tully und den umstehenden Kif. »Gib nach! Tully, Tully, sag ihm etwas! Irgend etwas. Ich finde, es wäre wirklich besser.«

Lüge! bat sie ihn insgeheim. *Spiele das Spiel mit, und ich helfe dir dabei!* Sie spürte die Kälte seines Körpers an ihrer Seite. Sie versuchte, zu ihm aufzublicken, aber er sah nur die Kif an, besaß vielleicht nicht mehr genug Verstand, um überhaupt noch zu lügen.

»Vielleicht ...«, setzte Sikkukkut an, als eine Tür aufging und düsteres Licht hereinfiel; ein weiterer Kif trat ein, eine Silhouette wie die übrigen, »... sollten wir noch eine private Befragung des Menschen in Erwägung ziehen. *Kkkk-t?*«

Der Kif eilte an den anderen vorbei. Sikkukkut drehte den Kopf.

»Ksstit«, zischte er. »Kkotkot ktun.«

Eine Nachricht. Hilfy atmete tief und spürte, wie Tully zitterte. Der Eindringling beugte seinen kapuzenbedeckten Kopf zu dem seines Kapitäns und flüsterte etwas. Sikkukkut hörte zu, die Hände auf die Knie gestützt. Seine Schultern bewegten sich, als er ganz tief einatmete und das Maul hob.

»Kkkt! Kktkhi ukkik skutti fikkti knkkuri. Ktikkikt!«

Ringsum im Raum raschelten die Kif mit ihren Gewändern. *Bringt sie weg!* Hilfy verstand soviel Kifisch. Aber nicht die Flexionen – nicht warum, und auch nicht, was passiert war oder was als nächstes geschah.

Kif kamen von allen Seiten auf sie zu. Tully stieß einen ungewohnten Laut hervor, als sie ihn von Hilfys Seite wegrissen.

»Krallen *einziehen!*« schrie sie den Kif an. »Du hirnloser Tölpel!« Sie harkte mit den entblößten Fußkrallen über ein kifisches Schienbein. Ein Hieb erschütterte ihr Gebiß, und Krallen gruben sich ihr in die Schultern. Mit gebundenen Händen konnte sie nichts tun. Die Kif waren genug, um sie zu tragen. Sie packten sie an den Knien und Schultern, so sehr sie sich auch wand und drehte.

»Bastard!« schrie sie an den Kif vorbei. Sie sah Sikkukkut immer noch wie ein Götzenbild in der Dunkelheit sitzen, flankiert von anderen Kif.

»Sie sind hier«, sagte er.

Die Tür schloß sich.

Die Mkks-Station lag wie eine Wand vor ihnen, als die *Stolz* anflog. Der ihr von Mkks zugewiesene Liegeplatz leuchtete mit den Führungslichtern auf Bildschirm zwei, während die abschließenden Zahlen dahintickten.

»Sie bitte warten!« hatte die mahen Behörde über Kom protestiert, während die letzte Phase des Anfluges lief, und der Tonfall war schon wesentlich versöhnlicher gewesen. *»Haben bereits unterrichtet Harukk, selbes wollen Konferenz, wiederhole, wollen Konferenz. Erbitten Antwort ...«*

Und als sie weiter näherkamen, ohne etwas zu sagen: *»Wir Sie bitten, daß Sie Andocken schieben hinaus,* Chanurs Stolz. *Wenn Sie haben Problem, bitte, wir verhandeln ...«*

Weil eine Station wie Mkks keine Möglichkeit hatte, einem Schiff das Einlaufen zu verwehren. Und noch schlimmer, fünfzehn verwundbare kifische Schiffe lagen reglos im Dock und hingen an Mkks' sehr verwundbarer Flanke. Gewiß hatte auf Mkks längst der Alarm geläutet und waren die Sektionstore zu den Docks geschlossen worden, aus Furcht, daß Geschosse abgefeuert wurden, aus Furcht vor den Kif und vor Aufruhr.

»Bitte«, fuhr der Sprecher der Mkks-Behörde fort. *»Sie stoppen, wir machen Verhandlungen mit Kif. Wir Ihnen verbieten bringen Streit hierher.«*

Aber sie hatten den Liegeplatz, den sie gefordert hatten, einen freien Fleck ohne direkten Nachbarn an irgendeiner Seite. Kif waren zur Stelle. Die *Harukk* lag sechs Liegeplätze weit entfernt, noch in derselben Sektion. Zwei mahen

Händler lagen weit drüben auf der anderen Seite des Torus von Mkks. Kif-Schiffe säumten die Docks der angrenzenden Sektion. Weitere mahen Schiffe lagen jenseits davon. Dazu der einsame Stsho. Und Tc'a und Chi auf der Methanseite.

»Wir treffen Sie auf Dock. Wir bringen Sicherheit mit. Verhandeln diese Sache. Wir appellieren ...«

Klank-tamp. Die Greifer packten zu, von ihrer Seite wie auch von der Station. Die Routine des Ankoppelns begann. Eine Dockscrew wartete auf sie. Und die Sicherheit. Das behauptete die Mkks-Zentrale.

»Sie reden nicht mehr«, sagte Khym besorgt, womit er meinte, daß nicht er es in seiner Unerfahrenheit gewesen war, der versehentlich die Verbindung unterbrochen hatte. »Sie schweigen!«

Aber einen halben Herzschlag später kam eine weitere Sendung durch.

»Hier spricht die Kif-Hafenbehörde«, sagte eine klickende Stimme. *»Sie haben Zutritt. Willkommen auf Mkks,* Chanurs Stolz. *Sie können Ihre Waffen mitbringen. Der* Hakkikt *gewährt freies Geleit. Führer werden Ihnen gestellt. Noch einmal: willkommen auf Mkks!«*

»Mögen die Götter diese Bastarde *verfluchen!«* schrie Geran.

»Sie haben sicherlich ihr eigenes Personal in der Zentrale«, meinte Tirun. »Es war ein gültiger Code.«

»Bewegt euch! Wir haben keine Wahl.« Pyanfar schwang ihren Sessel herum und sprang auf, schlug an die Rückenlehne von Harals Sitz. »Stell diese Verbindung her!«

»Gewehre oder APs?« Tirun war bereits auf den Beinen, Harals Schwester, hochgewachsen, mit langer Mähne und Bart, goldene Ringe blinkten an ihren Ohren. Da war Geran, zierlicher und hellhäutiger, wirklich zierlich im Vergleich zu Khym *nef* Mahn, der sich aus seinem Sessel erhob und sie alle überragte, breiter und größer und sehr grimmig.

»APs«, sagte Pyanfar mit einem Mund, der so verspannt war, daß die Schnurrbartenden herabgezogen wurden. »Aber ich nehme ein Gewehr; ich möchte, daß auch du eins nimmst. Wir könnten auf diesen Docks unter Umständen eine Distanzwaffe gebrauchen – vielleicht über eine sehr große Distanz, hm? Und ich glaube nicht, daß wir uns hier Sorgen über das Gesetz machen müssen.«

Die anderen lachten leise, eine sanfte Explosion häßlichen Humors. Tirun öffnete den Schrank und verteilte Seitenwaffen an Pyanfar und Geran, mahen Waffen, die Explosivgeschosse abfeuerten, nicht das kunterbunte Flickwerk von Taschenschußwaffen, das sie auf Kshshti gehabt hatten, vielmehr APs mit zusätzlichen Munitionscontainern am Halftergürtel. Und die beiden Gewehre, ihres und Tiruns, von größerer Reichweite und treffgenau, anders als die APs.

Pyanfar nahm ihr Gewehr entgegen, überprüfte die Sicherung und testete die Energieversorgung, während im Kom weitere Instruktionen prasselten. *»Wir treffen Sie draußen«,* sagte die kifische Stimme. Tamps und Klanks waren weiterhin zu hören, während Kabel und Schläuche angeschlossen wurden.

Die Kif planten einen Hinterhalt. Davon ging man an Bord der *Stolz* aus. Vielleicht war erst später damit zu rechnen, wenn sie weit genug vom Schiff entfernt waren, oder es könnte auch ein kifischer Sturmangriff erfolgen, sobald die Luftschleuse aufging, und mochten dann die Götter jedem mahen Dockarbeiter gnädig sein, der zwischen die Fronten geriet.

»Sie fahren den Zugang heran.« Haral drehte ihren Sessel herum. »Wir sind drin.« Sie stand auf und schnallte sich die AP um, die Tirun ihr reichte.

»Eine von uns«, sagte eine Stimme von der Tür her, »muß hierbleiben und die Stellung halten.«

»Verdammt!« Pyanfar mußte sich gar nicht erst umdrehen. Von ihrem Standort aus sah sie Chur deutlich. Gerans Schwester lehnte im Eingang zur Brücke, die blaue Kniehose gefährlich tief zugebunden, unterhalb der um ihre Körpermitte gewickelten Verbände. »Chur ...«

»Mir geht es gut, danke.« Die Gespanntheit um Churs Nase und Mund straften sie Lügen. »*Na* Khym ist draußen wertvoller, nicht wahr? Und *ich* kann das Schiff aus dem Dock reißen, wenn es sein muß.« Chur humpelte durch die Brücke bis in die Reichweite ihrer Schwester, lehnte aber die von Geran angebotene Hilfe ab. Sie griff nach ihrem gewohnten Sitz am Scanner und stützte sich auf die Rückenlehne, ging dann weiter bis zu Harals Copiloten-Posten und setzte sich. »Gib mir Bescheid, wenn du sie geöffnet haben willst, Käptn! Wann ich sie zu schließen habe, rechne ich mir selbst aus. Kein Mahe wird hereinkommen. Und verdammt sicher auch kein Kif!«

Pyanfar kaute auf den Schnurrbartenden und warf einen Blick auf Geran, die in unheilbarer Sturheit den Kopf hob. Unmöglich, mit einer der beiden Schwestern vernünftig zu reden. Es mußte im Blut liegen. Und auch mit Khym war nicht mehr zu argumentieren, wo er jetzt mit plötzlichem Feuer in den Augen eine Chance erblickte, die mehr nach seinem Geschmack war als das Wachesitzen hier oben. »Fein«, sagte Pyanfar. »Gebt Chur ein Gewehr – für alle Fälle! Und ihm auch eines! Los! – Khym, du hältst da draußen deinen Verstand beisammen! Du *atmest* nicht einmal ohne meinen Befehl, klar? Wir haben ein Problem auf den Docks. *Eines*, verstehst du?«

»Aye.«

Zu anderen Gelegenheiten waren sie Mann und Frau. Hier nicht. Und nicht da draußen. Im Vergleich zu anderen Männern war er ein Felsen der Stabilität und Selbstbeherrschung.

Und Chur hatte recht: Er war hilflos an den Pulten.

Klank-tamp-klang. Der Zugang war befestigt. Sie waren mit der Mkks-Station verbunden.

Geran legte Chur ein Gewehr hin. Chur hob es bedächtig hoch, obwohl es noch vor dem Sprung für sie eine Leistung gewesen war, auch nur die Hand zu heben. *Klick-klick.* Entsichern und wieder sichern. Sie sah auf, die Ohren hochgestellt, den Mund zu einem ironischen Lächeln geschürzt, das die Hohlheit unter ihren Wangenknochen zeigte. Der Heilungsprozeß im Sprungraum hatte an ihrer Substanz gezehrt. Ihr rotgoldener Pelz war glanzlos und matt. Licht schimmerte durch die Ohrkante, an die eigentlich Ringe gehört hätten. Chur hatte sich nicht für Annehmlichkeiten angezogen, hatte nicht einmal solch wichtige Stücke wie die Ringe berücksichtigt. »Holt sie raus, ja?« sagte sie, meinte damit Hilfy und Tully, und sah erst Geran an, bevor sie die anderen musterte. »Und kommt alle zurück!«

»Kommt!« sagte Pyanfar. Sie schaltete den Taschenkom ein, den sie sich an den Gürtel gehakt hatte, und deutete zur Tür. Sie hatte sich für diesen Weg nicht herausgeputzt, trug keine der hellen Farben, die sie sonst bevorzugte, nur eine blaue Raumfahrerkniehose, wie die anderen auch, außer Khym, der schlichtes Braun trug.

Sie ging hinaus, ohne einen Blick zurückzuwerfen. Khym stapfte neben ihr her, und hinter ihr folgten Haral und Tirun und Geran.

»Kom ist eingeschaltet.« Churs Stimme folgte ihnen den Korridor entlang zum Aufzug; sie kam über die Rundsprechanlage und erzeugte überall Echos. Hinter ihnen schloß sich zischend die Tür zur Brücke und trennte Chur von ihnen.

»Beeilen wir uns!« Pyanfar schlug auf den Schalter des Aufzuges und hielt die Tür dann offen, stieg als letzte ein, bevor die Tür zuging, der Aufzug abwärts brauste und dabei einen eigenen Schwerkraftabfall erzeugte. Sie alle rochen schlecht in der engen Räumlichkeit, denn sie hatten sich seit dem Sprung nicht mehr gewaschen. Büschel abgeworfenen Fells klebten an Körpern und Kleidern. Kupfergeschmack erfüllte Pyanfars Mund. Keinem von der Besatzung ging es besser, keiner war in der richtigen Verfassung für Verhandlungen auf den Docks. Die Pistole hing schwer an Pyanfars Hüfte. Das massige Gewehr in der Armbeuge spendete ihr keinen Trost. Ihr Götter, Kif waren draußen; oder Mahendo'sat – ehrliche mahen Stationswachen, die Zwischenfällen vorbeugen und ihre eigenen Leute schützen wollten. Das letzte, was einer der Hani wollte, war, sich den Weg durch

Verbündete freizuschießen, denen die Pflicht gebot, sie aufzuhalten.

Der Aufzug bremste und ließ sie im Unterdeck aussteigen. Sie sortierten ihre Marschordnung nach instinktivem Vorrang, als sie den Gang hinabeilten: erst Pyanfar und Haral, dann Khym mit der partnerlosen Geran, schließlich Tirun, Harals Schwesternschatten, ein wenig lahm, wenn lange zu laufen war, aber Veteranin von zu vielen Häfen, um es irgend jemandem zu ermöglichen, daß er ihnen in den Rücken fiel.

Und Khym – eine Katastrophe, die auf eine Chance wartete, dachte Pyanfar. Lausig im Schießen, eben ein Mann, ein Punkt, der in einer Krise Sorgen bereitete; und doch war er doppelt so stark wie irgendeine von ihnen, wenn es zu einer handgreiflichen Auseinandersetzung kam.

»Habe einen Anruf erhalten von einer mahen Beamtin namens Jiniri«, dröhnte Churs Stimme aus dem Kom hervor. *»Wir haben es dort draußen mit ein paar mahen Stationswachen zu tun und einem Haufen Bürger. Ich habe ihnen gesagt, sie sollten Abstand halten; sie wollen – nicht hören ...«*

»Alles klar mit dir da oben?«

»Prima, Käptn.« Die Stimme klang heiser und dünn. *»Prima.«* Diesmal hörte es sich kräftiger an. *»Paßt auf euch auf, ja?«*

Sie erreichten die Biegung, die zur Luftschleuse führte. »Wir sind da«, sagte Pyanfar zu den Mikrophonen im Korridor. »Wo sind die Kif? Siehst du welche?«

»Ich kann es nicht mit Sicherheit sagen. Habe kein Geräusch im Zugang gehört, obwohl ich die Lautstärke voll aufgedreht habe. Der Kom – sie sagen, sie seien da draußen. Mahe – Mahendo'sat – da draußen. Was mich angeht, ich wünsche mir, daß sie es wirklich sind.«

»Götterverdammtes Problem. Sag ihnen, sie sollen verschwinden! Schnell!«

»Sie werden nicht hören. Sie berufen sich auf den Pakt. Sagen ... sagen ... ach verflucht, du kannst es dir denken.«

Pyanfar entsicherte ihr Gewehr. Zwei Echos ertönten und

zwei anders klingende Geräusche, als Haral und Geran die APs aus den Klemmhalftern zogen, entsicherten und Patronen in die Kammern schoben. »Wir sind bereit. Mach die Türen nacheinander auf!«

Die Lukentür zischte auf. Sie gingen durch und blieben vor der äußeren Tür stehen. »Schließ uns aus; dann geht's los«, sagte Pyanfar.

Der Weg hinter ihnen war nun verschlossen. Die gegenüberliegende Luke öffnete sich zu einem leeren Gang, gelb beleuchtet und eisig kalt.

Pyanfar huschte zu der letzten Stelle, wo sie noch Dekkung hatte, dort, wo der Zugang eine Biegung machte. Tirun besetzte die andere Seite mit ihrem Gewehr, und sie beide gingen gemeinsam um die Biegung, drei weitere Schußwaffen im Rücken, die an ihnen vorbeizielten.

Keine Kif. Ein leerer Gang. Pyanfar lief mit weichen Schritten bis zum Ausgang, wo die gelbe Zugangsröhre an eine abwärts führende Rampe stieß, eine Schräge aus ineinandergreifenden Gittern, die zu den Drucktoren führte, dann noch weiter abwärts, ein langer Weg, auf dem man den Docks offen ausgesetzt war. Leute waren dort unten. Der Lärm einer Menge. Ein Haufen von etwa vierzig zivilen Mahendo'sat wartete am unteren Ende der langen Rampe, dazu eine Handvoll mahen Wachen, dunkle, hochgewachsene Primaten mit schwarzem Fell, nur ein auffälliger Tasunno mit braunem Fell darunter. Und, ihr Götter, eine Anomalie inmitten der Menge, ein weißhäutiger Stsho in schwebender Regenbogengaze. Als die Menge die Hani erblickte, drängte sie mit einem schnatternden Aufschrei vor.

»Riechst du es?« murmelte Haral neben Pyanfar.

Ammoniak: Kif-Geruch. Das heruntergekommene Dock lag im Zwielicht. Hundert Eingänge säumten die gegenüberliegende Seite, und in jedem davon konnte ein Heckenschütze sitzen. Hätten sich ihr nicht schon vorher die Rükkenhaare gesträubt, dann hätte dieser Geruch es bewirkt.

Sie eilte hinunter, ein rasches Donnern von Schritten auf der altmodischen Stahlrampe, und Haral war an ihrer Seite.

Die Mahendo'sat unten riefen und drängelten und schoben durcheinander und versuchten, auf die Rampe vorzudringen, während die Wachen sich bemühten, ihre Linie zu halten.

Eine Mahe drang auf den Fuß der Rampe vor, während die Hani von oben herabkamen. »Sie verrückt – *verrückt!*« Die offiziell wirkende Mahe wedelte mit den Händen, als sie sich direkt gegenüberstanden. Ihr Geheul übertönte das der anderen, sogar das erregte Trällern des Stsho. »Gehen Sie 'rück an Bord, wir verhandeln dieses Problem, nicht bringen Waffen auf dieses Dock! Sie bleiben hinter unseres Linie, überlassen unsere Wachen dieses Aufgabe, Hani-Kapitän! Verstehen? Gehen zurück Ihres Schiff! Wir arrangieren Gespräch; kommen, gehen zwischen Gespräch, Sie, Kif-*Hakkikt!* Nicht gehen nach unten, verstehen! Wir haben Platz – wir regeln ...«

Sie hatten es perfekt geregelt, sie und Haral: Sie konnte sich um die Mahe kümmern und wußte dabei, daß ihre Stellvertreterin die Menge im Auge behielt, und daß Geran und Tirun nach links und rechts Ausschau hielten, während sie den bekannten Raum der Rampe im Rücken hatten. Die Götter allein wußten, worauf Khym achtete. Pyanfar ignorierte die fuchtelnden Hände und den Versuch, sie am Arm zu packen, und schob die Beamtin zur Seite. »Kommt!« sagte sie zu ihren Leuten und verließ die Rampe, parallel zur Linie der Wachen, die alle Hände voll zu tun hatten mit erzürnten und aufgeregten Würdenträgern.

»Sie nicht gehen!« schrie die Mahe, während sie versuchte, sich wieder vor Pyanfar aufzubauen. Das schwarze Gesicht war vor Qual verzerrt. »Nicht gehen!«

Pyanfar schubste sie mit dem Gewehr, das sie seitwärts hielt, entlockte damit der Menge ein kollektives Schnappen nach Luft. »Private Geschäfte«, sagte sie. »Schaffen Sie uns Ihre Leute aus dem Weg, sage ich Ihnen ... Weg! Los! Gehen Sie in Deckung!«

»Nicht bringen Waffen! Gehen, gehen Sie Schiff, nicht machen, nicht machen!«

Und von dem Stsho, der sich den Wachen entzog, um herbeizueilen und mit den weißen Armen vor Pyanfars Gesicht herumzufuchteln, tönte es: »Sie brechen das Pakt-Gesetz! Wir beschweren uns über dieses barbarische Verhalten! Wir sind Zeuge ...«

»Verschwinden Sie!«

Sie schubste erneut. Der Stsho wich mit heftigen Bewegungen *gtst* spindeldürrer Glieder zurück und entfernte sich in höchster Eile vom Schauplatz des Geschehens, mit flatternden Gazegewändern und einem erregten Trällern in der Stsho-Sprache. »Ni shoss, ni shoss, knthi mnosith hos!«

»Maheinsi tosha nai mas!« schrie die Mahe, und die Mahendo'sat-Wachen wandten sich von der Kontrolle der Menge ab, um sich mit ihren Straßenkampfknüppeln den Hani-Gewehren entgegenzustellen, und der Mob entdeckte, daß er gar nicht daran interessiert war näherzukommen. Ein tiefer Ton der Bestürzung war zu hören, und dann wurde es auf den Docks erstaunlich ruhig.

»Bringen Sie sie weg!« forderte Pyanfar und unterstrich es mit einem Wink des Gewehrlaufes, den sie aber weiterhin von der mahen Beamtin abgewandt hielt. »*Hasano-ma.* Vollmacht von Ihrer Persönlichkeit, verstanden?«

Die Mahe hatte sich bis zu ihren Wachen zurückgezogen. Sie hatte die winzigen Ohren nach hinten gelegt, aber bei dem Begriff *Persönlichkeit* gingen sie wieder hoch. Die Angst vertiefte sich in ihrem Gesicht.

»Sie sitzen mit dem Hintern in einem Schraubstock, Stimme«, sagte sie zu der Beamtin. »Ich rate Ihnen, jetzt in die Zentrale zurückzukehren und dort zu bleiben. Schnell!«

»Käptn!« zischte Haral. »Links!«

Aus der Dunkelheit der Portale und Maschinen näherte sich ein Schatten ihrer Flanke – mehrere Kif. Die mahen Stimme drehte sich rasch um und hielt ihnen die erhobene Hand entgegen. »Sie stehenbleiben! Halt! Sie brechen Gesetz!« Die Menge schrie auf und flitzte zwischen den Parteien davon, blieb auch gar nicht mehr stehen, abgesehen von der Stimme und ihrer Handvoll nervöser Wachen.

Die Kif schwebten wie eine Schattenflut heran und kamen zu einem Halt. Nur einer trat weiter vor, eine schwarzgewandete Gestalt. Die übrigen blieben stehen, Gewehre in den Händen. Das ganze Dock wirkte ruhig, abgesehen vom fernen Surren der Ventilatoren, dem Klirren von Pumpen und den sich entfernenden Geräuschen fliehender Zivilisten.

»Das Gesetz!« Der Protest der Stimme hallte fern und kraftlos. Mkks war in diesem Augenblick ganz, ganz weit entfernt vom mahen Gesetz. Und die Mahendo'sat, die diese umstrittene Sternstation beanspruchten, hingen von Vorspiegelungen ab, die nur dann Zähne hatten, wenn mahen Jägerschiffe im Hafen lagen.

In dieser Stunde nicht, das war sicher.

Pyanfar legte die Ohren an. Waffen wurden ausgerichtet: Khyms und ihre; Haral und Geran zielten auf die Hauptgruppe der Kif, und Tirun ... Tirun, die für die Rückendekkung sorgte, befand sich nicht in Pyanfars Blickfeld; aber sie war dort hinten und paßte auf, soviel war gewiß.

Der Kif betrachtete sie mit dunklen, rot geränderten Augen. Seine graue, runzelige Haut bekam entlang der Schnauze weitere Runzeln, die sich dann wieder glätteten. »Ich habe eine Nachricht, Hani.«

Er streckte eine dünne Hand aus, hielt einen kleinen goldenen Ring zwischen Daumen und einziehbarer Zeigekralle.

Tullys Ring. Pyanfar streckte die Hand aus, und der Kif ließ den Ring auf ihre offene Handfläche fallen. Er legte genausowenig Wert auf eine Berührung wie sie.

»Ist der Mensch noch am Leben?«

»Gegenwärtig ja.«

Hilfy auch? Pyanfar sehnte sich danach, diese Frage zu stellen, aber sie wußte es besser, als einem Kif den Hinweis zu geben, wo die Schwachstellen lagen. Sie hielt die Lippen in einem Ausdruck des Abscheus. »Sagen Sie Sikkukkut, daß ich darüber verhandeln werde.«

Eine lange Pause trat ein. Der Kif wich nicht zurück. »Sie

kommen, um zu verhandeln. Der *Hakkikt* wird Sie empfangen. Wir wählen neutralen Boden. Bringen Sie Ihre Waffen mit! Wir haben unsere auch dabei.«

Das war besser, als es hätte sein können. Es war ein viel zu gutes Angebot, und sie mißtraute ihm. »Wir können hier miteinander sprechen«, sagte sie. »Jetzt sofort!«

»Eine Diskussion hierüber erfordert Zeit. Sie fragen nach Zustand. Am Leben, aber unbehaglich. Wie lange wollen Sie also zögern?«

Sie riß das Gewehr ein wenig höher, ohne jedoch direkt zu zielen, und rümpfte die Nase. »In Ordnung«, sagte sie ganz ruhig, als hätte nie eine Hani einem Kif das Genick gebrochen, als wäre nie auf Gaohn Blut vergossen worden. »In Ordnung. Die Rechnung schreiben wir später, Kif!«

Er winkte mit dem weiten, schwarzen Ärmel: *Folgen Sie mir!* Dann ging er zu den eigenen Reihen zurück.

Pyanfar setzte sich in Bewegung und hörte die weichen Schritte ihrer Besatzung hinter sich. Die Ringe an den Riemen der Schußwaffen klapperten.

»Kapitän.« Ein Klicken nicht eingezogener Krallen. Die Stimme packte sie wieder am Arm. »Nicht gehen ...«

»Halten Sie die Kif von meinem Schiff fern! Wollen Sie, daß diese Station ganz bleibt?«

Die Stimme fiel zurück. »Sie verrückt!« tönte der Aufschrei hinter Pyanfar her und erzeugte Echos an den Dockwänden, in der grauen Leere. »Sie verrückt gehen dieses Ort!«

ZWEITES KAPITEL

Die Kif schlossen sich ihnen an und begleiteten sie als Eskorte, und ihre schwarzen Gewänder wirkten im Dämmerlicht der Docks wie eine bewegliche Wand. Ein Geruch nach trockenem Papier und Ammoniak stieg ringsherum auf, vermischt mit dem stechenden Geruch von Räucherwerk und Öl. Waffen klapperten beim Gehen, Gewehre und Seitenwaffen, so illegal wie die der Hani.

Letztere hatten dasselbe Dock angelaufen wie die *Harukk* und mußten jetzt kein Sektionstor passieren. Das matt beleuchtete Deck erstreckte sich zum aufwärts gebogenen Horizont aller Stationsdocks hin, hinauf zu einem hochragenden Sektionstor, an dem rote Lampen blinkten: *Gefahr, Gefahr, Gefahr* ... Eine Vorsichtsmaßnahme gegen Aufruhr und Katastrophen. Mkks rüstete sich.

Entlang der den Schiffen gegenüberliegenden Docksseite, dort, wo sich gewöhnlich die von Raumfahrern benutzten Service-Einrichtungen und Bars befanden, waren die Eingänge voller Kif, die dort herumstanden, den Hani haßerfüllte Blicke zuwarfen und miteinander flüsterten. Fenster leuchteten in Neonlicht, in Natrium- und Argonlicht; die Deckenträger über ihnen waren von einem Rauch verhüllt, den keine Ventilation vertreiben konnte, ein Dunstschleier um die gleißenden Sonnen, bei denen es sich um die Dockscheinwerfer handelte.

»Götterverdammte mahen Hölle«, brummte Haral, die an Pyanfars Seite einherschritt. »Hier ist *alles* voller Kif.«

Die Kif schwatzten und klickten miteinander in irgendeinem obskuren Akzent, bei dem es sich nicht um Hochkifisch handelte. Pyanfar kannte genug Wörter von letzterem, aber das, was hier geredet wurde, entzog sich ganz ihrem Verständnis.

Sie kamen an weiteren Türen vorbei, und aus ihnen drangen andere Gerüche, solche von Grasfressern, und seltsame Laute wie Ächzen und Jammern. Tiere, die hier eingepfercht waren. Obwohl es sich bei den Hani um eine jagende Lebensform handelte, drehte sich Pyanfar hier der Magen um. Die Kif verzehrten lebendige Nahrung – während sie noch lebte.

Sogar ihre eigenen Leute, die sie besiegt hatten. Das besagten die Gerüchte.

Der führende Kif wandte sich zur Innenwand und einem Seitenkorridor zu. Sie folgten ihm in diesen engeren Durchgang und kamen darin an bewaffneten Kif vorbei, die in kleinen Gruppen an den Wänden herumlungerten und sich davon lösten, als die Hani und ihre Eskorte vorübergingen.

»Kk-kk-kk«, sagte einer, um die Hani zu beleidigen. Khym blieb stehen. *»Nein!«* zischte Pyanfar, und Geran packte ihn am Arm. Sie gingen weiter, nun von noch mehr Kif begleitet, die teils hinter ihnen einfielen, teils vor ihnen. Die Waffen waren entsichert, seit der Luftschleuse schon. Aber hier war nichts zu gewinnen. Nicht einmal für die Kif.

Türen öffneten sich vor ihnen, zu einem Raum, der von Natriumschein erhellt war und nach Kif stank. Das deutlich vernehmbare Geschnatter und Klicken von Kif drang heraus; und ein hohes Jammern, das nicht von einem Kif stammte, erstarb in einem Quieksen.

»Hier«, sagte ihr kapuzenbewehrter Führer neben der offenen Tür und machte eine Geste mit seinem weiten Ärmel. »Der *Hakkikt* wird Sie willkommen heißen.«

»Hm«, sagte Pyanfar und trat ein in die Düsternis, glitt dann seitlich von der Tür weg, dann noch ein Stück weiter, während Haral und die anderen folgten. Sie gerieten mitten unter einen Haufen Kif, gingen immer tiefer hinein in die Schatten und den Geruch nach altem Papier, Ammoniak und Weihrauch, der so stark war, daß er der Nase jede andere Wahrnehmung verwehrte.

Sie sahen Stühle und Tische, sitzende Kif und stehende Kif.

Und am hinteren Ende des langen Raumes erblickten sie

inmitten des höllischen Lichtes und treibenden Weihrauchs zwei hellere Gestalten, eine von bleicher Haut, eine rotbraun.

Abrupt fiel Pyanfars Gewehr vom Tragriemen in ihre Hände, und überall bewegten sich Gewehre und Pistolen mit einem Klappern, das sich in rascher Folge hundertfach rings um den Raum ausbreitete. Fünf davon standen zu Pyanfar. Die Bereitschaftslampen an den Gewehrschäften leuchteten wie verstreute blutige Sterne.

Dann rührte sich nichts mehr. Die Hani standen mit dem Rücken zur Wand; und Hilfy und Tully waren zurückgestoßen worden in einen sie ganz einschließenden Ring von Kif mit Gewehren.

»*Sikkukkut!*« schrie Payanfar. »Sind Sie hier, *Hakkikt?*«

Ein Kif war auf einem vielbeinigen Stuhl sitzengeblieben. Jetzt richtete er sich auf und trat zwischen den Stuhlbeinen hervor, eine Hand erhoben. »Sie erstaunen mich, Chanur. Was werden Sie nun tun? Mich bitten, sie wieder gehen zu lassen?«

»O nein! Ich werde hier stehenbleiben. Wir werden alle so stehenbleiben, und niemand bewegt sich, bis *meine* Freunde hier eintreffen.«

»Ihre Freunde?«

»Ein paar Jägerschiffe. Nur, damit die Chancen gleich verteilt sind, solange wir verhandeln.«

Der Kif senkte ganz langsam die Hand. Er war ganz Schatten, wie er sich da vor der orangefarben gleißenden Lampe bewegte. Er breitete die Hände aus, und Licht strömte an den Ärmeln entlang. Ein trockenes Schnüffeln drang an Pyanfars Ohren. Kifisches Lachen. »Also *das* bedeutete Ihre Bitte um einen offenen Liegeplatz. Gut, Hani. Sehr gut.« Er deutete auf die Gefangenen. »Wollen Sie sie jetzt übernehmen?«

Pyanfar sah nicht hin, ließ sich nicht ablenken. Sie hielt die Waffe auf die Brust des *Hakkikt* gerichtet. »Wir können hier ein richtig schönes Blutbad anrichten, *Hakkikt*. Ich will es in kifische Worte fasen: Wir haben hier einen *Sfik*-Gegenstand. *Mein* Ego steht zur Debatte. Also bleiben wir einfach so stehen. Vielleicht stundenlang. Wir haben Geduld. Wollen Sie jemandem eine Nachricht schicken? Meine Freunde von den Docks wegführen? Schön. Oder uns angreifen? Dann wird hier drin alles vorbei sein.«

Der Kif winkte schwungvoll mit den Händen und setzte sich auf seinen insektenbeinigen Stuhl, war nur noch ein schwarzer Klumpen zwischen den schwarzen Säulen seiner Leute, neben der einsamen Andeutung von Weiß und Farbe, bei der es sich um die Beute handelte. Im Augenwinkel sah Pyanfar eine Bewegung bei den Gefangenen und hörte ein scharfes, verletztes Keuchen.

»Ich würde dort drüben damit aufhören, *Hakkikt*«, sagte sie. »Wenn einer meiner Leute da schreit, könnte mich das ablenken, verstanden?«

Sikkukkut hob eine Hand. »Jägerin Pyanfar, Sie sollten ein Kif sein. Ich sage Ihnen: Ich will mit Ihnen verhandeln.«

Sie konnten hier sterben, sie konnten hier alle sterben, wenn sie diesen Kif in Verlegenheit brachten. Wenn sie seine Pläne durchkreuzten. Oder ihm vertrauten. Aber es war ein Angebot. Pyanfar atmete tief und gleichmäßig ein.

»Schön. Dann wollen wir auf meine Freunde warten.«

»Existieren die wirklich?«

»Das tun sie.«

»Sie haben ein schnelles Schiff, Jägerin Pyanfar.«

Ein Kif, der Punkte an jemand anderen vergab und beinahe seine Überraschung eingestand. Es klang versöhnlich, mochten die Götter ihnen helfen! Oder vielleicht verhöhnte er sie auch. Oder es handelte sich um irgend etwas obskures Kifisches.

»Was wollen Sie?« fragte Pyanfar. Es mußte einfach die richtige Frage sein, oder es konnte gut sein, daß niemand von ihnen lebendig wieder aus diesem Raum kam. »Sie wollten, daß ich herkomme. Warum? Um was für ein Geschäft geht es?«

Ein langes Schweigen trat ein. »Skokitk«, sagte der Kif. *Aufhören.* »*Skokitk!*«

Die helle Gestalt sank mit einem dumpfen Klang auf die Knie. Die rotbraune kauerte sich daneben nieder. Pyanfar drehte nicht den Kopf.

»Hilfy«, sagte Haral. »Heb ihn hoch und bring ihn herüber! Ganz vorsichtig!«

»Nein!« befahl Sikkukkut. »Das wäre nicht klug.«

»Dann warten wir«, sagte Pyanfar. »Ist er in Ordnung, Hilfy?«

»Soweit schon«, sagte Hilfy mit harter, dünner Stimme. Pyanfar hörte krampfhafte Atemzüge und sah, wie die hellere Gestalt wieder aufstand, wie Hilfy ihm wieder auf die Beine half. »Soweit schon.«

»Dann wollen wir«, sagte Sikkukkut, der einen Ellbogen auf den hohen Bogen eines Stuhlbeines stützte und den langen Kiefer auf die Hand lehnte, »dann wollen wir diese Sache bereinigen. Verzichten wir auf diese Unlogik und reden wir wie Verbündete.«

»Verbündete in einer mahen Hölle.«

»Mkks ist neutraler Boden. Wir wollen Ihre Freunde willkommen heißen, wenn sie eintreffen.«

»Wir warten.«

»Kommen sie wirklich?«

»Absolut. Und Ihre Schiffe stecken immer noch mit den Nasen in der Station. Unbewegliche Ziele.«

»Wenn Sie vorhätten zu sterben, dann hätten Sie Ihre Leute zuerst getötet.«

»Vielleicht.«

»Also werden diese Verbündeten nicht auf unsere Schiffe schießen, nicht mehr, als Sie es taten. Sie planen, hier wieder herauszukommen. Ich ebenfalls. Deshalb ist Ihre Beute intakt. Und meine ist es auch.«

Kif-Gedanken. Sie bewegten sich labyrinthisch. *»Welche* Beute, Kif?«

»Sie selbst«, antwortete Sikkukkut. Er richtete sich auf und erhob sich ganz langsam von seinem Stuhl, eine Bewegung im Dunst vor dem gleißenden Licht. »Sie sind hier. Und Ihre Verbündeten sind es. Ich bin kein Händler. Handel interessiert mich nicht. Ich führe andere Transaktionen durch. Junge Chanur – *du* darfst den Raum durchqueren. Aber tu es langsam!«

»Tully ...«, hörte Pyanfar Hilfy sagen. »Komm mit!«

»Nein«, entgegnete Sikkukkut. »Er gehört uns. Du darfst gehen, junge Chanur.«

Schweigen trat ein.

»Hilfy«, sagte Pyanfar. Sie wandte den Blick keine Sekunde von Sikkukkut, und auch der Gewehrlauf bewegte sich nicht. »Komm herüber! Sofort!«

»Er ...«

»Sofort!«

Langsame und vorsichtige Bewegungen erfolgten. Die Kif regten sich und verdeckten Tullys helle Gestalt. Pyanfar ließ den Blick nicht abschweifen; sie vertraute Haral und den anderen, daß sie die übrigen Kif im Auge behielten. Sie hatte sich ihr eigenes Ziel herausgesucht. Sie hörte, wie die leisen Bewegungen sie von der Seite her erreichten, vernahm Hilfys rauhen Atem.

»Gib mir eine Waffe!« Hilfys Stimme klang heiser und angespannt, und sie hörte sich nach Gewalttätigkeit an.

»Bleib standhaft!« brummte Pyanfar. »Bleib nur ruhig stehen, Kleine ... Paß auf, daß du nicht vor irgend jemanden gerätst!«

»Hol Tully hier heraus!«

»Mit der Zeit«, sagte Sikkukkut. »Vielleicht.«

»Was für ein Vielleicht?« fragte Pyanfar.

»Wie bald«, erkundigte sich Sikkukkut, »treffen diese *Freunde* von euch ein?«

»Sie sind im Anflug«, sagte Pyanfar. Sikkukkut bewegte schwungvoll einen Ärmel – sein Gewand wehte, und kurze Bewegungen wurden schneller. »Bleiben Sie stehen, *Hakkikt!«*

»Ah.«

»Ich rate es Ihnen. Bleiben Sie an Ort und Stelle!« Wenn sie schoß, wäre das Sikkukkuts Ende. Der Antwortschußhagel wäre ihr Ende, das ihrer Besatzung und der Wand hinter ihnen. »Keine günstige Zeit, um das Dock zu verlassen, selbst wenn es Ihnen gelänge, Ihre Schiffe zu erreichen. *Hilfy, los, raus mit dir!*«

»Um ihre Verbündeten«, sagte Sikkukkut, »werde ich mich auch noch kümmern. Es besteht kein Grund zur Eile.« Er ging zur Seite, die einzige Gestalt im Raum, die sich bewegte. »Letzten Endes.« Wieder bewegte er sich. Kam näher. Breitete mit dunklem Schwung die Arme aus. »*Schießen Sie,* Jägerin Pyanfar! Oder geben Sie zu, daß ich mir ausgerechnet habe, was Sie tun werden.«

»Drängen Sie mich nicht, Kif!«

»*Zivilisation.* Ist das Ihr Wort dafür? *Freundschaft?* Die Mahendo'sat, denen Ihre Unbesonnenheit das Leben kosten wird, sind Ihre Verbündeten. Ihr eigenes Leben ist noch kostbarer. *Ich* werde Ihr Verbündeter sein, Jägerin Pyanfar, wie ich es schon auf Kshshti war. Trifft das nicht zu? Andere waren hinter dieser jungen Hani und diesem Menschen her, aber *ich* habe sie an mich genommen. Deshalb waren sie in Sicherheit. War das nicht ein *freundlicher* Akt?«

»Sie wollen, daß wir von hier verschwinden, bevor der Rest von uns die Station erreicht. Geht es darum?«

»Ich werde mit *Ihnen* verhandeln, Jägerin Pyanfar. Nankhit! Skki sukkutkut shik'hani skkunnokkt. Hsshtk!«

Die Kif senkten die Gewehre, zögernd, einer nach dem anderen. Ein Zittern breitete sich in Pyanfars Muskeln aus, ein langes Beben. Das Herz klopfte ihr dumpf gegen die Rippen. Aber ihr Gewehr blieb unbewegt.

»Sie können gehen«, sagte Sikkukkut.

»Haral, führ sie hinaus! Führ sie alle hinaus!«

»Käptn ...«

»Tu es!« Sie hörte ein tiefes Knurren. »*Khym*, raus!«

»Kommt!« vernahm sie Harals Stimme. Pyanfar holte Luft, hörte das Zischen von Stoff, schnelle Hani-Füße und das leise Klappern von Waffen.

Dann war sie allein in einem Raum voller Kif. Mit Tully und Sikkukkut.

»Haben Sie vor, so zu sterben?« fragte der *Hakkikt.*

Sie verzog die Nase zu einem Hani-Grinsen. »Mache ich Ihnen Angst, Kif?«

Sikkukkut verließ wieder seinen Platz, ging zu Tully hinüber, der dort im Griff anderer Kif stand, und legte ihm eine Hand auf die Schulter. Sanft. »Ein letzter Preis. Ihn behalte ich noch eine Zeitlang, und gebe Ihnen vielleicht einen anderen – für Ihr *Sfik*. Ihre Besatzung ist immer noch draußen. Empfängt und beachtet sie Ihre Befehle?«

»Sie versteht mich.«

Der Kif betrachtete sie aus dem Schatten seiner Kapuze hervor, gesichtslos vor dem grellen Licht.

Und lachte dann sein trockenes Lachen. Die Hand fiel von Tullys Schulter herab. »Jägerschiffe.«

»Sie kommen.«

»Skhi nokkthi.« Sikkukkut begab sich wieder zu seinem Stuhl zurück, während Kleiderrascheln sie über Bewegungen seitlich von ihr unterrichtete. Der Kif langte nach dem Tisch neben dem vielbeinigen Stuhl, wo eine Schüssel aus Maschendraht stand. Etwas huschte darin umher und tastete wie verrückt; es quietschte, als sich die Hand des *Hakkikt* um es schloß. Das Quietschen brach abrupt ab. Er steckte sich das Wesen in den Mund. Für einen Moment arbeiteten die Kiefer rasch. Dann ergriff Sikkukkut eine kunstvoll gearbeitete Tasse und spuckte hinein.

Pyanfar legte die Ohren zurück.

»Würden Sie sich zu mir an den Tisch setzen?« fragte Sikkukkut. »Nein. Das dachte ich mir.« Eine knochige Hand deutete auf Tully. »Wissen Sie, er hat seit dem Tag seiner Gefangennahme nichts gesagt. Nicht ein Wort. Er stößt manchmal Laute hervor. Ich liebe ein solches *Sfik*. Seine Worte sind kostbar. Aber vielleicht gibt er sie doch noch her.«

Entreißen Sie ihn mir, wollte der Kif damit sagen. *Unternehmen Sie etwas, wenn Sie können!*

»Der Mahe übergab Ihnen diesen Passagier auf dem Treffpunkt«, fuhr Sikkukkut fort. »War das alles? War das alles, was die *Mahijiru* Ihnen brachte? Goldzahn. Ist das nicht der Name, den Sie diesem Mahe geben? Ismehanan-min heißt er. Wir sind alte Bekannte, er und ich. Ich sprach mit ihm über ein Bündnis. Er hatte Zweifel.« Wieder hob Sikkukkut die Tasse und steckte die Schnauze hinein. Danach hob er das Gesicht. »Ich halte das für borniert.«

»Denken Sie, was Sie wollen. Wir reden lieber über Tully, nicht wahr?«

»Ich war früher *Skku* von Akkukkak. Ein Vasall, würden Sie sagen. Und sein potentieller Erbe – um Hani-Begriffe zu verwenden, auch wenn sie in die Irre führen. Sie haben mir einen Dienst geleistet.«

»Indem ich Akkukkak tötete, meinen Sie.«

»Ganz richtig. Unsere Interessen waren schon oft gleichartig. Nehmen wir einmal diesen Menschen. Und ist Ihnen der Stsho hier aufgefallen? Ungewöhnlich. Die *Stsho* schicken Emissäre herum. Sogar hierher nach Mkks. Wenn die Grasfresser so viel Staub aufwirbeln, muß man mit Feuer rechnen. Und es brennt ein Feuer, Hani. Von Llyene bis nach Akkt und Mkks. Sogar bis nach Anuurn. Nur ein Dummkopf würde mein Angebot zurückweisen. Sie sind kein Dummkopf.«

»Nein, das bin ich nicht.«

Der Kif stellte die Tasse weg. »Ist die *Mahijiru* eines der Schiffe, die Sie erwähnten?«

»Nein. Sie ist *verschollen*. Das haben Sie selbst mir erzählt, dachte ich.«

»Vielleicht. Ismehanan-min steckt voller Überraschungen.«

»Und Tullys Leute? Was ist mit ihnen passiert?«

Ein kifisches Achselzucken.

»Sie hatten einen Ring, verdammt! Er stammt von der *Ijir*. Welche Rolle spielen Sie dabei?«

»Ich habe meine Agenten. Sogar unter Akkhtimakts Laich. Dieser Ring hat wirklich Reisen gemacht, nicht wahr? Wie Tully selbst. Vielleicht geben Sie ihn ihm zurück.«

»Haben Sie das Schiff überfallen?«

»Ich? Nein. Das war Akkhtimakt. *Er* besitzt diese Beute.

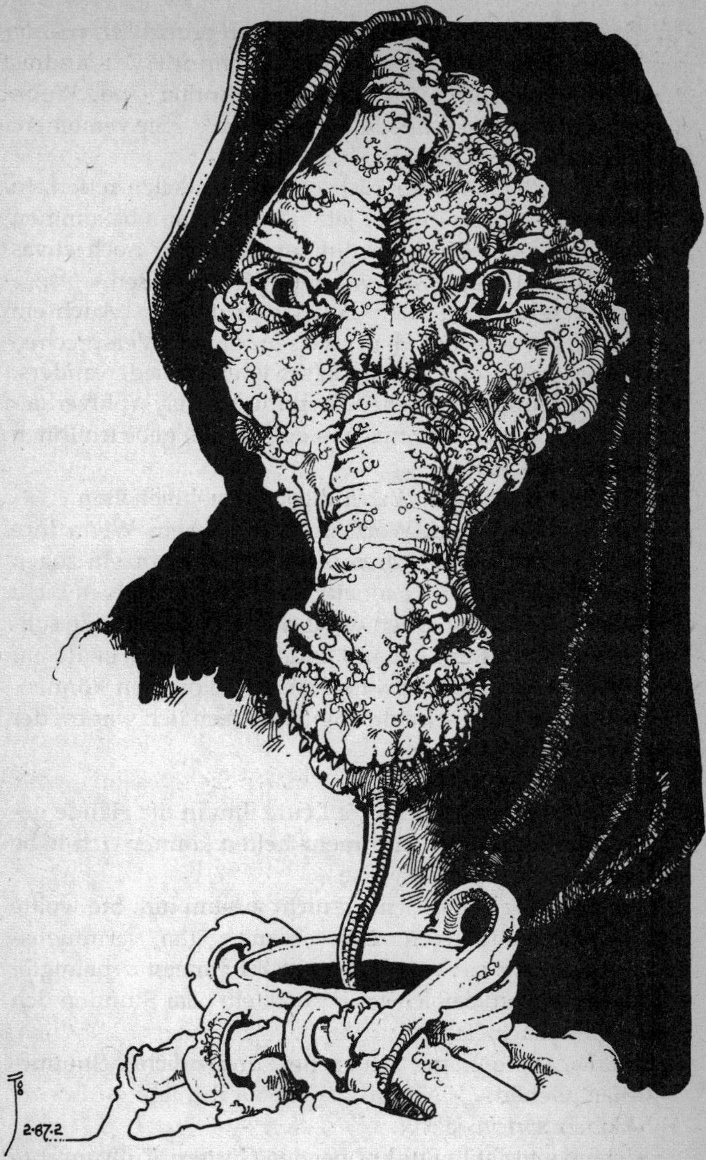
2·87·2

Ich habe meine. Kehren Sie auf ihr Schiff zurück! Es würde mir gar nicht gefallen, wenn es zu einem Mißverständnis käme, während Ihre Verbündeten im Anflug sind. Wenn meine Schiffe im Dock beschädigt würden ... Sie verstehen: Das wäre ein großer Fehler.«

»Ihn zu verletzen wäre auch einer. Sie wollen reden. In Ordnung. Geben Sie ihn mir jetzt zurück! Dann bekommen Sie Ihr Gespräch. Dann bekommen Sie sogar noch etwas mehr. Ich sage Ihnen: Wir werden nicht schießen.«

Es blieb sehr lange still. »Ah, *Versprechungen.* Auch ein Hani-Begriff. Manche Hani weisen einem Versprechen *Sfik*-Wert zu. Bei den Mahendo'sat ist das wieder anders. Ich behalte diesen Menschen. Um mich Ihres Wohlverhaltens zu versichern. Aber für Ihr Versprechen gebe ich Ihnen einen meiner Leute.«

»Ich hole ihn zurück. Lebendig und wohlbehalten.«

»Wir Kif haben kein Wort für Versprechen. Wenn Ihre Verbündeten hier sind. Ich verspreche es.« Runzeln zogen sich die dunkle Schnauze hinauf und wieder hinab, in Licht gezeichnet. »Ich sage Ihnen wirklich die Wahrheit. Sie sollten mir danken, Hani. Jemand anderes hätte Ihre Leute auf dem Dock von Kshshti in die Hände bekommen können. Ich fand sie in einem Durchgang. Aber nicht ich war es, der hinter ihnen her war.«

»Akkhtimakt?«

»Seine Agenten. Wären Ihre Leute ihm in die Hände gefallen, hätte ihnen niemand mehr helfen können. Ich habe sie beschützt. Vergleichsweise.«

»Tully.« Sie sah immer noch nicht zu ihm hin. Sie wollte seinen Blick nicht sehen, diesen blauäugigen, vertrauensvollen Blick, der sie verwirrte und ihr Innerstes peinigte. »Tully, sie wollen, daß ich gehe. Noch ein paar Stunden. Ich hole dich zurück, Tully.«

»Schön«, sagte er mit schwacher, undeutlicher Stimme. »Pyanfar. Gehen.«

»Kkkt. Er *spricht* ja!«

Sie stand ganz still. Punkte, bei den Göttern: Tully machte

Punkte gegen diesen *Hakkikt* und merkte es vielleicht gar nicht. Pyanfar hielt das Gewehr unablässig auf Sikkukkut gerichtet, und sie wagte es nicht, Tully anzusehen.

»Ich verspreche Ihnen«, sagte sie, »daß Ihre Schiffe sicher sind. So sicher wie Tully.«

Das Schweigen hing im Raum. »Wir werden uns unterhalten«, sagte Sikkukkut dann, »er und ich. Während wir auf Ihre Einwilligung warten. Gehen Sie zu Ihrem Schiff zurück! Sie haben keine Wahl, Hani. Achten Sie darauf, daß nichts geschieht!«

»Sie ebenso.« Sie wich zur Tür zurück, erreichte den Bogengang, wo das hellere Licht des dämmerigen Gangs ihr in die Augenwinkel fiel. Sie sah Licht an der einen Seite des Blickfeldes, hani-rot und blau und braun. Rechts von ihr lag Kif-Schwarz. Sie hielt ihre Waffe auf den *Hakkikt* in dem Raum gerichtet. »Sie wollen ein Abkommen«, sagte sie in die Düsternis, »ein Bündnis. Ich werde meine Verbündeten fragen. Vermasseln Sie es nicht, hm?«

Schweigen war die Antwort. Vielleicht rechnete die Mehrheit damit, daß sie schoß und den Raum leerfegte. Die meisten Kif hätten es getan und Punkte dabei verloren, in Tullys Fall. Hätten alles zerstört, sowohl den Gewinn als auch den Verlust.

Ein sehr arroganter Kif hätte es vielleicht nicht getan.

Oder eine Hani mit einem Freund dort drin. In seiner eigenen Arroganz vertraute Sikkukkut darauf, daß er sich mit Hani auskannte. Pyanfar starrte unablässig auf diesen sitzenden Schatten zwischen den Lampen. Zur Rechten des *Hakkikt*, zwischen den Wachen, sah sie Tully bleiches Gesicht, aber sie blickte es nicht ein einziges Mal direkt an. Überall im Raum leuchteten die LED-Bereitschaftslampen von hundert Gewehren in einem tückischen, gleichmäßigen Rot.

Sie tauchte zur Seite weg, rollte sich mit den Schultern an der Wand ab und stieß sich davon weg, trabte zu ihrer Besatzung hinüber, während diese sie gegen die Kif im Korridor deckte.

»Tully ...«, sagte Hilfy.

»Wir können ihn jetzt nicht holen.«

»Gib mir eine Pistole!« Hilfy packte Geran am Handgelenk. »Um der Götter willen ...«

»Verdammt noch mal, *beweg dich!*« Pyanfar packte Hilfy mit einer Hand und schleppte sie mit durch den Gang. Hilfy grub ihr die Krallen in die Haut und versuchte, sie mit einem Schwinger zu treffen, aber Khym packte sie an dem Arm, mit dem sie ausholte.

Hilfy kämpfte lautlos. In ihrer Hast verlor sie den Boden unter den Füßen, und Khym drückte sie sich an die Seite und schleppte sie mit, den Gang entlang und um die Ecke.

Und noch weiter, als sie die offenen Docks erreichten. Hilfy kämpfte immer noch, war aber schwächer geworden, während Khym seinen Griff aufrechterhielt.

Pyanfar erlaubte ihnen nicht, langsamer zu werden. Überall waren Kif, standen in den Eingängen abseits des Docks und bei den Portalen der Schiffe herum.

Vor ihnen blinkten in der Ferne blaue Lampen an der Wand über zwei Schiffsliegeplätzen: einfahrende Schiffe, eines an jeder Seite der *Stolz*.

»Wir holen ihn zurück«, versprach Pyanfar Hilfy. Sie atmete selbst schwer, während sie auf dieses Ziel zumarschierte. »Wir holen ihn da raus.«

Hilfys Wut verebbte zu keuchendem Atem. Sie stieß sich von Khym weg, der sie losließ, stolperte und ging dann vor den anderen her.

Wut und Kummer. Das war nicht mehr die Jugendliche, die sie verloren und wiedergefunden hatte. Es ging alles zu tief für die unbeschwerte Hilfy. Pyanfar tat es weh, das zu sehen, die hängenden Schultern, den Schmerz, den niemand heilen konnte.

Hilfy war zu alt für Tröstungen geworden – die Nichte, die früher an Pyanfars Gürtelenden herumgeschwenkt war und gelacht und um Geschichten gebeten hatte, Geschichten darüber, wohin das Schiff flog, wohin Pyanfar reiste, wie die Sterne aussahen.

Hilfy ging jetzt vor ihnen her und stolperte gelegentlich. Sie hatte Blutflecken an der Hose und im Fell, quer über die Schultern. Ihre Mähne war verfilzt.

Und die Schiffe fuhren ein.

»Chur!« rief Pyanfar am Fuß der Rampe durch den Taschenkom. »Chur, wir kommen herein!« Sie warf einen Blick zurück; Tirun war immer noch hinter ihnen, die Waffe unter Energie, und deckte sie gegen einen möglichen Angriff aus der Reihe der Geschäfte an der gegenüberliegenden Seite des Docks, aus den Schatten und den Reihen der Kif hervor. Die Mahendo'sat und der Stsho waren fort, versteckt, hatten sie verlassen.

»Habt ihr sie?« Die Stimme von der Brücke klang schwach und wie gehaucht.

»Hilfy ist bei uns«, antwortete Pyanfar. Hilfys Ohren hatten sich aufgerichtet, als sie sich auf den Weg die Rampe hinauf gemacht hatten, waren als erstes Anzeichen von Lebendigkeit wieder nach vorn geklappt. »Hatten ein kleines Problem dabei, Tully zu bekommen. Wir arbeiten noch daran.«

Die Ohren sanken wieder herab.

»Hhhuh«, sagte Chur, oder der Kom hatte etwas verschluckt. *»Die Luke steht offen. Die* Wachsamkeit *und die* Aja Jin *sind im Anflug; sie haben noch nicht gebremst. Sie wollen Instruktionen von uns.«*

»Gut«, sagte Pyanfar. »Bestätige, wie wir es abgesprochen haben.« Ein nicht abgeschirmter Taschenkom war nicht der richtige Weg, sich *darüber* zu unterhalten. Pyanfar ging die kalten Platten der Rampe hinauf und blickte nach jedem dritten Schritt zurück. Tirun hatte sich in der Deckung postiert, die ihr der Fuß der Rampe bot, beim Kontrollpult des Portals, und sie schwenkte mit dem Gewehr langsam über das Dock. Die anderen betraten den gedeckten Zugang, und Pyanfar wandte sich wieder um. Haral stand neben ihr, die AP in der Hand. »Tirun!« rief Pyanfar, und Tirun drehte sich geduckt um und preschte die widerhallenden Metallplatten hinauf.

Sie war immer noch außer Atem, als sie drinnen durch die Schleuse in die sicheren Innenkorridore der *Stolz* eilten. Geran fluchte vor Erleichterung. Tirun sicherte ihr Gewehr und benutzte es dann als Stock. »Bin nicht mehr so gut im Sprinten«, brummte sie, als sie alle die APs in die Halfter steckten und sich die Gewehre an den Riemen über die Schultern hängten. Hilfy ging mit hängenden Ohren vorneweg, betrat als erste den Aufzug und hielt die Tür für die anderen auf. Ihre Gefühle hatten sich abgekühlt, aber niemand faßte sie an. *Willkommen daheim, Kind. Willkommen daheim. Freue mich, daß mit dir zumindest alles in Ordnung ist.* Niemand traute sich, das zu sagen.

Weder daheim noch in Ordnung, dachte Pyanfar. Sie betrachtete das junge Gesicht im Profil, während der Aufzug nach oben fuhr: die Ohren zurückgelegt, der Mund verspannt in Verschwiegenheit. *Verdammt, Nichte, ich habe getan, was ich konnte!*

Sie verließen den Aufzug auf dem Brückendeck, trotteten hinaus, ohne eine besondere Ordnung zu halten. Khym blieb bei ihnen, als sie an seiner Kabine vorbeikamen, am Bad und ähnlichen Verlockungen. Sie waren schmutzig, kalt von den Docks, und sie stanken nach Kif. *Diesen* Geruch brachten sie auf die *Stolz* mit.

Chur warf den Copilotensitz herum, als sie eintraten, die unerbittliche Bewegung einer Maschinerie, die eine bandagierte Hani barg, schwach in den Polstern zusammengesunken. Aber ihre Ohren gingen hoch, und sie hob den Kopf.

»Schön, dich zu sehen, Kleine.«

Hilfy durchquerte die Brücke, beugte sich herab und drückte Churs Arm. »Schön, dich zu sehen«, antwortete sie heiser. »Ich dachte schon, sie hätten dich erwischt. Ihr Götter, ich dachte, du wärst tot!«

»Huh, nein.« Chur legte den Kopf zurück, als sich die anderen rings um sie versammelten. Sie schloß die Augen, öffnete sie wieder und musterte Pyanfar. »Käptn, ich habe die Bestätigung rausgeschickt. Kein verdammtes bißchen

Hilfe von den Mahendo'sat der Station, abgesehen von der Verkehrsleitung. Die Zentrale schweigt. Es hat sie mächtig durcheinandergebracht, daß unsere Freunde im System auftauchten, um nicht zu sagen erschreckt. Sie sagen nichts, außer, was unerläßlich ist.«

»Hm.« Pyanfar legte eine Hand auf die Rückenlehne. »Am besten gehst du sofort ins Bett.«

»Essen«, sagte Chur. »Lausiges C-Zeug. Ich will eine Tasse Gfi.«

»Ich hole welchen«, sagte Khym, legte das Gewehr weg (ihr Götter, einfach auf das Pult!) und entfernte sich.

»Sichere das!« fauchte Pyanfar. Er blieb ruckartig stehen und sah sich um, suchte nach dem, was er angerichtet hatte. Aber Tirun nahm das Gewehr an sich, zusammen mit dem Churs.

»Habe es, Käptn. Er hat es mir gegeben.«

Pyanfar nickte und fiel mit dem Hinterteil auf den Rand des Steuerpultes, während Khym davonging. Sie gewährte ihm keine Schonung. Überhaupt keine. Aber die Crew sprang für ihn ein; und sie taten es nicht, weil er männlich war, oder weil er zu ihr, Pyanfar, gehörte, sondern weil er es sich gerade dort draußen verdient hatte, falls er genug Verstand besaß, das zu wissen. Es vertrieb etwas von der Kälte, die Pyanfar spürte. Etwas. Die geschlagene Müdigkeit in Hilfys hängenden Schultern, dieser trostlose, geschäftsmäßige Blick – das war außer Reichweite für sie.

»Wieviel brauchen unsere Freunde noch bis zur abschließenden Bremsung?« fragte sie Chur und reichte Haral ihr Gewehr. »War irgend etwas Verläßliches von der Zentrale zu erfahren?«

»Ich habe den ersten Alarm aufgezeichnet«, sagte Chur und deutete zum Comp, zum tickenden Chronometer auf Monitor zwei. »Schätze ... schätze, unsere Schiffe werden ungefähr jetzt abbremsen, aber es kann auch sein, daß Jik es aus der Hand plant. Er traut den Kif nicht genug, um es uns zu sagen, hm?«

Eine Untertreibung. Komplizierte Comp-Operationen

durch eine Crewfrau, die schon viel leistete, wenn sie aufrecht saß. »Nimm dir frei! Haral und Tirun übernehmen die Schicht. Die übrigen waschen sich und kommen zurück. Los! Wir bekommen Besuch.«

Sie zögerten kurz. Harals Augen huschten zur Seite.

Fragen. *Was machen wir? Hier sitzenbleiben?* Denn weiter im Dock zu bleiben war nicht gerade vernünftig. *Denkst du, wir haben eine Chance, auch den Rest unserer Aufgabe zu schaffen?*

»Unterrichte beide Schiffe«, sagte Pyanfar, »daß wir wieder an Bord sind! Sag ihnen, wir hätten mit den Kif gesprochen und den Job *zur Hälfte* erledigt! Und daß die Kif weiter verhandeln wollen.«

»Tully ist zurückgeblieben«, sagte Hilfy, die sich plötzlich umdrehte und auf der Pultkante zu Pyanfar hinüberbeugte. Ihre Stimme versagte und zischte. »Vier *Tage,* Tante – vier Tage lang haben sie ihn bearbeitet ...«

»Dann waren wir gut in der Zeit«, versetzte Pyanfar kalt, sehr kalt, weil Hilfy hitzig werden wollte. »Ich hatte mir fünf ausgerechnet. Wir holen ihn raus.«

»Sie nehmen ihn auseinander!« Hilfy stand auf und trat vom Pult zurück. »Dieser Bastard von Kif hat Zeit, zum Ziel zu kommen!«

»Wir haben getan, was wir konnten.«

Hilfy holte tief Luft. »Ja«, sagte sie und wurde ruhig, durch und durch ruhig.

»Schick diese Nachricht ab!« wies Pyanfar Tirun an, schnallte sich die AP ab und reichte sie Haral, damit diese sie mit den anderen Waffen in den Schrank packte. Dann wandte sie sich wieder Hilfy zu. »Geh dich waschen! *Wir sind noch nicht fertig, Nichte!*«

»Aye«, sagte Hilfy, drehte sich um und ging.

»Du auch«, sagte Pyanfar zu Chur. »Geran, bring sie weg!«

»Ich möchte den Gfi!« protestierte Chur.

»Schön. Aber der wird dorthinkommen, wo du bist.« Pyanfar stand dort, während Geran ihrer Schwester half, von Harals Sitz aufzustehen, und sie dann zur Tür führte. »Bleib in Khyms Kabine, ja? Ich möchte dich in der Nähe der Kontrollen haben. Wir könnten wieder darauf angewiesen sein, daß du hier Wache hältst.«

»Aye«, sagte Geran an Churs Stelle und blickte dabei kurz zurück.

Die Situation hatte sich alles in allem nicht so entwickelt, wie sie es ursprünglich befürchtet hatten: die Geiseln ermordet, Mkks schwer beschädigt – was alles hätte passieren können, bevor sie anlegten. Das, was sie erreicht hatten, grenzte schon an ein Wunder: Sie waren hineingegangen und hatten Hilfy befreit.

Aber sie waren nicht gut genug gewesen.

Haral glitt wieder in den Sessel, den Chur freigemacht hatte, drehte ihn herum und machte sich in ihrer typischen unerschütterlichen Art an die Arbeit, indem sie ihre Konzentration augenblicklich vom Dock weg und zu diesen Pulten hin bewegte. Von nun an war mit Patzern nicht mehr zu rechnen. Pyanfar überprüfte noch einmal die Tür des Waffenschließschranks und hörte das elektrische Ticken des Riegels, der ihren Bemühungen standhielt. »Die Eingangskamera und der Bewegungsspürer bleiben besser eingeschaltet. Wir beherrschen den Bereich der Tore dort unten nicht.«

»Klar«, sagte Haral und tastete Modus und Nummer ein, ohne eine Stelle auszulassen, während auf anderen Sektionen des Comps die Zahlen dahintickten.

»Empfange eine Bestätigung der abschließenden Bremsphase«, meldete Tirun, die sich einen Hörer ans Ohr hielt. »Käptn, bekomme gerade die Bestätigung von der *Aja Jin*. Grüße vom Kapitän, und er kommt zu dir, sobald er im Dock ist.«

Pyanfar blickte auf das Chronometer. Es lagen noch zwei Lichtminuten Antwortszeit zwischen ihnen und den anfliegenden Schiffen. »Verstanden«, sagte sie. Zwei Minuten, wie sich das Licht bewegte. Und ein Schiff, das den größten Teil seiner c-fraktionellen Energie abgeworfen hatte, brauchte viel länger, um sich dem langsamen Bezugsrahmen der Station anzupassen, und noch länger, bis es im Dock lag. »Ich gehe ins Bad.«

Ein Chaos konnte sich entwickeln, in dem Leute zu Schaden kamen. Ein Angriff konnte erfolgen. Pyanfar zitterten die Knie, als sich die Entbehrungen jetzt bemerkbar machten. Sie hatte noch Zeit für ein Bad und um eine Tasse zu trinken. Inzwischen saßen die ältesten Besatzungsmitglieder der *Stolz* an den Kontrollen. Keine Panik, keine gefühlsmäßigen Entscheidungen, kein Pfusch. Dank den Göttern!

Pyanfar legte alles in ihre Hände und ging den Korridor hinunter, löste im Gehen schon den Gürtel.

Hilfy war nach unten in das leere Besatzungsquartier gegangen. Allein. Pyanfar war das nicht recht. Aber sie konnte sonst nichts tun und ihr auch nichts anderes anbieten.

Dann schmeißen wir die Party eben später, Kind. Wenn uns danach ist.

Mögen die Götter uns allen helfen!

Sie stieß die Tür mit dem Daumen auf und begab sich direkt ins Bad, warf die Hose in den Kleiderkasten, hängte den Kom in Reichweite der Duschkabine an die Wand des Badezimmers und drehte mit einem wohligen Seufzer den warmen Nebel auf.

Ganze Büschel von Fell wirbelten in den Abfluß zu ihren Füßen – ihr Götter, nur die Hälfte davon war auf den Sprung zurückzuführen; die Sache mit dem Kif war für den Rest verantwortlich, den sie vor Angst verloren hatte. Und während sie sich unter der warmen Flut einschäumte und abspülte, versuchte sie, ihren durch den Sprung benebelten Verstand wieder klarzubekommen und immer wieder aufs Neue zu planen, was sie auf den nächsten Wurf der Würfel wetten sollte. Die Kif hatten noch den einen oder anderen Trick auf Lager. Das wußte sie.

Und der Kom fing an zu piepsen, als sie gerade die Hand ausstreckte, um den Trockenzyklus einzuschalten.

»Ihr Götter, was denn nun?« fragte sie und packte den Kom, verspritzte dabei Wasser auf dem Boden. Ihr Herz pochte. Duschen – überhaupt jede Freizeitbeschäftigung – machte sie nun schon paranoid. Sie wußten es; irgendwie wußte das ganze Universum Bescheid, wann sie einmal unvorbereitet war.

»Haben einen Kif draußen im Eingang«, meldete sich Harals Stimme. »Käptn, er schwört, er gehöre zu *dir!*«

DRITTES KAPITEL

»Du, Kif.« Pyanfar beugte sich über das Kompult und sah den Eindringling durch die Kamera an, die sie auf Kefk montiert hatten, eine kauernde, schwarz gewandete Silhouette im grellen gelben Licht der Eingangsröhre. Es war kalt da draußen, kein Platz zum Herumstehen. Der Atem des Kif gefror vor seiner dunklen Erscheinung. »Kif, hier spricht Pyanfar Chanur. Du kannst von da unten mit mir sprechen. Hast du Nachrichten für mich?«

»Ich heiße Skkukuk. Lassen Sie mich hinein, Chanur! Der *Hakkikt* an'nikktukktin hat mich geschickt.«

»In einer mahen Hölle!«

»Dann muß ich erfrieren.«

»Pack deinen frierenden Kadaver sofort aus meiner Eingangsröhre!«

Der Kif blieb stehen. Hob die Arme. Die Ärmel der schwarzen Gewänder rutschten zurück und enthüllten schwarze haarlose Arme und lange Hände mit einziehbaren Krallen. »Chanurs Sicherheit ist auch meine. Ich biete ihm meine Waffen an.«

»Die Bibliothek«, brummte sie Haral zu; Haral stürzte sich auf den Comp, um zu sehen, was die Linguistik mit diesen Worten anfing, als Formel verstanden. Inzwischen hielt Pyanfar den Kif hin, und das Haar auf ihrem Rückgrat richtete sich auf. »Kif. Skkukuk. Was erwartest du von mir?«

»Ich warte darauf, es herauszufinden.«

»Käptn«, murmelte Haral, »die Bibliothek hat nichts über dieses Idiom.«

»Schön. Verdammt. *Kif, du hörst auf meine Befehle, ja?*«

»Ich gehöre Chanur.«

Pyanfar schaltete den Ton ab und richtete sich auf. »Die Götter wissen, was das nun wieder bedeuten soll. Da haben wir ja eine Situation.« Und als Bildschirm vier, der die Rou-

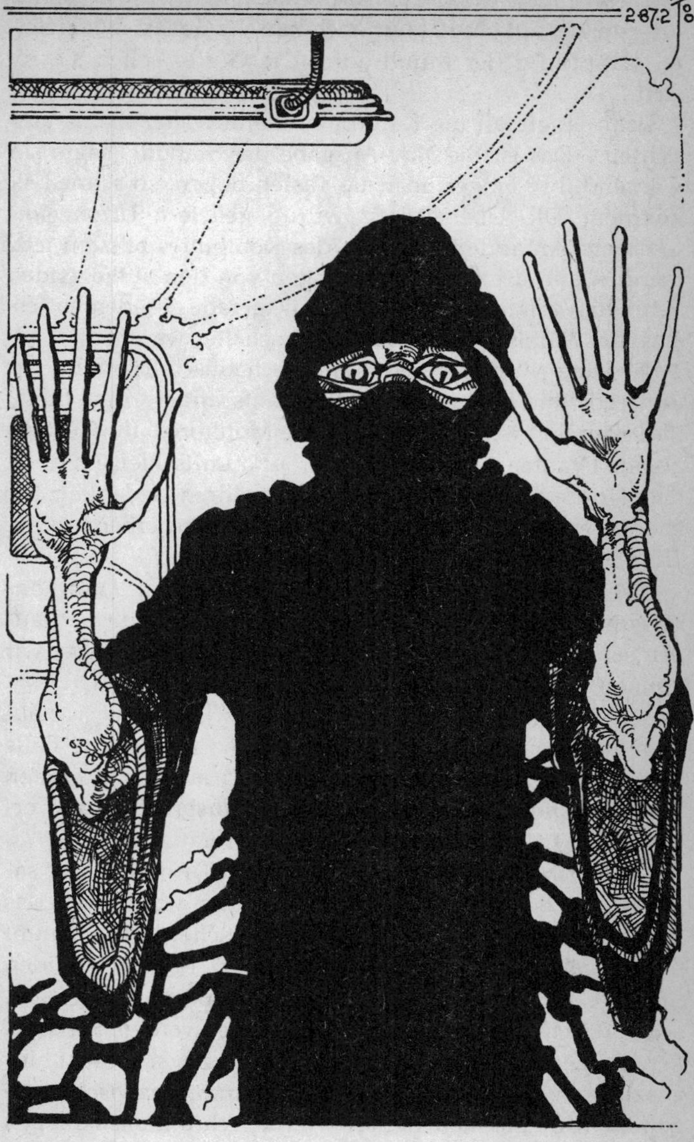

tinemeldungen der Stationszentrale und der Verkehrsleitung zeigte, auf einmal nur noch kifische Buchstaben lieferte, klappte ihr der Mund auf. »Die Götter sollen sie rösten ...«

Tirun langte an die Kontrollen, konnte aber nichts ausrichten. »Das ist die Nav-Ausgabe der Station«, sagte sie, während ihre Finger über die Tasten flogen, so schnell sie konnten. Die Übersetzung wurde geliefert: *Übertragung schwierig.* An anderen Stellen des Kompultes blitzten jetzt Lampen auf, dringende Sendungen von den anfliegenden Schiffen *Wachsamkeit* und *Aja Jin,* die gerade gesehen hatten, daß ihre Monitore ganz auf Kif geschaltet waren.

Die Lage wurde für den Moment chaotisch: Haral fluchte und schaltete von einem System aufs andere um. Bilder flackerten in rascher Folge über die Monitore. »Ihr Götter!« zischte Pyanfar und verbannte Kif und Luftschleusen unter dem Druck größerer Katastrophen aus ihren Gedanken. Sie gab allgemeinen Alarm, um die Besatzung herbeizurufen. »Können wir ihnen irgend etwas übermitteln?«

»Die Station blockiert uns nicht«, sagte Haral. »Wir können unsere Scanner-Ergebnisse an unsere Freunde da draußen senden, was nicht viel ist in unserer Position. Aber wir können sie mit Funksignalen ins Dock schleusen.«

Achtern trat der Aufzug in Funktion: Die Crew war auf dem Weg vom Unterdeck zur Brücke, so schnell ihre Füße und der Aufzugmechanismus der *Stolz* sie transportieren konnten. Die Alarmglocke ertönte in Ausbrüchen und ertränkte so in Intervallen die anderen Geräusche.

»Nachricht von der Zentrale«, meldete Tirun. »Die Kif sagen ... Grüße vom *Hakkikt,* und sie werden sich nicht in das Anlegemanöver unserer Schiffe einmischen. Das kommt über Relais ... Ein weiterer Anruf: ein Protest von den Stsho. Und Mahendo'sat ... eine Gruppe von ihnen beschwert sich über die Kif und will gerettet werden. Sie stekken in irgendwelchen Läden fest und trauen sich nicht hinauszugehen. Sie wollen, daß Polizei kommt. Inzwischen sagen die Kif, eine mahen Crew werde sich um das Anlegen der *Aja Jin* und der *Wachsamkeit* kümmern ... Und noch einmal Grüße vom *Hakkikt.*«

Ein leises Geräusch ertönte, das Quietschen von Polstern: Chur war allein wieder auf ihren Posten gegangen. Laufschritte ertönten hinter ihr im Korridor.

»Was ist los?« erkundigte Chur sich geradeheraus.

»Die Kif haben die ganze götterverdammte Station übernommen«, brummte Pyanfar. »Und wir haben einen götterverfluchten Kif in unserem götterverfluchten Eingang ... *Geh zurück ins Bett!*«

»Gib mir das!« wandte sich Chur murmelnd an Tirun, ganz sachlich. Und die ganze Sache ging weiter mit Gemurmel und Kom-Geschnatter.

Schritte trommelten und Krallen scharrten auf dem Deck. Weitere Besatzungsmitglieder ließen sich in ihre Sessel fallen, eine, zwei, drei. Haral unterrichtete die Neuankömmlinge kurz über die Lage, und Pyanfar ließ sie gewähren und sah, wie immer mehr Informationen auf den Bildschirmen erschienen, während die verschiedenen Stationen zum Leben erwachten. Die *Wachsamkeit* und die *Aja Jin* setzten ihren Weg zum Dock fort. »Negativ, kein Feuer«, beantwortete Pyanfar die Frage des einfliegenden Mahendo'sat. »Setz sie in Kenntnis, Tirun.« Sie warf den Sessel halb herum und sah die Brücke der *Stolz* stärker bevölkert als je seit Kshshti. Auch Hilfy und Khym waren beide auf ihrem Posten.

»Die Kif zählen darauf, daß wir die Lage beruhigen«, brummte Pyanfar den anderen zu. »Verdammt, sie setzen uns so hart zu, wie sie nur können. Der verfluchte Kifbastard weiß genau, daß wir nicht unvermittelt schießen.«

Hilfy drehte den Kopf halb herum. »Er hat Tully«, sagte sie gepreßt. Damit war es gesagt, war die Grenze gezogen.

Und mochten die Götter gefiedert sein, wenn sie noch unter Druck gesetzt werden wollte, etwas zu tun, was sie bereits von selbst rasend gern getan hätte. So auch in dieser Situation, in der sie fest im Dock lag, anstatt sich loszureißen und mit voller Kraft zu fliehen.

»Und da haben wir unseren eigenen Häftling«, sagte sie

und verwirrte damit Hilfy. Sie sah, wie deren Ohren sich verblüfft schräg stellten. Pyanfar schaltete einen Kanal zum Kom des Eingangs. »Skkukuk, was machen wir mit dir?«

Der Kif hatte sich zu einer Kugel zusammengekauert. Er stand auf und streckte sich. »Ich bin am Erfrieren, Jägerin Pyanfar.«

»Gut. Wie wäre es, wenn ich dir den Kopf von den Schultern puste? Würde das dem *Hakkikt* gefallen? Hast du ihn irgendwie beleidigt?«

»Ich besitze keinerlei Status bei ihm.«

»Aber du hoffst, einen zu gewinnen, nicht wahr?«

»Ich bin ohne Hoffnung, sofern Ihr *Sfik* nicht größer ist, als es scheint.«

Sie legte die Ohren zurück. »Kif, möchtest du weiterleben?«

»Natürlich.«

»Dann zieh dich aus und begib dich in die Schleuse! Laß die Kleider in der Schleuse liegen! Dann geh in den Hauptkorridor und warte dort!«

Er verbeugte sich, hatte die Hände wieder weggesteckt.

Pyanfar beugte sich hinüber und öffnete über die Tastatur die äußere Luke, drehte dann ihren Sessel und begegnete einem kurzen Blick Hilfys, die die Ohren angelegt hatte. »Wir haben uns da unten ein *Sfik*-Objekt angelacht. Es ist nicht Tully. Wir werden uns einmal anschauen, was man uns da gegeben hat. Sag der *Wachsamkeit* und der *Aja Jin*, daß wir dieses Spiel zu Ende spielen und im Dock bleiben. Sie können nach eigenem Gutdünken vorgehen.«

»Das Scannerbild ist rausgegangen«, sagte Haral. »Jik bestätigt den Empfang und sagt, er legt an.«

»Hoffen wir bei den Göttern, daß er keinen Jux macht«, sagte Geran.

»Hoffen wir es«, brummte Pyanfar. Visionen von einem Angriff machten ihr zu schaffen. Ein rascher Schlag gegen das Dock von einem ihrer zwei heranfahrenden Verbündeten, und alles war vorbei. Aber sie vertraute Jik. Sie hoffte auf ihn. »Khym, los, komm mit!«

»Gehst du hinunter?« fragte Hilfy und drehte ihren Sessel herum.

»Gesicht zum Pult, meine Kleine. *Du bleibst hier!* Komm schon, Khym!«

Khyms Ohren richteten sich auf. Er hatte nicht mehr so fröhlich ausgesehen, seit sie ihn auf den Kshshti-Docks mit ins Feuer genommen hatten.

Pyanfar hielt die Taschenpistole in der Hand und trug, während sie beide mit dem Aufzug hinunterfuhren, ein Komgerät mit voll aufgedrehtem Verstärker am Gürtel. Khym hatte nur die bloßen Hände dabei; und die waren schon nicht schlecht – sofern der Kif in ihrer Luftschleuse, überlegte Pyanfar, nicht ein Messer oder Schlimmeres dabeihatte. Mochten die Götter ihre Zeugen sein, sie waren kein Kriegsschiff voller Sicherheitseinrichtungen und Detektoren. Sie richteten sich nach Vermutungen, ließen sich auf Glücksspiele ein ...

... Eine Verrücktheit, flüsterte ihr eine Stimme zu, die *Stolz* für einen verdreckten, halb verrückten Menschen aufs Spiel zu setzen ...

»Presch nicht vor!« wies sie Khym an, während der Aufzug nach unten fuhr. Sie entsicherte die Pistole mit dem Daumen. »Mögen die Götter verhindern, daß die Sache ein Bluff ist und wir jetzt eine Granate an Bord haben.«

»Was machst du dann?« wollte Khym wissen.

»Sie zurückwerfen, um der Götter willen! Woher soll ich das wissen?« Bei dem Gedanken sträubten sich ihr die Nakkenhaare. Sie drückte den Schalter des In-Lift-Koms: »Haral, halte dich bereit, die innere Luke zu öffnen!«

Die Aufzugtür öffnete sich. Pyanfar trat hinter Khym hinaus, die Pistole bereit.

»Jetzt, Käpt'n?« fragte Haral.

»Ja.«

Anderthalb Korridore weiter ging die innere Luke der Luftschleuse auf. Pyanfar packte Khym am Arm und zerrte ihn mit hinüber zur Seite des Korridors, wo sich ihnen eine günstige Stellung bot.

Wie schwarzes Öl im freien Fall schwebte der Kif um die Ecke und blieb im längsten Korridor der *Stolz* stehen, ein gutes Stück von ihnen entfernt – stand dann dort in seiner schlaksigen, grau-schwarzen Nacktheit, die Hände ausgestreckt, um zu zeigen, daß sie leer waren.

»In Ordnung«, sagte Pyanfar, ohne die Waffe von der Körpermitte des Kif wegzuschwenken. »Behalte die Hände ausgestreckt, Kif, so daß man sie gut sehen kann!«

»Es stinkt hier.«

»Draußen stinkt es auch, Kif. Komm ein Stück näher! Bleib genau dort stehen! Khym, geh in die Schleuse und hol seine Kleider! Durchsuche sie nach Waffen!«

»Mein Messer und meine Pistole liegen dort«, sagte der Kif.

»Schön. Nun mach, Khym!«

Khym setzte sich in Bewegung, blieb nicht ganz frei von Übelkeit auf diesem Weg durch den Korridor. Er legte die Ohren an, als er an dem Kif vorbeikam. Der Kif drehte den Kopf halb herum, und die hochgezogenen Schultern und der vorspringende Kiefer wirkten nun irgendwie seltsam gewunden und würdevoll. Der Kif nahm die Drehung wieder zurück, eine durchgehende Bewegung mit der vorherigen, und wandte sich erneut Pyanfar zu. Er hob die Hände und zeigte ihre leeren Flächen.

»Du gehörst mir, wie?« fragte Pyanfar verdrießlich. »Was stellt sich Sikkukkut eigentlich bei diesem Austausch vor? Ich verkaufe meinen Anspruch auf den Menschen nicht, verstanden?«

Der Kif bewegte langsam die Hände. »Ich verstehe.«

»Dann antworte mir, du ohrenloser Bastard! Was machst du hier?«

»Ich warte«, sagte er.

»Worauf?«

Ein kifisches Achselzucken. »Ich weiß es nicht.«

»Wenn du mir Rätsel aufgibst, Kif, ziehe ich dir die Haut ab!«

Khym tauchte wieder hinter dem Kif im Korridor auf, die

Hände voll mit schwarzem Stoff und Leder. »Messer und Pistole!« rief er. »Sonst nichts!«

»Bring ihm seine Gewänder.«

Er tat wie geheißen. Warf sie neben dem Kif zu Boden.

»Darf ich?« fragte der Kif.

Sie winkte mit der Pistole. Er senkte den Kopf, bewegte sich ganz langsam, sammelte seine Habseligkeiten ein und drückte sie sich an die Brust, die Schultern hochgezogen und den Kopf gesenkt, eine für die Kif typische Haltung. In einem Moment wirkte er unheimlich, im nächsten schon geschlagen und jämmerlich, mit jedem wechselnden Schatten auf der grauschwarzen, runzeligen Haut.

Pyanfars Rückenhaar sträubte sich. »Khym, öffne den Waschraum! Skkukuk, hinein mit dir!«

Skkukuk hob den Kopf. »Es ist eine Verschwendung«, meinte er. »Geben Sie mir meine Waffen, und ich überreiche Ihnen Ihre Rivalen.«

»Hinein!«

»Ich diene einem Dummkopf.«

»Ich bin nicht dumm genug, um dir den Rücken zuzuwenden, Kif. Entweder hat Sikkukkut dich geschickt, oder er hat dich hinausgeworfen, und in beiden Fällen will ich dich nicht.«

Skkukuk zog den Kopf zwischen die Schultern. Mit derselben schlangenhaften Grazie wandte er sich ab und ging durch die offene Tür des Waschraums. Pyanfar sagte sich, daß sie Punkte gewonnen hatte.

»Tullys altes Quartier«, sagte sie zu Khym, der davor herumstand. »Wirf den Rest seiner Kluft hinein.«

»Behalten wir diese Kreatur?«

»Schmeiß das Zeug rein!«

Khym warf Stiefel und Gürtel durch die Tür. Pistole und Messer behielt er.

Dann schloß und verriegelte er die Tür. »Er wird wahrscheinlich den Raum verwüsten«, sagte er.

»Das ist das geringste unserer Probleme.«

»Was will er nur, um der Götter willen?«

»Wenn du eine Vermutung hast, teil sie mir mit!« Sie sicherte ihre Pistole wieder und stellte fest, daß ihr die Knie weich geworden waren. »O *verdammt*, ich habe einen Kif auf meinem Schiff, und er weiß nicht einmal, wozu er hier ist! Woher soll ich es dann wissen? Ich habe es mit anfliegenden Schiffen zu tun, mit einer Station in den Händen der Kif, und mit Kif, die Fangen spielen.« Sie drehte sich um und ging zum Aufzug zurück, wandte sich dann noch einmal Khym zu. »Halte hier unten Wache! Prüfe zweimal, ob dieses Schloß auch wirklich zu ist, schaff dieses Zeug weg, und, um der Götter willen, wenn du die Tür zu diesem Waschraum öffnest – sei es auch, daß der Kif darin explodiert –, wenn du diese Tür öffnest, werfe ich dich zuerst in den Weltraum, und dann den Kif vor! Hast du mich verstanden?«

Ihm fielen die Ohren herab und klappte der Mund auf.

Pyanfar betrat wieder den Aufzug.

»Und nächstesmal«, schrie sie noch den Korridor hinunter, »wenn ich dir sage, daß du jemandem etwas geben sollst, dann wirf es nicht hin, ja?«

Die Tür ging zu. Khym starrte immer noch in ihre Richtung.

Pyanfar lehnte an der Wand der Kabine, während diese nach oben fuhr. Sie zitterte, und sie mußte ans Essen denken! Verzweifelt.

Aber sie hatte keine Zeit dafür.

»Haral, wie sieht es aus?«

»Sie erreichen gerade die kritische Phase des Anfluges.«

»Alle beide?«

»Aye, Käpt'n. Beide wollen anlegen.«

Also war es kein Angriff. Die *Wachsamkeit* und die *Aja Jin* legten sich beide fest, ins Dock zu fahren, und damit blieb nichts mehr, um ihrer aller verwundbaren Rücken zu schützen.

Die Kabine hielt an. Die Tür ging auf. Pyanfar trat in den Korridor zur Brücke hinaus.

»Sie sind auf unserem Funkfeuer«, fuhr Harals Stimme fort und folgte ihr durch die Lautsprecher, während sie durch den Korridor ging. »Auch die Kif senden jetzt Einweisungen. Bislang stimmen sie mit unseren überein. Käpt'n, wir haben ein weiteres Problem. Die Stationsbevölkerung. Unsere Pulte sind durch eine Flut von Anfragen blockiert. Da draußen herrscht Panik.«

Pyanfar brummte Flüche und ging schneller. Aufruhr in der Station. Das reichte, damit das Blut eines Raumfahrers gerann. »Wir müssen dieses Dock halten«, sagte sie, als sie die Brücke betrat. Nicht ein einziger der bedrängten Köpfe dort drehte sich um, als Pyanfars Stimme wieder körperlich wurde. »Hilfy, sei höflich! Sag den Leuten, daß wir ein Problem mit Heckenschützen auf diesem Abschnitt des Docks haben und sie deshalb wegbleiben sollen!« Sie fiel in ihren Sessel und drehte ihn in Position. Die Bildschirme zeigten ihr die Informationen, die die *Stolz* auftreiben konnte, während die Sendungen der Station reduziert waren.

»Die Kif sind möglicherweise damit einverstanden, diese Anrufe von der Station zu ersticken«, meinte Haral.

»Besser, wenn sie durchkommen. Weniger Panik auf diese Weise. Zehntausend Bürger, die nach den Nachrichten in Panik hierherströmen, sind das letzte, was wir brauchen können.«

Haral schickte ihr eine weitere Liste herüber. »Botschaften, die du vielleicht sehen möchtest.«

Pyanfar nahm sie in Augenschein.

– *Grüße vom* Hakkikt: *Übermittlungen vom Systemscanner werden für die ankommenden Schiffe wiederaufgenommen. Sie werden genau sein.*

– *Die Persönlichkeit bitten dringend um Informationen ...*

– *Wir protestieren entschieden gegen dieses verrücktes und unverantwortliches Aktion. Protest werden eingereicht bei Stsho-Behörde ...*

– *Grüße vom* Hakkikt: *Dockcrews sind an Ort und Stelle befohlen worden ...*

Dank den Göttern!

Jik von der *Aja Jin* betrat die Brücke. Er war allein und stapfte herein wie ein verwirrter Raumfahrer auf der Suche nach einer passenden Kneipe, sein schwarzes Gesicht traurig und besorgt aussehend wie immer. Er trug einen goldenen Kragen und ein halbes Dutzend Armbänder; einen breiten Gold- und Bronze-Gürtel über einem purpurn und bronzefarben gestreiften Kilt; und über allem trug er eine AP in ihrem schwarzen Halfter, eine Waffe, die ausreichte, um die halbe Brücke zu zerstören, und dazu zwei Messer ... Jik zeigte sich nur selten mangelhaft ausgerüstet, und die Zustände auf den Docks ermutigten auch nicht zu Optimismus. »Es wird aber auch Zeit, Jik«, empfing ihn Pyanfar.

»Sehen Sie? Sagte Ihnen, daß neues Maschine halten, ah? Sie Nummer eins gerissen, Pyanfar, führen dieses Schiff gut. Ker Hilfy, gut sehen Sie leben.«

»*Na* Jik.« Formell und zurückhaltend. »Schön. Sie zu sehen.«

Kein *Wann gehen wir hinein, wie bald? Gebt mir eine Waffe!* Hilfy hielt sich an den Drill, ein Mitglied der Besatzung. Aber wenn sie seit ihrer Rettung gelächelt hatte, dann nur flüchtig und knapp bemessen.

Während der vielen Stunden des Wartens.

Alle warteten. Sie warteten ruhig, rings um den Raum verteilt, sogar die in Verbände gewickelte Chur ... »Sie verdammt zäh«, sagte Jik gönnerhaft und nickte ihr zu. Chur zuckte mit den Ohren. »Ich kommen vorbei an *Na* Khym, ah, sagen er müssen stehen Wache in unteres Korridor. Ehrran-Clan gleichzeitig sichern Ihres Luftschleuse.« Jik lehnte seine klirrende Pracht an die nächste Kante eines Pultes und biß sich auf den Niednagel einer nicht einziehbaren Kralle. Er sah müde aus wie die anderen auch. Rings um seine Augen zeigten sich Falten, und weitere, tief eingegrabene Falten umgaben die Mundwinkel. »Auch haben Hani-Wache beziehen Position an Dock. Dieses Ehrran, sie haben genug Sicherheit für beides von uns, ah? Auch haben rasches Finger an Abzug. Machen mir Sorgen.«

»Verdammt, Jik, haben Sie sich dieses Dock einmal angesehen?«

Er zuckte die Achseln. Seine Stirn war zerfurcht, als er

aufblickte. »Haben Problem, sicher. Haben viele Anrufe, Stationsleute viel Panik. *Kif* ...« Am hinteren Ende des Korridors trat der Aufzug in Funktion. »Sie machen Nummer eins gutes Job kommen hierher, Hani. Nummer eins feines Job holen *Ker* Hilfy heraus.«

»Wir sind noch nicht fertig. Und wir müssen schließlich dann auch wieder heraus.« Pyanfar neigte die Ohren zu den Geräuschen des Aufzuges und blickte kurz in diese Richtung. Khym marschierte mit finsterem Gesicht durch den Korridor. Sie schaute ebenso finster drein wie er, als er die Brücke betrat, denn er hatte unaufgefordert seinen Posten verlassen. Aber der Aufzug war wieder nach unten gerufen worden. Auch das hörte sie.

»Bitte um Verzeihung«, sagte Khym gepreßt. »Ehrran ist auf dem Weg herauf. Ich habe abgeschlossen.«

Sie verstand seine verschlüsselte Ausdrucksweise: Er hatte den Waschraum so zurückgelassen, daß Außenstehende nichts erkennen konnten. Was den Bereich der Politik und Intrigen anging, so war er kein Dummkopf. Jik, in der ihm eigenen trägen Liebenswürdigkeit, stellte keine Fragen, sondern biß auf seinem Niednagel herum. Der Aufzug war wieder unterwegs. Tirun und Geran erhoben sich; Hilfy stand bereits. Haral blieb an ihrem Pult sitzen. »Sie feines Kapitän«, murmelte Jik und bezog sich dabei auf die anrückenden Gäste. »Kommen herein genau auf Marke. Gutes Schiff, *Wachsamkeit*. Aber auch verdammtes Dummkopf, sie. Ich würden lassen vielleicht eines Schiff außer Dock, kleines Stück draußen – machen Angst diese Kif. Aber dieses Hani machen Angst *mir*, ah? Genau wie haben Chi als Verbündete: verrückt! Also ich sie überreden kommen auch in Dock. Behalten Auge auf sie. Sie hassen Sie, Pyanfar. Vielleicht wollen Sie haben Unfall.«

Pyanfars Ohren fielen herab. Rings um die Brücke herum wurden die Ohren angelegt, abgesehen von den winzigen Ohren des golden glitzernden Mahe. »Sie ist ein Bastard«, meinte Pyanfar, »aber *soweit* würde sie nicht gehen, nein. Sie sähe es lieber, wenn die Kif es besorgten.«

Und weiter unten auf dem Korridor entließ der Aufzug eine rotgoldene, mit schwarzen Hosen bekleidete Horde bewaffneter Hani.

»Hat sicher genug Leute mitgebracht«, brummte Tirun. »Wie viele hat sie überhaupt auf ihrem Schiff?«

»Auf Kshshti habe ich in der Bibliothek nachgesehen«, murmelte Haral. »Die *Wachsamkeit* hat gut hundertfünfzig Leute an Bord. All diese Beamten, weißt du.«

»Komisch«, sagte Geran. »Wenn wir knapp an Leuten waren, hatten sie nie Helfer für uns übrig.«

»Komisch«, sagte Pyanfar. »Es hätte mir Spaß gemacht, sie zurückzuweisen.«

Das Auge des *Han* betrat die Brücke, tadellose Erscheinung, die seidige Mähne und der seidige Bart in bronzefarbenen Ringellocken, die schwarze Seidenhose, Uniform eines immunen Clans, steif und neu. Die AP hing in gut poliertem schwarzen Leder an Rhif Ehrrans Hüfte. Eleganz und Reichtum. *Was will sie damit erreichen?* fragte sich Pyanfar. *Banditen und Kif anlocken?* Ihre Ohren wollten sich nicht aufstellen, und ihr Puls wollte nicht gleichmäßig bleiben. Mochten die Götter die Immune und alle ihresgleichen verdammen! Beamte der Regierung. Schnüffler.

»Am besten wäre es gewesen, das zu vermeiden«, meinte Rhif Ehrran. *Sie haben es verpfuscht*, wollte sie damit sagen. »Die Sendungen aus der Zentrale sind jetzt *alle* kifisch. Wollen wir unter diesen Bedingungen verhandeln?«

Und sie sah dabei Jik an, absichtlich und ausschließlich ihn, überging dabei Pyanfar.

»Wir schaffen es schon«, sagte Pyanfar, während Jik schwieg, und Rhif Ehrran wandte ihr mit gerade ausreichender Bedächtigkeit das Gesicht zu.

»Das hoffe ich.«

Es brachte nichts, mit ihr zu streiten. Die Immune tat nichts anderes, als Beschwerden über die Geschäfte des Chanur-Clans zu sammeln. Sogar jetzt. Die Liste war bereits lang.

»Wir gehen«, sagte Jik. »Vielleicht Zeit wir reden sein

schon langes Zeit wie dieses Mensch rechnen, ah? Wollen ihn zurück. Wert-voll, ah?«

»Marschieren wir einfach dorthin?«

»Das wird nicht schwierig sein«, sagte Pyanfar. Mit Absicht setzte sie sich auf eine Armlehne von Tiruns leerem Sessel, so formlos wie Jik, und ließ die Immune und ihre Crew stehen. »Wir sind eben schon hineingegangen und wieder herausgekommen. Der Kif war richtig freundlich.«

Die *Han*-Delegierte drehte sich mit angelegten Ohren um. »Wollen Sie hineingehen und es wieder tun, Chanur? Vielleicht gelingt es Ihnen diesmal, den Job ganz zu erledigen.«

»Schön. So ist das wunderschön. Sie delegieren die Sache an Chanur, nicht wahr?«

Jik stand abrupt auf, und seine Waffen klapperten. »Kein Witz«, sagte er und trat zwischen sie. »Haben Nummer eins wichtiges Problem. Nicht haben Zeit für Hani-Streit. Haben eines Mensch in böse Schwierigkeiten. Haben verdammt übles Durcheinander, mit Kif besitzen Station, haben viele Leute voller Angst, haben lange nichts gehört von mahen Behörde dieses Station. Sie wissen Weg kommen dort hinein, ah, Freundin Pyanfar?«

»Sicher. *Fragen* Sie nur! Dieser Kif wird uns schnell hereinlassen. Aber daß wir auch wieder herauskommen, dafür kann ich mich nicht verbürgen.«

»Wie viele Kif?«

»Letztes Mal waren es hundert, vielleicht mehr. Die, die ich in dem Raum dort gesehen habe. Entlang des Docks – sagen wir, vielleicht vier-, fünftausend. Vielleicht noch mehr. Besitzen Sie aktuelle Statistiken über Mkks?«

»Es wäre Wahnsinn, hineinzugehen«, meinte Rhif Ehrran.

»Haben Idee?« wollte Jik wissen.

»Ich hatte die Idee«, versetzte Rhif Ehrran, »daß es von Anfang an verrückt war, mit allen drei Schiffen anzulegen, aber Sie waren ja anderer Ansicht.«

»Was Sie wollen? Schießen zusammen Dock? Haben *Bür-ger* hier.«

– »Käpt'n.« Haral wirbelte ihren Sessel herum. »Ich habe hier einen Punkt auf dem Radar.«

Pyanfars Augen waren schon unterwegs, musterten bereits das Scannerbild, das auf dem Hauptbildschirm über allen Plätzen aufleuchtete.

Alle taten es ihr nach. Die Besatzungsangehörigen eilten zu ihren Plätzen, ohne daß es eines Befehls bedurft hätte. Pyanfar folgte ihrem Beispiel und überließ Jik und Ehrran und deren Haufen sich selbst.

»Besorgt die ID, verdammt, und wo ist die Ausgabe?« Sie wirbelte ihren Sessel herum und spürte gleich darauf den Druck eines größeren Gewichtes an der Rückenlehne. Es war Jik, der sich die Bildschirmanzeigen ansah. Sie beschwerte sich nicht, war zu beschäftigt, um auf Ablenkungen einzugehen.

»Das sind *Stsho*-Sendungen!« rief Hilfy.

»Wir wollen es bei allen Göttern hoffen«, meinte Tirun. »Die Kif könnten ...«

»Fragt bei der Station nach«, verlangte Pyanfar.

An der Ausgabe des Kom leuchtete ein Licht auf, die Bestätigung der abgehenden Sendung. »Hier spricht *Chanurs Stolz*«, grollte Khyms tiefe Stimme, während weitere Lichter die Aktionen der übrigen Besatzungsmitglieder signalisierten. »Was macht dieses Schiff da draußen?«

Das war nicht die richtige Kom-Etikette, bei den Göttern, aber direkt.

»Khym, gib mir die Antwort herüber«, sagte Pyanfar, und als Rhif Ehrran näher trat und ihren Rat anbot: »Bleiben Sie weg! Wir arbeiten, verdammt noch mal!«

»*... vom Hakkikt*, Chanurs Stolz. *Diese Information ist vertraulich.*«

»Gib mir die Ausgabe!« verlangte Pyanfar und erhielt sie gleich. »Grüße von Pyanfar Chanur an die *Kif*. Wenn Sie Hand an den Stsho legen, bei den Göttern, dann reißen wir uns los und schießen Ihre Wand zusammen! *Was geht da drüben vor?*«

Anhaltendes Schweigen.

»Geben Sie mir die Verbindung!« forderte Rhif Ehrran und stützte sich auf die Rückenlehne von Pyanfars Sessel.

»Nicht auf meiner Brücke!«

»Der Stsho haut ab«, meldete Haral. »Kurs auswärts, Richtung Nadir ...«

Das waren bessere Nachrichten.

»... vom Hakkikt, Chanurs Stolz. *Der Stsho hat ohne Starterlaubnis und ohne Hilfe vom Dock abgelegt. Dies ist kein Angriff. Es war nicht autorisiert und erfolgte grundlos.«*

»Hat die Station Schaden genommen, Zentrale?«

Kurzes Schweigen. *»Wir sind ermächtigt, das zu bestätigen.«*

»Sie haben ein Problem, nicht wahr, Kif?«

Schweigen.

»Provozieren Sie ihn nicht«, sagte Rhif Ehrran. »Chanur, geben Sie ihn mir!«

»Hhhuh.« Das war Jik. »Lassen Sie! Haben Schiffscode. Keines Verbindung.«

»Es war die *Nsthenishi*«, berichtete Hilfy. »Der Comp sagt, ihr Heimathafen wäre Rlen Nle.«

»Aber nur, wenn Regen nach oben fällt«, meinte Ehrran. »Die Stsho nennen niemals Hafen, die tiefer in ihrem Raum liegen als Rlen Nle, aber Sie können Eier gegen Perlen wetten, daß dieses Schiff von Llyene ist, direkt von der Hauptwelt.«

»Ein Stsho war auf dem Dock, als wir ankamen«, sagte Pyanfar. »Ich weiß nicht, woher er kam.«

– *»Nachricht vom* Hakkikt«, sagte die Stimme aus der Zentrale. *»Die Lage auf dieser Station ist bereits Zwischenfällen förderlich. Ihren Verbündeten wurde erlaubt, mit Ihnen in Verbindung zu treten. Sind Sie nun bereit zu einer persönlichen Begegnung und Verhandlungen, oder müssen wir mit weiteren Verzögerungen rechnen?«*

»Keine weiteren Verzögerungen. Wir kommen mit unseren Waffen, Kif.«

Schweigen. *»Der* Hakkikt *sagt: Alle Seiten werden bewaffnet sein, Jägerin Pyanfar.«*

»Wir kommen«, sagte Pyanfar. »Ungefähr in einer Viertelstunde.« Rhif Ehrran beugte sich vor, aber Pyanfar drückte sie mit einem Unterarm weg und blieb am Richtmikrophon.

»Verdammt ...«, sagte Ehrran.

»Das ist akzeptabel«, kam es von den Kif.

Pyanfar schaltete ab. »Der Stsho immer noch auf Kurs?« fragte sie nach rechts.

»Immer noch«, bestätigte Haral.

»Monitor auf diese Ausgabe.« Sie schwang den Sessel herum und blickte auf zu Jik. »Dann bemühen wir uns diesmal um Tully. Sind wir bereit?«

»Sie sind nicht zu Verhandlungen ermächtigt«, fuhr Rhif Ehrran dazwischen. »Überlassen Sie die Sache von jetzt an uns. Sie haben soviel erreicht, wie Sie leicht erreichen konnten. Jetzt würde Sie uns einen größeren Dienst erweisen, wenn Sie hierblieben.«

»Leicht, ja?« An den Pulten ging das Nachspüren und Übersetzen weiter. Pyanfar stand auf und betrachtete die Rücken ihrer Besatzungsangehörigen. »Schaltet bis auf Hilfys und Churs Posten alles ab! Schalte das Kommando zu Chur um, Haral! Wir machen einen Spaziergang die Docks hinunter, wißt ihr.« Und als Hilfy sich mit offenem Mund umdrehte: »Hilfy, Nichte – du bist eine Provokation für sie, und ich denke, du weißt es. Du bleibst hier.«

»Tante ...« Hilfy stand auf.

»*Sfik,* Nichte. In dieser Geschichte bist du ein *Preis*, ob es dir gefällt oder nicht, und dich wieder in die Reichweite des *Hakkikt* zu bringen, wäre nur eine neuerliche Versuchung für kifische Tricks. Bleib sitzen und überlaß das Reden mit der Zentrale Chur! Wir wollen versuchen, Tully *herauszuholen,* nicht wahr? Ruhig und erfolgreich. Seinetwegen.«

Hilfy preßte die Kiefer zusammen. Sie hatte die Ohren zurückgelegt und die Krallen in den Sesselrücken vergraben. Aber sie sagte: »Aye.« Alle außer Chur standen auf. Auch Khym. Und die Ehrran-Gruppe stand weiter achtern auf der Brücke, Schwarzhosen, zwischen denen sich Rhif mit finsterem Gesicht aufbaute, während Jik sein Hinterteil an einen Schrank lehnte und sich hinter einem Ohr rieb.

»Leitet sie diese Sache?« fragte Rhif Ehrran unwillig. »Kapitän Nomesteturjai, ich habe mich zu diesem Unternehmen auf die Bitte Ihrer Regierung hin bereit erklärt, unter der Voraussetzung, daß Sie persönlich ...«

»Meines Regierung selbes bitten, Sie kommen mit«, sagte Jik. »Selbes bitten, Sie haben Geduld, Verehrte. Chanur haben Sache organisiert, ah?«

»Kommt!« sagte Pyanfar. »Waffen, Tirun. Fangen wir endlich an!«

»Aye«, sagte Tirun und schob Ehrrans Crewfrauen zur Seite, um an den Waffenschrank zu kommen.

»Empfange positive ID zu dem Stsho-Frachter«, meldete Chur. »Er hält sich mit nichts auf.«

»Er fliegen *nach Hause*«, meinte Jik, »schaffen vieles Unruhe.«

»Verdammt!« schimpfte Ehrran. »Was braucht es denn noch mehr? Ein Stsho ist voll in den Zwischenfall verwikkelt, Tc'a und Chi ...«

»Haben auch Mahendo'sat Bür-ger auf dieses Station«, sagte Jik spitz. Er hatte die kleinen Ohren angelegt. »Vielleicht auch haben mahen Agent, ah?«

»Ihrer?«

Jik zuckte die Achseln. »Vielleicht, vielleicht nicht. Ich müßten prüfen Daten. Aber ich machen anderes Wette: Als Sikkukkut kommen hier an, eines verdammtes Kif entkommen und melden Sache Kif-Behörde in Harak-System. Vor vier, fünf Tagen. Vielleicht anderer gegangen Kshshti. Wir müssen anfangen, bringen Sache in Ordnung, ah, Pyanfar? Bald vielleicht haben verdammt viele Kif hier.«

»Dann wollen wir!« sagte Pyanfar. Sie nahm das Gewehr, das Geran ihr reichte, während Haral sich eine AP umschnallte. Khym bekam auch sein Gewehr von Geran und überprüfte mehrmals schnell hintereinander die Sicherung.

»Warten Sie eine Minute«, sagte Rhif Ehrran. »Chanur, Sie werden doch *ihn* nicht mit hinaus nehmen, oder?«

»Ich nehme ihn nirgendwohin mit. Er geht ganz von allein.«

»Chanur, das reicht! Ich habe eine Akte über Sie, die ...«

»Da bin ich mir sicher.«

»Schauen Sie mal, Chanur.« Ehrrans Ohren waren nach hinten gekippt, und sie richtete sie angestrengt zuckend wieder auf. Sie hob eine Hand, die Zeigekralle mit sorgsamer Beherrschung gekrümmt. »Praktizieren Sie Ihre widersinnigen sozialen Theorien auf Ihrem eigenen Schiff; das ist Ihre Sache. Aber wenn Sie vorhaben, *ihn* zu heiklen Verhandlungen mitzunehmen, und ihm obendrein noch ein Gewehr geben ...«

Verdammt, nun melde dich! wünschte sich Pyanfar von Khym. Aber er würde es nicht tun. Seine Ohren waren vor Entrüstung gesenkt. Es war alles in ihm eingedämmt; aber falls der Zorn, den das verdiente, aus ihm hervorbrach – dann würde er nur die ganzen alten Vorurteile bestätigen, denen Rhif Ehrran diente. Instabile Männer. Hysterie. Die Wut von Berserkern. Khym hielt einfach den Kopf gesenkt und schaltete die Sicherung wieder ein. Und blickte in Pyanfars Richtung.

Er war ein mieser Schütze. Aber die Kif hatten vor allem Angst, was so groß war wie er. Durchaus berechtigt, wenn es zum Handgemenge kam.

»Ich habe lieber ihn im Rücken«, sagte Pyanfar mit Berechnung, »als manch andere.« Sie hängte sich das Gewehr um und wandte absichtlich den Blick ab, hielt es für angebracht, ihn auf Hilfy zu richten. »Du bleibst oben, ja?«

Und es war, weil sie einen kifischen Gast unten hatten; und das letzte, worüber sie sich Gedanken machen wollte, war die Sorge um Chur und Hilfy, während ein Kif sich frei auf dem Schiff herumtrieb.

»Hol ihn raus!« sagte Hilfy.

»Das werde ich.«

»Chanur«, meldete sich wieder Rhif Ehrran, »für das Protokoll: Seine Teilnahme und Ihr Beharren darauf gehen in den Bericht ein.«

»Wunderbar. Vielleicht werden Sie in der Lage sein, ihn persönlich beim *Han* abzuliefern. Oder vielleicht wird niemand von uns sich je Sorgen darum machen müssen, nicht wahr?« Sie winkte mit der Linken. »Raus!«

»Sie geben hierbei nicht die Befehle!«

»Wir gehen«, sagte Jik und löste sich von seiner Schrankkante.

»Diese Viertelstunde läuft langsam ab«, bemerkte Pyanfar. Sie blieb erst noch hinter den anderen zurück und wies Ehrrans schwarz behosten Haufen zur Tür hinaus, dann Jik und ihre eigenen Leute. Sie warf noch einen Blick zurück und bahnte sich dann ihren Weg durch die anderen, um Jik auf halbem Weg den Korridor hinunter einzuholen.

»Ein paar von meines Besatzung warten draußen«, sagte Jik, als sie ihn erreichte. »Sie bewachen Schiff.«

»Vielleicht«, überlegte Pyanfar zögernd, »*sollten* Chanur und Ehrran allein dorthingehen, damit Sie und Ihre Leute das Dock halten können. Die Kif kennen Sie, Jik. Sie kennen Sie sehr gut. Bleiben Sie hier und decken Sie mir und der Ehrran den Rücken! Das ist alles, was wir brauchen.«

Jik rieb sich die Nase. »Langes Zeit ich jagen Kif. Sicher sie mich wollen. Selbes wollen Sie, Pyanfar. Sehr. Vielleicht wollen sogar *Han*-Delegierte, ah? Aber Denken von Kif sein verrücktes Sache: Wir töten Kif, egal, das nur geben uns vieles *Sfik* bei ihnen. Wenn wir nicht haben *Sfik*, sie fressen unseres Herz Nummer eins sicher. Wenn wir haben *Sfik*, sie *wollen* fressen unseres Herz – aber selbes Zeit denken vielleicht, daß sie bekommen *Sfik* von uns auf anderes Weg. Zum Beispiel, wenn sie verhandeln mit uns. Zum Beispiel, sie hoffen, daß wir machen größeres Probleme ihre Rivalen, ah, als wir machen ihnen? Wir alle gehen reden mit Sikkukkut. Wir sonst verlieren *Sfik*.«

»Sie wissen ja, was Sie tun«, meinte Pyanfar.

»Sicher«, bestätigte Jik fröhlich. »Nummer eins sicher.«

Er beruhigte sie damit nicht. Und auch die Tür des Waschraums war keine Beruhigung für sie, als sie im Unterdeck auf dem Weg zur Schleuse daran vorbeikamen. Sie warf ihr einen kurzen Blick zu, und das Nackenhaar sträubte sich ihr dabei.

Töte ihn! forderte der Instinkt. Töte die Kif-Geisel auf der Stelle, laß sie spurlos verschwinden! Soll Sikkukkut sich doch Gedanken machen.

Aber wo lag darin *Skif*, und was sollte sie mit einem solchen Geschenk anfangen?

Ein Dummkopf sein und ihn freilassen?

Ein Stsho-Kauffahrer war bereits auf der Flucht, nachdem er sich vom Dock losgerissen hatte. Wenn auch nur ein Schuß auf dem Dock losging und die Händler in Panik versetzte, brachen vielleicht weitere Schiffe aus den Mkks-Docks aus ... Schiffe, deren Besatzungen die zwanghaft pazifistischen Neigungen der Stsho abgingen. Um ein wichtiges Beispiel zu erwähnen, sie hatten es hier auch mit Methanatmern zu tun.

Es war natürlich eine Falle. Sie hatten plötzlich ihre Initiative verloren und folgten dem Plan der Kif, um einen Preis zu erringen, den die Kif noch in Händen hielten.

Kein Kif gab jemals etwas her, ohne einen Gewinn dafür einzustreichen.

VIERTES KAPITEL

Eine unheimliche Stille lastete auf den Docks. Ein paar Ehrran-Leute in schwarzen Hosen und mit Gewehren bewaffnet waren auf günstigen Positionen zu erkennen. Zweifellos waren noch ein paar weitere vorhanden, die man nicht sehen konnte, und zwei weitere Ehrran-Crewfrauen waren auf der Rampe postiert und bewachten Eingang und Luftschleuse der *Stolz*. Weniger bedrohlich, und gleichzeitig mehr, wirkte eine einsame, mit einer AP bewaffnete Mahendo'sat, die der Gruppe entgegenlatschte und sich speziell an ihren Kapitän wandte. Sie war geschmeidig und schwarz, goldglitzernd wie Jik selbst; ein halbes Ohr fehlte ihr, und der kahle Streifen einer Verbrennungsnarbe zog sich über ihren Kiefer.

Jik unterhielt sich mit seiner Crewfrau schnell in irgendeiner gemeinsamen Sprache, irgendeiner aus der Sprachenvielfalt des Planeten Iji. »Ah«, sagte die Frau und entfernte sich wieder in den Schatten beim Portal, die Hand auf dem Kolben der AP.

»Khury«, brummte Rhif Ehrran ihrer Adjutantin zu, »geh zurück aufs Schiff und übernimm dort das Kommando! Falls wir nicht zurückkommen, flieg auf direktem Weg nach Hause und erstatte dem *Han* umfassend Bericht.«

Die Ehrran verwendete Enaury-Hani. Pyanfar verstand es, und Geran ebenfalls, aber sonst wahrscheinlich niemand hier. Und Pyanfar zog den Kopf ein und rieb sich die Nase – besser war es, wenn man weniger sagte, als man wußte, statt mehr, überlegte sie. Bei der *Han*-Delegierten war das sicherlich so. Auf ihrem Schiff häuften sich bereits Unterlagen, die bei Chanurs Feinden Entzücken auslösen würden, wenn Ehrran nach Anuurn zurückkehrte und diese Sammlung von Klagen in den Debattensaal des *Han* gelangte.

Und da war noch ein bestimmter Stsho-Scheck auf dem

Weg zu einer mahen Bank auf Maing Tol, falls er dort nicht schon angekommen war. Wenn *dieser* Scheck auf den Schreibtisch einer bestimmten Persönlichkeit gelangte ...

Die *Han*-Delegierte war noch nicht auf diese kleine Angelegenheit gestoßen ...

Und Jik auch nicht.

Pyanfar hob den Kopf, und das entgegenkommende Begrüßungskomitee der Kif wirkte in diesem Licht fast freundlich.

Sie nahmen nicht denselben Korridor wie voriges Mal. Das halbe Dutzend Kif führte sie immer weiter das offene Dock entlang, und der Papier- und Ammoniakgeruch verdrängte sogar die Kälte in diesem Sektor. Das Licht war ein mattes und trübes Orange-Gold, die einzige sichtbare Wärme im Grau und Schwarz der Umgebung. Die Schilder waren kifisch, eine kriechende, mit Punkten bestreute Schrift.

Eine Reihe Kif-Schiffe lag links von ihnen im Dock; der rechte Rand wurde von kifischen Höhlen gesäumt, die verlassen und still waren, was jedoch niemanden beruhigte. Das Haar kribbelte auf Pyanfars Rücken, während sich der Horizont immer weiter entfaltete; es sträubte sich, als alle bisher fehlenden Kif auf einmal hinter den abschirmenden Deckenträgern der Stationskrümmung auftauchten – eine dunkle Masse, eine Versammlung von Tausenden auf den Docks.

O ihr Götter, dachte Pyanfar. Ihre Beine wollten an Ort und Stelle anhalten; aber Jik zögerte nicht einmal, so wenig wie die Ehrran – vielleicht warteten sie auf sie, auf Chanur, die, wie sie glaubten, schon vorher diesen Weg genommen hatte.

»Es sind mehr als letztes Mal«, sagte Pyanfar und brach damit den Bann der Vorsicht. »Götterverdammt viel mehr!«

Jik erzeugte irgendein Geräusch in der Kehle. Vor ihnen wurde es lauter, ein Lärm, wie ihn Pyanfar noch nie gehört hatte – ein Klicken und Durcheinanderreden, das Tosen kifischer Sprache aus tausenden kifischer Kehlen auf einmal.

Und sie waren gezwungen, durch diese Versammlung zu gehen. Pyanfar spürte mit feinem Sinn, daß Khym hinter ihr war; und sie war sich auch Harals und Tiruns und Gerans bewußt, die ihr mit gleichmäßigen Schritten folgten. Und Rhif Ehrran und ihre Handvoll waren da, ebenso Jik, der auf Beinen einherschritt, die mit einem Kif hätten mithalten können, statt dessen aber mit ihnen Schritt hielten und auch ihre Führer zwangen, ein Hani-Tempo zu wahren.

Pyanfar entsicherte ihr Gewehr, als die ganze Szene den nach oben geschwungenen Boden herabkam und sich zwischen den typischen verrückten Schrägen eines Stationsdocks ausbreitete. Die Szene wurde überblickbar eben und erkennbar als kapuzenbekleidete, dunkel gewandete Kif rings um sie herum, Kif auf allen Seiten, dicht bei ihnen, die sich umdrehten und ihnen hinterherblickten, wenn sie mit ihrer Eskorte vorbeikamen. Ein Geklicke breitete sich aus ... *»Kk-kk-kk. Kk-kk-kk.«* Von überall tönte dieser leise, höhnische Laut.

Es war wirklich Kif-Territorium hier. Die Kif hatten die Übermacht an Leuten und Waffen, tausendfach und dreitausendfach. Falls hier eine Schießerei ausbrach – mochten die Götter ihnen helfen! Niemand sonst konnte es dann noch.

Und falls sie eines der hier im Dock liegenden Schiffe betreten mußten, um ihre Verhandlungen zu führen ... Nun, sie befanden sich nicht in einer Position, die es ihnen erlaubt hätte, sich dagegen zu wehren.

Die Kif, die sie führten, bahnten sich ihren Weg an anderen schwarzgewandeten, kapuzenbekleideten Kif vorbei, schoben sie zur Seite wie sich teilendes Schilf in der Abenddämmerung, und deuteten dann auf das Doppeltor eines Durchgangs. Er führte in eine Dunkelheit ähnlich der in jenem anderen dunklen Loch, in einen noch dichteren Gestank nach Kif und dem Dunst von undefinierbaren Getränken.

Kokitikk, verkündete das fließende Schild über der Tür – zumindest sahen die Symbole danach aus. *Zutritt verboten,* sagten mahen Buchstaben. *Nur für Kijish-Dienst.*

Ihr Götter, das würde die Touristen wirklich fernhalten!

»Ein Treffpunkt«, sagte Jik.

Kifischer Lärm überspielte sie, als sie eintraten, Lärm von Tischen zu beiden Seiten. Gläser klirrten. Es stank nach Alkohol – und nach Blut.

»Mögen die Götter uns helfen«, brummte Geran. »Betrunkene Kif. Das ist das letzte!«

Pyanfar ging voraus, das Gewehr in der Armbeuge, hielt sich dicht an Jiks Seite. Rhif Ehrran verlängerte ihre Schritte und holte auf. Überall sahen sie Stühle wie den, den Sikkukkut benutzt hatte; sie sahen Lampen und rauchende Schalen mit Weihrauch, der ihre Nasen beleidigte und vor dem orangefarbenen, schmutzigen Licht emporkräuselte. Kif-Schatten, Kif-Gestalten – *kkkt,* flüsterten sie höhnisch. *Kkkt.*

Und das halbe Dutzend ihrer Kif-Führer schwebte voraus wie eine Gruppe schwarzer Gespenster, die ihnen den Weg bahnten. Das Gemurmel wurde rauh. Kiefer klickten. Eisklumpen klimperten in Gläsern. Das rote Glühen von LED-Lampen war an den Rändern des Raumes zu erkennen, die Bereitschaftslampen von Gewehren.

»Es ist ein götterverfluchtes *Lokal!*« knurrte Rhif Ehrran.

Die Menge machte Platz und öffnete ein Stück freien Raums. In dessen Mitte standen kifische Stühle und ein Tisch, der sich an den Boden schmiegte.

Ein Kif saß allein an diesem Tisch unter einer Hängelampe.

Er hob einen gewandeten Arm und winkte den Ankömmlingen zu.

Ein Rascheln und Raunen ging durch den ganzen Raum, als sich überall die Kif erhoben, um besser sehen zu können.

»Setzen Sie sich!« sagte der Kif am Tisch. »Keia.« Es war Jiks Vorname, sein richtiger Name. »Pyanfar. Meine *Freunde ...*«

»Wo ist Tully?« wollte Pyanfar wissen.

»Tully. Ja.« Sikkukkut winkte, und die umstehenden Kif bewegten sich. Ein mahen Ruf war zu hören, unverkennbar;

ein Aufschrei von etwas, was Schmerzen litt. »Aber der Mensch ist nicht mehr das einzige strittige Thema.«

Die dunkle Menge vor den Türen im hinteren Bereich des Raumes teilte sich, und die Türen gingen auf. Dunkle, nichtkifische Gestalten wurden vorwärts gestoßen und festgehalten – gefangene Mahendo'sat, einige in Kilts, andere in den Gewändern von Stationsbeamten. Einer trug Abzeichen von religiöser Bedeutung. Und ein einsamer Stsho war dabei, bleich, die Gazegewänder vollgeschmiert, die perlmuttfarbene Haut gefärbt vom kifischen Licht und mit dunklen Flecken beschmutzt. Der Zustand des Stsho war schrecklich; er schwankte, und die Kif hielten ihn auf den Beinen.

»Ah«, sagte Jik, »also Stsho, der verlassen Mkks, haben Grund.«

»Die Mkks-Station«, sagte Sikkukkut, »gehört mir. Ihre Beamten haben sie mir in allen Funktionsbereichen formell abgetreten. Setzen Sie sich und reden Sie, meine Freunde!«

Es war Jik, der sich als erster regte, vortrat und sich auf einen der schwarzen, insektenbeinigen Stühle setzte, die den Tisch umstanden. Pyanfar ging an die Sikkukkut gegenüberliegenden Seite, stellte einen Fuß auf die Sitzfläche und kauerte sich dazu, hielt das Gewehr auf dem erhobenen Knie locker auf Sikkukkut gerichtet. Ein Platz war noch frei. Rhif Ehrran besetzte ihn. Haral und Tirun bauten sich hinter Pyanfar auf; Khym und Geran und die Ehrran-Hani stellten sich dicht um den Tisch herum auf, umgeben von einer Wand aus Kif hinter ihnen.

»Sie lassen Leute gehen«, verlangte Jik. Er öffnete mit einer Hand einen Beutel, holte sich einen Rauchstengel heraus und fischte ein kleines Feuerzeug hervor. Es flammte kurz auf. Jik saugte an dem Stengel und atmete einen grauen Rauchschwall aus. »Altes Freund.«

»Schlagen Sie einen Handel vor?« fragte Sikkukkut.

»Ich kein Händler.«

»Nein«, sagte der Kif. »Ich auch nicht.« Er machte eine nachlässige Handbewegung, und Pyanfar fing einen anderen Geruch auf, den Geruch von etwas Fremdem, von etwas, was ihr gehörte und Angst hatte, und sie bemerkte ihn einen halben Atemzug, bevor noch etwas Weißes durch die Wand aus Kif geschoben wurde. Tully stürzte zwischen Pyanfar und Sikkukkut mit den Armen auf die Tischkante. »Da! Nehmen Sie ihn als Geschenk!«

Pyanfar bewegte sich nicht. Der Jägerblick war allein auf den Kif gerichtet, und sie hatte den Finger am Abzug und das Gewehr aufs Knie gestützt. Falls sich Tully zu weit aufrichtete, geriet er in die Schußlinie. Das war beabsichtigt. Sie wußte es. Sie schob das Knie höher und brachte damit auch das Gewehr in eine höhere Schußposition, diesmal auf Sikkukkuts Gesicht gerichtet. »Wollen Sie Ihre Geisel zurückhaben?«

»Skkukuk? Nein. Er dient zu Ihrer Unterhaltung. Sprechen wir lieber über wichtige Dinge.«

Rhif Ehrrans Ohren waren hochgegangen. Jik stieß eine große Rauchwolke hervor, die nach oben schwebte und sich mit dem kifischen Weihrauch vermischte. »Wir haben Zeit.«

»Ausgezeichnet. Hokki.« Sikkukkut hob die Tasse vom Tisch und füllte sie mit etwas, was nach Petroleum stank und verfault und grün aussah. Er trank und setzte die Tasse wieder ab, betrachtete dann Pyanfar. »Und Sie?«

»Ich habe reichlich Zeit.«

»Noch vor Kshshti«, begann Sikkukkut, »sogar noch davor, auf der Treffpunkt-Station, hatte ich ein Gespräch mit Ismehanan-min. Goldzahn, wie Jägerin Pyanfar ihn nennt. Ich riet ihm, bestimmte Stellen und bestimmte Kontakte zu vermeiden. Sie werden bemerkt haben, daß das Stsho-Schiff uns jetzt verlassen hat.«

»Selbes bemerken«, versetzte Jik trocken.

»Sie werden einen gewissen Schmerz auf seiten dieses Stsho bemerkt haben, der bei uns geblieben ist – kkkt, vielleicht wollen Sie sich die Mühe machen, ihn zu befragen. Ein Unterhändler behauptet *gtst* zu sein ...«

»Sie sagen«, meinte Jik und stieß Rauch hervor. »Sie haben etwas zu trinken, Freund Kif?«

»Das habe ich. Koskkit. Hikekkti ktotok kkok.« Ein Wink seiner Hand. Ein Kif ging. »Standen Sie immer hinter Chanur?«

»Nein. Verrücktes Zufall, daß ich kommen Kshshti. Freundin Pyanfar sagen, sie haben Problem. Also ich kommen mit. Bringen dieses feine Hani.« Ein Nicken in Ehrrans Richtung. »Sie erinnern, ah?«

»Treffpunkt«, sagte Sikkukkut. Er hob die lange Schnauze, aber sein Gesicht zeigte keinen deutbaren Ausdruck. »Ja. Diese Hani verhandelte mit den Grasfressern.«

Rhif Ehrran hustete. »Nach dem Vertrag, möchte ich Sie erinnern ...«

Sikkukkut winkte ab. »Ich habe kein Verlangen nach Verträgen. Unternehmen interessieren mich. Chanur interessiert mich.«

»Jäger Sikkukkut, es besteht da ein hartnäckiges Mißverständnis bezüglich der Befehlsstruktur bei Hani ...«

O ihr Götter, dachte Pyanfar. Ihr wurde übel. *Jäger*, wirklich. Rhif Ehrran degradierte den Kif mit einem Wort vor seinen Untergebenen.

»Wie es scheint, gilt das für beide Seiten«, entgegnete Sikkukkut mit Gleichmut und harter Ironie und wandte sich ostentativ von Ehrran ab. »Jägerin Pyanfar, ich werde mit Ihnen sprechen. Und mit meinem alten Freund Keia. Wann haben wir zuletzt aufeinander geschossen? Kita, nicht wahr?«

»Sie waren bei Mirkti?« fragte Jik.

»Nein.«

»Dann Kita.« Ein weiterer Zug an dem Stengel. Jik schnippte Asche auf den Boden. »Wir hatten schießen hier?«

»Mahen Unverblümtheit. Das ist eine üble Gewohnheit, Keia.«

Jik lachte und steckte sich den Rauchstengel wieder in den Mund. »Richtig.« Er blickte zur Seite, als ein Kif sich ihm mit einem Glas näherte. Er roch daran und trank. »Mahen. Gutes Zeug.«

»Ssskkt. Ich weiß es hin und wieder zu schätzen.«

»Was wollen?«

»Mein Anliegen? Ein sehr ernstes Anliegen. Mahen Einmischungen. Stsho-Verschwörungen mit Hani. Diese *Menschheit*...« Sikkukkut streckte die Hand aus und hob Tullys Kinn an. »Wie geht es dir? Gut, kkkt? Verstehst du, was wir reden?« Er ließ los, und Tully behielt den Kopf oben, das Gesicht weiß, schweißbedeckt und nebenbei auch in der Schußlinie, bis er wieder zusammensackte, die Arme auf den Tisch gelegt. »Diese Menschheit ist ein Problem. Ihre Präsenz hat nicht nur den Handel gestört; wir selbst hängen nicht so sehr vom Handel ab ... kkkt? Aber die Stsho tun es. Die Stsho fürchten alles, was in ihre Nähe kommt. Damit ist das Gleichgewicht des Paktes bedroht. Und wenn dieses Gleichgewicht kippt, fallen auch Abkommen; und wenn Abkommen fallen, weicht die Macht ... und es entsteht Unordnung. Das ist unsere Perspektive. Und unsere Gelegenheit. Akkukkak hat als erster diese Kreatur in den Raum des Paktes gebracht. Wäre das meine Tat gewesen, so wäre es mir natürlich besser ergangen, kkkt?«

»Akkukkak tot. Vieles Un-ordnung, ah?«

»Wir vertrauen darauf, daß er tot ist. Aber die Knnn sind unberechenbar. Vielleicht taucht er bei irgendeinem Geschäft in einem Basar wieder auf ... aber setzen wir einmal voraus, daß er aus dem Spiel ist. Gegenwärtig haben wir es mit Akkhtimakt zu tun. Akkhtimakt nennt sich selbst *Hakkikt*, hält Kita, unterbricht den Verkehr ...«

»... machen beschissen großes Problem«, fügte Jik hinzu.

»Haben Sie ihn vertrieben?«

»Ich vielleicht nicht. Vielleicht nicht. Warum Sie überfallen Kshshti-Dock?«

»Ah. Nun, da irren Sie sich. Die Kshshti-Persönlichkeit hat einen Verräter in ihrem Personal ...«

»Jetzt nicht mehr.«

»Kkkt. Sie bestätigen meine Meinung von Ihnen. Aber dieser Spion war Akkhtimakts Agent, nicht meiner.«

»Ummm. Sie selbes haben Spion auf Kshsti?«

»Zur Zeit nicht. Aber damals schon. Als der Mensch die Docks überquerte ... da schlugen Akkhtimakts Agenten los, um ihn zu ergreifen. Und ich sah das glücklicherweise voraus. Also war ich auch auf der Jagd. Wäre Kshshti aus diesem Feuergefecht auch so gut wieder herausgekommen, wenn Kif auf jenem Dock nicht gegen Kif gekämpft hätten? Die Mahendo'sat haben mir zu danken; ich glaube, Dank ist der Ausdruck dafür ... jedenfalls griff ich ein und eignete mir die Beute an, bevor Akkhtimakts Agenten sie in die Hände bekamen. Zu diesem Zeitpunkt war auf Kshshti nicht viel zu verhandeln; alles war im Aufruhr, und es war nur zu wahrscheinlich, daß Akkhtimakts Agenten ihm bald Bericht erstatteten ... Ich gehe nicht mehr verdeckt vor. Durch diese Intervention auf Kshshti habe ich meinen Rivalen offen herausgefordert. Jetzt kämpfe ich mit ihm. Und ich vermutete richtig, daß Sie mir folgen würden, Jägerin Pyanfar, sobald Ihr Schiff wieder flugfähig war.«

»Worin besteht unser Abkommen?« fragte Pyanfar.

»Wissen Sie, Sie könnten dieses Ding in ihrer Hand sichern.«

»Hm. Ich könnte. Aber ich fühle mich so ganz wohl, *Hakkikt.*«

Die Schnauze überzog sich mit Runzeln – vielleicht Humor. »Sie trauen meinem Wort nicht?«

»Das Abkommen, *Hakkikt!*«

»Ah. Kkkt. Ja. Mit einfachen Worten: Ich habe Mkks zu meiner vorübergehenden Basis bestimmt. Und meine Absichten und Ihre stimmen überein.«

»Tun sie das?«

»Kkkt. Dummköpfe sind losgelassen. Viele Dummköpfe. Die Stsho suchen eine Möglichkeit, Menschenschiffe daran zu hindern, daß sie den Stsho-Raum durchqueren. Stsho verschwören sich mit Hani – hab ich recht, Delegierte? – gegen Mahendo'sat, denen daran gelegen ist, die Menschheit in *unseren* Rücken zu bringen, aus Gründen, die uns nicht unbekannt sind. Wie schnell Keia mich ablenkte, als ich von

Stsho-Unterhändlern sprach! Aber wir wissen Bescheid. Um auf der Treffpunkt-Station eine Position zu erlangen, leiten die Mahendo'sat die Menschenschiffe durch den Tc'a-Raum. Unklug. Äußerst unklug. Die Stsho werden das nicht tolerieren, nicht mehr als das andere – und schon die Möglichkeit einer Menschenroute, die *ihrem* Territorium oder dem ihrer Nachbarn und Verbündeten, der Tc'a, nahekommt ... erregt sie so sehr, daß sie nicht mehr rational bleiben. Akkhtimakt operiert mit der Faust. Ich mit dem Messer. Akkhtimakt möchte, daß die Menschheit ausgeschlossen bleibt. Aber ich bin unter den Kif Ihr Freund. Unsere Absichten stimmen häufig überein. Ist das nicht eine bessere Definition von Bündnis als Freundschaft?«

Jik stieß eine Rauchwolke hervor. »Sie irren, Freund. Menschen haben eigenes Idee. Verdammt töricht. Aber sie *wollen* durchkommen.«

»Sie werden gedrängt, nicht wahr?«

»Wer wissen? Ich sagen Ihnen, wir haben Nummer eins ernstes Sache. Methanatmer aufgeregt. Wir haben Probleme. Kif haben Probleme. Nicht alles Profit, beides Seite, ah?«

»Sind Sie zu einem Abkommen bereit?«

»Vielleicht.« Eine weitere Rauchwolke. »Was Sie haben, das ich wollen?«

»Mkks.«

Jik schnippte Asche weg. »Ah. Jetzt wir reden Kif-Logik.«

»Sie verstehen?«

»Sicheres Sache. Sie nicht machen Geschäft. Vielleicht geben Geschenk. Sie mir geben Mkks. Dann ich haben vieles *Sfik*. Ich machen gutes Verbündetes, ah? Vielleicht machen noch etwas mehr.«

»Nehmen Sie Kefk ein!«

Jiks schwere Stirn fuhr hoch. Der Stengel zögerte auf seinem Weg zum Mund. Kam dann doch an. »So. Vielleicht.«

Nehmen Sie Kefk ein! Besetzen Sie nur das einzige kifische Tor zur Treffpunkt-Station, den einzigen Weg der Kif zur größten Handelsstation des Paktes! Kefk, eine größere Station, und wahrscheinlich der empfindlichste Punkt im Kif-Raum außer Akkht selbst. Pyanfar hielt die Ohren mit äußerster Anstrengung aufgerichtet und legte einen nichtssagenden Gesichtsausdruck an den Tag. Sie stufte den Kif und ihren eigenen Verbündeten als vollkommen verrückt ein.

»Sie halten es für möglich?« hakte Sikkukkut nach.

»Ich haben Verbündete. Sie haben selbes. Wir gehen nehmen Kefk.« Jik nahm einen letzten Zug an seinem Stengel und löschte ihn in den letzten Tropfen seines Drinks. »Personal von dieses Station bekommen Jobs zurück. Dann ich nehmen Kefk. Sie wollen?«

»Warten Sie eine Minute«, mischte sich Rhif Ehrran ein. »*Warten* Sie eine Minute!«

»Ich reden mit ihr«, sagte Jik, ohne sie anzusehen. »Haben selbes gutes Freundin wie Pyanfar, eines zähes Bastard Hani. Sie wollen Kefk, schön. Sie bekommen.«

»Ein Bündnis«, sagte Sikkukkut, »zwischen mir und Ihrer Persönlichkeit.«

»Sie bekommen.«

»Wir müssen mehr tun als nur *reden*«, sagte Rhif Ehrran.

»Die Delegierte des *Han* möchte erfahren, welchen Vorteil sie bei der Sache hat«, sagte Sikkukkut. »Aber Hani haben sich schon früher mit Kif verbündet. Die Delegierte weiß, wovon ich spreche. Hani sind schon viele Beziehungen eingegangen.«

Pyanfar blickte kurz zu Ehrran hinüber. Die Ohren der Delegierten waren unten.

»Was«, fragte Ehrran, »weiß der *Hakkikt* über Hani, die mit Kif verbündet sind?«

»Nur ein Wort. *Tahar.* Interessiert es Sie?«

»Wo ist Tahar?«

»Im Dienst Akkhtimakts. Die *Mondaufgang* ist eines seiner Schiffe, und Tahar eine seiner *Skkukun.* Sie genießt kein hohes Ansehen bei ihm ... aber sie ist ihm doch von gewissem Nutzen.«

»Götterverdammt«, murmelte Pyanfar und blickte selbst zu Sikkukkut.

»Eine Hani, die für ihren Verrat berühmt ist ... *Verrat* – so lautet doch das Wort?«

»Es ist ausreichend genau. *Wo* steckt sie?«

Der Kif zuckte die Achseln, glatt wie geölte Seide. »Wo steckt Akkhtimakt? Interessiert Sie die Konfrontation jetzt?«

»Sie machen fein«, warf Jik ein, der das Eis in seinem Glas studierte. Rhif Ehrran schwieg. »Was sagen, *Hakkikt?*«

»Ssko kjiokhkt nokthokkti ksho mhankhti akt.« Sikkukkut winkte. »Das Stationspersonal kann gehen.«

»Ah.« Jik drehte sich auf seinem Stuhl etwas herum und beugte sich im Blickfeld der Mahendo'sat und des Stsho zurück. »Shio! Ta hamhensi nanshe sphisoto shanti-shasti no.«

Gemurmel wurde vernehmbar. Der Stsho schrillte; und die Mahendo'sat lösten sich aus den Griffen der Kif und machten sich zur Tür hin davon, zuerst gehend, dann zunehmend schneller. Der Stsho rannte los, fiel hin, rappelte sich wieder auf und floh noch vor den Mahendo'sat durch die höhnisch schnatternde Menge.

Jik drehte sich wieder zum Tisch um, als sich das Gedränge an der Tür aufgelöst hatte. Er zog einen weiteren Stengel aus dem Gürtel und zündete ihn an. »Wie viele Schiffe Sie haben?« fragte er.

»Hier? Alle Kif-Schiffe hier gehören mir, außer einem. Und dieses eine ist kampfunfähig. Seine Besatzung – ist gegenwärtig damit beschäftigt, ihre Loyalität neu zu arrangieren.«

»Vierzehn Schiffe. Wir haben drei. Keines Problem. Akkhtimakt vielleicht kommen Kshshti; vielleicht kommen Mkks. Trotzdem nicht gut wenn Sie bleiben hier. Rat sein frei, ah?«

»Also wird Mkks wieder fallen – wenn Akkhtimakt hierherkommt.«

»Er nicht bleiben. Haben keines Grund zu bleiben.« Eine weitere ausgedehnte Rauchwolke. »Er schnell erfahren wir gehen Kefk, ah? Also er nachkommen. Er verlassen Mkks, kommen Kefk Nummer eins schnell, machen Sie Besuch.«

Runzeln zogen sich an Sikkukkuts Schnauze entlang. »Indem Sie mir helfen, helfen Sie dann Mkks.«

»Sie recht haben, Freund.«

»Jägerin Pyanfar, wo liegt ihre Loyalität in dieser Sache?«

»Bei mir selbst und meiner Crew. Bei meinen Freunden. Jik will uns dabei haben. Ich zweifle nicht, daß wir uns darüber unterhalten werden.«

»So. Und ein Versprechen. Werden Sie es halten?«

»Ich dachte, Kif sei dieses Wort unbekannt?«

»Sie kennen es.«

Sie machte ein finsteres Gesicht. »Das tue ich.«

»Dann nehmen Sie Ihren Menschen als Geschenk an. Gesellen Sie sich zu uns. Ich gebe beim Angriff die Befehle. Ich werde Sie persönlich über die Verteidigungsanlagen von Kefk informieren.«

»Jik?«

»Sie versprechen. Haben keines Problem.«

Sie sah Jik lange und glühend an, aber der erwiderte den Blick nicht, sondern studierte den Inhalt seines Glases. Pyanfar blickte wieder an dem Gewehrlauf entlang, den sie auf dem Knie balancierte.

»Jik und ich reden noch darüber.«

»Sie gehen«, sagte Jik.

»Hm.« Sie zuckte mit den Ohren.

»Sie versprechen.«

»Ausgezeichnet.« Sikkukkut faltete seine Gestalt auseinander, als er aufstand. Eine Regung ging durch die Kif. »Sie sind alle frei. Betrachten Sie das als Geschenk von mir.«

Er zog sich zurück. Schwarzgewandete Kif standen um sie herum.

»Tully.« Pyanfar stupste ihn mit einem Fuß an, hielt das Gewehr derweil mit beiden Händen. »Tully, auf! Wir bringen dich von hier weg. Geh, Tully!«

Er rappelte sich auf, hielt sich dabei an Sikkukkuts verlassenem Stuhl fest, und stand dann schwankend auf den Beinen. Niemand sagte etwas. Wahrscheinlich erstickte Rhif

Ehrran fast an dem, was sie zu dieser Situation sagen wollte, aber es war weder die Zeit noch der Ort dafür. Pyanfar stand auf und hängte sich das Gewehr am Riemen um, legte Tully eine Hand auf die nackte, von Krallenspuren gezeichnete Schulter. Sie war eisig kalt. Eine tiefe Wunde heilte an einem seiner Arme. »Komm mit uns!« sagte Pyanfar.

Er kam mit. Geran packte ihn mit der Linken am Arm, behielt die rechte Hand am Pistolengriff. Auch Jik war aufgestanden – er hatte den Stengel immer noch im Mund und zog wieder an dem übelriechenden Ding. Rhif Ehrran war auf den Beinen und leitete den Rückzug ihrer Leute.

Es war ein langer Weg durch die Menge schweigender Kif bis zur Tür, und bei Tullys Geschwindigkeit auch ein langsamer. Aber sie erreichten die vergleichsweise hell erleuchteten Docks; die Atmosphäre dort war überladen vom Geruch nach Öl und Chemikalien, aber sie kam ihnen wie ein Schwall frischer Luft vor nach der Enge des Lokals.

Khym ging neben ihnen her, und Haral war ein Stück voraus. Tirun hielt ihr Gewehr in der linken Hand, um Tully auf den Beinen zu halten, während Jik und Rhif Ehrran als letzte kamen. Pyanfar blickte zurück; ihr Götter, Jik paffte immer noch an diesem ekligen Ding, auf dem ganzen Weg, und verstreute überall Asche. Aber die Kif ließen sie in Ruhe. Die draußen stehende Menge starrte ihnen nach und murmelte hin und wieder, unternahm aber nichts.

»Sie gehen schnell Sie Schiff«, sagte Jik, als Pyanfar zurückfiel, um neben ihm zu gehen. »Haben vieles Arbeit, Hani, *vieles* Arbeit.«

»Haben Sie vor, diese Sache bis zum Ende zu verfolgen?« fragte Rhif Ehrran.

»Nummer eins sicher. Sie wollen hier warten, sagen hallo Akkhtimakt? Haben auch noch anderes großes Problem. Dieses Stsho, der verschwunden von hier. Vielleicht fliegen Kshshti – vielleicht statt dessen Kefk, ah, auf Weg nach Treffpunkt. Vielleicht reden zuviel. Stsho vieles reden. Nicht gutes Sache wenn wir bekommen Kompli-kation. Stsho machen solches, ah? Gehen!«

»Es gibt eine Grenze für das, wozu ich nach dem Vertrag verpflichtet bin. Wir besprechen das noch, *Na* Jik.«

»Schön. Selbes Zeit sie festlegen Kurs. Wir tun selbes. Ich sagen Ihnen, ich wetten irgendwelche Kif gehen weg hier und nach Kshshti. Sie erzählen Akkhtimakt, was hier geschehen auf Mkks. Wir haben weniges Zeit. Akkhtimakt haben schnelles Schiff. Selbes haben Problem mit Kif, vielleicht gehen Harak. Selbes Problem Stsho gehen Kefk – viel schlau, die Stsho: vielleicht haben schon Gerücht, daß Akkhtimakt kommen Kshshti, also gehen verdammt schnell Kefk, gehen Treffpunkt ... oder Tt'a'va'o, oder Llyene. Wetten, daß Sikkukkut sehr unglücklich, weil nicht stoppen dieses Schiff.«

»Was Sie tun, deckt sich nicht mehr mit den Interessen des *Han*.«

»Ah. Dann vielleicht wünschen Sie Lebewohl und vieles Glück, und Akkhtimakt fressen Ihr Herz.«

»Wenn Sie diese Sache verpfuschen ...«

»... er fressen meines. Nummer eins sicher, Hani. Akkhimakt mich wollen schon langes Zeit.« Er legte Rhif Ehrran eine Hand auf den Rücken und drängte sie zur Eile. »Am besten wir uns bewegen, ah?«

»Kefk, um der Götter willen«, brummelte Pyanfar.

»Leichtes Sache.«

»Dann, warum, um der Götter willen, hat Sikkukkut es noch nicht getan?«

»Sfik.« Jik nahm sich den Stengel aus dem Mund und blies eine Rauchwolke hervor. »Brauchen *Sfik*, machen überzeugen andere Kif, ah? Jetzt er haben *uns*. Wir alle haben vieles *Sfik*, Le-gi-ti-mität, ah?«

»Wahnsinn«, brummte sie.

»Sie fliehen, gutes Freundin?«

»Verdammt, Sie würden ja doch einen Grund finden, warum ich es nicht tun sollte!«

Jik grinste und steckte sich den Stengel wieder in den Mund. »Sie mir schulden etwas. Wann Chanur jemals säumig mit eines Schuld, ah?«

»Zur Hölle mit Ihrem Pelz!«

Sie schritt neben ihm her und blickte gelegentlich zurück, wie es auch Ehrrans Leute taten. *Ihr Götter, helft uns, von diesem Dock zu entkommen!* Immer mehr Kif tauchten entlang des Weges auf und klickten und schnatterten miteinander. *Unsere Verbündeten! Ihr Götter!*

Und Tully humpelte und stolperte mit, tat dabei sein Bestes, um ihr Tempo mitzuhalten.

Vor ihnen lag ein sicherer Bereich: der Teil des Docks, den ihre eigenen Waffen kontrollierten. Als sie die Stelle erreichten, blickte Pyanfar zurück. Die Kif waren ihnen nicht über diese imaginäre Linie hinweg gefolgt ... dank den Göttern!

»Wir sind in Sicherheit«, sagte eine Ehrran-Crewfrau. Die Ehrran-Leute auf dem Dock kamen aus ihren Verstekken hervor. Auch ein paar von Jiks Leuten waren zu sehen.

»Bei uns ist alles in Ordnung«, meldete Haral über den Taschenkom, jetzt, wo sie von der Außenaufnahme der *Stolz* wieder verstanden werden konnten. »Haral spricht. Wir haben ihn. Er ist okay.«

Irgendeine Antwort erfolgte. Pyanfar verstand sie nicht. Sie sah, daß Rhif Ehrran ihren Leuten ein Signal gab, als sie am Liegeplatz der *Ehrrans Wachsamkeit* vorbeikamen – kein Signal, dort an Bord zu gehen, sondern weiter mitzukommen. Rhif Erran verlängerte ihre Schritte und hielt Tirun, Tully und Geran am Fuß des Dockbereiches der *Stolz* an. Sie packte Tully am Arm. »Der Mensch ist in unserer Verwahrung sicherer«, sagte sie. »Wir nehmen ihn mit.«

»Nein«, sagte Pyanfar und trat dazu. »Verdammt, Ehrran, wir diskutieren das ein andermal! Gehen Sie aus dem Weg! Da hinten stehen Kif ... lassen Sie ihn los! Er hat genug durchgemacht! Zur Hölle mit Ihnen, Sie haben Ihre Hand an ein *Besatzungsmitglied* gelegt!« Sie holte zu einem Schlag aus und stoppte ihn kurz vor Jiks ausgestrecktem Arm.

»Ich nehmen«, sagte Jik. »*Ich* nehmen, ja?«

»Bei den Göttern, das tun Sie nicht! *Nein!* Er ist eingeschriebenes Besatzungsmitglied meines Schiffes! Verdammt, lassen Sie ihn los ...« In diesem Moment streckte Haral eine Ehrran-Crewfrau zu Boden, und ein Tumult brach aus, ein prügelndes Knäuel mit Tully mittendrin. Pyanfar stieß Jik mit dem Ellbogen weg und bahnte sich einen Weg hinein, genau wie Khym.

»*Raus!*« brüllte Khym. Die männliche Hani-Stimme erzeugte Echos an der hohen Decke. Er stürzte sich ins Getümmel und riß Tully an sich. Er grinste Ehrran an, die Ohren flach, und drückte sich Tully fest an die Brust.

Die Schlägerei hörte auf. Alle standen still.

»Ich bin verrückt«, sagte Khym. »Erinnern Sie sich?«

Und auch Pyanfar dachte jetzt, daß er vielleicht wirklich zum Beserker wurde. Sie öffnete den Mund und machte ihn wieder zu. Tully wehrte sich nicht. Er hielt sich an Khym fest, die Fäuste in das Fell von Khyms Schultern gekrallt. Und Ehrran wartete darauf, daß blutige Fetzen durch die Gegend flogen. Zwei Männer. Tully, der wie ein abgeschaltetes Spielzeug in Khyms Griff hing.

»Er ist ein Besatzungsmitglied von Chanur«, knurrte Khym. »Wie ich.« Er schwenkte Tully hoch, um ihn mit beiden Armen zu tragen, und das Gewehr hing ihm dabei lose vom Ellbogen. Liebe Götter, es war entsichert, eine Waffe, die eine Panzerung durchschlagen konnte! Tullys Kopf fiel zurück, und auch seine Glieder wurden schlaff. »Gehen wir hinein, Käpt'n?«

»Ja, los!« sagte Pyanfar. Ihr Herz schlug wieder.

»Entschuldigen Sie mich.« Khym schob sich absichtlich durch die Reihen der Ehrrans und schwang dabei hin und her, um Platz für Tullys Beine zu schaffen.

»Chanur«, sagte Rhif Ehrran.

»Ich weiß. Sie werden einen Protest einreichen. Sorgen Sie dafür, daß Ihre Besatzung meiner den Weg freimacht, oder man wird die Fetzen ihrer Pelze aus allen Filtern dieser Station rupfen müssen.«

»Verdammtes Dummkopf«, murrte Jik. Er drückte seinen Stengel aus und steckte ihn in den Beutel zurück. »Los! Sie denken, wir nicht haben Zeugen?« Er deutete heftig auf die

Kif, die weit unten auf dem Dock standen und zuschauten. »Was wollen? Sie unterhalten?«

Rhif Ehrran deutete abrupt nach oben. Klappernd wurden Gewehre aus dem Weg der Chanurs genommen. Rhif Ehrrans Augen waren bernsteinfarbene Ringe um schwarze Zentren. Ihre zerzauste Mähne stand in lockigen Büscheln vom Kopf ab, als wäre sie statisch aufgeladen. »Wir klären das später, Chanur!«

»Schön.« Pyanfar führte ihre Crew durch die Reihen der anderen, zögerte am Geländer der nach oben führenden Rampe und blickte zurück, um sich zu vergewissern, daß hinter ihr nichts passierte. Die Ehrran-Crewfrauen standen völlig reglos da. *Ker* Rhif hatte die Ohren angelegt, und ihr Blick war voller Versprechungen. Geran kam als letzte, nicht ohne selbst einen Blick nach hinten zu werfen. »Geh rein!« sagte Pyanfar, als Geran kurz zögerte. *Brauchst du Hilfe?* lautete dieses Zögern übersetzt. Geran ging hinein, und Pyanfar folgte ihr. Und als sie die Eingangsröhre erreichte, fielen ihr die beiden Ehrran-Wachen auf dem Unterdeck wieder ein. »Ihr Götter«, murmelte sie und rannte los, zog ihre Leute dabei mit.

Khym hatte mit Tully auf den Armen die Luftschleuse betreten. Die Luke stand offen, und die beiden Ehrran-Wachen standen da, hielten die Gewehre mit unsicheren Händen, Panik in den Augen.

»Alles in Ordnung«, sagte Pyanfar ruhig und holte tief Luft. Sie schürzte die Lippen zu einem fröhlichen Lächeln für die beiden Wachtposten, die so ganz unschuldig waren an dem Tumult draußen. »Halten Sie die Stellung! Komm schon, Khym! Brauchst du Hilfe?«

»Er wiegt nicht viel.« Khym verlagerte einen Arm, um sich Tullys Kopf an die Brust zu rollen, während sie die Schleuse durchquerten und den Innenkorridor betraten. Tully bewegte sich, aber es war nur eine schwache Handbewegung. »Py-an-far.«

»Du bist bei uns«, sagte Haral und löste sanft Khyms Gewehr von seinem Arm, um die Waffe an sich zu nehmen, bevor sie ein Loch in die Decke brannte. »Mach dir keine Sorgen mehr, Tully; wir haben dich.«

Der Aufzug war in Funktion, als sie den Hauptkorridor erreichten. Hilfy kam aus der Kabine und rannte auf sie zu.

»Er ist okay«, sagte Geran.

Hilfy blieb mit besorgtem Gesicht stehen, als sie Khym sah und erkannte, welche Situation hier bestand. Aber Tully streckte eine Hand aus, und sie packte ihn am Arm, Khym hin, Khym her. »Hil-fy.« Tully versuchte unbeholfen, auch sie am Arm zu packen, während Khym, der jetzt wieder ging, ihn weiterhin auf den Armen hielt. »Hil-fy«, sagte Tully ein ums andere Mal.

»Huh«, sagte Pyanfar. Es tat ihr gut, zu sehen, daß Hilfys Ohren wieder aufrecht standen und ihre Augen so leuchteten. Als wäre etwas repariert worden. »Ihr Götter, bringt ihn ins Bett! Wir haben jetzt andere Probleme.«

Sie lehnte sich an die Korridorwand, nachdem Khym Tully weggebracht hatte. Pyanfar gegenüber sackte auch Tirun an die Wand, auf einem Bein stehend: Die Wunde, die Tirun vor zwei Jahren auf der Treffpunkt-Station davongetragen hatte, die Wunde, für deren richtige Behandlung sie auf jener Reise nie die Zeit gefunden hatten – ihr Götter, sie bekam es wieder mit der Angst zu tun. Sie dachte an Chur, die auf Kshshti zusammengeflickt worden war. Wie die *Stolz* selbst.

»Kefk«, sagte Haral, die sich neben ihrer Schwester an die Wand lehnte, »das wird eine harte Sache, Käpt'n.«

Pyanfar lauschte. Geran holte sie ein und gesellte sich zu ihrer Gruppe. Pyanfar fühlte sich benommen. Ihr Bauch tat weh vom langen Gehen und aufgrund des innigen Wunsches, Rhif Ehrran das Genick zu brechen. »Gotterverdammt richtig, eine harte Sache.« Sie stieß sich von der Wand ab und folgte dem Korridor zum Aufzug, allein.

Ihr Götter, die Besorgnis und das Vertrauen in Harals Augen! Die älteste ihrer Freunde und die beste; Tirun war ein Jahr später dazugekommen, Geran und Chur zwei Jahre danach. Fünf Hani mit ein paar grauen Haaren um die Nase und mit Schmerzen, wenn sie rannten; dazu ein junges, dummes Kind. Ein einzelner Mensch und ein Hani-Mann, der über seine besten Jahre hinaus war ... Irgendwann, als sie mit der ganzen Sache angefangen hatte, war Pyanfar noch von Ambitionen erfüllt gewesen: Handelsabkommen mit den Mahendo'sat und den Menschen, um Chanurs finanzielle Schäden zu decken; das Schiff wieder standardmäßig herzurichten ... Na ja, *das* wenigstens hatte sie erreicht. Und die *Stolz* hatte jetzt veränderte Umrisse, größere Generatorflügel, fremde Systeme, mit denen sie Chanurs Feinde zu Schlaufen knoten würde, falls es zu einer Auseinandersetzung im Raum kam.

Aber sie hatte es auch noch mit Feinden anderer Art zu tun – zum Beispiel mit dem Debattensaal des *Han*, wenn Rhif Ehrran dort aufstand, Anklagen erhob und Chanur stürzte.

Khym, ihr Götter, Khym ... Sie liebkoste diesen Augenblick innerlich, diesen Moment, an dem er Ehrran auf den Docks getrotzt hatte. Aber es war teuer. Es würde sehr viel kosten, wenn Ehrran und die *Wachsamkeit* nach Hause kamen. Chanur hatte viel auf seinen Umgang mit Fremden gesetzt, hatte zuviel riskiert. Chanur war es wie der *Stolz* selbst ergangen: Es war nur noch zur Hälfte Hani, hatte jetzt fremde Umrisse. Fremder Reichtum hatte diese Veränderungen erkauft.

... Aber wieder nach Hause zurückkehren? Wieder das Heim ihres Clans sehen? Wieder wie eine Hani handeln, und nicht wie eine mahen Agentin, gekauft und bezahlt?

Sie drückte den Liftschalter. Drehte sich um. Die Crew war weiter unten im Gang geblieben, war ihr nicht gefolgt. Vielleicht spürten sie ihre Stimmung. Pyanfar winkte, und Haral sah es und brachte die anderen mit.

Ein weiteres Hani-Schiff war von der Hani-Rasse getrennt worden, vor zwei Jahren: *Tahars Mondaufgang*. Es diente heute den Kif. Und es hatte eine Zeit gegeben, da wäre sie, Pyanfar, sowohl auf Docks als auch im Raum auf Tahar losgegangen und hätte gewußt, daß es richtig war.

Die Kabine traf ein. Die Crew ebenfalls. Pyanfar fiel noch etwas ein, und ein Schauer lief ihr über den Rücken. »Wir haben immer noch diesen Kif an Bord«, sagte sie.

»Wir können ihn hinauswerfen«, meinte Tirun. »Wir haben bekommen, was wir wollten.«

Pyanfar dachte darüber nach, die Kralle am Liftschalter festgehakt. Aber alles, was sie über Kif wußte, löste bei diesem Gedanken Alarm in ihr aus. *»Sfik«,* sagte sie. Sie wies die anderen in den Aufzug und folgte ihnen. »Wenn wir ihn hinauswerfen, verlieren wir ein *Sfik*-Objekt, nicht wahr, was immer bei den Göttern das auch bedeutet. Status. Gesicht.«

»Was will der Oberkif eigentlich? Was erwartet er, sollen wir mit diesem Kerl machen?« fragte Geran angewidert.

»Dasselbe, was er mit Tully gemacht hat«, vermutete Haral im allgemeinen Schweigen, während der Aufzug nach oben fuhr. »Vielleicht Schlimmeres. Was macht sich ein Kif schon daraus? Er dient dazu, unseren Stolz zu wahren, das ist es.«

Pyanfar wurde es kalt zumute. »Ihr Götter!«

»Käpt'n?«

»Er hat von einem kifischen Schiff gesprochen, das nicht zu ihm gehört!« Der Aufzug hielt an, und die Tür ging auf. »Er sagte etwas von einem neuen Arrangement der Treue.«

»Ist unser Kif dann einer von *Akkhtimakts* Leuten?« mutmaßte Haral und führte so Pyanfars Gedanken weiter.

»Da wette ich!«

»Liebe Götter, was *machen* wir dann mit dem Kerl?«

Pyanfar verließ die Liftkabine und warf, während sie zur Brücke und zu Chur ging, einen Blick über die Schulter. »Wenn du herausgefunden hast, wie ein Kif-Verstand funktioniert, sag mir Bescheid. Er sagt, er gehöre zu Chanur. Wenn wir ihn gehen lassen, verlieren wir *Sfik*. Und dann geht uns womöglich eine Station voller Kif an die Kehle.«

»Wir könnten ihn in den Weltraum werfen«, brummte Tirun sehnsüchtig.

»Wir könnten ihn Ehrran übergeben«, meinte Geran.

Pyanfar blickte zurück, kurz vor der Tür zur Brücke. »Das ist die beste Idee, die ich bis jetzt gehört habe.«

»Tun wir es?«

Sie kaute auf dem Schnurrbart, kaute und kaute. »Hm«, seufzte sie und speicherte den Gedanken ab. »Hm.« Und sie betrat die Brücke.

»Kefk?« fragte Chur, während sie den Sessel herumdrehte.

»Ich habe ihn für dich geholt«, sagte Khym, riesig, ramponiert, die Hände in den Gürtel einer schmuddeligen braunen Kniehose gehakt, von der gezogene Fäden herabhingen. Er hatte die stark zernarbten Ohren halb nach hinten geneigt und die narbige Nase vor Verlegenheit eingezogen. Hilfy trat zu ihm und strich ihm die Mähne zurecht, und da richteten sich seine Ohren wieder auf, hier in diesem Raum mit einem weiteren Mann, mit Tully, der reglos auf dem Bett lag und Zeuge all dessen wurde.

»Du warst wunderbar«, sagte Hilfy.

»Hm«, brummte Khym. »Hm. Er riecht schrecklich. Und ich auch.« Und mit einem Zucken der mächtigen Schultern schlenderte er in den Korridor hinaus.

Hilfy zitterte. Und sie dachte daran, Kif zu töten, ein brennender Gedanke, den sie jetzt ständig hegte.

»Hilfy.« Tully versuchte sich aufzurichten von der Stelle, wo Khym ihn hingelegt hatte – auf sein eigenes Bett in seinem eigenen Quartier, auf eine Tagesdecke, die mit Blut aus seinem malträtierten Rücken befleckt war. Hilfy sah zu ihm hin, und er verzog das Gesicht und versuchte aufzustehen. Er setzte sich heftig wieder hin und stützte sich mit einem Ellbogen ab.

»Ihr Götter!« Sie packte ihren Taschenkom und schaltete den Translatorkanal ein. »Tully, bleib liegen!« Sie trat zu ihm und drückte ihm den Kom in die Hand, damit er sprechen und sie verstehen konnte, unterstützt durch dieses Gerät, das mit dem Computer auf der Brücke verbunden war.

Aber er ließ es fallen und packte statt dessen sie an den Schultern und hielt sich fest, hielt sich einfach nur fest, so, wie er es getan hatte, als er verletzt worden war, oder als sie verletzt worden war; oder als die Kif gedroht hatten, sie zu trennen. »Alles in Ordnung«, sagte Hilfy. Sie hielt ihn fest, wie sie es in der gemeinsamen dunklen Zelle getan hatte, als er gar nicht viel mehr hatte verstehen können. »Alles in Ordnung. Wir haben dich zurückgeholt. Keine Kif mehr.«

Schließlich hob er das Gesicht wieder und sah sie an, fremd und stinkend, und Mähne und Bart, seine schönsten Kennzeichen (goldene Büschel, wenn sie sauber waren), nun ganz zerzaust. Seine seltsamen, runden Augen waren gerötet und verströmten Wasser über das Gesicht ... Der Kif-Gestank tat auch Hilfys Augen weh, und Tullys Kleiderfetzen waren voll davon und obendrein von kifischem Räucherwerk. »Pyanfar«, sagte er. »Pyanfar – Freund dieses Kif?«

»Ihr Götter – *nein!*«

Tully zitterte, ein Schaudern, das ihm fast die Gelenke zerriß. Hilfy drückte ihn an sich, den Talisman ihrer eigenen Sicherheit. Sie war sich seiner Männlichkeit bewußt, wie sie es auch in ihrem Gefängnis auf der *Harukk* gewesen war, auf eine vage und beunruhigende Weise; aber Anuurn und die Heimat und Männer waren weit weg – außer Khym, der schon ausreichte, um sie an diese Dinge zu erinnern, obwohl er Pyanfar gehörte und viel zu alt war. Und was Tully anging, was immer auch Menschen fühlten, es war komplex und fremdartig, und die Götter allein wußten, ob er sie, Hilfy, überhaupt als weiblich betrachtete.

Aber jemand mußte ihn verteidigen. Hilfy hatte schon immer gewußt, daß Männer kostbar waren und ihre Verständigkeit auf unsicheren Füßen stand, und daß ihre Launen so ungezügelt waren wie ihre Eitelkeit. *Na* Khym war – na ja, *ungewöhnlich;* und seine Nase war inzwischen grau, und das Alter hatte ihn ruhig gemacht, was immer Pyanfar auch glaubte. Junge Männer waren von einem anderen

Schlag. Man schuf einen Platz für sie und hielt ihnen alles Unangenehme fern; und sie trugen Seide und gingen auf die Jagd und machten eine Frau stolz. Sie kämpften nur, wenn ihre Ehefrauen und Schwestern versagt hatten, wenn die Katastrophe da war, und sie taten es dann mit der Tapferkeit des letzten Ausweges. Über Fertigkeiten verfügten sie nicht – niemand erwartete von Männern Schlauheit. Nicht, wenn sie der Wahnsinn packte. Nicht, wenn sie jung waren.

Ihr Tully war gescheit. Und tapfer. Als die Kif einmal Hand an sie gelegt hatten, da hatte er sich auf sie gestürzt, obwohl er nicht einmal Krallen besaß. Sie hatten ihn beiseitegefegt und niedergeschlagen, aber er hatte sie zu verteidigen versucht, bis sie ihn bewußtlos geprügelt hatten.

Und sie, Hilfy, hatte ihn damals nicht erreichen können. Das tat mehr weh als die blauen Flecken, die es eingetragen hatte. Die Kif hatten sie unter Drogen gesetzt. Und sie war hilflos gewesen, als sie ihn zum Verhör schleppten.

»Mit Chur ist alles in Ordnung«, sagte sie, als es ihr jetzt einfiel, denn er war noch nicht nach oben gegangen, wo er es erfahren hätte. »Tully, sie ist heil herausgekommen.«

Er sah sie an und blinzelte. »Chur sicher.«

»Alle sind es.«

Er machte ein Geräusch, wischte sich übers Gesicht und fuhr sich dann mit den stumpfen Fingern durch die zerzauste Mähne. »# # #«, sagte er, etwas, was der Translator verstümmelt hatte. Tully schob erst einen Fuß und dann den anderen über die Bettkante. »Ich # Besatzung. Ich Besatzung, Hilfy, gehen arbeiten – Wollen arbeiten ... verstehen?«

Er stand auf, schwankte dabei und hielt sich an der Hand fest, die sie ihm hinstreckte. Dann sagte er: »Bad.« Und ging in diese Richtung.

Sie verstand es.

»Ich warte auf dich«, sagte sie.

Sie waren alle ein wenig verrückt. Hilfy war danach zumute, selbst zusammenzubrechen, und sie spürte das

Schwindelgefühl, das noch von einer Beule an ihrem Schädel stammte. Aber die *Stolz* stand kurz vor dem Ablegen. Sie würden ablegen und von hier verschwinden; und Hilfy hatte einen langen Alptraum des Sprungs in den Händen der Kif hinter sich ...

... unten eingeschlossen, gefangen auf dem Unterdeck, ohne ein Gefühl dafür, wohin es ging oder wo sie waren oder wann sie sterben würden.

Sie befanden sich auf Mkks, hatte Chur ihr gesagt. Und sie hatte ihr noch viel mehr erzählt – von einem Abkommen, das auf Kshshti geschlossen worden war und das Banny Ayhar mit voller Kraft auf den Weg nach Maing Tol geschickt hatte, um Nachrichten zu überbringen, und das Jik und die *Wachsamkeit* hierhergeführt hatte – ein unwahrscheinliches Bündnis, aber ein nützliches.

Jik hat sich ein Stück von Ehrrans Pelz geholt, hatte Chur während des langen Wartens auf Ergebnisse erzählt. *Er hielt ihr auf Kshshti ein Papier unter die Nase, und sie gab sofort nach. Er ist kein Jägerkapitän, dieser Jik; auf keinen Fall ist er nur so einer. Er hat Verbindungen – hat uns aus dem Hafen gebracht, hat diesen phantastischen Computer auf der* Aja Jin *benutzt und uns damit einen direkten Kurs nach Mkks berechnet, für alle unsere drei Schiffe, so ordentlich, wie man es sich nur wünschen kann. Wir waren exakt beim Abflug, und, bei den Göttern, wir waren es auch bei der Ankunft. Haben jetzt diese neue Maschine da hinten ...*

Chur hatte sie ihr mit Hilfe der Heckkameras gezeigt; und der Anblick dieses Anbaus auf dem Vid hatte Hilfy einen Schauer über den Rücken gejagt.

Die *Stolz* hatte sich verändert. War zu etwas anderem geworden, seit sie in Kshshti eingelaufen waren.

Wie sie. Und sie hätte sich gewünscht, da hinten wieder die alten Umrisse zu sehen und zu spüren, daß sie wieder eine Heimat gefunden hatte, die ihr vertraut war und sich nie verändert hatte.

Pyanfar – Freund dieses Kif?

Hilfy beschwor in Gedanken Szenen herauf – Dinge, die

Tully gesehen hatte und sie nicht, als Pyanfar allein in diesem Raum der Kif geblieben war; und erneut, als Pyanfar mit Jik und Ehrran und der ganzen Crew außer ihr und Chur losgegangen war, um Tully zu holen. *Und, bei den Göttern, warum sollte er überhaupt die Frage stellen?*

Es stimmte, sie hatten einen Kif an Bord. Tully wußte es nicht. Wenn sie an die Anwesenheit dieses Kif dachte, zuckten ihre Lippen und schauderte sie innerlich. Das Wesen war dort unten am Korridor. Nur ein paar Türen weiter und hinter der Biegung.

Sie saß auf Tullys Bett und hatte die Arme um sich geschlungen und war erfüllt von einem Wunsch, wie sie ihn in dieser Intensität nicht mehr gespürt hatte, seit sie darum gebeten und einem sie abgöttisch liebenden Vater das Einverständnis dazu abgerungen hatte, daß sie in den Weltraum gehen durfte – und es war der Wunsch, wieder nach Hause zu gehen, in Sicherheit zu sein, und nicht zu sehen, was sie jetzt tun wollte. Besser war es, in den Bergen zu jagen. Diese Art des Tötens war sauber. Einen Gefährten finden. In ihrem Alter war das fällig. Wieder Gras unter den Füßen haben und die Sonne auf dem Rücken, dort, wo kein Hani, dem sie begegnete, begreifen würde, was Kif waren oder die Dinge, die sie gesehen hatte.

Tully kam nackt wieder aus dem Badezimmer gestolpert. Er hatte Wunden am Körper, aus denen Blut sickerte; überall blaue Flecken und Verbrennungen und Spuren von jeder Art von Mißhandlung. Hilfy hatte ähnliche Narben. Tully suchte in einer Schublade nach einer weiteren abgelegten Hose von Haral und brachte tatsächlich noch eine zum Vorschein. Es mußte die letzte sein.

»Soll ich dir helfen?« fragte Hilfy.

Er schüttelte den Kopf, ein menschliches *Nein.* Er setzte sich und unternahm mehrere Versuche, ein Bein in die Hose zu bekommen. Er ruhte sich etwas aus, auf der Stuhlkante sitzend, und scheuchte Hilfy mit einer Handbewegung weg. Er schaffte es schließlich mit einem Bein.

Plötzlich ging die Tür auf. Chur stand dort mit all ihren

Verbänden. Ihre Augen weiteten sich; die mit den Reisen-Ringen behängten Ohren zuckten zurück.

»Chur«, sagte Tully und schaffte es auch, das andere Bein durch die Hose zu stecken. Er stand auf, zog die Hose hoch und die Kordel zu, mußte sich dabei hin und wieder an der Stuhllehne festhalten.

»Es gibt nur wenig, was wir noch nicht voneinander gesehen haben«, brummte Hilfy. Sie zuckte die Achseln. Ihr war heiß um die Ohren. »Er oder ich. Es ist alles in Ordnung, Chur.«

»Du in Ordnung«, sagte Tully. Er ließ den Stuhl stehen und streckte beide Arme nach Chur aus. Chur wich instinktiv zurück; aber er packte sie nicht, nahm nur ihre Hände und umklammerte sie mit seinen. »Chur, schön dich sehen. Schön dich sehen ...«

»Auch so«, sagte Chur. Sie schürzte die Lippen zu einem dünnen Lächeln. Hilfy stand auf. »Wir sind vielleicht ein Anblick, wie?«

»Wir *fein*«, sagte Tully mit einer Einfachheit, die schmerzte. Er grinste, unterband es aber gleich wieder und versuchte, ein für Hani angenehmes Gesicht zu machen. »Chur, ich denken du tot.«

»Tot, nein ...« Chur gab ihm einen ganz sanften Klaps auf die Wange. »Ihr Götter, sie haben dich wirklich durchgekaut und wieder ausgespuckt, wie?«

Hilfy, die sich auf den Stuhl stützte, zuckte zusammen. »Bitte, er soll sich wieder setzen. Du auch. Was machst du überhaupt hier?«

»Habe eine kleine Pause. Da oben sind sie mit einlaufenden Daten beschäftigt. Tirun macht es – ich dachte mir, ich gehe einmal hinunter und sehe nach euch, solange ich die Chance habe.«

»Wir legen ab, nicht wahr?«

Churs Ohren sanken herab.

»Wir tun es doch?«

»Wir haben da ein kleines Abkommen laufen«, sagte Chur.

»*Was* für ein Abkommen?«

»Mit Jik. Wir – na ja, wir müssen ihm noch eine Gegenleistung erbringen. Jik hat uns gebeten, mit nach Kefk zu kommen. Er hat auch Ehrran dazu überredet.«

»Ihr Götter!« Hilfy grub die Krallen in die Polsterung und zog sie wieder ein. Sie hatte Angst. Nackte Angst. Sie erkannte es deutlich. Dieses Zusammenzucken war jetzt tief in sie eingegraben, in Mark und Nerv, für immer. »Was gibt es denn auf Kefk außer Kif? Verfolgen wir immer noch dieses Irrlicht des Handelns mit den Menschen?«

»Es geht um einen anderen Handel«, sagte Chur. Ihre Ohren blieben auf Halbmast. Das Weiße zeigte sich in ihren Augenwinkeln. »Ich weiß nicht genau, worum es geht. Der Käpt'n hat mit Jik darüber gesprochen, und es ging dabei hin und her.«

»Gehen Kefk?« fragte Tully. Er taumelte gegen die Wand und hielt sich daran fest, um auf den Beinen zu bleiben. »Kif? Gehen Kif?«

»*Was* ist das für ein Abkommen?«

»Jiks Abkommen«, sagte Chur. »Hilfy – wir haben dich durch Bestechung herausgeholt. Ich weiß nicht so recht, was los ist, aber es ist sicher, daß Probleme auf uns zukommen und wir von hier abfliegen, um Akkhtimakt von Mkks abzulenken für den wahrscheinlichen Fall, daß er hierherkommt. Wir sehen einer Machtprobe zweier Kif auf Kefk entgegen, und Jik ergreift Partei dabei. Mahen Politik. Und wir stecken mit drin.«

»Ihr Götter, nein!« Das Zimmer wurde vor Hilfys Augen zu einem schwarzen Tunnel. Sie schleuderte den Stuhl auf seiner Leitschiene zur Seite und rannte zur Tür, wich dabei Churs Griff aus.

»Hilfy!« verfolgte sie Churs Stimme. *»Hilfy!«* Das war Tullys Stimme, die versagte und abbrach.

»In einer mahen Hölle!« sagte Hilfy zu allem in Hörweite und eilte zum Aufzug.

FÜNFTES KAPITEL

»Wir haben Einverständnis von Ehrran«, hatte Jiks knappe Durchsage gelautet, kurz nachdem er auf sein Schiff zurückgekehrt war. (»Liebe Götter«, hatte Haral gebrummt. »Was für eine Art Erpressung setzt er eigentlich ein?« »Muß gut sein ...« hatte Tirun erwidert.) Und wieder von Jik: *»Wir haben* Hakkikt *schicken Compfutter, vieles interessantes Zeug. Wir gehen durch Bibliothek. Sie empfangen, wir machen Check.«*

Und zusammen mit diesen Übermittlungen kam von Sikkukkuts *Harukk: »Ich, Sikkukkut, schicke ein Geschenk, Kefk ist nicht Mkks. Sie werden das feststellen. Wir verlassen den Hafen in zwölf Stunden oder weniger.«*

»Aja Jin«, protestierte Pyanfar sofort. »Das ist eine knappe Kehrtwendung. Ich weiß, daß es drängt, aber wir hatten, verdammt noch mal, keine Ablösung!«

»Tun mir leid«, sagte Jik. »Müssen machen. *Versuchen,* meines Freundin. Wir haben Problem.«

»Was für ein Problem?«

»Zum Beispiel Vektor von dieses Stsho.«

»Ist nach Kefk geflogen, wie?«

»Verdammt richtig.«

»Da sollen doch die Götter!« Sie fuhr sich mit einer Hand durch die Mähne, stützte beide Ellbogen auf das Kontrollpult und spürte die Spannung hinter den Augen.

Der Kom übermittelte unablässig das Prasseln von Kif- und Mahendo'sat-Geschwätz. Die Zentralbüros der Station befanden sich immer noch in kifischer Hand, aber ein paar Mahendo'sat sprachen jetzt aus den Docksbüros. Die Systemlampen der Übermittlungen von Jiks *Aja Jin* liefen über die Pulte. Die *Aja Jin* filterte die *Harukk*-Daten im eigenen Computer und verglich sie mit den dort gespeicherten Informationen, bevor sie sie weitersendete.

»Ich würde mir gerne einmal das Computersystem dort

drüben anschauen«, sagte Tirun. »Ein götterverdammt kompliziertes Ding, da wette ich, wenn man bedenkt, wie es uns hierhergeführt hat.«

»Besser tut man es zweimal«, meinte Haral. »Das ist alles, was ich sage. Khym ... mach dich daran, ja? Hilf ihm, Geran! Er hat es irgendwie verpfuscht.«

»Es ist weg! Tut mir leid. Ich habe es aus dem Archiv verloren.«

»Was bedeutet schon eine weitere Aufführung?« fragte Geran.

Zwei Besatzungsmitglieder waren unten. Chur war keiner weiteren Arbeit gewachsen, und Hilfy erholte sich wie Tully auf dem Unterdeck, während das erreichbare Universum mit individuellen Beschwerden in das Computersystem eindringen wollte.

»Wir verklagen Sie«, hieß es häufig.

»Sie Optimist!« schrie Pyanfar einen Mahe an, der hartnäckiger war als die anderen. »Schicken Sie Ihre Klage nach Maing Tol, und ich hoffe bei den Göttern, daß sie durchkommt!«

Und schon wünschte sie sich, sie wäre friedlich geblieben. Die Hände zitterten ihr, und sie hatte ein hohles Gefühl im Bauch. Wenn man nach einem Sprung überaktiv war, konnte man sich darauf verlassen, es zu bekommen. Sie verzehrte Konzentrate und trank etwas, aber es half nicht.

Sie mußte schlafen, komme was da wolle. Sie alle mußten Freischichten nehmen und schlafen, aber Jiks Sendungen strömten unvermindert herein.

»Der götterverdammte Mahe hat überhaupt keine Nerven«, knurrte Pyanfar. »Er hatte eine Wechselbesatzung im Dienst während des Anfluges. Wahrscheinlich hatte er auch ein Dinner mit fünf Gängen. Was denkt er eigentlich, wer wir *sind?*«

Niemand gab ihr darauf eine Antwort.

»Ihr Götter«, brummte Geran, als die Kursplanung und die Kefk-Informationen langsam Gestalt annahmen. »Der Junge ist wirklich *gemein*.«

»Und das kommt schon, bevor wir überhaupt dort sind«, meinte Haral. »Ich wette, daß dieses System noch mehr Überraschungen bietet, als dieser Kif uns zeigen will.«

»Auf die Wette gehe ich nicht ein«, sagte Geran.

Auf dem Weg nach Kefk stand ihnen kein Sprungpunkt zur Verfügung, kein Massepunkt, wo drei Schiffe, die nichts Gutes im Schilde führten, hervorkommen, ganz still werden und sich ausruhen und eine Weile schlafen konnten. Die Route wies nur zwei Sterne auf, die sich gegenseitig mit ihrer Gravitation beeinflußten; die *Stolz* würde auf ihrem eigenen Sprungfeld reiten und unter Kefks direktem Zug mit Wucht hineinschießen. Drei Sterne, wenn man Mkks und Kefk 1 und Kefk 2 zusammenzählte: Kefk war ein enges Doppelsternsystem. Und das machte die Navigation bestenfalls schwierig.

»Sechs Schiffe fliegen mit Sikkukkut ein, Jik und unsere Freundin Rhif«, sagte Tirun. »Wir bilden die Nachhut.«

»Allein mit sieben Kif«, ergänzte Geran. »Götter, was für eine Party.«

»Besser, als vorne zu sein.«

»Wieviel Abstand haben wir?«

»Nicht genug.« Haral machte sich rasend Notizen, und Pyanfars Comp-Schlitz spuckte ein Papier aus.

Alles, woran sie denken konnte, war Schlaf, die Möglichkeit, ihre schmerzenden Knochen auf eine Matratze zu betten und an nichts mehr zu denken ... während sie in einem kifischen Dock lagen, bedroht von der wahrscheinlichen Ankunft einer kifischen Streitmacht, einer von zweien ... entweder die der Kif-Behörden auf Harak, oder Akkhtimakts Schiffe, die von Kshshti kamen. Sie *hofften*, daß Akkhtimakt noch nicht näher war als Kshshti.

Die Götter allein wußten es. Falls sie hier von einem Angriff überrascht wurden, falls Akkhtimakt Mkks erreichte, bevor sie abgeflogen waren oder Geschwindigkeit aufgenommen hatten, dann boten sie ihm unbewegliche Ziele, mit den Nasen in der Station und ohne die Möglichkeit, noch rechtzeitig in Fahrt zu kommen – genauso, wie sie es mit der *Harukk* und all ihren Verbündeten gemacht hatten.

Man brauchte nicht Gedanken lesen zu können, um den praktischen Grund zu wissen, warum Jik es eilig hatte, Mkks zu verlassen.

Aber Pyanfar fiel noch mehr ein: Zum Beispiel die Möglichkeit, daß Jik mehr wußte, als er sagte, über Operationen, die anderswo im Gang waren; zum Beispiel die völlige Gewißheit, daß das bei Sikkukkut zutraf.

Und es brennt ein Feuer, Hani. Von Llyene bis nach Akkt und Mkks. Sogar bis nach Anuurn.

Sogar bis nach Anuurn.

Und die *Wachsamkeit* war damit einverstanden, sich an einem Akt ungeschminkter Piraterie zu beteiligen.

Und ich vermutete richtig, daß Sie mir folgen würden, Jägerin Pyanfar, sobald Ihr Schiff wieder flugfähig war.

Aber warum wir? Götter und Donner, was besitzen wir eigentlich, das beide Seiten wollen, abgesehen von Tully? Und Sikkukkut hat ihn uns zurückgegeben. Jik hätte ihn beanspruchen können, aber er hat nachgegeben.

Warum will Sikkukkut *uns* dabeihaben?

Ein Kif im Waschraum. Kif überall. Prozeßdrohungen strömten herein, weil ein Hani-Kauffahrer leichter zu belangen war als eine *Han*-Delegierte oder ein mahen Jägerschiff, und, die Götter wußten es, die Kif.

»Wir bekommen gerade eine Sendung von der *Wachsamkeit*«, meldete Haral. »Die amtliche Benachrichtigung, daß Beschwerde erhoben wurde.«

»Sag ihnen, sie sollen sie fressen.«

»Käpt'n.«

»Nein, sag es ihnen nicht. Bestätige!« Pyanfar wandte ihre Aufmerksamkeit einem anderen Pult zu, wo die Lampen gerade die Ausführung eines Systemchecks meldeten. »Flügel Nummer zwei in Ordnung.« Sie verifizierte Tiruns Check, schaltete die Überprüfung von Nummer drei ein und wandte sich wieder den Daten des Kefksystems zu.

Das Schema zeigte bewaffnete Wachstationen. Drei bei

Kefk. Und das automatische Navigationsfunkfeuer im Sprungbereich übermittelte ankommenden Schiffen keine Daten über Einflugsschneisen, solange keine ID von den Schiffen vorlag. Und wenn ihm nicht gefiel, was es da erfuhr, schaltete es ganz ab. Das bedeutete, frühzeitig die Geschwindigkeit zu drosseln, um Kollisionen zu vermeiden, und trotzdem, auch bei niedriger Geschwindigkeit, ein Kollisionsrisiko zu tragen. Und ohne die Einflugsgeschwindigkeit boten sie den Wachstationen praktisch feste Ziele für alles, was sie nach ihnen zu werfen gedachten. Ihr Götter, es war Wahnsinn!

»Das ist sicher etwas, das man mit neuer Ausrüstung durchführt«, meinte Tirun. »Ich hatte mich schon an Alarm gewöhnt.«

»Hm.« Pyanfar las einen auf Bildschirm zwei auftauchenden Plan ab, blinzelte, um ein klares Bild zu bekommen, und rieb sich das rechte Ohr. Die Buchstaben fielen in einem grünen Schleier auseinander und wurden wieder deutlich. Niemand von der Besatzung beschwerte sich. Ein Hani-Mann saß dort drüben, müde bis auf die Knochen, bearbeitete Tasten und knurrte tief in der Kehle in einer Art unbewußten, reflexhaften Ächzens, das gelegentlich ein Brummen wurde: Der arme Khym, zu gut erzogen, um wie die anderen zu fluchen. Er erledigte die Arbeit einer Crewfrau mit der gleichmäßigen Konzentration wie eine Frau, Seite an Seite mit Geran. »Geben Sie mir Ihre Informationen!« lautete seine Litanei in untadeligem Ton. »Ich übermittle sie dem zuständigen Offizier.«

Und: »Es tut mir leid, aber das ist völlig unmöglich.«

Der Aufzug trag in Funktion. Pyanfar drehte sich ein Stück weit herum, um einen Blick zum Korridor zu werfen, ein nervöser Reflex, jetzt, wo sie einen Kif an Bord hatten und Ehrran-Leute die Luftschleuse der *Stolz* bewachten.

Hilfy kam eilig auf die Brücke zu. Die Ohren zurückgelegt. Die Augen dunkel, als sie durch die Tür trat.

»Tante, was ist das für eine Geschichte mit Kefk?«

Pyanfar schwenkte den Sessel, bis sie Hilfy direkt anblickte, und lehnte den Kopf an die Polsterung zurück. *Niemand* kam auf die Brücke der *Stolz* und redete in diesem Ton mit ihr. Aber Hilfy ... Hilfy brauchte in letzter Zeit Spielraum. Pyanfar gab ihn ihr. »Wir fliegen dorthin, ja. Müssen uns da um eine Sache kümmern.«

»Eine *Kif*-Sache?«

Ihre Ohren fielen herab. Sie erkannte die Bruchlinien in Hilfy, die Unvernunft. Und sagte einen Atemzug lang nichts.

»Nun, ist es eine?«

»Jiks Sache. Sieh mal, wir haben da eine Rechnung zu bezahlen, Nichte. Eine götterverdammt dicke Rechnung.«

»An *wen?*«

»An Jik, um einen zu nennen.« Pyanfars Herz raste unwillkürlich; ihre Ohren klappten nach hinten, und ihre Krallen fuhren ruckartig halb aus den Scheiden und bohrten sich in die Polsterung. »Jik. Denkst du, ich besäße den Einfluß, ein mahen Jägerschiff und eine *Han*-Delegierte hierherzuholen, um dir aus der Patsche zu helfen, ohne daß ich einen Handel abschließen müßte? Du bist teuer, Nichte.«

Das war ein Schlag in Hilfys Gesicht. In ihren Augenwinkeln erschien das Weiße. Ihre Nasenlöcher weiteten sich. »Was machen wir dann?«

»Wir ...« Pyanfars Stimme versagte aus völliger Erschöpfung. Sie winkte ab. Hilfy schwankte auf den Beinen, war in keiner besseren Verfassung. Es war verrückt. Sie alle waren derart müde. »Wir machen das, Nichte, was wir uns vorgenommen haben, was immer es auch ist. Ja, wir fliegen nach Kefk. Ich wüßte auch nicht, daß wir eine andere Wahl hätten. Schulden werden angemahnt. Wir werden mit Jik kein falsches Spiel treiben. Selbst Ehrran macht mit. Frag mich nicht, warum. Um zu spionieren, das ist mal verdammt sicher. Für uns geht es um das, was ich sagte: Schulden. Wir haben dich herausgeholt. Das beste, was ich tun konnte.«

»Wir haben einen Kif an Bord.«

»Nicht meine Entscheidung.«

»Was *ist* es denn in letzter Zeit noch?«

Pyanfar glaubte für einen Moment nicht, was sie da gehört hatte; und dann gerieten ihre Muskeln in Bewegung, wie ein Krampf, der sie aus dem Sessel aufrichtete. Und Hilfy wich zurück, die Ohren angelegt und Bestürzung im Gesicht, als glaubte sie selbst nicht, was sie da gesagt hatte.

Khym stand auf; auch *seine* Ohren waren zurückgelegt, und das bedeutete Ärger auf zwei Beinen.

»Wieviel Freiraum gewähre ich dir eigentlich?« fragte Pyanfar. »Wieviel steht dir zu, hm?« Weiter unten auf dem Korridor waren die Lifttüren wieder aufgegangen. Chur und – ihr Götter! – Tully kamen zur Brücke, schneller als sie beide eigentlich sollten, während überall auf der Brücke tiefes Schweigen herrschte, nur durchbrochen vom Knistern von Leder, als sich die Besatzungsmitglieder in ihren Sesseln umdrehten. »Möchtest du irgendeine besondere Empfehlung abgeben, Nichte?«

»Nein.« Das Wort war endlich heraus. Chur und Tully betraten die Brücke, und auf dem letzten Stück trugen sie sich beinahe gegenseitig.

»Vielleicht setzt du lieber deine Pause fort«, meinte Pyanfar. »Wir haben zu arbeiten.«

»Götterverdammt, Tante ...«

»Ich habe dich herausgeholt! Götter und Donner, Hilfy Chanur, willst du dich mit mir über die Methode streiten?«

Tully stieß sich von der Tischkante ab – nutzlos, verrückt vom Fieber, trat er zwischen zwei aufgebrachte Hani. Aber er blieb dort stehen, hin und her schwankend, Panik in den Augen.

Und da begriff Pyanfar, hatte Einblick gewonnen in die Art, wie es bei den Kif gelaufen war. Wie ihre ganze Crew. Weitergehende Vermutungen wollte sie nicht anstellen. Hilfy packte Tully an den Schultern und führte ihn vorsichtig an die freie Seite, dort, wo Khym nicht stand, übergab ihn wieder Churs Verwahrung.

Danach war es tödlich still. Nur die leblosen Dinge piepsten und blinkten.

»Hilfy«, sagte Pyanfar und sank in ihren Sessel zurück.

»Hilfy ...« Während sie das Piepsen hörte und die zwitschernden Geräusche, mit denen Ausdrucke hergestellt wurden. »Wir sind alle müde. Wir sind zu sowas nicht in der Lage. Andere Schiffe haben andere Schichten, Wechselbesatzungen ... Geran, ruf bei Jik an! Sag ihm, er soll seinen götterverdammten Zeitplan in der Pfanne rösten; wir machen jetzt frei. Hilfy, als wir Jik fanden, hatte er gerade irgendwo ein Scharmützel mit den Kif gehabt und dabei Akkhtimakt ganz schön den Schwanz verknotet. Wir wissen nicht, wo Akkhtimakt jetzt ist, aber er will unsere Pelze, daran besteht kein Zweifel. Sikkukkut schwört, daß es Akkhtimakts Agenten waren, die die Kshshti-Docks hochjagten und dich und Tully gefangenzunehmen versuchten ...«

»Spielt es eine Rolle, welcher götterverdammte Kif ...«

»Halt den Mund und hör zu! Sikkukkut hat euch statt dessen geschnappt, aus eigenen Gründen. Das erfordert keine Dankbarkeit. Nur gesunden Hani-Verstand. Akkhtimakts Agenten sind von Kshshti geflohen. Sie werden ihn inzwischen erreicht haben, was bedeutet, daß unsere Zeit kostbar ist und spärlich. Es besteht die Möglichkeit, daß einer von Akkhtimakts Aufklärern sich im Kshshti-System herumtreibt. Es ist schwierig, so etwas herauszufinden, solange sie nicht funken. Und wenn das der Fall ist, wird er herausfinden, wohin wir uns gewandt haben, und zwar in derselben Minute, in der er durch das Kshshti-System fegt. Er wird die ganze Geschichte hören über das, was dort geschehen ist, bevor er auch nur langsamer wird, und die Götter mögen ihnen dort helfen, wenn er zunächst bleibt, um die Sache mit ihnen zu klären. Aber wir glauben nicht, daß er das tut. Wir glauben, daß er uns nonstop hinterherjagt. Aber wir können uns nicht darauf verlassen. Wir haben auch erfahren, daß dieser ohrenlose Stsho, der gerade von hier geflohen ist, die Kefk-Route nach Hause genommen hat, um unterwegs alles zu verbreiten, was *gtst* weiß, worauf du dich verlassen kannst. Wir haben Probleme hier, Nichte.«

»Wir sind einen Sprung von Maing Tol oder Idunspol entfernt. Was ist aus dem Vorhaben geworden, Tully dorthin zu bringen? Wohin ist die Priorität verschwunden, die das hatte?«

»Mit Banny Ayhar von Kshshti abgeflogen. Die *Wohlstand* hat Tullys Paket weitertransportiert, mit einem aktualisierten Übersetzungsband für die Menschensprache. Falls Banny nichts zugestoßen ist, befindet sich das Paket bereits auf Maing Tol. Oder wird noch dorthingelangen.« Pyanfar hatte Schwierigkeiten mit Translicht-Zahlen, müde, wie sie war. »Wir sind schneller als früher. Und vergiß eines nicht, wenn du so besorgt um Tullys Wohlergehen bist: Wenn wir ihn nach Maing Tol zu den Mahendo'sat bringen, werden sie ihn sich mit Sicherheit schnappen. Warum, glaubst du eigentlich, habe ich mich da draußen geweigert, ihn Jik zu übergeben? Sie würden ihn einsperren und bearbeiten, bis er ihnen alles erzählt hat. Wünschst du ihm das, hm? Vielleicht weiß er immer noch mehr, als er erzählt hat. Vielleicht bin ich verrückt, weil ich ihn nicht hergebe, aber ich werde ihm *das* nicht antun. Es wäre sein Tod, nach dem, was geschehen ist. Verstehst du? Sie würden ihn *nie* mehr hergeben.«

»Auf Kshshti warst du nur zu sehr bereit, ihn zu übergeben!« schrie Hilfy, und neben ihr brummte konstant das Translator-Komgerät an Tullys Seite. Seine Augen waren dunkel und geweitet.

»Verdammt, das war«, versetzte Pyanfar, »*bevor* das Ding hochging, *bevor* wir ...«

»... Schulden machten. Gib es zu! Er ist verkäuflich. Er ist entbehrlich, wenn wir nur dabei ausgelöst werden. *Das* ist es, worauf du bestehst! Ein besseres verdammtes Geschäft!«

»Hüte deine Zunge, Welpe!«

»Nun, stimmt es denn nicht?«

»Götter und Donner, *nein*, es stimmt nicht! Nicht ...« Seit jenem Saal, dachte sie. Nicht, seit sie seinetwegen einen kifischen Stützpunkt betreten hatte. Und gesehen hatte, wie es war. »Es stimmt jetzt nicht mehr.«

»Und jetzt sind wir ihre Verbündeten? Riskieren unser aller Leben, obwohl wir nur einen Sprung vom mahen Raum entfernt sind?«

»Wir haben eine Schuld zu begleichen. Wie du schon sagtest. Und es ist eben *mahen* Raum. Unter mahen Gesetz. Mahen Politik. Möchtest du, daß wir uns ihrer Gnade ausliefern? Möchtest du alles, was du gewonnen hast, den Prioritäten von jemand anderem unterwerfen?«

»Ich dachte, wir wären unseren Verbündeten hier dankbar bis zum Kniefall. Ich dachte, wir wären ihnen etwas schuldig. Jetzt geht es um etwas anderes.«

»Wenn ich, bei den Göttern, nur wüßte, *worum* es geht, Nichte, würde ich vielleicht nicht mitmachen. Die Mahendo'sat stehen auf Status. Du möchtest Jik umkommen sehen, nicht wahr? Möchtest, daß er draufgeht – und was wird dann aus seiner Persönlichkeit, und was wird dann aus seinen Freunden, wie Goldzahn und uns? Wir haben eigene Interessen in dieser Sache zu wahren. Und sie verlangen kein blindes Vertrauen.«

»Wir sind kein Kriegsschiff, Tante!«

»Nein«, sagte Pyanfar. Ihr Bauch tat weh. Fehlendes Essen? Fehlender Schlaf? Nackte Angst? »Wir sind ein Handelsschiff ohne Fracht, bis über beide Ohren verschuldet, und die *Han*-Delegierte hat genug in ihren Akten, um uns zu ruinieren. Die Stsho vom Treffpunkt werden selbst eine Beschwerde an den *Han* richten ... ich traue diesem Bastard Stle stles stlen nicht weiter, als ich ihn sehen kann. Und wir haben es mit einem Kif zu tun, für den wir das Ziel Nummer eins im ganzen Universum sind. Akkhtimakt möchte der Herr aller Kif werden, und wenn er Erfolg dabei hat, kannst du dir selbst ausrechnen, welche persönlichen Chancen wir dann noch haben. Und du möchtest also wissen, warum ich ein Bündnis mit den Mahendo'sat eingehe?«

»Du glaubst doch wohl selbst nicht, daß sie uns eine faire Chance bezüglich des Handels mit den Menschen einräumen! Sie werden ein doppeltes Spiel mit uns treiben, worauf du dich verlassen kannst, alle unsere teuren Verbündeten, bei der ersten Gelegenheit!«

»Ich rechne damit, daß sie es versuchen werden. Sie sind gut darin. Aber gegenwärtig sind sie aller Kredit, den wir haben. Möchtest du nach Maing Tol fliegen, versuchen, dich den langen Weg zurück bis zum Treffpunkt zu schleppen, um unsere Fracht auszulösen? Und *was dann*, Nichte? Nach Anuurn zurückkehren und versuchen, alle Klagen vor dem *Han* wegzuargumentieren? Wenn Nachrichten von den hiesigen Geschehnissen dort bekanntwerden, dann wird sich dein Vater Herausforderungen gegenübersehen. Jeder ehrgeizige Welpe wird es mit ihm versuchen, und Ehrran wird das sicherzustellen wissen. Und Kohan wird alt, Kleine. Er kann nicht *jeden* besiegen. So sieht es aus.«

»Also riskieren wir die *Stolz?*«

»Das ist die Möglichkeit, für die ich mich entscheide.«

Niemand regte sich. Hilfy stand da und versuchte, wieder zu Atem zu kommen. Ein beharrliches Piepsen drang aus dem Kom.

»Wir machen folgendes«, sagte Pyanfar. »Wir holen uns die fällige Ruhe. Wir unterstützen diese verrückte Mission von Jik, und wir bewachen das schwarzbehoste Hinterteil der Delegierten. Und wir hoffen bei allen Göttern, daß Goldzahn in Reichweite ist. Das beste, was wir tun können, ist, dafür zu sorgen, daß die Mahendo'sat uns wohlgesonnen bleiben. Sikkukkut ist nur normal verrückt. Du bist lebendig wieder herausgekommen. Was ich über Akkhtimakt höre, gefällt mir gar nicht. Dieser Kif hegt einen wirklichen Groll gegen uns. Sikkukkut ist lediglich halb so gemein – und das ist die Wahrheit, Nichte. Hör mir gut zu! Willst du, daß Akkhtimakt der große *Hakkikt* wird, derjenige, der die Welten vereinigt, der Führer, auf den die Kif gewartet haben, seit sie die Piraterie entdeckten? Oder willst du Sikkukkut, der wenigstens noch Grenzen hat? Vielleicht *haben* wir persönliche Interessen in diesem Kif-Kampf, hm?«

»Also erlauben wir Sikkukkut, zu uns ins Bett zu steigen?«

Pyanfar legte angesichts dieser Derbheit die Ohren zurück. »Wir erlauben dem Bastard gar nichts. Ja, wir machen ein Geschäft mit ihm. Eins, von dem beide Seiten profitieren.«

»Entschuldige, *entschuldige,* aber ich habe die Hände dieses Bastards an mir gespürt! Ich wurde unter Drogen gehalten. Schocks ausgesetzt und habe jeden ekligen Trick zu spüren bekommen, den sich die Kif nur ausdenken konnten – die Götter allein wissen, was sie alles mit Tully gemacht haben; er konnte es mir nicht einmal erzählen –, und du willst, daß ich dieses Geschäft billige?«

»Nein, das tue ich nicht. Ich habe dich nicht darum gebeten.« Pyanfar lehnte den Kopf an. »Ich habe nur versucht, dir auseinanderzusetzen, was geschehen ist. Wenn du während dieser Mission in deinem Quartier bleiben willst, nur zu. Die Pause steht dir zu. Aber ich empfehle dir *wirklich* nicht, hier auf Mkks von Bord zu gehen. In kurzer Zeit wird der Boden hier ganz schön heiß werden. Ganz schön heiß, und zwar ungefähr dann, wenn die Nachricht von den Geschehnissen auf Maing Tol und Akkt eintrifft. Wir unterhalten uns darüber, daß die Mahendo'sat eine Sternstation verlieren, verstehst du? Oder daß die Kif eine erobern. Und niemand ist richtig glücklich dabei. Du bist nicht die einzige, die Schwierigkeiten hat. Die Götter wissen, was die Mahendo'sat unternehmen oder wieviel Kredit Jik zu Hause noch hat. Wir haben jede Unterstützung von seiten des *Han* verloren, die wir vielleicht hätten haben können. Uns bleiben nur Jik und Goldzahn. Und wenn sie sich verabschieden, haben wir nichts mehr. *Nichts!* Natürlich ist es möglich, daß auch *sie* ein doppeltes Spiel mit uns treiben, genauso, wie du es gesagt hast. Aber falls sie untergehen – dann ist es auch möglich, daß die Persönlichkeit, für die sie arbeiten, stürzt, und daß es eine neue Persönlichkeit geben wird. Neue Abkommen. Eine neue Politik. Ich bin mir nicht sicher, ob uns das gefallen würde. Ich bin mir nicht einmal sicher, ob es Ehrran gefallen würde.«

Hilfys Schultern sackten herab. Sie verzog das Gesicht, als hätte sie Schmerzen. Der Kom piepste weiter vor sich hin. Es war Hilfys Station. Sie winkte geschlagen ab, ging hinüber, steckte sich den Hörer ans Ohr und drückte den Schalter. »Hier *Chanurs Stolz*«, sagte sie zu jemandem. »Der Kom-Offizier.«

Hilfy setzte sich. Wandte Pyanfar den Rücken zu. Machte sich wieder an die Arbeit.

»Tully«, sagte Pyanfar. Sie streckte eine Hand aus, und er kam zu ihrem Sessel herüber. Er zeigte ihr seinen typischen blauäugigen, nachdenklichen Blick und nahm ihre Hand, sanft, wie er es gelernt hatte. Und sie krümmte die Krallen um seine Hand, zurückhaltend, so daß sie seine weiche Haut nicht ritzten. »Geh nach unten! Geh dich ausruhen! Es ist alles in Ordnung, Tully, alles in Ordnung. Es war nur eine Diskussion. Nur ein Gespräch. Geh nach unten und ruh dich aus!«

»Ich sein Besatzung. Scan-Techniker. Ich arbeiten.«

»Du bist Hackfleisch, und du kannst obendrein unsere Pulte nicht lesen, geschweige denn, ohne vorherige Untersuchung unsere Kontrollen bedienen. Du willst arbeiten? Dann geh schlafen und arbeite später. Geh!« Sie befreite ihre Hand und gab Tully einen Klaps auf das Hinterteil, um ihn wegzuschicken, aber er rührte sich nicht. Khym stand dabei und beobachtete alles. Es ging Pyanfar durch und durch. Ihr Ehemann. Und dieser Mann. Und eine Heranwachsende mit einem tiefen Trauma und wer weiß welchen Ideen, auf die sie in einer kifischen Zelle gekommen war. »Wir nehmen uns alle frei und ruhen uns aus. Schlafen. Essen. Okay?« Ein zweiter Klaps, mit ausgefahrenen Krallen jetzt. Diesmal bewegte sich Tully schreckhaft und wich schockiert zurück. »Geh!« sagte sie mit vollem Ernst, die Ohren nach hinten gelegt; und er entfernte sich.

»Tante«, sagte Hilfy in geschäftsmäßigem Ton und ganz vernünftig. »Die *Aja Jin* meldet sich. Grüße vom Kapitän. Er hat ein Problem. Er sagt, er muß dich persönlich sprechen. Er wird sich kein Nein anhören. Willst du mit ihm reden?«

»Ja.« Alles – *alles* – damit Hilfy ruhig blieb. »Ich kann mir schon denken, worum es geht.« Sie schwenkte den Sitz herum. »Tully, Khym, Chur, Geran: Ihr verschwindet von hier, eßt etwas und geht zu Bett. Los! Hilfy, du auch! Noch etwas, Hilfy.«

»Aye?« Abwehrend.

»Die Kif erzählen, Tahar stehe auf gutem Fuß mit Akkhtimakt.«

»Die *Mondaufgang?*« Hilfys Augen weiteten sich.

»Seit Gaohn. Ergibt Sinn, nicht wahr? Sie arbeitete eng mit Akkukkak zusammen, und wohin sollte sie sich nach Gaohn noch wenden? Die *Wachsamkeit* ist *wirklich* interessiert an ihr. Ich dachte, das könnte dich interessieren.«

»Verdammt, Tante ...«

»Achte auf deinen Ton! Du befindest dich wieder in der Zivilisation, Nichte.« Sie schaltete die Verbindung ein, als Haral sie zu ihr hinüberstellte, und ein dichter Strom von mahen Dringlichkeit strömte in ihr Ohr: »Bei den Göttern, Jik ...«

»... Zeit. Sie müssen übernehmen Compinformationen. Was Sie wollen, vielleicht warten auf Akkhtimakt, warten auf Harak-Kif?«

»Was wollen Sie? Vielleicht, daß meine Crew während des Sprungs versagt?«

»Haben keines verdammtes Zeit zum Ausruhen! Ich haben selbes Stationsbehörde an meine Hals, haben selbes wollen eindringen auf meines Schiff! Sollen ich erklären Kif, daß Sie wollen schlafen, ah?«

Pyanfar strich sich die Mähne zurück und zuckte mit den Ohren. Die Ringe klimperten leise. »Dann erkläre *ich* es dem *Hakkikt*, mein Freund. Wollen Sie das?«

Für einen Moment war es ruhig am anderen Ende. *»Ich reden mit* Hakkikt, *verdammt.«*

»Danke.«

»Bevor Sie machen Schluß, vielleicht beenden Compfütterung. Abkommen, ah?«

»Nein! Meine Crew ist am Ende, kapiert? Wir tun jetzt nichts mehr!«

»Wir haben Stsho fliehen nach Kefk.«

»Wir können es jetzt nicht, Jik.«

»Ich schicken Besatzung.«

»Nicht auf mein Schiff. Das werden Sie nicht! Unmöglich!«

»Sie wollen, daß ich kommen hinüber für erklären? Wir haben Probleme mit Stationsleuten, haben dringendes Bitte, wir verlassen Dock, haben großes Furcht, Pyanfar. Kif-Probleme. Was ich sagen den Kif? Tun mir leid, Hani müssen machen Nickerchen?«

»Erklären Sie es, wie es Ihnen gefällt. Ich kippe gleich vornüber, Sie Bastard; ich bin fertig, am Ende. Die ganze Crew nimmt jetzt frei.«

»Müssen beenden Compfütterung!«

»In zwölf Stunden. *Dann* machen wir es.«

»Neun.«

»Elf.«

»Verdammt, Hani, dies sein kein Kauffahrer-Abkommen! Neun! Neun alles, was wir möglicherweise haben. Wir decken Ihre Schwanz so lange. Sie hören?«

»Neun«, murrte sie. »Neun.« Sie schaltete die Verbindung ab, schwenkte den Sessel herum und stand auf.

Hilfy und Chur waren gegangen. Auch Khym und Geran. Aber Tully zögerte noch, stand allein an den Rahmen des Schotts gelehnt, die Hände hinter dem Rücken.

Sah sie an.

»Du hast Angst, hm?«

»Pyanfar.«

»Ich bin nicht böse auf dich, aber wenn ich dir einen Befehl gebe, *Na* Tully, dann bewegst du dich, verstanden? Sagte ich nicht, daß du gehen sollst?«

»Pyanfar.« Er blieb stehen, die Lippen zusammengepreßt, Panik in den Augen. Aber dann löste er sich von der Wand und kam auf Pyanfar zu, bis zum Sitz des Beobachters – trat dann plötzlich weiter vor und warf die Arme um sie. Sie verabscheute das. Aber es sprach deutlicher, als Tully sich mit Worten artikulieren hätte können. Sie tätschelte seinen Kopf, schob ihn zurück und sah ihn an.

Vertrauen. Die Götter wußten, daß er unvernünftig war.

»Du bist wirklich ein Dummkopf, bei den Göttern, Tully.«

»Hilfy sagen du kommen.«

»Hilfy ist auch einer.« Aber es rührte sie trotzdem. Und was hatte er gedacht, als sie ihn bei Sikkukkut ließ? Was hatte er in diesem Moment geglaubt? Er, der kein Hani war, kein Verwandter, der für sie nichts anderes war als ein Problem? »Du gehst dich ausruhen, hm? Wir kümmern uns um dich.«

»Ich nicht gehen zu Kif.«

»Nein, du wirst nicht zu den Kif gehen. Zu niemandem. Wir behalten dich bei uns.« Sie dachte nach und stieß ihn dann mit einer Zeigekralle an, um seine Aufmerksamkeit zu gewinnen. »Wir haben einen Kif an Bord. Hat Hilfy es dir schon gesagt?«

»Kif ... auf der *Stolz?*«

»Ein Gefangener. Sein Name lautet Skkukuk. Kennst du ihn?«

Er schüttelte den Kopf. »Nein. # # Gefangener?«

»Ich habe einen Teil nicht verstanden. Sikkukkut hat ihn zu uns geschickt. So sind wir an ihn gekommen. Du hast keine Angst, nicht wahr?«

Er schüttelte wieder den Kopf. »Hilfy – Hilfy – wollen # sagen – sie # Kif.«

»Das habe ich auch nicht verstanden. Sie ist nicht glücklich. Das weiß ich. Aber wir kümmern uns um sie.«

»Sie sein gut. Gut.«

»Das weiß ich auch.« Sie gab ihm einen sanften Klaps auf den Arm. »Haben sie dir etwas zu essen gegeben?«

»Nicht wollen.«

»Nicht wollen! Komm schon!« Sie packte ihn am Arm und führte ihn durch den Brückenraum. Blieb stehen und blickte zu Haral und Tirun, aus deren Augen vor Erschöpfung dunkle Bäche sickerten. Auch ihre eigenen wässerten. Sie wischte sie ab. »Nehmt euch frei!«

»Mach du es!« entgegnete Haral.

»Habe ich schon«, sagte sie. Sie hielt Tully am Handgelenk und ging mit ihm die sanfte Bodenkrümmung hinauf zur Kombüse. Hinter ihnen summten Sitze und waren die Geräusche von Schaltern zu hören.

In der Kombüse herrschte Aktivität. Geran und Khym waren schon dort, und Pyanfar hätte eigentlich davor zurückschrecken sollen, Tully dort mit hineinzuzerren, wo Khym bereits war, aber sie war längst über alles hinaus. »Setz dich!« wies sie Tully an, und er tat es auf dem nächstgelegenen Platz, nahm die Tasse, die Geran ihm reichte – es war ihre eigene – und trank. »Wir werden Hilfy etwas zu essen hinunterbringen müssen«, sagte Pyanfar. »Und Chur.«

»Ich mache das«, erklärte sich Geran bereit und versorgte den Kocher mit Nachschub, als Haral und Tirun auftauchten. Dann ging sie hinüber zum Küchenschrank und durchstöberte die Vorräte.

»Hier, du kannst es brauchen«, sagte Khym und schob Pyanfar eine Tasse in die Hände. »Setz du dich auch hin!«

»Hm.« Pyanfar ließ sich auf die Bank sinken und trank aus der dampfenden Tasse, die sie mit beiden Händen hielt. Sie setzte sie ab und strich sich die Mähne aus dem Gesicht.

Der Kom piepste.

»Verdammter Mist«, meinte Haral und nahm den Anruf über den Taschenkom entgegen. »Hier *Chanurs Stolz:* Sprechen Sie für die Aufzeichnung; wir haben Dienstschluß. Handelt es sich um einen Notfall?«

»Ich überbringe eine persönliche Botschaft des Hakkikt. *Ich erwarte Sie auf dem Dock.«*

»Götter und Donner!« ächzte Pyanfar. »Kif!«

»Geh nicht!« schlug Khym vor. »Schick ihn weg!«

»So etwas könnte man nachträglich bedauern.« Sie nahm einen kräftigen Schluck Gfi. »Sag ihm, er soll heraufkommen. Sag Ehrrans Wachen, sie sollen ihn vorbeilassen. Ich spreche unten mit ihm.«

»Kif«, sagte Tully leise. Seine fremdartigen Augen schweiften voll offenkundiger Angst hin und her. »Kif kommen ...«

Pyanfar gebot mit einem Wink Ruhe. Haral gab die Nachricht weiter.

»Er kommt herauf«, sagte sie. Und fügte hinzu, während

sie den Kopf hochreckte: »Du weißt, daß diese verflixten Ehrran die Geschichte weitererzählen werden.«

»Ich weiß.« Pyanfar stand auf. »Kommst du mit?«

»Ich komme auch mit«, sagte Khym.

»Es wäre Unsinn, wenn wir alle gingen. Überwacht uns einfach von hier oben. Wir wollen doch nicht den Eindruck vermitteln, wir machten uns Sorgen, oder?«

»Vielleicht hat Sikkukkut jemanden geschickt, um diesen Kif zurückzuholen«, mutmaßte Haral, als sie mit dem Aufzug zum Unterdeck hinabfuhren.

»Das würde ein Problem lösen. Ich würde ihn mit Bändern verziert überreichen. Aber ich habe nicht viel Hoffnung.«

Die Tür zischte auf. Sie gingen hinaus.

Der Kif befand sich bereits im Korridor, ein dunkler Schatten vor den Lichtern, die Arme unsichtbar in den weiten Ärmeln verborgen.

Pyanfar hatte ihrerseits die Hand in der Tasche, den Finger um den Abzug ihrer Pistole gekrümmt. Sie vermutete, daß Haral dasselbe tat.

Der Kif verbeugte sich, als sie auf ihn zukamen. Pyanfar überging die Höflichkeit.

»Nun?«

Dunkle, dünne Hände kamen leer aus den Ärmeln zum Vorschein. Es war ein großer Kif – beeindruckend groß. Ein silberner Orden mit vielen Facetten glitzerte auf seiner Brust.

»Du kommst von *Hakkikt?*«

»Jägerin Pyanfar, Sie werden nie lernen, uns auseinanderzuhalten.«

Sie sah schärfer hin. »*Sikkukkut?*«

Der *Hakkikt* breitete die Hände aus, die Handflächen nach außen. »In diesem Zusammenhang ist Gesandten nicht zu trauen, Jägerin Pyanfar. Und zweifellos wären sie auch nicht geeignet, Nuancen deutlich zu machen. Ich habe eine Speisung ihres Computers angeordnet. Empfangen Sie?«

»Vermittelt von der *Aja Jin,* ja.«

Sikkukkut hob den Kopf und blickte an der langen Schnauze mit der weichen Haut entlang. Adern standen daraus hervor. Seine Augen leuchteten. »Sie trauen Ihren Verbündeten?«

»Sagen wir einmal, daß unsere Interessen übereinstimmen.«

»Sie besitzen zuviel *Sfik*, als daß Ihre Interessen mit denen der anderen übereinstimmen könnten.«

»Soll das hier eine Art Geschäft werden?«

»Ich habe bereits Gold angeboten.«

»Es interessiert mich nicht.«

»Und Sie wollen eine Händlerin sein?«

»Ich treibe nicht mit jeder Art von Gütern Handel.«

»Ihr Mensch wollte mir nichts sagen. Nicht ein einziges Wort.«

»Ach.« Sie holte tief Luft, kümmerte sich dabei nicht um den Ammoniak-Geruch.

»Ich habe es nicht allzu hart versucht. Aber zweifellos haben seine Kameraden auf der *Ijir* gegenüber Akkhtimakt geplaudert, als er dieses Schiff kaperte. Und was konnten sie ihm wohl erzählen? Daß die Menschen entschlossen sind, Handelsverbindungen herzustellen ... die den Pakt zerstören werden? Die Methanatmer verärgern werden? Die Stsho bestürzen? Erkennen Sie, welche Kräfte gegen Sie aufgefahren sind, *Ker* Pyanfar? Ihr eigener *Han* ist gegen Sie. Sie verbünden sich mit Mahendo'sat, und Sie kennen dabei doch deren Motive.«

»Erläutern Sie sie mir!«

»Uns zu schwächen. Eine weitere Rasse hinter unserem Rücken heranzuführen, wie sie die Hani herangeführt haben, um ihre linke Flanke zu bilden. Auf Ninan Hol haben sie Horchposten eingerichtet. Die Mahendo'sat richten ihre Ohren in den Raum jenseits von Ninan Hol; unablässig schicken sie Sonden aus, in der Hoffnung, irgendeinen weiteren Kontakt herzustellen, der ihnen nützen könnte. Sie haben überall ihre Hände drin. Zum Beispiel mein alter Freund Keia.«

»Freund, hm?«

»Unsere Interessen stimmen überein. Er will, daß ich Akkhtimakt besiege, denn ihm gefallen Akkhtimakts unmittelbare Ziele nicht. Ich will natürlich dasselbe. Sie sollten es auch.«

»Vielleicht tue ich es.«

Sikkukkuts rümpfte die Schnauze und glättete sie wieder. »Kkkt. Gehen wir einmal davon aus, daß wir Verbündete sind. Erinnern Sie sich auf Kefk daran. Sollte etwas schiefgehen, *kommen* Sie zu mir!«

Sie starrte ihn sehr lange an. »Sind Sie gekommen, um mir das zu sagen?«

»Ich finde, daß Sie für mich interessant sind.«

»Ihr Götter, *danke!*«

Wieder Runzeln. »Sie sind naiv. Sie haben Feinde zu Hause.«

Ihre Ohren sanken. »Was hat das mit der Lage hier und jetzt zu tun?«

»Es hat viel mit der Zukunft zu tun. Verkaufen Sie mir diesen Menschen?«

»Nein.«

»Was werden Sie mit ihm machen? Sagen Sie es mir! Ich gestehe, daß ich neugierig bin.«

»Ich weiß nicht, ob ich überhaupt etwas mit ihm *mache.* Er gehört zur *Besatzung.*«

»Hani verblüffen mich. Aber Sie haben mir etwas versprochen, nicht wahr? Sie werden mir Kefk geben.«

»Jik sagte es schon. Erfordert es noch ein privates Abkommen mit mir?«

»Ich biete Ihnen *Pukkukkta* an all ihren Feinden an.«

»Rache brauche ich nicht.«

»Nein? Die Tc'a singen Ihren Namen. Ich habe es schon gehört.«

Das Haar auf Pyanfars Rücken sträubte sich. »Schön. Ich stelle mir vor, daß die Tc'a eine Menge tratschen.«

»*Pukkukkta.*« Sikkukkut zog die dunklen Lippen zurück und zeigte die scharfen Schneidezähne in ihrer V-förmigen

Lücke; er winkte großspurig mit einem Arm, und der dunkle Ärmel flatterte. »Hani, es kommt der Tag, da wollen Sie Ihre Rache.«

»Was, bei den Göttern, soll das heißen?«

Aber Sikkukkut hatte sich schon umgedreht und ging weg, ein kleinerwerdender Flecken vor dem Licht. Er blieb stehen und wandte sich noch einmal halb um, stets würdevoll. »Sie werden mich natürlich hinauslassen müssen, meine Freundin.«

»*Tirun*, wir haben einen Besucher, der gehen möchte. Laß ihn hinaus!«

»*Aye*«, erfolgte die Antwort. Sikkukkut ging mit gelassener Würde weiter, und Pyanfar spannte die Haut auf ihrem Rücken, um das Fell wieder zu glätten. Die Muskeln widersetzten sich und verwandelten die Bewegung in ein Zittern.

»Ihr Götter«, brummte Haral.

»Sieh nach, ob er auch wirklich geht!« sagte Pyanfar. Und Haral schritt den Korridor hinunter, in die Richtung, wo der Kif hinter der Biegung verschwunden war, auf dem Weg zur Luftschleuse.

Pyanfars Haare glätteten sich nicht, bis Haral wieder auftauchte und sich zu ihr gesellte.

»Hast du das aufgezeichnet, Tirun?« fragte Pyanfar die leere Luft.

»*Ich habe es*«, meldete sich Khym. »*Ich war nicht umsonst Mahns Anwalt im Hintergrund.*«

Pyanfar holte tief Luft und spie ein Lachen hervor. Es klang, als wäre ein Unwetter durch diesen Korridor der *Stolz* gebraust und dann die Sonne wieder zum Vorschein gekommen.

Aber dann erstarrte Haral, die über Pyanfars Schulter den Korridor entlangblickte.

Pyanfar drehte sich abrupt um. Hilfy stand dort, eine Pistole in der Hand.

»Was glaubst du eigentlich, was du da tust?« schrie Pyanfar.

»Ich habe die Luke gehört«, sagte Hilfy. Es klang zu ruhig.

»Wir sind damit fertig geworden. Geh wieder in dein Quartier, ja?«

»Aye«, sagte Hilfy und sicherte ihre Waffe mit einem Klicken. Dann steckte sie sie weg und verschwand wieder um die Ecke.

»Warum habe ich nur geschrien?« brummte Pyanfar fragend. Es war nicht ganz klar, ob die Frage Haral galt oder niemand im besonderen. »Es war nicht nötig, verdammt!«

»Sie ist in Ordnung«, meinte Haral.

»Sicher.«

Aber das Kältegefühl, das sich bei diesem Zwischenfall in ihrem Bauch ausgebreitet hatte, verschwand nicht eher, als bis sie wieder auf der Brücke war und in der Kombüse.

»Was er wollen?« fragte Tully. Er machte ein besorgtes Gesicht und erhob sich halb am Tisch, aber Pyanfar legte ihm die Hand auf die Schulter und drückte ihn wieder auf seinen Platz.

»Nichts. Er wollte uns nur ärgern.«

»Er geben Geld? Wollen mich?«

»Er weiß, daß ich mich darauf nicht eingelassen hätte.« Sie ließ sich auf die Bank sinken und griff nach ihrer Tasse. *Aber was* wollte *er dann?*

Khym nahm die Tasse weg, bevor sie sie erreichte, und schob ihr eine heiße in die Hand.

»Gut«, sagte er.

Sie blickte verwirrt zu ihrem Ehemann auf.

»Gut«, wiederholte Khym, und meinte damit nichts anderes als gute Arbeit, dachte sie. Sie bezweifelte, daß er recht hatte. Aber sie nippte an dem Gfi und blickte zu Khym auf. Sie las Geduld in seinen bernsteinfarbenen Augen. Geduld, die er sich hart erkämpft hatte.

»Deine Kabine ist belegt«, gab sie ihm einen Hinweis.

»Hm.« Er wirkte verlegen über die Einladung, als er sie erkannte hatte. Geran war da. Ein weiterer Mann war da.

Aber dann machte er unwillkürlich ein erfreutes Gesicht. Seine Ohren zuckten. *Ihr Götter. Tc'a. Methanatmer.* Pyanfar erinnerte sich an den Knnn, der sie vom Treffpunkt aus verfolgt hatte, und das Haar auf ihrem Rücken wollte sich wieder aufrichten.

Etwas von dem, was er sagte, war wichtig. Etwas war den Weg hierher wert. War es ihm wert. Dem Möchtegern-Herrn aller Kif. Mich zu besuchen.

Gehen wir einmal davon aus, daß wir Verbündete sind. Erinnern Sie sich auf Kefk daran.

»Stimmt etwas nicht?« fragte Khym.

Rache an all unseren Feinden. Hani, es kommt der Tag, da wollen Sie Ihre Rache.

»Noch nicht«, sagte sie. Sie fing das in Plastik verpackte Naschwerk auf, das Geran über die Tischplatte zu ihr herüberschubste. Haral und Tirun kamen auf der Suche nach Gfi und Essen wieder hereingetappt. Pyanfar riß das Plastik auf und schluckte das Hackfleisch in dicken Brocken hinunter, verschaffte sich damit eine Garantie auf Schluckauf. Sie goß Gfi hinterher. Das Gewürz brachte sie zum Niesen.

»Mach langsamer, um der Götter willen!«

»Wie, langsamer machen? Wir haben noch achteinhalb Stunden zum Schlafen.« Sie stand auf und packte Khym am Arm. »Komm, Ehemann! Ich bin auf einmal in Stimmung.«

»Ihr Götter, Py!«

»Wer merkt es schon? Trink den Gfi aus und komm!«

SECHSTES KAPITEL

Achteinhalb Stunden waren nicht genug. Der Wecker klingelte los wie Angriff, Chaos und der Untergang des Universums. Pyanfar kletterte über Khym hinweg, um den Ton auszuschalten, aber danach blieb ihr nichts anderes übrig, als sich daran zu erinnern, wo sie sich befand und was sie erwartete, sich selbst und ihren noch halb schlafenden Ehemann aus dem Bett zu zerren und sich den Dingen zu stellen.

Sie tat es, angetan mit einer einfachen blauen Hose aus Köper, ganz im Stil einer gewöhnlichen Raumfahrerin, denn sie würden hinausfliegen, und am anderen Ende des Sprunges hatte sie wahrscheinlich keine Zeit zum Waschen oder für sonstige Annehmlichkeiten. Sie sparte sich ihre hellste Seidenhose auf für die Zeit nach der Säuberung auf den Docks von Kefk.

Es war besser, in solchen Begriffen zu denken, zu erwarten, daß sie noch Bedarf *haben* würde für rote Seidenhosen und den ganzen Staat.

Aber den Ohrring mit dem Rubinanhänger legte sie doch an, zusätzlich zu den sonstigen Ringen; der Stein blinkte und leuchtete heftig am rotgoldenen Schwung ihres büscheligen, vielberingten Ohres. Er informierte alle, die sich mit einer eher schlicht gekleideten Hani streiten wollten, daß sie den Kapitänsrang besaß. An einem solchen Tag brauchte Pyanfar alle Überzeugungskraft, die ihr das verlieh.

»Füttere den götterverdammten Kif«, wies sie Tirun an, als sie sie auf der Brücke fand.

»Mit *was* denn?« fragte Tirun, und unverzüglich drehte sich Pyanfar der Magen um.

»Ich weiß nicht; tau etwas auf! Wirf ein Steak durch die Tür! Komm nicht in seine Nähe! Und trage keine Waffen!«

»Ihr Götter, es handelt sich nur um einen einzelnen Kif. Ich kann ...«

»Komm nicht in seine Nähe! Brauchen wir denn noch mehr Probleme auf diesem Schiff?«

»Aye«, sagte Tirun und verkniff sich jede weitere Diskussion.

Alle Besatzungsmitglieder waren wach und auf den Beinen. Chur kam aus Khyms früherer Kabine, um sich auf der Brücke um die Checks zu kümmern; Haral und Hilfy und Geran kamen vom Unterdeck herauf, ebenso Tully, der steif und wund in der Kombüse herumwerkelte, zusammen mit Khym und Hilfy, um Frühstück zu machen. Auf der Brücke nahm der Kom den Informationsfluß wieder auf, und die *Stolz* trank alles in sich hinein, was die *Aja Jin* und die *Wachsamkeit* während der Freiwachen der Hani zusammengestellt hatten. Haral und Geran und Chur arbeiteten daran, während Tirun ging, um den Kif zu füttern.

»Wir haben hier eine Anfrage von der *Aja Jin*«, berichtete Chur. »Sie wünschen eine Konferenz mit dir, sobald du kannst.«

»Schön«, antwortete Pyanfar gequält. »Schön. Ich mache mit.«

»Die Checks laufen gut. Übernehmen wir den Kurs unverändert von der *Aja Jin?*«

»Wir akzeptieren, was sie uns geben. Ich habe nicht vor, mit ihrem Computer zu streiten.« Sie beugte sich über Churs Sitz und nahm in Augenschein, was die Station von sich gab. Es war wieder in mahen Sprache verfaßt. Mkks verbreitete mit seinen Funktionen wieder das Gefühl von Normalität.

Jeder Kif auf Mkks, der etwas auf sein Leben gab, war unterwegs zu Sikkukkuts Schiffen, vermutete Pyanfar. Sie dachte an die anderen, die Unbeteiligten, die Nicht-Kif, und wünschte sich, sie könnte die ganze Station evakuieren. Aber das war unmöglich. Die Mahendo'sat und Stsho mußten bleiben und sich auf die wenigen Konventionen über Nichteinmischung und Neutralität verlassen, an die sich sogar die Kif im Pakt hielten. Tc'a und Chi waren sicher. Unbestreitbar. Und sie schützten die anderen, die sauerstoffatmenden Bewohner durch ihre Immunität und ihren Wahnsinn.

»Was sagt der Countdown?«

»Stunde drei Minuten bis Ablegen«, sagte Haral.

»Liebe Götter, die gehen aber ran, wie?«

»Dieser Mahe ist ein sturer Bastard.«

»Sind wir im Countdown?«

»Wir holen auf.«

Pyanfar schaltete das eigene Pult ein und ging die Systeme und die jüngsten Kom-Nachrichten durch.

Von der *Aja Jin:* Sie bekommen keines Problem; Sie eintreffen auf Koordinate Nummer eins gut ...

Noch ein Optimist, dachte sie. »Verbinde mich mit Jik!«

»Aye«, antwortete Geran. Und einen Moment später: »Er meldet sich nicht.«

»*Was,* er meldet sich nicht? Der Countdown läuft! Erinnere ihn daran, wer ihn sprechen will!«

Eine weitere Verzögerung. »Käpt'n, seine Erste ist dran und fragt, ob du mit ihr reden willst.«

Sie schaltete die Verbindung auf ihrem Pult ein. »Hier spricht Pyanfar Chanur. Liegt dort ein Problem vor?«

»Hier Soje Kesurinan. Nicht haben Problem. Arrangieren gut.«

Unbehagen fuhr an Pyanfars Rückgrat rauf und runter. Aus dem Ton der Mahe war deutlich ein *Fragen Sie nicht* herauszuhören.

(Was, um der Götter willen, ist denn dann los?)

»Soll ich hinüberkommen?«

»Nicht brauchen. Alles fein, verehrtes Kapitän.«

»*Stolz* aus.« Sie schaltete ab. Ihr Götter, wahrscheinlich hatte jeder Kif auf Mkks Zugriff auf dieses Gespräch. Sie bemerkte Harals besorgten Blick.

»Er ist nicht da«, sagte Pyanfar.

Haral runzelte die Stirn.

»Ich wette«, sagte Pyanfar, »daß er nicht an Bord ist. Geran, gib mir Rhif Ehrran!«

»Aye.« Geran stellte die Verbindung her. »Sie ist dran, Käpt'n.«

So schnell? Also ist er nicht dort, und Rhif sitzt an den Kontrollen.

»*Ker* Rhif, wir wollten Ihnen mitteilen, daß wir wieder erreichbar sind.«

»Wir haben Ihre Zählung und hoffen, daß sie genau ist!«

»Sie ist genau. Haben wir schon eine Reihenschaltung?«

»Kann das nicht auf einer anderen Ebene bearbeitet werden? Oder handelt es sich hierbei um einen Anruf aus gesellschaftlichen Gründen?«

»Ich habe mich nur gefragt, Ehrran.« Sie unterbrach den Kontakt ohne protokollarische Feinheiten. Blickte zu Haral hinüber.

»Entweder ist er bei den Kif oder irgendwo auf den Docks unterwegs.«

»Götterverdammt miese Zeit, um einen Spaziergang zu machen.«

»Ich schätze, er weiß, was er tut.« Pyanfar machte sich wieder an die Durchsagen. Ein Mkks-Konsortium legte Beschwerde ein. Ein mahen Prophet schwatzte über Vergeltung und Visionen. Ein selbsternannter Parapsychologe sah die Menschen zu Tausenden auf Mkks herabkommen und eine Erfindung mitbringen, neben der Antimaterie veraltet sein würde ... »Liebe Götter, Geran, siebst du dieses Zeug nicht?«

»Tut mir leid, Käpt'n. Das sind noch die guten. Wir haben auch verrücktere. Dachte, du würdest gerne etwas über die lokalen Verhältnisse erfahren, hm?«

»Sie haben Angst. Man kann es ihnen nicht vorwerfen.« Sie versuchte, nicht mehr daran zu denken. »Wo ist die Beschwerde von der *Wachsamkeit* über die Kif-Besuche?«

»Sie wurde bei uns nicht eingetragen.«

»Huh!« *Das* machte ihr Sorgen. Sie biß auf eine hinderliche Unterkralle und betrachtete die vorbeilaufenden Ausgaben auf dem Bildschirm. Khym brachte Gfi für alle, die auf der Brücke Dienst taten, und verstieß damit gegen die

Bestimmungen. Aber es war Pyanfars Gesetz, und sie brach es selbst mit einem dankbaren Seufzen.

»Ich denke mir«, meinte Geran, »sie erwarten von uns, daß wir während des Systemtransits viele von diesen Daten aufnehmen.«

»Besser wäre es.« Pyanfar nippte am Gfi und blickte wieder auf, als das Frühstück eintraf, Hilfy mit einem Tablett voller zusammengerollter Sandwiches. »Danke, Kleines.«

Hilfy sah sie seltsam an, die Ohren zurückgelegt, als hätte dieses Kleine-Mädchen-Wort schlecht geklungen. Vielleicht hatte es das. Pyanfar bemerkte es, als Hilfy sich abwandte und die anderen bediente, zusammen mit Khym und Tully. Tully bewegte sich auf dieser Wache, als würde er ständig wieder zusammenzucken. Außer der üblichen Raumfahrerhose trug er ein weißes Hemd aus Stsho-Fertigung, wahrscheinlich das letzte, daß er besaß. Es bedeckte seine Wunden. Seine Mähne und sein Bart waren ordentlich gekämmt. Seine Augen, stets unbeschwert und entnervend schnell in ihren Bewegungen, zuckten und tanzten in einer Art verzweifelten Kontrapunktes zu Hilfys Ruhe. Er lächelte. Er wirkte glücklich. Und sein Gebaren vermittelte den Eindruck der Verzweiflung.

Angst vor ihnen? fragte sich Pyanfar unbehaglich. Und dann bemerkte sie den Blick, den Tully auf Hilfys Rücken warf, diesen einen kurzen Blick, bei dem das Lächeln erstarb und etwas anderes durchschimmerte, bis Hilfy in einem Anflug guter Laune die Ohren aufrichtete ...

... *für sie,* dachte Pyanfar. Er zeigte diese Fröhlichkeit für Hilfy, und das, was dahinter lag, erschütterte ihre Nerven. Er bewegte sich wie eine Frau, die um einen Mann herumging, der an der Grenze seiner Selbstbeherrschung war. *Dränge nicht, sei höflich, tobe deine Launen woanders aus.* Vielleicht bemerkte Hilfy es, vielleicht nicht.

Menschlicher Instinkt?

Oder waren sie aneinander gebunden und klammerte sich einer des anderen wegen an seiner Vernunft fest – und war Hilfy weiter gegangen, als sie vermutete?

»Käpt'n?«

Pyanfar blinzelte und schluckte ein großes Stück von dem Sandwich hinunter, als sie sich zum Pult umwandte. »Danke.« Daten tauchten auf. Pyanfar schluckte die andere Hälfte des Sandwichs in zwei Bissen hinunter und drückte eine Taste. Das Nav-System schaltete sich ein und verarbeitete die Daten.

»Eine Dreiviertelstunde«, sagte Haral.

»Wir bekommen keine Abfertigung von unseren Freunden da draußen.«

»Ich ...«, fing Geran an, sagte dann aber: »Wir haben zunächst einen Anruf von der *Aja Jin.*«

»Wird aber auch, verdammt noch mal, Zeit. Was hat sie zu erzählen?«

Sie bemerkte eine Bewegung seitlich von ihr. Hilfy setzte sich auf ihren Platz und fing mit der Überprüfung an. Tully setzte sich neben Chur.

»Das ist Khyms Platz«, sagte Chur leise. »Nimm den an der anderen Seite von Tirun!«

»Käpt'n, Jik ist auf dem Weg hierher. Sagt seine Brücke.«

»Huh!« Pyanfar betrachtete die Zeitangabe, die in einer Ecke des Hauptmonitors dahintickte. Befürchtungen fuhren ihr prickelnd über den Rücken. Sie nippte an dem Gfi. »Wir nähern uns der letzten halben Stunde bis zum Start, und Jik macht locker Freundschaftsbesuche. Stehen die Ehrran-Leute immer noch in unserer Schleuse?«

»Vor ein paar Minuten kam ein Anruf von der *Wachsamkeit*«, sagte Haral. »Sie sagten, sie würden die beiden zur halben Stunde abziehen. Ich habe ihnen unseren Dank ausgerichtet und mitgeteilt, wir würden von da an auf uns selbst aufpassen.«

»Es ist ohnehin götterverdammt sinnlos. Dieser verdammte, hochnäsige, korrekte Unfug Ehrrans dient nur dazu, mit einem Ohr bei Chanur-Angelegenheiten mitzuhören! Das ist es, was sie dabei im Sinn hatte! Eine verschlossene Schleuse, und sie kommt auf die Idee, dort Wachen zu postieren!« Pyanfars Lippen zuckten. Sie hatte eine Idee.

»Dieser schwarzhosige Bastard *weiß*, daß wir etwas Interessantes in unserem unteren Korridor zu bieten haben. Es spielt gar keine Rolle, was durch unsere Schleuse kommt.«

»Denkst du?« Pyanfars Überlegung trug ihr einen Seitenblick Harals ein.

»Khym hat da unten Wache gehalten, als Ehrran das erste Mal an Bord kam. Dieser Kif, Skukkuk, ging auf unser Schiff und kam nie wieder zum Vorschein; möchtest du darauf wetten, daß niemand auf den Docks das gesehen hat? Und daß Ehrran nicht nach jedem geschnüffelt hat, den sie auf dieser Station befragen kann? Und falls ihr das alles entgangen ist, dann hat sie doch gehört, wie ich Sikkukkut fragte, was ich mit dem Bastard machen soll. Sie weiß Bescheid, bei den Göttern! Weiß auch, daß Sikkukkut zu einem Gespräch hierherkam. Und sie wartet darauf, daß ich nachgebe und ihr eine Erklärung schicke, was wir mit dem Kif machen.«

»Die Akte muß mittlerweile ganze Bänke füllen.«

»Nicht wahr? Ich schwöre dir, ich werde ihr den Kif übergeben.« Sie schluckte den Rest des Gfi hinunter und sah sich nach jemandem um, der die Tasse zurück in die Kombüse bringen könnte. Tully saß neben Tirun. Khym klapperte in der Kombüse herum; Riegel schnappten und dröhnten.

Tully sah Pyanfar an, die großen blauen Augen mit dem üblichen Anflug von Panik. »Problem?« fragte er Chur und deutete dabei mit den Augen auf Pyanfar.

»Erklär es ihm!« Pyanfar schob die leere Tasse in den Sicherheitsbehälter. »Ich gehe hinunter, um mit Jik zu reden, wenn er kommt.«

»Soll ich dich begleiten?« fragte Haral.

»Behalte du hier die Dinge im Griff. Wer wird sich eigentlich um das Abdocken kümmern?«

»Die Zentrale sagt, daß eine Crew kommt. Mahendo'sat.«

»Schön.« Pyanfar ging zur Tür. »Schön. – Besorgt Tully seine Sprungdrogen. Tully, verstehst du?«

»Ich haben.« Tully tätschelte seine Hosentasche. »Aber Kif ...«

»Dank den Göttern. Das nenne ich Geistesgegenwart.«

»Ich arbeiten Sprung.«

»Du arbeitest, wie? Du arbeitest flach auf dem Rücken liegend! Du gehst ins Bett, verstanden? Und auch *du*, Chur, wirst dich vom Ablegen an in deinem Quartier aufhalten!«

»Käpt'n ...« Chur drückte den Schalter, der ihren Sitz herumdrehte, und sie öffnete den Mund, um zu protestieren.

»Du hast mich verstanden. Du bist noch nicht wieder gesund. Wir hatten noch nicht die Zeit, dich richtig zu versorgen. Mach mir keine Schwierigkeiten!«

»Ich bitte dich nur um das eine, Käpt'n. Ich werde fit sein. Diesmal kommt es drauf an. *Ich möchte dabei sein!*«

»Hm«, sagte Pyanfar. Sie dachte einen Moment zu lange darüber nach und schüttelte den Kopf. »Verdammt, in Ordnung, mach Dienst!«

»Ich«, sagte Tully, »ich arbeiten.«

Wieder ein zwingender Blick, diesmal aus blauen Augen. Sein Mund zitterte auf dieselbe Art, wie stets dann, wenn er bis an die Grenze gegangen war.

Da erinnerte sich Pyanfar wieder an einen Gegenstand in ihrer Tasche, den sie aus ihrer gestrigen schlichten Hose geholt hatte und wieder bei sich trug. Sie hatte vorgehabt, ihn Tully zurückzugeben. Ihr war abergläubisch zumute dabei, genauso, als wenn sie zu Chur nein gesagt hätte. Sie fischte ihn mit Daumen und Zeigekralle hervor und legte ihn in Tullys Hand, einen kleinen goldenen Ring, der für Menschenfinger gedacht war, nicht für Ohren.

Tully schloß die Hand um das kleine goldene Stück, das irgendeinem verlorenen Freund gehört hatte. Es hatte eine Bedeutung für ihn, die sehr tief ging. »Wo finden?«

»Achte nur diesmal darauf, daß du ihn am Finger behältst!«

Er steckte ihn an. Blickte wieder auf, Fieber in den Augen. Dann ergriff er Pyanfars Hand mit einer Heftigkeit, die an ihren Gelenken und Krallen zerrte; sie fuhr zum Selbstschutz die Krallen aus, setzte Kraft gegen Kraft, und Tully ließ los. »Du bleibst hier sitzen, ja?« *Du bleibst hier sitzen und rührst dich nicht weg, sorgst dafür, daß Hilfy beschäftigt bleibt. Beschäme sie, um sie dazu zu bringen! Laß sie nicht als Dummkopf erscheinen, Tully!*

»Ich arbeiten, Käpt'n.«

»Käpt'n. Hm.« Jemand hatte es ihm beigebracht. Er bekam es auf Hani zustande und verwirrte damit den überforderten Translator, der im Kom am Gürtel prasselte. »Er hört auf Befehle, nicht wahr? Tully, du bleibst auf Wache.«

Sie ging hinaus.

Die Lifttür ging auf, und Pyanfar trat in den unteren Hauptkorridor hinaus. Tirun war dort. Damit hatte sie gerechnet.

Daß Tirun hier auf sie wartete, rücklings an die Wand gelehnt und mit einem besorgten Gesichtsausdruck, damit hatte sie nicht gerechnet.

Sie wurde langsamer, von einer Krise abgelenkt durch die nächste, der sie sich gegenübersah. Tiruns Ohren sanken weiter herab, fest an den Kopf gelegt. »Käpt'n.«

»Heraus damit!«

»Der Kif will das gefrorene Zeug nicht verzehren. Er will mit dir persönlich sprechen.«

Pyanfar atmete langsam und tief aus. »Wundervoll. Sag ihm, wir werden ein langes, freundschaftliches Gespräch miteinander haben, sobald wir im nächsten Hafen liegen.«

»Ich habe ihm gesagt, du wärst beschäftigt.«

»Was meinte er dazu?«

»Daß du ein Dummkopf wärst, Käpt'n.« Tirun sah sie geradeheraus an, und ihre eng angelegten Ohren zuckten nicht ein einziges Mal. »Ich habe ihn gefragt, wer denn im Waschraum eines fremden Schiffes sitzt. Er sagte, Hani-Humor wäre plump.«

»Hast du das gefrorene Zeug bei ihm liegengelassen?«

»Ja. Aufgetaut. Ich könnte es pürieren.«

»Der Kif hat Zähne.« Pyanfar ging weiter.

»Käpt'n, ich könnte – vielleicht einen Docker bestechen, na ja, um eines dieser kleinen Lebewesen zu besorgen ...«

Pyanfar blickte zurück zu Tirun, die mit angeekeltem Blick dastand. »Rede vernünftig mit ihm!«

»Ich habe es ja *versucht!*«

»Versuch es noch einmal!« Pyanfar ging weiter zur Schleuse, die Hände in die Hosentaschen gesteckt, die rechte am Griff einer Pistole. Ihr Götter! Lebendige Nahrung. Roh war eine Sache. Roh und protestierend eine andere.

Sie betrat den kurzen Schleusenkorridor und drückte den vertieft angebrachten Knopf auf der Schalttafel mit einer Zeigekralle. Die innere Luke schoß unerwartet auf, und Pyanfar funkelte die beiden Ehrran-Crewfrauen an, die dort Wache hielten und ihr jetzt gegenüberstanden, jedoch die Gewehre wieder senkten, die sie schon angehoben hatten.

»Auf wen wollen Sie an dieser Seite schießen? Fliehende Besatzungsmitglieder?«

»Kapitän.« Die Ehrran mußte an der Höflichkeit fast ersticken. Und als Pyanfar zwischen ihnen hindurchging und die Hand nach der Komtafel ausstreckte, um Haral die Anweisung zum Öffnen der Schleuse zu erteilen, fuhr ihr ein Ehrran-Arm in den Weg: »Kapitän, bitte entschuldigen Sie, aber es ist eine halbe Stunde ...«

Pyanfar drehte sich um und sah sie an, Nase an Nase mit der Ehrran-Crewfrau. Deren Ohren wurden als erstes schlaff; als nächstes fiel der Arm herab, und als drittes gab der ganze Körper nach; sie tat einen Schritt nach hinten, der sie aber nicht ganz aus Pyanfars Reichweite brachte.

»Haral!«

»Aye, Käpt'n.«

»Mach für uns hier unten auf!«

Die Außenluke öffnete sich schnell. Pyanfar hörte es, spürte den kalten Luftzug. Sie funkelte immer noch der Ehrran in die Augen. »Sie«, sagte sie zu ihr, »wollen Sie vielleicht in die Zugangsröhre hinausgehen und einmal nachschauen, ob Kapitän Nomesteturjai sich irgendwo herumtreibt?«

»Ich darf meinen Posten nicht verlassen.«

»Was? Nicht einmal, wenn ich die Luftschleuse in Betrieb setze? Sie sind wahnsinnig!«

»Ich denke nicht, daß das ein Fall ...«

»... ungefähr dasselbe. So ziemlich dasselbe.«

»Was, Kapitän?«

»Mit mir zu streiten. *Raus!*«

Die Ehrrans fuhren zusammen, alle beide, und dann war es zu spät. Pyanfar rückte das Stück auf, das sie zurückgewichen waren, trieb sie zur Schwelle der offenen Luke hin, und auf einmal hatten sie nur noch die Alternative, einem Kapitän auf deren eigenem Schiff Widerstand zu leisten, oder den Posten zu verlassen. *»Raus!«*

Einen Moment lang glaubte Pyanfar, sie würden ihr tatsächlich standhalten, Gewehre und alles; und sie fuhr die Krallen aus und rümpfte die Nase zu einem Grinsen. Aber dann stieß eine Ehrran-Frau mit dem Fuß an den Lukenrand und verlor das Gleichgewicht. Die Ehrran fing sich wieder und wich weiter zurück, gefolgt von der anderen, und dann zogen sie sich beide durch die kalte, gelbe Eingangsröhre zurück.

Pyanfar folgte ihnen mit langen Schritten, eine Hand auf der Pistole in ihrer Tasche – es war immer noch ein kifisches Dock, das dort hinter der Biegung am unteren Ende der Rampe lag. Pyanfar hörte das Trommeln rennender Füße auf den Platten. Und als sie die nach rechts führende Biegung erreichte, sah sie, wie eine hochgewachsene mahen Gestalt den Hani mit den schwarzen Hosen nach oben entgegenkam, ein Mahe, knallig gekleidet in Grün mit roten Streifen, beladen mit goldenen Ketten und Armbändern, eine monströs große Seitenwaffe um die Hüften geschnallt.

Tief unten hielten mahen Wachen den Fuß der Rampe. Jik spazierte die Mittellinie hinauf, und die nach außen fliehenden Hani wichen ihm aus und eilten an ihm vorbei.

Jik blickte ihnen über die Schulter nach, wandte sich dann wieder um und ging mit einem Achselzucken weiter. »Was sie haben?« fragte er mit einer Geste nach hinten.

»Beide Ohren«, fauchte Pyanfar. Sie zitterte – ihr Götter,

sie war schon in Docks- und Kneipenschlägereien verwikkelt gewesen und hatte sich auch mit ihrem Sohn in der Wolle gehabt, aber noch nie hatte sie dermaßen den Kopf verloren. Die Peripherie um Jik herum weigerte sich, klar erkennbar zu werden: der Jägerblick hatte eingesetzt. Ihre Ohren waren fest am Schädel angelegt, und ihre Muskeln bebten. Jik blieb stehen – blieb einfach stehen, reglos und still.

Pyanfar holte tief Luft. Spuckte auf den Boden der Eingangsröhre. »Wollen Sie etwas?«

»Sie haben Zeit?« Umsichtig und aus sicherer Entfernung.

Ein drittes Spucken. »Ich habe Zeit.« Der Rand ihres Blickfeldes wurde wieder klar. Sie deutete mit einer Hand ruckartig zur Schleuse hin und führte Jik in diese Richtung, und als sie um die Biegung kamen, sah sie dort Tirun stehen, die Ohren angelegt und eine Pistole in der Hand.

»Haral sagte, es gäbe Schwierigkeiten«, sagte Tirun.

»Die sind vorüber. Los, Haral braucht dort oben Hilfe. Wir haben mahen Wachen draußen.«

»Aye.« Tirun rannte los.

»Kommen Sie!« Pyanfar führte Jik durch die Luftschleuse in den Innenkorridor und drückte den Knopf auf der Kom-Tafel. »Haral, alles klar. Verschließ beide Luken!«

»Aye ...«, kam es von der Brücke, ohne Kommentar.

Schscht, machte die Tür und versiegelte sich mit einem elektrischen Klicken.

Pyanfar betrachtete Jik. Ihre Lippen zuckten immer noch. Sie wackelte mit den Ohren, und die Ringe klimperten. »Ich sage Ihnen, Jik, der *Han* hat sich verändert. Er hat sich *verändert!* Die Hani gingen immer, wohin sie wollten, und taten, was sie wollten, ohne daß ein götterverdammter Aufpasser der Regierung sich verstohlen herumtrieb ...«

»Sie denken, Sie machen Fehler, ah?«

»Ich denke, ich habe gerade einen verdammt großen gemacht. *Fehler!* Seit wann ist es ein Fehler, zwei dreckige freche Spione von meinem Schiff zu weisen? Wann ist es soweit gekommen, Jik?«

»Vielleicht ...« Jik räusperte sich. »Vielleicht Sie machen, Pyanfar. Sie bringen viele Fremde nach Anuurn. Anuurn-Hani – sein nicht gewöhnt an das Fremde. Sie Angst. Viele Angst, Pyanfar. Sie haben Hani-Renegatin Tahar arbeiten mit Kif. Wissen Sie, was denken? Ich denke, dieses Ehrran hegen großes Argwohn, daß Chanur haben bekommen zu großes Macht ...«

»Zu *groß?* Wir haben Schulden, Freund – wir haben Schulden bis über beide Ohren; mein Bruder wird auch nicht jünger ... Er wird eines Tages stürzen, und die Götter wissen, ob es überhaupt ein Chanur sein wird, der ihn besiegt. Meine Neffen sind alle Dummköpfe.« Sie hatte zuviel gesagt. Viel zuviel. Sie zuckte die Achseln und wandte den Blick ab, sah den Korridor hinunter.

»Chanur haben *Weltraum*«, meinte Jik. »Vielleicht Chanur bringen nach Hause Dinge, die Planeten-Hani nicht wollen.«

Pyanfar klappte ein Ohr zurück und betrachtete Jik forschend, diesen Jägerkapitän, der auf hoher Ebene beteiligt war an den Beratungen der Mahendo'sat. Die Mahendo'sat hatten die Hani in den Weltraum geführt. Hatten ihnen Schiffe gegeben. Hatten, wenn die Hani es einmal zugaben, schon das bloße Konzept des *Han* erfunden. Und Jik war sich dessen bewußt. War sich dessen sogar sehr gut bewußt. »Sie haben schon lange Ihre Hände in jedem Nest des Paktes, Mahe ...« Sie glitt tief in das Pidgin hinein angesichts dieser von Runzeln umgebenen braunen Augen, angesichts dieses ernsten, zu klugen Blickes. »Sie *kennen* diese Rhif Ehrran?«

Sie rechnete mit einem Achselzucken Jiks, einer Verneinung, irgendeiner zungenfertigen Antwort. Statt dessen sagte er: »Vielleicht Feinde von Chanur sich organisieren, ah? Vielleicht Sie achten auf Ihres Rücken, Freundin. Ich machen großes Fehler auf Kshshti, als ich bringen Ehrran in dieses Sache. Großes Fehler.«

»Das glaube ich Ihnen«, sagte Pyanfar. »*Jetzt* glaube ich Ihnen. Aber was wollen Sie hier, hm?«

»Wollen sagen selbes Sache. Wollen stellen sicher, daß Sie nicht kommen *Wachsamkeit* in Quere bei Kefk. Sie mir gefallen in eines Stück, Hani.«

»Kommen Sie!«

»Ah?«

Sie packte ihn am Arm und führte ihn den Korridor entlang, um die Ecke und weiter hinein bis zum Unterdeckswaschraum. Sie drückte den Schalter, und die Tür glitt auf.

Der Kif saß auf einem Stapel zusammengefalteter Decken auf den Fliesen an der gegenüberliegenden Wand. Er hatte die Gewänder eng um sich gerafft, aber die Kapuze war heruntergeklappt. Jetzt hob er den Kopf, stand in einer einzigen fließenden Bewegung auf und verbeugte sich, zeigte die leeren Hände, bevor er wieder aufblickte.

Die Höflichkeit einer Killerrasse.

»Sind Sie *Ker* Pyanfar?«

»Ich bin es. Das ist der Kapitän der *Aja Jin.*«

»Ssstk.« Der Kif verbeugte sich tief. »Ich bin beeindruckt. Nomesteturjai.«

»Kif«, sagte Jik.

»Er heißt Skkukuk. Er sagt, er gehöre mir. Ein Geschenk von Sikkukkut.«

»Ah. A noikkhe?«

»Skku nik kktitik kuikkht kehtk tok nif fik pukkukk.«

– *Warum?* Pyanfar konnte dem Faden des Gespräches folgen.

– *Untergebener, Waffe, aus Stolz, Rache ...*

»Nfkokkth shokku hakhoth nkki to skohut.«

»Ah«, sagte Jik.

»Nun?« fragte Pyanfar.

»Sie verstehen Kif«, sagte Jik und zuckte die Achseln.

»Ich habe Hunger«, sagte der Kif.

Pyanfar schloß die Tür, legte die Ohren zurück und sah Jik an. »Was mache ich nur mit ihm, hm? Ihn zur Luke hinauswerfen?«

»Sie ihn dann töten sicher.«

»Na ja, verdammt, betreibe ich denn einen Wohltätigkeitsverein für Kif?«

Wieder ein Achselzucken. »Sikkukkut ihnen geben Crewmann. Nicht Nummer eins wichtig. Vielleicht Bursche machen Fehler ...«

»Vielleicht ein Crewmann, dessen Loyalität fraglich ist? Vielleicht sogar jemand von diesem beschädigten Schiff?«

Jiks Augenlider zuckten. »Vielleicht sein so. Aber egal, er gehören Ihnen. Sie haben Abkommen, ah?«

»Götterverdammt, wollen *Sie* ihn?«

Jik rieb sich die Nase. »Sagen Ihnen Wahrheit. Damit Sie würden geben *Sfik* weg. Ich Freund, sagen tun nicht.«

»Sie meinen, er bedeutet Status gegenüber den Kif? Gegenüber Sikkukkut?«

»Bestes Sache, wenn Sie töten dieses Kif. Schicken selbe Stücke an Sikkukkut.«

»Huh.«

»Nicht machen, ah? Vielleicht ihn schicken nackt hinaus auf Dock.«

»Dann töten sie ihn.«

»Auch er vielleicht töten ein paar.«

»Ich habe in vielen Häfen Handel getrieben, von Jininsai bis zum Treffpunkt, und noch nie von so etwas gehört. Verstehen *Sie* es? Was hat Sikkukkut vor?«

»Ich kämpfen gegen Kif langes Zeit. Langes Zeit, Pyanfar. Kif auf Treffpunkt-Station, sie ruhige Kif. Dies sein Grenze. Um-stritte-ne Zone. Dieses Raum *niemand* besitzen. Wohin wir gehen nächstes, das sein wirkliches Kif-Raum. Sie nicht haben gesehen vorher. Nicht haben gesehen vorher solches. Keine Hani haben – außer vielleicht Tahar. Und sie viel verrückt.«

»Haben Sie Tahar *getroffen?*«

»Ich reden mit ihr, eines Mal, zwei. Sie seltsam. Viel seltsam ...« Er griff sich an die Stirn.

»Sie war schon seltsam, bevor sie uns auf Gaohn sitzenließ und abhaute; sie nahm Kif-Geld ...«

»Hani-Gesetz.«

»Da haben Sie verdammt recht, Hani-Gesetz! Viele Hani würden gerne ein Stück von ihrem Schiff abbekommen.«

»Vielleicht werden.«

»Vielleicht. Rhif Ehrran war bereits auf dem Weg nach Kefk, als wir sie auf Kshshti trafen. Wissen Sie warum?«

»Vielleicht Sie wissen.«

»Ich habe keine Ahnung. Das macht mir *Sorgen*, Jik.«

»Mir auch.«

»Was führt eine ehrliche Hani auf den Weg nach Kefk? Was weiß eine ehrliche Hani über ein kifisches System?«

Jik zog den Kopf ein und rieb sich die Nase. »Sagen ihnen, Hani, wenige Schiffe ich kenne haben manchmal Ausrüstung, um abzustellen ID-Aufforderung. Sicher Sie nicht kennen solche Sache. Vielleicht Schiff auch haben Ausrüstung, um zu fälschen ID für Funkfeuer. *Wachsamkeit* Jägerschiff, ah? Haben viele Sachen. *Viele* Sachen. Auch vielleicht kennen Kefk sehr gut.«

»*War* sie schon dort?«

»Stsho waren dort. Kommen, gehen. Stsho wissen viel. Vielleicht verkaufen In-for-ma-tion.«

»Das glaube ich. Aber was will Ehrran dort?«

»Kefk sein Tahar-Hafen«, sagte Jik. »Sie jagen Tahar. Auch – vielleicht – sie handeln in Stsho-Interesse. Stsho-Geschäft. Sie einmal überlegen, Hani: Stsho nicht kämpfen. Sie immer mieten Wache. Wen sie mieten?«

»Mahendo'sat ...« Da kam ihr ein Verdacht. Sie blickte auf und sah in braune mahen Augen, finsterer und dunkler als die jedes Hani. »Liebe Götter, sie halten uns für Barbaren! Sie würden Hani nie für etwas mieten, außer ...«

»Wen sonst sie sollen mieten, wenn sich zerstreiten mit Mahendo'sat? Mieten Kif? Sie nicht Dummköpfe. Nein, vielleicht auf einmal Stsho denken Hani nicht schlechte Nachbarn ... Vielleicht auf einmal sie machen gutes Freund mit *Han*. Vielleicht eines Tages sein Hani-Wachen auf Treffpunkt, nicht Mahendo'sat. Großes Vorteil für Hani. Für manche Hani. Vieles Geld. Vieles Stsho-Geld ... und sie sehr reich. Ich sagen Ihnen Wahrheit, Freundin. Ich sagen

Ihnen Wahrheit. Ehrran wollen stoppen alle Hani, die machen Problem dieses Abkommen. *Mondaufgang*. Sie.«

»Sie zählen uns in dieselbe ...«

»*Ehrran* machen.«

»Ihr Götter!« Pyanfar warf eine Hand hoch und ging ein Stück weit von Jik weg. Starrte ihn an.

»Ich sage Ihnen, Sie haben viele Feinde, Hani!«

Sie blieb lange dort stehen. Jik preßte die Lippen zu einer dünnen, nach innen gewendeten Linie zusammen, als wollte er weiteres zurückhalten, was noch herausdrängte.

»Was Sie machen?« fragte er schließlich.

»Was ich mache? *Was ich mache?* Ich sollte, verdammt noch mal, von hier verschwinden und Sie und Ehrran den Kif überlassen!«

»Sie nicht machen.«

»Stellen Sie mich auf die Probe!«

»Nein, Sie nicht machen. Wohin wenden? Maing Tol? *Han* bereits genug argwöhnisch. Auch – Sie nicht Stsho. Chanur sich nicht verstecken in Kampf, warten auf besseres Zeit, lassen Freund sterben ...«

»Freund!«

»Ich retten Ihren Hals.«

»Aus politischen Gründen, aus ...«

»... auch gutes Grund, ah?«

»Zur Hölle mit Ihnen, Jik!«

»Ich versuchen Sie jetzt retten. Wollen Sie bei Kefk. *Brauchen* Sie. Brauchen Sie bleiben an Leben, Hani.«

Sie blickte durch den Korridor; Hauptsache, woandershin. Jiks Stimme war leise. Pyanfars Ohren lagen flach am Schädel an. »Und was mache ich nun mit dem götterverdammten Kif in meinem Waschraum, hm?«

»Sie behalten. Ich wollen, daß Sie behalten. Er Ihrer. Er können gehen nirgendwohin, ah? Sie haben vieles *Sfik*, er kämpfen wie Teufel, töten Ihre Feind.«

»Und wenn er entscheidet, daß ich kein *Sfik* besitze?«

»Sie töten Ihn rasch. Er Ihnen anbieten Waffen, ah?«

»Hm.«

»Er sagen Wahrheit. Kif-Wahrheit.« Jik legte ihr vorsichtig eine Hand auf die Schulter. »Sie ihn behalten, fest eingeschlossen, ah? Später ich ihn nehmen. Ich haben Grund.«

»Ich bin sicher, daß Sie einen haben.« Sie rümpfte die Nase. Sie duldete seine Hand, die kein leichtes Gewicht war, und drehte sich um und blickte in sein Gesicht hinauf. »Also, was ist das für ein Spiel bei Kefk? Was will Sikkukkut? Er wollte *mich* dabei haben. Noch bevor Sie dazugekommen sind. Er hat *mich* nach Mkks geholt. Was will er erreichen, indem er mich in die Kefk-Sache hineinzieht?«

»Sie haben verdammt vieles *Sfik.*«

»Sie sind verrückt.« Sie schüttelte seine Hand ab. »Er ist verrückt.«

»Sie müssen denken wie Kif.«

»Ich bin sicher, daß Sie gut darin sind.«

»Sie Freundin.«

»Freundin, mein ...«

»Vielleicht Kif spielen selbes Spiel wie Ehrran.« Er zuckte die Achseln, die Hände hinter den Gürtel gesteckt. »Er Kif. Kif-Verstand machen Verdrehungen. Erstens, er hassen Akkhtimakt. Zweitens, er wollen beziehen Gegenposition zu Akkhtimakt. Drittens, er haben keines Herz. Können nicht verstehen, daß Sie nicht ganzes Zeit sein verrückt wie Kif. Sie zählen alles zusammen, denken wie Kif. Er geben Ihnen Kif-Ratgeber – er Nummer eins schlau: Sie nehmen Kif-Rat, er hoffen wissen was Sie tun. Für ihn Sie haben vieles *Sfik*. Sie haben auch zahmes Mensch.«

»Was hat *das* damit zu tun?«

»Kif alles Zeit sein in Nachteil, versuchen, daß vorher wissen, was Außenseiter machen. Sikkukkut *viel* neugierig auf Mensch-heit. Selbes Weg Stsho nicht verstehen Kif: Stsho wollen treffen Abkommen mit Akkhtimakt, wollen treffen selbes Abkommen mit Sikkukkut, selbes mit Ehrran-Hani, ah? Jemand irgendwann fressen ihre Herz. Vielleicht Sikkukkut. Inzwischen Sikkukkut wollen kriegen mich, ah? Wollen auch kriegen Mensch. Menschen sein *großes* Problem bald. Selbes Tc'a. Stsho – sie nichts mehr ohne Allianz mit Hani, falls sie nicht mehr vertrauen Mahendo'sat. Anurn-Hani verdammt viel dumm, sich mischen ein in dieses Politik.«

»Sie sind nicht die einzigen.«

»Pyanfar, *Sie* geboren beteiligt. Sie *Raumfahrer*-Hani. Sie auch gescheit.«

»Warum bin ich dann hier?«

»Sie haben Einsatz. Wir alle haben Einsatz.«

»Wie sieht das aus? Erledigen die Hani das Kämpfen und lesen die Mahendo'sat die ganzen Eier auf? So, wie Sie und Ihr Partner mich auf Gaohn benutzt haben? So, wie ich vom Treffpunkt ausgesperrt wurde, wie ...«

»Pyanfar. Wir alle haben Einsatz. Dieses Mkks sein halb mahen Station, ah? Ich gehen spazieren, sprechen mit ein paar Leuten. Erfahren Sache.«

»Was haben Sie erfahren?«

Ein mitteilsames Achselzucken. »Daß Knnn aufgestört. Daß Tc'a viel beunruhigt. Chi verrückt wie immer. Großes Gerücht auf Methanseite, daß kommen viele Menschen. *Viele* Menschen. Stsho verdammt durcheinander.«

Mahen Visionäre. Prophezeiungen über Kom. »O ihr Götter!« Es war deutlich zu lesen gewesen. Pyanfar fuhr sich mit einer Hand durch die Mähne. »Geran sagte es.«

»Was sagen?«

»Gerüchte auf ganz Mkks. Tausende von Menschen kommen. Aber wohin kommen sie?«

»Ich denken, vielleicht Tt'a'va'o.«

»Liebe Götter!« *Tc'a.* Tc'a-Territorium, bis direkt zum Treffpunkt. »Welcher Schwachkopf hat das arrangiert?«

»Kif wissen. Ich denken, sie wissen verdammt sicher.«

»Was sollen wir dann mit Kefk? Um der Götter willen, Jik ...«

»Großes Spiel. Nummer eins großes Spiel, Hani.«

»Spiel! Verdammt, Menschenschiffe haben auf Knnn *geschossen!*«

Jiks Mund klappte auf. Er schloß ihn wieder.

»Tully hat es mir erzählt. Nun erzählen Sie mir auch

etwas, Partner! Sagen Sie mir bei den Göttern die *Wahrheit!*«

»*Was* Sie wissen über Knnn-Sache?«

»Sonst nichts. Absolut nichts. Aber ein Knnn-Schiff verfolgte mich, direkt nachdem Goldzahn mir Tully übergeben hatte, als ich vom Treffpunkt nach Urtur flog. Ich habe es wieder verloren. Ich weiß nicht, wohin es dann flog. Aber es hatte mich im Visier. Es kann sein, daß es auch bei Urtur dabei war. Vielleicht erfuhr es sogar, daß ich mich nach Kshshti wandte. Verstanden? Wir hatten dort Tc'a-Aktivität.«

»Verdammt«, sagte Jik. »Verdammt!«

»Ich will Ihnen noch etwas erzählen. Ich traue diesem Tc'a-Stationsleiter von Kshshti nicht. Ich weiß nicht, *was* er gehört hat. Aber es gefällt mir nicht, hören Sie?«

»Was machen Tc'a?«

»Was er *machte?* Er war besinnungslos vor Angst, das machte er! Ich erwähnte Knnn in seiner Nähe, und er stammelte nur noch verrücktes Zeug. *Ausweichen*, sagte er. Er redete von Hani, die auf Mkks sterben würden. Er sprach – sprach von *drei* Kif-Gruppierungen, auf die man aufpassen sollte, eine davon die Kif-Heimatwelt.«

»Ich hören davon. Nicht überraschen. Heimatwelt-Kif warten und sehen, wer gewinnen, ah? Sie nicht dumm.«

»Nein, die sind nicht dumm; nur ein verrückt gewordener Mahe ist es, der denkt, ich würde mit den Knnn Fangen spielen und mit den verdammten Kif Politik ...«

»Sie hören zu!« Jik sah ihr in die Augen und stieß ihr mit einer stumpfen Fingerkralle gegen die Brust. »Ich sagen Ihnen Wahrheit, sagen Ihnen Wahrheit, Hani und Mahendo'sat sein langes Zeit Freunde, ah? Stsho Freund nur für *Stsho*, selbes wie Kif. Wir haben Sikkukkut, haben auch dieses Bursche auf dem Klo, ah? Wir haben viel *Sfik*, dieses Kif Sikkukkut bekommen einiges von uns ab. Er werden sein Nummer eins Kif. *Sicheres* Kif.«

»Da bin ich mir nicht so sicher.«

»Ich sagen Ihnen dieses: Sikkukkut haben selbes Interesse

wir haben. Er wollen behalten alles wie jetzt. Wollen machen Ruhe. Sicher, er viel gefährlich. Aber Sie respektieren ihn, er bekommen *Sfik*, nicht brauchen töten Sie. Dieses Akkhtimakt, er stehen gegen Sikkukkut: Er wollen töten alle, mit denen Sikkukkut verhandeln. Das sein lange Liste, ah? Sikkukkut-Feinde alles sein Kif; aber ich sagen Ihnen, Pyanfar – viel Leute sein Akkhtimakt-Feind, die *nicht* sein Kif. Ganzes verdammtes Pakt. Menschheit. Wo er stoppen, ah? Und wir bereits haben Knnn-Probleme. Wieviel Probleme wir brauchen?«

»Sie sind alle verrückt!«

»Sie Hani, Sie mögen zu vieles Gesetz. Kif, sie haben Persönlichkeit. Ver-nünf-tig, wie Mahendo'sat. Machen Leben mehr einfach.« Er berührte sie wieder an der Schulter. »Sie sehen, warum ich wollen Sie leben? Sie nicht ärgern *Wachsamkeit*, ah?«

Ein Klirren war von draußen zu hören, ein Geräusch, das die Entfernung der Kabelverbindungen ankündigte.

»Dieses tolle ID-System, nach dem ich nicht fragen soll – besteht eine Chance, daß es das Funkfeuer von Kefk täuschen kann?«

Er rieb sich den Nasensattel und sah sie besorgt an. »Ich nicht sagen, daß haben.«

»Können Sie es tun?«

»Vielleicht ich fliegen – ein wenig vor Hauptgruppe. Vielleicht wir erwischen Funkfeuer. Eine gute Blick alles, was ich brauchen.«

»Vielleicht! Wollen Sie sich allein in das System schleichen?«

»Ah, haben gutes Kif-Freund, haben Freund *Wachsamkeit* folgen richtig dicht drauf.«

»Sicher, sicher.«

»He, Sie sich nicht sorgen – Sie verdammt flinkes Pilot, ah?«

»Sicher. Keine Sorge. Keine Sorge. *Verdammt,* wir haben es dort mit einem Doppelsternsystem zu tun, und es ist ein Kif, auf den Sie sich verlassen müssen!«

»Haben auch Sie kommen.«

»Ihr Götter, wofür halten Sie mich? Sie sind verrückt, wissen Sie das? Die ganze Sache ist verrückt! Wollen Sie den Zenit-Wachtposten da draußen ganz allein aufs Kreuz legen ...?«

»Ana haben recht. Sie haben schöne Augen.«

»Sie ...«

»He, ich müssen gehen!« sagte Jik und hob die Hände. Und mit hochgezogenen Brauen setzte er hinzu: »Ah.« Und er griff in eine seiner Gürteltaschen und zog ein kleines, ekkiges Päckchen hervor. »Wollen Ihnen geben dieses.«

»Was?« Pyanfars Ohren wurden flach. »Bei den Göttern, Jik, keine weiteren Tricks mehr. Keine ...«

»Sie nehmen.« Er zog ihre Hand an sich und klatschte ihr das Päckchen auf die Handfläche. »Wenn Dinge laufen schlecht, Sie nehmen, fliegen Treffpunkt, finden Hilfe.«

»Was *ist* das?«

»Aufzeichnung. Haben selbes Mikrofiche. Sie sich nicht machen Sorgen.« Ein fröhliches mahen Grinsen. »Alles Code.«

»Jik ...«

»Ich vertrauen.« Vom Bug der *Stolz* dröhnte wieder ein dumpfer Schlag herüber; das Belüftungsgebläse hörte auf zu arbeiten und setzte dann mit einem anderen, schnelleren Geräusch wieder ein. Sie hatten jetzt wieder einen eigenen Luftkreislauf. »Ich müssen machen schnell, Pyanfar. Sie bald nehmen Rampe weg.« Er brach auf, drehte sich dann aber noch einmal um. »Sie sein klug, Pyanfar.«

»Beeilen Sie sich, sonst erwischen Sie die Rampe nicht mehr!« Sie steckte die Mikrofiches ein und zog den Taschenkom hervor. »Haral, halte dich bereit, Jik hinauszulassen! Sind seine Leute noch draußen?«

»Sie sind noch da. Ich habe sie im Auge behalten, Käpt'n. Sie sind in Ordnung.«

»Hm, gut.« Pyanfar unterbrach die Verbindung und ging in die entgegengesetzte Richtung davon, nicht ohne einen bedenklichen Blick zur Tür des Waschraums zu werfen.

Noch mehr dumpfes Krachen tönte vom Bug herüber. Die Docker arbeiteten schnell. Sie waren wohl scharf darauf, sie loszuwerden, konnte man vermuten.

Pyanfar begab sich zum Aufzug. Ein unverdaulicher, kalter Klumpen hatte sich in ihrem Bauch gebildet.

Ihr Götter, Jik erzählte niemals die ganze Wahrheit! Niemals den Teil, der besagte, was *er selbst* tun würde.

SIEBTES KAPITEL

Im Korridor, der zur Brücke führte, regierte das Chaos, als Pyanfar aus dem Aufzug trat. Tully und Hilfy waren damit beschäftigt, die Verriegelung der Türen ein letztes Mal zu kontrollieren, was bedeutete, daß Khym anderswo beschäftigt war. Tirun kam mit einer abgedeckten Schüssel in jeder Hand herbeigerannt, um noch rechtzeitig durch die offene Lifttür zu gelangen.

»Beeil dich!« schrie Pyanfar hinter ihr her.

»Aye«, entgegnete Tirun.

»Und geh nicht hinein!«

Die Tür schloß sich. Weiter oben im Schiff war Chur vor der Tür ihrer Kabine zu erkennen, begleitet von Geran. Chur trug einen neuen, eng gewickelten Verband um die Körpermitte. Ein Krachen ertönte vom Unterdeck, als ein weiterer Verschluß betätigt wurde. »Bist du dir auch ganz sicher?« fragte Pyanfar im Vorübergehen.

»Völlig«, sagte Chur.

»Käpt'n«, sagte Geran höflich, und Pyanfar ließ sie beide stehen und ging mit langen Schritten zur Brücke.

Haral war auf ihrem Posten, bislang die einzige, aber Chur und Geran betraten jetzt hinter Pyanfar die Brücke. Die Pulte waren beleuchtet, und die Startsysteme der *Stolz* waren alle in Tätigkeit; die restlichen Pulte zeigten Bereitschaftslichter. Pyanfar schwang sich auf ihren Sitz und schwang ihn herum.

»Käpt'n.« Haral bestätigte die Kommando-Übergabe mit einem Senken der vielberingten Ohren, ohne auch nur den Kopf zu drehen oder bei der Routine des Hochfahrens einen einzigen Schalterdruck zu versäumen. Pyanfar steckte sich den Kom-Hörer ins linke Ohr und lehnte sich zurück, zog das Mikrofiche-Päckchen aus der Hosentasche und schob es in den Sicherheitsbehälter.

»Ist es das?« fragte Haral.

»Das ist das neueste Problem. Ich habe es satt, Post zu überbringen! Mögen die Götter geben, daß Ehrran ...«

Khym tauchte aus dem Korridor auf, der zur Kombüse führte, und hatte die Hände voller Lebensmittelpäckchen; er machte ein fröhliches Gesicht.

... *Söhne*, lautete der althergebrachte Fluch. Pyanfar verschluckte ihn und hörte dem Kom zu. Die Stimme aus der Zentrale stammte von einem Mahendo'sat, ebenso die des Dockerchefs, der über die Außenverbindung sprach. Man konnte fast glauben, das Universum wäre ein Ort der Sicherheit und Vernunft; und dann meldete sich ein Kif von weiter unten in der Reihe, der seine Abflugszeit bekanntgab.

Khym griff an Pyanfar vorbei, um ihr die Konzentrate an den Ellbogen zu heften. Drei Päckchen, eines davon mit Wasser. »Danke«, murmelte Pyanfar. Und sie wandte sich an Haral: »Merkst du, was Jik versucht?«

»Hm.«

»*Das* steht nicht im Plan! Es ist etwas Neues. Wirklich neu. Er wollte dieses System nicht vor den Kif verwenden, das war es, und Sikkukkut wollte seines auch nicht einsetzen ... Ich wette Eier gegen Perlen, daß auch die *Harukk* über diese Ausrüstung verfügt und Sikkukkut sie nicht einsetzen wird.«

»Denkst du, daß Jik das gemacht hat? Schieben und Drängeln mit den Kif spielen? Versuchen, sie zu bewegen ...«

»Möglicherweise. Die Götter wissen es. Die Götter wissen, ob Ehrran weiß, was er vorhat.«

»Er *muß* sie aufklären! Wenn sie allein mit den Kif dort ankommt ...«

Klang-tank. Die Eingangsröhre war gelöst worden. *Krach!* Die Greifer der Mkks-Station zogen sich zurück. Das Schiff hing jetzt nur noch mit den eigenen Greifern an Mkks, am Ladebaum des Docks. Mehr hielt sie jetzt nicht mehr.

»Er wollte es uns nicht sagen«, stellte Pyanfar fest. »Er

hatte es nicht vor. Hast du die ganze Geschichte von da unten auf Band?«

»Ja. Soll ich es ins Logbuch eintragen?«

Pyanfar kaute auf dem Schnurrbart. »Es reicht, um Ehrran unsere Pelze zu präsentieren. Nein. Aber lösch es auch nicht!« Sie blickte über das Pult zwischen ihnen hinweg, sah in Harals goldene Hani-Augen. Anders als die Jiks. Einfach, was Ehre anbetraf, und vielschichtig in der Loyalität. »Bring es in meiner persönlichen Akte unter, ja? Du brauchst dich daran nicht zu beteiligen.«

Haral klappte beleidigt die Ohren zurück. »Aye. Wenn du es so willst.«

»Das tue ich. Wer hat mitgehört?«

»Nur ich.«

»Hm.« Pyanfar blickte auf die Kontrollen und fuhr ihr Pult hoch. Ein Sitz machte ein zischendes Geräusch. Sie drehte sich ein Stück weit um und sah Tully, wie er sich neben Chur setzte. »Tully.«

»Käpt'n?« Tully wandte ihr das Gesicht zu. Er verzichtete auf den Gebrauch von Kom und Translator.

»Du bist Besatzungsmitglied, wie?«

»Ich ...« Tully mißverstand die Frage und fischte ein kleines Spritzgerät aus einer Seitentasche des Sessels. »Ich schlafen bei Sprung, wachen auf bei Kefk. Ich arbeiten.«

Es hörte sich riskant an. Die Götter hatten Menschen und Stsho so erschaffen, daß ein Sprung sie verrückt machte. Also waren sie stets bewußtlos, wenn ihre Schiffe in den Sprung tauchten und wieder daraus hervorkamen. Verrückte. »Keine Angst, wie?«

Ein Primatengrinsen, rasch zu einem Hani-Lächeln komprimiert. »Ich mich fürchten.«

»Aha. Wir uns auch.«

»Beeilt euch!« sagte Haral über Schiffsrundspruch. Die Stimme warf Echos auf der Brücke und in den Korridoren. »Tirun, beweg dich!«

»Hat die *Wachsamkeit* ihre Beschwerde eingelegt?« fragte Pyanfar und schwang herum.

»Aye«, bestätigte Haral. Sie rümpfte die Nase und legte die Ohren zurück. »Ich hätte alle Gewinne aus dieser Fahrt dafür gegeben, wäre ich in Reichweite von einer dieser beiden in der Schleuse gewesen.«

»Hm.« *Gewinne!* Pyanfar lachte. Aber die gute Laune verging ihr wieder. »Es war töricht von ihnen. Töricht, das war es! Wie ein götterverdammter ...«

Khym befand sich auf der Brücke, also schluckte Pyanfar auch diesen althergebrachten Vergleich hinunter. Rief den Plan ab, der die Abflugkorridore zeigte. »Gib diese Ehrran-Sache ins Logbuch ein. Bis zu dem Zeitpunkt, als sie die Schleuse verließen.«

Haral zögerte. Drückte dann einen Schalter. »Ich hatte es bereits getrennt.«

»Ich werde es den übrigen von uns darlegen. Klär Geran darüber auf!«

(Ihr Götter, Khym war da, kam und ging, während sie diese Sache mit Haral besprach, über Mahendo'sat im Unterdeckskorridor, und stellte nicht eine einzige Frage, kein ›Was ist los?‹ oder ein ›Warum?‹ Die Welt war aus den Fugen geraten. Aber Pyanfar und Khym hatten sich vieles gesagt, in der Dunkelheit. Während der letzten Wache.)

Sie blickte zur Seite. Khym setzte sich auf den Beobachterplatz Eins, zwischen Hilfys bislang noch leeren Posten und Gerans Sitz, und drückte Schalter. Er erweckte den Kom vor sich zum Leben, ein Ersatz für Hilfy. Geran würde sich auf Churs Platz am Scanner Eins setzen; Tully hatte den Beobachter Zwei; Chur wechselte zum zweiten Scanner; Tirun blieb jetzt, wo die Unterdecks-Frachtanlagen und die zweite Brücke abgeschaltet waren, der dritte Beobachter, sobald sie da war – als Hilfstastendrücker, Computerbediener, Ingenieur, und falls die Dinge schiefgingen, als Unterstützung bei den Waffensystemen. Wenn sie ankam.

Pyanfar schaltete die Unterdecksüberwachung ein. »Tirun, mit dir alles klar da unten?«

»Ich komme«, antwortete eine atemlose, sich bewegende Quelle. Laufschritte tönten durch den unteren Hauptkorridor. Pyanfar unterbrach die Verbindung. Hilfy nahm ihren Posten ein. Pyanfar sah es im Spiegelbild auf dem Monitor, vor dem Licht, das Khyms Pult verbreitete.

Wieder an Ort und Stelle. Wieder zu Hause. Eine Bereitschaftslampe leuchtete auf Pyanfars Pult auf, die Meldung von Hilfy.

Eine mahen Stimme zischte in Pyanfars Ohr: »Freigabe, wenn Sie sein bereit. Sie haben Freigabe, *Chanurs Stolz.*«

Hilfy bestätigte die Stationssendung, die Khym durchgestellt hatte, und übernahm damit den Kom. »Danke, Mkks.« Routiniert und kühl. *Danke, Mkks.* Pyanfar gefror fast das Blut.

Achtern summte der Aufzug. Das war sicher Tirun.

»Geran«, sagte Haral, »setz die *Wachsamkeit* zusammen mit den Kif auf die Liste der Punkte, die Vorsicht erfordern.«

Für einen Moment blieb es ruhig. »Meinst du das ernst, hm?«

»Sehr ernst. Jik hat es empfohlen.«

»Hm.« Kein weiterer Kommentar, sondern prompte Ausführung. Die Scannerleute waren damit beschäftigt.

»Aja Jin an *Stolz:* Sie haben Nummer eins Abflug; starten, starten.«

Laufschritte im oberen Korridor hinter ihnen.

»Verdammt«, sprach Haral in das Mikrophon. *»Bei allen Göttern, Schwester, wir legen ab, mach schnell!«*

Die Schritte erreichten die Brücke; jemand plumpste in einen Sessel, und Haral schaltete mit einem Tastendruck das Programm ein, mit dem die Greifer gelöst wurden.

Klang-bank. Sie befanden sich jetzt in Fahrt. Ein wenig Übelkeit breitete sich aus, als die *Stolz* sich von der Station löste, sich den kleinen Schub gab, der sie nach außen in Bewegung setzte.

Nichts Spektakuläres. Die *Stolz* konnte sich ganz anders bewegen, aber diese Tatsache wollten sie den Kif oder sonstigen Beobachtern auf Mkks nicht offen zeigen. Haral schwenkte das Schiff gemächlich herum, nahm sich Zeit dafür, als hätten sie rohe Eier geladen.

»Wir bekommen eine aktualisierte Eintrittsplanung«, sagte Pyanfar. »Jik ...«

»Priorität«, ging Hilfy auf einmal dazwischen mit diesem schrecklichen Wort von einem Posten, der schlechte Nachrichten zu vermelden hatte.

Sie wurden eingeschaltet: »... *selbes informieren Sie«*, verkündete die Mkks-Zentrale mit eisig klarer Stimme, *»daß wir haben Tc'a auf Weg nach draußen. Vorsicht bei Navigation.«*

»Verdammt noch mal!« schrie Pyanfar.

»Weisen Sie ihn an, herunterzuschalten und abzuwarten«, sagte Hilfy derweil über Kom. »Mkks-Station ...«

Die Aufnahmen des Kom füllten den zweiten Monitor, Kif-Proteste, Proteste von Jik und von der *Wachsamkeit* ...

»Habe hier einen Lichtpunkt«, meldete Geran. »Bestätige, daß jemand vom Methan-Sektor aus gestartet ist ...«

»Das ist ein abfliegender Kif«, überging Haral sie. »Scanner Zwei, Comp, ich will eine Kursberechnung für den Tc'a.«

»Ich bin schon dabei«, sagte Tirun. »Halt dich bereit, Geran!«

Pyanfar kaute auf ihrem Schnurrbart und übernahm mit ihrem Pult das Ruder, während Haral die Prioritäten sortierte. Den Göttern sei Dank für eine komplette Besatzung: Über den Kom kam das Geschwätz dreier Hauptquellen herein, dazu ein Dutzend unautorisierte Outputs; Geran empfing den Output des Stations-Scanners, und Chur versuchte die Lichtpunkte zu sortieren, die von der Mkks-Station explodierten und sie umschwärmten wie Samen aus einer Hülse.

Pyanfar schaltete die Rotation ein, die der *Stolz* ihre interne Gravitation verlieh. Sie brachte das Schiff mit einer heftigen Bewegung auf den vorgegebenen Kurs. Ihr Götter, sie hatten einen haarscharf kalkulierten Flugplan hinaus zum Sprungpunkt; alles war für diesen Tandemsprung bis auf den kleinsten Augenblick berechnet, und die Situation hinter ihnen ähnelte dem Bild von Federn, die von einem Sturm fortgetragen wurden.

»Der Plan ist in eine mahen Hölle geblasen worden«, meinte Haral. »Mögen die Götter diesen Idioten mit seinem gespaltenen Gehirn zerschmettern! Wir haben vielleicht ein verrücktes Durcheinander da hinten!«

»Hilfy ...«, meldete sich Khym dringend.

»Priorität«, sagte Hilfy. »Stationssendung an alle Schiffe.«

Ein Bild erschien auf dem zweiten Monitor. Violettes Licht: eine sich windende Schlangengestalt, goldgesprenkelt. Sie tauchte auf und ab, vollführte webende Bewegungen vor den Linsen.

Der Methan-Sektor, die Flugleitung der Methanatmer über Bildfunk. Die gelbe, stockähnliche Gestalt eines Chi raste den aufgerichteten Rücken des Tc'a hinauf und hinunter und zuckte um seinen Kopf herum, verrichtete rasende Aufmerksamkeiten an seinem – was immer ein Tc'a für einen Chi war: Herr, Kamerad, Freund oder Haustier. Der Tc'a klagte, die vielgestaltige Harmonie eines segmentierten Gehirns und Sprechapparates, eines multiplen Bewußtseins, dessen multiple Sichtweise in einer Matrix-Übersetzung am unteren Rand des Monitors auftauchte:

TC'A	TC'A	HANI	HANI	MAHE	KIF	KIF
MKKS	KEFK	KEFK	KEFK	KEFK	KEFK	KEFK
GEBEN	GEHEN	GEHEN	GEHEN	GEHEN	GEHEN	GEHEN
SAGEN	CHI	GEHEN	GEHEN	GEHEN	GEHEN	GEHEN
CHI	TC'A	GEHEN	GEHEN	GEHEN	GEHEN	GEHEN
KNNN	KNNN	KNNN	KNNN	KNNN	KNNN	KNNN

Ein kalter Schauer fuhr Pyanfar über den Rücken. »Hilfy, setz den Computer darauf an! Tirun, geh auf Kom Eins!«

»Aye«, sagte Hilfy.

Kein Wort der Kritik. Kein Aufschrei von der Besatzung. Das Tc'a-Schiff war vor ihnen auf dem Weg nach draußen und wahrscheinlich im Begriff, ihren Flugplan zu verderben; ein Tc'a-Beamter der Station redete von Knnn, und niemand, der Verstand besaß, wollte *die* beteiligt sehen. Niemand redete mit den Knnn, außer den Tc'a; und die Sprechweise der Tc'a sah eben so aus, bestand aus Matrizen, die man in alle Richtungen gleichzeitig lesen mußte. Er hatte von zwei Tc'a-Präsenzen gesprochen, eine auf Mkks, die vielleicht im Begriff stand, zu den Tc'a auf Kefk zu fliegen (um einen Chi zu übergeben?), während die Knnn die Motivationen aller beteiligten Parteien kreuzten. Und würde von zwei Arten Kif (nach Kefk unterwegs?) und zwei Arten Hani (ihr Götter, hatten sie auch diese Spaltung mitbekommen?) nur eine Kif-Gruppierung kämpfen?

»... brechen Sie diesen Wahnsinn ab!« rief eine Hani-Stimme, Rhif Ehrran von der *Wachsamkeit*, und sie schrie ganz schön. »Aja Jin, *ziehen Sie uns zurück!«*

»Sie wollen was?« reagierte Jik. *»Geben Kefk Zeit erfahren wir kommen? Sicheres Sache sie uns dann pusten in Hölle,* Wachsamkeit. *Sie bleiben auf Kurs, bleiben auf Kurs, verstanden?«*

»Khoihktkt mahe kefkefkti ...«, meldete sich ein Kif: *Der Mahe ist ganz unserer Meinung.*

»Tante, der Comp findet auch nicht mehr heraus. Der Tc'a redet davon, die Knnn zu informieren, und sagt, dieses Tc'a-Schiff würde mit uns nach Kefk fliegen. Der Comp ist sich über den Rest nicht sicher, aber er hat eine Vermutung ...«

»Die *Wachsamkeit* ist dran«, sagte Geran. »Sie will den Käpt'n persönlich.«

»Ablehnen!« wies Haral sie an.

»Anruf auf Drei«, sagte Khym. »Es ist die *Harukk.* Auch ihr Kom will den Käpt'n.«

»Ablehnen! Ruf Jik ran!«

»Hört auf damit!« sagte Pyanfar, die auf ihren Schnurrbartenden kaute und die Vermutungen des Comps über die Tc'a las, die nicht viel anders lauteten als ihre eigenen. »Jik wird reden, sobald er kann. Gebt mir den Output. Stellt eine Nachricht an die Tc'a zusammen, die besagt, daß wir fliegen und sie warten.«

»Aye«, kam es knapp von Hilfy. *Kein* Schiff unterhielt sich mit Methanatmern, ohne nachher reichlich offizielle Fragen beantworten zu müssen. Es gab Gründe dafür, wie die Logik der Methanatmer, die etwas tödlich übelnehmen konnten. Sie waren *anders.* Sehr *anders.* Und wurden leicht zu Berserken. Die Tc'a waren noch vergleichsweise friedfertig.

Die Knnn – gaben ein ganz anderes Bild ab.

»Tante, hier ist der Entwurf. Du mußt ihm erst noch zustimmen, bevor wir senden.«

HANI	HANI	MAHE	KIF	KIF	TC'A	TC'A
SCHIFF	SCHIFF	SCHIFF	SCHIFF	SCHIFF	MKKS	SCHIFF
GEHEN	GEHEN	GEHEN	GEHEN	GEHEN	MKKS	WARTEN
GEFAHR	GEFAHR	GEFAHR	GEFAHR	GEFAHR	GEFAHR	GEFAHR

»Ergibt Sinn für mich«, brummte Pyanfar, als es auf ihrem Bildschirm auftauchte. »Ins Logbuch eintragen und senden. Sende an *Aja Jin,* Zitat: Wir sind im Plan und machen weiter. Wir haben die Tc'a über das Navigationsrisiko informiert.«

»Jik meldet sich bereits«, sagte Geran. »Er sagt, wir sollten weitermachen.«

»Schön.« Es war nicht die Antwort, die sie lieber gehabt hätte, aber die, mit der sie gerechnet hatte. Weitermachen. Voran. Das Risiko eingehen.

Springen, mit einem Tc'a in ihrer Mitte. Die Tc'a navigierten wie Schlangen. Sie *waren* Schlangen. Blind nach Kefk hineinzuspringen, zusammen mit einem Tc'a, der leicht irgendwo weit entfernt von der Markierung aus dem Hyperraum kommen konnte, während gleichzeitig die schnelleren Jägerschiffe planten, die *Stolz* im Hyperraum zu überspringen – das alles bedeutete, eine Katastrophe herbeizuführen. Eine Kollision.

»Wir werden so hell leuchten, daß man es auf Anuurn sieht, wenn wir eine Schlaufe machen«, meinte Pyanfar. »Möchte jemand den Umfang des Feuerballs berechnen?«

»Wird götterverdammt hell«, mutmaßte Haral.

»Die *Wachsamkeit* unterrichtet uns«, sagte Khym, »sie würde eine Beschwerde ...«

Hysterisches Gelächter brach in Niesen aus, kurz und heftig. Es war leicht auszulösen. Hani auf einem Kurs, der unerbittlich in kifische Zonen führte.

»Was glaubt diese Ehrran eigentlich, wer sie ist?« schrie Hilfy über alles hinweg, als hätte es nie Kif gegeben, als hätte sie diese schrecklichen Tage nie erlebt. Hilfy, jung und voller Empörung. »Was geht da nur *vor?*«

»Willkommen daheim, Kleine«, sagte Haral trocken, ohne sich umzudrehen. »Möchtest du eine Liste haben?«

»Chanur ist in Schwierigkeiten«, sagte Geran, die rechts von Hilfy saß. »Und deren Name lautet Ehrran. Sie ist auf unsere Felle scharf. Egal, wie sie drankommt. Besser, wenn wir nicht ihren Weg kreuzen, könnte man sagen. Danken wir den Göttern, daß wir diesmal ein wenig langsamer sind als Ehrrans Schiff. Sie wird bei Kefk vor uns sein. Und ich hätte sie auch nicht gern hinter uns, nein danke.«

»Lieber die Kif, hm?«

Die Luft bebte leicht.

»Verdammt viel sicherer«, meinte Tirun. »Vorübergehend.«

Danach war es still.

»Nichte«, sagte Pyanfar. »Wir vergessen nichts.«

Hilfy schwieg.

»Was kommt nach Kefk?« fragte sie schließlich mit normaler Stimme. »Wohin wenden wir uns dann? Hast du eine Idee – Käpt'n?« Es klang respektvoll. »Habe ich Instruktionen versäumt?«

Pyanfar beugte die Finger über der Steuerung und verlagerte ihren Ellbogen in der Druckstütze. Atmete tief ein. »Ein paar. Möchtest du sie in einer Kapsel haben? Dieses Antriebssystem da hinten, diese schicke neue Ausrüstung – nichts ist umsonst, nicht wahr? Wir haben uns verpfändet, Hilfy Chanur. Und das nicht für Geld. Und was diese Ehrran-Geschichte angeht ...«

Linien richteten sich aus. Sie waren auf dem Weg zu ihrer Markierung. Der Tc'a war dort draußen vor ihnen, hatte seine Höchstgeschwindigkeit erreicht. Jetzt gab es keine Umkehr mehr, auch nicht für ihn. Niemand außer Knnn spielte mit der Physik.

»Der verdammte Tc'a wird auf der ganzen Strecke vor uns sein«, meinte Pyanfar. »Nur die Götter wissen, wo er nach dem Sprung steckt. Eines kann ich euch sagen: Jik hat da so eine Idee, daß er bei Kefk ein ID-Signal fälschen wird – daß er ein kleines Stück vor uns anderen durchbricht und diesen Scanner für uns besorgt, bevor der sich abschaltet.«

»Ihr Götter!« sagte Tirun. »Wie weit vor uns?«

»Das hat er nicht gesagt. Kein Plan. Nichts. Ich sag es euch: Wenn er es nicht schafft, bekommen wir Probleme. Wirkliche Probleme. Zum einen haben wir dort ein Nest voller Kif. Und weiteres kommt dazu. – Was bekommen wir inzwischen über Kom? Ist es still da draußen?«

»Nichts, was das Zuhören lohnt«, antwortete Haral. »Viel Kif-Zeug.«

»Die *Wachsamkeit* hat ihre Sendungen eingestellt«, sagte Geran.

»Die *Aja Jin* auch«, fügte Hilfy hinzu.

»In Ordnung. Geran, ich möchte, daß du jetzt am Kom mithilfst. Setz dich nach dem Sprung an den ersten Scanner!«

»Alles klar.«

»Hilfy.«

»Tante?«

»Du hast nach Ehrran gefragt. Ich werde dir erzählen, wie weit meine Überlegungen zu diesem Thema gediehen sind. Unsere Schwierigkeiten sind nicht einfach auf Pech zurückzuführen. Sie sind geplant.«

»Von *Ehrran?*«

»Oh, von noch höher, Kleines. Wir haben die Auseinandersetzung auf Gaohn beigelegt, wir haben unsere Hani-Feinde aus Kohans Weg vertrieben, haben den Thar-Clan fast in den Zusammenbruch gestürzt und die *Mondaufgang* ins Exil gejagt. Wir haben Mahendo'sat zur Heimatwelt gebracht, wir haben Menschen gebracht und Knnn, was die Isolationisten zu Hause ganz schön erschüttert hat, nicht wahr? Naur. Leute *ihres* Schlages. Der Llun-Clan wurde fertiggemacht, weil er uns auf Gaohn geholfen hat, ebenso weitere von unseren Freunden. Was Tahar angeht, als der Feind, der sie waren – wir haben sie niedergeworfen, ihre Macht über ihre Verbündeten gebrochen; und das hinterließ ein Vakuum, welches es wiederum anderen Clans ermöglichte, im *Han* aufzusteigen.«

»Naur und Jimun und Schunan«, brummte Haral. »Ehrrans heißgeliebte Gönner.«

»Das ist genau der Umriß der Geschichte. Mit Tahar als Feind waren wir besser dran. Sie waren Bastarde, aber sie waren raumfahrende Bastarde. Übriggeblieben sind die weltgebundenen Speichellecker wie Naur. Und diese fetten alten Frauen würden uns alle gerne so bald wie möglich wieder in Kilts und *Sofhyn* herumlaufen sehen.«

»Es ist meine Schuld«, warf Khym ein.

»Schluck es runter, Khym!«

»Sieh mal, wenn ich auf dem Planeten geblieben wäre ...«

»Dann hätte sich ein anderer Grund gefunden. Wir haben Fremdweltler ins Anuurn-System gebracht ...«

»... und einen Mann vom Planeten geholt.«

»Und damit haben wir jeden Eiferer im *Han* aufgestört. Die raumfahrenden Clans haben auf Gaohn schwer Schaden genommen; von den Immunen haben unsere Llun-Freunde götterverdammt zu viele gute Frauen verloren. Und die Ehrrans waren schon seit Jahren scharf auf ein Stück von ihrem Hinterteil. Sicher, Ehrran wird Naur jederzeit die Füße küssen; sie haben sich dieses prächtige Schiff besorgt, dazu große Ohren und Notizbücher, und die Stsho – diese nervösen Bastarde haben ihre Finger mit im Spiel. Die Mahendo'sat haben die Stsho unter Druck gesetzt, damit unsere Papiere wieder in Ordnung gebracht wurden, weil Goldzahn auf einmal unsere Hilfe suchte, die Hilfe *raumfahrender* Hani. Also haben sich die Stsho gebeugt, wie sie es immer tun werden, aber sie rannten daraufhin schnurstracks zu Ehrran, packten sie am Ohr und steckten sie in den Sack. Ehrran war draußen am Treffpunkt auf der Jagd nach Tahar, und obendrein sollte sie jedes andere Geschäft abschließen, das der *Han* mit den Stsho abschließen wollte. Vielleicht geheime Verhandlungen über eine ganze Menge Punkte führen. Und dann boten ihnen die Stsho unsere Pelze als Bonus an.«

»Stle stles stlen«, sagte Hilfy.

»Die Stsho sehen sich mit dem Aufmarsch der Menschheit hinter ihrem Rücken konfrontiert. Sie haben Goldzahn auf dem Treffpunkt beschwafelt. Die Götter wissen, was sie Ehrran alles erzählt haben; und ich denke, wenn Stle stles stlen weniger korrupt wäre und weniger Angst vor Goldzahn hätte, dann hätte er Tully gleich an die Kif verkauft. Aber *wir* waren ja da, und Ehrran hat sie *nicht* bestochen, als der Dummkopf mit dem eisernen Rückgrat, der sie nunmal ist. Die verdammten Stsho-Fremdenhasser klettern alle übereinander, wenn sie daran denken, daß die Menschheit geradewegs in ihren Raumsektor eindringt. Aber Ehrran spielte Politik und wurde überboten, vermute ich. Stle stles stlen verlor den Mut, Goldzahn zu hintergehen, als wir mit einem buchstäblichen Blankoscheck und hochrangigen mahen Vollmachten auftauchten. Aber es würde mich nicht überraschen, wenn Stle stles stlen sich heute viele Sorgen machte über die mahen Wachen, die nachts vor seiner Tür stehen. Und ich muß euch noch etwas erzählen, etwas, das ihr besser wissen solltet. Haral, hast du dieses Band mit den Aufzeichnungen aus dem unteren Korridor?«

»Aye.«

»Spiel es ab! Das und noch das andere mit Sikkukkut. Meine Kusinen, wir haben eine ganze Menge Angebote erhalten, von allen Seiten.«

Es war sehr lange still auf der Brücke, wenn man von dem absah, was die Bänder zu vermelden hatten. Die Geräusche der Schiffsfunktionen unterbrachen es hie und da. Pyanfar hörte mit einem Ohr zu und zuckte an manchen Stellen zusammen. Sie führte die *Stolz* und versuchte, nicht daran zu denken, was Hilfy sagen würde. Oder was der Translator Tully übermittelte.

Tc'a. Tc'a. Die Methanatmer waren aufgestört, hatte Jik gesagt.

Jik hatte sich ausgiebig in der Station herumgetrieben. Heimlich. Hatte sich mit wer weiß welchen Agenturen besprochen und Dinge mit ihnen ausgeheckt. Auf der Liste der Möglichkeiten rangierten die Tc'a ganz oben.

Genau wie Sikkukkut.

Das Band war zu Ende. Auch danach schwiegen alle.

»Ich habe uns in ein Schlamassel geführt«, sagte Pyanfar. »Bei den Göttern, wirklich ein Schlamassel. Ich dachte, ihr wüßtet gern, von welcher Art er ist.«

»Hört sich an«, sagte Tirun, »als hätte Jik recht. Als wir geboren wurden, steckten wir schon drin. Weil wir Chanur sind. Wenn wir nach Hause kommen – ich wette, wir werden feststellen, daß der *Han* nicht mehr ist, was er einmal war.«

»Darauf wette ich auch«, sagte Pyanfar. »Aber was ist heute noch, was es einmal war?«

Wieder trat ein langes Schweigen ein.

»Na ja, *ich* folge dir«, sagte Tirun.

»Ich auch«, kam es von Chur; und »ich auch«, meldete sich ihre Schwester.

»Tante, ich ...«

»Vielleicht möchtest du erstmal darüber nachdenken, Nichte.«

Das Piepsen und Ticken der Instrumente ging weiter. Die Tc'a-Matrix tauchte auf dem Bildschirm auf, als der Computer sie sortiert hatte, aber sie sah nicht anders aus.

»Tully«, sagte Pyanfar, »hast du auch nur die Hälfte von dem verstanden?«

»Ich hören etwas.«

Pyanfar konnte sein Gesicht nicht sehen. Sie sah nur ein schattenhaftes Spiegelbild auf einem Monitor, eine haniunähnliche Silhouette.

»Ich Hani«, sagte er. »Ich *Hani.*«

Sie blinzelte und dachte über diese Äußerung nach, aber jedenfalls wurde ihr dabei warm zumute. »Khym«, sagte sie.

»Meine Meinung?« fragte er. Ein mächtiges Seufzen fuhr durch den Kom, ein tiefes Grollen. »Schade, daß Ehrran immun ist.«

»Aber sie sind es nun einmal«, sagte Hilfy. »Sie werden auf Vater losgehen. Sie werden ihn zu Hause angreifen. Vielleicht *verlieren* wir Chanur!«

»Ich denke mir«, sagte Pyanfar, »ich denke mir, daß Kohan Chanur immer noch ein harter Brocken ist, Nichte. Mein Bruder und dein Vater sind keine Dummköpfe. Und auch unter unseren Schwestern ist keiner; sie werden es den Bastarden nicht ermöglichen, sie aus dem Haus zu manövrieren. Sie werden nicht aufgeben. Solange wir im Weltraum sind, solange noch Chanur-Schiffe unterwegs sind, um die man sich Sorgen machen muß – werden Naur und ihre Lieblinge vorsichtig sein und auf schmutzige Tricks verzichten. Kohan kann immer noch mit allem fertig werden, das ich kenne, solange der Kampf fair ist.«

Und sie dachte an Khym, als sie das sagte, und spürte dabei den Schmerz einer alten Schuld: *Wäre ich zu Hause gewesen, als Kara ihn herausforderte, wäre ich dagewesen, um zu verhindern, daß sich irgendwelche Gefolgsleute einmischen ...*

Khym könnte immer noch Lord in Mahn sein, falls sie nur zu Hause gewesen wäre – falls sie für ihn zugeschlagen hätte, genau wie der Chanur-Clan in Scharen Kohan Chanur gegen Kara Mahn beigestanden hatte. Khym wäre jetzt vielleicht nicht im Exil, falls sie dortgewesen wäre, sogar als einzige. Selbst wenn der Rest seiner Ehefrauen und Schwestern und Töchter ihn verlassen hätte. *Sie,* Pyanfar, hätte ihm gegen ihren Sohn und ihre übelgesinnte Tochter beistehen können. Dann wäre auch Chanurs bester Verbündeter intakt geblieben in Gestalt von Khym Lord Mahn. Und Leute wie Ehrran wären nicht aufgestiegen, und die Welt hätte sich nicht verändert.

»Nav Fünf positiv«, sagte Haral.

»Frage mich, ob dieser Tc'a den Flugplan kennt«, sagte Tirun.

»Wir werden es herausfinden, schätze ich«, erwiderte Geran. »Möchtest du dagegen wetten, *Na* Khym?«

»Sie schummelt wieder«, meinte Tirun. »Sie kassiert immer.«

»Hinter uns nehmen sie Formation ein«, meldete Haral. »Die Kif halten sich an den Plan. Sieht so aus, als ginge es wirklich los.«

»Sieht so aus«, sagte Pyanfar. Ihre Nerven kribbelten. Von einem Unterarm verlor sie Fell am Rand des Pults. Die schiere Angst. Zweifellos waren die anderen ebenso nervös.

»Ich folge dir«, sagte Hilfy mit heiserer Stimme.

»Danke, Nichte. – Aufpassen, ihr alle! Wir springen gleich. Tully, es wäre besser, wenn du deine Drogen benutzt. Hilf ihm, Chur; stell sicher, daß er wegtritt!«

»Aye«, antwortete Chanur.

Pyanfar schaltete die Rundspruchanlage ein. »Kif ... Skukkuk, mach dich bereit; wir springen gleich.«

»Ich biete Ihnen Ihre Feinde an.«

»Schön. Das ist wirklich schön, Kif.« Sie unterbrach die Verbindung rasch. Ein unbestimmtes Schuldgefühl nagte weiter an ihr. Wegen eines Kif.

Genausogut konnte sie mit einer Wand reden. Er sprach gutes Hani; sie antworteten ihm in gutem Hani; und doch wurde nichts gesagt, was für eine der beiden Seiten verständlich gewesen wäre.

Ich biete Ihnen Ihre Feinde an.

Seine Stimme hatte angespannt geklungen. Vielleicht hatte er Angst, allein auf einem Hani-Schiff. Vielleicht versuchte er zu verhandeln.

Vielleicht verhungerte er *tatsächlich*, hilflos und unversorgt in diesem Waschraum. Oder er brach sich die Knochen bei einem Manöver.

Er war, die Götter wußten es, ebenso in seinem Geschick

gefangen wie sie ... Ihr Glückstalisman; oder ihr persönlicher Fluch.

»Sprung plus neunzig«, sagte Haral. »Auf Kefk ausgerichtet.«

»Prägt es euch ein!« sagte Pyanfar, denn am anderen Ende des Sprungs würden die Dinge unscharf sein und die Gewohnheiten alles kontrollieren. »Jik schafft es unter Umständen nicht. Falls er es nicht schafft, müssen wir uns beeilen: Als erstes unsere Position feststellen. Danach die der *Harukk*. Vergeßt das nicht, ja? Wir lassen uns von der Gravitation hineintragen. Wir werden es uns so leicht machen. Falls es ungünstig läuft, bleiben uns ein paar Optionen. In der Sekunde, in der wir aus dem Sprung kommen, stellen wir den Bezug zu Tt'a'va'o her. Wir fliehen zum Treffpunkt, wenn es sein muß. Das ist nicht Jiks Plan, sondern *meiner*. Im Kefk-System müssen wir diese drei Wachstationen im Auge behalten. Das System enthält schweres Trümmergestein; es ist ein enges Doppelsternsystem, in dem es umhertreibt, und unsere Karte stammt von den Kif. Selbst wenn Jik uns eine besorgt. Vergeßt das nicht! Denkt immer daran!«

»Wir haben die Zahlen«, sagte Tirun. »Ich habe sie aufgerufen. Mögen die Götter Jik irgendwo auf dieser Einfluglinie hineinschicken, dann können wir seiner Spur folgen.«

»Scheußliche Gegend«, meinte Chur. »Wirklich scheußlich.«

»Systeme eingerichtet«, sagte Haral mit ruhiger, kühler Stimme; und das Schalterdrücken ging geschwind weiter, die Systemchecks, die Gruppierung. Pyanfar koordinierte sich mit Haral, warf die Besorgnisse von sich und rief das Promptprogramm des Computers auf, verglich den Plan mit den Tc'a-Problemen und Jiks Absichten. Verschob eine Priorität in den Prompts. Ließ das Programm noch einmal laufen. Fütterte es mit einem Tastendruck. Die übrigen Stationen verrichteten ähnliche Dinge. Haral führte den Mastercheck durch, stellte sicher, daß alles in der richtigen Reihenfolge ablief.

Es war äußerst wichtig, daß sie sich selbst auf dem Passiv-Scanner lokalisierten, eine absolute Position fanden, von der sie ausgehen konnten.

Dann Jik finden und die *Harukk* und die *Wachsamkeit*, und deren Spuren in das Herz von Kefk folgten.

»Das ist wirklich eine verrückte Art, ein Sternsystem zu befahren«, meinte Tirun.

»Wir können ja versuchen, ihnen das zu sagen.«

Die Zahlen tickten dahin.

»Da springt der Tc'a«, sagte Geran.

»Mögen die Götter uns helfen«, sagte Haral.

»Tully?« fragte Pyanfar.

»Er ist weggetreten«, informierte Chur sie.

»Minus fünf«, sagte Haral.

Ihr Götter, ein Tc'a trieb sich in ihrem Muster herum!

Und Jik war vor dem Abflug redselig gewesen. Hatte von Methanatmern erzählt und vom Besuch bei Spionen ...

Konnte Jik einen Tc'a bestechen? War es das, was er bei seinem heimlichen Abstecher auf die Stationsdocks von Mkks im Schild geführt hatte, kurz vor dem Abflug?

Navigationshilfe? Präzision?

War er darauf ausgewesen? Eine Möglichkeit, die *Harukk* hinter sich zu behalten, indem er Tc'a-Computer benutzte und Tc'a-Karten, um eine entscheidende Raumzeit-Berechnung zu erhalten?

Eine Berechnung über ein kifisches System? Gegen die Wünsche der *Harukk*, und hinausgehend über das, was die *Harukk* ihnen zu liefern bereit war?

Oh, Götter!

»Minus eins.«

Sie waren weg.

– Und wieder *da*.

– Fielen –

– zurück in feste Stofflichkeit. Lichter blinkten; die Instrumente sammelten Eingaben und lasen sie ab ...

»Kefk«, sagte Haral. »Spektrum paßt.«

»Die Position, zum Teufel?«

»Ich suche sie«, sagte Geran. »Sie ist – *verdammt* – aber im Toleranzbereich.«

»Uhhh.« Das Bewußtsein wollte abschweifen und sein früheres Nirgendwo suchen. Die Lichter tanzten hypnotisch, gaukelten dem Auge Muster vor. Berge lagen im Sonnenlicht ...

... zu Hause.

»Tante Pyanfar!« rief das kleine Mädchen, das halsbrecherisch den Berghang herabgelaufen kam, die Ohren zurückgelegt und die kleinen Glieder mit aller Kraft im Einsatz. »Tante Pyanfar! Du bist wieder da!«

Geweitete Augen und ganz Ohren war Hilfy Chanur, der kleine Liebling ihres Vaters, das Surrogat ihrer Tante für die eigene treulose Tahy ...

... des Nachts auf dem Hof von Chanur: »Tante Pyanfar, sag mir, wie dieser Stern heißt ...«

»... Das ist Kjohi, ein weißer, viel zu weit entfernt und ohnehin viel zu heiß. Dort fliegen wir nicht hin. Siehst du den kleinen darunter? Das ist ein gelber. Tt'a'va'o.«

»Warst du schon dort?«

»Das war bislang noch keine Hani. Es ist ein Tc'a-Stern. Die Tc'a haben eine ganze Handvoll Gehirne; sie singen, wenn sie sprechen; und sie tun es mit sieben Stimmen auf einmal. Ich kannte einmal einen. Er hieß So'o'ai'na'a'o.«

Hilfy lachte. »Sag das noch einmal ...«

– *»Wo steckt der verdammte Tc'a? Geran! Chur! Wo ist unser eigenes Schema? Haben wir irgend jemandes Position?«*

»Negativ, negativ, ich habe die andere Karte fast integriert ... Ich hab's, ich hab's, ich hab's ... Es kommt durch ...«

Das Bild tauchte über Pyanfars Pult auf. Die Darstellung des Kefk-Systems in bezug zu ihrem Eintrittspunkt. Sikkukkuts aktuellste Karte -- zumindst von Dingen wie größeren Felsbrocken, die man langfristig kartographieren und auf ihren chaotischen Bahnen durch das Kefk-System verfolgen konnte.

Eine gewaltige Sternstation – ihr Götter, Pyanfar wußte,

daß sie groß sein mußte. Der einzig legitime Umschlagpunkt der Kif für den Pakt-Handel. Fünfzig Schiffe hingen an der Station, und Bergwerkfahrzeuge waren wie rote Sterne zwischen den gelben Sternen der Asteroiden verstreut; und keines von diesen Schiffen war, wo eines angezeigt war. Dies war nur ein Beispiel für eine Karte. *Seid vorsichtig, Hani: diese Schiffe könnten existieren!*

Sie zeigte Kif und Tc'a und Chi im Hafen. Wahrscheinlich. Wieder ein Beispiel. Die Götter allein wußten, was sonst.

»Achtung, wir bremsen. Haral, kontrolliere meinen Check!«

»Aye.«

– Gebrauche deinen Verstand, erinnere dich wieder, wach auf! Die *Aja Jin* war dort draußen vor ihnen – ihr Götter, *wo?* Dazu die *Harukk* und die Hälfte der Kif und die *Wachsamkeit,* und weitere Kif waren jeden Moment fällig.

– Wieder unten.

– »Tante Pyanfar, erzähl mir von den Sternen ...«

Ihre eigene Tochter, Tahy Mahn, sagte: »Du bist nie da! Du kommst immer zu spät zurück! Jetzt ist alles vorbei. Kara ist weg. *Ich* habe ihn in die Einsiedelei geschickt ...«

Sohn und Tochter waren weg. Jedes auf einem anderen Weg.

»So. Aber ich habe vieles zu tun, Tahy. Es tut mir leid.«

»Das hast du *immer!* Du *lebst* nicht in dieser Welt, sondern auf dem Schiff! Diesem Schiff! Ich kenne dich nicht, und ich werde es nie tun ...«

– Und wieder oben.

Zurück im wirklichen Raum. Pyanfar rollte die Augen und konzentrierte sie auf die Lichter, spürte kaum ihre Finger an den Kontrollen. Der Ellbogen tat ihr weh.

»Dritte Bremsung. Kommt schon, bringt uns in die Reihe, werdet mal wieder lebendig da hinten!«

»Wir haben ihn! *Wir haben Jik; er ist da draußen!*«

– »Pyanfar«, sagte Kohan, und sein breites Gesicht und seine goldenen Augen waren ganz freundlich, anders als der finstere Ausdruck, den er für Schauzwecke zeigte. »Schwester, um der Götter willen, sei vorsichtig diesmal!«

– Sie war selbstsüchtig. Er nicht. Er nannte den wirklichen Grund für seine Sorgen nicht. Khym. Ihren privaten Wahnsinn. Seine öffentliche Verlegenheit. Sie hatten einmal darüber gesprochen.

– »Sie werden dich angreifen«, meinte Kohan. »Alle deine Feinde. Sie werden es versuchen.«

– »Das Gesetz dort draußen lautet anders, mein Bruder. Es ist sicherer. Die Leute akzeptieren das Fremde.«

– »Ich hoffe es«, sagte Kohan. »Ich hoffe es wirklich.«

– Und er ging weg.

»Wir sind dran, alles in Ordnung! Ich habe das Signal, ich habe es ... Er schickt uns das Funkfeuer-Bild! Er hat es!«

»Die Sternposition, Haral, besorge die Sternposition.«

»Positiv. Tt'a'va'o. Wir haben es!«

»Uhhh.« Pyanfar spürte, wie die Kraft aus ihr herausströmte, wie ihre Hände zitterten. Die Trägheit verschaffte sich Geltung. Die Schwerkraft zog sie jetzt entschieden nach unten, nicht mehr nach hinten. Der Arm schmerzte in der Stütze. Sie befreite ihn und zerrte eines der Konzentratpäckchen los, biß ein Loch hinein und trank. Das Zeug plumpste geradezu in den Magen und blieb dort wie Blei liegen.

Ihr Götter, ihr Götter – Zahlen rasten wie verrückt vorüber, kamen allmählich in Übereinstimmung.

»Wir sind dran!« rief Haral. »Wir haben es zweimal geschafft, und das auch noch blind! Und Jik und all die anderen ...«

»Ich glaube es, sobald wir diesen Tc'a gefunden haben«, sagte Geran. »Wo *steckt* denn dieser Wahnsinnige?«

Der Scanner brach ab. Lichter gingen auf Rot. Die Sirene heulte. *»Haaa!«* kam es von Khym, und für einen Moment herrschte Übelkeit wie bei einem Sturz; aber es war keiner ...

»*Tempo* checken!« schrie Pyanfar ins Mikro. »Zur Hölle ...«

– *ein Abfallen,* diesmal wirklich, begleitet von einer trägen, schrecklichen Übelkeit.

Der Tc'a war dicht herangekommen, brauste vorbei und bremste dann mit einem zweifachen kurzen Aufflammen seines Feldes ab. Und er war *da,* ein großer Klotz auf dem Scanner, der seine Geschwindigkeit der ihren angepaßt hatte.

»Wir haben den Tc'a gerade gefunden«, stellte Tirun fest.

»Götter und Donner!« schimpfte Pyanfar. Ihr Blut fühlte sich gleichzeitig heiß und kalt an, ihre Gelenke schwach. Das Konzentrat wollte wieder hochkommen. Jemand erbrach sich *tatsächlich.* Auf dem Scanner waren wieder normale Leuchtsignale zu erkennen, aber eines war ihnen viel zu nahe.

Menschengeplapper war zu hören. Tully kam wieder zu sich.

»*V* plus Punkt null acht«, sagte Haral. »Dieser Bastard hat uns Geschwindigkeit vermittelt!«

»Laß es gut sein, wir brennen sie später ab.« Pyanfar schluckte schwer und blinzelte, versuchte, dem Gewürge, das aus dem Kom drang, nicht zuzuhören. »Wir ... bevor Jik AOS auf Kefk ist – sagt dieser Tc'a irgend etwas?«

Jemand am Kom schaffte es, die Sendung auf ihren Bildschirm herüberzuschalten.

TC'A	CHI	HANI	KIF	KIF	KIF	KIF
MKKS	MKKS	MKKS	MKKS	MKKS	MKKS	KEFK
KEFK	KEFK	KEFK	KEFK	KEFK	KEFK	KEFK

»Er sagt, denke ich«, sagte Hilfy mit heiserer Stimme, »daß er mit einer Hani und vielen Kif von Mkks nach Kefk gekommen ist, hallo und guten Tag.«

»Sie werden nicht schießen«, meinte Pyanfar, als der Gedanke in ihr Bewußtsein drang. *Jik. Dieser ohrenlose Bastard! Jik hat noch eine Schuld eingefordert und uns einen Tc'a besorgt! Der Tc'a kennt unseren Flugplan. Er muß!* »Dieser Kerl bleibt uns dicht auf dem Leib ... Sie werden nicht schießen. Kefk wagt es nicht.« Sie lehnte sich zurück und wandte den Kopf. »Chur, alles okay mit dir?«

»Ja.« Die Stimme klang schwach. »Ich bin aktiv.«

»Khym?«

Er war der, dem es schlecht geworden war. Sie hatte es sich schon gedacht. Als Antwort vernahm sie nur ein Ächzen.

»Alle Systeme okay«, sagte Tirun.

»Da sind immer noch die Kif hinter uns«, sagte Geran. »Ein weiteres Schiff ist gerade hinter uns aufgetaucht. Die *Ikkiktik* ... Ich denke ... sie ist genau auf der Markierung, fünf Lichtminuten.«

Rings um sie herum setzte sich das Ticken und Blinken der Instrumente fort, Zeichen der alltäglichen Funktionen der *Stolz*, verläßliche mechanische Vorgänge.

»Tully?« fragte Chur. »Tully, bist du in Ordnung?«

»Was das?« Eine undeutliche, schwache Stimme aus dem Kom. »Was?«

»Der Tc'a hatte freundschaftliche Anwandlungen. Waren verdammt dichter an einer Kollision als je zuvor. So dicht, wie ich es nie wieder sehen möchte.«

»Der zweite Leuchtpunkt: zweiter Kif eingetroffen.«

»Gerade kommt eine Nachricht vom führenden Kif da hinten«, meldete Hilfy. »Er bestätigt, daß er hinter uns ist, mehr nicht.«

»Bestätige Empfang!« sagte Pyanfar. Der Realscanner zeigte ihren eigenen kleinen Raumbereich; der passive Signalempfänger, eine halbe Rundreise schneller als der Aufprallsignal-Scanner, zeigte ihnen die Sterne und die Objekte, die Licht reflektierten, und dazu die jüngsten Emissionsspuren der Führungsschiffe. Eine ganze Menge davon.

»Hier haben wir eine Relativzeit-Berechnung zu diesem Bild«, sagte Tirun. »Bei Jik läuft es prächtig, bei ihm, Ehrran, Sikkukkut und einem Schwarm der Besten des *Hakkikt*. *Haaa* – hier haben wir jetzt den *Harukk*-Scanner ... Alles frei, frei, frei!«

»Viel Glück ihnen allen«, brummte Haral. »Sogar den verdammten Kif.«

»Hoffen wir, daß diese ohrenlosen Bastarde auf Kefk nicht irgendwelche Felsbrocken verschoben haben«, sagte Geran.

»Wir wärmen alte Diskussionen wieder auf«, warf Hilfy ein. »Auf Kefk wissen sie noch von nichts, auf dieser Zeitlinie jedenfalls nicht. Geran, ich füttere dich jetzt mit einer geordneten Folge für dieses ganze Zeug. Versuch mal, ob du etwas lokalisieren kannst, ob du diese Positionen auf den neuesten Stand bringen kannst.«

»Sehr gestreut«, meine Geran. »Chur, übernimm den ersten Scanner!«

Es ging weiter die Zeitlinie hinab, in einem Wettlauf mit der Wellenfront ihres Eintreffens, die auf die Kefk-Station zurollte. Sie warteten auf die Rückkehr der Botschaft. Aber diesmal hatten sie viel Geschwindigkeit weggenommen. Hinter ihnen unterhielten sich die Kif, und in einem anderen zeitlichen Bezugsrahmen taten es auch die Stations-Kif. Das klickende Geschnatter erfüllte den Kom.

Weitere Kif fielen hinter ihnen ein.

Und der Tc'a glitt neben ihnen dahin.

»Wir erhalten jetzt erste Reaktionen«, sagte Hilfy. »Es ist eine Wachstation, die da spricht, denke ich. Sie rufen uns an. Das ist minus zwölf Licht.«

Zwei Wachstationen, eine im Kefk-1-Nadir, um Flüchtlinge aufzuhalten; eine im Kefk-1-Zenit, gar nicht so weit entfernt. Die dritte lag weiter ab in der Ekliptik von Kefk-2. Und die Kefk-Station selbst war bewaffnet, eine Verletzung weiterer Pakt-Gesetze.

»Die *Harukk* antwortet gerade«, sagte Hilfy. »Sie befiehlt dem Kefk-System, sich zu ergeben. Es erfolgen weitere Anrufe ... Ich kann nicht ausmachen, ob sie irgend etwas gestartet haben. Den Translator, Khym, hilf doch mal, verdammt ...«

»Ist es das?«

»Spring ein, Geran!«

»Tut mir leid«, sagte Khym. »Es tut mir leid ...«

»Ich habe es«, verkündete Geran. »Bestätigung, sie haben etwas gestartet. Zwei Abfangjäger von Kefk-1 auf Jiks Kontaktmoment.«

»Abfangvektor für Jik«, sagte Hilfy.

»Die Kif hinter uns berichten«, meldete Khym, »sie hätten gerade vom Eingriff der Verteidigung gehört.«

Pyanfar biß sich auf den Schnurrbart und betrachtete den gleichmäßigen Kreislauf von Bildern, die Haral über ihre Monitore schickte.

»Unverändert«, sagte Hilfy.

»Tc'a unverändert«, sagte Geran. »Immer noch bei uns.«

»Wollen wir hoffen, daß er auch bleibt, wo er ist«, sagte Haral.

»Unverändert«, leierte Hilfy weiter. Dann: »Wartet, jetzt empfangen wir Reaktionen von der Station. Sie sind wirklich beunruhigt, und sie reden Pidgin wie auch Hauptkifisch. Was wir nicht hereinbekommen, sind die Sendungen der Wachstationen an die Station oder an Jiks Haufen in der anderen Richtung.«

»Was machen sie?« Es war Khyms erste wieder normale Frage, mit bedachter, ruhiger Stimme vorgebracht. »Was um der Götter willen haben sie vor?«

»Ruhig!« Das war Haral. »Noch haben sie uns nicht gehäutet.«

»Kif«, sagte Tully scharf.

»Er hat recht«, meldete Chur vom Scanner. »Gerade ist wieder einer von unserer Gruppe eingetroffen.«

»Huh«, meinte Geran, »bei allen Göttern, wir könnten es um Haaresbreite schaffen.«

»Da sind ein *Hakkikt*, fünf Kif-Jägerschiffe, die *Aja Jin* und eine *Han*-Delegierte, die ihnen mitteilen, daß hinter ihnen auch noch ein Tc'a im Anflug ist«, brummte Tirun. »Und sie wissen nicht, was noch mehr kommt oder wie viele. Denkst du, das würde sie nicht erschüttern? Wenn ich Kif wäre und auf der Station festsäße, oder auch ein Schreibtischsitzer in der Zentrale, dann wäre ich jetzt ganz schön unruhig. Sie werden nachgeben. Sikkukkut ist gar nicht halb so verrückt, wie wir dachten.«

»Hm«, murmelte Pyanfar. Die Besatzung redete sich selbst Zuversicht ein. Sie selbst hatte wieder mit dem Magen zu kämpfen und zwang ihn unter Kontrolle. Der Computer stellte eine Frage, bot Entscheidungen zur Auswahl. Pyanfar hielt den Blick konzentriert, las den Vorschlag des Computers, las zwei weitere Monitore ab und gab die Bestätigung ein.

Wieder mußte sie verzweifelt schlucken. Ihre Hand zitterte, und der Schrecken packte sie kalt, als der Augenblick schon längst vorüber war. Der Tc'a *hätte* sie treffen können. Ihr Götter! Wieviel näher hätte er dazu kommen müssen? Wieviel, bis er sie zerrissen hätte? Oder bis er sie in einen Feuerball verwandelt hätte, Hani, Tc'a und Kif zusammen?

»Sie Freund?« fragte Tully, aber niemand hatte Zeit für ihn.

»Die Tc'a im System sind aufgeregt«, sagte Hilfy. »Wir empfangen auch etwas von unserem begleitenden Tc'a. Er identifiziert sich und uns. Sie sind sechzehn Minuten weiter auf der Zeitlinie.«

Das Kamerabild erschien auf den Monitoren. Haral hatte es ihnen besorgt ... auf diese Entfernung eine helle, orangefarbene Sonne, die die Sterne wegspülte. Der Begleitstern, Kefk 2, war ein roter Zwerg, unsichtbar oder unauffällig. Alles andere war noch zu weit entfernt. Schweres Trümmergestein umkreiste Kefk nach Sikkukkuts überholten Karten.

Und alles in allem vier Stationen mit einem Haufen beunruhigter Kif.

»Eine Sendung«, sagte Hilfy. »Sie sind es!« Und sie vergaß jedes Protokoll. »Es ist Jik!«

»Sie halten Kurs.« Die Botschaft erreichte Pyanfar über Harals Umschaltung. *»Sie halten Kurs. Wir fliegen voraus ein. Haben bislang keine Schwierigkeiten ...«*

»Wissen die nicht, daß die Wachschiffe ihnen auf der Spur sind?« fragte Khym verwundert.

»Kann ich nicht sagen«, antwortete Haral. »Sie sollten es

eigentlich. Das sind – zehn Minuten Licht. Wir empfangen immer noch Output, aber nur Geschwätz. Jiks Haufen wirkt unbesorgt, und sie sind weiter auf der Zeitlinie als wir.«

»Sieht gut aus«, meinte Geran.

Pyanfar stieß Luft hervor. Ein kalter Schauer fuhr ihr den Rücken hoch. Es so gut zu machen, es zu *schaffen,* blind hineinzufliegen, wie sie es gemacht hatten, das Signal genau auf dem Punkt aufzufangen, mit all den Kif hinter ihnen!

Eine solche Navigation war der Trick eines Jägerschiffes. Nichts für ehrliche Kauffahrer. Aber sie taten es trotzdem.

Sie hatten es getan.

Sie lebten noch.

»Haral!« rief Hilfy. »Wir bekommen gerade das Funkfeuer!«

Das Bild blitzte auf dem Monitor auf, eine komplette aktuelle Montage vom System. Sie zeigte die Gruppe von Sikkukkuts Schiffen im Anflug auf die Hauptstation, dazu einen Schwarm einfliegender Schiffe dort, wo sie selbst sein sollten ... die Kif, der Tc'a, die *Stolz*. Und die Abfangjäger.

Drei Wachstationen; ein Gürtel voller Bergwerkfahrzeuge; ein abfliegendes Schiff; ein Schema der Hauptstation, das sechsundvierzig Schiffe im Dock zeigte, Herkunft unbestimmt. Genau wie das zu Beginn von Jik aufgefangene Bild, bevor das Funkfeuer abgeschaltet hatte.

Ihre eigene Gegenwart unberücksichtigt. Und die der Abfangjäger.

»Sollen wir das glauben?« fragte Tirun.

»Kefk spricht«, meldete Hilfy. »Es ist eine Wachstation, denke ich. Sie ... sie heißt uns willkommen!«

»Ihr Götter!« sagte Haral. »Jetzt kommt es doch wirklich dazu, daß es mir nicht mehr gefällt.«

Pyanfar nagte an ihrem Schnurrbart. »Mir auch nicht mehr. Nachricht. Gebt es an Jik weiter und wickelt unsere Tarnung darum!«

»Aye.«

»Die Kif reden«, sagte Khym. Haral schaltete darauf um. »Hinter uns.«

»*... kkthos fikkthi kthtokkuri ktokkt* Harukkur *skokkuin.*«

»Sie schicken Anfragen an die *Harukk*«, übersetzte Pyanfar. »Hört sich an, als wären sie ebenso verwirrt wie wir.«

»*Das* sind mal gute Nachrichten«, brummte Haral.

»Auch unser Tc'a sendet«, berichtete Hilfy. »Dasselbe Zeug wie vorher. ›Ich komme mit Hani und Kif.‹«

»Das ist der Grund für unser Willkommen«, meinte Geran. »Dieser verrückte Tc'a. Sie *können* nicht einfach schießen.«

»Bis jetzt«, sagte Pyanfar und kaute auf ihren Schnurrbartenden. Sie riß ein weiteres Konzentratpäckchen ab und zwang sich, den Inhalt hinunterzuschlucken. Legte dann den Kopf zurück und dachte über die Situation nach, während die *Stolz* mit einem Rest der ursprünglichen Geschwindigkeit auf einen Kif-Stützpunkt zuraste, der bereit war, sie einzulassen. Vorbei an einer zweifellos bewaffneten Wachstation.

Lassen wir sie doch ins Dock fahren, konnte sie sich die Beratungen in diesem vor ihnen liegenden Brocken zerbrechlichen Metalls vorstellen. *Wir sind ihnen zahlenmäßig überlegen. Locken wir sie aus ihren Schiffen heraus, wenn möglich. Schicken wir Giftgas durch die Ventilationsröhren, wenn nicht. Soll der Tc'a friedlich im Methan-Sektor anlegen, und dann vernichten wir die Eindringlinge auf der Sauerstoffseite.*

»Wir haben doch unseren eigenen Kif mitgebracht, nicht wahr?« meinte Pyanfar. »Tirun und Khym, wir haben ein wenig Zeit, wo wir nur der Trägheit folgen. Ich möchte, daß ihr zwei nach unten geht, ein paar Schnüre besorgt und unseren Gast im Waschraum heraufbringt. Er heißt Skkukuk. Seid höflich! Sagt ihm, ich hätte nach ihm geschickt!«

»Aye«, bestätigte Tirun.

Einen Augenblick später sagte Khym dasselbe.

Ein Kif auf der Brücke der *Stolz*. Vor Mkks wäre sie lieber gestorben.

ACHTES KAPITEL

Der Aufzug fuhr nach unten und brachte zwei Hani zur Kif-Jagd auf das Unterdeck. Und schon bald würde ein Kif nach oben kommen, in die Nähe sensibler Kontrollen. Unbehagen kroch Pyanfars Rückgrat hinauf. Sie drückte Schalter auf ihrem Pult, nahm damit einige automatische Reflexe der *Stolz* in die Hand, während Tirun und Khym aus dem Aufzug heraus in Korridore traten, die zu Sturzbahnen über vier Stockwerke werden konnten, wenn die Schubtriebwerke der *Stolz* sich aus irgendeinem unerwarteten Grund einschalteten – wie einem Ausweichalarm.

Vielleicht nahmen sie eine solche Herumkletterei auf die leichte Schulter, wenn die *Stolz* einen Handelshafen anlief, über sichere Flugschneisen und mit der Aussicht auf eine lange und ruhige Reise unter Trägheit.

Kefk ermangelte es aller derartigen Garantien.

»Sie halten Kurs.« Jiks Stimme prasselte im Komhörer, der in Pyanfars linkem Ohr steckte. Haral hatte es nach einer kurzen Verzögerung weitergegeben. Pyanfar zuckte mit den Ohren, kippte sie nach hinten und betrachtete das Zeitdifferential verschiedener Situationen, das am oberen Rand des vierten Monitors dahintickte. Nicht genug Zeit für ihre Anfrage, um Jiks direkte Antwort bewirkt zu haben. Die Hälfte. Er hatte die Frage vorweggenommen, vermutete sie, als er sich aus irgendeiner Quelle das Funkfeuerbild besorgt hatte, vielleicht von der Kefk-Station selbst.

»Sikkukkut sendet«, meldete Hilfy. »Sagt dasselbe.«

Wenn sich die *Harukk*, die *Aja Jin* und die *Wachsamkeit* über irgendwelche Dinge kurzschlossen, so dicht, wie sie innerhalb ihrer eigenen kleinen Kif-Gruppe nebeneinanderflogen, so gab Jik keinen Hinweis darauf. *»Wir haben System-Scanner jetzt, haben Kefk-Output. Sie nicht wollen Ärger, ah? Nettes freundliches Hafen.«*

Ihr Götter! »Wir bleiben dran«, sagte Pyanfar zu ihrer Besatzung. Sie zuckte vor Schmerzen. Die Müdigkeit senkte sich wie ein heißes Bügeleisen zwischen ihre Schulterblätter und versank in der Schulter und dem Ellbogen, der in der Stütze über dem Kontrollpult befestigt war. Pyanfar schwitzte und stank und verlor Haare; der Besatzung ging es nicht besser. Die Jägerschiffe hatten sicher hin und wieder eine Reserveschicht in Dienst gehabt. In einer heiklen Situation wie der jetzigen würden dort alle Leute auf ihren Posten sitzen, aber gelegentlich hatte dort die Hauptbesatzung die Möglichkeit, sich auszustrecken, zu essen und ihre Rücken von Verspannungen zu befreien. Die Jägerschiffe verfügten über diesen Luxus; wohl ebenso die Kif, die hinter der *Stolz* wie auch die vor ihr. Und allein die Götter wußten, ob die Tc'a mit ihren vielen Gehirnen überhaupt Erholung *benötigten.* Pyanfar verlor Pelzstücke an allem, was sie anfaßte. Und die Schmerzen – *ihr Götter!*

»Jik sagt, sie hätten immer wieder eine Schiffsliste angefordert. Keine Antwort von der Station.«

»*Das* hört sich nicht gut an«, meinte Haral.

»Gar nicht nett von ihnen«, ergänzte Chur.

»Hoffe, daß dieser Tc'a dicht bei uns bleibt«, sagte Pyanfar.

»Er sendet immer noch«, sagte Hilfy. »Dasselbe Zeug.«

»Wie geht es dir, Chur?« fragte Pyanfar.

»Uhhh. Habe etwas Gewicht verloren. Die blöden Konzentrate ... wir brauchten einen Herd auf der Brücke, wenn wir so weitermachen. Für richtiges warmes Essen.«

»Essen?« fragte Tully.

»Es fällt ihm schwer, die Päckchen aufzubeißen«, sagte Geran. »Hier ... so. Man braucht Zähne dafür, Freund ... Er kapiert langsam, wie unsere Technik funktioniert. Kennt sich ganz gut aus mit dem, was er da vor Augen hat.«

»Mathematik«, sagte Tully.

»Würde ihm helfen, wenn er lesen könnte«, meinte Pyanfar.

»Ganz sicher.«

Sie wußten nicht, ob die Instrumente der Menschen überhaupt Ähnlichkeit mit ihren besaßen. Und Tully konnte nicht hoffen, mit seinen stumpfen Fingernägeln die vertieften Hani-Schalter zu erreichen. Dank den Göttern. Er konnte nichts anrichten.

Aber die einziehbaren Krallen eines Kif waren da etwas ganz anderes.

Sie hätte, dachte Pyanfar, selbst zum Unterdeck hinabfahren und das Schiff Harals fähigen Händen überlassen sollen. Keinen Kif auf die Brücke rufen sollen.

Es war zu spät, noch etwas daran zu ändern. Sie sah, wie das Extra-Kontrollicht aufleuchtete, das gegenwärtig mit dem Aufzug verbunden war, und zog ihren Arm aus der Stütze. »Haral, du übernimmst!«

»Aye.«

»Ein Kif kommt herauf. Ihr alle ...« Pyanfar drehte ihren Sessel, so daß sie der Besatzung zugewandt war. »Ihr alle konzentriert euch weiter auf eure Arbeit, ja? Wird irgend jemand damit Probleme haben?«

Schweigen.

»Selbst dann, wenn es interessant wird!«

»Aye«, kam es aus einer Vielzahl von Kehlen.

Tully blickte Pyanfar verwirrt an. Hilfy rührte sich gar nicht.

»Geran, übernimm du für den Moment den Kom! Hilfy braucht eine Pause.«

»Aye, Käpt'n.«

Hilfy schwenkte ihren Sessel halb herum. Sie hatte die Ohren zurückgelegt. »Ich habe nicht gesagt ...«

»Ich weiß, daß du es nicht getan hast. Ich möchte, daß du Wache hältst. Ist damit etwas nicht in Ordnung?«

»Nein, Tante«, sagte Hilfy ruhig. Sie drehte sich wieder zu ihrem Pult um und blickte auf, als Geran ihre Gurte löste und sich zum Wechsel bereitmachte.

Pyanfar drehte ihren Sessel in die andere Richtung und löste ebenfalls ihre Gurte.

»Ist das ein Test?« wollte Hilfy wissen.

»Nein«, erwiderte Pyanfar. »Das ist es nicht. Es ist der eigentliche Einsatz. Ich denke mir, daß du die Kif ziemlich gut kennst, nicht wahr? Vielleicht ist deine Meinung etwas wert.«

Hilfy legte die Ohren zurück. Sie zog den dünnen Heranwachsenden-Schnurrbart zu einem schmerzlichen Ausdruck nach unten. »Du zeigst es mir aber, wie?«

»Ja.«

»Bei den Göttern, behandle mich nicht von oben herab!«

»Bei den Göttern, verpfusch es nicht!«

Hilfy öffnete den Mund, machte ihn dann aber mit Entschiedenheit wieder zu. Sie bemühte sich, die Ohren aufzurichten. In einem hatte sie eine Kerbe. Ein goldener Ring lag um den Bogen des anderen.

»In Ordnung?«

Die Ohren zuckten. »In Ordnung.« Hilfys Stimme verlor ihre Schärfe. Die Augen blieben dunkel.

Unten am Korridor hatte sich die Aufzugtür geöffnet. »Wir bekommen Gesellschaft.«

Es wurde still. Pyanfar stand auf und blickte der ankommenden Gruppe entgegen, in deren Mitte eine hochgewachsene, in Gewänder gehüllte Dunkelheit zu erkennen war, die ihr durch und durch ging.

So traf also ein Kif an der Tür zur Brücke ein, Tirun an einer Seite, Khym an der anderen. Hilfy stand auf, und Geran wechselte den Sitz.

»Tirun, übernimm Scanner Eins!«

Tirun setzte sich an die zugewiesene Station, ohne Fragen zu stellen. Khym blieb an Skkukuks Seite stehen, so hochgewachsen wie der Kif, aber von doppelter Breite. Tirun hätte dem Kif mit bloßen Händen die Knochen brechen können. Khym hätte ihn auseinanderreißen können. Skkukuks Hände waren vor ihm zusammengebunden. Kif-Glieder konnte man nicht nach hinten biegen.

»Kapitän«, sagte Skkukuk.

Tully hatte sich einmal kurz auf seinem Sitz umgedreht. Etwas war in seinem Gesicht erkennbar geworden – Wachsamkeit, sicherlich. Vielleicht etwas anderes. Aber dann hatte er sich schon wieder seinen Aufgaben zugewandt, den Rücken zum Kif. Pyanfar bemerkte es, und ihre Einschätzung des Menschen kletterte wieder um eine Stufe höher.

»Alles in Ordnung mit dir, Skkukuk?« formulierte sie die Frage höflich.

Skkukuk hob die gebundenen Hände und ließ sie wieder fallen. Aus seinen dunklen, rotumrandeten Augen flossen Tränen unter der Anspannung des Lichtes. »Das ist töricht«, sagte er. »Hinter dem Nacken, Hani, ist es viel effektiver. Wir können Draht durchbeißen.«

»Danke. Nächstesmal denken wir dran. Weißt du, wo wir sind?«

»Kefk, nehme ich an.«

»Warum nimmst du das an?«

Er zuckte wieder die Achseln. »Es war die Absicht des *Hakkikt*.«

»Sikkukkuts?«

»Ja, dieses *Hakkikt*.«

»Er hat dich ins Vertrauen gezogen, nicht wahr?«

»Es war auf seinen Schiffen wohlbekannt.«

»Gehörtest du – zu einem seiner Schiffe?«

Skkukuk zog den Kopf ein.

»Du warst einer von Akkhtimakts Leuten, wie?«

»Ich gehöre jetzt zu Ihnen.« Er hob den dunklen Kopf und arbeitete mit den Kiefern. »Ich vermittle Ihnen mein *Sfik*. Ich bin furchterregend, sogar jetzt noch.«

»Du machst mich zuversichtlich. Sag mir, Skkukuk, kennst du Kefk?«

»Ja, sehr gut.«

»Warum hat Kefk deiner Meinung nach keine Abwehrkräfte gestartet?«

»Sie wollen meinen Beistand?«

»Ich stelle dir eine Frage, Kif.«

Skkukuk zeigte wieder sein kifisches Achselzucken und hob die Hände in Richtung der Scanner-Stationen, eine bittende Geste. »Zeigen Sie mir die Situation!«

»Haral, schalte das Scannerbild auf den Hauptmonitor.«

Es leuchtete auf. Der Kif hob das Gesicht zu dem großen Bildschirm.

»Was wir dort haben«, erklärte Pyanfar, »sind die *Wachsamkeit,* die *Aja Jin* und die *Harukk* vor uns auf dem Weg nach Kefk hinein, begleitet von mehreren anderen Schiffen. Die Kefk-Wachschiffe sind jetzt antriebslos. Keine Eile bei ihnen. Hinter diesem Intervall kommen dann wir selbst. Neben uns ein Tc'a. Ein Schiff namens *Ikkiktk* führt die restlichen Kif.«

»Ein Tc'a?«

»Ein Schiff mit dem Namen *So'oa'ai.*«

Wieder eine kleine Geste der gebundenen Hände. »Das ist bedrohlich.«

»Wieso?«

Skkukuks Augen richteten sich auf sie und Hilfy. Der Gestank ungewaschener Hani und eines Menschen hatte sich schon längst auf der Brücke verbreitet. Jetzt kam noch ein ausgeprägter Ammoniakgeruch hinzu. »Das Methanvolk ist unberechenbar.«

»Hast du einen Grund, das zu sagen? Sie waren doch schon *früher* aufgestört, nicht wahr?«

»Ja.« Der Ammoniakgestank war sehr stark. Kif-Schweiß. »Ich rate zur Vorsicht. Beleidigen Sie ihn nicht. Sprechen Sie nicht mit ihm! Lassen Sie ihn andocken!«

»Die Station scheint genau das vorzuhaben.«

»Es ist das Klügste.«

»Wir veranstalten unsere kleine Meinungsverschiedenheit in einem überfüllten Haus. Darum geht es, nicht wahr?«

»Kkkt, ja, das klingt passend. Wir tun es. Das Methanvolk ist immer da.«

»Was warst du – bevor du bei Sikkukkut Anstoß erregt hast?«

»Sein *Skku.* Sein Untergebener.«

Pyanfars Ohren kippten nach hinten. Sie richtete sie wieder auf. »Ein Freund Akkhtimakts, wie?«

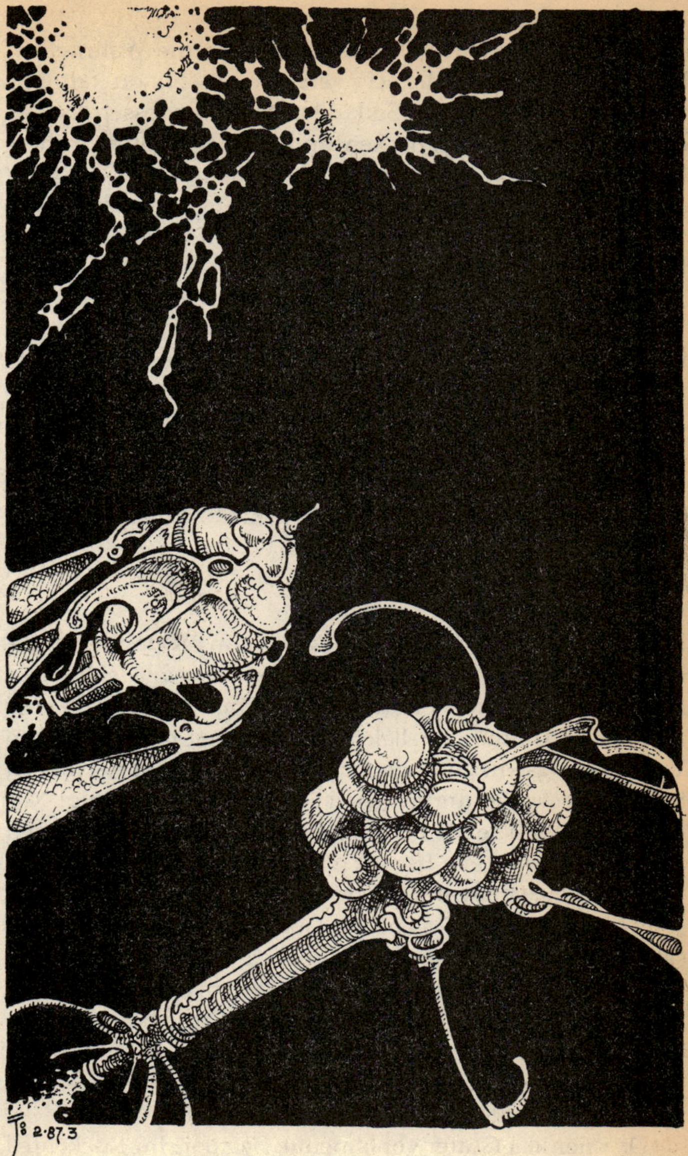
2·87·3

»Auch sein *Skku.*«

»Du hast eine einzige Chance, Kif, mir die Wahrheit in Begriffen zu sagen, die ich verstehe. Wenn du mit mir spielst, serviere ich dich Sikkukkut als Abendessen. Nachdem ich dich dem Menschen und meiner Nichte zu ihrer Unterhaltung überlassen habe. Verstanden?«

Der Kif zog den Kopf kaum merklich tiefer zwischen die Schultern. Er hob die Hände und ließ sie wieder fallen. »Ich habe verstanden, Hani.«

»Dann sag mir, verdammt noch mal, die Wahrheit!«

»Ich habe Ihnen meine Waffen angeboten. Ich liefere Ihnen Ihre Feinde aus. Nennen Sie sie mir. Oder gestatten Sie es mir, sie ausfindig zu machen. Ich werde Ihnen *Sfik* verleihen. Hani können töricht sein.«

»Kif ebenso, *Freund!* Was ist mit dieser Einladung, die Kefk ausgesprochen hat? Die vor uns werden einfahren. Sikkukkut sagt, wir sollten es auch tun. Ist das eine Falle, Kif?«

»Natürlich ist es eine Falle!«

»Wessen?«

»Sikkukkuts. Und der Kefks. Man kann niemandem trauen. Behalten Sie Ihre Geschwindigkeit bei, schießen Sie auf alle und fliehen Sie!« Er breitete die dünnen Hände so weit aus, wie er konnte. »Vielleicht löschen die Station und ihre Verteidigungseinrichtungen den Rest aus. Aber schießen Sie auf die *Aja Jin* und machen Sie sie aktionsunfähig! Nomesteturjai würde Sie bis zum Tod verfolgen. Unter diesen Umständen wäre die *Harukk* die geringere Gefahr. Die Kif würden den *Hakkikt* bei einem solchen Angriff im Stich lassen. Aber schießen Sie auf ihn, sofern Sie Zeit haben; dasselbe gilt für die *Wachsamkeit*. Jedoch ...« – er ließ die Hände fallen und zog die Schultern hoch – »Ihrem Schiff fehlen die Waffen; und Hani würden Ihr *Sfik* nicht respektieren. Tun Sie, was ich gesagt habe, und gehen Sie zum *Hakkikt* Akkhtimakt! Bringen Sie ihm Ihre Waffen, und er wird Sie willkommen heißen!«

»Da seien die Götter vor«, meinte Pyanfar. Ihr Rückenfell

sträubte sich. Ihre Ohren waren herabgesunken, und sie richtete sie wieder auf. Schulter an Schulter mit dem Kif stand Khym, die Ohren angelegt, und Hilfy ...

»Er würde es tun«, sagte Hilfy. »Unser kifischer Verbündeter würde das tun. Worauf wartet er?«

»Soll ich dieser Person antworten?«

»Antworte ihr!« sagte Pyanfar. »Und respektiere meine Besatzung, verdammt sollst du sein! Du gehörst uns allen.«

Wieder zog er die Schultern hoch und den Kopf ein. »Ich antworte. Sikkukkut denkt, daß er genug *Sfik* hat, um Akkhtimakt an einen Ort seiner Wahl zu locken. Er denkt, daß er genug *Sfik* hat, damit Kefk ihm seine Waffen zur Verfügung stellt.«

»Und was bedeutet das?«

»Was ich sage. Sie würden zu einem Teil seines *Sfik*. Er wird Kefk vorübergehend halten, daran besteht kein Zweifel. Möglicherweise nimmt er es vollständig ein.«

»Drück dich verständlich aus!« forderte Khym.

»Es ist die Wahrheit.« Skkukuk drehte sich zu ihm um und dann wieder zurück. Er öffnete die schmalen Hände vor sich. »Kann man mir die Schuld dafür geben, daß Sikkukkut ein Dummkopf ist? Und Sie verleihen ihm auch noch *Sfik*. Ich hege die Hoffnung, daß das eine Kriegslist ist.«

»Du haßt Sikkukkut, wie?«

»Ich würde seine Reste wieder ausspucken.«

Pyanfar drehte sich der Magen um. »Wie läuft es, Haral?«

»Gleichmäßig. Die Informationen unserer Führungsschiffe besagen weiter, daß wir kommen sollen. Auch sonst ist die Lage unverändert.«

Vielleicht reichte die Zeit, um diese abscheuliche Kreatur wieder in ihr Gefängnis zu sperren. Vielleicht nicht. »Setzt ihn in einen Sessel!« wies Pyanfar Khym und Hilfy an. »Macht schon! Wir wissen nicht, womit wir rechnen müssen. Schnallt ihn richtig fest.«

»Das ist nicht nötig. Ich sage Ihnen, daß ich mich befreien könnte.«

»Achtet darauf, daß er es nicht kann!«

»Seien Sie kein Dummkopf«, forderte Skkukuk. Er straffte sich, als Khym ihn an einem Arm packte und Hilfy an seine andere Seite trat, um es dort auch zu tun.

»Einen Augenblick!« sagte Pyanfar.

Alle hielten inne.

»Eine Frage«, sagte Pyanfar. »Gehört ein Hani-Schiff namens *Mondaufgang* zu Akkhtimakts Gefolge?«

»Ich bin ihnen mehrmals begegnet. Unter Kif kennt man dieses Schiff. Sie sind von – kthok kakatk kthi nankkhi sfikun – abnehmendem *Sfik*. Sie haben Akkhtimakt ursprünglich etwas von dem *Sfik* Akkukkaks verliehen, aber es war damals schon nicht viel. Sie waren nützlich. *Ktoht-sfik.* Das, was auch ein gutes Messer besitzt. Aber ohne Prunk. Man schätzt es, aber man kann auch ein anderes benutzen.«

Ihr Götter, diese Logik! »Geh, setz dich. *Vertraue* mir, Kif!«

»Der Kapitän scherzt. Obendrein bin ich hungrig. Ich protestiere gegen diese Behandlung!«

Pyanfar zischte und sank auf ihren Sitz.

»Ich möchte dem Kapitän mitteilen ...«

»Setzt ihn hin, und macht schnell!« Ihr Rückenfell war immer noch gesträubt; sie drehte sich um und sah, wie Hilfy und Khym den Kif auf den vierten Beobachterplatz setzten und ihm die Gurte fest über die Arme spannten.

Tully blickte in ihre Richtung. Seine Augen zeigten nackte Angst. Beobachter Vier war ein Posten, an dem nicht gearbeitet wurde, nur einen Sitz weit von ihm entfernt – viel zu nahe nach Tullys offenkundiger Berechnung.

»Ich werfe es dir nicht vor«, brummte Pyanfar. »Mir geht es genauso ...« Und lauter fuhr sie fort: »Du hast eine Aufgabe zu erledigen, Tully. Tu es, ja? *Arbeite!*«

»Aye«, sagte Tully, schwenkte herum und widmete sich wieder konzentriert seinem Instrument. Chur brummte ihm etwas zu. Er murmelte etwas zurück.

Pyanfar drehte ihren Sitz.

»Der Kif sagt, es sei eine Falle«, erinnerte Haral sie.

»Das dachten wir uns doch schon von Anfang an, nicht wahr?« versetzte Pyanfar.

»Hörte sich wie guter kifischer Rat an.«

»Ich bin sicher, das ist es auch.«

Für einen Moment war es still. »Frage mich, was Jik vorhat«, überlegte Haral. Und noch einen Moment später: »Käpt'n, es fällt mir nicht schwer, diese Geschichte mit der *Wachsamkeit* zu glauben. Ich weiß, daß Jik uns schon früher den Hals gerettet hat.«

»Aber?«

»Aber so hineinzufliegen, wie wir es jetzt tun ... Käpt'n, hast du dir schon einmal ganz entfernt überlegt, ob sich Jik nicht – ein wenig zu lange an dunklen Stellen herumgetrieben hat?«

»Es ist mir durch den Kopf gegangen.« Pyanfar holte tief Luft. »Es geht mir in letzter Zeit stark durch den Kopf. Und dieses Gefühl wird sich dort im Dock noch sehr verstärken.«

Auf der Brücke herrschte Stille, abgesehen vom gelegentlichen Piepsen eines Systems, das die Aufmerksamkeit der Besatzung erforderte. »Wieder an die Posten?« fragte Tirun.

»Wenn ihr euch abgesichert habt«, erwiderte Haral.

Sitze ächzten und summten, als Hilfy und Khym Platz nahmen. Bereitschaftslampen zeigten an, wie die Besatzung sich wieder an den Posten verteilte.

»Kkk-kkt«, kam es vom Kif.

»Sei *still!*« (Tiruns Stimme.)

»Jiks Antwort«, meldete Hilfy. »Er sagt auf unsere Anfrage, wir sollten einfach so weitermachen. Die *Wachsamkeit* sagt, zitiere: Befolgen Sie die Befehle!«

»Keine Antwort von uns«, ordnete Pyanfar an.

Was hat die Wachsamkeit *dann vor, hm?* Ehrran machte also wie vereinbart weiter mit – auf diese Entfernung.

Und Jik mit diesem Schiff an seiner Seite ...

Schlagen Sie zuerst zu, hatte der Kif geraten, er, der seine eigene Rasse kannte. Ein Kif hätte so gehandelt.

Ein schrecklicher, häßlicher Gedanke schwamm im Kielwasser dieser Überlegungen: daß das Chaos in dem Moment ausbrechen konnte, in dem die Schiffe einflogen; zwischen all diesen Kif konnten *Unfälle* passieren, wenn Geschosse abgefeuert wurden, wenn Schiffe nicht mehr feststellen konnten, wo das Feuer herstammte ...

... falls es schiefging, falls sie verraten wurden und die Schießerei begann ...

Ein sehr einfacher Unfall. Wie ein Hani-Schiff, das in das Feuer des anderen hineinfuhr.

... die Generatorflächen der *Wachsamkeit* zerschießen und sie den Kif überlassen. Die Zeugen und diese ganzen Unterlagen auslöschen ...

Aber das war nicht Chanurs Stil. Es war, mochten die Götter ihnen helfen, Sikkukkuts einfache Vorgehensweise.

– wollen stellen sicher, daß sie nicht kommen Wachsamkeit *in Quere bei Kefk ...*

Die Zeugen auslöschen.

Wenn die *Stolz* verloren war – blieben nur noch die Berge von Beweisen und Anklagen in den Datenbanken der *Wachsamkeit.* Und diese konnte zum *Han* zurückkehren und dort alles ohne Widerrede vortragen – wie Chanur die Hani und den *Han* verraten hatte. Vernichte die *Stolz* und klage Chanur an! Stürze Kohan Chanur! – dann konnten die Aasfresser ihr Werk tun und die Heimatwelt sich in die Richtung entwickeln, nach der Ehrran und ihresgleichen sich sehnten.

Aber Unfälle konnten der einen wie der anderen Seite widerfahren – wenn das Schießen losging.

Ein götterverdammter Kif war es, der ihr diese Gedanken einflößte! Die *Wachsamkeit* hatte keinen kifischen Berater. Konnte sich eine Anuurn-Hani eine solche Abscheulichkeit ohne Anregung ausdenken?

– Zu lange an dunklen Stellen herumgetrieben, hatte Haral von Jik gesagt.

Vielleicht, überlegte Pyanfar, beschrieb das nur zu gut einen alternden Hani-Kapitän.

»Wir haben ein Dock zugewiesen bekommen«, berichtete Haral schließlich, als befänden sie sich im Anflug auf irgendeinen Hafen des Paktes. »Nummer 12. Jik hinter Ehrran, die *Harukk* weiter unten in der Reihe.«

»Die Methanseite sendet auch«, sagte Tirun. »Docksanweisungen für den Tc'a.«

»Sieht alles nach einem Pakt-Standardarrangement aus«, meinte Haral, während Pyanfar sich weiter auf ihre Aufgaben konzentrierte. »Mal abgesehen von den Geschützen und den Wachstationen. Keine Schiffsnamen – mögen ihre Augen verfaulen! Aber wir haben dort einen Knnn – und sechs Tc'a!«

»Mir gefällt das nicht«, stellte Pyanfar fest. »Ihr Götter, *mir gefällt das nicht!*«

Eine Handvoll Tc'a im Hafen und zwei weitere im System, zweifellos mit irgendwelchen Tc'a/Chi-Angelegenheiten beschäftigt, die überwiegend in Bergbau und zum Teil in Anbau bestanden, auf ihrer Seite der Station, Anbau von Kulturen, an denen Methanatmer Geschmack fanden, zum Teil Mobiliar, zum Teil Nahrung. Keine Bedrohung von dort.

Aber ungewöhnliches Verhalten rings um einen Knnn – erweckte Aufmerksamkeit. Zweifellos bemerkte der Knnn, was geschah. Er regte sich nicht. Kümmerte sich um seine eigenen Angelegenheiten. Beobachtete vielleicht die merkwürdige Verrücktheit der Sauerstoffatmer.

»Bestätige die Instruktion!« sagte Pyanfar.

»Kkkt«, kam es von dem Kif.

Sie waren schon weit hinaus über den Punkt, an dem sie in einem befreundeten System mit der Realraum-Bremsung begonnen hätten. Die Zeitverzögerung zwischen ihnen und Jik blieb konstant. Zwischen ihnen und der Station hatte sie abgenommen.

Auf einmal nahm Jiks Zahl ab.

»Jiks Gruppe bremst«, sagte Chur im selben Augenblick.

»Wir erhalten eine Bestätigung über Kom«, meldete Tirun. »Sieht so aus, als ginge es los.«

»Eine Durchsage von der *Harukk*«, sagte Tirun. »Sie wollen – hat man Töne! – Befehle an die Kif, abzubremsen.«

»Priorität. *Aja Jin.* Zitat: *Bleiben beim Tc'a.*«

»›Bleiben beim Tc'a‹«, brummte Haral und drückte Schalter. »Den Bewegungen so einer Schlange mit vielen Gehirnen folgen ... liebe Götter! Was denkt er, wer wir *sind?*«

»Ein Hauptziel«, meinte Pyanfar. »Darum geht es. Er befindet sich neben Sikkukkut. Er möchte uns im Schatten der alten Schlange haben, bis an die Station. Als hätten wir es dabei richtig behaglich. Ich bin ja dazu bereit, wenn es so ist.« Sie legte sich die Gurte an und ergänzte sie durch Brustgurt und Armstütze. »Schnallt euch an. Chur, bist du fit dafür? Ich will eine ehrliche Antwort!«

»Ich bin fit. Lieber sitze ich hier, als daß ich über den Korridor in mein Quartier gehe, das sage ich dir!«

»Wenn du die Heldin spielst, schicke ich dich auf einen Spaziergang!« Der Tc'a-Leuchtpunkt blieb gleichmäßig und geisterte unter Trägheit einher, als wüßte er, daß er als Schild diente. Pyanfar griff nach einem weiteren Konzentratpäckchen – feste Nahrung diesmal. Sie schmeckte furchtbar. Ihr Magen rebellierte, und sie erschauerte. Neben ihr ergriff Haral dieselbe Gelegenheit und versuchte dabei, die Reaktionen kurz und das Gehirn in Tätigkeit zu halten. Mittlerweile war auf den Jägerschiffen sicher die zweite Schicht ausgeruhter Besatzungen im Dienst.

»Der Tc'a verhält sich bislang richtig vernünftig.«

»Begreift er?« fragte Khym vom Kom her. »Sind diese Wesen jemals freundlich?«

»Diese Wesen tun, was sie wollen, und mögen die Götter verhüten, daß dieser Tc'a anfängt, im Zickzack zu fliegen! Er *wird* es tun, wenn es darum geht, *Geschwindigkeit* zu erlangen.«

»Die Knnn«, setzte Haral hinzu, »halten sich noch weniger an Regelungen.«

Das Videobild tauchte auf dem Rückmonitor auf, eine Ansammlung von Kugeln und ein Antriebspaket mit fünf unregelmäßig darum angeordneten Generatorflächen.

»Das Tc'a?« fragte Tully.

»Aus der größten Nähe, aus der du je einen in Bewegung wirst sehen wollen«, sagte Haral. »Ja, es ist ein Tc'a.«

»Kkkt.« Von Skkukuk. *»Kkkkt, kkkt.«* Ein leises Geleier, mit dem er zu sich selbst sprach.

Götterverdammter Kif! Skkukuks Rat brachte das zum Ausdruck, was *Skkukuk* tun würde. Falls er den Mut dazu hatte. Das *Sfik*. Die Selbstsicherheit. Auf alles schießen, was sich bewegte.

Loyalität wurde anhand dieser Statusskala bewertet. *Skku* lautete das kifische Wort dafür ... was ›Vasall‹ bedeutete.

Was bedeutete dann der Name Skkukuk? *Treuer Diener? Sklave?*

»Skkukuk. Bist du mit diesem Namen geboren worden?«

Schweigen. *»Kkkkt.* Nein.« Durch die Brücke, aus der hintersten Ecke. »Ich trage ihn seit sieben Jahren.«

»Wie alt bist du?«

»Sechsunddreißig. Kapitän, ich fühle mich nicht gut.«

Geheimnisse über Geheimnisse.

Zweifellos verwirrten umgekehrt die Hani auch Skkukuk.

»Kkkk«, sagte er. *»Kkkkt.«*

»Kif, *halt den Mund!«*

Daraufhin war es still.

»Tc'a«, sagte Khym bekümmert. »Hilfy, Tc'a ...«

Die Kommunikationsmatrix tauchte auf dem Bildschirm auf. »Priorität. Er steht im Begriff zu ...«

Die *Stolz* kam vom Kurs ab, und Energie schlug zu. *»Götter und Donner!«* fluchte Pyanfar.

»... manövrieren«, vollendete Hilfy den Satz.

Die Lage wurde wieder stabil. *Götterverdammter ohrenloser Verrückter* ... Ein Strom von Lästerungen. Er hielt die Konzentrate zurück, die ihr wieder hochsteigen wollten.

Pyanfar zitterte. Sie sorgte dafür, daß der Arm wieder ruhig wurde. Sie hörte, wie Khym keuchte. Die *Stolz* hielt den Bremsschub aufrecht.

Klang!

»Gesteinsbrocken«, sagte Hilfy.

»Kein Alarm«, sagte Tirun.

Zwei weitere Aufschläge ertönten am Schiffsrumpf. *Ping. Buum.*

»Tochter einer ...«, Pyanfar ging voll auf die Bremse.

»Wir sind heil geblieben«, sagte Tirun.

»Die Kif da hinten sind nicht glücklich«, sagte Geran.

»Ich bin es auch nicht«, brummte Pyanfar, »verdammt noch mal ...«

Der Tc'a verließ sie, rollte und drehte zu einem Anflugmanöver ab, das vielleicht für eine Schlange mit vielen Gehirnen Sinn ergab.

Pyanfar hielt den Kurs. »Wir folgen ihm nicht. Wir bleiben auf unserem Kurs.«

»Der Tc'a sendet«, meldete Hilfy. »Wir bekommen die *Aja Jin* herein ...«

Das Scannerbild zog über den Hauptmonitor. Die Führungsschiffe befanden sich im Anflug auf das Dock.

»Das Wachschiff bremst«, sagte Haral.

»Nachricht von der *Harukk:* Sikkukkut grüßt und lädt uns ein, ins Dock zu fahren. Sagt, Kefk hätte sich ergeben.«

»Tca ...«, sagte Khym.

»Ich habe ihn ...« Hilfys Stimme, schwach und angespannt. »Das ist die Station. Docksinstruktionen für den Tc'a.«

»Kkkkt.«

»Skkukuk.« Pyanfar richtete die Augen auf ein Spiegelbild der Brücke. »Wie lautet deine Meinung, hm?«

»Die Station hat sich ergeben.«

»Was ist jetzt mit der Falle?«

»Kkkt. Sie werden Ihnen die Einfahrt gestatten. Hüten Sie sich vor Sikkukkut. Hüten Sie sich vor Ihren Verbündeten. Geben Sie mir meine Waffen zurück, Hani. Statten Sie mich mit den besten Waffen aus, die Sie besitzen. Ich werde ein Vorteil sein.«

»Für welche Seite?«

»Kkkt. Für die Seite, die im Vorteil ist. Sikkukkut bietet mir keinen. Kkkotok kto ufikki Sikkukkutik nifikekk nok Akkhtimaktok kektkhikt nok nokkotokme ... kkkt.«

Etwas über Akkhtimakt und Mahlzeiten und einzigartige Gegenstände.

Auf Pyanfars Monitor leuchtete eine Transkription auf, stumm von Hilfy herübergeschaltet: Für Sikkukkut, der meinen Dienst gewonnen hat, wäre es eine zweifach einzigartige Kostbarkeit, sich im Angesicht Akkhtimakts an mir gütlich zu tun.

»Hört sich an, als hätte er ein Problem«, brummte Haral. »Falls man dem Burschen glauben kann. Was ich nicht tue; nicht die Hälfte von dem, was er sagt.«

»Die Bestätigung von Jik«, sagte Hilfy. »Er fährt ein. Auch die *Harukk* sendet.«

»Verdammt!« Pyanfar krümmte die Hand in der Stütze und legte die Ohren zurück. Der Puls hämmerte ihr weiter in den Ohren. »Wir sind Idioten. Eine verdammte Kif-Station, ein verdammter verrückter Mahe ...« *Wo ist unsere Schiffsliste, Jik?*

»Was führt er im Schilde?« fragte Haral. Also hegte Haral ähnliche Gedanken in der Verschwiegenheit ihres alten und listigen Herzens. Die Überlegung, daß Jik vielleicht im letzten Augenblick irgend etwas anstellte.

»Ich weiß es nicht. Hilfy, schalte das Schema hinüber auf Skkukuks Monitor!«

»Aye.«

»Sieht das normal aus, Kif?«

»Es herrscht starker Verkehr, aber das ist hier oft so. Nennen sie Ihnen keine Schiffsnamen?«

»Nein.«

»Das ist alarmierend!«

»Die *Wachsamkeit* fährt ein«, meldete Khym.

»Das ist es«, sagte Haral, »worüber ich mich wundere.«

»Schien mir sicher, daß sie Reißaus nehmen«, setzte Tirun hinzu.

»Skkukuk, was werden die auf Kefk unternehmen?«

»Sie werden sich ergeben. Mit Bedacht. *Sfik* gegen *Sfik* abwägend. Die Zurückhaltung der Schiffsliste könnte von der Station als ein Test des *Hakkikt* gemeint sein.«

»Oder auf Befehl Sikkukkuts geschehen?«

»Er hat kein Motiv dazu. Die Schiffe, die uns umgeben,

gehorchen ihm. Nein, er selbst wird auf die Probe gestellt. Es wird eine teure Probe, wenn die Station nicht vorsichtig ist. Kukottki-skki pukkuk. Sikkukkut könnte sich dafür interessieren, denjenigen ausfindig zu machen, der ihm getrotzt hat. Würden Sie sich wünschen, *Sfik* auf Sikkukkuts Kosten zu gewinnen? Finden Sie diesen Dummkopf auf der Station und töten Sie ihn, bevor Sikkukkut es tut. Kapitän, ich sage Ihnen, es ist eine Verschwendung ...«

»*Priorität!*« schrie Chur gellend, zur gleichen Zeit wie Tully. »Systemeintritt, Ekliptik 23–45, *V* z-70-irgendwas, Faktor 9 ...«

Pyanfar blieb das Herz stehen. Ein Schiff hatte sich angeschlichen und kam mit neun *G* hereingejagt. Ein kifisches Funkfeuer sendete das Bild an die Flotte weiter ... »*Weitergeben!*« ordnete Pyanfar an, und Hilfy hatte das System bereits entsprechend eingerichtet. Ruhig ging die Nachricht hinaus: »Hier spricht die *Stolz*. Wir haben eine Ankunft verzeichnet, *Aja Jin*. Nehmen Sie ...«

Aber Pyanfars Durchsage wurde übergangen: »Priorität«, sagte Hilfy. »Tante, es ist die *Mahijiru!* Goldzahn fliegt ein! Die Kif ... die *Harukk* sendet. Nicht schießen, weist sie die anderen Schiffe an, nicht schießen, es ist ein Verbündeter.«

Behalten Sie Ihre Geschwindigkeit bei, schießen Sie auf alle und fliehen Sie, hatte der Kif empfohlen. *Sie können niemandem vertrauen!*

Aber sie waren Hani. Keine Kif. »Sende!« sagte Pyanfar und kämpfte den Brechreiz nieder, der ihr in den Hals stieg. »*Stolz* an *Mahijiru*. Mögen die Götter Sie rösten, Goldzahn, aber es wird auch langsam Zeit, daß Sie auftauchen!«

NEUNTES KAPITEL

Die *Harukk* fuhr ins Dock. Die *Aja Jin, Wachsamkeit* und die Kif-Vorhut folgten ihr. *»Der* Hakkikt *legen jetzt an«*, kam die Nachricht von der *Aja Jin.* Und wenig später meldete eine Stimme aus der Kefk-Zentrale: *»Verkehrsleitung der Sauerstoffseite wird kurz abschalten.«* Die Durchsage erfolge zuerst auf Kifisch und dann auf Hani. »Chanurs Stolz, *hier spricht die Kefk-Zentrale. Die Verkehrsleitung der Sauerstoffseite wird ihre Sendungen für kurze Zeit unterbrechen und dann mit dem Personal der* Harukk *wiederaufnehmen. Grüße vom* Hakkikt *Sikkukkut an'nikktukktin; die Methanseite setzt ihre Operationen fort. Bitte warten Sie ab!«*

»Skkukuk?« fragte Pyanfar.

»Der *Hakkikt* Sikkukkut hat das Dock in der Umgebung seines Schiffes gesichert«, sagte der Kif von seinem Sitz am anderen Ende der Brücke aus. »Seine Streitmacht ist auf dem Weg, um die Stationszentrale zu übernehmen. Die Zentrale gibt an, daß sie keinen Widerstand leistet. Hani, ich leide. Kkkt. Ich bin ...«

»Dasselbe gilt für uns alle. Sei still!«

»Passen Sie auf Fallen auf! Passen Sie auf ... Sikkukkut kennt sie. Hüten Sie sich vor verdecktem Widerstand! Verdeckter Widerstand – kkkt, wird geleistet werden.«

»Wo?«

»Verdeckt, verdeckt!«

»Das ist ja eine große Hilfe, Kif.«

»Kkkt. Ktkot kifik kifai ...«

»Nun, wir sind *keine* Kif. Dank den Göttern.«

»Dummkopf. Kkkt. Dummkopf.«

»Bringt ihn doch endlich zum Schweigen!« (Hilfy, schroff und verzweifelt.)

»Ruhig. Kif, halt den Mund!«

»Kkkkt.« (Unterdrückt.) »Kkk – kt.«

»Sei still!« (Tirun.) »Oder ich breche dir den Arm!«

Daraufhin war Skkukuk still und klickte nur noch ein paarmal. Tiefe Stille umgab Hilfys Station. *Du hast es verloren, Kind. Alle wissen es, der Kif weiß es. Finde es wieder, ja, Nichte? Wir wollen es wiederfinden, uns um unsere Aufgaben kümmern. Du machst deine Sache gut, Kind.*

Und ein wenig später: »Tante«, sagte Hilfy; und aus dem Kom drang: *»Hier spricht die Kefk-Verkehrsleitung; wir übermitteln Grüße vom* Hakkikt *und nehmen den Funkverkehr wieder auf.* Ikkiktk, *entsprechend den Instruktionen fortfahren.* Chanurs Stolz, *Grüße vom* Hakkikt, *entsprechend den Instruktionen fortfahren. Hier ist Tikkukka,* Skku *von Sikkukkut an'nikktukktin* akki-hakkikt pakkuk Kefktoki. *Grüße vom* Hakkikt, *Sie werden im Liegeplatz 12 einfahren, wie die Zuweisung besagt.* Ikkiktk, *Ehre dem* Hakkikt, *Sie nehmen Liegeplatz 14;* Makkurik, *Ehre dem* Hakkikt, *Sie nehmen Liegeplatz 15 ...«*

»Höflichkeit«, brummte Chur. *»Höflichkeit!* Hört ihnen zu!«

»Skkukuk?« fragte Pyanfar. »Hörst du das?«

»Es hört sich aufrichtig an«, sagte Skkukuk von seinem Sitz am hinteren Ende der Brücke aus. »Der *Hakkikt* hat die Stationszentrale gesichert. Hani, ich bin dieses Sitzes müde. Der Draht schneidet mir in die Handgelenke. Ich brauche etwas zu essen ... Kkkt. Kkt. Ich warne Sie, daß meine Dienste verschwendet sein werden ...«

»Halt einfach den Mund darüber, Kif! Antworte mir geradeheraus: Was passiert dort wahrscheinlich?«

»Was werden die Mahendo'sat unternehmen? Kkkt. Kkkt. Was hat Ihr anfliegender Verbündeter vor? Kkkt. Falls die Mahendo'sat planen, den *Hakkikt* zu verraten, wäre es unklug, wenn wir anlegen.«

Goldzahns *Mahijiru* war weiter im Anflug, gehorchte jetzt nur noch der Trägheit. Er beeilte sich nicht so, wie er es hätte tun können. Aber er war entschieden im Anflug.

»Tante«, sagte Hilfy. »Die *Aja Jin* rät uns anzulegen, aber keine Verbindungen herzustellen außer abgeschirmten Leitungen und Personalzugang.«

»Bestätige.«

»Kkkt. Hüten Sie sich vor allem vor Ihren Verbündeten! Hüten ...«

»Halt den Mund, Kif!«

»Dummköpfe! Ich bin Dummköpfen übergeben worden!«

Sie setzten ihren Weg fort. Vor ihnen führte ihre einsame Tc'a-Eskorte verrückte Bewegungen auf ihrem Kurs durch, der sie ins Dock der Methanseite von Kefk führte. Die dortige Verkehrsleitung sendete Daten-Matrizen bei ihrer Kommuniktion mit dem Tc'a. Ein Kamerabild erschien auf Monitor 4, von Haral hinübergeschaltet. Die Kefk-Station leuchtete unter ihren eigenen Scheinwerfern wie ein böser Stern, orangefarben und rot.

»Götterverdammte mahen Hölle«, meinte Chur.

»Haben Kif eine Hölle?« fragte Tirun. »Wie steht es damit, Skkukuk?«

Keine Antwort.

»Sie fluchen auch nicht«, sagte Hilfy. »Kif fluchen doch nicht, oder, Kif?«

»Kümmer dich um deine eigenen Sachen«, warf Pyanfar kurz ein.

»Kefk«, sagte Haral und schaltete einen Anruf durch – wahrscheinlich von Khyms Pult. Die Kefk-Statistiken erschienen, und Tirun sortierte sie im Computer, suchte dabei nach Unregelmäßigkeiten und Schwierigkeiten. »Alles klar, alles klar«, sagte sie dann. »Wir haben einen normalen Anflug bei dieser Geschwindigkeit. Alles Standard in Anbetracht von Kefks Ausmaßen.«

Weitere Zahlen rollten heran. »Automatisch?« fragte Haral. »Bestätigung«, antwortete Pyanfar. Es bestand kein Grund, anders vorzugehen. Die *Stolz* verschluckte die Zahlen, als Haral auf den Anflugautomaten umschaltete. Müde – bei den Göttern, sie waren alle müde. Eine rote Lampe blinkte drängend, der Hinweis des Computers, daß die Bewaffnung aktiviert und er damit aufgefordert war, gegen die Gesetze zu verstoßen. Pyanfar schaltete mit einem dreifachen Tastendruck den Override ein und trug diese Entscheidung mit einem weiteren Tastendruck im Logbuch ein.

»Anflug unter feindlichen Bedingungen«, murmelte sie in den Recorder. »Bewaffnung bleibt aktiviert bis ins Dock.« Der Videobildschirm zog ihre Aufmerksamkeit auf sich. Die langsam rotierende Station zeigte Schattierungsunterschiede; ein paar Schiffe machten einen anderen Eindruck als die übrigen, die im Dock lagen, drei, nicht zwei helle Flecken in Kefks bislang ununterscheidbarer Reihe von Sauerstoffatmer-Schiffen, neben dem Rand des Methansektors. Pyanfar schaltete eine stärkere Auflösung ein. Dann eine noch stärkere.

»Ich kann nirgendwo Wärme feststellen«, sagte Haral, »außer in Schiffen, die ich als unsere einschätze.«

Was besagte, daß keine feindlichen Schiffstriebwerke heiß waren und niemand Unerwartetes kürzlich gekommen war oder im Begriff stand, Reißaus zu nehmen. Bis jetzt.

»Wir haben mehr als nur Kif an dieser Station«, sagte Pyanfar. »Haral, schau dir mal Vid Eins an. An diesem Rand sieht man mehr helle Punkte, als es sein sollten.«

»Ich sehe es. Vielleicht ist der Überzählige unser Stsho-Flüchtling. Vielleicht hat er hier angelegt. Vielleicht mußte er es tun.«

»Könnte sein.«

»Oder eine weitere von Jiks verdammten Machenschaften?«

»Oder Goldzahns.«

Die *Stolz* richtete sich aus, und die Linien auf den Monitoren paßten nun. Die Kefk-Station redete weiter, und es fand jetzt unter allen praktischen Gesichtspunkten in der Realzeit statt. Das Systemschema zeigte verstreut Bergwerksschiffe, alle systemintern und kaum manövrierfähiger als die Asteroiden selbst. Obendrein waren die Wachschiffe zu sehen, die viel langsamer geworden waren und jetzt gemächlich zu ihrer Basis zurückkehrten. Und die *Mahijiru* flog heran, als einziges Schiff neben der *Stolz* mit einer Geschwindigkeit, die noch eine blitzende rote Linie auf dem Kursdiagramm rechtfertigte.

»Die *Aja Jin* gibt bekannt, daß sie das Dock gesichert haben«, meldete Hilfy. »Die *Mahijiru* ersucht um Docksinstruktionen.«

»Huh«, sagte Haral; und »Dank den Göttern«, kam es von Geran.

Also war von dort kein Angriff zu erwarten. Sobald eine deutliche Bremsung vorgenommen wurde, war klar, daß Goldzahn wirklich einfahren wollte.

Warum, um der Götter willen, wenn er doch dort draußen einen sicheren und geheimen Schlupfwinkel gehabt hatte?

Warum verläßt du deine Deckung, Goldzahn? Was hast du vor – mein Freund? Ein weiteres Doppelspiel?

Oder wußte Jik die ganze Zeit, daß du hier warst?

»Käpt'n«, sagte Haral und schickte das Stationsbild herüber. »Vid eins. Diese Anomalie sieht aus wie ein mahen Typ.«

Pyanfar sah es sich an. Die helle Stelle zwischen den stumpfen, grimmigen Formen der Kif-Schiffe wurde deutlicher erkennbar. Es war tatsächlich ein weiteres Schiff nach einem Mahendo'sat-Entwurf.

Was bedeutete, daß ein unerwartetes mahen Schiff im Dock von Kefk lag – oder ein Hani.

Immer näher ging es heran. Pyanfar fuhr sich mit einer Hand über die Augen. *Dummkopf, bleib wach, bleib wachsam, oder du wirst dir keine Sorgen mehr machen müssen!* Kif-Gestank erfüllte die Brücke. Pyanfars Nase zuckte, sie drohte zu niesen. Sie hielt es zurück, aber es kroch wieder hoch und brach aus. Sie wischte sich die Nase ab. Eine weitere Umdrehung.

Die *Aja Jin* und die *Wachsamkeit* und ein hell leuchtendes Schiff zuviel. »Das ist ungefähr Liegeplatz 18 oder 20«, sagte Haral. »Ich möchte wirklich gern wissen, wer das ist.«

»Ich auch«, sagte Pyanfar. *Frag Jik*, war es, was Haral gemeint hatte. Aber Jik würde nichts zu der Diskrepanz sagen. Niemand sagte etwas. Weder Jik noch die *Wachsamkeit*.

»Schalte einen Anruf zur *Wachsamkeit* durch! Bitte sie, den Docksstatus zu bestätigen!«

»Aye«, sagte Hilfy und führte den Befehl aus. Pyanfar biß auf einen Niednagel und betrachtete die Kefk-Station in ihrer langsamen Drehung unter der stärksten Vergrößerung, die die Geräte der *Stolz* liefern konnten. Es war entschieden ein mahen Typ. Entschieden! Nicht ihr Stsho. Dieser Stsho mußte unversehrt durchgekommen sein. Selbst hoch aufmerksame Kif-Wachstationen brauchten phänomenales Glück, um ein durchfliegendes Sternenschiff aufzuhalten, das vorhatte, ohne Pause wieder hinauszuspringen. Eine unbewegte Streitmacht hatte nur eine kleine Chance, etwas auf einem Hochgeschwindigkeits-Transit abzufangen – sofern sie nicht buchstäblich auf seinem Weg saß. Das war die Natur von Stationen. Darin bestand ihre Verwundbarkeit. Und ebenso die Verwundbarkeit von Schiffen, die ihre Geschwindigkeit weggenommen hatten und in ein Dock fuhren.

»Nachricht von der *Wachsamkeit*«, sagte Hilfy. »Sie bestätigen. Die Zentrale ist gesichert. Sie deuten an, daß wir vorsichtig näherkommen sollen.«

»Danke ihnen«, murmelte Pyanfar abwesend. *Haben sie es nicht bemerkt? Hat Ehrran eine Kif-Station angeflogen, die ihr eine Schiffsliste verweigerte, und es nicht mit dem Video versucht? Jik auch nicht? In einer mahen Hölle! Jik weiß, daß hier ein Schiff liegt, das nicht hierher gehört. Und Rhif Ehrran kann auch nicht so dumm sein. Was führen sie zusammen im Schilde? Kennen sie dieses Schiff?*

Sie feuerte die Bremsraketen. Heftig.

»Huhhh!« rief Haral. Auf der ganzen Brücke mußten die Herzen Sprünge gemacht haben.

»Wir sind aus dem Plan«, sagte Tirun ruhig. Und Hilfy fügte hinzu: »Nachricht von Kefk und von unserer Eskorte; sie fragen ...«

»Wir sind gerade einem Gesteinsbrocken ausgewichen«, sagte Pyanfar. »Sag ihnen, sie sollen einmal ihre lausigen Flugschneisen durchkämmen, hm?«

»Sehen wir uns dieses Schiff einmal an?« fragte Haral, die von selbst darauf gekommen war.

»Worauf du dich verlassen kannst.« Pyanfar hatte die *Stolz* gerade aus der automatischen Anpassung an die Umdrehungen der Station herausgerissen. Jetzt mußten sie ihre Zahlen revidieren und an einer revidierten Flugschneisenzuweisung für den Anflug herumbasteln. Ein paar umsichtige Schübe könnten sie dichter an die Station heranführen, in einem Timing, das dieses überzählige Schiff direkt unter die forschende Kamera brachte.

»Ihr Götter«, sagte Haral. »Priorität, Priorität – die Maschinen des Knnn am Torus sind angelaufen!«

»Verdammt!« Pyanfar durchforschte eine Welle neuer Informationen, die über ihre Monitore lief, und hörte, wie Khym drängend über einen Kanal sprach, während Hilfy Anfragen über einen anderen schickte ... »Wir haben diese Information erhalten«, sagte Khym. »*Py*, Jik sagt ...«

– ein neues Bild tauchte auf. Vom Scanner.

»... er verläßt das Dock; ihr Götter, *seht* euch dieses Ding einmal im Flug an!«

»Kriege es, kriege es ... Chur, hilf mir, ich habe es verpfuscht!«

»Kkkt. Kkkkt.«

– »Priorität, Priorität ... Er sendet. Der Tc'a antwortet.«

Ein Knnn-Lied erscholl klagend im Kom. Die Tc'a-Matrix blitzte auf, vollständig numerisch.

»Was ist das?« fragte Khym.

»Ich habe den Translator darauf angesetzt«, sagte Hilfy. »Unsere Tc'a-Eskorte spricht mit dem Knnn.«

»Sendungen von Kefk«, sagte Tirun. »Die Methanseite spricht auf verschiedenen Wellenlängen.«

»Wir machen so weiter«, sagte Pyanfar und nagte auf den Schnurrbartenden. »Wir setzen unseren Anflug fort, bis sie uns aufzuhalten versuchen.«

»Priorität. Übersetzung: *Frage, Frage, Frage,* vom Knnn. Tc'a-Antwort: unbestimmt. Der Translator wird nicht damit fertig. Sollen wir nachfragen?«

»Negativ, negativ. Wir machen unverändert weiter.«
Eine weitere Matrix tauchte auf.

TC'A	KNNN	KIF	KIF	HANI	MAHE	MAHE
MKKS	KEFK	MKKS	KEFK	MKKS	KEFK	MKKS
KEFK	GEHEN	KEFK	KEFK	KEFK	KEFK	KEFK

»Hört sich an, als würde er sich gerade mit dem Knnn unterhalten«, murmelte Haral.

»Der Tc'a behält im großen und ganzen seinen Kurs bei. Ihr Götter – der Knnn schwenkt ab und paßt sich ihm an ...«

»Priorität«, sagte Hilfy. »Kefk weist uns eine neue Flugschneise zu. Ein Plan wird gleich mitgeliefert.«

»Knnn?« fragte Tully. »Was machen, was machen?«

»Still!« sagte Chur. »Ruhig! Er macht ... gar nichts. Er ist einfach nur da draußen.«

»Wir setzen nur unseren Anflug fort, Tully. Sei ruhig!«

»Kkkkt. Kkkkkt. Kkkkkt.«

»Sei *still!*« Von Tirun. »Oder wir liefern dich ihm aus.«

»Gemach, gemach!« brummte Pyanfar. »Chur – bist du in Ordnung?«

»Priorität – Jik empfiehlt uns zu kommen.«

»Der Knnn ist dicht – dicht an unserem Kurs. Abfangmanöver mit dem Tc'a. Sieht aus, als ob ...«

»Da – das entspricht nicht unseren Zahlen«, sagte Geran.

»Das bedeutet Anpassung an ... der Tc'a manövriert. Dort ist der Knnn ...«

»Spür ihm nach! Besorge eine Bildübermittlung!«

»Ich bin dabei, es zu versuchen«, sagte Haral. »Verdammt ...«

Das Bild wurde sichtbar und mit mehreren ruckartigen Schritten vergrößert: Die verworrenen Ebenen des Tc'a mit seinen laufenden Lichtern und Scheinwerfern; das Aufflammen von Feuer dort, wo der Knnn war – keine laufenden Lichter, keine Nummern, keine Namen. Die Knnn sorgten sich nicht um Navigation und hielten keine Flugschneisen ein. Er war einfach nur dort draußen, mehr nicht, sichtbar auf dem Scanner. Feuer war zu sehen. Er bremste ab.

»Das bedeutet Zusammentreffen mit dem Tc'a«, berichtete Geran. »Minus 23, 22, 21 ...«

Goldzahn war ein Stück weiter dort draußen – Minuten außerhalb der Zeitlinie. Er mußte sich nach dem richten, was alte Informationen ihm boten. Er hatte den Knnn mittlerweile vielleicht ausgemacht. Unternahm möglicherweise irgend etwas. Oder er wartete auf Hinweise von ihnen. Langsamer zu werden oder die Geschwindigkeit beizubehalten, *alles* konnte einen Knnn möglicherweise provozieren. Pyanfar kaute auf ihren Schnurrbartenden und spuckte sie wieder aus. Das Herz klopfte ihr heftig an die Rippen.

»... 3, 2 – Priorität.«

Das Scannerbild wurde sichtbar. Der Knnn war dabei, seine Manöver mit dem Tc'a abzustimmen. Paßte seine Geschwindigkeit an die des anderen an – so schnell, so mühelos. Plötzliches Anhalten und Umkehrung des Kurses: Kein Metall konnte das aushalten. Leiber würden flachgedrückt.

Tully murmelte etwas in seinen Bart. Es hörte sich wie ein stetiges Geleier von Flüchen an. Der Tc'a und der Knnn beschleunigten jetzt gemeinsam, und ihr gemeinsamer Leuchtpunkt entfernte sich immer schneller aus der Nähe der Station.

»Ihr Götter«, brummte Geran. »Sie fliegen ab, sie fliegen ab. Plus 10, 25 ... *Seht* euch das an!«

Sie nahmen den anderen Weg. Der Knnn verließ das System über den Nadir, mit dem Tc'a entweder durch Greifer verbunden oder durch eng abgestimmte Manöver. Die Farben veränderten sich auf der Anzeige, Anzeichen einer unglaublichen Beschleunigung.

»Ah!« sagte Tully.

»Er ist gesprungen!«

»Kkkt. Kkkkt.«

»Konzentriert euch auf eure Aufgaben!« fauchte Pyanfar. Nichts war stehengeblieben, am wenigsten die *Stolz* in ihrem raschen Anflug auf die Station und die hinabtickenden Zahlen des Chronometers. Es war vorbei. Der Tc'a war verschwunden. Verloren. Der Nav-Comp zeigte blitzende rote Linien auf dem zweiten Monitor. »Abseits der Marke, abseits der Marke, verdammt, Haral, ich will diesen Vorbeiflug durchführen! Fahr die Anlage hoch, ja?«

»Aye, aye, sie kommt!«

»Wir werden beobachtet«, sagte Skkukuk mit schwacher Stimme. »Kkkkt. Das Methanvolk, ich habe Sie gewarnt! Verschwinden Sie von hier! Kkkt. Dummköpfe!«

»Halt den Mund!« wies Tirun ihn zurecht.

»Hierin liegt kein Gewinn!«

»Skkukuk«, knurrte Pyanfar, *»sei bloß still!«*

Daraufhin war es still. Das Piepsen und Klicken der Instrumente ging weiter. Kif-Schiffe sprachen miteinander.

»... Ehre dem Hakkikt«, nahm die Station den Refrain wieder auf. *»Es ist kein Schaden entstanden. Wir sind sicher. Mit dem Plan fortfahren. Bitte bestätigen.«*

Von der anfliegenden *Mahijiru* war nichts zu hören, während sich der Knnn-Zwischenfall auf Goldzahns Zeitlinie entfaltete.

»Haltet euch bereit!« sagte Pyanfar. »Tirun, ich brauche die Anflugsberechnung. Nimm die Statistiken zur Hilfe und setz mich in Kenntnis!«

»Ich habe sie, ich habe sie, ich arbeite daran.«

Und ein wenig später, als die Station revidierte Pläne weitergab: »Bastarde! Gerade hatte ich es!«

»Sie werden uns nicht auf dem Plan hinabstufen«, meinte Haral. »Sie werden jedoch die ganze Liste von Schiffen hinter uns revidieren. Sie wollen uns unbedingt vor den Kif dorthaben, nicht wahr?«

Niemand antwortete.

»Folgt diesem Plan!« sagte Pyanfar. »Schaffen wir es? Steuern sie uns wieder so, daß wir dieses Schiff nicht sehen können?«

»Wir haben es, wir haben es«, sagte Tirun einen Moment später, und ein Kursdiagramm leuchtete auf.

Immer näher ging es heran. Das Bild wurde klarer. Eine volle Umdrehung der Kefk-Station. Zwei.

»Komm schon, Haral, ich will dieses Schiff!« brummte Pyanfar. »Digital-Aufnahme. Wenn wir die visuelle Aufnahme verfehlen, versuchen wir es damit.«

Die Station drehte sich langsam an den Kuppelkameras der *Stolz* vorbei. Eine Verstärkung war nicht nötig. Bei der nächsten Umdrehung der Station wurde die Seriennummer deutlich erkennbar auf der hellen Säule einer Generatorfläche.

Hani-Schiff. 656 YAAV.

»Die *Mondaufgang*«, murmelte Haral. »Es ist die *Mondaufgang!* Tahar!« Flüche gingen überall auf der Brücke durch den Kom.

Pyanfar saß schweigend da. Sie war nicht überrascht. Es paßte. Es paßte sehr gut. *Wie groß wird wohl diese Party? Woher wußte Goldzahn, daß er uns hier treffen kann? Ihr Götter, in was habe ich uns hineingesteuert?*

Dann war die rote Hose an der Reihe und eine Prise Parfüm, genug, um den Schweißgeruch zu überdecken, den sie wahrscheinlich in einigen Stunden verbreiten würde. Pyanfar ließ sich Zeit dafür, während die *Stolz* nur vorläufig im Dock lag. Abgeschirmte Komverbindungen und Zugangswege für Personal waren bis jetzt alles, was ihre Schiffe von der Station akzeptierten, und Docksarbeiter der Station äußerten schwache Proteste darüber, daß ihre Greifer überlastet würden und die Sicherheit nicht gewährleistet sei, aber sie schluckten es. Sikkukkuts Schiffe hielten sich bereit, wieder abzulegen, und die *Stolz* hielt es genauso.

Es geschah nicht aus Eitelkeit, daß Pyanfar sich so abschrubbte: Wenigstens *eine* von ihnen sollte für ihre kifischen Gastgeber vorzeigbar aussehen und riechen. Pyanfar widmete sich dieser Aufgabe mit fiebriger Hast. Drei Besatzungsmitglieder waren gegenwärtig außer Dienst. Sie hatte dafür gesorgt, daß Chur sich ausruhte, und dabei deren Proteste übergangen, sie könne weiter Dienst tun, während ihr Kapitän sich duschte. *»Auf!«* hatte Pyanfar gesagt, und Chur hatte sich losgeschnallt und war schwankend durch den Korridor von der Brücke zu Khyms Kabine gegangen. Der um ihre Seite gewickelte Verband hatte sich gelockert, und die von einer Kordel gehaltene Hose war an den Hüften gefährlich tief gerutscht. »Sieh zu, daß sie sich ins Bett legt und etwas ißt!« wies Pyanfar Geran an und legte eine Hand auf die Rückenlehne von Gerans Sitz. »Sorg dafür, daß mit ihr alles in Ordnung ist, ja? Khym ...« Sie hielt inne, um weitere Aufgaben zu verteilen, und prüfte dabei, was sie noch an einsetzbarer Crew hatte. Die Personalkombinationen paßten nicht zusammen, aber sie mußte das hinnehmen. »Khym, du räumst die Kombüse auf! Tully, du hilfst ihm, hörst du?«

»Aye«, sagte Tully, ohne irgendeine abwehrende Reaktion. Khym zeigte nur einen undeutbaren Ausdruck, als er aufstand und sich auf den Weg zur Kombüse machte.

Pyanfar war noch feucht, als sie wieder aus ihrer Kabine getrippelt kam, und war noch damit beschäftigt, sich die Armbänder anzulegen, während sie über den Hauptkorridor zur Brücke ging. Tully kam gerade aus Churs Kabine, hatte ihr wohl etwas zu essen gebracht, vermutete Pyanfar. »Ist alles mit ihr in Ordnung?« fragte sie.

Tully legte sich eine Hand auf die Seite. »Wund«, sagte er auf Hani, und nach seinem Gesicht zu urteilen, hatte er noch mehr zu sagen, was er dem Translator nicht anvertrauen wollte. Er stand Pyanfar im Weg und deutete zur Tür. »Sehen, gehen, sehen, Kapitän!«

»Huh.« Sie senkte die Ohren. Tully neigte dazu, sich Sorgen zu machen: Taub für das meiste, was vorging, verstand er die meisten Krisen falsch. Gegenwärtig hatten weder er noch sie Zeit, aber seine Sorge war diesmal von ruhiger Art und qualvoll; und Chur ... »Geh!« sagte Pyanfar. »Geh baden!« Er sah am schlimmsten von ihnen allen aus, wenn man den Kif nicht berücksichtigte. »Ich sehe nach Chur. *Geh!*«

»Chur ...« Er weigerte sich zu gehen. »Sehr wund.«

»*Geh!*« sie schlug halbherzig nach ihm, um ihn loszuwerden, drehte sich dann um und drückte auf die Tasten der Türsteuerung.

Geran drehte sich neben Churs Bett um, als die Tür zischend auffuhr. Sie beeilte sich sehr, die Ohren aufzurichten und ihre Züge zu glätten. Chur lag im Bett, einen Arm auf der Decke. Die Lage sah wirklich nicht gut aus – schon gar nicht Churs Teilnahmslosigkeit. Schon gar nicht das Tablett auf dem Tisch, nicht angerührt von einer Raumfahrerin, die gerade einen Sprung hinter sich hatte.

»Wie geht es ihr?« fragte Pyanfar und ließ die Tür zufahren.

»Sie ist sehr müde«, sagte Geran.

»Mir geht es gut«, sagte Chur.

»Sicher, sicher geht es dir gut. Beim nächsten Sprung wirst du nicht arbeiten.« Pyanfar warf Geran einen kurzen Blick zu. *Ich spreche später mit dir.* Und zu sich selbst sagte sie: *Ihr Götter, ihr Götter, ihr Götter!* »Verabreiche ihr etwas Nahrung, ja? Es ist mir egal, ob sie es will oder nicht.«

»Okay«, sagte Chur und regte sich im Bett. Sie stemmte sich auf die Arme hoch. »Meiner Seite geht es schon viel besser. Mir geht es schon viel besser, das schwöre ich.«

Pyanfar trat zu ihr ans Bett und fuhr Chur mit einer Hand über die Schulter. Totes Fell löste sich. Zuviel davon.

»Ich kümmere mich um sie«, sagte Geran. »Käpt'n, mit ihr ist alles in Ordnung. Sie ist nur ein wenig ausgelaugt.«

Pyanfar legte die Ohren zurück und wischte sich die Hand an der Hose ab. »Sorge für sie«, sagte sie. »Chur, du bleibst ruhig liegen, verstanden?«

»Ich werde mich wieder erholen, Käpt'n.«

Pyanfar blieb noch für einen Moment dort stehen. Es war eine stille Verschwörung. Chur und Geran – Chur stets die geschäftigere der beiden Schwestern, die fröhlichere und geistig schnellere.

– die antike Halle im Haus von Chanur, in den Tagen von *Na* Dothon Chanur. Der Tag, an dem die beiden Kusinen von ihrem Berg gekommen waren, um bei Chanur um Aufnahme zu bitten ...

– Chur war es, die stets die Antworten gab, die lachte, um ihre Wut auf das Schicksal und den Fall Anifys unter seinen neuen Lord zu verbergen. Geran war mürrisch und grimmig; sie überließ es Chur, zu reden und ihrer beider Entscheidung abzutun, die Entscheidung, fortzugehen und den neuen Lord seiner Torheit zu überlassen. »Lord Chanur, dieser Mann ist ein Dummkopf«, hatte Chur gesagt. »Und noch schlimmer, er ist langweilig.« Während Geran nur dasaß wie ein Grabmal, schweigsam in ihrem Zorn.

– Geran, die jetzt Chur ansah, als Pyanfar mit ihr sprach: kurze Antwort und reflexhafter Blick von Chur – *Decke mich, Schwester, rede für mich, verhandle du mit ihnen ...*

Geran hatte ihre Zurückhaltung aufgegeben, sobald sie sich für den Weltraum und die Freiheit entschieden hatte. Sie hatte ihre eigene Kompetenz entwickelt, hatte gelernt zu lachen und mit Fremden umzugehen, war herumstolziert mit Ringen im Ohr und der ungezwungenen Anmut einer Raumfahrerin.

Aber auf einmal war es wieder wie in der Halle von Chanur. Zwei heimatlose Schwestern aus den fernen Bergen trafen ein, waren freiwillig ins Exil gegangen. Chur übernahm das Denken und Geran den Umgang mit dem Messer. Eine Verschwörung. Und es war wieder klar erkennbar, wer von den beiden das alles steuerte.

»Huh«, sagte Pyanfar. »Huh.« Chur winkte nach dem Tablett auf dem Tisch. Ihre Ohren standen aufrecht. Geran stellte ihr das Tablett auf den Schoß.

»Mit ihr ist alles in Ordnung«, sagte Geran.

Pyanfar ging hinaus und schloß die Tür. Sie schaltete den Taschenkom ein. »Hilfy – immer noch alles klar dort oben?«

»Hier ist alles klar«, meldete Hilfy von der Brücke, während Pyanfar wieder unterwegs war. *»Wir haben einen Anruf von Jik erhalten, der uns sagte, wir sollten es leicht nehmen, er würde alles Erforderliche tun; Goldzahn ist gemächlich im Anflug, und er überstürzt es nicht mit dem Anlegen, solange hier irgendwelche Dinge noch nicht bereinigt sind. Niemand tut im Moment sehr viel. Auf der Methanseite hatten sie eine kleine Auseinanderset-*

zung – ein paar einheimische Tc'a/Chi waren über irgend etwas aufgeregt, und die Chi veranstalten dort drüben eine große Hektik. Wenigstens liegen keine Knnn mehr im Hafen, und es hört sich so an, als würde sich die Lage auf der Methanseite wieder beruhigen. Hoffen wir es, bei den Göttern!«

Pyanfar holte die Stimme ein, als sie die Brücke betrat, und sie rümpfte die Nase über den scharfen Geruch des Kif. Skkukuk lag teilnahmslos und vernachlässigt in seinem Sessel, immer noch gefesselt, nichts weiter als ein schwarzes Häufchen, während Hilfy und Tirun Anrufe zurückwiesen und Haral die Funktionen des Schiffes überwachte. Wenigstens schwatzte der Kif nicht mehr.

Er war ein weiteres Problem für Pyanfar. Ein weiteres vernachlässigtes und leidendes Stück Protoplasma. Sie blieb neben ihm stehen, eine Hand auf der Rückenlehne des Sessels. Skkukuk wandte ihr seine lange Schnauze zu und starrte sie aus rot umrandeten Augen an. »Kkkkt, Kapitän. Ich protestiere gegen diese Behandlung.«

»Schön, schön.« Der Ammoniakgestank war überwältigend. Pyanfar empfand gleichzeitig Mitleid und Abscheu. Und ein Verlangen zu niesen. »Hilfy, Tirun, nehmt frei – bringt diesen Kif nach unten, füttert ihn und ermöglicht es ihm, sich zu waschen!« Sie löste selbst die Schnalle von Skkukuks Gurten und zerrte an den gebundenen Armen des Kif. »Auf!«

Skkukuk war kooperativ, bis an den Rand des Sitzes. »Kapitän«, sagte er.

Und brach unter ihren Händen zusammen. Pyanfar schreckte zurück, als Skkukuk gegen ihre Beine fiel und in sich zusammensackte, das Gesicht nach unten, ein schwarzgewandeter, nach Ammoniak riechender Haufen. Hilfy und Tirun standen auf. Haral sah einmal hin und wandte sich sofort wieder ihren Aufgaben zu.

»Ihr Götter«, murmelte Pyanfar, zwischen Bestürzung und Abscheu schwankend, und sie hockte sich hin, als sich der Kif wieder regte und Tirun dazukam, um zu helfen.

– Chur. Chur, die im Bett lag, während ihr das Haar ausfiel, Chur mit dem rotgoldenen Pelz und der schimmernden Mähne, die jedem Mann, dem sie begegnete, einen zweiten Blick entlockte ... wie sie jetzt dahinschwand. Unter ihrer aller Augen verging ...

Pyanfar packte die dünne Schulter des Kif durch das Gewand und erinnerte sich dann an Zähne, die Draht entzweibeißen konnten. Die Schulter war hart wie Stein. »Sei vorsichtig«, sagte sie zu Tirun, als diese Skkukuk an der Hüfte umzudrehen versuchte, aber der Kif stemmte sich selbst auf einen Ellbogen und die gebundenen Hände hoch. Seine Kapuze war zurückgefallen. Er hob benommen den nackten Kopf, blinzelte und blickte von Pyanfar zu Tirun. »Holt Wasser für ihn!« sagte Pyanfar. Hilfy stand dabei. Es war Tirun, die aufstand und ging. »Nimm die Hände von ihm, Tante!« sagte Hilfy.

Es war in Anbetracht dieser Zähne ein vernünftiger Ratschlag. »Hilf mit!« sagte Pyanfar, bekam die Schulterteile von Skkukuks Gewand zu packen und zog ihn hoch. »Nimm seine Füße!«

Hilfy schnitt eine Grimasse und hob ihn an den Knien hoch. Zu zweit beförderten sie den Kif wieder auf den Sessel, aus dem er gefallen war.

Tirun kam eilig und brachte einen Becher Wasser. Pyanfar nahm ihn und hielt ihn Skkukuk vor den Mund. Die Zunge schoß hervor. Die Wasserhöhe in dem Becher sank rapide, und dann leerte er sich mit einem letzten leisen Gluckern. Skkukuk lehnte den Kopf an die Kopfstütze und blinzelte teilnahmslos.

»Also hat er uns lediglich gewarnt«, brummte Pyanfar. »Geht in die Kombüse und taut etwas auf!« Tirun entfernte sich wieder eilig. Pyanfar schob widerstrebend die Hand durch Skkukuks Ärmel und spürte die abnorme Kälte in seinem Arm. »Er hat einen Schock, das ist es. Götterverdammt, ich will ihn nicht verlieren!«

Hilfy betrachtete sie reserviert und feindselig.

»Willst du ihn?« fragte sie kalt.

»Ich will nicht, daß er so stirbt. Befreie dich von deiner

Einstellung, Nichte! Habe ich sie dir beigebracht – oder hast du sie in anderer Gesellschaft gelernt?«

Hilfys Ohren klappten nach hinten. Ihre Nasenlöcher weiteten sich und zogen sich wieder zusammen. Und sie drehte sich um und eilte entschlossen in Richtung des Korridors davon.

»Wohin willst du?«

»Ich will deinen götterverdammten Kif wieder in Ordnung bringen!« schrie Hilfy. »Käpt'n! Mit deiner Erlaubnis, *Ker* Pyanfar.«

»Nichte ...«, fauchte Pyanfar.

Aber sie sah von Hilfy nur noch den Rücken, als sie durch den Hauptkorridor verschwand; nur ein fast schlaffer Kif blieb in ihrer Verwahrung zurück. *»Verdammt!«* Sie band die Fesseln los, die sich in die Handgelenke des Kif geschnitten hatten. Seine Hände waren kalt und schlaff; er betrachtete Pyanfar mit verschleiertem Blick und reagierte nicht auf einen Streit zwischen Hani, der ihn an einem besseren Tag amüsiert hätte. »Kkkkkt. Kkkkt«, war alles, was er in seinem Elend äußern konnte.

Sei still! hatten sie zu ihm gesagt, als er damit angefangen hatte, diesen Laut von sich zu geben.

Khym kam aus der Kombüse zurück und blieb mit nach hinten gelegten Ohren stehen. Tully trat hinter ihm ein, stand dann da und beobachtete die Situation mit einem für ihn typischen unergründlichen Gesichtsausdruck, der besagte, daß unter seiner blonden Mähne etwas vorging. Vielleicht wollte er wie Hilfy, daß der Kif starb. Vielleicht hatte er Angst, oder vielleicht wollte er sie vor der Gefahr in dieser Kreatur warnen, hatte aber nicht die Worte dafür. »Geht und macht euch sauber!« fauchte Pyanfar die beiden an. »Denkt ihr, wir hätten Zeit zum Starren? Der Kif hat schlapp gemacht, das ist alles. Los! Die übrigen von uns wollen auch ihre Pause haben. Geht, macht schon! Die anderen warten auf euch.«

»Essen«, sagte Tully lahm und deutete zur Kombüse.

»Komm!« sagte Khym, packte ihn am Arm und zog ihn

durch die Brücke zum Korridor. Tully folgte ihm und warf am Schott einen Blick zurück.

»Los!« sagte Pyanfar.

»Käpt'n«, meldete sich Haral von ihrem Posten, »ein Anruf von der *Harukk*. Der *Hakkikt* informiert uns, daß die Wachstationen sich offiziell ergeben haben.«

»Dank den Göttern dafür! Bestätige!«

»Aye.«

Tirun kam aus der Kombüse zurück und brachte eine Schale mit kleingehacktem rohen Fleisch mit, die noch auf Armeslänge nach Auftauen und Kälte stank. »Kkkkt«, ächzte Skkukuk und wandte das Gesicht ab, als Tirun ihm das Fleisch anbot.

Pyanfar machte ein finsteres Gesicht. »Sei still und iß, verstanden, Kif? Ich habe keine Zeit für deine dummen Vorlieben!«

»Kkkkt. Kkkkt. Kkkkt.«

»Mögen die Götter dich rösten!« Pyanfar nahm Tirun die Schale aus der Hand und hielt sie Skkukuk vor den Mund. »*Iß* das! Es ist mir egal, ob es dir schmeckt! Ich habe nicht die Zeit, mich darum zu kümmern!«

»Kkkkt.« Der Kif preßte die Kiefer so fest zusammen, daß an ihnen auf ganzer Länge die Muskeln schwollen. Die Nasenlöcher wandten sich nach innen. Skkukuk zitterte anhaltend und hielt das Gesicht abgewandt, die Augen geschlossen, der Hals von Krämpfen geplagt.

Pyanfar nahm die Schale wieder weg. »Hat er irgend etwas von dem gegessen, was wir ihm vor dem Sprung gegeben haben?«

»Ich bin mir nicht sicher«, sagte Tirun. »Eine Menge davon ist beim Aufwischen abhanden gekommen.«

»Käpt'n«, sagte Haral, »wir haben definitive Angaben über den Verbleib des Stsho erhalten, der von Mkks geflohen ist. Er ist heute morgen hier durchgekommen, ohne anzuhalten.«

»Verdammt! Natürlich! Was ist mit der Tahar passiert? Irgendeine Nachricht über die *Mondaufgang?*«

»Soll ich nachfragen?« erkundigte sich Haral.

»Hat es irgend jemand sonst getan?«

»Negativ.«

»Von der *Wachsamkeit* sollte man diese Frage doch erwarten, nicht wahr? Nein. Frag nicht! Halt einfach weiter die Ohren offen!«

»Vielleicht sollten wir den Rat des *Hakkikt* über Kif-Fütterung einholen«, murmelte Tirun neben ihr. »Käpt'n – wenn wir die Kif vielleicht bitten, etwas ...«

Pyanfar sah sie mit angelegten Ohren an, und Tirun nahm die stinkende Schale wieder an sich, deckte sie ab und hielt den Mund.

Und Hilfy kam wieder aus dem Korridor zurück. Mit einer weiteren Schale in der Hand. »Hat er etwas gegessen?«

»Nein.«

Hilfy brachte ihre Schale. Sie roch nach Blut. Es war auch welches. Pyanfar zog die Nüstern zusammen, als Hilfy es an ihrem Gesicht vorbei ausstreckte.

»Wo hast du das her?«

»Aus den medizinischen Vorräten«, sagte Hilfy mit festem Gesichtsausdruck, die Ohren nach hinten gelegt.

Die Nasenlöcher des Kif zuckten bereits. Er drehte den Kopf, öffnete die Augen und erforschte mit verzweifelter Zunge die Luft. Skkukuk hob die Hände zu der Schale, die Hilfy hielt, und dann verschwand der dunkelrote Inhalt mit einem energischen Zittern der langen Kiefermuskeln des Kif.

»Liebe Götter!« stöhnte Tirun schaudernd.

»Er ist nur wählerisch«, wandte Hilfy ein. »Er hat einfach einen zu empfindsamen Geschmack. Das Gefrorene ist ihm einfach schon zu stark verwest.«

»Sorge dafür, daß er sauber wird!« sagte Pyanfar. »Füttere ihn wieder, wenn es nötig wird! Aber sei nicht zu großzügig! Wir *brauchen* diese Vorräte noch. Und du ...«

Der Tadel blieb ihr im Hals stecken und hinterließ einen schlechten Geschmack. Hilfy stand auf der Kippe. Sie erkannte es am Ausdruck ihrer Augen, der Stellung der Kiefer. »Ruh dich aus!« wies sie sie an; und das brachte Hilfys Ohren so rasch nach unten, wie es ein Schlag ins Gesicht getan hätte.

»Ich bin fit.«

»Bist du das?«

Hilfy sagte nichts mehr. Die Ohren blieben gesenkt. Die Augen blieben dunkel.

Schaff ihn von diesem Schiff, von meinem Deck, schick ihn zurück zu Sikkukkut!

Ihr Götter, die medizinischen Vorräte! Wie oft werden wir bluten müssen, um dieses Wesen zu ernähren?

»Kkk-t«, hauchte Skkukuk. Pyanfar musterte den Kif und sah, wie seine Augen bereits wieder klar wurden, als Tirun den Stand wechselte, um ihn aus dem Sessel zu heben. »Kkkkt«, sagte er leise. »Kkkkt ...« Und er versuchte, die in Stiefeln steckenden Füße unter sich zu bekommen. Er hob den Kopf und betrachtete Pyanfar aus geröteten Augen. Er wußte, was er getrunken hatte. *Du bist noch hinter dem restlichen Blut her, nicht wahr, Kif?*

Tirun hob ihn auf die Füße. Hilfy packte ihn an einem Arm, und sie führten ihn langsam weg, hielten ihn dabei gleichzeitig fest und aufrecht. *Wir sollten ihm die Kiefer zusammenbinden, wenn wir mit ihm zu tun haben.* Pyanfar hatte eine Stelle am linken Arm, wo das Fell anders wuchs: plastische Chirurgie, einmal vor langer Zeit, in ihrer wilden Jugend. *Ob er wohl ersticken würde? Die Nasenlöcher verlaufen unmittelbar entlang der Oberfläche.*

Ihr Götter, schafft ihn mir einfach vom Schiff, mehr will ich gar nicht!

Und haltet Hilfy von ihm fern!

»Ich werde diesen Bastard an Jik ausliefern«, brummte Pyanfar, als sie sich auf ihren Platz neben Haral setzte. Und bevor Haral einen Kommentar zur familiären Situation wagen konnte: »Geh und mach dich sauber! Ich werde eine Zeitlang alleine mit den Dingen fertig. Wir haben genug Probleme. Ich weiß nicht, wie lange wir in diesem Hafen bleiben. Nicht lange, vermute ich. Ein paar Stunden vielleicht. Vielleicht einen Tag oder so. Mit Glück.«

»Aye«, sagte Haral, ohne Einwände, ohne Kommentar, und ohne Verzögerung schaltete sie die Funktionen auf Pyanfars Pult um und sprang auf. »Soll ich unten irgend etwas besorgen?«

»Negativ. Beeil dich nur! Schick auch Hilfy und Tirun ins Bad, wenn du sie siehst!«

»Aye.« Haral entfernte sich in bedächtigem Tempo, um sich mit Wasser und Seife abzuschrubben, eine frische Hose anzuziehen und zurück in die Kombüse zu stolpern, falls noch Zeit war, um sich mit etwas den Bauch zu füllen.

Keine von ihnen schleppte jetzt noch überschüssiges Fett mit sich herum. Die ganze Besatzung hatte etwas Abgezehrtes und Gejagtes an sich; es kam davon, eine Wache nach der anderen zu halten, ohne etwas zu essen und ohne ausreichend zu schlafen, abgesehen von kurzen Episoden, während ein Sprung nach dem anderen sie von innen her ausbrannte. Auf jeden Sprung folgte die physiologische Strafe. Der Kif bezahlte sie. Sie selbst taten es auch. Pyanfar ertappte sich dabei, daß sie aß, weil sie wußte, daß sie es tun mußte, nicht, weil das Essen sie irgendwie ansprach, wenn sie eigentlich heißhungrig hätte sein müssen. Nur das Zittern signalisierte den Bedarf nach Nahrung, nicht der Appetit. *Ein weiterer Sprung – ihr Götter, noch ein Sprung, und wir werden es richtig zu spüren bekommen! Niemand kann einen solchen Plan durchziehen.*

Chur kann es nicht. Es war dumm von mir, daß ich auf Kshshti auf sie gehört habe. Es geht ihr wirklich schlecht; sie wird immer dünner. Dann folgen Knochen und Haar. Die Funktion der Eingeweide. Nieren. Herz. Es ist nicht nur kifischer Beschuß, der uns umbringen kann. Wir können jetzt nicht fliegen. Wenn hier irgend etwas schiefgeht, können wir nicht abfliegen. Chur braucht diese Stunden. Sie muß tagelang hierbleiben.

Einen Med besorgen? Bei wem?

Nein, nein, Chur ist auf dem Weg der Besserung. Die Seite ist geheilt. Der Sprung hat sie viele Mineralien gekostet. Die Heilung hat sie schon ausgelaugt. Wir müssen ihr Vitamine geben. Viel Lammfleisch. Jetzt ist klar, daß sie es schaffen wird. Sie hat die Krise überwunden und verfügt noch über Reserven.

Aber ich habe viel verloren. Der Kif ist zusammengebrochen. Pyanfar spürte mit der Zunge einen wunden Fleck im Mund, einen Zahn, der nach dem Putzen zu schmerzen drohte. *Also haben wir uns viel zugemutet. Der verdammte Kif ist nach einem Sprung zusammengebrochen. Ihr Götter, seit wie vielen Sprüngen haben wir nur knappe Rationen und zu wenig Schlaf? Und wir halten immer noch durch.*

Wir brauchen eine Hani-Ärztin, verdammt! Keinen Mahendo'sat, sondern jemanden, der weiß, wo die Grenze ist. Aber medizinisches Hani-Personal ist knapp hier draußen. Wenn ich die Wachsamkeit *frage ...*

In einer mahen Hölle.

Aber ihre Hand stellte die Verbindung zum anderen Schiff her, während ihr Verstand immer noch dagegen argumentierte. »*Wachsamkeit,* hier ist die *Chanurs Stolz*. Pyanfar Chanur spricht. Verbinden Sie mich mit Ihrem medizinischen Personal.«

(Ihr Götter, Chur wird Stöcke kauen, wenn wir eine Wachsamkeit-*Ärztin herbeirufen! Aber soll sie doch! Mir gefällt es nicht. Mir gefällt der Eindruck nicht, den sie macht.)*

»Chanurs Stolz, *hier spricht die Brücke der* Wachsamkeit. *Kapitän, wir sind mit laufenden Operationen beschäftigt, und sämtliche Terminals sind in Betrieb. Ich werde Ihre Bitte weitergeben und Sie dann zurückrufen.*«

Pyanfar las zwischen den Zeilen, ein großes träges Schiff mit überzähligem Personal, einer Besatzung, die frei hatte, einer Reservecrew im Dienst, Rhif Ehrran mit ihren hohen Offizieren auf Freischicht, um in aller Ruhe zu duschen, zu schlafen und zu essen. Ein Schiff, das seinen Status nicht bekanntgemacht haben wollte.

Wenn sie die internen Pläne ihrer Schiffe und ihre Gewohnheiten bei den Kif bekanntmachten, war es für sie beide nicht gut.

»In Ordnung, *Wachsamkeit.*« Sie wechselte auf Jiks Kanal. »*Aja Jin,* hier spricht die *Chanurs Stolz.*«

»Aja Jin *hier, haben alles Personal beschäftigt. Sein dies Notfall?*«

Es ist Pyanfar Chanur, zur Hölle mit deinem Fell! Hol mir Jik ran! Aber das wäre eine Panikreaktion gewesen. Jik stand wahrscheinlich in Verbindung mit der *Mahijiru,* und die Crew der *Aja Jin* steckte bis zu den Nasen in der Aufgabe, mit Goldzahn Codes und Mitteilungen zu wechseln, während er weiter anflog. Die *Aja Jin* versuchte, die Situation im Griff zu behalten und die Last der ganzen Operationen von der *Wachsamkeit* zu nehmen, weil sie diesem Schiff nicht vertrauten, und von der *Stolz,* weil dort keine Leute mehr zur Verfügung standen.

»Nein«, antwortete Pyanfar dem Kom-Offizier der *Aja Jin.* »Geben Sie es weiter, sobald sich die Lage wieder beruhigt hat!«

Es war eine delikate Frage – wie sollte sie mit Jik in Kontakt kommen und ihn dazu bringen, daß er Ehrran wegen der Ärztin das Ohr verdrehte, ohne daß es zu auffällig war? Sie hatten abschätzig von dem Stapel Anklagen gesprochen, den Ehrran sammelte. Aber sie konnten keine weiteren gebrauchen. Nichts, was das Muster vervollständigte und ihnen die Verdammung durch den *Han* einbrachte.

Folge den vorgeschriebenen Wegen. Geh den sicheren Weg! Halte dich ans Protokoll!

Sie mußte Zeit gewinnen. Selbst dann, wenn dieser Stsho zum Treffpunkt geflogen war und dort alles erzählte, was *gtst* wußte; selbst dann, wenn die Knnn sich in der Gegend herumtrieben. Goldzahn und Jik handelten, als hätten sie Zeit. Sie schmiedeten Pläne. Goldzahn setzte seinen Weg zum Dock fort, was besagte, daß er damit rechnete, etliche Stunden Zeit zu haben, bevor Probleme auftraten, oder zumindest, daß er hier persönliche Dinge zu erledigen hatte, die die Reise lohnend machten.

Aber Chur ...

Geran deckt sie, das ist es! Und Geran hat doch Angst. Ich eben-

falls. Götterverdammt, ich hätte Chur nicht über Kshshti hinaus mitnehmen dürfen!

Aber wir haben sie gebraucht. Wir brauchen sie auch weiterhin.

Doch ihr Zustand verbessert sich nicht. Es wird schlimmer.

Das Geplapper im Kom ging weiter und kündete davon, wie Kefk sich der Realität seiner Besetzung anpaßte. Im Methansektor wurde es endlich wieder ruhig. Er war nur ein kleiner Teil des Territoriums von Kefk, dabei jedoch ein Viertel, von dem die Kif die Finger ließen und aus dem nur wenige zusammenhängende Informationen kamen. Das Chaos wirkte jetzt jedoch reduziert. Und Knnn waren nicht mehr daran beteiligt.

Geran kam wieder auf die Brücke. Sie trat an Pyanfars Sitz und lehnte sich darauf, und Pyanfar drehte sich herum, um sie anzusehen. »Alles in Ordnung mit ihr?« fragte sie Geran.

Nein. Nicht in Ordnung, dachte sie dann und fühlte sich plötzlich kalt. Gerans Mund war fest zugepreßt, die Kiefer verspannt.

Es war ihr also wieder nicht möglich zu sprechen. Wie damals in der Halle. Wie stets, wenn sie sich genötigt sah, Chur Widerstand zu leisten. Pyanfar beobachtete, wie Gerans Mund zuckte, sah, wie ihr Hals verspannt war, nur, weil die Wort nicht herauskonnten. »Sie konnte das Essen nicht bei sich behalten, Käpt'n.«

»Hör mal, Kusine, ich habe bereits wegen einer Ärztin angerufen.«

»Aye«, sagte Geran, und brachte zu Pyanfars Überraschung nichts dagegen vor. Dann verlor sie einen Teil ihrer Verfassung und sah noch elender aus. »Ich glaube wirklich, daß es so auch besser ist. Käpt'n, sie hat mächtig gewürgt bei dem Versuch zu essen. Sie ist so schwach. Sie kam gar nicht mehr zu Atem.«

Für eine kleine Weile sagte niemand etwas. Tödliche Gleichungen. Punkte ohne Wiederkehr. Heilung während eines Sprungs war teuer, so teuer. Und wenn die Wunde Churs Reserven zu stark angriff und die Sprungspanne noch länger dauerte ...

Hiernach wartete ein weiterer Sprung, vielleicht in einem Tag, vielleicht schon in Stunden; und wenn sich die Lage ganz ungünstig entwickelte, dann würde Sprung auf Sprung folgen, mit Kif auf ihrer Spur, und irgendwo, irgendwann auf diesem Weg – würde die Notwendigkeit bestehen, die *Stolz* in einen Sprung zu schicken, obwohl sie wußten, daß er Churs Tod bedeutete. So sahen die Möglichkeiten aus, denen sie sich gegenübersahen.

»In Ordnung«, sagte Pyanfar ruhig. »In Ordnung, wir machen es. Wir rufen die Ärztin sofort. Eine Hani-Ärztin. Die *Wachsamkeit* verfügt über entsprechendes Personal. Ich rufe eine. Mir ist egal, was dazu nötig wird.«

Wieder unternahm Geran einen krampfhaften Versuch zu sprechen. »Laß mich das besorgen, Käpt'n! Bitte.« Und sie fuhr ruhig fort, jetzt, wo der Damm gebrochen war: »Bitte entschuldige – aber vielleicht kann ich mit dem Personal sprechen, den ruhigen Weg nehmen, hm? Verwandtschaftsrecht.«

Ohne daß die Arroganz von Kapitänen beteiligt war, wollte sie damit sagen.

»Tu es!« sagte Pyanfar ohne Verbitterung. »Sie haben eine Kom-Wache im Dienst. Daran mußt du erst vorbei.«

»Aye.« Geran setzte sich an Kom Eins und schaltete sich ein, sprach ruhig und drängend.

Es war nichts, was Pyanfar hören wollte – wie Geran sich gegenüber einer Ehrran-Crewfrau für Chur einsetzte, gegenüber eine Crewfrau, die in der Frage eines Chanur-Lebens über die richtigen Instanzen stritt.

Ich selbst hätte es längst tun sollen! Ich hätte sie bitten sollen! Ihr Götter, mir macht das nichts, wir müssen die Sache schließlich beschleunigen! Aber Geran hatte größere Chancen, erfolgreich zu sein. Zweifellos würde es noch dazu kommen, daß sie mit Rhif Ehrran persönlich sprechen und sie um die Ärztin bitten mußte, bevor die ganze Sache überstanden war; aber etwas mußte zwischen Hani einfach geheiligt bleiben – wie das Verwandtschaftsrecht und die Bindungen zwischen Schwestern. Wenn Anuurn von einem Schiff angelaufen wurde und dieses Schiff ein Familienproblem hatte, genoß es Vorrang vor dem übrigen Verkehr. Eine Frau, die wegen solcher Ereignisse auf dem Heimweg war, konnte jede Maschine besteigen, jedes Gefährt beschlagnahmen, ohne sich bis auf weiteres mit Formalitäten wie dem Preis herumschlagen zu müssen. Verwandtschaftsrecht konnte rote Bänder entwirren, Hindernisse überwinden, Opposition und Einwände zum Schweigen bringen. Es gab ein Gesetz, das höher rangierte als das Gesetz des *Han*, hatte es schon immer gegeben. Die *Wachsamkeit* mußte das respektieren.

»Käpt'n, sie wollen deine Bitte zu den Akten nehmen.«

Pyanfar drehte den Sessel und begegnete Gerans qualvollem Blick mit einem ruhigen, bevor sie den Anruf entgegennahm. »Hier ist Pyanfar Chanur«, sagte sie in den Kom.

»Chanur.« Es war Rhif Ehrran persönlich. *»Wollen Sie Ihre Crewfrau in unseren Einrichtungen unterbringen?«*

»Sie soll hier behandelt werden, wenn Sie das machen können.« Ihr Götter, Chur in Ehrran-Hände zu geben! »Ich habe hier ein Verwandtenersuchen, *Ker* Rhif.« Demütig. Ruhig. Mit soviel Chanur-Würde, wie sie noch retten konnte. »Geran Anify *par* Pyruun: sie hat das Recht, ihre Schwester zu begleiten, wenn diese weggebracht werden muß.« *Du wirst eine einsatzfähige Chanur frei auf deinem Schiff herumlaufen haben, wenn du sie nimmst, du schmeichlerischer Ehrran-Bastard. Du wirst kein Glück dabei haben, eine von uns hilflos und ungeschützt in die Hand zu bekommen – und wir haben dann nur noch zwei Besatzungsmitglieder, verdammt seien deine Augen, und du hast zwei Geiseln, und du weißt es!* »Ich wäre Ihnen sehr verbunden, Kapitän, wenn Sie die Sache beschleunigen würden. Sie ist sehr krank.«

Eine lange Verzögerung trat ein. *»Schicken Sie die Unterlagen über den Fall! Was Sie davon haben! Mein medizinisches Personal arbeitet nicht auf der Basis von Annahmen.«*

»Sie wissen, daß ich hier kein medizinisches Personal habe, Ehrran.«

»Sie erwarten von mir, daß ich die Haftung ohne entsprechende Unterlagen übernehme. Ich benötige eine Haftungsentbindung von Geran Anify als nächster Angehöriger und von Ihnen als Clan-Oberer, bevor meine Leute die Patientin anfassen.«

»Das bekommen Sie.« *Achte auf das, was hinter dir vorgeht, du götterverdammter Parasit! Hüte dich! Wenn du mir eine Chance bietest, werde ich auf dich losgehen, und es wird sich dabei nicht um einen Prozeß handeln!* »Bei allem Respekt, aber können wir die Sache in Gang bringen? Wir wissen nicht, wieviel Zeit wir in diesem Hafen zur Verfügung haben.«

»Wir warten nur noch auf die Haftungsentbindung, Chanur. Oder falls Sie es lieber hätten, wenn die Mahendo'sat oder die Kif sich um Ihr Problem kümmern ...«

»Wir verschaffen Ihnen ihre Haftungsentbindung. Ich danke Ihnen, *Ker* Rhif. Ich schulde Ihnen etwas.«

Die Verbindung wurde unhöflich unterbrochen.

»Bei den Göttern«, sagte Pyanfar, drehte sich um und begegnete Gerans Blick, »wir schulden ihr dafür etwas. *Chanur* schuldet ihr dafür etwas.«

»Aye«, rasselte Geran. Der Atem kam tief aus ihrem Körper, und es klang, als würde er unterwegs abgewürgt. »Bei Herd und Blut, Käpt'n. Wenn wir eine Chance bekommen.«

»Wenn.« Pyanfar zuckte mit den Ohren. Die Ringe klimperten, diese Erinnerungsstücke an Reisen und Erfahrungen. Sie hatten es mit einer Immunen zu tun, die nach allen Prinzipien einer zivilisierten Gesetzgebung nicht herausgefordert werden konnte. Aber Chanur war älter als jeder Immune Clan. Älter als Ehrran, in jeder Beziehung. »Besorge die Entbindungserklärung und hol Khym her! Dann hol den Automed und übertrage Churs Daten hinüber zur *Wachsamkeit*. Wir wollen den Meds jede Hilfe gewähren, die wir können; und sparen wir die Ehrran für unsere eigene Zeit auf, nicht die Churs.«

Khym betrat die Brücke und setzte sich sofort an die Rechtsakten. Tully kam zur Tür hereingestreunt. »Komm her!« sagte Pyanfar und beugte sich gleichzeitig zur Seite, um eine Größe-drei-Sonde aus dem Werkzeugkasten unter ihrer Konsole zu fischen. Sie fuhr zur Demonstration eine Kralle aus und drückte einen harmlosen Schalter mit der Sonde, während ihr Tully zusah, drehte sich dann um und klatschte ihm die Sonde auf die Handfläche. Seine blauen Augen leuchteten plötzlich auf, als er begriff, und er ballte die Faust um das Gerät.

»Wir holen Hilfe für Chur«, sagte sie. »In der Zwischenzeit benötigen wir einen Crewmann, verstanden? Schalter. Kontrollen. Ach, du kannst ja nicht lesen! Benutze deine Vorstellungskraft, Mensch. Geh zu Khym und sag ihm, daß du tust, was er sagt, ja?«

»Ich verstehen«, sagte er. »Ich tun. Ich arbeiten, ich helfen.«

»Gut für dich.« Sie tätschelte eines seiner Beine und schickte ihn weg, den Lahmen, der dem Unerfahrenen helfen sollte, damit sie beide ihr Bestes taten. Pyanfar stützte den Kopf in die Hände und strich sich die Mähne zurück. Sie zitterte vor Erschöpfung. Sie hörte, wie erneut jemand die Brücke betrat. Geran war zurückgekommen, und sie brachte Statistiken, gewonnen mit Hilfe des wenigen an medizinischer Ausrüstung, was sie besaßen. Sie ließ sich in Harals leeren Sessel sinken, um die Daten an die *Wachsamkeit* zu übermitteln, und verschwendete nicht eine einzige Bewegung.

Die Götter allein wissen, wie lange wir hiersein werden. Geran schätzt das Risiko ab, das wir eingehen – falls wir plötzlich fliehen müssen. Und Chur ... ob sie überhaupt noch klar denkt. Oder sie glaubt, daß sie ohnehin stirbt, und will uns nicht mehr mit Hilfeleistungen für sie belasten. Verdammte sture Bergfrau! Wir durchfliegen zwar den Weltraum, aber wir bekommen die Heimat nicht aus dem Blut. Ihr Götter ... Sie hatte kurz einen bestimmten Ausdruck in Gerans Gesicht gesehen, als diese mit der *Wachsamkeit* gesprochen hatte, einen Ausdruck, ähnlich dem von Hilfy, wenn sie mit den Kif zu tun hatte, und in beiden Fällen sah er nicht sehr nach persönlichem Überleben aus. Auch Pyanfars Herz klopfte heftig, wenn sie an Ehrran dachte, wenn sie über sich selbst nachdachte, über einen Dummkopf, der es geschafft hatte, ein kleines Schiff und eine Kauffahrerbesatzung in die Affären von Persönlichkeiten und *Hakkiktun* und, mochten es die Götter verhüten, von Knnn zu verwickeln.

Sie wußte keinen Zufluchtsort mehr außer dem Heimatplaneten, wo sie wiederum nur gerichtliche Klagen und Herausforderungen erwarteten, und es war unmöglich, mit einer kranken Frau an Bord dorthin zu fliegen, ohne daß sie dabei starb. Sie konnten von hier aus nach Mkks zurückgelangen. Oder Tt'a'va'o erreichen, in einem Raumgebiet, das noch nie eine Hani besucht hatte und wo auch keine Hani willkommen war. Oder sie konnten zur Treffpunkt-Station fliegen – wo jedoch auch kein Willkommen auf die *Stolz* wartete, und wo nicht wenige Agenturen auf ihre Felle scharf waren. Chur überlebte den Flug zu einer dieser Welten vielleicht gar nicht, und die *Stolz* selbst hielt möglicherweise nicht viel länger durch, als bis zu ihrer Ankunft dort.

Sie fuhr sich erneut mit der Hand über die Mähne und zuckte mit den Ohren, damit die Ringe wieder ordentlich lagen. Sie hörte Geran zu, wie sie die Daten durchgab und darauf beharrte, daß die Ehrran-Mediziner den Empfang bestätigten.

Haral kam auf die Brücke zurück, noch naß vom Baden, während Khym gerade aufstand und Geran die Entbindungserklärung zur Fax-Übermittlung an die *Wachsamkeit* aushändigte.

»Was ist los?« fragte Haral.

»Wir holen eine Ärztin von der *Wachsamkeit* herüber«, sagte Pyanfar ruhig, und Harals feuchte Ohren kippten in schweigsamer Kenntnisnahme zurück. Haral wußte, um wen es ging und warum, und sie war erleichtert und erklärte, sich keine Sorgen gemacht zu haben, daß es nicht getan würde, brachte das alles mit diesem einen Zucken der Ohren zum Ausdruck. Diese freundschaftliche Vertrautheit tröstete Pyanfar, denn sie stand ihr so nahe wie das eigene Denken. Als sie noch jung gewesen waren, hatten sie und Haral sich manchmal geprügelt, jedoch nie an Bord der *Stolz*, und niemals mehr, seit sie Seite an Seite auf der Brücke der *Stolz* saßen. »Chur geht es gar nicht gut, nicht wahr?« fragte Haral.

»Es ist nicht kritisch«, sagte Pyanfar, »aber auch nicht gut. Es ist nicht das *Jetzt*, was mir Sorgen macht ...«

Haral zählte auch weitere unausgesprochene Dinge richtig zusammen und runzelte die Stirn über ihr Schicksal und das Churs und über die Verbündeten, auf die sie sich verlassen mußten ...

»Goldzahn ist ...« – *unter Trägheit im Anflug*, wollte Pyanfar sagen, als der Kom sich mit einer blitzenden Meldelampe einschaltete. Sie beugte sich über das Mikro. »*Chanurs Stolz.* Sie sprechen den Kapitän.«

Es war weder Ehrran noch Jik. Sie hörte blecherne Schritte in der geschützten Docksverbindung. »*... kokkitta ktogotki, Chanur-hakto. Kgoto naktki tkki skthokkikt.*«

»Verdammt, ich mache die Luke nicht auf!«

»*... kohogot kakkti hakkiktu.*«

»Nicht einmal für ihn!«

»*... Khotakku. Sphitktit ikkti ktoghogot.*«

»Sprechen Sie Pidgin!«

»*... Geschenk. Vom* Hakkikt.«

Pyanfar holte tief Luft und blickte auf zu Haral. Haral hatte die Ohren zurückgeklappt. Frag mich nicht! brachte sie damit zum Ausdruck. Du weißt, welche Wahl wir haben.«

»Ich komme«, sagte Pyanfar in den Kom. »Kgakki tkki, skkuhakkiktu.« Die Höflichkeit kam ihr nur schwer über die Lippen. Und als die Verbindung unterbrochen war: »Ihr Götter, was brauchen wir denn sonst noch? Khym, Tully: Haral und ich gehen zur Luftschleuse. Setzt euch an den Kom und sagt Tirun und Hilfy, sie sollen auf dem Unterdeck zu uns stoßen – bewaffnet! Und beeilt euch damit! Geran, schalte die Kamera ein!« Sie sprang auf, während Haral zum Waffenschrank ging. »Und Khym, wenn du fertig bist, geh auf nahe Entfernung und unterrichte Jik, daß Kif bei uns mit Geschenken vor der Schleuse stehen. *Benutze nicht die Stationsleitungen, verstanden?* «

»Aye«, sagte Khym und wechselte zu Hilfys leerem Platz, drückte schon, während er sich hinsetzte, dort die Kom-Schalter. Kein Einwand. Ihr Götter, die Mannsleute hatten sich eingeordnet und erwiesen sich als nützlich. Irgendwo war *irgend etwas* passiert, und das Gewicht, das sie seit Anuurn den Berg hinauf zu schieben versucht hatte, bewegte sich nun aus eigener Kraft. Sie ergriff die leichte Pistole, die Haral ihr reichte, überprüfte eilig die Sicherung und verließ die Brücke einen Schritt vor Haral.

»Geschenke«, brummte Pyanfar, als Haral sie im Hauptkorridor einholte. »Geschenke! Auf genau diese Art sind wir zu Beginn überhaupt in dieses Durcheinander hineingeraten. Die Knnn. Chur krank. Die *Wachsamkeit* treibt ihre Spiele. Und ein verdammter Kif will uns Geschenke machen!«

Mit Goldzahn, der nun in das letzte Stadium seines Docksanfluges eintrat, verloren sie ihren Schild im freien Raum. Und von jetzt an hieß es, sich in jedem Augenblick für einen eiligen Abflug und ein wildes Losstürmen auf die Verteidigungseinrichtungen bereitzuhalten.

Sie hatten die Station erwischt, als sie nicht vorbereitet gewesen war. Es war leicht möglich, eine Sternstation auszuschalten, indem man ein paar auf Lichtgeschwindigkeit beschleunigte Felsbrocken mit durch den Sprung nahm und dann einfach fliegen ließ – falls ein Angreifer keine Skrupel hatte.

Und Akkhtimakts Reputation, so erinnerte sie sich immer wieder, enthielt keine Skrupel, nicht einmal unter Kif.

ZEHNTES KAPITEL

Tirun und Hilfy erwarteten sie im Unterdeck vor dem Aufzug, bewaffnet mit Pistolen aus dem Schließschrank unten. Sie hatten beide die Ohren zurückgelegt und waren noch nasser als Haral nach ihrem Bad. »Was ist denn los?« fragte Tirun, als sie durch den Korridor auf die Schleuse zugingen.

»Da bringt uns jemand ein Geschenk von Sikkukkut«, brummte Pyanfar und warf einen Blick auf Hilfy. An Hilfy war nichts anderes zu erkennen als ein klarer, konzentrierter Blick. »Das behaupten die da draußen wenigstens. Das letzte Geschenk hat mir nicht sonderlich gefallen; und wenn Sikkukkut mir wieder einen seiner ohrenlosen Gefolgsleute bringt, verfüttere ich den an Skkukuk und löse damit zwei Probleme auf einmal!«

»Mir gefällt das nicht«, meinte Haral. »Mir gefällt das überhaupt nicht, Käpt'n, überlaß es Tirun und mir, die Sache in der Schleuse zu klären! Vielleicht lauern dort mehr Kif, als wir erwarten, und sie könnten die Luke beschädigen ...«

»Die Luftschleuse gibt ihnen einen Positionsvorteil«, sagte Pyanfar. »*Geran*, hast du ein Bild von ihnen?«

»Nein, Käpt'n ... einer ist an der Biegung zu sehen; es sind noch mehr da, aber sie halten sich zurück, und das Licht in der Zugangsröhre ist mies.«

»Verdammtes Schlamassel«, murrte Pyanfar. »Halt dich bereit, Geran!«

Ein einziger Schuß aus der Luftschleuse in Richtung der Zugangsröhre konnte sie ins Vakuum blasen, sogar mit einer leichten Pistole; und Kefk war voller potentieller Selbstmörder, die bereit waren, ihr Leben darauf zu wetten, daß Hani den einen notwenigen Augenblick zögerten, um die Gegenseite mit in den Tod zu nehmen.

»Wir könnten die Sache von der Unterdeckszentrale aus klären«, meinte Haral.

»*Sfik*«, wandte Pyanfar ein. Sie zog die Pistole und entsicherte sie. »Abgesehen davon, eine Sabotage an dieser Luke erfordert es gar nicht. Es geht um die Luftschleuse. Du und ich, wir gehen hinein, Kusine. Hilfy und Tirun bleiben zurück, ihr haltet die Hand auf dem Schließschalter. Und Geran, du paßt da oben scharf auf!«

»*Ich habe sie im Blick*«, sagte Geran.

Tirun hatte die Ohren nach hinten gelegt. Sie verfügte über die nötige Rücksichtslosigkeit, um den Notfallverschluß zu betätigen, als Reserve für Geran. Hilfy war dabei, weil sie zufällig im Unterdeck gewesen war; und wenn Pyanfar sie nach oben geschickt hätte, wäre damit etwas gesagt worden, was sie nicht sagen wollte.

»Huh«, sagte Tirun, ihr ganzer Kommentar zur Situation.

Sie umrundeten die Biegung, die zur Schleuse führte. »Geran, nur die innere Luke!«

Sssnnnk. Die große Innenluke öffnete sich augenblicklich, und die Schleuse leuchtete mit ihren weißen Lichtern grell auf. Tirun bezog dort Position, wo der Lukenrand ihr Dekkung gegen Beschuß bot und eine um Sekundenbruchteile längere Überlebenschance im Fall einer explosiven Dekompression, und sie legte die linke Hand auf den Notschalter. Hilfy baute sich mit ihrer Waffe an der gegenüberliegenden Seite des Lukendurchgangs auf.

»Ganz ruhig!« sagte Pyanfar und betrat die Luftschleuse, gefolgt von Haral. »Geran, mach sie auf!«

Die Außenluke fuhr blitzschnell auf. Ein einzelner Kif stand ein Stück weit entfernt im orangefarbenen Licht der Zugangsröhre, und seine Hände waren deutlich zu sehen. Er wirkte überhaupt nicht erschreckt über die beiden Pistolen, in deren Mündungen er blickte, und er enthielt sich klugerweise jeder abrupten Bewegung.

Sikkukkut persönlich? fragte sich Pyanfar. Aber er war nicht so groß wie Sikkukkut. Er roch anders. Sie nahm den andersartigen Geruch der Kefk-Station wahr, ein muffiger

Ammoniakgeruch, der zusammen mit dem des Kif in die Schleuse trieb und geeignet war, die Rückenhaare einer Hani aufzurichten. Pyanfars Nase zuckte. *Ihr Götter, ich bin allergisch gegen diese Bastarde ...*

»Der *Hakkikt* übersendet Ihnen ein Geschenk«, sagte der Kif. »Werden Sie es annehmen?«

»*Was* für ein Geschenk?«

Der Kif drehte sich langsam um. »... Kktanankki!« rief er. *Bringt es ...* Ein Wort, das mehr implizierte als nur *bringen,* so wie ein Geschenk, das auf eigenen Füßen gehen konnte.

Ein leiser Ton erklang weiter unten, hinter der Biegung der Zugangsröhre. Weitere Kif kamen herbei, eine massierte Schattenflut mit dem Rotgold einer Hani in ihrer Mitte, einer Hani in zerfledderter blauer Seidenkniehose.

Pyanfars Herz machte einen Sprung, erst vor Bestürzung, und dann, als sie das Gesicht erkannte, die zerzauste Mähne mit dem Bronzeton der Südländer Anuurns; das linke Ohr war eingerissen, und eine schwarze Narbe verzerrte Mund und Kinn.

»Dur Tahar«, sagte Pyanfar.

Der Kapitän der *Mondaufgang* blickte auf, als die Kif sie an die Schwelle der Schleuse führten. Sie blinzelte, und die Ohren gingen hoch und klappten an den Schädel, als der erste Kif und zwei weitere sie hineinführten in das weiße Licht. Dur Tahars Augen hatten denselben Bronzeton wie ihre Mähne, und sie blickten wild und hart und verrückt. »Pyanfar Chanur«, sagte sie mit heiserer Stimme, wie aus der Ferne.

»Der *Hakkikt* übergibt Ihnen Ihre Feindin«, sagte der erste Kif. »Und er grüßt Sie, Chanur.«

»Ich grüße ihn auch«, brummte Pyanfar.

»Kkt«, sagte der Kif, drehte sich mit wehenden Gewändern um und ging wieder, nahm seine dunklen Gefährten mit – kifische Ökonomie der Höflichkeit.

»Meine Besatzung«, sagte Dur Tahar. Sie bemühte sich, ruhig zu sprechen, schaffte es aber nicht. »Um der Götter willen, Chanur – bemühen Sie sich um sie! *Bitten* Sie darum! *Holen* Sie sie dort heraus!«

Pyanfar atmete tief durch und trat hinaus in die Zugangsröhre, ging den sich entfernenden Kif nach. »Käpt'n!« schrie Haral hinter ihr her, aber Pyanfar ging nur bis zu der Biegung, von wo aus sie die Kif auf der Rampe sehen konnte. »*Skku-hakkiktu.*« rief sie hinter dem kollektiven Schatten her. »Ich will auch die übrigen Hani, verstanden?«

Der erste Kif blieb bedächtig stehen und blickte zu ihr hinauf, während auch sein Trupp um ihn herum zum Stehen kam.

»Sagen Sie dem *Hakkikt*«, rief Pyanfar die eiskalte Rutsche der Rampe hinab, »daß ich sein Geschenk zu würdigen weiß! Sagen Sie dem *Hakkikt*, daß ich auch die übrigen Hani haben will! Das ist mir sehr wichtig! *Sagen* Sie es ihm in dieser Form!«

»Kkt. Chanur-hakto. Aktut okkukkun nakth hakti-hakkikta.«

Es hatte etwas damit zu tun, die Nachricht weiterzugeben. Pyanfar verstand die Modi nicht, die Feinheiten des Wann oder Wie-schnell, eingewebt in Worte, die die Kif untereinander benutzten wie scharfe Messer.

»Tun Sie es aber auch wirklich!« schrie sie hinab.

Der Kif verneigte sich geschmeidig, drehte sich um und ging im Kreis seiner Gefährten weiter die Rampe hinunter. Pyanfar machte ein finsteres Gesicht, sicherte die Pistole wieder und eilte zurück in die Luftschleuse.

»Mach dicht, Geran!« schrie sie in den Kom. »Und verschließ sie gut!«

Die Tür schloß sich mit einem Zischen, und die elektronischen Verschlüsse stießen krachend zusammen.

»Wo *befindet* sich ihre Besatzung?« fragte Pyanfar Tahar.

»In der Stationszentrale. Mein letzter Kenntnisstand.« Tahar stolperte, als Haral sie an einem der gebundenen Arme packte und sie hinaus in den wärmeren Korridor zog. Im Vorbeigehen blickte Tahar nach links zu Hilfy und nach rechts zu Tirun; und mit Hilfy, deren Mutter aus dem

Faha-Clan stammte, bestand eine Fehde, die so schwer war wie Chanurs eigene. Aber Dur Tahar zeigte keine Spur von Trotz, sondern nur resignierte Folgsamkeit, als Pyanfar sie hinüber an die Korridorwand stieß.

»Holen Sie sie heraus!« sagte Tahar heiser. »Chanur, alles, was Sie wollen, aber holen Sie sie heraus! Schnell!«

»Tirun, hast du ein Messer?«

»Ich habe eins.« Tirun zog ihr Klappmesser aus der Tasche, drehte Tahar mit dem Gesicht zur Wand und durchschnitt die Schnüre, die ihre Hände banden, drehte sie dann wieder herum und durchtrennte die Schnur, die um den Hals lag – stopfte sich dann die Schnurreste in die Hosentasche, der Ordnungssinn einer Raumfahrerin, während Dur Tahar an der Wand lehnte und die Hände aneinanderrieb, damit das Blut wieder durch sie zirkulierte. Ihre Augen waren glasig durch den Schock.

»Ich habe mir nicht vorgestellt, Sie unter solchen Umständen wiederzusehen«, sagte Pyanfar.

»Wir befanden uns nicht an Bord unseres Schiffs, als Sie kamen. Sie hielten uns in den Büros fest – ihr Götter, mir ist egal, was Sie mit mir machen, *aber holen Sie meine Leute aus den Händen der Kif!*«

»Ich werde es versuchen. Ich habe Sikkukkut eine Botschaft geschickt. Ich bin mir nicht sicher, ob ich beim *Hakkikt* genug Kredit habe, damit er auf mich hört, aber ich denke doch, daß er ausreicht, damit ihm die Botschaft ausgerichtet wird.«

Dur Tahar stieß sich von der Wand ab. »Sie könnten mehr tun!«

»Hören Sie, Tahar: Wenn Sie mir Schwierigkeiten machen, sterben Sie ohne Ohren! Haben Sie mich verstanden?«

»Ich habe verstanden. Aber versuchen Sie es! *Reden* Sie mit den Kif! Sie wissen, was die sonst tun werden ...«

»Ich weiß es. Aber die Botschaft muß erst bei ihnen eintreffen, bevor ich irgend etwas tun kann. Das sollten Sie so gut wissen wie jeder andere. Ich werde mich über Kom mit der *Harukk* in Verbindung setzen. Ich schlage vor, daß Sie mir sagen, was Sie in diesem Hafen machen und wo Akkhtimakt ist. Vielleicht können Sie mir eine Münze in die Hand geben, mit der ich feilschen kann, hm?«

Tahar preßte die Lippen zusammen. Sie deutete vage nach draußen, überallhin, irgendwohin, und blickte dabei nach oben. »Dort. Dort draußen, am ehesten auf Kshshti.« Es war nur noch der Geist einer Stimme. »Wenn Sie unser Wort wollen, bekommen Sie es. Alles. Aber lassen Sie sie nur um der Götter willen nicht so sterben!«

Pyanfar stand da und starrte sie an. Altmodische Worte bedeuteten etwas auf Anuurn, Worte wie *unser Wort*, wie *Clan* und *Gesetz* und weitere, die fremd klangen an dem fernen dunklen Ort, bis zu dem sie sich vorgewagt hatten, in diesem modernen Zeitalter der *Wachsamkeit* und der Stsho-Machenschaften. »Es ist ein langer Weg von zu Hause bis hierher. Ein langer Weg, Tahar.«

Dur Tahar lehnte den Kopf nach hinten an die Wand und schloß die Augen. »Sie werden Sie angreifen. Die Mahendo'sat genauso wie die Kif. Sie werden es tun. Nehmen Sie nur mein Beispiel – und sehen Sie zu, daß Sie von hier verschwinden! Lassen Sie sie alle stehen und fliehen Sie, Chanur!«

»Kennen Sie einen Ort, zu dem man fliehen könnte?«

Dur Tahar öffnete die Augen und sah sie an, zeigte ihr einen Blick, der weh tat mit dem, was er zum Ausdruck brachte, der Erschöpfung und dem Schrecken und den Monaten und Jahren des Fliehens. »Nein. Keinen, der endgültig sicher ist. Nicht, wenn Sie so sind wie ich. Und Sie stehen im Begriff, sehr schnell auch so zu werden, nicht wahr, Chanur?«

Es war kein Anblick, den zu sehen je einer von ihnen erwartet hatte – den Kapitän der *Mondaufgang* am Tisch in der Kombüse der *Stolz*, wo sie eine Tasse Gfi trank, die Geran ihr reichte. Pyanfar setzte sich ihr gegenüber an den Tisch, selbst auch eine Tasse in den Händen. Weitere Besatzungsmitglieder standen an die Schränke gelehnt herum, Bissen von Lebensmitteln haltend, die Tully zusammengesucht hatte. Zwei Männer in der Kombüse – aber Dur Tahar war so niedergeschlagen, daß sie für Tully kaum mehr als einen bedenklichen Blick übrig hatte, und noch weniger als das für Khym.

Sie wußte, daß Tully bei uns ist, stellte Pyanfar fest. *Oder sie wußte wenigstens, daß er es sein könnte. Also ist das Gerücht bis zu Akkhtimakt durchgedrungen.* Tirun hatte wieder Dienst und war mit dem Versuch beschäftigt, die *Wachsamkeit* über den medizinischen Beistand zu befragen und Jiks Aufmerksamkeit auf die Tahar-Sache zu lenken ... (»Laß mich diese Runde übernehmen«, hatte Tirun angeboten, als Geran sich wieder um Chur kümmerte. »Tu es!« sagte Pyanfar. Und unter vier Augen: »Setz die *Wachsamkeit* unter Druck, ja? Diskret. Mögen die Götter sie verdammen! Treib sie ein wenig zur Eile an!«) Khym und Haral und Hilfy und Tully – sie standen jetzt an den Wänden herum, Waffen an den Hüften, alle bewaffnet außer Tully; und Tahar trank ihren Gfi schweigend und blickte ins Leere. »Ich will es genau wissen«, sagte Pyanfar zu ihr. »Ich will die ganze Geschichte erfahren, *Ker* Dur. Und zwar schnell. Erzählen Sie sie mir!«

Tahars Augen fanden wieder einen Brennpunkt. »Meine Besatzung ...«

»Die *Mahijiru* liegt im Dock; Goldzahn ist gerade dabei, die Kom-Verbindungen anzuschließen. Bald werden wir die Kif ein wenig in Bewegung bringen. Aber andere Schiffe haben auch Mangel an Besatzungsmitgliedern, genau wie wir. Sogar die Kif. Ihre Kusinen sind für den Augenblick zunächst einmal sicher ... die Kif werden sich zurückhalten, bis sie einen direkten Befehl von Sikkukkut erhalten, oder bis Sikkukkut Gelegenheit findet, sich um sie zu kümmern; er ist im Moment wirklich sehr beschäftigt. Verlassen Sie sich darauf. Trinken Sie das aus. Mein diensthabender Offizier schickt nach der *Aja Jin*. Wir tun mehr, als es den Anschein hat. Aber wenn Sie mich für dumm verkaufen wollen, Dur, dann werde ich ...«

»Nein.« Dur Tahar nahm einen Schluck. Die Tasse zitterte in ihren Händen. »Sie fliegen in rauher Gesellschaft. Dieser *Hakkikt* von Ihnen ...«

»Er ist nicht meiner.«

»... er ist dabei, zu gewinnen, sind Sie sich darüber im klaren? Die Kif denken, daß Akkhtimakt bereits verloren hat. Die Nachricht verbreitet sich ... Wie gut kennen Sie die Kif?«

»Ungefähr so gut, daß ich damit klarkomme, und besser, als mir angenehm ist.«

»*Ich* kenne sie, glauben Sie mir das! *Sfik.* Die götterverlassenen Kif wechseln die Seite so schnell wie Stsho, wenn sie sich einer solchen Situation gegenübersehen, wo zwei Kif ganz oben stehen und sich fast ebenbürtig sind: Sikkukkut und Akkhtimakt – sie beide dienten Akkukkak in verschiedenen Funktionen, bis er verschwand, und jetzt haben sie den ganzen Kif-Raum ins Chaos gestürzt. Die gewöhnlichen Kif erschnuppern jeden Lufthauch, jedes Flüstern, das des Weges kommt, und ändern ihre Politik entsprechend. Und ganz plötzlich schrumpft Akkhtimakts Bedeutung zusammen. Sein Vorgehen gegen Kita war eine große Bedrohung; ihr Götter, er kommt von Akkht, ist dort ein großes Tier – verfügt über mächtige *Skkukun,* die auf der Heimatwelt alle seine Rivalen zur Strecke bringen, während Sikkukkut nur ein Emporkömmling ist, ein Provinzboß von Mirkti, um der Götter willen. *Aber die Mahendo'sat kennen ihn!* Sikkukkut ist für sie ein seit langem vertrauter Nachbar, jemand, mit dem zu verhandeln sie gewöhnt sind. Und sie *verhandeln mit ihm!* Verstehen Sie? Ganz plötzlich sieht Akkhtimakt wie ein Kif aus, der weit von der Basis seiner Macht entfernt ist und sie verliert. Sikkukkut operiert in seinem Heimatterritorium und benutzt alte Verbindungen, und er hat Akkhtimakt einen schweren Schlag versetzt – dank Ihnen und den Mahendo'sat. Einen wirklich schweren Schlag.«

Pyanfar stützte sich mit den Ellbogen auf den Tisch. »Wie paßt die *Menschheit* da hinein?«

Weiße Ränder zeigten sich in Tahars Augen, und sie zuckten eine Idee weit in Tullys Richtung, aber Tahar wandte dazu nicht den Kopf, tat es nicht einmal dann, als Geran leise hereinkam, mit verschränkten Armen stehenblieb und mit einem Gesicht, das Unheil verkündete. »Menschen«, sagte Tahar, »sind im Anrücken. Sie dringen langsam vor – aber Ihr Verbündeter sollte in der Lage sein, Ihnen davon zu erzählen.«

»Sikkukkut, meinen Sie?«

»Dieser Mensch. *Oder* die Mahendo'sat. Akkhtimakts Programm bestand darin, die Menschen aufzuhalten, sie aus dem Raum des Paktes fernzuhalten. Oder an den Grenzen einzeln auf sie Jagd zu machen. Die Menschen sind Verbündete der Mahe, so, wie die Kif es verstehen. Aber Sikkukkut hat die Mahendo'sat dazu gebracht, mit *ihm* zusammenzuarbeiten. Er hat auch Sie überredet und obendrein die Augen des *Han*. Hat sich selbst einen Menschenliebling zugelegt. Wie bekämpft man eine solche Kombination? Kefk warf einen Blick auf die Situation, und schon sahen sich alle hiesigen Parteigänger Akkhtimakts ihre Nachbarn an und überdachten von neuem alle ihre Verbindungen ... Ich hatte das schon früher miterlebt. Ein Kif besieht sich eine Situation, zählt sein *Sfik* zusammen und prüft, ob er einen Vorteil gegenüber der anderen Seite hat, und wenn das nicht der Fall ist, dann weiß er, daß seine Nachbarn auch alles addieren und einer von ihnen vielleicht versuchen wird, mehr *Sfik* zu erlangen, indem er ihn tötet. Falls er dann seinen Angreifer tötet, hat er selbst für den Augenblick mehr *Sfik*, aber falls er *zu viel* gewinnt, könnte er als Bedrohung erscheinen und alle Vorteile dadurch verlieren. Es ist ein blutiges Spiel, Chanur. Ich habe es zwei Jahre lang gespielt.«

»Sieht so aus, als hätten Sie einen Schritt ausgelassen, nicht wahr?«

»Oh, ich habe es versucht. Aber Kif begreifen Hani nicht, das ist alles. Sie wissen nicht, wie unser Denken funktioniert, nicht in Krisen – aber sie wissen wohl, daß wir anders sind, und daß die Art, wie wir uns für unsere Seite entscheiden, für sie weder vorhersagbar noch sinnvoll ist. Und genau das ist uns passiert. Wir bekamen nicht die Chance, die Seite zu wechseln. Wir hielten uns in einem Büro auf – das Personal dort drehte sich auf einmal um und erschoß ohne vorherige Warnung einen Kif, der zu hoch oben stand, der zuviel *Sfik* hatte, als daß man ihm hätte trauen können; und dann nahmen sie noch weitere hoch, um sie Sikkukkut zu übergeben, damit er ... o ihr Götter!« Tahar erschauerte und setzte die Tasse mit zitternden Händen ab. »Meine *Besatzung*, Chanur, meine Besatzung – Sikkukkut hat mich als Geschenk weitergegeben. Ich besitze genug *Sfik* dafür. Die Situation bietet es. Aber meine Kusinen – wenn Sie sie nicht dort herausholen ... Chanur, ich habe gesehen, was passiert, wenn ein Kif eine Feier veranstalten möchte! Ich habe es *gesehen!*«

»Ich versuche es ja. Mein Wort darauf, Tahar. Die Götter wissen, daß ich Ihnen mit Begeisterung das Genick brechen würde, wenn die Dinge anders aussähen. Aber nicht hier und nicht jetzt und nicht so. Ich nutze jeden Einfluß, den ich habe. Wollen Sie noch etwas trinken?«

»Nein.«

»Tun Sie es trotzdem! Sie können es brauchen.« Sie nahm Dur Tahars Tasse, reichte sie Tirun zum Auffüllen und stellte sie wieder vor Tahars Hände. »Erhalten Sie Nachrichten von zu Hause?«

Tahar blickte besorgt auf.

»Kurz und direkt«, sagte Pyanfar. Es bereitete ihr einen schlechten Geschmack im Mund, wo es doch früher an sich schon die Rache gewesen wäre, die Nachrichten zu überbringen. »Tahar hat große Probleme – aber das können Sie sich ja denken. Ich weiß nicht, wie schlimm es ist und wie sehr es sich intern auswirkt, oder was gegenwärtig auf Anuurn geschieht, aber das konnten Sie sich denken. Tahar hatte letztes Jahr Schwierigkeiten dabei, Frachten zu erhalten. Die *Sieg*, die *Sonnenfeuer* und die *Goldener Ring* befuhren Strecken weit drüben an der anderen Seite – als ich das letzte Mal von ihnen hörte –, so weit entfernt von den Kif, wie sie nur kommen konnten. Wenn sie eigene Frachten befördern, wirft jemand die Frage auf, ob es sich um gelagerte Piratenbeute handelt; und wenn sie fremde Fracht transportieren, dann müssen sie eine Garantieerklärung abgeben für den Fall, daß sie sie selbst rauben wollen.«

»Hören Sie auf, Chanur!«

»Ich sage die Wahrheit. Was *glauben* Sie denn, was Sie für das Ansehen Tahars getan haben? Verdammt, Sie wußten es schon, als sie mit dem Rest der Kif von Gaohn flohen! Da können Sie genausogut zuhören.«

Tahar hatte die Ohren zurückgelegt, setzte jetzt die Tasse heftig ab und sah aus, als wollte sie mit dem nächsten Atemzug über den Tisch kommen; aber dann stieß sie mit einem langen, bebenden Seufzen die Luft aus, senkte den Kopf und fuhr die Krallen aus, die Spitzen auf der harten Tischfläche. »Sie haben mir verdammt wenig Wahl gelassen. Was sollte ich denn machen? Nach Hause zurückkehren und meinem Bruder gegenübertreten? Weiter Tahar-Frachten befördern, nach allem, was die Kif auf Gaohn den Hani angetan haben?«

»Sie wußten, daß sie Kif waren, als Sie sich mit ihnen einließen.«

»So wissen Sie es.« Tahar hob wieder den Kopf, und die rotbronzenen Augen waren dunkel im Zentrum und brannten. »Vergessen Sie das nicht! *Vergessen Sie es nicht,* Pyanfar Chanur! Man kann sich nicht von seinem Clan lösen. Niemals! Was man tut, fällt auf die Verwandtschaft zu Hause zurück. Und Kif sind Kif und Hani sind Hani, und die einen können den anderen letztendlich nicht vertrauen. Holen Sie uns hier heraus! Holen Sie meine Besatzung heraus und bringen Sie uns alle nach *Hause,* Chanur! Um der Götter willen, ich bitte Sie, bringen Sie uns alle nach Hause, Ihre und meine Leute!«

»Käpt'n.« Tiruns Stimme drang aus dem Kom an der Wand. *»Die* Wachsamkeit *sendet, Zitat: ›Sie haben Tahar-Personal an Bord genommen.‹ Ich lese es exakt ab, Käpt'n. ›Wir ersu-*

chen Sie darum, die Überführung dieser Person in immune Verwahrung vorzubereiten.‹«

»Mögen die Götter sie verdammen«, murmelte Pyanfar und schob sich seitlich von der Bank.

»Ehrran«, murmelte Dur Tahar düster und sprang auf, eine Bewegung, die alle Chanur in der Kombüse aus ihrer lässigen Haltung riß. Tahar legte alarmiert die Ohren an, und dann sank sie wieder auf die Bank zurück.

»Das Gesetz«, sagte Pyanfar. »Sie sind hier, Tahar. Das *Han*-Gesetz. Sie sind seit zwei Jahren auf der Jagd nach Ihnen.«

»Chanur – nehmen Sie mein Ehrenwort an!«

Nehmen Sie mich in Verwahrung, hieß das; von Clan zu Clan. Es würde bedeuten, Tahar in Chanur-Gewahrsam nach Anuurn zurückzubringen und der dortigen Justiz zu übergeben. Damit könnten sie den Feinden Chanurs einen Schritt voraus sein und Rhif Ehrran demütigen. Das war es, was Tahar ihr mit voller Absicht anbot.

Es konnte auch ins Auge gehen.

Pyanfar blickte Dur Tahar unverwandt in die Augen, umgeben vom Halbkreis der Chanur-Angehörigen, und das Haar auf ihrem Rücken sträubte sich. *Ihr Götter, daß ich Angst haben muß! Daß eine Hani eine andere so ansehen und sich wegen des* Han *Sorgen machen muß!*

Sie schob sich an den anderen vorbei und ging in Richtung der Brücke.

»Chanur!«

Pyanfar blickte zurück zu Tahar, die von Haral mit einem festen Griff um einen Arm festgehalten wurde. Pyanfar hob das Kinn ruckartig in einer Geste, den Tahar-Kapitän freizulassen, drehte sich um und folgte dem schmalen Korridor mit dem geschwungenen Boden zur Brücke.

»Sind sie immer noch dran?« fragte sie Tirun, die an Kom Eins saß, als sie sich in ihren Sessel setzte.

»Deine zwei«, sagte Tirun, und Pyanfar schwang den Sessel herum und schaltete diesen Kanal auf den Lautsprecher und gleichzeitig den Recorder ein.

»Hier spricht Pyanfar Chanur.«

»Rhif Ehrran«, erfolgte die prompte Antwort aus dem Lautsprecher am Pult, während sich die anderen auf der Brücke versammelten, um zuzuhören. *»Wir haben erfahren, daß die Kif eine der Tahar an Sie übergeben haben.«*

»Das ist korrekt, *Ker* Rhif. Es handelt sich um Dur Tahar. Sie hat uns darüber informiert, daß Ihre Verwandten sich immer noch im Gewahrsam der Streitkräfte des *Hakkikt* befinden und damit in unmittelbarer Gefahr. Wir haben auf der Stelle über alle Kanäle um ihre Freilassung ersucht. Wir halten Dur Tahar zunächst fest, bis sich die Situation auf den Docks beruhigt ...«

»Sie haben das durchgeführt, ohne uns zu benachrichtigen.«

»Die Unterrichtung des *Hakkikt* war dringend erforderlich. Hani-Leben sind in Gefahr. Bezüglich der allgemeinen Lage erschien Tahar in Kif-Gewahrsam vor meiner Luftschleuse, ohne daß eine vorherige Ankündigung erfolgt wäre. Und obendrein möchte ich die Delegierte daran erinnern, daß diese Verbindung nicht gesichert ist.«

»Sie behindern die Ausführung eines Han-*Befehles, Chanur!«*

»Ich gebe zu Protokoll, daß Tahar uns darum ersucht hat, ihr Ehrenwort anzunehmen.«

Für einen Moment herrschte am anderen Ende der Leitung völlige Stille. Dann:

»Ich fordere Kooperation, Chanur. Sie werden dieses Ehrenwort nicht annehmen. Haben Sie mich verstanden? Haben Sie mich verstanden? *Wenn Sie unsere Hilfe wollen, wollen wir auch Ihre. Übergeben Sie sie an uns!«*

Pyanfars Herz hüpfte. Sie warf einen kurzen Blick auf den grünen Schimmer der Recorderlampe. Das Gespräch erschien im Logbuch der *Wachsamkeit,* und sicher wollte sie es auch auf den Bändern der *Stolz* haben. »Sie wollen damit wohl sagen, daß die Erfüllung unserer Bitte um medizinischen Beistand für verletztes Personal davon abhängt, daß wir Tahars Bitte ablehnen?«

Wieder Schweigen. Die Falle war zu offenkundig. Rhif Ehrran war zu vorsichtig, das zu bestätigen, wenn irgendeine Chance bestand, daß es wortwörtlich ins Logbuch eingetragen wurde. *»Nichts Derartiges, Chanur. Aber ich setze meine Leute nicht einer Situation aus, der ich nicht traue. Und bis zu einer Klärung dieser Frage setze ich die Entscheidung über Ihr Ersuchen aus.«*

»Zur Hölle mit Ihnen! Sie sprechen über eine schwerkranke Frau und einen knappen Zeitplan! Sie ...«

Klick.

»Zur Hölle mit dir!«

Tiruns ruhige Stimme: »Ins Logbuch?«

»Gib es ein! Gib die Unterbrechung ein, bis auf die Minute!« Pyanfar schaltete den Recorder ab. Sie zitterte, als sie ihren Sessel herumschwang, und das Herz tat ihr weh, als sie die Gesichter der anderen sah, Gerans Gesicht und das Tahars. »Geran«, sagte Pyanfar ruhig, um zu der mörderischen Wut durchzudringen, die sie in Gerans Augen erkannte. Und in tiefster Scham sagte sie: »Tahar, ich werde es weiter versuchen.«

»Was machen sie?« fragte Tahar mit hohler Stimme. »Chanur, was geht da vor?«

»Es geht um das *Gesetz*. Das Gesetz, das hinter Ihnen her ist, richtet mir aus, daß sie Chur Anify sterben lassen, wenn ich Sie nicht auf der Stelle ausliefere. So sehen die Entwicklungen aus, die sich seit Gaohn auf Anuurn ereignet haben. Das ist heute aus dem *Han* geworden: Spione und Schnüffler und sture Beamte, die sich herumtreiben, um ihren Fall um jeden Preis zu beweisen. Ein Gesetz, das von versteckten Andeutungen bestimmt wird, von Drohungen, von Bestechung, von Profit und politischem Gewinn. So etwas haben wir heute. Abkommen mit den Stsho. Auszahlungen und Ausverkäufe. Hani, die so verdammt scharf darauf sind, gegenüber ihren Rivalen Vorteile zu erlangen, daß sie nichts anderes mehr sehen – wie Sie und mich, Tahar. Wie wir beiden götterverdammten Dummköpfe. Ich habe Sie beobachtet, und Sie haben mich beobachtet, und wir haben einander bekämpft, und unsere Männer haben dasselbe getan, und während dieser ganzen Zeit haben sich die alten

Frauen in Naur und Schunan ihre Schnurrhaare geleckt und Pläne geschmiedet, wie sie uns beiden das Fell über die Ohren ziehen könnten. Sie haben Ehrran ausgeschickt. Die Stsho haben einen Riß gefunden und sofort genutzt – durch Investition von Geld, und durch die götterverdammte Hani-Dummheit. Verkörpert in Ehrran. Bei den Göttern, Tahar, ich werde Ihrer Besatzung helfen, das schwöre ich Ihnen! Aber man wird verlangen, daß ich Sie alle Ehrran übergebe, und ich sehe keinen Ausweg. Ich habe eine kranke Frau an Bord und einen weiteren Sprung in Aussicht – die Götter wissen, wann. Die Ehrran verfügen über die medizinischen Möglichkeiten, die ihr helfen würden, und sie haben vor, damit ein schmutziges Spiel zu treiben.«

»Meine Schwester«, sagte Geran ruhig. Ihre Stimme war so heiser, wie es bei ihr noch nie vorher der Fall gewesen war. Sie schwieg wieder, obwohl klar war, daß sie mehr zu sagen hatte. Es war Scham, die Scham darüber, daß eine solche Transaktion auf das Konto von Chanur und Anify gehen sollte, und daß nichts dagegen unternommen werden konnte.

»Chanur«, sagte Tahar und ballte die Fäuste auf den Polstern des Copilotensitzes, bis die Krallen sich hineinbohrten. »Chanur, ich bin ein Geschenk. Ein *kifisches* Geschenk, hören Sie? Wollen Sie, daß der *Hakkikt* denkt, Chanur könne nicht behalten, was man ihr gibt?«

»Ihr Götter, Sie argumentieren schon wie ein Kif!«

»Sie haben es hier mit Kif zu tun, Chanur. Sie befinden sich auf ihrer Station. Es ist ihr Spiel, nicht das des *Han* oder Ihres. Wenn Sie mich dem *Han* übergeben, verlieren Sie *Sfik*, und das kann Ihnen und Ihren Leuten das Leben kosten. Sie könnten alles verlieren, was Sie haben!«

»Halten Sie den Mund, Tahar!«

»Schicken Sie mich noch nicht hinüber! Ihr Götter, Chanur, wenn Sie alles wegwerfen, holen Sie wenigstens zuerst meine Besatzung heraus, solange Sie noch *Sfik* haben, um es in die Waagschale zu werfen!«

»Ich habe hier eine kranke Frau und nur verdammt wenig Zeit für Verhandlungen.«

»Sie werden Sie töten! Die Kif werden Sie töten, wenn Sie einen Fehler machen! Verstehen Sie mich? Was wird dann aus Chur Anify oder irgendeiner von Ihnen, hm? Glauben Sie, die Leben der Tahar wären die einzigen, die auf dieser götterverlassenen Station auf dem Spiel stehen?«

Es trat wieder Schweigen ein, tiefes und schreckliches Schweigen. Die Besatzung hatte zugehört; Tullys Gesicht war starr und bleich, obwohl er nur wenig verstand.

»Vielleicht ...«, war Gerans leise Stimme zu hören, heiser und hohl. »Vielleicht könnten wir einen mahen Arzt rufen ... Käpt'n, vielleicht wäre Chur besser dran mit jemandem, der nicht Rhif Ehrrans erste Wahl ist. Ich traue ihr nicht sonderlich. Und ich weiß, was Chur dabei empfindet.«

Was, um der Götter willen, ist nur mit uns los? Dunkelheit umschloß Pyanfars Blickfeld, ein sich verengender Tunnel, in dem sich der richtige Kurs mit messerscharfer Klarheit abzeichnete. *»Bei den Göttern,* nein! Wir suchen keine Hilfe bei dieser schwarzhosigen Speichelleckerin! Tirun, hol mir Jik ran!« Pyanfar schwang ihren Sessel wieder zum Pult herum und schaltete Recorder und Kom ein. »Priorität ...« Der Kom war aktiviert. *»Chanurs Stolz* an *Aja Jin*, Priorität, Priorität; hier spricht Pyanfar Chanur. Holen Sie den Kapitän!« Und als eine mahen Stimme die Antwort leierte, setzte sie hinzu: *»Los, mach schon, Crewmann* ... Tirun, verdammt, gib mir die Medstatistiken!« Sie drückte Schalter und durchsuchte zwei Bänke. »Wo in einer mahen Hölle hast du die verdammte Datei abgespeichert?«

»Vier, Käpt'n, es ist dein Comp Vier, ich habe es ...«

»Bereithalten für Comp-Übermittlung, *Aja Jin*, Priorität ... *Wo ist Jik? Verdammt seien Eure Augen!*«

»Ich hier«, meldete sich eine tiefere Stimme.

»Jik, speichern Sie unsere Comp-Übermittlung ab und schicken Sie einen Arzt herüber, Priorität, erste Priorität! Mahen, Hani, das ist mir egal, nur machen Sie schnell, erster Code, verstanden? *Beeilen Sie sich, Jik!*«

»Sie bekommen. Bereit für Ihres Sendung!«

Sie schickte sie mit zwei Tastendrucken hinaus.

»Empfangen. Wir machen, machen.«

»Ja!« Sie unterbrach die Verbindung und schwang den Sessel herum. »Tirun, trag einen medizinischen Notfall ins Logbuch ein, und mach dasselbe mit dem Gespräch!« Sie lehnte sich in die Polster zurück und starrte ihre Besatzung und Tahar an, empfand düstere Selbstgefälligkeit. »Man hat hier mehr als nur eine Möglichkeit, dafür zu sorgen, daß etwas getan wird. *Jetzt* soll Ehrran Politik mit einem Notruf spielen!«

Sicher war das nicht, was sie gemacht hatte. Plötzliche Maßnahmen auf einer Station voller nervöser Kif konnten zu weiteren Zwischenfällen führen.

Nichts war undenkbar, kein einziger Zug. Pyanfar betrachtete Geran, deren Ohren zurückgeklappt waren und deren Augen weiße Ränder um das Bernstein und Schwarz zeigten.

»Wir greifen also auf Jik zurück«, sagte Pyanfar. »Und, bei den Göttern, wenn er schwarze Kniehosen nach Kefk holen kann, dann können wir verdammt sicher sein, daß er es auch fertigbringt, die Hani-Ärztin zu uns zu holen, ob es Ehrran nun gefällt oder nicht. Und bei den Göttern, die Ärztin wird ihren Job tun!«

Geran schenkte ihr ein Lächeln, das alles andere war als angenehm, ein steifes Schürzen der Lippen. Die anderen lächelten überhaupt nicht. Khym zeigte einen mißtrauischen Blick, Tahar einen noch mißtrauischeren, und Tully starrte nur verloren und besorgt. Er legte Haral eine Hand auf den Arm und sah sie fragend an.

»Wir besorgen Hilfe für Chur«, erklärte Pyanfar ihm mit einfachen Worten und stand auf. »Tahar, Ihre Besatzung wird meine Hilfe ohne Bedingungen erhalten. Ich bin nicht Rhif Ehrran. Wenn Sie ein falsches Spiel mit mir treiben oder mir in den Weg geraten, breche ich Ihnen das Genick und schicke den Kif die Reste. Und erlauben Sie mir, eines noch deutlicher zu machen: Meine Leute sind nicht in der Verfassung, Geduld mit dem zu haben, was Sie sagen. Wir hatten wenig Schlaf und sind verdammt verrückt, und ich weiß nicht, ob ich Sie retten würde, wenn Sie noch einmal einer von uns in die Quere kommen. *Haben Sie verstanden?*«

Tahar legte die Ohren zurück und zuckte sichtlich zusammen. Es war die Wahrheit, zumindest der erste Teil davon. Und vielleicht auch der zweite. Und Tahar ließ nicht erkennen, daß sie daran zweifelte.

»Es wäre besser, wenn wir auf den Eingang achtgäben«, sagte Pyanfar und sah Haral an. »Tirun, du bleibst auf deinem Posten. Du weißt, mit wem du gesprochen hast. Hilfy und Khym, ihr bringt Tahar für eine Weile in Tullys Kabine unter!« Es handelte sich dabei um eine der wenigen Stellen des Schiffs, die relativ unempfindlich gegen Beschädigungen war und wenigstens über ein Bett verfügte. »Los, macht schon! Geran, du kümmerst dich vor allem um Chur!«

Die Besatzung ging ihren Aufgaben nach – außer Tully; er zeigte immer noch diesen verlorenen Blick – besorgt, ängstlich. *Chur*. Das war wahrscheinlich alles, was er verstand; und Chur war nach Hilfy der beste Freund, den er hatte. Pyanfar ging zu ihm und legte ihm eine Hand auf den Arm, die Krallen halb ausgefahren. Er machte einen abwesenden Eindruck, der nach Hysterie aussah, und Pyanfar packte seinen Arm, um ihn zu wecken. »He«, sagte sie. »Es ist alles in Ordnung, hm?«

»Tahar«, sagte er. »Kif. Kefk. Was machen, Pyanfar? Was machen, was machen?«

Was hast du vor? Was für ein Spiel spielst du? Ich habe dir vertraut. Was geht hier vor, Pyanfar?

»Käpt'n«, sagte Tirun. »Jiks Leute kommen das Dock herauf. Schätzungsweise dauert es noch drei Minuten. Die *Mahijiru* fragt, ob Beistand gewünscht wird.«

»Bestätige.« Pyanfar ließ Tully stehen, ging hinüber zu Tiruns Seite und beugte sich über das Pult.

»Eine Anfrage von den Kif«, sagte Tirun. »Es ist die *Harukk*.«

Da kehrten die Nachteile des Tricks zum Nisten heim. »Antworte: Medizinischer Notfall. Verletztes Besatzungsmitglied.«

Tirun gab das weiter. »Wir haben da auch schon einen Anruf ...«, sagte sie, eine Mahnung für den Kif am anderen Ende. Und: »Wir verstehen das. Werden Sie es weiter versuchen?« Wieder ein Licht, das einen Anruf anzeigte. Haral nahm ihn entgegen. »... In Ordnung, wir verstehen Sie. Wir öffnen für Sie. Käpt'n, es sind die Meds.«

»Sag Hilfy, daß sie sie in Empfang nehmen soll, wenn sie hereinkommen! Tully – du hilfst Geran! Geh zu Chur! Befolge Gerans Anordnungen!«

Tully ging, ohne Fragen zu stellen. Er war damit von der Brücke, stand ihnen dort nicht mehr im Wege herum, und konnte unten Dinge holen, falls es jemandem gelang, ihm begreiflich zu machen, was gewünscht wurde. *Loyal ist er,* dachte Pyanfar. *Ein Freund.*

Und fremdartig und gefährlich wie die Mahendo'sat, wenn ihm etwas unter die Haut ging.

Im Unterdeck herrschte ein großes Kommen und Gehen, als waffenstarrende, grimmige Mahendo'sat in der Zugangsröhre, entlang des Unterdeck-Hauptkorridors und vor dem Aufzug Stellung bezogen.

Ähnlich ging es im oberen Hauptkorridor zu. In Churs Krankenraum arbeitete eine finster blickende Ehrran-Ärztin zusammen mit einem hochgewachsenen, schwarzen Kso-ta-Mahendo'sat, und Chanurs dienstfreie Besatzung, die ganze kunterbunte Mischung, stand dort mit finsteren Gesichtern entlang der Wände – zwei Männer, von denen jeder die Nackenhaare der Ehrran schon aus ganz anderen Gründen aufgerichtet hätte; Geran Anify und Hilfy Chanur, letztere mit der Hand auf dem Pistolengriff, vielleicht bewußt, vielleicht unbewußt. Sie waren bewaffnet, während die Luftschleuse unter mahen Bewachung offenstand; und es waren nicht nur die Kif, die ihnen Sorgen machten.

Pyanfar stand in der Nähe der Tür, einen Komhörer im Ohr, und sie lauschte den Handhabungen, wie Tirun sie durchgab.

Die beiden Meds tauschten mürrisch technische Einzelheiten aus. »Das ist nicht gut«, sagte die Hani; und Geran trat näher. Sie hatte die Hände im Gürtel stecken, und der finstere Blick machte ihr Gesicht starr. »Was ist nicht gut?«

»Kapitän!« protestierte die Ärztin, nicht zum ersten Mal. »Ich fände es gut, wenn das Zimmer geräumt würde.«

»Es ist schon in Ordnung«, sagte Pyanfar von der Tür her. »Wir sind alles Freunde. Ich bin sicher, daß es Chur nichts ausmacht.«

»Schaffen Sie *sie* hinaus ...«, verlangte die Ärztin mit einem Blick auf die beiden Männer der *Stolz*.

»Warum?« hielt ihr Pyanfar entgegen. »Wollen Sie auch noch gegen ihren Berufskollegen protestieren?« – der männlich war und ein Mahendo'sat.

Die Hani-Ärztin sah sie kalt und hart an, drehte sich um und breitete ihre Sachen aus. Ganz offensichtlich hatte sie Einwände gegen Männer in der Medizin, egal, welcher Spezies, aber sie schluckte sie hinunter.

»Es wäre besser, wenn es gut ist«, meinte Geran.

Die Ärztin zögerte, eine Flasche in der Hand.

»Ein Fehler würde Ihrer Karriere sehr schaden«, sagte Hilfy, die Hand immer noch auf dem Pistolengriff.

»Ich bin nicht hergekommen, um mir Beschimpfungen und Drohungen von untergeordneten Besatzungsmitgliedern anzuhören!«

»Es wäre besser, wenn es klappt«, sagte Chur selbst. Sie stemmte sich etwas hoch, um den Kopf auf dem Kissen nach hinten kippen und den Tropfstand sehen zu können, den die Med-Helfer neben ihr aufstellten. »Mahe, haosti.« *Überprüfen Sie es, ja?*

»Shishti«, stimmte der Mahe zu.

Die Hani-Ärztin funkelte böse und reichte die Flaschen und Beutel nacheinander dem Mahe. »Verschlüsse«, sagte sie und zeigte auf die oberen Enden. »Diese Frau hätte Kshshti nie verlassen sollen. Bei den Göttern, sie hätte nie an einer Station sitzen ...«

»Wollen Sie wieder eine Bestimmung für uns zitieren?« fragte Khym mit seinem tiefen Grollen. »Ich werde Ihnen

Gesetze zitieren. Über kriminelle Nachlässigkeit, Verstöße gegen das Berufsethos und Verwandtschaftsrecht.«

»Schaffen Sie ihn hinaus!«

»Huh«, sagte Pyanfar, lehnte sich an den Türrahmen und drehte sich mit dem Rücken daran, bis sie draußen im Gang stand.

»Käpt'n«, sagte die Stimme aus dem Kom. *»Der Med unten bei Skkukuk sagt, sein Patient sei ziemlich fit. Sagt, wir hätten ein Ernährungsproblem mit ihm, und sie wollten einiges von dem Zeug herüberschicken.«*

»Lebendiges?«

»Sie sagen – na ja, diese Wesen wären recht dumm und würden sich rasch vermehren.«

Pyanfar schnitt eine Grimasse. Die Haut zwischen den Schultern spannte sich. »Ungeziefer, wie? Was frißt es denn nun wieder?«

Für einen Moment herrschte Schweigen. *»Ich werde nachfragen.«*

Pyanfar drehte sich wieder um die Ecke und blickte in die Kabine. Blickte wieder zur Seite, als unten am Korridor die Lifttür aufging und eine weitere Gruppe Mahendo'sat herauskam. Im ersten Moment trieb deren grimmiges Aussehen ihre Hand instinktiv an den Pistolengriff.

Dann erkannte sie sie wieder, und sie stieß sich vom Türrahmen ab und ging ihnen zur Korridormitte entgegen.

»Goldzahn!« fauchte sie.

»Ha, *Pyanfar* ...« Er war ein schwarzer Mahendo'sat, und er trug dasselbe düstere Schwarz wie seine Begleiter, ohne einen einzigen Schimmer von Gold, außer wenn er breit und glitzernd lächelte. Er ragte hoch auf dort in dieser dunklen Gesellschaft. Das einzige Metall, was an ihnen zu erkennen war, zeigte sich im schwarzen Glanz von APs, Gürteln und Schnallen. Und Goldzahns Grinsen erstarb rasch wieder. »Sagen Chur sie in Ordnung, hm?«

»Nein, dank Ihnen nicht, Sie fetzenohriger Bastard!« Pyanfar riß sich den Hörer aus dem Ohr und blickte hinauf in Goldzahns schwarzes, besorgtes Gesicht. »Mein Heckaufbau wurde bei Urtur zerstört, meine Crew wurde auf Kshshti zusammengeschossen ...«

»Nachricht gehen?«

»Ja, verdammt, Ihre Scheißnachricht ist abgeschickt worden! Banny Ayhar hat sie auf der *Wohlstand* mitgenommen, falls sie lebend durchgekommen ist.« Sie erinnerte sich an die offene Tür und die Ehrran-Ärztin, packte Goldzahn an einem seiner langen, starken Arme und zerrte ihn mit zu ihrer eigenen Kabine. »Draußenbleiben!« fauchte sie seine Bewaffnete Eskorte an, als sie die Tür öffnete und Goldzahn mit nach innen zog.

Sie schloß die Tür wieder vor den Gesichtern seiner Wachen, drehte sich um und funkelte ihn an, hier in der Zurückgezogenheit ihrer geräuschisolierten Kabine. »So, also kein Kauffahrer mehr, keine Schauspielerei mehr. Dies ist Ihr wirkliches Gesicht, wie, *Jägerkapitän?* Uns bei Urtur eine Nachricht zuschieben – uns dann zu Jik zu schicken, ohne uns je etwas zu sagen! Sie spielen mit uns, Sie ohrenloser Bastard, und für uns bleibt dann das Bluten übrig, über die ganzen Docks von Kshshti hinweg! Wenn Sie mir jetzt mit Ihrer guten Laune kommen, breche ich Ihnen den Hals! *Wo sind Sie gewesen?*«

Goldzahn hatte die kleinen Ohren nach hinten gekippt. Er sah anders aus, als es für ihn typisch war, ganz ohne gute Laune. »Sie wollen Liste?« Seine Stimme war heiser und leise, ganz anders als sonst. »Jik sein Nummer eins Dummkopf, Pyanfar! Er Dummkopf, wenn hören auf dieses Kif!«

Ein Kältegefühl breitete sich in Pyanfar aus, noch schlimmer als vorher. »Er ist doch Ihr *Freund*, verdammt noch mal! Sie haben ihn doch zu mir nach Kshshti geschickt, oder nicht?«

»Ich schicken. Er Freund. Er selbes Zeit Nummer eins Dummkopf. Vielleicht funktionieren, dieses Sache. Vielleicht ich Dummkopf, selbes.« Goldzahn suchte sich einen Platz, wo er sich hinsetzen konnte, und sank auf Pyanfars unordentliches Bett, lehnte sich auf einen Arm zurück und sah sie an. »Wir haben Probleme, Pyanfar. Dummkopf Jik reden mit Tc'a. Knnn nehmen Tc'a mit. Wir haben viele Menschenschiffe, kommen nach Tt'a'va'o ungefähr dieses Zeit. Wir haben Menschen kommen heran, haben Knnn in Unruhe, haben Stsho in Unruhe, haben Kif kämpfen – Jik *kennen* dieses Sikkukkut. Er sagen – müssen besiegen Akkhtimakt. Sikkukkut machen. Jik sagen dieses Kif sein armes Pro-vin-zieller, gehen machen großes lausiges Durcheinander mit seine Heimatwelt, machen für langes Zeit Probleme. Ich denken, daß sich Jik irren. Ich denken, er sich sehr irren. Dieses Kif keine kleines Problem. Haben Nummer eins *Hakkikt* wollen sein wirklich freundlich zu Mahendo'sat und Ihnen ... Sie aufpassen, Sie aufpassen, Pyanfar. Sikkukkut sein keine dummes Kif.«

»Das glaube ich auch nicht.«

»Dummkopf, Jik. Großes Dummkopf.«

»Und was machen *Sie* dann hier?«

Goldzahns Ohren gingen hoch und sanken wieder nach hinten. »Vielleicht versuchen machen Kif viel beschäftigt. Ich kommen, gehen, schlagen hier zu und dort. Ich schließen Kif-Route nach Treffpunkt. Sie mächtig aufgeregt.« Seine vergoldeten Zähne blitzten auf. »Halten Akkhtimakt viel beschäftigt, ah? Dieses Kif wollen meines Herz Nummer eins dringend, dreimal haben versucht.«

»Was wird *Sikkukkut* unternehmen, wo Sie jetzt hier sind? Beantworten Sie mir diese Frage, hm?«

»Er haben keine Groll gegen mich. Ich ihm geben vieles *Sfik*. Selbes Sie, Hani. Selbes Jik. Selbes *Wachsamkeit*. Wir geben dieses Kif so verdammt vieles *Sfik*, daß er fressen ganzes Pakt!«

Es ergab Sinn. Es ergab ungemütlich viel Sinn.

»Warum sind Sie dann gekommen?«

Seine Ohren zuckten. Die dunklen mahen Augen waren halb geschlossen. »Vielleicht ich haben keines anderes Wahl. Vielleicht Jik bekommen ganzes Sache.«

Eine Faust umschloß Pyanfars Herz. »Sie lügen mich wieder an, Goldzahn! Ich hatte schon genug davon!«

Es war lange still. »Vielleicht gutes Sache, wenn eines

schlaues Mahe kommen und stehen wirklich dicht an dieses Kif, hm?«

»Sie planen, ihn *umzubringen?*«

»Ah. Sie vielleicht haben Idee, Hani.«

»Denken Sie, andere Kif hätten es noch nicht versucht?«

»Kif nicht machen. Kif nicht versuchen. Sie Kif, sie wollen *leben*, Pyanfar. Wir Mahendo'sat, wir ein wenig verrückt, ah? Ich sagen Ihnen Wahrheit, Pyanfar. Sie sagen dieses Kif, daß ich sterben wirklich langsam. Sie wissen selbes, ah?«

»Ihr Götter, ich will das nicht hören! Machen Sie mich nicht zu Ihrem Mitverschwörer!«

»Altes Freundin.«

»Freundin!« Sie ging hinüber zu ihrem Ankleidetisch, entriegelte die Schublade und suchte darin nach einer kleinen Geschenkbox. Goldzahn hatte sich aufrecht hingesetzt; sie warf ihm die Box zu, und er fing sie auf.

»Was das?«

»Ein teures Präsent von Stle stles stlen, Ihrem lieben Freund auf der Treffpunkt-Station! Dem Stsho, dem ich Ihrer Meinung nach vertrauen sollte. Eine Notiz. Los, lesen Sie schon! Es ist nicht viel.«

Goldzahn öffnete den Deckel und faltete das Papier auseinander, und seine Ohren klappten flach an den Schädel. »Bastard!«

»*Gtst* hat bei der Konfrontation mit mir fast die Phase gewechselt. Vielleicht hatte er einen bösen Anfall von Verrat. *Trauen Sie Goldzahn nicht.* Diese Empfehlung kommt Ihrer Regierung teuer zu stehen. Und dieser Stsho-Bastard hat mit Rhif Ehrran verhandelt, und mit den Kif und den Tc'a, da bin ich mir sicher. *Und* mit Ihnen. *Und* mit mir. Und jede landlose Tochter im Pakt hat überall nach einem Vorteil für sich herumgeschnüffelt. Dieser Kerl war wirklich eine Hilfe, o ja! Ebenso Ihr Stationsleiter von Kshshti! Dieselbe götterverdammte Art Hilfe, wie wir sie von Stle stles stlen bekamen. Zur Hölle mit Ihnen! Sie haben mich quer durch den Pakt geschickt, als Blitzableiter für jedes falsche Spiel, das in vierzig Lichtjahren Umkreis getrieben wurde!«

Goldzahn stand auf. Warf ihr die Schachtel wieder zu. Pyanfar fing sie auf, warf sie in die Schublade, rammte diese zu und verschloß sie.

»Sie haben vieles Grund, aufgebracht zu sein, Pyanfar. Aber Sie sein viel gescheit. Sie das niemals richtig würdigen. Sie bestes verdammtes Kapitän Anuurn haben. Ich haben vieles Vertrauen in Sie. Sie fast ebensogut mögen mich. Vielleicht besseres Pilot, ah?«

»O nein, lassen Sie das! Kein Wohlwollen mehr. Verdammt, ich habe keine Besatzung mehr, sondern einen Zoo! Ich habe einen menschlichen Scan-Tech, einen Kif, der es versäumte, seine Papiere vorzulegen, und dem sie lebendiges kleines Ungeziefer zu essen geben wollen!«

»Sie wollen Mahe? Leihen Ihnen Nummer eins guten Burschen. Zwei, drei Wachen.«

Auf meinem Schiff? Ein guter Bursche, der alles, was ich unternehme, weitererzählt? »Nein, danke! Meine Akte auf der *Wachsamkeit* ist dick genug. Wenn ich jetzt noch mahen Besatzungsmitglieder an Bord nehme, wird es mir so ziemlich den Rest geben.«

»Sie nehmen. Sie brauchen. Die Leute hören auf Ihres Befehl. Schwören. Ich geben Ihnen fünf.«

»Nein, unmöglich! Ich komme schon zurecht.«

»Wir haben viele Probleme kommen. Akkhtimakt – er gehen nach Treffpunkt.«

»Oh, ihr lieben Götter ...« Das war glaubhaft. Das war nur zu glaubhaft. Die Geschichte breitete sich aus wie ein Stück zusammenhängenden Tuches. »Er wird sich an Stle stles stlen verkaufen.«

»Sie recht haben.«

»Hani sind mit der anderen Seite verbündet!«

»Außer ihnen; außer vielleicht Tahar. Freundin.«

Pyanfar fand keine Flüche mehr. Sie stand da und starrte in Goldzahns Gesicht hinauf; die Luft blieb ihr fast in der Kehle stecken, und sie hatte das Gefühl, zusammen mit Goldzahn von Dunkelheit umgeben zu sein. Sie hustete, um die Kehle freizumachen, und in ihrem Bauch begann ein

Zittern und verbreitete sich im übrigen Körper. »Sie«, sagte sie endlich, »Sie ...«

»Sie keine Dummkopf, Pyanfar. Sie haben Verstand. Sie, ich, Jik – nicht wenig *sehen aus* richtig, sondern wichtig, was wir *machen*. Akkhtimakt haben Hani- und Stsho-Verbündete, er machen sie dumm. Wo sind Hani-Waffen, ah? Zwei, drei Schiffe. Stsho haben gar keine. Wir haben Sprichwort, Hani – Sie gehen in Bett mit manche Leute; in halbe Stunde Sie haben hundert Jahre Kind, und er haben Kinder, und sie bekommen Verschwägerte. Selbes, wenn machen Abkommen mit Kif, ohne daß Sie haben Waffen.«

Pyanfar stand schweigend da und starrte in das Gesicht dieses Mahe hinauf, diese ernste Erscheinung, als die sich Goldzahn niemals offen auf Docks zu erkennen gab. *Ich töten dieses Kif,* hatte er gesagt. Verhandlungen und doppeltes Spiel. Er konnte es zuwege bringen. Wenn man gegen Sikkukkut schlug, sobald das ganze zerbrechliche Bauwerk erst einmal errichtet war, dann würde alles wieder ins Chaos stürzen.

Noch mehr Leben und mehr Schiffe vernichten. Weitere Jahre voller Gefahren. Und Knnn hatten ihre schwarzen Beine in der Sache und webten etwas – mochten die Götter wissen, was – rings um die Grenzen des Paktes, während die Menschen versuchten, Verkehrsverbindungen herzustellen.

Mahendo'sat. Er kämpfte um das mahen Überleben. Seine ganze Rasse ist in Gefahr!

Und worin liegt das Überleben der Hani?

Sicherlich nicht bei Akkhtimakt.

Pyanfar holte tief Luft und verschränkte die Arme. »So. Sie haben mich also wieder dazu gebracht, Ihnen zuzuhören. Aber eines sollten Sie sich hinter die Ohren schreiben: Dieser Tc'a, den sich die Knnn geholt haben, ist nicht das einzige, was wir dort draußen verloren haben. Ein Stsho-Schiff ist von Mkks geflohen und nahm Kurs hierhin, mit voller Beschleunigung Richtung Treffpunkt.«

»Ah, nein, nicht Treffpunkt. Gehen nur hinaus auf

Tt'a'va'o-Vektor.« Gold blitzte kurz auf. »Versuchen vielleicht machen Abkürzung, ah? Nach Llyene?«

»Mitten zwischen die Menschenschiffe?«

»Stsho-Fremdenhasser erfahren großes Überraschung, ah?«

»Die götterverdammten Stsho stecken mit den Tc'a unter einer Decke, mein Freund.«

»Vielleicht wir bringen in Ordnung.«

»O ihr Götter, die Verrücktheit der Menschen ist *anstekkend* ... Sie spielen Fangen mit den *Knnn*, Sie lumpenohriger Bastard!«

»Das sein wirklich Problem, stimmt.«

Sie starrte in seine dunklen Augen und erlebte erneut einen kalten Augenblick des Zweifels. »Noch mehr Geheimnisse? Wohin wollen die Menschen, Freund? Wohin als nächstes? Hierher? Zum *Treffpunkt?*«

Goldzahn hatte seinen Humor abgelegt wie einen Mantel. Er betrachtete sie lange und nachdenklich. »Vielleicht wir machen Abkommen mit Knnn. Vielleicht machen *Gleichge-wicht*. Band Sie haben, Band ich geben Ihnen auf Treffpunkt, Sie sagen Banny Ayhar bringen weiter ... Eines Sache auf diese Band sein Knnn-Aufzeichnung; Hani, wir haben Hoffnung, daß dieses Band gehen nach Maing Tol. Sie waren Kurier von *Knnn*-Nachricht.«

»Liebe Götter!«

»Tully – er sein nur Deckung für Nachricht. Er wissen. Und ich wissen, Sie sorgen gut für dieses Mensch. Er haben Papier, was sagen er Besatzung von *Stolz*. Sie kämpfen retten ihn, wenn schon nicht kämpfen für mich.«

»Sie Bastard! Sie Sohn einer ...«

»Sie hören zu!« Er hob eine Hand und griff mit der anderen in seine Gürteltasche.

»Was ist *das?*«

»Es ist von Jik. Sie haben bekommen feines neues Comp-Einheit unten, ah? Sie speisen ein dies. Bekommen Code klar. Sie verarbeiten unsere privates Nachricht, richtig gut, Sie machen reden mit uns. *Ehrran* nicht bekommen.«

»Das beste Geschenk seit längerem.« Sie nahm den Umschlag entgegen und steckte ihn in die Tasche.

»Also«, sagte Goldzahn, »mein Arzt werden sich anschauen Werte von Chur Anify. Wir haben Stück Ausrüstung wir bringen an Bord. Nummer eins gut Chur gelangen durch Sprung. Selbes wie in Krankenhaus, geben ihr alles, was sie brauchen.«

»Götterverdammt, warum hat Jik uns das nicht schon auf Mkks gegeben?«

»Er nicht haben. Dies sein von *Mahijiru*. Wir großes Schiff – haben Zonenkommandostelle. Großes Hospital. *Aja Jin*, er vielleicht schneller, aber *Mahijiru* haben mehr Besatzung – brauchen dieses Sache. Retten manches Leben. Jetzt Sie brauchen, ah?« Er legte ihr die Hände auf die Schultern, fest und schwer. »Wir klären Details später. Ich müssen gehen, nicht sein gerne lange weg von meine Schiff. Verdammt mieses Ort, Kefk. Aber noch eines Sache ich geben ...« Er griff in seine Gürteltasche und zog einen weiteren kleinen Gegenstand heraus, nahm Pyanfars Hand und steckte ihr einen Ohrring auf einen Finger, einen Ring mit einer großen, vollkommenen Perle.

»Bestes ich finden. Ich schulden Ihnen langes Zeit für Schweißgeräte, ah? Kommen aus Llyene-Ozeanen, Nummers eins wun-der-schön.«

»Goldzahn – Ismehanan-min ...« Aber zum zweiten Mal fand sie keine Worte, und Goldzahn legte eine Hand auf den Türschalter.

»Wohin fliegen sie? Verdammt, welche Route nehmen sie?«

»Immer wollen reden über Geschäft«, seufzte er, öffnete die Tür und ging hinaus in den Korridor.

»Goldzahn, verdammt noch mal ...«

Sie folgte ihm zur Tür und blieb dort abrupt stehen, als ein paar Mahendo'sat eine große Polystyrolkiste auf einem Wagen an der Tür vorbeifuhren. Goldzahn drückte sich auf der anderen Seite des Korridors an die Wand, bis die Kiste vorbei war, und deutete mit der Hand fröhlich hinter ihr her, wie sie zu Churs Kabine gefahren wurde. »Da, sehen, wir sein Nummer eins schnell. Ich versprechen. Es werden gemacht.« Er lächelte einnehmend. »Sie vertrauen. Sie *vertrauen*, Pyanfar.«

»Ismehanan-min ...«

»Chur machen gut jetzt«, sagte Goldzahn mit Bestimmtheit und ging zum Aufzug, sammelte seine dunkelgekleidete Crew mit einem Kopfnicken ein. Sie umgaben ihn auf allen Seiten, bedrohlich und unwiderstehlich.

Pyanfar blieb allein unter der Tür stehen, eine Perle fest mit der Hand umklammernd. Sie fühlte sich völlig benommen.

ELFTES KAPITEL

»Sie darf das Bett nicht verlassen«, sagte die Hani-Ärztin. Die Ehrran hatte die Ohren zurückgelegt und die Nase rings um die Nasenlöcher verspannt, während sie im Korridor bereitstand, sich zu verabschieden. Sie blickte zu Pyanfar auf, über die halbe Handspanne Größenunterschied zwischen ihnen hinweg. »Was immer sie über meine Moral andeuten wollen, Kapitän, ich habe für sie alles getan, was ich konnte, und die Mahendo'sat haben ein verdammt teures Stück Ausrüstung herbeigeschafft, mit dem sie während des Sprunges verbunden bleiben wird. Es wird Herz und Nieren entlasten und einer weiteren Verschlechterung ihres Zustandes vorbeugen. Mit etwas Glück ...« Geran tauchte mit einem Gesicht wie Donnerwetter im Korridor auf. »Mit etwas Glück kann sie sich während des Fluges sogar wieder ein wenig erholen. Das hängt von vielem ab. Bislang haben Sie Glück gehabt. Die Patientin auch. Wir selbst haben diese Möglichkeiten nicht, können sie uns nicht einmal kaufen.« Die Frau gab Bitterkeit zu erkennen, den verhaltenen Zorn der Hani über den Reichtum von Außenseitern und über die Gesetze und Vereinbarungen zwischen Mahendo'sat und Stsho, die die Hani für immer ausschlossen. Und das war eine alte Geschichte, in der sich Pyanfar gut auskannte.

»Ich weiß Ihre professionellen Bemühungen zu schätzen«, sagte Pyanfar mit ruhiger Stimme. Und Sie konnte sich den Zusatz nicht verkneifen: »Und ich verstehe Sie wirklich, Ehrran.«

»Danke«, sagte Geran für sich selbst. Das Wort erstickte fast auf dem Weg nach draußen.

Die Hani-Ärztin nickte kurz und zerrte den Riemen ihrer Tragtasche höher auf die Schulter hinauf, als der mahen Arzt aus der Kabine kam. »Sie erklären?« fragte der Mahe.

»Ich stellen auf ein Maschine, Patientin bleiben damit verbunden. Nicht abnehmen! Sie bekommen Liste für Prozedur. Ich lassen Vorräte in Schrank.«

»Sie hat es erklärt, ja. Ich danke Ihnen. Mashini-to, ah?«

»Ah.« Der Mahe grinste, verbeugte sich und ging schwungvoll den Hauptkorridor hinunter. Die Hani schleppte sich neben ihm her, ein merkwürdiges Paar auf dem Weg zum Aufzug. Mahen Wachen lösten sich in seinem Gefolge von den Korridorwänden und begleiteten sie. Goldzahns bislang zurückgebliebene Leute zogen ab.

Geran sah abgespannt und erschüttert aus. Blieb selbst jetzt noch still. Pyanfar legte ihr eine Hand auf die Schulter. »He, sie kommt wieder in Ordnung. Die tollste Neuheit, die Iji hervorgebracht hat. So gut wie ein Hospital. Und wir haben noch mehr gute Nachrichten erhalten. Ich glaube nicht, daß wir allzubald wieder hier wegmüssen, jedenfalls nicht so schnell, wie wir zuerst befürchtet hatten. Vielleicht in einem Tag oder so. Vielleicht später. Wir wissen, wo Akkhtimakt ist; ich habe es gerade von Goldzahn erfahren, und es sieht so aus, als würden wir etwas Atem holen können. Es ist noch mehr dazu zu sagen, aber für Chur sind es die besten Nachrichten, die wir in der kurzen Zeit erhalten konnten.«

Geran sagte nichts, aber ihr Gesicht wirkte wieder schutzlos und normal, als wäre sie schließlich wieder zu ihnen zurückgekehrt. Pyanfar drückte sie mit der Hand, und Geran holte tief Luft. »Was hatte Goldzahn zu erzählen?«

»Vieles, was man erst erklären muß.« Pyanfar sah zu Chur hinein, lehnte dort im Eingang zu einem Raum, an dessen gegenüberliegender Wand ein Haufen Geräte befestigt waren, und sich obendrein noch eine Menge Besucher breit gemacht hatten: Hilfy, Tully und Khym waren noch da. »He, ihr«, sagte Pyanfar, »raus hier! Chur soll sich ausruhen, ja?« Und als sie an ihr vorbei hinausgingen: »Chur, Kusine, hörst du mich?«

»Uh?« Chur hob den Kopf vom Kissen.

»Wir haben gerade ein Geschenk erhalten: ein wenig Zeit

zum Ausruhen. Wir haben erfahren, wo sich Akkhtimakt aufhält, und damit haben wir Zeit für etwas Erholung. Du wirst das Bett nicht verlassen, oder du kehrst gleich nach Kshshti zurück!«

»Die verdammten Nadeln«, sagte Chur. »Ich hasse Nadeln.«

»Ich habe noch mehr Neuigkeiten für dich. Ich richte sie dir irgendwann unterwegs aus. Schlafe etwas, ja?«

»Ich werd's versuchen«, sagte Chur und legte sich im Bett zurecht, legte sich so flach hin, wie es ihr die Schläuche und der ausgestreckt festgeschnallte Arm ermöglichten.

Pyanfar schloß die Tür und betrachtete die ernste Versammlung im Korridor.

»Also, was ist los, Käpt'n?« wollte Geran wissen.

»Nichts, was ich euch in diesem Moment gerne erzähle«, sagte Pyanfar. »Aber ich tue es besser, glaube ich.«

»Chur ...«

»Es hat nichts mit ihr zu tun, sondern mit uns. Auf die Brücke! Alle!«

Die vier folgten ihr. Tirun und Haral drehten ihre Sitze herum, als sie eintraten. Pyanfar ging zu ihrem Sessel neben Haral und stützte sich auf die Rückenlehne, während die anderen sich an Armstützen und Schränke lehnten. »Haral, Tirun, habt ihr mitbekommen, was im Korridor vorgefallen ist?«

»Aye«, sagte Haral. »Wir haben es beide mitbekommen. Gute Nachrichten über Chur. Dank den Göttern!«

»Dank den Göttern und den Freunden, wo wir welche haben. Denen, die wir überhaupt haben. Geschieht gerade irgend etwas Wichtiges?«

»Nein.«

»In Ordnung.« Sie zog Goldzahns Päckchen mit den Codestreifen aus der Hosentasche und legte es auf den Tisch neben ihrem Sitz, drückte dann den Schalter, der den Sessel herumdrehte, so daß er der übrigen Besatzung zugewandt war, und setzte sich.

»Menschen sind aus Richtung Tt'a'va'o im Anflug. Ich

weiß nicht, welche Route sie genommen haben; vielleicht weißt du es, Tully, aber die Möglichkeiten von dort aus sind wirklich begrenzt. Ich habe mit Goldzahn *gesprochen.* Ich habe eine Menge erfahren.« Sie betrachtete Tullys Gesicht, erkannte dort Sorge – ein ganz leichtes Zucken seiner seltsamen Augen. »Menschen sind unterwegs. Und das ist gar nicht mal das Schlimmste. Goldzahn hat sich in den Kefk-Regionen herumgetrieben, die Treffpunkt-Route geschlossen und Akkhtimakt damit ein paar Schwierigkeiten bereitet ... Jik hat einmal angedeutet, daß Goldzahn irgendwo in dieser Gegend sein könnte. Aber nun stellt sich heraus, daß die beiden sich untereinander nicht sehr gut absprechen. Es scheint, als habe Jik etwas auf eigene Faust unternommen, als er sein Abkommen mit Sikkukkut traf. Unautorisiert, sozusagen. Oder zumindest ohne Rücksprache. Hat Goldzahns weiteres Vorgehen damit festgelegt. Tully, ich werde versuchen, einfache Worte zu benutzen. Goldzahn war aus dem tiefen Raum – zumindest aus dem Raum außerhalb des Paktes – mit Tully an Bord zurückgekommen, den er von der *Ijir* abgeholt hatte. Er überließ es der *Ijir,* einen eigenen Kurs weiterzuverfolgen, aber er hatte ein Duplikat der Nachricht an Bord, die von der *Ijir* überbracht werden sollte. Er hatte Tully. Und er hatte noch etwas anderes besorgt: eine Botschaft von den Knnn. *Von* den Knnn – mögen die Götter uns helfen! Zumindest hat Goldzahn das angedeutet. In der Zwischenzeit plante Akkhtimakt, Punkt Kita einzunehmen, während seine Agenten damit beschäftigt waren, jede Opposition auf der kifischen Heimatwelt zu eliminieren – und damit ihn zum *Hakkikt* aller Kif zu erheben. Das war sein Ziel. Und damals, in diesem Stadium, vor ein paar Monaten, war Sikkukkut nicht mehr als ein Provinzvorsteher von Mirkti – aber jemand mit Ambitionen. Sikkukkut hofierte seine alten mahen Bekanntschaften am Treffpunkt und machte sich an Goldzahn heran in dem Versuch, Akkhtimakt aufs Kreuz zu legen. Er testete jeden Schwachpunkt, den er ausmachen konnte – die Treffpunkt-Station war schon immer ein günstiger Platz für Intrigen. Und ein wirklich günstiger Platz, um Gerüchte aufzuschnappen. Und damals, zu dieser Zeit, wurden eine Menge Gerüchte verbreitet – von Hani-Verhandlungen mit den Stsho; von mahen Verhandlungen. Jeder, der weit genug oben stand, um Vorwarnungen zu erhalten, unternahm den Versuch, sich eine möglichst vorteilhafte Position gegenüber dem neuen kifischen *Hakkikt* zu verschaffen, gegenüber Akkhtimakt.

Aber Sikkukkut hatte einen Spion bei Akkhtimakt, die Götter wissen, wie oder wo. Zweifellos hatte er auf der Treffpunkt-Station irgendeinen Stsho am Haken. Er *wußte* von dem Kurierschiff, das in Akkhtimakts Hände gefallen war. Er wußte – ich vermute, von seinem Spion bei Akkhtimakt, von dem er wahrscheinlich auch den Ring erhielt –, daß Goldzahn Tully an Bord hatte. Und es war nicht allzu schwierig, sich auszurechnen, daß Goldzahn Tully auf der Treffpunkt-Station an uns übergeben hatte, als wir mit Papieren aufkreuzten, die mit Hilfe einer monströsen Bestechung durch die Mahendo'sat abgefertigt worden waren. Was wir noch gar nicht wußten, aber Sikkukkut möglicherweise schon.

Da arrangierte er dann alles, sorgte absichtlich dafür, daß wir auf der Treffpunkt-Station lästig fielen. Er zog uns damit in seine Reichweite, genauso, wie er es mit Ehrran und Ayhar machte; und er steuerte uns aus Akkhtimakts Falle bei Kita heraus. Steuerte uns direkt in seinen eigenen Vorhof, Schritt für Schritt. *Und* er fing auch Jik damit, daß er uns im Netz hatte, wo er schon dabei war. Durch dieses Unternehmen auf Kshshti sammelte er genug *sfik,* um Mkks selbständig einzunehmen, und jetzt hat er sich auch Kefk geholt. Damit liegt das Gesetz des Handelns auf einmal bei ihm, während es Akkhtimakt entgleitet. Akkhtimakt verliert nun Gefolgsleute, und zwar in rascher Folge. Kifische Logik: schieße den früheren Verbündeten rücklings nieder und wechsle rasch zur Siegerseite. Akkhtimakt hat Grund zur Sorge.

Teil zwei: Jik. Er war es, der auf die Idee kam, die Mahendo'sat wären mit ihrem alten bekannten Nachbarn von Mirkti als *Hakkikt* über alle Kif viel besser dran. Und Jik hat Ehrran mit hineingezogen und uns. Die Sicherheit von Mkks war dabei nicht so wichtig. Sie war nicht der Hauptgegenstand seiner Verhandlungen auf Mkks. Und Ehrran verfolgt, wenn sie nur etwas bei Verstand ist, jetzt mehr als nur Tahars Spuren – sie sitzt oben auf der Spitze der kleinen Informationspyramide. Sie besitzt Zugang zu strategischen Überlegungen auf höchster Ebene – und wenn sie kein völliger Idiot ist und irgend etwas davon weiß, dann hatte sie viel mehr Gründe, nach Kefk zu kommen, als nur Tahar. Vertragsgesetz, ja. Jik hat seine Vollmachten von ganz oben erhalten, da bin ich sicher. Und was er Ehrran im besonderen erzählt hat, um sie von Mkks wegzulocken und hierherzulotsen – das wissen die Götter. Ich kann mir vorstellen, daß die Dringlichkeit hinter Ehrrans Suche nach Tahar etwas mit den Verhandlungen zwischen dem *Han* und den Stsho zu tun hat und mit der Furcht davor, daß die Kif einen Anführer erhalten. *Ich* glaube, daß sie Tahars Tod wollen. Sie wollen die Möglichkeit eliminieren, daß sie einem *Hakkikt* erzählen könnte, was Hani zu tun beabsichtigen. Wieder ein Fall von Xenophobie, aber in diesem Fall von einer Xenophobie aus wirklich gutem Grund. Ich vermute, daß Ehrrans wirkliches und unmittelbares Motiv, sich an dieser verrückten Expedition zu beteiligen, darin bestand, daß sie wußte, sie hatte nur die Chance eines Tropfens in einem Wirbelsturm, in einem Stück zum Treffpunkt und zu Hani-Flugrouten zurückzukehren, wenn sie sich nicht eng an Jik hielt – und herausfand, was er im Schilde führte. Inzwischen hielt Akkhtimakt angeblich Kita, erinnert euch.«

»Angeblich?« fragte Haral.

»Ich denke, Jik *wußte* verdammt gut, wohin sich Goldzahn wandte, als er den Treffpunkt verließ, nämlich direkt tief hinein in den Stsho-Tc'a-Raum, direkt zu einem Rendezvous mit *irgend jemandem,* der plante, die Menschen hereinzuleiten. Und dann sollte er – wahrscheinlich von Tt'a'va'o aus (also wieder die Tc'a-Verbindung!) – nach Kefk fliegen, um Akkhtimakt zuzusetzen, ihn zu zwingen, daß er seine Kräfte teilte in dem Versuch, sowohl Kita zu halten als auch die Kefk-Route offenzuhalten, während Goldzahn sich darauf verlegte, sie geschlossen zu halten. Damit befand sich die Treffpunkt-Station in einem doppelten Würgegriff, denn die Handelswege waren durch die Kif auf Kita abgeschnitten und durch Goldzahn auf der Kefk-Route. Goldzahns Plan bestand darin, Akkhtimakt zu stürzen, indem er ihn schwächte und seine Glaubwürdigkeit herabsetzte, während er die ganze Zeit noch ein weiteres Spiel spielte, das dazu diente, diese ganze verdammte Zone von Kefk bis zum Treffpunkt zu schwächen, weil er *wußte,* daß die Menschen irgendwo in dieser Gegend durchkommen würden. Wenn es ihm gelänge, eine Handelsroute zwischen Menschen und Mahendo'sat direkt an der kifischen Grenze vorbei einzurichten, dann hätte er Akkhtimakts Glaubwürdigkeit ein für allemal zerstört. Ihn ruiniert.

Inzwischen befindet sich die Kif-Heimatwelt in völligem Chaos, erschüttert durch Jagdtrupps und Mordanschläge. Man versucht dort, mit Goldzahn fertig zu werden, Menschen zu jagen und seine Aufmerksamkeit auf zwei rivalisierende *Hakkiktun* aufzuteilen. Und die *Kif* erhalten Informationen über das, was auf Kefk geschieht; und ein Teil dieser Informationen geht nach Mkks ... zu den Kif dort, aber nicht zu den mahen Behörden – sofern nicht die Tc'a geredet haben, und das haben sie vielleicht nicht getan, zumindest nicht zu unautorisierten Mahendo'sat. Nein, Sikkukkut wußte die ganze Zeit genau, wo Goldzahn steckte. Aber ich bin mir nicht sicher, ob Jik es auch wußte, als er Sikkukkuts Vorschlag annahm, Kefk anzugreifen. Ich glaube, Jik wußte nicht einmal sicher, ob Goldzahn noch lebte. Als ihm also ein Abkommen angeboten wurde, das ihm einen *Hakkikt* lieferte, mit dem die Mahendo'sat umgehen konnten – da nahm er an. Es führte ihn nach Kefk. Es ermöglichte ihm, wieder in Verbindung mit Goldzahn zu treten, falls dieser noch am Leben war. Ich denke, die Versorgung der Mahendo'sat mit Informationen brach an diesem einen wirklich kritischen Punkt zusammen. Und jetzt befindet sich Goldzahn in *Gefahr* – denn ich denke, Sikkukkut begreift viel mehr von Goldzahns Gedanken, als dieser sich das vorstellt, sogar viel mehr, als Jik, sich bewußt ist. Sikkukkut hat Goldzahn wieder in die offene Arena gelockt. Sikkukkut hat ihn wieder erreichbar gemacht; und Goldzahn ist ganz von allein in Sikkukkuts unmittelbare Nähe gekommen. Ohne sich verschämt zu benehmen. Versteht ihr?«

»Wir haben Probleme«, meinte Haral. »Ihr Götter, haben wir Probleme!«

»Oh, es kommt noch schlimmer, Kusine. Jik setzte auf Mkks sein Ansehen ein, um diesen Tc'a zu überreden, daß er uns begleitete. Die Knnn sind eindeutig daran beteiligt. Sie haben bereits eine Botschaft nach Maing Tol abgeschickt – jenes Päckchen, das wir Banny Ayhar mitgegeben haben, falls man Goldzahn soweit glauben kann. Ich weiß nicht, was Jik sonst noch auf Mkks gemacht hat, aber ich wette, daß er dem Tc'a-Stationsleiter unsere Navigationsdaten übermittelt und einen Tc'a überredet hat, uns zu decken und so sicherzustellen, daß Kefk ohne einen Schuß fällt. Die Knnn sind vielleicht damit einverstanden. Oder vielleicht haben sie auch daran Anstoß genommen. Es ist verdammt sicher, daß sie den Tc'a mitgenommen haben. Wir wissen nicht, *wie* sie denken, oder *was* sie wollen. Aber die Menschen, vergessen wir das nicht, kommen sehr dicht am Knnn-Territorium vorbei, wenn sie hierherkommen, falls sie nicht sogar mitten hindurchgeflogen sind. Die Götter allein wissen, wo nach Auffassung der Knnn die Grenzen ihres Gebietes verlaufen, falls sie überhaupt einen Begriff wie ›Grenzen‹ verstehen. Und Tully sagt, Menschen hätten auf Knnn-Schiffe geschossen.«

Überall auf der Brücke weiteten sich Augen und wurden Ohren flach angelegt.

»Da wären wir also«, meinte Pyanfar. »Wir haben Kefk angegriffen und mit Hilfe des Überraschungsfaktors und einer hohen Würfelzahl eingenommen; und Kefk zeigte das übliche kifische Verhalten und warf sich schneller flach auf den Bauch, als sie spucken können. Sikkukkut kassiert sämtliche Einsätze auf dem Tisch.

Außer einem: Akkhtimakt hat noch einen Ausweg. Die Stsho mieten doch mahen Wachen für höchste Sicherheit, richtig? Die Stsho trauen den Hani nicht und bieten ihnen dementsprechend nur Wachjobs auf niedrigster Ebene an; wenn die Stsho jemanden einzuschüchtern haben, engagieren sie Kif. Aber. – *Aber!* – Die Mahendo'sat versuchen, die Menschen in den Pakt einzubeziehen, genauso, wie sie früher die Stsho gezwungen haben, uns Hani zuzulassen. *Wir* haben nun eine gemeinsame Grenze mit den Mahendo'sat, so daß wir lange damit zufrieden waren, Handel in dieser Richtung zu treiben; und wir haben eine natürliche Barriere auf der Stsho-Seite, mit einem Abgrund, den unsere Schiffe nicht überspringen können. Wir waren keine schlechten Nachbarn für die Stsho. Bei der Menschheit sieht das ganz anders aus. Die Menschen wollen den Stsho-Raum *durchqueren!* Wollen den Raum der Tc'a und Knnn *durchqueren!* Oder den der Kif, wenn es mit den anderen Routen nicht klappt. Das bereitet den Stsho Sorge. Echte Sorge. Und inzwischen erleben wir auf Anuurn eine Spaltung: Auf der einen Seite haben wir die Hani, die Raumfahrt betreiben, und auf der anderen Seite solche, die fast so verdammt xenophobisch sind wie die Stsho. Altmodische Hani, die die Stsho nicht kennen. Sie sind gar nicht dazu in der Lage, die Stsho zu kennen – ihr Götter, sie sind nicht einmal fähig, sich die Stsho auch nur *vorzustellen!* Aber Stsho-Geld gelangt bis zu ihnen und erkauft ihnen Stimmen im *Han.* Führt zur Erstehung neuer Hani-Mächte, mit deren geistiger Verfassung die Stsho einverstanden sind. Damit ist ein Grenzproblem erledigt. Dann geht es darum, Hani-Wachen zu mieten. Die Mahendo'sat von jedem Sicherheitsposten zu entfernen, den sie bei Stsho-Besitz innehaben. Sie hinauszuwerfen. Damit sind die amtsinternen Probleme geklärt und der mahen Würgegriff abgeschüttelt. Und die mahen Finger sind damit aus den Kommunikationswegen der Stsho entfernt. Aber die Stsho brauchen noch eines, um die

Menschen aufzuhalten, etwas, das ihnen die nicht-raumfahrende Fraktion des *Han* nicht bieten kann und was kein Stsho selbst handhaben kann. Bewaffnete Schiffe. Massenhaft.«

»O ihr Götter!« meinte Tirun.

»Du hast es verstanden, Kusine. Die Menschen fliegen entweder nach Kefk oder zur Treffpunkt-Station. Goldzahn hat es so geplant. Er will die Stsho unter Druck setzen, damit sie sich enger an die Mahendo'sat anschließen. Will sie *zwingen,* mit der Menschheit zu verhandeln. Will Akkhtimakt heftig zu Fall bringen, wenn es ihm nicht gelingt, direkt unter den Nasen der Kif den Vorstoß der Menschen zu stoppen. Aber der Schuß ist nach hinten losgegangen, teilweise dank Jik und dank uns. Durch die Einnahme von Kefk hat Sikkukkut ein Druckmittel gegen Akkhtimakt eingesetzt, das diesen zwingt, etwas zu unternehmen, was er normalerweise niemals täte ... Er *kann* nicht gleichzeitig mit Sikkukkut und den Mahendo'sat und den Menschen fertig werden, nicht ohne mehr Unterstützung, als er besitzt. Also hat sich Akkhtimakt zum Treffpunkt aufgemacht, um sich um die Stsho zu kümmern. Dasselbe, was auch der *Han* tut. Der *Han* ist gerade auf Akkhtimakts Seite gelandet.«

Absolute Stille trat ein. Leise Geräusche flüsterten aus einem zur Seite gelegten Kom-Hörer. Leitungen zischten.

»Nun, da haben wir ja ein echtes Problem, nicht wahr?« meinte Haral.

»Na, es ist der *Han!*« warf Geran ein. »Leute wie Ehrran, Leute wie Naur und die anderen zu Hause, diese götterverdammten Dummköpfe!«

»Damit landen wir schließlich«, fuhr Pyanfar fort, »allein auf dieser Seite bei den Mahendo'sat und Kif. Unser Ziel ist der Treffpunkt. *Dorthin* wird der *Hakkikt* diese Gruppe als nächstes mit Sicherheit führen. *Falls* er sich ganz sicher ist, daß die Menschen dorthin fliegen und nicht hierher, um Kefk einzunehmen. Das ist etwas, das er fürchten muß – eine Möglichkeit, die sein Ende wäre, die alles zerstören würde, was er aufgebaut hat – und Goldzahn könnte ihm das antun. Er will das herausfinden. Er ist verzweifelt darauf aus, das herauszufinden, aber Goldzahn sagt nichts. Falls ihr noch mehr Gründe hören möchtet, warum Goldzahn so brav hier angelegt hat – versucht es einmal mit der Möglichkeit, daß Hilfe für ihn hierher unterwegs ist. Eine Menge Hilfe. Das muß Sikkukkut beunruhigen. Er wagt nicht, sich zu rühren, bis er eine Möglichkeit findet, sich abzusichern, aber gleichzeitig wagt er nicht, hier sitzenzubleiben und gegenüber seinen Gefolgsleuten an Schwung zu verlieren. Goldzahn macht ihm schwer zu schaffen, und Goldzahn ist bestrebt, es dabei zu belassen.

Noch etwas könnt ihr euch ausrechnen: Ehrran. Sie wird uns in dem Moment angreifen, in dem wir wieder Treffpunkt-Raum erreichen. Allerwenigstens wird sie sich direkt nach Hause wenden – direkt zum *Han,* um eine politische Entscheidung herbeizuführen. Und sie wird ihnen dort alles vorlegen, was sie in ihren Unterlagen hat. Alles. Unsere Probleme zu Hause könnten sich zuspitzen, bevor wir die Möglichkeit finden, zurückzukehren; *falls* wir überhaupt wieder zurückkehren können. Und wir haben keine Möglichkeit, dem Haus oder Kohan eine Mitteilung zu schicken, was auf sie zukommt. Unmöglich, sie zu warnen – falls wir nicht ausreißen und selbst nach Hause fliegen. Ich habe nicht vor, Chur zu sagen, wie die Lage aussieht; im Moment wäre es zuviel für sie. Aber ihr anderen wißt besser Bescheid. Und es wäre zu empfehlen, daß ihr scharf darüber nachdenkt! Wir können bei der ersten Ausrede von hier ausreißen und nach Hause fliegen. Wir können einen Kurs direkt vom Treffpunkt aus festlegen und mit äußerster Kraft von dort fliehen, im selben Moment, in dem wir in dem System eintreffen, während alle anderen beschäftigt sind. Und wir können uns dann dem stellen, was uns auf Anuurn erwartet. Wir sind nicht schneller als die *Wachsamkeit,* aber wir treffen vielleicht rechtzeitig ein, um uns den Beschuldigungen zu stellen und dem *Han* alles klarzumachen. Einen Kampf zu organisieren – wenn, mögen die Götter uns helfen, wir ihn hier draußen bereits verloren haben.

Oder wir können bleiben und an der Seite der Mahendo'sat kämpfen, wenn es dazu kommt, gegen Akkhtimakt und jede Streitmacht, die der *Han* vielleicht aufgebracht hat, um den Stsho am Treffpunkt beizustehen. Ihr könnt euch ja denken, welche Kapitäne sie möglicherweise dazu überredet haben. Und wo das dann endet, weiß ich nicht. Aber eines weiß ich über jeden Zweifel: Falls Akkhtimakt gewinnt – gehört ihm der Treffpunkt, und dann wird er sich auf die Stsho stürzen, ohne daß ihn irgend jemand aufhalten könnte, sobald er erst einmal ihre Sicherheitssysteme überwunden hat. Und die Götter wissen, was die Knnn und die Menschen und der *Han* dann unternehmen, jeder in seiner eigenen Verrücktheit. Aber ich treffe die Entscheidung nicht. Diesmal sagt ihr mir Bescheid.«

»Was, meinst du, sollten wir denn tun?« fragte Haral.

»Ich habe es euch gesagt.«

»Sag es uns offen!«

»Aye«, brummte Tirun. »Du hast alles so weit durchschaut – was erkennst du sonst noch?«

Pyanfar holte tief Luft und preßte sich die Hände gegen die Augen. Die Zeit verlief in Schleifen. Ein Sonnenuntergang auf Anuurn. Das alte Rebengewächs auf der Wand des Gutes. Hilfy, die im Staub spielte.

Ein Schiff am Treffpunkt, das starb, weil es hani war und am falschen Ort ...

Tully, wie er auf dem Deck ihres Schiffes hockte und Zahlen mit seinem eigenen Blut schrieb ...

Chur, die ihnen ein weißes Plastikpäckchen reichte, während sie blutend auf einem Kshshti-Dock lag ... Eine kifische Spelunke. Jiks lächerlicher Rauch – während er *Sfik*-Spiele mit den Kif spielte ...

»Ich würde mit den Mahendo'sat fliegen. Vielleicht bin ich ein Dummkopf. Vielleicht bin ich ein Dummkopf schlimmster Art ... aber ein Dummkopf zu sein, hat Ehrran nicht daran gehindert, nach rechts und links auszuteilen, nicht wahr? Schlimmeres können wir auch nicht anrichten. Wir können nichts Schlimmeres tun, als der *Han* angerichtet hat. Es kann sein, daß auch dabei die Arroganz des Dummkopfs aus mir spricht. Vielleicht, vielleicht, vielleicht ... Vielleicht ist es Anuurns letzte Chance. Die letzte Chance für Hani, irgend etwas Eigenständiges im Universum zu vollbringen. Das hört sich hochtrabend an, verdammt zu hoch für uns, aber es ist die schlichte Wahrheit. Ich bin mir nicht sicher, wo wir letztlich enden, oder was unser Vorgehen für Auswirkungen auf Chanur zu Hause hat oder wie sie es überleben werden. Oder was wir sein werden, selbst wenn wir siegen – auf Sikkukkuts Seite. Aber ich möchte nicht sehen, was geschieht, wenn Akkhtimakt die Stsho als Appetithappen zermalmt. So, das waren meine Gedanken. Wenn ihr auch so denkt, kümmern wir uns wieder um das Naheliegende und reiten auf den Wellen mit, so gut wir können. Wenn es nach Hause gehen soll, dann fliegen wir, solange wir noch können, so lang und schwer der Weg auch wird.«

»Ich bin auf deiner Seite«, murmelte Haral. »Wenn die Stsho untergehen – dann haben wir bislang noch keine Probleme erlebt.«

»Dasselbe gilt für mich«, sagte Tirun. »Für mich auch«, meldete sich Geran. »Keine Frage.«

»Und für mich«, sagte Hilfy leise. »Schließlich haben wir keine Wahl, nicht wahr?«

Pyanfar stellte fest, daß sie ihre Krallen in die Polster gedrückt hatte, und zog sie vorsichtig ein. »Ich muß euch für die ganze Sache um Verzeihung bitten«, sagte sie. Das war untertrieben, aber die Stimme drohte ihr zu versagen. Sie wandte sich zur Seite, hob das Codepäckchen vom Tisch auf und reichte es Haral. »Mahen Codes. Man hat uns gerade amtlichen Status verliehen. Von jetzt an sind wir aller Dinge schuldig, die in den Aufzeichnungen der *Wachsamkeit* über uns verzeichnet sind, aber ich möchte einfach nicht, daß die *Wachsamkeit* zu schnell aus unserer Gesellschaft davongeistert. Wir machen also so weiter wie bisher und geben ihnen keine Hinweise, falls Ehrran sich nicht schon durch einen verrückten Zufall hat ausrechnen können, was Goldzahn im

Schilde führt oder was Jik getan hat. Mögen die Götter uns helfen, aber falls wir wirklich Glück hätten, dann würde die Ehrran zu etwas gesundem Hani-Verstand finden, sich auf unsere Seite stellen und auch den *Han* mit herüberziehen, heraus aus dem Schlamassel, in das er sich selbst gesetzt hat. Aber das ist so ziemlich meine letzte Hoffnung.«

»Sie ist schlangenähnlich genug, um sich in zwei Richtungen auf einmal zu winden«, meinte Tirun.

»Von innen nach außen, wenn es nach mir ginge«, versetzte Geran.

»Inzwischen«, sagte Pyanfar, »haben wir nicht viel Zeit, obwohl uns einige bleibt, und die Arbeit geht weiter. Hilfy, Tully, Khym, bald wird einiges für den Kif herübergeschickt. Ich würde ihn ja gerne loswerden, aber ich sehe keine Möglichkeit dazu, ohne ein Problem mit Sikkukkut zu bekommen, und dergleichen können wir nicht gebrauchen. Andererseits hat unser Kif, was immer er auch ist, schon soviel ausgehalten, wie er nur konnte. Ich möchte, daß er in eine normale Kabine gebracht wird und daß diese gesichert wird, wenn ihr mich richtig versteht. Wir werden so eine Art Zoo voll Lebewesen bekommen, um die wir uns kümmern müssen. Skkukuk kann sein Ungeziefer am besten selbst hüten. Ich möchte aber, daß es dekontaminiert wird. Kümmert euch während der laufenden Wache nicht um die üblichen Dockchecks, abgesehen von den Filtern, den Brükkenfunktionen und dem Lebenserhaltungssystem; um die kleinen Dinge kümmern wir uns später. Jemand muß während Gerans Freiwache hin und wieder zu Chur hineinschauen. Geran, du arrangierst das selbst! Rackere dich aber nicht ab bis zur Erschöpfung! Tirun, ruf unten bei Tahar an und sage ihr, daß wir noch an dem Problem arbeiten! Sie frißt sich wahrscheinlich innerlich auf da unten. Ich habe nicht die Zeit, um mich mit ihr zu unterhalten. Tirun und Geran, und auch Hilfy und Haral, wenn ihr Zeit habt, dann möchte ich, daß dieser Codestreifen eingespeist und anhand des Translators geprüft wird. Und wenn ihr das alles erledigt habt, dann will ich eine richtige Mahlzeit aufgetischt sehen, und keins dieser götterverdammten Sandwiches!«

Die müden Gesichter hatten Bestürzung gezeigt, bis das Essen erwähnt wurde. »Wir nehmen nach Bedarf frei«, sagte Pyanfar. »Wenn eine Flaute eintritt, schlaft. Fühlt euch frei, Aufgaben und Wachen zu wechseln – es ist mir egal, wer etwas erledigt, sofern es nur vor dem Ende der Wache erledigt wird, und dazu mit den nötigen Vorsichtsmaßnahmen: niemand besucht Skkukuk oder Tahar allein! Tut mir leid wegen des Zeitplanes. Goldzahn hat mir eine komplette Besatzung angeboten, aber ich habe abgelehnt. Vertrauen ist eine schöne Sache, aber ich werde niemandem die Codes der *Stolz* aushändigen. Nicht in diesen Zeiten!«

»Das war verdammt richtig«, sagte Haral, und »Aye« kam es von den anderen, mit zuckenden Ohren und gespannten Gesichtern.

»Also erledigt alles, ja?« Sie nickte, entließ sie damit, und Hilfy und Geran gingen hinaus und den Korridor hinab. Tirun wandte sich wieder dem Kom zu und Haral dem Hauptpult und den Systemchecks. Die Männer gingen als letzte hinaus und getrennt. »Khym«, rief Pyanfar ihm leise nach, bevor er draußen war. »Für dich alles klar in dieser Sache? Auch mit Tully?«

Khym blieb stehen und steckte die Hände hinter den Gürtel. Er sah zu Boden, zeigte seine natürliche Achtung gegenüber Chanur-Angelegenheiten. »Du suchst die Gegner aus, und ich erledige die Bastarde; haben wir uns nicht vor fünfzig Jahren etwas Ähnliches versprochen?« Es handelte sich um ihr Ehegelöbnis, wenn auch weniger elegant formuliert. Aber dann sah er auf, und eine seltsame Laune stellte sich ein und verschwand wieder, die sie seit Jahren nicht mehr an ihm erlebt hatte. »Aber trotzdem denke ich, du wirst helfen müssen, Frau.«

Sie lachte trotz allem, und er grinste, als bereitete es ihm Freude, sie erheitert zu haben. Sie sah, wie er die Schultern straffte, als er die Brücke verließ. Irgendwie hatte sich neuer Schwung in seinen Gang geschlichen.

Der Anblick linderte den Schmerz in Pyanfars Knochen.

»Py-anfar?«

»Tully.« Sie stand auf und ging zu ihm hinüber. Er sah verwirrt aus. »Hast du verstanden, was ich der Besatzung erklärt habe? Hast du es verstanden?«

Er nickte energisch – *Ja,* bedeutete dieses eigenartige Kopfwackeln. »Ich arbeiten«, sagte er. »Ich arbeiten.« Und er wandte ihr die Schulter zu, stand am Scanner-Pult, die Hände mit einem Ausdruck beschäftigt, den er ebenso wenig lesen konnte wie im Vakuum atmen.

Er wich aus.

»Tully«, sagte sie. »Tully!«

»Ich arbeiten«, sagte er.

»Leg diese lächerlichen Papiere weg.« Sie riß sie ihm aus der Hand und knallte sie auf das Pult. Er wich zurück, stieß gegen den Sitz und hielt sich mit einer Hand an der Sessellehne fest. Er sah Pyanfar aus geweiteten und flackernden Augen an. Er roch nach Menschenschweiß und Anuurn-Blumen. Und auf einmal nach Angst. Tirun drehte ihren Sitz ein Stück weit herum und starrte sie beide bekümmert an. Tully blieb wie erstarrt stehen, bleich wie ein Stsho. Angst. Wahrhaftig, er hatte Angst! Pyanfars Herz fing an zu klopfen, als sie das sah, und obendrein wurden bei diesem Anblick ihre aggressiven Reflexe ausgelöst; aber dann zwang sie sich zu denken, *er ist ein Kind,* und vertrieb damit das Jagdbewußtsein; und *Fremder* und *Freund* und *empfindsamer Mann* setzte sie hinzu.

Es war nicht ihre Bewegung gewesen, die ihn erschreckt hatte. Darüber war er hinaus. Er wußte, daß sie nie Hand an ihn legen würde; und sie wußte, daß er es wußte. Es lag tiefer.

»Macht dir etwas Sorgen, Tully?«

»Nicht verstehen vieles, was du sagen ...« Er machte eine vage Geste, die den Raum umfaßte. Und zum Scanner-Pult hin. »Ich arbeiten. Ich nicht brauchen irgendwas verstehen.«

»Tully, alter Freund.« Pyanfar legte ihm die Hand auf die

Schulter und spürte eine leichte Muskelbewegung, so als wollte er die Hand dort lieber nicht haben. Pyanfar roch, daß er schwitzte, obwohl die Luft hier für einen Menschen kalt war. »Hör zu, ich weiß, daß du ein doppeltes Spiel mit mir getrieben hast.« Der Translator stotterte in dem Komgerät an seinem Gürtel. Sie trug keinen Hörer, brauchte auf diese Entfernung auch keinen. »Du und Goldzahn – ihr habt zusammengearbeitet. Er hat es mir gesagt. Verdammt, Tully, du hast mir da wirklich etwas eingebrockt ...«

Der Translator übermittelte etwas auf seine flache, tullystimmige Art, und Tully setzte sich auf eine Armlehne, um Pyanfars Hand zu entgehen, hatte keine weiteren Ausweichmöglichkeiten mehr.

»Sag mir die Wahrheit, Tully, hm? Was hat dich erschreckt? Etwas, was ich gesagt habe?«

»Nicht verstehen.«

»Sicher. Wir wollen einmal über gewisse Dinge sprechen. Zum Beispiel über Dinge, die ich vielleicht gerne wissen möchte ... Welchen Kurs haben die Menschenschiffe?«

»Ta-va ...«

»Tt'a'va'o. Das hast du gerade von mir gehört. Vielleicht weißt du aber mehr. Vielleicht weißt du, was Goldzahn nicht sagt. *Die Wahrheit, Tully, verdammt noch mal!*«

Er zuckte heftig zusammen. »Wahrheit«, sagte er. Der Translator übermittelte das, was er sagte, mit einer Frauenstimme, aber die Stimmlage war gar nicht so weit von der Tullys entfernt. »Ich nicht lügen, ich nicht lügen!«

»Wo vorher?«

»Nicht sicher. Ta-vik. Denken, daß Ta-vik.«

»Tvk. Wenigstens ein einziger kifischer Hafen. Tvk. Ich schätze, sie haben nicht angehalten, um dort ihre Grüße abzugeben. Sind sicher einfach durchgefegt. Und dann nach Chchchcho, nicht Akkti, wahrscheinlich nicht. Chchchcho. Die Heimatwelt der Chi. Das ist eine wirklich schöne Route, Tully. Wirklich großartig. Wer hat sie geplant?«

»Ich kommen – *Ijir.*«

»Du meinst, du weißt es nicht.«

»Nicht wissen.«

»Tully. Dieses Päckchen. Päckchen, verstehst du? Was war darin zu lesen?«

»Machen Angebot für Handel.«

»An wen? An wen, Tully?«

Er wedelte verzweifelt mit einer Hand. »Alle. Alle in Pakt.«

»Auch die Kif, wie?«

»Hani. Mahe.«

»Tully, was war sonst noch darin? Eine Knnn-Botschaft zum Beispiel. Knnn. Weißt du darüber Bescheid?«

Er schüttelte den Kopf. Dieses horizontale Wackeln bedeutete nein. Seine Augen waren geweitet, blau und besorgt. »Nein, nicht wissen von Knnn-Sache. Py-anfar, ich sagen dir, ich sagen dir alles. # # ich dich nicht anlügen.«

»Komisch, wie dieser Translator immer genau bei solchen Sätzen ins Spucken gerät, die ich gerne zweifelsfrei verstünde.«

»Ich sein Freund. Ich sein dein Freund, Py-anfar!«

»Ja. Ich weiß.«

»Du denken, ich lügen.«

»Ich habe nicht gesagt, daß du lügst. Ich wünschte mir nur, du würdest mir mal etwas erzählen *bevor* die Lage brandheiß wird, hm? Mir gefällt einfach das Gefühl nicht, daß sich immer noch etwas hinter deinen hübschen blauen Augen herumtreibt. Etwas, das dort schon sehr lange beheimatet ist.« Sie strich ihm vorsichtig mit einer Kralle die Mähne aus dem Gesicht – und legte ihm dann die Hand wieder sanft auf die Schulter. »Sieh mal, Tully – du hast doch keine Angst vor mir, nicht wahr?«

»Nein.«

»Warum sagst du mir dann nicht die Wahrheit? Warum hast du mir dann Dinge vorenthalten, als diese Reise begann?«

»Ich sagen.«

»Etwas über die Schiffe, ja. Du hast es wirklich versucht. Aber warum nichts über das übrige?«

»Ich versuchen – versuchen sagen – du immer # beschäftigt nicht # ...«

»Knnn ist ein Wort, das sehr schnell meine Aufmerksamkeit erweckt, Tully. Hast du je mit Goldzahn über die Knnn gesprochen, hm? Hast du ihm von Schüssen auf Knnn-Schiffe erzählt?«

Er blinzelte und schüttelte den Kopf. Blickte zur Seite. Wich ihr aus.

»Na ja, du warst für eine Menge Leute sehr hilfreich, nicht wahr? Hast du mir die Wahrheit darüber erzählt, wie er dich von dem Kurierschiff geholt hat?«

»Wahrheit.«

»War er es persönlich?«

»War Goldzahn.«

»Hast du je etwas über ein weiteres Schiff gehört? Ein weiteres Jägerschiff dort draußen – jemand, der sich bei den übrigen Menschen aufhält?«

»Nein.«

»Du meinst, diese Menschenschiffe fahren einfach so allein im Pakt-Raum herum. Keine Karten, kein Führer? Niemand, der sie beobachtet? Komm schon, Tully, wie viele sind es?«

»Ich wissen nicht.«

»Zwei? Zehn?«

»Nicht wissen. Zehn. Vielleicht zehn. Vielleicht mehr.«

»Mehr?«

»Ich nicht wissen!«

»Woher kommen denn diese Schiffe, Tully? Wer bringt sie? Wer hat sie beauftragt? Weißt du etwas darüber?«

»Nicht wissen.«

»Goldzahn weiß es. Die *Wahrheit,* Tully! Was weißt du über diese anderen Menschen?«

Seine Augen huschten zur Seite, blickten woandershin, kehrten zurück, huschten wieder weg.

»Na?« fragte sie. »Was weißt du, Tully?«

»Kommen kämpfen Kif. Sie kommen kämpfen Kif.«

»Ach.« Sie blickte ihm in die Augen und hielt sie fest. Sie

zuckten und ruckten und behielten ihre Brennpunkte. Die Pupillen waren trotz des hellen Lichts auf der Brücke geweitet. »Und woher wissen sie, gegen welche Kif es zu kämpfen gilt, Tully? Wer sagt es ihnen?«

»Kif sind Kif.«

»Ist das dein Ernst? Was für eine Art Plan ist das? Wollt ihr gegen die ganze *Spezies* der Kif antreten, bei den Göttern? Dann seid ihr wirklich verrückt, Tully! Nein. Die Mahendo'sat lassen sich nicht mit Verrückten ein. Und ihr steckt mit den Mahendo'sat unter einer Decke, nicht wahr?«

»Ich bitten dich holen, dich bringen, Pyanfar. Ich #die Mahendo'sat nicht.«

»Sag das noch einmal!«

»Mahendo'sat nicht sprechen ganze Wahrheit. Ich haben Angst. Ich wissen nicht, was sie machen. Ich denken, vielleicht sie wollen helfen uns, aber ich – *ich!*« Er legte sich eine Hand auf die Brust und sagte es auf Hani, woraufhin der Translator nur noch vor sich hinzischte. »Ich Tully – ich mich fürchten.«

»Wovor? Wovor fürchtest du dich?«

»Ich denken, Mahendo'sat wollen mehr helfen sich selbst. Vielleicht Hani haben selbst Bedarf an Hilfe. Ich nicht wissen. Ich nicht verstehen allzuviel. Der Translator machen falsche Wörter. Ich mich fürchten – ich nicht wissen ...«

»Du sprichst jetzt sehr deutlich. Tully, du verstehst mich. Und ich will keine weiteren Ausweichmanöver! Sag mir nur nicht, daß du mich nicht verstehst, ja? Du weißt, in was für einem Schlamassel wir stecken.«

»Ich nicht verstehen.«

»O doch, das tust du! *Wer kommt mit den Schiffen, Tully?* Was für eine Vereinbarung haben sie getroffen? Wohin wenden sie sich als nächstes?«

»Ich nicht verstehen.«

»Ich habe dir gesagt, daß ich das nicht mehr hören will! Ich will hören, was du weißt! Sag mir folgendes, Tully – welche Fragen hat Sikkukkut dir gestellt? Was hat er dich gefragt, als ihr so ganz allein wart?«

»Nicht ... nicht ...« Seine Augen weiteten sich. Er drehte sich auf einmal um und blickte hinter sich. Pyanfar sah an ihm vorbei dorthin, wo Hilfy stand. Reflexion und Bewegung auf dem ausgeschalteten Monitor. Das war es, was Tully gesehen hatte, und er ergriff die Chance sofort.

»Hilfy«, sagte er flehend, *»Hilfy ...«*

»Stimmt etwas nicht?« fragte Hilfy.

»Wir unterhalten uns nur«, entgegnete Pyanfar. *Zur Hölle mit dem falschen Zeitpunkt!* »Geh und sieh einmal nach, wie es Chur geht, ja?«

»Geran ist bei ihr. Ich war gerade dort.« Entweder war sie blind für die Andeutungen, oder sie ignorierte sie.

»Schön, dann sieh einmal nach den Filtern. Wenn du hier durch willst, denn geh ruhig durch!«

Hilfys Ohren sanken herab. Sie blieb stehen.

»Ich gehen helfen«, sagte Tully und machte Anstalten aufzustehen.

»Du bleibst hier!« Pyanfar stieß ihn wieder auf die Lehne zurück. »Ich bin noch nicht mit dir fertig. Hilfy, los, geh!«

»Was ist los? Was geht hier vor?«

Angst. Menschlicher Schweiß. Er hing deutlich riechbar in der Luft und war allgegenwärtig. Die Stille auf der Brücke trotz zweier arbeitender Stationen, der Ausdruck von Tullys Gesicht ...

»Wir diskutieren Flugrouten«, sagte Pyanfar gelassen und ruhig und legte Tully wieder ruhig eine Hand auf die Schulter. Er zuckte darunter zusammen und sah sich in panischer Angst um. »Und darüber, was er vielleicht sonst noch alles weiß. Was er vielleicht, ohne es zu bemerken, den Mahendo'sat mitgeteilt hat. Und insbesondere den Kif.«

»Ich nicht reden, Hilfy, ich nicht tun!«

»Ich habe nicht behauptet, daß du ein Lügner wärst, Tully. Ich habe dich nur gefragt, was Sikkukkut dich gefragt hat. Ich will wissen, was Sikkukkut wissen wollte.«

»Um der Götter willen, Tante ...«

Schweiß stand auf Tullys Gesicht. Er war blaß geworden. Er blickte zu ihr auf.

»Laß ihn in Ruhe, Tante, verdammt noch mal, er hat genug gelitten!«

»Ich weiß, was er durchgemacht hat ...«

»Das weißt du *nicht!* Rühr ihn nicht an!«

Panik. Mörderische Wut. *O ihr Götter! Hilfy!* Wer immer so aussah, war kein Kind mehr, war nie ein Kind gewesen. »Tully, in Ordnung. Du kannst gehen.« Sie gab ihm einen Schubs, damit er sich rührte. »Geh schon! Ich spreche später mit dir.«

»Wir schicken aus Schiffe«, sagte Tully auf einmal, wollte nun unbedingt bleiben. Er sprudelte jetzt geradezu die Worte heraus, umklammerte Pyanfars Handgelenk, als sie ihn mit einer Geste wegschicken wollte, und er blickte von Hilfy zu ihr, zu Tirun und Haral und wieder zurück, und seine fremdartigen, runden Augen flackerten beunruhigt. »Es lange, lange her – ich versuchen – sie verlassen Erde, verstehen? Sie machen # selbst ein # ...« Und als sich Pyanfar unter seinem schmerzhaften Griff bewegte, drückte er um so fester zu. »Du hören – *hören!* – Pyanfar, ich sagen dir ...«

»Drück dich deutlich aus, verdammt! Der Translator verschluckt die Hälfte von dem, was du sagst!«

»Wir schicken Schiffe ...« Er ließ Pyanfars Handgelenk los, um eine unbestimmte und verzweifelte Geste der Verschiebung, des Fortgehens zu machen. »Schiffe gehen von Erde, Menschen von Heimatwelt, sie machen # selbst # Gesetz, machen # selbst # Pakt. Sie nicht mögen Erde. Wir kämpfen # lange gegen diese Menschen. Jetzt wir haben keinen Handel # zu # Erde. Wir nun haben *zwei* Menschenpakte. Sie # wollen #. Wollen Erde. Wir wollen sein frei. Wir wollen machen unser # Gesetz. Wir wollen gehen – hinaus in Weltraum – nicht selbe Richtung wie früher. Wir finden neue Richtung, neuen Handel. Wir finden euren Pakt, finden euch. Wir wollen Handel. Das ist die Wahrheit. Wenn wir bekommen Handel, wir machen dreimal Pakt. Erde # sein der dritte. Erde # sein der # Freund für Hani, für Mahendo'sat.«

»*Zwei* menschliche Pakte.« Pyanfar blinzelte, strich sich die Mähne mit einer wunden Hand zurück und betrachtete Hilfy, die verwirrt aussah.

»Drei«, sagte Tully. »Auch Erde. Meine Heimatwelt. Wir haben Probleme # zwei Menschheiten. Wir wollen Handel. Wir, die Heimat der Menschheit, brauchen das #. Wir wollen machen Weg in Paktraum, kommen und gehen # # #.«

»Weißt du etwas darüber?« fragte Pyanfar Hilfy.

»Nein«, erwiderte Hilfy. »Nein, ich weiß nicht, wovon er spricht.«

»# #. Menschen sein drei Arten.« Tully hielt entsprechend viele Finger hoch. »#, #. Erde.« Er legte die Hand an die Brust. »Ich sein Erd-mann.«

»Politik«, brummte Pyanfar. »Das ist verdammte Menschenpolitik, das ist es! Na ja, wer sagt den Menschenschiffen, wohin sie sich wenden sollen?«

»Erde. Erde sagen.«

»Und wer bist du, Tully?«

»Ich Raumfahrer.«

»Du bist so verdammt schnell damit!«

»Tante!«

»Möchtest du ihm die Fragen stellen?«

»Verdammt, setz ihm nicht so zu!«

Pyanfar holte tief Luft. »Sieh mal, vielleicht hat er den Kif nie etwas gesagt. Ich schlucke das, wenn er es behauptet. Vielleicht hat er ihnen nie ein Wort gesagt. Aber er kann nicht sehr gut lügen. Das hat er noch nie gekonnt.«

»Uns gegenüber sowieso nie!«

»Er spricht unsere Sprache, Nichte. Beobachte einmal seine Augen, wenn du ihm Fragen stellst! Kümmere dich nicht um die Ohren, sondern um die Augen, seine komischen runden Augen! Er ist ein schlechter Lügner. Er war mit Sikkukkut allein. Unter Drogen. Mit Fragen konfrontiert. In Ordnung, du weißt, wie es dort war, und ich nicht. Selbst wenn er nicht geredet hat – er könnte etwas ausgeplaudert haben und gar nicht wissen, daß er es ausgeplaudert hat. Hast du schon einmal daran gedacht?«

»Hast du mich je gefragt, was *ich* ihnen gegeben habe?«

Pyanfar blinzelte schockiert. Schüttelte den Kopf über diesen Gedanken.

»Einen angeknacksten Schädel, sonst nichts«, sagte Hilfy. »Ich habe ihnen nichts verraten. Und sie haben es versucht, Tante, deine lieben kifischen Freunde haben es wirklich versucht! Wenn du meinem Wort glaubst, dann glaub auch ihm! Ich weiß, daß er nichts gesagt hat!«

»Sie hatten ihn lange Stunden bei sich, Hilfy. Als die verschiedenen Teile dieses vielteiligen Schlamassels sich in Sikkukkuts Gehirn langsam zusammenfügten, während wir im Hafen lagen und ihm ein paar letzte kostbare Stunden gewährten, in denen er probieren konnte, was von Tully zu erfahren war – *zusätzlich* zu dem, was er von anderen Kif erfahren hat, die auf Mkks leben ... Möchtest du dich da nicht lieber nützlich machen und es Tully überlassen, um der Götter willen für sich selbst zu antworten?«

»Er hat es dir doch gesagt! Nein! Er hat nicht geredet! Ich *kenne* ihn!«

»*Sicher* tust du das«, sagte Pyanfar schleppend, und die Innenseiten von Hilfys Ohren verfärbten sich auf einmal tiefrosa und falteten sich zusammen; auch ihre Augen reagierten. Alles an ihr schrie die beschämte Reaktion hinaus. Es war nicht das, was Pyanfar gewollt hatte. Pyanfar spürte, wie die eigenen Ohren heiß wurden; es war unvermeidlich, zurückzuweichen, sofort den Blick abzuwenden von dem Thema, das sie ein ums anderemal umschlichen hatten. Pyanfar überdeckte es mit einem Husten und einem Wink der Hand. »Sieh mal, Nichte ...«

»Ich kenne ihn wirklich gut«, antwortete Hilfy mit kalter Deutlichkeit. »Vielleicht gibst du etwas auf mein Wort, wie, Tante? Vielleicht vertraust du darauf, daß *ich* im Vollbesitz meines Verstandes von dort weggegangen bin. Und ich werde dir erzählen, wie er war, wie er sich schlug; und ich sage dir eines: Er ist nicht der Knabe und nicht der Dummkopf, für den du ihn hältst! Sprich nicht so mit ihm!«

Pyanfar sah sie an. Erkannte dort kein Kind und keine

kindliche Bockigkeit. »Ich habe nie behauptet, daß er ein Dummkopf ist. Ich sage, daß ihr beide vielleicht ein wenig außerhalb eures Reviers wart – und gescheit zu sein, Nichte, gescheit zu sein bedeutet, daß man *weiß*, wenn man es sein muß! Wenn man nicht so schlau ist wie der Feind, dann kann man nur hoffen, daß er übermäßig zuversichtlich ist. Dieser Kif ist keiner von den Schlägern, die sich auf Docks herumtreiben; er ist gescheit genug, um in einem Aufwasch den Schwanz des *Han* in einen Schraubstock zu klemmen, Jik hereinzulegen und Akkhtimakt auszutricksen und fast noch den ganzen Pakt zu übernehmen. Und du willst mir sagen, er hätte es nicht fertiggebracht, euch einfach ein paar Fragen zu stellen und eure Reaktionen zu beobachten? Du willst dich nicht an diese Zeit erinnern. Schön. Du willst nicht nachdenken. In Ordnung. Aber damit beraubst du dich selbst deiner Möglichkeiten. Und falls man, was die Gescheitheit betrifft, die Nummer zwei ist, braucht man gar keine weiteren Handicaps mehr. Wir stecken bis zu den Schnurrbarthaaren in der Geschichte drin. Erinnerst du dich, was ich vor einiger Zeit sagte – wie hoch die Einsätze zur Zeit sind? Wir haben ein Problem, Hilfy Chanur! Ich benötige eine offene Antwort von unserem Freund hier. Ich muß herausfinden, was dieser Kif im Schilde führt und was nicht; und ich muß herausfinden, ob die Menschen hierher oder zum Treffpunkt fliegen. Sikkukkut würde im Moment auch sehr viel dafür geben, um das zu erfahren! Hältst du den Pakt für ein verschlungenes Chaos von Ambitionen? Ich wette, das, was die Menschen antreibt, ist dasselbe – nämlich eine Politik, die wir nicht begreifen. Drei Pakte, liebe Götter! Ich will dir noch etwas sagen: Die Chancen stehen gut, daß Tully die Antworten, die ich wirklich erfahren möchte, *nicht weiß*. Denkst du, sie würden ihm alles sagen und ihn dann den Mahendo'sat mitgeben? Nein. *Das* ist sogar schon bei langzahnigen alten Frauen in hohen Räten bekannt. Politik ist Politik, zumindest bei den sauerstoffatmenden Rassen, mit denen *wir* reden können. Ich halte nichts für selbstverständlich. Ich verfolge jeden Gedanken, der einer Überlegung wert ist. Zum Beispiel, welche Abkommen Goldzahn geschlossen hat. Oder Jik. Oder ...« – sie sah Tully an. – »... worüber Sikkukkut und du gesprochen haben könntet in den wenigen Stunden, als er mit Sicherheit wußte, daß du Hani sprichst. Wie ist es damit, Tully? Was wollte er wissen? Was hat er gesagt?«

Tullys runde Pupillen weiteten sich, zogen sich zusammen und weiteten sich wieder. Er versuchte zu sprechen, und die Stimme versagte ihm. »Er sagen – sagen er wissen meine Freunde sterben, er sagen mir – sagen mir # # # sie #. Sagen ich ihm mitteilen, was sein Menschenabkommen mit Mahendo'sat. Was Abkommen mit dir. Viele Male fragen. Er wollen erfahren Route. Selbes du. Er wissen Menschen kommen. Nicht wissen wohin. # # #.«

»Das letzte habe ich nicht verstanden.«

Tullys Lippen bebten. »Viel Zeit. Viel Zeit. Mir weh tun. # #. Du machen Abkommen mit diesem Kif?«

»Ich bin nicht sein Freund, Tully.«

»Ich kennen diesen Kif!«

»Ich kenne ihn auch.« Pyanfar wandte den Blick von ihm ab, als Hilfy plötzlich ihre Haltung veränderte.

»Sikkukkut sagte ...« – Hilfys Stimme war leise, gebändigt – »er sagte, er kenne Tully von früher.«

»Auf Akkukkaks Schiff?«

Tully nickte nachdrücklich. Seine Augen stellten sich auf ein anderes Bild ein, auf etwas Häßliches. Blickten dann wieder auf sie. »Er sein Akkukkak # # #. Lange Zeit er mich fragen, meinen Freund fragen.«

»Ihr Götter, Akkukkaks Vernehmungsbeamter! Richtig? Kennst du ihn von daher?«

»Er töten meinen Freund«, sagte Tully. »Er töten meinen Freund. Mit seinen Händen. Er essen # ... # ...«

»O liebe Götter!« Sie setzte sich auf die Kante des Pults, die Hände auf den Knien. »Tully ...«

»Tully fragte mich, als wir zurückkamen«, sagte Hilfy, »nur danach, wie eng du mit Sikkukkut befreundet wärst. Jetzt weiß ich, warum.«

»Ihr Götter!« sagte Pyanfar. »Ich bin *nicht* mit ihm befreundet, Tully! Ich versuche, unser aller Leben zu retten, verstehst du? Hast du ihm irgend etwas gesagt, hast du ihm irgend etwas zu verstehen gegeben?«

Tully schüttelte den Kopf. Er zeigte jetzt nicht mehr diesen naiven Blick, den klaren, blauen Blick wie sonst. Es war ein anderer Tully. Ein innerer Tully, ruhig und kalt und nachdenklich. Pyanfar erkannte es, als sie es sah, so lange es auch her war. »Ich nichts sagen, ihn nicht ansehen. Ich gehen weit weg. Ich warten. Ich nicht sein. Du sagen, du kommen mich holen. Also ich warten auf dich.«

Pyanfar atmete langsam aus. Das Schweigen blieb für einen Moment bestehen. »Politik«, sagte sie. »Alles Politik. Verstehst du etwas von Politik, Tully? Die Kif sind niemandes Freunde. Nicht meine und nicht irgend jemandes. Aber wir haben es mit Kif und mit noch schlimmeren Kif zu tun. Verstehst du, warum ich mit Sikkukkut zusammenarbeite? Verstehst du es? *Kannst* du es verstehen?«

»Politik«, sagte Tully. Kein bißchen naiv. »Ich wissen, du kommen mich holen von Kif. Das sein *deine* Politik.«

»Ich bin kein Freund von Sikkukkut. Glaub mir das!«

»Schlimme Sache passieren. Ich nicht verstehen. Du viel Angst. Wohin wir gehen? Gegen wen wir kämpfen? Wir haben Feind sein Freund, Hani und Stssts ...«

»Stsho.«

»... sein Feind. Du nicht vertrauen Goldzahn, nicht vertrauen Jik. Nicht vertrauen Hani. Nicht vertrauen Kif.«

»Goldzahn und Jik sind Freunde. Wir können ihnen nur nicht sehr weit vertrauen. Nicht, wo Mahendo'sat-Interessen auf dem Spiel stehen.«

»Wo sein Hani?«

Pyanfar sah zu Hilfy und spürte Tiruns Blick auf ihrer Seite. Sie saß schlaff auf dem Pult. »Eine gute Frage.«

»Was ich machen?« fragte Tully. »Was ich machen, Py-anfar?«

»Was *hast* du gemacht? Was *wirst* du machen? Ich wünschte, ich hätte für das eine oder andere eine Antwort.

Du bist mein *Freund,* Tully, genau, wie Goldzahn mein Freund ist und deiner. Die Götter wissen, wieviel das bedeutet. Ich wünschte, ich wüßte eine Antwort für dich. Ich wünschte, ich wüßte eine für mich.«

»Ich kämpfen«, sagte er. »Ich Crewmann von *Stolz*. Wenn du wollen kämpfen #, Hani, Kif, ich nicht # zu sterben mit #.«

»Zur Hölle mit diesem Translator! Verstehst du mich überhaupt? Haben wir es wieder verpfuscht?«

»Du sein mein Freund. Du. Hilfy. Alle. Ich sterben mit euch.«

»Ihr Götter, danke«, murmelte Pyanfar benommen. Eine abergläubische Kälte rieselte ihr das Rückgrat hinunter. »Wieder der Translator, hoffe ich.« Hilfy ließ die Ohren hängen. »Ich hoffe allerdings, daß du noch eine bessere Idee hervorbringst.«

Vielleicht bekam er den Humor nicht mit. Auf seinem Gesicht erschien nichts davon. Nichts als Sorge.

»Freund«, sagte er.

»Ihr habt Pflichten. Los, Hilfy, fangt an!«

»Aye«, sagte Hilfy und faßte an die Rückenlehne des Sessels. »Tully.«

Er richtete sich von der Armstütze auf. An der anderen Seite hatte Tirun gerade ihre Aufmerksamkeit auf etwas gerichtet, was aus dem Kom-Hörer in ihrem Ohr drang, hatte sich dabei mit zuckenden Ohren halb herumgedreht und den Kopf geneigt. Erneut ein Problem. Ein Anruf. Pyanfar machte Platz für Tully, damit er aufstehen konnte, und legte ihm, als er an ihr vorbeiging, kurz eine Hand auf den Rükken, eine sanfte Geste des Trostes. »Freund, geh und unterstütze Hilfy, ja? Sie braucht dich für etwas. – Tully.«

Er blickte sie an, ganz unvorbereitet, und versuchte sich wieder zu orientieren.

»*Weißt* du noch irgend etwas, was wir nicht wissen?«

Ein Zucken.

»Hm?« fragte sie noch einmal, die Augen halb zu.

»Py-anfar ...«

»Wenn dir etwas einfällt, dann kommst du zu mir. Du kommst und sagst es mir, in Ordnung?«

Die Kif hatten es bei ihm mit Schocks versucht, ohne etwas zu erreichen. Die Mahendo-sat versuchten es mit Verstand und erreichten damit wenigstens etwas. Pyanfar sah ihm unverwandt in die Augen, mitleidlos. Bemühte sich, ihm wenigstens ein Stück zu entreißen.

»Nicht vertrauen«, sagte er auf einmal kläglich. »Nicht vertrauen Menschheit, Py-anfar.« Und er floh zur Tür hinaus – er ging zwar normal, aber es war trotzdem eine Flucht. Hilfy zögerte und warf Pyanfar einen qualvollen Blick zu, drehte sich dann um und folgte ihm.

Pyanfar war nicht erstaunt, außer durch Tullys unmißverständliche Gründlichkeit. Es war ein doppeltes Spiel, was Goldzahn trieb, auch Jik, auch sie selbst, auch die Menschheit. Alle außer Tully – der, genau wie Chanur, gerade seine eigene Rasse verraten hatte. Die Götter mochten wissen, was seine Gründe waren. Was trieb ihn an? – Irgend etwas, was den Triebkräften von Hani ähnelte? Was bedeuteten ihm Familie, Clan, Haus? Was war er?

Er.

Männlich. Ohne Haus. Ohne Schwester. Ohne Ehefrau. Ein Abtrünniger. *Nau hauruun.* – Aber kein Hani. Tully bot keine Analogie zu dieser Art von destruktivem Waisen, der aufs Geratewohl herumpirschte und tötete. *Nau hauruun.* Nicht Tully, ihr Freund. Tully ohne Namen. Tully von der fernen Erde, von den Schiffen und den Fremden.

»Käpt'n«, sagte Tirun leise. »Käpt'n, Ehrran ist dran. Sie fürchtet, daß sie schon eine Zeitlang hingehalten wird, und ist ganz schön hitzig.«

»Gut«, sagte Pyanfar kategorisch, ging zu ihrem abgewetzten Sessel, ließ sich hineinsinken und schwenkte ihn zu den Pulten herum.

Konzentrier dich auf deine Aufgaben, Pyanfar Chanur! Wach auf! Schnuppere in den Wind und achte auf die Zweige über dir! »Ich übernehme es. Hast du auf der *Harukk* irgend etwas in der Tahar-Sache bewegen können?«

»Nicht das geringste«, antwortete Tirun. »Ich versuche es immer wieder, erhalte aber immer wieder dieselbe Antwort. Sikkukkut ist nach wie vor nicht zu erreichen. Geschäfte, sagen sie.«

»Verdammte *Sfik*-Spiele. Ich fange an, ein Gefühl dafür zu entwickeln. Und mir gefällt nicht, was hier geschieht. Ruf dort sofort noch einmal an, sobald ich mit Ehrran gesprochen habe. Richte ihnen aus, sie sollen Sikkukkut sagen, daß ich *persönlich* an der Tahar-Besatzung interessiert bin und daß es hier um *Sfik* geht.«

Das trug ihr einen Blick von Haral ein. »Käpt'n, entschuldige ...«

Haral beendete ihren Satz nicht. Hani-Leben auf dem Spiel, egal, ob nun eine Fehde mit Tahar bestand oder nicht. Eine Fehlkalkulation betreffs der Kif konnte etwas Unbeabsichtigtes bewirken und der Tahar-Besatzung sofort das Leben kosten. Es konnte sogar sein, daß Jik kurz davor stand, die Sache zu einem erfolgreichen Abschluß zu bringen. Pyanfar machte sich über all das Gedanken, und tat es erneut, als sie Harals besorgten Blick bemerkte und einen ähnlichen von Tirun, vorbei an Harals Rücken. Ein Zucken von Ohren mit vielen Ringen. Ein tiefes Stirnrunzeln.

»Gib es so durch«, sagte Pyanfar. »Sei taktvoll, mehr nicht.«

»Taktvoll«, murmelte Tirun und wandte sich ihrem Pult zu, um den ersten Befehl auszuführen.

Pyanfar drehte ihren Sitz wieder und drückte den Schalter, der den lange hingehaltenen Anruf von Rhif Ehrran durchstellte. Sie hörte dabei zu, wie Tirun sich an den Kom-Offizier der *Wachsamkeit* wandte.

Erneut Spiele in Sachen Politik und Protokoll zwischen Kapitänen. Der Kom-Offizier bestand darauf, eine Antwort vom Kapitän der *Stolz* zu erhalten, bevor sie zu ihrem eigenen durchstellte.

»Ich übernehme es«, sagte Pyanfar. Seltsamerweise hatte die Bewahrung des Stolzes gegenüber Ehrran an Bedeutung verloren. Sie erboste sich nicht einmal mehr ansatzweise über den Ehrran-Offizier, der versuchte, sie zu provozieren und es aufzuzeichnen. »Hier spricht Pyanfar-Chanur.«

Halte Ehrran ruhig! Sorge dafür, daß das Nötige getan wird! Tahar war der Notfall. Chur war sicher. Tully hatte sie beruhigt, daß die Kif nichts Entscheidendes von ihm erfahren hatten. Sikkukkut stand also noch vor der Aufgabe, bestimmte Dinge herauszufinden. Und das bedeutete, daß er gleichzeitig sicherer für sie war und weniger vorhersagbar.

»Hier ist die Wachsamkeit. *Der Kom-Offizier spricht. Noch einen Moment, Kapitän; ich fürchte der Kapitän ist kurz aus der Leitung gegangen.«* Eine kalte und kalkulierte Frechheit. Ein Spiel mit der Provokation.

Drei menschliche Pakete! – Kämpfe zwischen ihnen?

Versuchte ein menschlicher Pakt, die Erde, die Heimatwelt der Menschen, die beiden rivalisierenden menschlichen Mächte mit neuen Handelswegen zu kontern? Oder *war* es wirklich der Handel, worauf sie abzielten?

Das war ein *großer* Raumsektor, wenn er drei sternfahrenden Wirtschaftssystemen Platz bot ... Berichtigung: zweien. Und einem, der nur größer werden *wollte* ...

Kannte Goldzahn die Situation im Menschenraum? Die Mahendo'sat mit ihren Wissenschaftlern und ihrer verrückten Erforschung von Kuriositäten – immer damit beschäftigt, an Dingen herumzustochern und herumzutasten, voller Hoffnung ... – Hoffnung worauf? Auf neue Lebensformen? Neue Bündnisse?

Neue Situationen, die sie nutzen konnten, um sich ihre alten Nachbarn, die Kif, vorzuknöpfen?

Hüten Sie sich vor Goldzahn! So hatte es der Stsho ausgedrückt, der doppelte Spiele zu einer Kunst entwickelt hatte.

»Ker *Pyanfar, hier spricht Rhif Ehrran. Ich hoffe, daß der Notfall, der Sie aufhielt, nicht ernst war.«*

»Nein, es ist alles geklärt. Keine Probleme mehr. Sofern Sie nicht welche zu bieten haben.«

»Nein, ich habe vielmehr vor, Sie von einem zu befreien. Ich schicke einen Trupp hinüber, um Tahar abzuholen.«

»Ich fürchte, das geht nicht. Ich habe ihre Bitte um Bewährung angenommen. Es tut mir leid, Ehrran. Sie befindet sich unter Chanurs Dach, sozusagen. Und ich bin hier draußen Vorstand des Hauses.«

»Hier ist nicht Anuurn, und wir leben nicht mehr im Zeitalter von Sofhyn *und Speeren, verstehen Sie mich, Chanur?«*

»Nein. Wir spielen heute mit größeren Spielzeugen, nicht wahr? Sie zitieren gerne das Gesetz. Was mich angeht, mir gefallen die alten Gesetze sehr gut, wie das Verwandtschaftsrecht. Die Art von Recht, die man nicht aus Büchern zitieren kann, Ehrran.«

»Verbinden Sie mich mit Tahar.«

»Vielleicht sollten Sie sich auf ihre Besatzung konzentrieren, denn *diese* befindet sich wirklich in Schwierigkeiten und würde Ihre Intervention möglicherweise zu schätzen wissen. Dur Tahar hat es jedoch dort, wie sie jetzt ist, ganz bequem. War das alles, was Sie wollten?«

Klick.

»Trag das ins Logbuch ein!« verlangte Pyanfar. »Stell den anderen Anruf durch!«

»Aye«, antwortete Tirun.

»Guter Schuß«, meinte Haral und klappte dabei die Ohren herab. Sie spielte damit auf Rhif Ehrran und einen vornehmen Bummel an, der bis an die Grenze ging.

»Warum konnten die Kif nicht *sie* schnappen und uns damit einen Gefallen tun?« fragte Pyanfar.

»Sollen wir ein entsprechendes Geschäft machen?« schlug Haral fröhlich vor.

»Ihr Götter, das ist ein ...«

»Käpt'n.« Tirun hob eine Hand, um Ruhe zu signalisieren. »Auf der *Harukk* leiten sie jetzt wirklich etwas in die Wege ... Ich denke, sie wollen versuchen, uns tatsächlich zu verbinden. Vielleicht ... *Ja.* Der Kapitän wartet, *Harukk*-Kom, wenn Sie das machen können. Ja ... Richtig. Käpt'n, Grüße vom *Harukk*-Kom, und sie werden versuchen, den *Hakkikt* zu erreichen, wenn du die Bitte selbst vorbringen möchtest.«

Protokoll. Wiederum *Sfik*-Spiele. Pyanfar zuckte mit den

Ohren und gab ein zustimmendes Handzeichen. Sofort leuchtete das Bereitschaftslicht auf, und Pyanfar schaltete die Verbindung ein. Sie holte tief Luft und verbannte alle Besorgnisse an einen kalten, fernen Ort ohne Zukunft.

»*Harukk*«, sagte sie ruhig, »hier spricht Pyanfar Chanur. Ich habe eine dringende Botschaft an den *Hakkikt,* gelobt sei er.«

»*Ehre dem* Hakkikt. *Er wird Ihnen vielleicht seine Aufmerksamkeit widmen, Jägerin.*«

So erheben wir uns aus unseren unbekannten Ursprüngen, nicht wahr, Kif? Vom Provinzvorsteher und Cheffolterer – zum Prinzen? Und wir, bei den Göttern, haben dich dazu gemacht!

Sie wartete. Kalt und ruhig. Lange. Schließlich hieß es: »*Hier spricht Sikkukkut,* Ker *Pyanfar. Worum handelt es sich bei Ihrem dringenden Anliegen?*«

»*Hakkikt,* ich bedanke mich für Ihre Höflichkeit und das Geschenk, das Sie mir geschickt haben. Ich würde gerne weiteres mit Ihnen besprechen. Soviel ich weiß, haben Sie die Besatzung der *Mondaufgang* in Gewahrsam ...«

»*Jägerin Pyanfar, Ihre Dreistigkeit könnte einen Chi entmutigen. War mein Geschenk zu bescheiden, um Ihre Wertschätzung zu finden?*«

»*Hakkikt,* ich sehe eine Möglichkeit, es zu Ihrem und meinem Vorteil zu nutzen. Die Sache ist recht dringend. Wenn Sie einen Kurier schicken, kann ich deutlicher werden.«

Eine Pause trat ein. »*Jägerin Pyanfar, Sie erwecken mein Interesse, aber ich sehe keinen Grund, warum einer meiner Skkukun von meinem Schiff zu Ihrem und dann wieder zurück gehen sollte, wenn Ihre eigenen sich in guter Gesundheit zu befinden scheinen. Und ich habe Ihrer Besatzung nichts zu sagen. Ich habe Ihnen am Treffpunkt, wie Sie sich vielleicht erinnern, einen Vorschlag unterbreitet, den Sie zurückgewiesen haben. Ich mache ihn erneut – ein seltenes Angebot. Kommen Sie diesmal zu* mir *an Bord, falls dieses Angebot die Vorzüge hat, die Sie angedeutet haben. Ich vertraue darauf, daß es so ist. Ich erwarte Sie – vor Ablauf einer Stunde.*«

Klick.

Pyanfar lehnte sich im Sessel zurück.

»Käpt'n ...«, sagte Haral neben ihr.

Pyanfar sah sie an. »Das ist schiefgelaufen.«

»Und was jetzt? Rufen wir Jik an?«

»Jik anrufen, damit er kommt und alles aufwischt? Wir haben gerade eine Herausforderung erhalten, Kusine. *Ich* habe sie erhalten. *Sfik.* Die Wette ist gerade angenommen und verdoppelt worden.«

»Sie wollen dich in die Hand bekommen! Liebe Götter, sie können Goldzahn nicht erwischen, und da wollen sie *dich!* Du hast doch gerade gehört, was Tully erzählte – wer dieser Kerl *ist*, und du hast selbst erwähnt, was Sikkukkut am meisten will! Goldzahn war gerade hier und hat mit dir gesprochen. Die Kif müssen das wissen. Sie *wissen*, daß er uns das mitgeteilt haben könnte, was sie gerne wüßten!«

»Sie werden die Gefangenen töten. Sie werden sie jetzt mit Sicherheit töten, wenn ich diese Verabredung nicht einhalte, und sie werden es uns bekanntgeben! Und wenn das noch nicht reichen sollte, so wird unser Ansehen bei den Kif heftig auf Grund gehen.«

»Du kannst das nicht machen!«

»Ich kann auch nicht ausweichen. Nein. Sicher will dieser ohrenlose Bastard uns auf die Probe stellen. Auf die eine oder andere Art. Und ich glaube, ich fange an, kifisch zu *denken*. Ich glaube, ich durchschaue ihn. Ich bin vollkommen sicher, wenn ich dorthingehe – falls es mir gelingt, seine Fragen unbeantwortet zu lassen. Ich werde dort draußen Gesellschaft brauchen. Möchtest du einen Spaziergang machen?«

»Oh, sicher«, sagte Haral mit einem verzweifelten Achselzucken. »Ihr Götter, warum nicht?«

ZWÖLFTES KAPITEL

Die Luft von Kefk traf sie wie eine nach Ammoniak stinkende Mauer. Haral hustete schon auf der Rampe; Pyanfar nieste und spürte, wie ihre Augen trotz der Antiallergene stachen. Haral hatte ihre prächtige Hafenkluft angezogen, dunkles Raumfahrerblau mit einem Sortiment goldener Ohrringe, einem Satz Armbänder, einem Fußring und einem Gürtel mit silbernen und goldenen Ketten, einer schwarzen AP und einem Gürtelmesser. Pyanfar trug ihre rote Seidenhose, goldene Armbänder, einen Gürtel und reichlich Ohrringe, dazu noch ein Messer und eine Taschenpistole neben der tief um die Hüften geschlungenen AP.

»Wir sehen aus wie eine Piratenbande«, hatte Haral gesagt, bevor die Schleuse sie aussperrte. »Es sind die Piraten draußen, die mir Sorgen machen«, hatte Tirun daraufhin in der Schleuse versetzt.

Und Khym hatte noch andere Dinge gesagt, während Geran und Hilfy sich Sorgen machten und auf ihren dünnen Schnurrbärten kauten ... »Ich komme mit euch ...«, hatte Geran gesagt, Erschöpfung und Sorge in den Augen.

Haral: »Das ist mein Job.«

Und Tully später: »Wohin sie gehen – *wohin gehen, Pyanfar?* «

Sie vermied es, ihm eine Antwort zu geben. »Nach draußen«, hatte sie ihm lediglich bei der unerwünschten Begegnung im unteren Korridor gesagt. »Ich habe etwas zu erledigen, Tully, und ich habe es eilig.«

»Vorsichtig«, antwortete er und sah sie besorgt an. Er hatte wahrscheinlich Angst gehabt von dem Augenblick an, als er hörte, wie die innere Luke aufging und die *Stolz* gegenüber den kifischen Docks die Schleuse öffnete. Pyanfar erwartete, daß die Besatzung ihm sagte, wohin sie gegangen war, wenn sie schon unterwegs war, oder noch besser, wenn sie und Haral wieder zurückkehrten.

Wenn.

Sie gingen über das Dock, sie und Haral, durchquerten die natriumbeleuchtete Hölle aus haftendem Rauch, Ammoniakgestank und einer feuchten Kälte wie in einem Sumpf bei Sonnenuntergang. Kif gingen herum, schwarze Schemen in dem noch matteren Schatten entlang der gegenüberliegenden Wand dieser Sektion von Lagerhäusern und Fabrikfronten. Nirgendwo waren auf den Kefk-Docks irgendwelche Farben zu erkennen außer dem kränklichen Natriumschein, und keine Helligkeit außer dem grellen Weiß irgendeines Argon-Scheinwerfers auf einer runden Stahltür.

»Kkkkt. Kkkkt«, hörten sie, während sie an kifischen Schiffen vorbeigingen. Kif, zweifellos einige ihrer ehemaligen Gefährten, hatten sie draußen vorbeikommen sehen und versammelten sich in flüsternden Gruppen – vielleicht, dachte Pyanfar, um sich zu fragen, ob die beiden Hani, die zusammen über die Docks von Kefk gingen, alle beide den Verstand verloren hatten.

(*»Schau dich einmal an!«* hatte Khym sie bestürzt angebrüllt, während sie sich für ihre Exkursion ankleidete. *»Willst du das in einer Räuberhöhle tragen? Py, um der Götter willen!«*)

Es wäre verrückt gewesen, soviel Gold in eine kifische Höhle zu tragen, wenn man nicht genug *Sfik* hatte, es auch zu behalten. »Also sehen wir nach Schwierigkeiten aus«, hatte Pyanfar zu Haral gesagt, als sie ihren Plan geschmiedet hatten. »Nach großen Schwierigkeiten in kifischen Begriffen. Das ist die Idee dabei.«

Die Idee bestand darin, ihre Anwesenheit kundzutun und sich den Kif zu präsentieren, bis sie sie rochen und sich das Gold und die Waffen ansahen und sich daran erinnerten, daß die Besatzung der *Stolz* im allgemeinen nicht den Ruf hatte, dumm zu sein.

Also mußten sie das andere sein: *gefährlich*.

Obendrein waren sie die geladenen Gäste des *Hakkikt*. Zumindest auf dem Weg *zum* Treffen.

»Das ist das Fabelhafte an den Kif«, murmelte Pyanfar, als sie und Haral zwischen zwei düsteren Schiffsliegeplätzen außerhalb der Hörweite der Kif waren. »Mir fällt ein, daß diese Typen hier draußen auf dem Dock gar nicht sicherer sind als wir. Wir reiten oben auf dem Wellenkamm, und sie tun es ebenfalls; und die Kif befahren eine verdammt böige See und fragen sich dabei ständig, wann der Wind dreht.«

»Sie sind anders als wir, das ist mal sicher«, brummte Haral. »Keine dauerhaften Fehden – und *nichts,* was sie nicht zu verschachern bereit sind. Unbeständige Leute. Ich glaube nicht, daß Hani sie je richtig verstanden haben. Vielleicht hätten wir unseren Freunden Skkukuk mitnehmen sollen.«

»Ich habe darüber nachgedacht, aber ich habe das ungute Gefühl, daß er ein wenig verrückt ist, selbst für einen Kif. Ich will nicht, daß er in die Nähe von Schußwaffen und Messern kommt.«

»Hm, ich auch nicht, jetzt, wo ich es mir überlege.«

Ein Schwall von irgendeinem Geruch drang bis zu ihnen durch hier unten auf dem Dock. Blut, selbst durch das Ammoniak hindurch zu erkennen. Pyanfar zischte und räusperte sich. »Liebe Götter!« fluchte Haral voller Abscheu. »Das reicht, um einem den Appetit zu verderben!«

»Wir sind fast ...« ... *da,* wollte sie sagen, verlor aber dann den Faden, als sie die kifischen Ziffern für 28 erblickte: der Liegeplatz der *Harukk.* Hier herrschte ein reger Verkehr von Kif, und der Blutgeruch wurde intensiver.

Er wurde noch schlimmer, je näher sie kamen. Das stählerne Rampengeländer bestand aus einer Reihe von Metallpfosten, die mit Ketten verbunden waren. Auf jedem Pfosten steckte ein dunkles Etwas.

»O Götter«, flüsterte Pyanfar.

Es waren die Köpfe von Kif. Kif kamen und gingen auf dieser Rampe von Nummer 28, vorbei an den schrecklichen Wächtern. Pyanfar und Haral gingen zwischen den Kif die

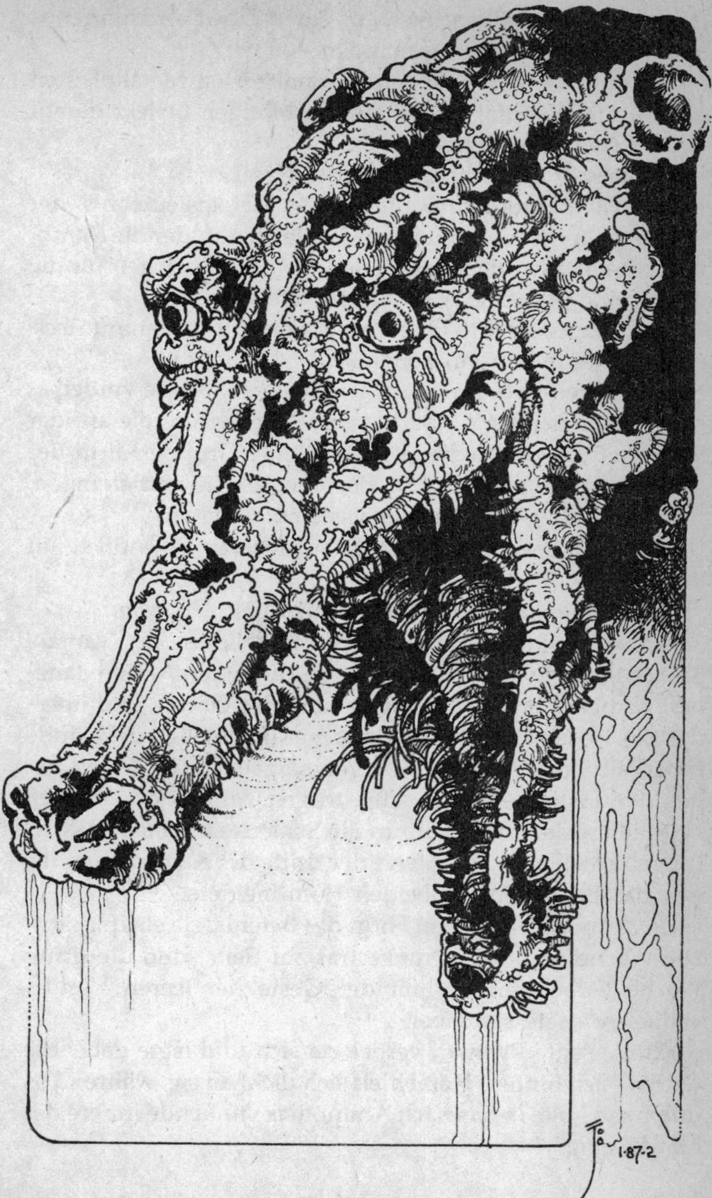
1·87·2

Rampe hinauf und warteten auf einen Zuruf durch irgendeine Wache oder sonst jemanden.

Niemand kam. Sie gingen an dem ersten Metallpfosten vorbei, und Pyanfar widmete dem blutigen Objekt darauf einen kalten, neugierigen Blick.

»Soviel zur Opposition«, meinte Haral.

»Er will damit sicher die neuen Gefolgsleute bei der Stange halten«, murmelte Pyanfar. Jeder Kif, der die *Harukk* besuchte, mußte die Köpfe sehen, ein Siegeszeichen für die einen, eine grausige Warnung für die anderen.

Wenigstens, dachte Pyanfar tief erleichtert, stammte keiner der Köpfe von einer Hani.

Kif drehten sich um und starrten sie an, als sie vorbeikamen, auf dem Weg hinauf wie all die anderen, die auf der *Harukk* etwas zu erledigen hatten. Eine Gruppe Kif in der Zugangsröhre klickten und zischten, als sie vorbeigingen, machten aber keine Anstalten, sie aufzuhalten.

Innerhalb der großen Luftschleuse trafen sie endlich auf Wachen.

»Hakktan«, sagte eine davon auf Kifisch. *Kapitän?*

»Ukt«, erwiderte Haral mit einem Nicken in Pyanfars Richtung. *Ja.* Pyanfar stand mit verschränkten Armen daneben, arrogant bis zur Schrägstellung der Ohren, und überließ das Reden Haral. Zwei der drei Kif behielten die Hände innerhalb ihrer Ärmel, verbargen so zweifellos Waffen neben den Pistolen, die sie offen trugen. Sie standen so, daß sie jeden weiteren Verkehr in die Schleuse aus beiden Richtungen blockierten, während der dritte der Kamera über ihnen das Eintreffen der beiden Hani meldete.

Die Antwort erfolgte in Form des Befehls, sie einzulassen. Die Wache an der Innenluke trat zur Seite, und die dritte Wache verbeugte sich mit der Geste der leeren Hände. »Hinein«, sagte sie dabei.

»Hm«, sagte Pyanfar, verbeugte sich und legte dabei die Ohren nach hinten. Haral hielt sich dicht an sie, während es durch die Luke in das nach Ammoniak stinkende Innere der *Harukk* ging.

Weitere Kif warteten im inneren Korridor – einer, der, wie sich herausstellte, nur ein aufgehaltener Passant war und nun weiterging, und vier hochgewachsene Kif, die vor Waffen klirrten.

»Folgen!« sagte einer und schritt dann vor ihnen her, ohne sich noch einmal umzudrehen. Drei folgten ihnen, während zwei zurückblieben. Kein Wort des Protests über die Waffensammlung, die die Besucher mit an Bord brachten. Überhaupt keine Bemerkung irgendeiner Art. Sie kamen an manchen Kif vorbei in diesen matt beleuchteten Korridoren, die nach Ammoniak stanken, nach Maschinen und Blut und weiteren, nicht identifizierbaren Dingen, und keiner sah sie mehr als einmal an.

Kifisches Verhalten, dachte Pyanfar. Beachte die seltsamen Gäste des *Hakkikt* nicht, starr sie nicht an, beleidige sie nicht durch neugierige Blicke! Die Aura der Angst und Wildheit, die hier alles durchdrang, war ansteckend. Die Rückenhaare sträubten sich, das Herz schlug schneller und sandte Kampf- und Fluchtimpulse durch die Nervenbahnen.

Hilfy kennt sich hier aus, dachte Pyanfar bei jedem Anblick, und ihr Inneres verspannte sich unwillkürlich dabei. *Hilfy war schon an diesem furchtbaren Ort.*

Hilfy hatte schweigend an Khyms Seite gestanden, als Pyanfar den beiden gesagt hatte, wohin sie und Haral gehen würden. Khym hatte seine entschiedene Meinung dazu geäußert. Wie Geran. Aber Hilfy legte einfach die Ohren an und spannte die Nüstern, sagte nur: »Hm. Warum?« Dunkle Erinnerungen waren in ihrem Blick zu erkennen, und eine Einschätzung, aber sonst nichts Deutbares. »Du weißt, daß es eine Falle ist.«

»Ich weiß«, sagte Pyanfar. »Aber an diesem Punkt haben wir keine andere Wahl mehr.«

Hilfy konnte die Kif und ihre Verhaltensweisen besser abschätzen als jeder andere. Und doch hatte sie nicht mit Pyanfar gestritten. Ihr auch nicht angeboten mitzukommen. Die Situation erforderte kühle Festigkeit und möglichst wenige Risiken, die Kif zu provozieren. Und damit fiel die Aufgabe durch Rang und Anlage Haral Araun zu.

Haral ging nun neben Pyanfar her, so wachsam und entspannt, wie auf einem Marsch über eines der rauheren Docks des Paktes – hielt die Ohren aufrecht und das Gesicht gelassen während der Fahrt, auf der sie mit den kifischen Wachen im Aufzug eingeschlossen waren.

Die Kabine hielt an; eine Wache stieg vor ihnen aus, die anderen blieben hinter ihnen, wie sie es auch unten getan hatten. Ein weiterer langer Marsch durch einen matt erleuchteten Korridor vom Lift aus nach achtern folgte; dann durchquerten sie eine offene Tür und betraten einen matt beleuchteten Raum, wo eine Handvoll Kif einem aufwartete, der auf einem Stuhl mit Insektenbeinen saß, ein Kif, der ein Silbermedaillon trug. Sein schwarzes Gewand und die Kapuze hatten silberne Ränder, die in dem Natriumlicht matt glänzten.

»*Hakkikt*«, sagte Pyanfar und näherte sich seiner grimmigen Pracht. Und sie verbeugte sich mit einem sorgfältig abgewogenen Maß an Respekt und Selbstachtung.

»Kkkt.« Sikkukkut winkte schwungvoll mit einer dünnen, dunkelgrauen Hand. »Ksithikki.« Kif eilten in die Ecken des Raums und trugen zwei Stühle und einen niedrigen Tisch heran, erledigten ihre Aufgabe im Laufschritt.

»Ksithti.«

Pyanfar nickte und setzte sich auf einen der Stühle, die Füße angezogen. Haral nahm den anderen. Sikkukkut erteilte weitere Befehle und winkte dabei mit einer Hand im silbern paspelierten Ärmel. Kif holten eilig einen Krug und Pokale herbei; und sie beeilten sich, auch Sikkukkuts ausgestreckter Hand einen Pokal zu reichen, bevor sie durch das Warten ermüdete. Ein Pokal wurde Pyanfar hingestellt, und ein dritter Haral. Ein Kif goß Sikkukkut ein und kam rasch herüber, um ihnen aus demselben Krug einzuschenken.

Es war, dank den Göttern, Parini, ein alkoholisches Getränk. Es wirkte stark und heftig und stieg wahrscheinlich schnell zu Kopf, aber dagegen war nichts einzuwenden. Pyanfar nippte vorsichtig daran und versuchte, nicht über offenkundige Dinge nachzudenken, wie, ob der schlechte Geschmack von dem Ammoniak in ihrer Nase stammte oder von etwas in dem Getränk.

Aber sie saßen in Sikkukkuts Halle, auf Sikkukkuts Schiff, in seiner Sternstation, in Kif-Raum; und sie mit Drogen zu vergiften, schien hier so überflüssig, wie ihnen die Waffen wegzunehmen, wozu noch niemand Anstalten gemacht hatte. Haral folgte Pyanfars Beispiel und trank, Haral, deren Magen in Stationskneipen von Anuurn bis zum Treffpunkt Respekt gebot und die doch ihren Dienstplan stets ohne Katzenjammer eingehalten hatte. Pyanfar freute sich erneut darüber, daß Haral bei ihr war und nicht Khym.

»Sie hatten diese Einladung auf dem Treffpunkt einmal zurückgewiesen«, stellte Sikkukkut fest.

»Ich erinnere mich.« Ein Niesen bedrohte ihre Würde. Und ihr beider Leben. Sie bezwang es mit einer Anstrengung, die ihr die Tränen in die Augen trieb. Diese Aversion gegen Kif war psychischer Natur. Sie hatte die Pillen genommen. Und diese Pillen ergaben eine gefährliche Kombination mit dem Alkohol, trockneten ihren Mund aus und dämpften ihre Wahrnehmung. Und in ihrer Nase kribbelte es immer noch.

»Damals sagte ich Ihnen, daß ich für irgendwann eine Änderung Ihrer Einstellung erwartete.« Sikkukkut tauchte die Nase in den geschmückten Pokal und trank. »Und nun ist sie erfolgt. Kkkt. Nach einem Notfall auf Ihrem Schiff. Was für eine Art Notfall, falls Ihnen die Frage nichts ausmacht?«

Streng deinen Verstand an, Pyanfar Chanur! »Wir *hatten* ein medizinisches Problem, aber der Notruf an die Mahendo'sat erfolgte aus praktischen Erwägungen.« Sie blickte den *Hakkikt* direkt an und betete zu allen größeren und geringeren Göttern, daß sie nicht plötzlich niesen mußte. Geh die Sache ohne Umschweife an! Entreiß dem Burschen all seine sorgfältig geplanten Fallen und Überraschungen! »Tatsächlich war es eine Ausrede, um mich mit zweien meiner Verbündeten zu konsultieren – ohne das Ärgernis eines dritten, offen gesagt. Über verschiedene Fragen. Ihr Geschenk, *Hakkikt,* gibt mir eine Möglichkeit in die Hand, mit diesem Ärgernis fertig zu werden. Aus diesem Grund bin ich gekommen. Ich könnte auch Ihnen damit ein Ärgernis abnehmen, da ich glaube, daß mein Verdruß und Ihrer aus derselben Quelle stammen.«

»Kkkkt.« Er nahm wieder einen Schluck und warf ihr einen Blick aus dem Schatten der silberpaspelierten Kapuze hervor zu, aus schwarzen Augen, die das Gleißen des Natriumlichtes reflektierten. »Dann verstehe ich Sie also richtig, wenn ich davon ausgehe, daß Sie nicht vorhaben, diese Tahar-Hani zu töten.«

»Ja. Ich werde es nicht tun.«

»Sie haben nun auch noch um die Besatzung gebeten, zusätzlich zum Kapitän. Das wäre ein recht großes Geschenk von mir. Sie sind ungewönlich – kkt. Ikkthokktin. Gelinde gesagt, eine Rarität. Amüsant. Ich behaupte nicht, daß ich persönlich interessiert bin, aber einige meiner *Skkukun* würden sich freuen, die eine oder andere von ihnen zu bekommen. Liegt auf Ihrer Seite vielleicht eine gewisse ... ethische Zurückhaltung vor? Sollten Ihre Wünsche mehr zählen als die anderer Kapitäne von mir?«

Denk nach! »Ich habe Gründe, die über Amüsement hinausgehen.« *Kifische Logik. Pukkukkta. Soll er sich selbst in die Irre führen. Wenn man geistig unterlegen ist, sollte man plausible Komplikationen schaffen und den Feind dazu verleiten, daß er sich zu Tode denkt.* »Sie müssen verstehen, *Hakkikt* – und ich bin sicher, daß Sie das tun –, daß Rhif Ehrran keine besondere Freundin von mir ist. Ich zweifle nicht daran, daß sie sich auch bei Ihnen gemeldet und um die Tahar-Besatzung gebeten hat.«

»Ebenso wie Keia und sogar Ismehanan-min. Diese Tahar-Hani scheinen bei Ihrer Partei ein Gegenstand großer Aufregung zu sein. Ein *Sfik*-Objekt, könnte man sagen. Aber warum sollte ich Ihnen die ganze Beute aushändigen?«

»Tahar ist für eine ganze Menge Leute interessant, besonders Hani. Es handelt sich um eine große Familie mit ausgedehntem Besitz auf demselben Kontinent wie Chanur, und obendrein sind sie raumfahrende Hani, was sie auch für verschiedene Kreise wertvoll macht. Nein, ich möchte Sie sogar um eine noch größere Gunst bitten, *Hakkikt* – in dem Vertrauen, daß die *Mondaufgang* die Übernahme der Station unversehrt überstanden hat. Ich möchte, daß mir die Besatzung übergeben wird – und ich möchte auch ihr Schiff.«

»Kkkt. Pyanfar Chanur, Ihre Dreistigkeit wird stündlich ausgeprägter. Erst nur Tahar, dann die Besatzung, jetzt das Schiff. Werden Sie mich als nächstes um Kefk bitten? Um Akkht vielleicht?«

Es war ganz still im Raum. Nicht ein einziger Kif regte sich. »Sie haben Kefk.« Pyanfar zeigte ihr charmantestes Lächeln. »Ich selbst, *Hakkikt,* habe Ambitionen anderer Art. Ich möchte dieses eine kleine Schiff haben. Und seine Besatzung. Aus meinen eigenen Gründen.«

»Wo sind die Mahendo'sat? Wo ist Keia? Sicherlich könnte er mir Hani begreiflich machen. Kkkt. Ich hüte mich vor jeder Annahme, wenn ich mit einer solch selbstmörderischen Rasse zu tun habe. Und – kkt – der Notruf und die Konsultationen. Kkkt. Kkkt. *Wer ist verletzt?*«

»Eine Angehörige meiner Besatzung. Eine geringfügige Angelegenheit. Sie bot mir die Gelegenheit, mit Goldzahn zu sprechen. Mit Ismehanan-min. Es hatte mit dem Schiff zu tun.« (*Zurück auf den Pfad,* Hakkikt!) »Goldzahn überbrachte mir einige Informationen, die mir klarer als je zuvor sagen, wo meine Interessen liegen. Rhif Ehrran und ich stehen im Begriff, ernsthafte Differenzen zu bekommen. Es ist möglich, daß sie uns direkt angreifen wird, aber ich bezweifle es – sie will schließlich überleben. Aber sie besitzt die Mittel, mir auf Anuurn Schwierigkeiten zu bereiten. Wenn wir den Treffpunkt erreichen, werden wir mit ihr rechnen müssen.«

»Den Treffpunkt?«

Pyanfar blinzelte. »Der Treffpunkt, mit Entschiedenheit.«

»Davon gehen Sie aus.«

»Akkhtimakt ist dorthin unterwegs. Wo ein bestimmter Vertrag mit den Stsho den *Han* und alle seine Schiffe auf Akkhtimakts Seite bringen könnte. Sie reagieren nicht überrascht, *Hakkikt*. Ich hatte es auch nicht erwartet.«

»Nur in Ihrer Unverblümtheit. Ich weiß von dem Stsho-Vertrag.«

»Dann erklären Sie mir ein kifisches Motiv. Warum haben Sie Ehrran noch nicht aus unseren Reihen entfernt, wo doch die Belastung, die sie darstellt, ihren Nutzen nahezu ausgleicht?«

»Kkkt. Sie ist gegenwärtig mit Kefk verbunden. Unbequem und gefährlich. Warten wir ab, bis sie sich im Abflug befindet. Erklären Sie mir nun Ihrerseits: Warum hat Keia diese unliebsame Person überhaupt mit hineingezogen?«

»Um sie davon abzuhalten, daß sie sich woandershin wendet. Und aus demselben Grund, warum Sie sie benutzt haben: dem *Sfik* des *Han*. Grob ausgedrückt. *Hakkikt,* Ehre sei Ihnen, ich weiß nicht, wie oft Sie unsere Gespräche überwacht haben, aber Ehrran besitzt eine ganze Sammlung von Unterlagen, mit deren Hilfe es ihr, wie sie vertraut, gelingen wird, das *Sfik* von Chanur auf Anuurn zu zerstören – ich übersetze das, so gut ich kann –, und zwar so gründlich, daß die Pro-Stsho-Partei uns vernichten kann. Ich habe nicht vor, das zuzulassen. Ist mein Motiv jetzt klar?«

»Labyrinthisch, wie ich es erwartet habe. Kkkt. Wenn ich erst einmal außerhalb des Docks bin, kann ich jedermanns Probleme mit einem Schlag erledigen.«

»Ah, aber das ist eine weitere Gunst, um die ich Sie ersuche: Überlassen Sie mir das Ehrran-Schiff. Es völlig zu zerstören, könnte mir gegenwärtig gelegen sein, aber sich auf lange Sicht als Problem erweisen, wenn die Geschichte bekannt wird, und das *würde* sie. Zwischen diesen vielen Schiffen, sogar zwischen unseren, würden manche reden, um mir zu schaden und sich Vorteile zu verschaffen, daran zweifle ich nicht. Falls dieses Gerücht hinausgelangt, brauchten die Unterlagen Ehrrans gar nicht mehr nach Anuurn gelangen. Die Pro-Stsho-Partei hätte dann alle Munition, die sie braucht, um mir zu schaden. Eine Märtyrerin. Kennen Sie diesen Begriff?«

»Nein, ich habe dieses Wort noch nicht gehört.«

»Es bedeutet eine Art von *Sfik,* die man erwirbt, indem man auf eine Art und Weise stirbt, die etwas aussagt, *Hakkikt.* Sogar doppeltes *Sfik,* weil man tot ist und nicht mehr in Mißkredit gebracht werden kann. Leute werden einem für immer folgen und selbst dabei sterben. Und das erzeugt weitere Märtyrer. Wenn wir Ehrran vernichten, wird sie uns doppelt so viele Schwierigkeiten bereiten.«

»Kkkkkkt. Kkkkkkt. Kkkkt.« Sikkukkut zog die Schnauze an die Brust, als hätte etwas seine Nase beleidigt. Er nippte an seinem Pokal und leckte sich mit der Zunge genießerisch die Lippen. »Was für ein Konzept! Kkkkkt. Ich denke, Jägerin Pyanfar, daß der direkteste Weg darin besteht, das Ehrran-Schiff während der nächsten Aktion zu vernichten, sobald ein passendes Durcheinander besteht.«

»Ah, aber dann genieße ich immer noch die Gesellschaft Tahars, was mein *Sfik* ruinieren würde – sofern es mir nicht gelingt, zuerst Ehrran zu diskreditieren. Und man kann einen toten Helden nicht diskreditieren. Schlechter Geschmack. Märtyrertum. Nein, ich kann dieses Hani-Konzept ganz problemlos ins Kifische übertragen: *Pukkukkta.* Rache. Ich muß mit Ehrran auf Hani-Art verfahren, auf eine Art, die anderen Hani zeigt, was wir beide bereits wissen: daß Ehrran ein Idiot ist. Und um das zu tun, brauche ich Tahar.«

»Warum sollte ich meine Schiffe für Ihr *Pukkukkta* aufs Spiel setzen?«

»Wegen des *Sfik.* Ich bin Ihre Verbündete. Ich kann ein Problem lösen. Gleichgewicht, *Hakkikt.* Gleichgewicht im Pakt. Es ist eine Sache, einen Berg zu ersteigen, aber eine ganz andere, dort ein Haus zu errichten.«

Die Kif im Raum wurden unruhig. Sikkukkut war völlig erstarrt, den Pokal in der Hand. *Zu weit, ihr Götter! ich bin einen Schritt zu weit gegangen!*

Aber er sagte: »Für eine Hani besitzen Sie ein gutes Verständnis von Politik.« Und er nippte an seinem Parini, indem er feinfühlig mit seiner Zunge durch den Pokal schleckte.

»*Hakkikt,* wir Hani sind vielleicht ziemlich neu im Weltraum, aber Politik ist die Luft, die wir atmen.«

Sikkukkut rümpfte die Schnauze. »Also wollen Sie jetzt etwas so Geringfügiges wie sieben weitere Hani und ein gut bewaffnetes Schiff, dessen Verhalten mitten unter uns Sie garantieren. Und Sie wollen auch das Ehrran-Schiff für sich reserviert haben. Kkkt, Hani, Sie amüsieren mich. Sie können die Tahar-Besatzung und die *Mondaufgang* haben. Kgotok skkukun nankkafkt nok taakif hani skkukunikt ukku kakt tokt kiffik sikku nokkuunu kokkakkt taktakti, kkkt?«

Was in etwa davon handelte, auch noch eintausend Kif an sie zu überstellen. Schniefendes kifisches Lachen ging durch den Raum. »So«, sagte Sikkukkut. »Was wußte Ismehanan-min sonst noch, als er sich mit Ihnen traf?«

Ihr Götter, über die Flanke mitten ins Zentrum! »Außer der Warnung über die Vorgänge zu Hause ging es noch um den Vormarsch Akkhtimakts zum Treffpunkt. Überwiegend darum. Und er warnte mich, daß die Stsho einen Vertrag mit dem *Han* abschließen würden, was ich schon vermutet hatte.« Soviel von der Wahrheit zu verraten, erzeugte ein ungutes Gefühl in ihrem Bauch, aber irgendeine Münze mußte auf den Tisch, und die erwähnten Dinge waren am ehesten die, die Sikkukkut bereits wußte – da er frühere Parteigänger Akkhtimakts in den Händen hatte.

»Kkkt. Ja. Und die Menschen sind im Anflug. Sagte er das auch?«

»Er sagte, sie wären unterwegs hierher.«

Wieder leckte die Zunge durch den Pokal. Die dunklen Augen flackerten. »Werden Sie bitte deutlicher.«

»Er war nicht deutlicher.«

»Tt'a'va'o«, sagte Sikkukkut. »Fahren Sie fort!«

Pyanfar blinzelte wieder. Die Überraschung erforderte keine Schauspielkunst, wohl aber das Verbergen der regelrechten Angst. Das wenige, was sie getrunken hatte, reagierte mit den Medikamenten und brauste durch ihr Blut. »Tt'a'va'o«, sagte sie. »Ich weiß, daß die Stsho in Panik geraten. Die Mahendo'sat können sie nicht im Zaum halten. Diese Allianz mit Akkhtimakt ist das schlimmste, was sie sich selbst antun könnten, aber es ist die einzige Hoffnung der Stsho, an bewaffnete Schiffe zu kommen, die ihnen der *Han* nicht in großer Zahl stellen kann. Die Kif sind eine bekannte Größe. Die Stsho haben die meiste Angst vor dem, was sie am wenigsten verstehen. Und sie denken – irrtümlich, wie ich meine –, daß sie wissen, wie man Kif betrügt, indem man einen gegen den anderen ausspielt.«

Es wurde geflüstert, und Gewänder raschelten.

»Kkkkt. Dieser Raum ist eine Informationsgrube. Alle Arten von Neuigkeiten ergießen sich in meine Ohren. Wohin werden sich die Menschen als nächstes wenden?«

»Die Stsho glauben, daß der Treffpunkt ihr Ziel ist. Es könnte stimmen. Ich weiß es nicht.« Sie nahm einen ganz kleinen Schluck. Und ging dann ein Risiko ein, das ihr fast das Blut gefrieren machte. »Die Tc'a könnten Anteil an dieser Entscheidung haben.«

Sikkukkut bewegte die Schnauze. *Erster Treffer. Angst* »Ihre Einschätzung? Oder die der Mahendo'sat?«

»Ich habe den Eindruck gewonnen, daß es so ist. Es gefällt mir nicht, *Hakkikt.*«

»Sie sagten. Sie würden den Kurs der Menschen nicht kennen. Kkkt. Dabei besitzen Sie ja wirklich eine Originalquelle.«

»Meinen menschlichen Crewmann? *Hakkikt*, die Mahendo'sat könnten informiert sein. Tully ist es nicht. Ich habe den Eindruck, daß die Menschenschiffe ihren Kurs improvisieren, das heißt, sich eben dorthin wenden, wo sie hingelangen *können*. Und Tully hat die Menschheit bereits vor langer Zeit verlassen. Er weiß auch nicht besser als ich, wohin die Menschen fliegen – tatsächlich weiß er darüber sogar weniger. *Ich* habe mit Goldzahn gesprochen.«

»Kkkt.« Sikkukkut musterte sie lange und nachdenklich. »Interessant. Interessant, dieser Mensch. Ein *Freund* von

Ihnen. Ein Freund von mir. Ich würde Ihnen ein Geschenk nicht übelnehmen – da Sie von mir Großzügigkeit erwarten.«

»Ich bin immer noch Hani, *Hakkikt.* Wir sind verschieden. Ich kann einen Crewmann nicht hergeben. Aber *Pukkukkta* ist schließlich ein passendes Geschenk an einen *Hakkikt,* nicht wahr? *Pukkukkta* ist etwas, das wir gemeinsam haben. Und falls ich siege – dann wird Chanur die Dinge zu Hause neu ordnen. *Pukkukkta,* darauf können Sie sich verlassen. Wenn Sie keine weiteren Hani-Stsho-Verträge haben wollen, dann schenke ich Ihnen das mit besten Grüßen. Wir haben in dieser Hinsicht gemeinsame Motive. Hatten Sie eine gute Allianz nicht selbst so beschrieben?«

»Sie verfolgen hohe Ziele auf Anuurn.«

»O ja. Auf Anuurn und im Weltraum.«

Wieder blieb es lange still. Ein trockenes Schniefen ertönte. »Die Gefangenen sind irrelevant.« Sikkukkut winkte mit der linken Hand und hielt den Pokal zur Seite, wo sofort eine Hand auftauchte und ihn entgegennahm. »Gehen Sie! Ich habe genug Zeit damit verbracht.«

Pyanfar stand auf und verbeugte sich. Haral folgte ihrem Beispiel. »Und das Schiff«, wandte Pyanfar ein.

»Einzelheiten.« Sikkukkut winkte erneut. »Kümmern Sie sich darum! Skktotik.«

Kif trafen mit Lieferungen an der Schleuse ein.

»Bei den Göttern, sie können warten«, meinte Tirun; und Hilfy drehte sich mit klopfendem Herzen um und sah sie an. Tirun war ranghöher; sie traf jetzt die Entscheidungen auf der *Stolz* und saß in Harals Sessel. Und Hilfy blickte sie nur an, kannte Tirun Araun lange genug, um zu wissen, daß Tirun einerseits zwar impulsiv war, andererseits aber Verstand genug besaß, ihrer Impulsivität entgegengesetzt zu handeln. *Weiche nicht zurück, zeige keine Angst ...*

»Verdammt!« brummte Tirun mit wütendem Blick. »Hilfy – sie drängen uns, diese Kif; mir gefällt die Wahl des Zeitpunktes nicht, obwohl es im Moment ein eher sanftes Drängen ist. Wir müssen die Lieferung übernehmen.«

»Wir können von ihnen nicht zurückweichen, so sicher, wie der Regen fällt«, meinte Hilfy. *»Ich* gehe zu ihnen hinunter.«

»Nimm Khym mit!«

»Lieber Geran.«

»Ich möchte ein zweites Augenpaar hier oben an den Pulten haben. Nimm Khym!«

»In Ordnung.« Hilfy schaltete den Schiffsrundspruch ein, auf leiser Lautstärke. »Geran, Tully, ihr werdet auf der Brücke gebraucht. *Na* Khym, geh in den unteren Hauptkorridor!«

Und sie spürte ein Zittern im Bauch, als sie vom Pult aufstand. Schiere Angst. Pyanfar war mit Haral weggegangen, und vor der Schleuse begehrten Kif Einlaß, um ihre harmlose Lieferung eines Käfigs voller stinkendem Ungeziefer und eines Mini-Kanisters mit Getreide abzuliefern.

Grüße vom Hakkikt.

Von Sikkukkut, der Pyanfar und Haral schon besorgniserregend lange an Bord festhielt.

Geran traf auf der Brücke ein, bevor Hilfy den Waffenschrank erreichte. »Unten sind Kif«, sagte Tirun hinter ihr zu Geran. »Wir haben Besuch.«

Ein Sessel seufzte unter Gerans Gewicht; Hilfy schnallte sich eine AP um die Hüften und holte noch zusätzlich je eine leichte Pistole für sich und Khym hervor. Ihre Hände zitterten. Sie blickte auf, als Tully die Brücke betrat. »Setz dich an den Scanner!« sagte Hilfy zu ihm, als er sie anblickte. »Hilf Geran!«

»Py-anfar haben Schwierigkeiten?« wollte er wissen. Panik stand in seinen Augen, der nackte Alptraum. »Was tun?«

»Setz dich hin! Stell mir keine Fragen!« Sie hatte nicht vorgehabt, ihn anzuknurren. Der Instinkt besorgte das; Angst und Bedrückung. Männer. Dies war kein Kampf nach Art der Männer – noch nicht. Und alle Hilfe, die auf dem Unterdeck auf sie wartete, war ein Mann, der nicht ihrer war. Pyanfar konnte mit Khym umgehen. *Pyanfar* konnte ihm Vernunft in den dicken Schädel klopfen, und Pyanfar war fort

bei den Kif, in wußten die Götter was für Schwierigkeiten ...

... und *Na* Khym wußte das.

Hilfy knallte den Waffenschrank zu, als Tully auf der gegenüberliegenden Seite der Brücke in den Sessel neben Geran rutschte, ein zusätzliches Paar Augen und Hände in der Krise – wenigstens das. Ausgebildet und Analphabet. Und von tödlicher Angst erfüllt.

»Bleib du, wo du bist!« sagte Geran über Kom zu jemandem, und Hilfy konnte sich denken, um wen es sich handelte. Chur hatte die Durchsage von der Brücke sicher gehört ...

Hilfy eilte im Laufschritt in den oberen Hauptkorridor hinaus. Die schwere AP klatschte ihr dabei ans Bein. In jeder Hand eine der leichten Pistolen, lief Hilfy zum Aufzug, der sie nach unten bringen sollte.

»Hier entlang!« sagte ihr Führer, tief im Innern des kifischen Schiffes, nach einem langen Weg durch stinkende Räume, natriumbeleuchtete Korridore und durch so manche bedrohliche, verschließbare Tür.

Auf der gegenüberliegenden Seite dieses letzten Durchgangs lagen vergitterte Zellen.

»Soll ich draußen warten, Käpt'n?« fragte Haral.

»Aye«, sagte Pyanfar, und Haral baute sich außen seitlich neben der Tür auf und legte die Hand auf die Pistole – schnell und fest; und Pyanfar segnete den reifen Verstand ihres ersten Offiziers, als sie damit durchkam.

Aber die Kif führten ein ähnliches Manöver durch: Einer der dunklen Führer ging hinein und winkte ihr zu, ihm zu folgen, während die anderen draußen blieben, um dort zusammen mit Haral Wache zu halten.

Zug und Gegenzug.

Eine Lebensform, die erfahren war in Mord und Verrat. Und die Hani waren eine, die dem Zeitalter ummauerter Güter und heller Banner noch nicht lange entwachsen war; und, bei den Göttern, Verrat kannten sie auf ihre eigene Art auch, Haus gegen Haus, zwar niemals mit Gift im Becher, wohl aber mit vielen heimlichen Mitwisserschaften, Verrat und Duellen. Pyanfar atmete beim Eintreten die stinkende Luft tief ein, um zu prüfen, ob sie Informationen für sie bereithielt; und sie machte hinter den Gitterstäben einen Hauch Farbe aus in dieser schwarzgrauen Hölle. In einer Ecke zusammengedrängt kauerte eine Gruppe Hani zusammen in ihrem Elend, ein leiser Schimmer von Rostbraun.

– Hilfy –

An diesem Ort. Hier. Keine geistig gesunde Hani hatte je etwas Vergleichbares gebaut, einen solchen Käfig für denkende Kreaturen, diese Stätte der Schrecken und der Qual.

Sie sollte wohl durch die Umgebung eingeschüchtert werden. *Sikkukkut* hat es arrangiert! Kein Wort der Erklärung – nur Führer, die kamen und sie hinabführten, um ihnen zu zeigen, was Hani hier widerfuhr.

»Befehle vom *Hakkikt*«, hatten die Führer im Korridor vor der Halle des *Hakkikt* gesagt, sie dann in den Fahrstuhl geführt, mit dem es hinunterging, und dann im riesigen Ring der *Harukk* weiter nach achtern. Um die Gefangenen abzuholen, wie sie versprachen. Und die Botschaft war eindeutig: *Lassen Sie sich ganz auf meine Gastfreundschaft ein, Hani, oder geben Sie zu, daß Sie Angst haben. Sagen Sie mir das vor meinen Kapitänen und meinen Speichelleckern, dann wissen wir, welchen Platz Hani in unseren Reihen und unseren künftigen Plänen einnehmen. Dann wissen wir, wie wir mit Ihnen umgehen müssen – wieviel Sie ertragen und wieviel Sie behalten können. Sind Sie wie Ehrran, Jägerin Pyanfar? Wo ist der Punkt, an dem Sie zurückschrecken?*

Nützlich, das zu wissen – wenn wir uns im All begegnen, wenn Ihr Mut und meiner die Schiffe führt und ihre Reflexe zeitlich abstimmt ...

Wie sehen Ihre Reaktionen aus, Jägerin Pyanfar – so daß ich sie vorhersagen kann?

Pyanfar ging jetzt den halben Weg bis zu den Gitterstäben und blieb stehen. Etwas bewegte sich bei dem Hani-Knäuel

im Winkel ihrer Zelle. Eine Anspannung und dann ein heimlicher Blick aus schlitzförmig geöffneten Augen. Falls sie überhaupt geschlafen hatten, so hatte doch das Öffnen der äußeren Tür ihre Aufmerksamkeit geweckt.

Chanur, ihr Feind, prächtig angetan mit Seide und Gold und Waffen, stand neben ihrer kifischen Wache mitten in diesem Gefängnis.

»Stell dich hinter mich!« sagte Hilfy, als sie und Khym die Schleuse erreichten. Sie drehte sich um und blickte an seiner großen, klotzigen Gestalt hinauf. »Gib mir Deckung! Schieß nicht zum Eingang hin; du könntest uns damit alle ins Vakuum blasen. *Verstehst du mich,* na *Khym?*«

»Ja«, sagte er, und seine Ohren zuckten, also wußte sie, daß er sie verstanden hatte. Aber seine Augen waren dunkel. Und das bedeutete Ärger. Ebenso wie seine Schweigsamkeit auf dem Weg durch den Korridor.

»Wenn du einen Fehler machst, kann das ihr Tod sein – *hörst du?* Wahrscheinlich erwartet uns hier nichts Bedeutendes, sondern nur das Zeug, das wir für diesen verdammten Kif bekommen sollen ...«

»Ich bin nicht verrückt«, sagte Khym, und rings um die Schultern sträubte sich sein Fell. »Aber sie sind von Sikkukkut. Er versucht etwas.«

Also dachte er richtig mit. »Da bin ich mir sicher«, sagte Hilfy und drückte den Kom-Schalter neben der Schleuse. »Mach auf, Geran!«

»Ich bin auf dem Monitor«, meldete sich Tiruns Stimme. *»Sei vorsichtig, Kusine! Und nimm auch nicht irgendwelches Zeug in die Hand!«*

Die Tahar rappelten sich auf. Verkrustetes Blut klebte in ihren Fellen und Mähnen. Die Ranghöchste – Gilan lautete ihr Name – hatte einen Kif-Biß an der linken Schulter davongetragen, und die schreckliche Wunde glänzte unter einer Plasmaschicht, die verhindert hatte, daß Gilan verblutete. Es war nicht die einzige Wunde dieser Art. Canfy Maurn hatte eine Hand mit einem Lumpen umwickelt, und nach dem Blut darauf zu urteilen, handelte es sich um eine böse Wunde.

»Holen Sie sie heraus!« sagte Pyanfar zu dem Kif, ohne daran zu zweifeln, daß der Kif das tun würde, und obendrein schnell. »Sie haben Ihre Befehle erhalten.«

»Kkkt.« Der Kif hob die lange Schnauze an und dachte an einen Angriff auf sie. »Ich nehme keine Befehle von Ihnen entgegen, Hani.«

»Das heißt *Kapitän,* Sie ohrenloser Bastard, und ich bin sicher, daß der *Hakkikt* Sie nicht sehr vermissen wird!«

»Ssss. Meine Befehle kommen nur vom *Hakkikt.* Drängen Sie mich nicht, *Hani!*«

Die Luftschleuse ging auf. Eine Gruppe Kif stand draußen, ein schwarzes Knäuel vor dem Hintergrund der orangefarben beleuchteten Zugangsröhre. Die beiden vordersten Kif trugen einen großen Metallkäfig, in dem dunkle Wesen hin und her huschten und quieksten. Hilfy atmete tief ein in der kalten Luft, die hereintrieb. Der Geruch von etwas Widerwärtigem war darin auszumachen, mehr als nur der erwartete Ammoniakgestank.

»Ihr könnt das Ding gleich hier hinstellen«, sagte Hilfy, während sie mit ihrer Pistole auf die Kif-Gruppe insgesamt zielte. »Wir bringen es dann schon an Bord.«

»Aber man hat uns befohlen, die Höflichkeit zu wahren«, sagte der am weitesten links stehende Kif und überschritt mit seinem Ende des Käfigs die Schwelle.

»Stehenbleiben!« Hilfy packte die Pistole mit beiden Händen und erinnerte sich an die mit Schüssen verbundene Gefahr. Treib sie an die Wand! Ziel genau! Ihre Hände zitterten vor Angst.

Eine lebendige rotbraune Wand schob sich vor Hilfy und bog damit die Pistole zur Seite. »Sie sagte stehenbleiben«, knurrte Khym, und schneller, als man es erwartet hätte, griff er nach dem Kif.

»Paß auf!« schrie Hilfy. Der Käfig wurde hochgerissen,

um Khym aufzuhalten, und er klirrte und schlug mit vielfachem Gequieke auf den Boden, als Khym ihn niederhämmerte. Khym schleuderte eine Faustvoll Gewand und einen lebendigen Kif gegen die Schleusenwand, als die übrigen Kif vorstürmten. »Khym, *geh aus dem Weg!*«

Khym hob jedoch nur einen weiteren Kif mit einer Hand an und schmetterte ihn in die nächste Ecke, packte dann nach einem dritten. Hilfy hob die Pistole hoch und drosch mit dem Griff auf eine Kif-Schnauze. Fliehendes Ungeziefer quietschte und kreischte rings um ihre Füße. Sie trat auf etwas Zähes und verlor das Gleichgewicht, während der Kif nach ihrer Pistole griff. Plötzlich verschwand ihr Angreifer rückwärts, als Khym ihn am Genick packte und zur Luke warf – jedoch nicht mit voller Kraft. Der Kif prallte an die Wand und breitete die Glieder aus, fiel auf einen zweiten Käfig, der in der Zugangsröhre stand, und versetzte dessen Inhalt in quiekende Panik, als der Käfig zusammenstürzte.

Ein Kif weiter unten in der Zugangsröhre legte eine Pistole an.

»Khym!« schrie Hilfy auf. *»Eine Pistole!«*

Er erstarrte mitten in der Schleuse.

Und die Luke fuhr zu, während Schüsse von beiden Seiten dagegenprasselten.

»Alles in Ordnung mit euch?« fragte Tirun über Kom. *»Hilfy, Khym, alles in Ordnung mit euch?«*

»Liebe Götter«, hauchte Hilfy. Tirun hatte mitgehört – die erfahrene Raumfahrerin hatte die Lukensteuerung vom Hauptpult aus bedient. Khym war mit angelegten Ohren erstarrt. Er drehte sich jetzt um, einen entsetzten Ausdruck im Gesicht.

»Es war eine Falle«, sagte Hilfy mit heiserer Stimme zu Khym und Tirun. »Sie wollten das Schiff stürmen. Der Käpt'n und Haral sind drüben auf der *Harukk,* und die Kif haben versucht, die *Stolz* zu entern!«

Der Kif funkelte Pyanfar an, ging zu der vergitterten Tür und griff in seine schwarzen Gewänder, um einen Schlüsselanhänger hervorzuholen. »Ihr«, sagte er zu der Tahar-Besatzung, »kommt hintereinander heraus! Ihr geht in den Gewahrsam dieser Hani über. Sollte es Schwierigkeiten geben, erschieße ich eine von euch. Ich suche sie aufs Geratewohl heraus.« Er führte den Schlüssel ein. Die Tür fuhr zurück.

»Chanur holt euch heraus«, sagte Pyanfar.

»Der Käpt'n ist noch hier«, sagte Gilan mit heiserer Stimme von der anderen Seite der offenen Tür her.

»Sie befindet sich auf meinem Schiff. Kommt *heraus*, Tahar!«

Gilan Tahar blinzelte benommen, legte eine Hand an den Türrahmen und kam heraus. Der verletzte Arm baumelte hin und her, und ihr Gang war schwankend. Ihre Crew folgte: Naun und Vihan Tahar; Nif Angfylas; Canfy Maurn und Tav und Haury Savuun. Haury sah aus, als wäre es schon eine Leistung, daß sie überhaupt noch ging; sie hielt sich die Rippen und humpelte auf einem blutbefleckten Bein. Die Ohren waren eingerissen, die Haut aufgeschlitzt. Haury stolperte gegen das Gitter, und Tav hielt sie fest, schob ihren Körper zwischen die Schwester und die Kif.

»Kommt!« sagte Pyanfar leise und rauh. *Schnell, beeilt euch – haltet uns nicht auf; und versuch ja nichts Verrücktes, Gilan Tahar!* Sie deutete zu der nach außen führenden Tür; ein Gefühl überwältigender Bedrücktheit senkte sich auf sie. Haral war neben der Tür außer Sicht. Das Metallgitter, die Grausamkeit dieses Ortes peinigte Pyanfars Seele, steckte sie an und verwirrte sie. Worte wie *töten* und *jagen* gingen ihr durch den Kopf, und sie fuhr reflexhaft die Krallen aus. Es lag an dem Angstgeruch, der überall auf dem Schiff herrschte, der bei den Kif endemisch war.

Der Führer drehte sich um und ging zur Tür, zeigte Pyanfar schweigend den Weg hinaus, weg von diesem Ort, mit der Beute, die sie gewonnen hatte. Eine Handvoll Hani-Leben. Ein Versprechen – ein kifisches Versprechen.

»Der *Hakkikt* wird meinen Bericht erhalten«, sagte sie, damit die Gelegenheit nicht ungenutzt vorüberging. »Er wird nachfragen, Kif.« Sie ging hinaus, war erleichtert Haral dort noch vorzufinden, die Hand auf dem Pistolengriff, den kifischen Wachen gegenüber. »Komm! Wir gehen.«

Hilfy traf atemlos auf der Brücke ein und lehnte sich an Tiruns Sessellehne, als Khym eintraf und sich Geran und Tully auf ihren Plätzen umdrehten. »Hat die Zugangsröhre etwas abbekommen?« fragte sie Tirun.

»Sie ist noch ganz«, antwortete Tirun. »Die Druckprüfung ist positiv. Wir stehen über offene Kanäle mit Jik und Goldzahn in Verbindung ... Der Käpt'n würde uns die Haut abziehen, wenn wir diesen Code benutzten ...«

»Was sagen sie?«

»Sie sind nicht begeistert. Jik sagt, er wolle ein paar Leute auf das Dock hinausschicken ...«

»Götterverdammt, Tirun, Pyanfar ist bei den Kif ... Wir müssen dort hinein ...«

»Hilfy ...« Tirun drehte sich mit angelegten Ohren und finsterem Blick um. »Um der Götter willen, du sprichst vom *Hakkikt!* Was willst du eigentlich? Die *Harukk* angreifen? Sie wollten auf uns los, und wir haben ihnen eins auf ihre langen Schnauzen gegeben. Was sollen wir deiner Meinung nach noch tun? Schießend dort eindringen und Pyanfar und Haral damit umbringen?«

Hilfy stieß die Luft hervor. Sie war es, die sich dumm benommen hatte, und sie wußte es. Ihre Gelenke fühlten sich schlaff an, entweder von dem Lauf nach oben oder aus regelrechter Panik. »Hol Tahar herauf! Es ist schließlich ihre Crew, für die der Käpt'n die Haut riskiert – und Tahar kennt diese Kif dort draußen.«

Tiruns Ohren richteten sich auf und kippten unentschlossen vor und zurück. »Na ja, wir können das zusätzliche Paar Hände hier oben gebrauchen. *Hol sie, Geran!«* Wieder zuckte sie stark mit den Ohren, rümpfte die breite Nase und hob damit die Oberlippe an. »Und da fällt mir ein, daß wir noch jemanden an Bord haben, der diese Kif kennt.«

»Skkukuk«, sagte Hilfy. Sie hatte das Gefühl zu fallen. Sie

war sich ihrer Unvernunft in dieser Frage bewußt, und es war Tiruns Kommando. Tirun hatte hier das Sagen. Es lag nicht an ihr, Hilfy, sich über irgendeinen Fall mit ihr zu streiten.

»Falls wir ihn brauchen sollten«, setzte Tirun hinzu und zuckte wieder mit den ringbeladenen Ohren. Sie war erfahren in hundert Krisen, diese Tirun Araun, vorsichtig und schwer zu packen. Und die ganze Zeit über war ihre Schwester Haral dort draußen, steckte zusammen mit Pyanfar in Schwierigkeiten. Man vergaß, daß zwischen ihnen beiden dieses verzweifelt enge persönliche Band bestand. Tirun *machte* es einen vergessen, indem sie ohne zu zögern tat, was getan werden mußte, ohne daß Eigeninteresse zwischen sie und das Schiff trat. Hilfy betrachtete die alte Raumfahrerin und Geran Anify, deren Kompetenzbereich Kom und Scanner abdeckte und die sich in ihren Aufgaben mit Tirun abwechselte wie eine glatt laufende Maschine, während rings um sie herum die Welt aus den Fugen ging. Und zum ersten Mal in ihrem jungen Leben erkannte Hilfy richtig, von welchem Schlag ihre Dienstälteren waren und was sie selbst erst noch erreichen mußte ... Diese Erkenntnis, was sie waren und was sie selbst war, traf sie wie ein Schlag in den Unterleib; und wahrscheinlich würde sie gar nicht lange genug leben, um selbst soweit zu kommen. Aber schon dieser Gedanke war etwas Selbstsüchtiges, für das sich Tirun in einer Krise nie die Zeit nehmen würde. Hilfy erkannte das alles in einem Aufblitzen wie von der Detonation einer Granate, in einem Augenblick der Panik; und dann stellte sie fest, daß ihr die Knie nicht mehr schlotterten, und sie entdeckte etwas Tirun-ähnliches an einer Stelle in sich, wo sie etwas Derartiges zu entdecken nicht geahnt hatte, dort tief drin, wo sie ihr Naturell aufbewahrte.

Zu einer mahen Hölle mit dir, Hilfy Chanur, mitsamt deinen Ängsten und deinen kostbaren Wünschen ... Das Schiff hat ein Problem!

»Tahar ist auf dem Weg herauf«, sagte Geran. Ein weiteres Licht leuchtete auf dem Kom-Pult auf, wieder ein Anruf.

Hilfy juckte es, ihn entgegenzunehmen, ihre Station wieder zu übernehmen, aber Geran saß daran, Geran hielt ihren Platz besetzt, neben ihr Tully, dort, wo sie ihm helfen konnte; seine Augen ruhten fest auf dem Scanner und hielten Ausschau nach allem, was Kefk verlassen wollte. Selbst etwas so Kleines wie ein Bau-Schlepper konnte sie vernichten, wenn er in ihre Generatorflügel stürzte; oder ein Saboteur, der aus einem Wartungsgang herausschlüpfte und Sprengstoff an die großen Platten der *Stolz* oder an das Joch heftete. Zumindest würde es sie verstümmeln und jeden Sprung aus Kefk heraus unsicher machen, genug, um sie umzubringen, falls sie es doch versuchten. Genug ...

– O ihr Götter, um sie zu Verhandlungen zu zwingen!

»Tirun«, sagte Hilfy und lehnte sich hinten an Tiruns Sessel, »wenn sie uns beschädigen – sie haben Pyanfar und Haral in Griffweite. Es könnte sein, daß sie genau darauf hinauswollen. Uns gefangennehmen, wenn sie können; uns beschädigen, wenn nicht. Es ist von den Kif nicht persönlich gemeint; nur, wenn man eine Chance hat, einen hochnäsigen Verbündeten niederzustoßen und zu unterwerfen, dann tut man es.«

Tiruns Ohren bewegten sich. Sie hatte verstanden. Hilfy legte eilig die paar Schritte zu dem Sitz neben Tully zurück, um die Scanner-Bedienung mit Augen zu übernehmen, die lesen konnten, und mit Händen, die die Schalter drücken konnten.

Und:

»Es waren etwa acht Kif«, sagte Geran gerade über Kom zu jemandem. »Nein, nein. Nein, Kapitän, ich will meinen ... *ich will meinen diensthabenden Offizier fragen, Kapitän.* Tirun, es ist die *Wachsamkeit.* Ehrran schickt Leute hinaus, um die Docks zu sichern.«

»Verdammt ... *verbinde mich!*«

»Sie hat gerade die Verbindung unterbrochen.«

DREIZEHNTES KAPITEL

Sie fuhren auf der *Harukk* mit dem Aufzug, neun Hani und zwei bewaffnete Kif, und die Tür öffnete sich vor ihnen auf dem Stockwerk des Schiffes mit dem Eingang. Sie traten hinaus in das matte Licht und die kältere Luft des letzten Gangs, der zu den Docks hin offenstand.

Wir schaffen es! dachte Pyanfar. Sie hatte daran gezweifelt, dort unten im Kerker. Sie hatte an allem gezweifelt, bis die Kif sie zum Aufzug brachten und zwei mit ihnen eintraten, wenigstens innerhalb der Kabine in der Minderheit. Und Pyanfar glaubte nun fast ohne jeden Zweifel daran, daß sie es schaffen würden, als sie die Tür aufgehen sah und sie das Stockwerk vor sich erblickte, in dem ihr Schiff angedockt hatte, einen Korridor ohne Hinterhalt und ohne kifische Wachtruppe, nur ein Weg nach draußen. Sie warf einen Blick über die Schulter auf die Kif und die Tahar-Leute, blickte dabei kurz Haral ins Gesicht und sah ihre Ohren und Augen zucken. Es übermittelte ihr wie mit Telepathie denselben Gedanken, den auch sie hegte: *Wir haben es fast geschafft, Käpt'n; vielleicht bekommen wir die Chance, daß wir letztlich doch hinauskommen.*

Pyanfar drehte sich wieder um und ging mit der Geschwindigkeit weiter, die ihr Führer vorgab. Diesmal erlebten sie Blicke von Passanten, erweckten endlich Neugier – und die Überlegung, welches Spiel hier gespielt wurde, vermutete Pyanfar.

Welches Spiel und wessen.

»Dieses verdammte Dummkopf«, sagte Jik über Kom. *»Sie nicht machen, sie nicht machen ...«*

Und unterbrach die Verbindung abrupt. Das war Jiks Kommentar zu Rhif Ehrrans Entschluß, hinaus auf die Docks von Kefk zu gehen. Hilfy hörte es, wie die anderen auch, und blickte nach rechts, als Kapitän Dur Tahar eiligen Schrittes auf die Brücke kam.

»Was ist mit meiner Besatzung?« fragte Tahar atemlos.

»Wir arbeiten daran«, sagte Hilfy und stand auf, nachdem sie den Scanner auf Alarm eingestellt hatte. Die Anwesenheit Dur Tahars auf der Brücke erforderte es, daß wenigstens ein Besatzungsmitglied auf den Beinen war, um sie zur Not daran zu hindern, daß sie Tirun an den Hals fuhr; und gerade war auch Khym aufgestanden, um das zu übernehmen – was *nicht* die beste Lösung war.

»Was geht denn vor?« erkundigte sich Tahar und warf einen Blick auf den Kommandoposten, wo Tirun, die sich drängend mit Goldzahn unterhielt, keine Zeit hatte, mit ihr zu reden. »Wo liegt das Problem?«

»Und, was sagen sie?« lautete im wesentlichen das, was Tirun zu dem Gespräch beitrug. »Hat der *Hakkikt* irgendwelche guten Gründe, warum eben unsere Luftschleuse beschossen wurde? Warum jetzt bei uns Ungeziefer überall auf dem Unterdeck herumläuft? Wo steckt unser Käpt'n, hm? Wissen Sie es?«

Was der Kommandant der *Mahijiru* dazu zu sagen hatte, war unhörbar.

»Der Käpt'n ist draußen und versucht, Ihre Besatzung freizubekommen«, sagte Hilfy zu Tahar. »In der Zwischenzeit sind wir beschossen worden. Wollen Sie einen Crewposten übernehmen, Käpt'n? Wir stecken bis über die Nasen in Schwierigkeiten, und am Scanner wären Sie im Moment eine echte Hilfe für uns. Tully kann nicht so gut lesen.«

Sie rechnete mit einem Protest, der mit der Rangfrage begründet wurde, aber Tahar senkte die Ohren und ging zum genannten Posten, ohne sich in irgendeiner Form zu beschweren. Tirun schwenkte jedoch ihren Sessel herum, bevor Tahar die Station erreichte. »Warten Sie damit! Goldzahn sagt, er könne Sikkukkut nicht erreichen. Die Kif verhalten sich starrsinnig. Sie halten ihn hin. Also war das alles kein Unfall.« Tirun stand aus Harals Sitz auf und gab Dur Tahar einen Wink, während sie sich auf Pyanfars Platz fallen ließ. »Setzen Sie sich!« sagte sie und schlug auf den Drehschalter des Sessels. »Übernehmen Sie die Nummer zwei, Tahar. Ich werde Sie ins Bild setzen. Hilfy, Khym, bringt diesen Kif herauf! Ich möchte jetzt mit ihm sprechen.«

Hilfy packte Khyms Arm und ging.

Niemand durfte sich auf Pyanfars Platz setzen, aber es war doch geschehen. Keine Angehörigen eines fremden Clans dürften an den Stationen der *Stolz* sitzen. Aber auch das geschah jetzt – sie unternahmen einfach alles, was ihre Chancen verbesserte.

Hilfy und Khym rannten den Korridor entlang, und plötzlich ertönte das Geräusch der anspringenden Generatoren, eine Vibration, die sich entlang des ganzen stählernen Rückgrates der *Stolz* fortpflanzte. Khym rutschte mit einem Fuß aus und blieb stehen, drehte sich um, bevor Hilfy ihn am Arm packen konnte.

»Die Maschinen laufen an!« rief er.

»Eine Vorsichtsmaßnahme«, sagte Hilfy und zog ihn wieder herum und weiter zum Aufzug. »Wir fliegen nicht ab. Tirun würde das nie tun. Um der Götter willen, halte dich an die Befehle!«

Also laufen unsere Systeme warm. Also wissen die Kif, daß wir ablegen können. Oder schießen. Sie können uns außer Gefecht setzen, aber wir können Kefk mitnehmen, falls es dazu kommt. Das ist es, worüber Tirun sie in Kenntnis setzt.

»Kkkt«, sagte der Kif, der in der Luftschleuse der *Harukk* Wache hielt. »Kkkkt«, ergänzte er, als er bemerkte, wen er da vor sich hatte, sagte es leise und mit einer Schärfe, die eine Hani verstehen konnte. Pyanfar hielt die Hand nahe an ihrer Pistole und legte die Ohren an, denn sie hatte den Eindruck, daß es sich um eine Herausforderung handelte.

Dann winkte der Posten sie doch mit dunkel flatterndem Ärmel hinaus. Pyanfar ging hinaus in die kalte Zugangsröhre und drehte sich abrupt um, warf dem Kif einen finsteren Blick zu und überzeugte sich, daß ihre *ganze* Truppe hinauskam.

Die Tahar-Frauen gingen so gut sie konnten, Gilan aus eigener Kraft, während Naun und Vihan ihr bestes taten, um Haury zwischen sich zu halten. Nif und Canfy folgten mit Tav. Haral kam als letzte, mürrisch und grimmig. *Kein Nachgeben, kein Zeichen von Schwäche.* Sikkukkut hatte sie sicher nicht vergessen und würde neugierig drauf sein, was sie unternommen hatten, würde Machenschaften argwöhnen ...

... Würde ihnen die Kehlen durchschneiden, bei den ersten Zeichen, daß die Dinge nicht so aussahen, wie sie sie ihm geschildert hatten; oder beim ersten Verdacht, daß Hani-Motive ihn verwirrt hatten.

»Kommt schon, kommt weiter!« Pyanfar legte Ungeduld in ihr Stirnrunzeln für Gilan Tahar und drehte sich auf den Fersen um, genau in dem Moment, als Haral die Schleuse verließ. Hinaus ging es, hinunter zu den Docks.

»Kkkkt«, sagte der Kif Skkukuk und hob den kapuzenbedeckten Kopf von dem sauberen Bett in einer sauberen Kabine. »Kkkt. Junge Chanur ...«

»Auf!« sagte Hilfy. Sie ließ die Pistole im Halfter stecken und machte keine bedrohliche Bewegung. Khym stand hinter ihr, was mehr als genug Drohung war.

»Ich bin schwach vor Hunger. Hani, es ist eine Verschwendung ...«

»Steh auf, Kif! Beweg dich! Wir hatten ein kleines Problem mit deinem Essen. Es läuft nun überall auf dem Schiff herum. Unsere Luke hat einen hübschen neuen Brandfleck. Das ist es, worüber wir dich befragen wollen.«

»Verrat«, sagte Skkukuk. Er bewegte sich jetzt und stand von dem Bett auf, hielt sich mit einer Hand fest, um das Gleichgewicht zu wahren. »Kkkt. Verrat.«

»Du begreifst das ja richtig gut«, sagte Hilfy. »Komm schon! Wir wollen nach oben gehen und es mit der Besatzung besprechen.«

»Es ist nicht meine Schuld«, sagte Skkukuk. »Hani, es ist nicht meine ...«

»Hinaus!« sagte Hilfy.

Skkukuk kam zu ihnen heraus. Khym packte sich eine Handvoll kifisches Gewand an Skkukuks Nacken, und Skkukuk wand sich und rollte verschreckt mit den Augen. Die Kiefer klickten alarmierend. »Ich leiste keinen Widerstand; ich will ja mit auf die Brücke kommen. Es ist nicht nötig ...«

»Da wette ich«, brummte Hilfy und packte einen seiner Arme, während sich Khym den anderen schnappte. Gemeinsam schleppten sie den klickenden und protestierenden Kif mit sich. Etwas Kleines und Schwarzes floh vor ihnen durch den Korridor und huschte um die Ecke in einen weniger benutzten Gang.

»Ich habe euch meine Waffen gegeben«, zischte Skkukuk und kämpfte darum, seine Arme zu befreien. »Laßt mich los! Laßt mich los, Hani-Dummköpfe! Ich gehöre zu euch, ich stehe loyal zum Kapitän ...«

»In einer mahen Hölle«, murmelte Hilfy.

Sie erreichten den Fuß der Rampe, dort bei der Reihe der blutigen Köpfe, und Pyanfar blickte noch einmal zurück, die Hand auf der AP. Die Tahar-Frauen gaben ihr Bestes, hielten Haury Savuun auf den Beinen und gingen weiter; und Haral bildete die Nachhut – es war klar, daß Haral auf diesem Streckenabschnitt gerne schneller gegangen wäre, aber es gab eine Grenze für das Leistungsvermögen der Tahar; und mehrere Gruppen Kif beobachteten sie, sowohl vom Dock aus als auch von der Rampe. »Kkkkt«, hörten sie es von oben und unten. »Kkkkt.«

Nun, seht euch einmal diese Dummköpfe an! übersetzte Pyanfar es für sich, und ihr Fell sträubte sich. Sie blickte ein zweites Mal zu den Tahar, besonders zum ersten Offizier der *Mondaufgang,* in dem Augenblick, in dem sie außer Hörweite beider Enden der Rampe waren. »*Ker* Dur ist in Sicherheit«, sagte sie schnell. »Es ist die Wahrheit. Und ich habe Ihr Schiff zurückbekommen. Sie sind frei. Wie geht es Ihnen?«

Gilans Augen schienen Mühe zu haben, einen Brennpunkt zu finden. Das dunkle Zentrum in dem Bernstein weitete und verengte sich, als das, was Pyanfar gesagt hatte, durchkam. »Der Käpt'n ist bei Ihnen – und die *Mondaufgang?*«

»Beide sind in meiner Verwahrung. Sie sind in Sicherheit. Wir bringen Sie in sicheres Gebiet zurück, so schnell wir können, lassen Sie dann frei ... *Machen Sie jetzt bloß nicht schlapp; erwecken Sie einen lebhaften Eindruck!* Wir haben ein weites Stück zu gehen, Gilan Tahar. Es gibt keine Transportmöglichkeit auf diesem Dock, die ich benutzen möchte!«

»Aye, Käpt'n.« Gilans Stimme klang heiser und ernst. »Wir folgen Ihnen.«

Kif umstanden sie von beiden Seiten. Sie klickten und murmelten, erheitert über den Anblick, der sich ihnen bot.

Sfik, dachte Pyanfar mit sinkendem Mut. Dieser zerlumpte Haufen Hani demonstrierte – mochten die Götter ihnen helfen – die Verletzlichkeit der Hani. *Keine Feinde! Die Kif betrachten die Tahar nicht als unsere Feinde! Wir behandeln sie falsch. Es ist eine Falle, bei den Göttern, Sikkukkuts persönlicher Sinn für Humor, sie nicht mit einer kifischen Eskorte zu schicken. Damit zwingt er uns, sie selbst zu holen, in der Hoffnung, daß wenigstens eine unterwegs ohnmächtig wird und so eine Szene macht.*

»Käpt'n«, sagte Haral ein paar Schritte hinter ihr.

Eine Reihe Kif baute sich vor ihnen auf dem Dock auf, um ihnen den Weg zu versperren. Sie mußten entweder mitten hindurchgehen oder einen Bogen um sie machen.

»Wir bluffen nicht«, sagte Pyanfar und ging jetzt mit übertriebenem Schwung, eine Hand an der Pistole. Da kam ihr noch ein Gedanke, und sie zog die AP aus dem Halfter und entsicherte sie, hielt sie jedoch mit dem Lauf nach unten, so daß sie ihm Gehen hin und her schwang. *»Weg da!«* schrie sie und gab den Kif einen Wink mit dem Lauf der Waffe. »Lob dem *Hakkikit,* ihr Abschaum; wir sind in seinem Auftrag mit diesen Gefangenen unterwegs, und ihr werdet nicht die Nasen in diese Angelegenheit stecken!«

In der Kif-Reihe kam es zu langsamen Bewegungen, die,

wie Pyanfar vermutete, mit Bedacht erfolgten, um sie beim Rückzug anzurempeln – sie zu stoßen. Aber sie machten Anstalten, ihnen den Weg freizugeben. Pyanfar behielt die Waffe in der Hand und den Finger am Abzug, und sie vermutete, daß Haral hinter ihr eine ähnliche Haltung einnahm und ihr den Rücken stärkte.

»Hani!«

Ein kifischer Schrei hinter ihnen. Pyanfar blieb sofort stehen und baute sich breitbeinig auf, die Pistole mit beiden Händen auf die Menge vor sich gerichtet, und sie wußte dabei, daß Haral entsprechend gegenüber den Problemen hinter ihnen Stellung bezog.

»Es sind drei«, erreichte Harals Stimme Pyanfars nach hinten gewandte Ohren; Rücken rieb sich an Rücken. »Meine Götter! Ein Kiff ist getroffen worden! Jemand hat auf einen Kif geschossen ...!«

Pyanfar feuerte einen Warnschuß über die Köpfe der vorderen Kif-Reihe hinweg und wirbelte dann an Harals Seite herum. Sie sah einen Kif auf dem Dock liegen und erlebte gerade noch mit, wie auch der zweite und dritte zusammenbrachen. *Heckenschützen!* Ihr zweiter Fuß erreichte jetzt ebenfalls den Boden, und sie drückte Gilan Tahar in einer durchgehenden Bewegung mit der Schulter auf das Gewirr von Portalen und Leitungen zu, die sich an den Schiffsliegeplätzen entlangzogen. »Deckung!« schrie sie. »Verdammt, weg aus dem Freien, *macht schon!*«

Die Tahar-Crew rannte los. Pyanfar blieb stehen und wirbelte wieder herum, um zu sehen, wie Haral ihren Rückzug deckte. Schüsse kamen von irgendwo. Kif stürzten und Kif feuerten zurück. Kifische Stimmen bildeten einen schnatternden Tumult.

»Geh in Deckung!« schrie Pyanfar Haral zu, und Haral zog sich eilig zurück. Schüsse peitschten über das Dock und explodierten mit betäubender Wucht irgendwo hinter ihnen. Splitter stachen sie.

»Weiter!« schrie Pyanfar. Sie drehte sich um und winkte den Tahar vehement zu, sich zu beeilen – soviel Boden zu gewinnen, wie sie nur konnten. Gilan Tahar griff den Befehl auf und half selbst mit, Canfy Maurn zu schleppen. »Kommt, verschwinden wir von hier!«

Kif schossen auf Kif.

Akkhtimakts Parteigänger erhoben sich gegen Sikkukkut.

»Wir haben es mit einer Revolution zu tun«, keuchte Haral, die neben Pyanfar auftauchte, einen Arm um Haury Savuun gelegt und gefolgt von den heftig atmenden Tav und Naun. »Käpt'n, wir haben ...«

Ein Schuß schlug in der Nähe ein, und Haral warf die Pistolenhand hoch, um ihre Augen zu schützen. Sie schwankte. Pyanfar warf sich herum und erwiderte den Schuß in die ungefähre Richtung, aus der er gekommen war.

»Bei den Göttern, sie schießen auf uns, sie ...«

Eine ganze Salve kam zurück, ein krachender Donner, ein Aufschlag, der sie nach hinten schleuderte. Sie stürzte mit dem Kopf auf das Deck. Sie rollte herum und kroch blind los, um Deckung zu suchen.

»Käpt'n!« schrie Haral schrill.

»Langsam, langsam«, sagte Geran, als das Chaos im Kom der *Stolz* ausbrach. »Ich habe es, Tirun. Jik ist auf eins und ein Kif auf zwei ...«

»Gib mir den Kif!« sagte Tirun und hörte ihm dann zu, während Hilfy und Khym ihren eigenen wütenden Kif zwischen sich festhielten, so daß er sich nicht bewegen konnte.

»Sei *still!*« sagte Hilfy zu Skkukuk, und vielleicht war es das, vielleicht waren es aber auch die Nachrichten, die aus dem Konsolenlautsprecher kamen, was ihn zum Schweigen brachte.

»Ehre dem Hakkikt Sikkukkut an'nikktukktin«, sagte die Stimme. *»Ein selbstmörderischer Angriff durch unbesonnene Elemente gefährdete ihren Kapitän und ihre Untergebene. Wir sind gegenwärtig dabei, Vergeltungsmaßnahmern zu ergreifen. Wir empfehlen allen Schiffen dieses Kommandos, während dieser Krise äußerste Wachsamkeit gegen Angriffe von außen zu wahren.* Cha-

nurs Stolz, *nehmen Sie von übereilten Aktionen Abstand. Der* Hakkikt *wird hart gegen diese Abenteurer vorgehen.«*

»Paß auf ihn auf!« brummte Hilfy und eilte zum Kom. »Tully, wechsle nach unten! Nimm den ersten Scanner! Der Tahar-Kapitän muß dort oben aufpassen ...«

Tully wechselte den Platz. Hilfy ließ sich in den Sessel fallen und schnappte sich einen Komhörer. Sie erwischte noch das Ende von Gerans um ein paar Sekunden versetzter Übermittlung der kifischen Botschaft an die Mahendo'sat. *»Jik hat es mitbekommen«*, murmelte Geran, als der Kif fertig war und die *Aja Jin* auf diesem Kanal den Empfang bestätigte.

»Hier *Chanurs Stolz«*, antwortete Hilfy auf der Kif-Verbindung, eilig und unvorbereitet. »*Harukk*-Kom – wo sind unsere Leute? Positionsangabe!«

»Ich werde fragen, ob diese Information freigegeben werden kann, Chanur-Kom.«

»Sie haben Angst«, zischte Skkukuk hinter ihr. »Der *Hakkikt* Sikkukkut hat Sorgen ... Er hält sie nicht gefangen ...«

Hilfy drehte sich auf ihrem Platz um und blickte voll in die rot geränderten Augen des Kif. »Wieso?«

»Weil er sagt, junge Chanur, daß sie in Gefahr sind. Er gesteht eine Schwäche ein. Er verspricht Vergeltung. Das heißt, er beherrscht die Situation nicht. Er steckt nicht dahinter. Er würde niemals freiwillig eine Schwäche eingestehen, nicht einmal, um zu täuschen.«

Und auf Jiks Kanal kam auf einmal über den allgemeinen Lautsprecher: *»Wir haben Leute draußen auf Dock, wir haben* Mahijiru *ergreifen Maßnahmen ... Wo sein Pyanfar Chanur,* Chanurs Stolz? *Haben Sie Kontakt?«*

»Vergeltung gegen *wen?«* fragte Hilfy Skkukuk. »Was geht da draußen vor?«

»Es wird sich um Akkhtimakts Parteigänger handeln, junger Dummkopf. Sie hoffen auf einen Coup. Wahrscheinlich wird sogar an Bord der *Harukk* gekämpft. Der *Hakkikt* kümmert sich sicher persönlich darum und wird dementsprechend beschäftigt sein.«

»Das stimmt wahrscheinlich«, warf Dur Tahar ein und schwenkte dabei ihren Sessel herum, weg vom Monitor.

Hilfy stand auf, die Taschenpistole in der Hand und auf Tahar gerichtet. »Das war noch kürzlich die Seite, zu der Sie gehörten, nicht wahr, Tahar? Die Seite Akkhtimakts?«

Tahar legte die Ohren zurück. Ihre Augen zeigten das Weiße, und sie erstarrte in ihrem Sessel. »Schießen Sie oder hören Sie mir zu, Hilfy Chanur! Der Kif sagt die Wahrheit. Aber es handelt sich um ein lokales Ereignis – *nichts* ist hereingekommen, was damit in Verbindung stünde. Zumindest nichts, wovon ich weiß. Und ich könnte es mitbekommen haben. Nein. Es ist ein lokales Ereignis. Meine Crew und Ihr Kapitän sind draußen auf den Docks. Der Kif stellt Vermutungen an, aber er tut das sehr geradlinig – sie befinden sich im Moment nicht an einem Ort, wo der *Hakkikt* Hand an sie legen könnte, oder er hätte es schon getan. Nein, es hängt mit dem Angriff unten an der Luftschleuse zusammen. Die Kefk-Station geht zum Gegenangriff über. Akkhtimakts Leute machen ihren Zug, und Ihr Kapitän und meine Besatzung sind zwischen den Fronten gefangen. *Um der Götter willen, hören Sie mir zu und stecken Sie diese götterverdammte Pistole weg!*«

Tirun drehte ihren Sessel herum, während sie noch jemandem zuhörte, den Komhörer an ein Ohr gedrückt. Ihre Augenlider zuckten. »Ehrran hat die Kif gerade in einen Kampf verwickelt – verdammt, sie schießen da draußen die Docks zusammen!«

»Ich gehe hinaus«, erklärte Khym kategorisch.

»Du begleitest uns andere!« sagte Tirun und sprang auf. »Verdammt, der Käpt'n wird uns das Fell über die Ohren ziehen, aber wenn wir es schaffen, sie zurückzuholen, kann sie bei mir den Anfang machen. Wir gehen hinaus und verschließen die *Stolz* sicher hinter uns. *Los!* Geran – schalte alles herunter und stell die Luftschleuse auf Autoverschluß ein.« Tirun überquerte das Deck schnellen Schrittes und öffnete den Waffenschrank. Sie reichte auch Dur Dahar eine Pistole.

»Ich«, sagte Tully, der ebenfalls aufgestanden war, und streckte die Hand aus. *»Ich!«*

Tirun klatschte ihm ihre Taschenpistole auf die Handfläche. »Nimm die!«

»Komm!« sagte Hilfy zu Skkukuk und packte ihn mit ausgefahrenen Krallen unsanft am Arm. »Wir bringen dich wieder nach unten.«

»Ihn als einen von zweien auf dem Schiff zurücklassen?« wandte Tirun ein. »Nein danke. Der Bursche kommt mit! Er geht als erster hinaus. Du führst uns, Kif!«

Skkukuk straffte seine drahtige Gestalt und hob den Kopf zu seiner ganzen ausgeprägten Höhe. »Geben Sie mir meine Waffe zurück, Hani!«

»Ich schlage vor, du *nimmst* dir eine«, sagte Tirun mit zerknitterter Nase. »Von der *anderen* Seite!«

»Käpt'n ...« Haral beugte sich über sie in der Deckung, die ihnen ein hochaufragendes Portal gewährte, vor dem roten Filigranmuster der Schüsse, die den Rauch durchglühten und von der Wand und dem Portal abprallten. Haral hatte von irgendwoher ein Stück Stoff besorgt und rieb grob an ihrem Gesicht, während ihr der Lärm in den Ohren klang und die Schüsse hin und her gingen. Es war alles weit weg, und dann wurde es deutlich, Harals gequältes Gesicht und der Schmerz in ihrem eigenen Hinterkopf. »Verdammt«, murmelte Pyanfar, schlug die pflegende Hand weg und versuchte sich zu bewegen. Die Haut tat ihr weh. Sie legte eine Hand an die Körpermitte und wischte Blut ab.

Metallfragmente. Splitter. Sie war gespickt davon. Sie spürte es prickeln. Spürte die Glätte ihres Fells. Sie blinzelte in die verängstigten Gesichter der Tahar – sah, daß Haral weiß um die Nase war, und die Tatsache, daß Haral Araun in Panik war, war so untypisch, daß es die Welt erschütterte.

Wieder erzitterte alles. Diesmal hatte eine AP die Stationswand über ihnen getroffen, und wieder regnete es Splitter. Das Fünfhunderter-Gewicht eines abgetrennten Schlauches stürzte auf das Deck herab, dicht genug bei ihnen, daß sie den Luftzug spürten. »Ihr Götter!« schrie Pyanfar, richtete sich auf die Knie auf und suchte im leeren Halfter nach ihrer Pistole.

»Hier.« Gilan Tahar stieß ihr den schweren Griff in die Hand, und Pyanfar blickte von Tahars erstem Offizier zu ihrem eigenen, sah, wie Haral vorsichtig aus der Deckung hinausspähte und sich mit verdrießlichem Gesicht wieder zu ihr umwandte.

»Ganz schön dick da draußen«, meinte Haral.

»Ein Wetterbericht, um der Götter willen ... Bietet sich irgendwo noch Deckung auf unserem Weg?«

»Wir haben uns hier ein ganz ordentliches Plätzchen gesucht ...«

BANG! Wieder ein Donnerschlag und ein Metallregen.

»Sie treffen immer wieder die verdammte Wand!« schrie Pyanfar gellend. »Die verdammten Dummköpfe wollen dieses ganze verdammte Dock mit auf einen Spaziergang ins All nehmen!«

»Da unten auf dem Dock stehen ätherische Stoffe herum!« schrie Haral durch den plötzlichen Donner einer Salve zurück und deutete auf das, was sie meinte, auf Kanister mit tödlichen gelben Aufklebern für brennbare Stoffe. »Wenn wir dorthinlaufen, können wir Feuer daraufziehen und ganz schön gebraten werden, Käpt'n!«

»Wenn wir hier herumsitzen, haben wir auch gute Chancen, daß das passiert! Wie lange wird deine Schwester wohl warten, hm?«

»Ich rechne mit Jik!« rief Haral.

»Nun, er kommt zu *spät!* Und wir werden unsere eigene törichte Besatzung hier draußen erleben, wie sie nach uns suchen, wenn sie keine Zusicherung von Sikkukkut erhalten, und ich glaube nicht, daß er in der Lage ist, ihr die zu geben! Wir müssen *weiter,* Kusine, Kanister hin, Kanister her!« Sie warf einen Blick auf Gilan Tahar, eine Frau, der der Blutverlust schwer zu schaffen machte. Gilan hatte sich einen Verband um die Schulterwunde gebunden, aber er war völlig durchtränkt. Haury Savuun war immer noch bei Bewußtsein, durch welchen Aufwand an Willenskraft, das wußten nur die Götter. »Gilan, wir haben einen langen Sprint vor uns. Schießen wollen wir dabei nicht – um niemandes Aufmerksamkeit in die Nähe dieser Kanister dort zu lenken.« Sie fischte in ihrer Tasche, zog die leichte Pistole hervor und reichte sie Gilan. »Für alle Fälle. Aber bleiben Sie bei uns!«

»Wir folgen Ihnen«, sagte Gilan. Wieder krachte es über ihnen, und ein weiteres Stück Schlauch und ein Rohrstück prallten auf dem Boden auf und hüpften unberechenbar herum – genausogut hätte es sie treffen können.

»Los, kommt!« schrie Pyanfar und eilte zum nächsten Liegeplatz, durch aufgewühlten, von Laserschüssen durchglühten Rauch, der so dick war, daß er die nächsten Tragestützen verhüllte. Sie sprintete zu den Kanistern mit den gelben Kreisen darauf und erinnerte sich in diesem Moment daran, daß die Kif wenigstens teilweise farbenblind waren.

Ungeziefer huschte wild durcheinander, als die Besatzung der *Stolz* auf die Luftschleuse zustürmte, als die Luken aufschossen, die innere wie die äußere, als Tirun sich umdrehte, um in dem matt orangefarben beleuchteten Korridor den Schalter des Schleusenverschlusses zu drücken. Hilfy sprang an dem zusammengebrochenen Käfig vorbei und dem Kanister ...

Sprengstoff! sagte sie sich erschrocken; es konnte Sprengstoff sein, wenn die Kif bereit waren, das Dock zum Weltraum hin aufzusprengen. »Los!« schrie sie. Ihr gesamtes Fell sträubte sich. Skkukuk huschte mit kifischem Tempo an ihr vorbei, und Khym und Geran gewannen an Boden. Tirun stieß gegen den zerstörten Käfig und fluchte. Hilfy umklammerte fest ihre Pistole und eilte hinter Khym her, um die Biegung des Gangs herum, dicht gefolgt von Tully und Tahar. »Tirun!« schrie sie und drehte sich dort halb um, aber Tirun schrie zurück: »Weiter!« Sie hatte ihr Bestes gegeben zu Beginn ihres Weges, wie sie es stets versuchte. Sie, die nicht so gut laufen konnte, bildete die Nachhut und deckte den anderen den Rücken, selbst dann, wenn sie das Kommando führte. »Seht zu, daß ihr hinunterkommt! Bewegt euch!«

Hilfy lief an Tully und Tahar vorbei und holte Khym ein, als sie die Drucktore am Fuß der Rampe erreichten. In der Ferne krachten Schüsse.

Ein Schuß prallte an der Innenwand ab. Skkukuk hüpfte und wich aus und sprang in Deckung. »Sie los, Sie los!« schrie ein Mahe und erhob sich aus seiner Deckung in der Nähe der Rampe. Er winkte heftig mit dem Arm. Mahendo'sat hatten drüben an der Frachtkonsole Stellung bezogen, entweder Jiks oder Goldzahns Leute. Hilfy versteckte sich sofort hinter der Steuerkonsole des Portals und der schützenden Metallstruktur des eigentlichen Portals, lehnte sich dort mit vor Angst klopfendem Herzen an und blickte zurück. Sie sah, wie Tirun und Tahar und Tully aus dem riskanten Bereich der Rampe hervorstürmten. *O ihr Götter, führt uns hier durch – ich kann es nicht, ich kann nicht ...* Sie warf einen Blick in die andere Richtung, in der Erwartung, daß Khym sich ein Stück weiter hinter einem Stapel Frachtkanister versteckte.

Aber er tat es nicht. »*Na* Khym!« schrie Hilfy bestürzt, hinter ihrer festen Deckung zusammengekauert, denn Skkukuk stürmte weiter, und Khym folgte ihm. »Verflucht, Khym! Onkel! Halt! Warte!«

Und dann schien ihr alles klar, die Richtung des kifischen Feindes und die Richtung der Schüsse, dorthin, wohin Pyanfar und Haral gegangen waren, und sie schüttelte alle Furcht ab, verbannte sie an einen fernen kalten Ort, und gab jeden Gedanken ans Überleben oder an ihre Sterblichkeit auf.

Lauf weiter, Hilfy Chanur, lauf weiter! Ist ein Mann verrückt, der weiß, daß sein Tod überfällig ist? Oder ein Kif, der läuft, um wieder die Seiten zu wechseln? Lauf weiter, Dummkopf! Haral ist dort draußen, und Pyanfar auch ... Lauf, bis sie auf dich schießen, und dann geh in Deckung und schieße zurück, bis sie aufhören! Es ist alles wirklich ganz einfach, Kind.

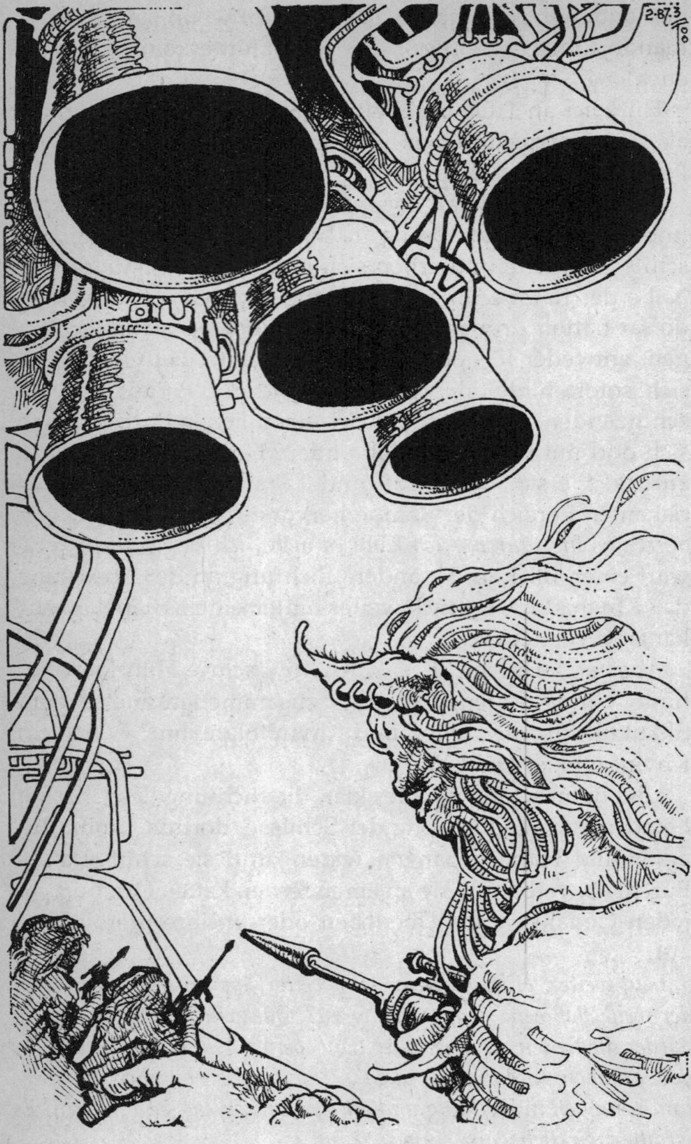
2-87.3

Es war Harals Stimme, die wieder einmal Instruktionen erteilte.

Und Pyanfars: *Götterverdammter Dummkopf!*

Schüsse krachten und verfolgten Khyms Weg mit kleinen Rauchwölkchen, die vom Boden hochstiegen.

Pyanfar sprang hinter die Gaskanister und rannte weiter. Ihre Knochen und ihr Kopf schmerzten bei jeder Bodenberührung ihrer Füße. Die Luft war dünn und brannte in den Lungen. Der beißende Rauch war versetzt mit Ammoniakgestank und Ozon. Pyanfar holte schluchzend Luft, blickte zurück und blieb stehen, um Gilan und Naur zuzuwinken, daß sie weiterlaufen sollten. Sie deckte sie, ohne zu schießen, denn sie wollte keine Aufmerksamkeit erwecken, die sich vermeiden ließ, aber sie hielt den Finger gespannt am Abzug. Vihan hielt Canfy am Arm und führte sie; Nif und Tav kamen hinter ihr, und ganz zum Schluß Haral, die sich Haury über die Schulter gelegt hatte und so schnell dahintrabte, wie sie noch konnte. Haury war keine kleine Frau, und Haral war es ebenfalls nicht. »Weiter!« rief Pyanfar hinter Gilan her und lief zurück, um Haral abzufangen, als diese sich von den explosiven Kanistern fortkämpfte. Pyanfar packte nach Haury, und Haral duckte sich unter ihrem Körper hervor. Sie sagte nichts, sondern lief weiter. Und Pyanfar schulterte Haury und trabte los, fast blind vor Luftmangel. Schüsse krachten auf einmal hinter den Kanistern los – zweifellos sahen die Kif die Gefahrenkennzeichnung –, trafen sie aber nicht. Sie kämpften sich weiter vor und erreichten eine vorläufige Deckung hinter einem Frachtlader. Aber danach wartete freies Gelände auf sie und ein Lauf zu der spärlichen Deckung der Druckstützen. Und danach wieder ein Lauf, und noch einer und noch einer.

Und falls Jik sie dann noch nicht erreicht hatte, wartete etwas auf sie, was sie nicht passieren konnten.

»*Na* Khym!« schrie Hilfy und winkte ihren Onkel zu einer sicheren Stelle, und er *hörte* es, bei den Göttern, er *hörte* es, wirbelte herum und rutschte neben dem Portal zu ihr herein, stark nach Schweiß riechend, und Geran gesellte sich dazu.

»Ihr Götter!« sagte Geran und deutete nach vorne, und dort lief Skkukuk immer noch weiter und sah sich jetzt einem Kif gegenüber, der auf seinem Weg erstarrte, als versuche er, die Situation zu analysieren. Dann schoß er einmal, zweimal, versuchte, Skkukuks Zickzackkurs zu treffen, traf aber nur Stellen, wo Skkukuk schon nicht mehr war. Skkukuk stürzte sich auf den anderen und riß ihn in einem Gewirr schwarzer Gewänder zu Boden.

»Uhh«, sagte Khym.

Der Kopf des Kif, der auf dem anderen zu liegen kam, stieß immer wieder auf den Gegner herab – die Götter wußten, was er da tat. Hilfy erschauerte und blickte nach hinten, als Tully zu ihnen hereinrutschte, gefolgt von Tahar und Tirun. Tully rang verzweifelt nach Luft; er war bleich und keuchte in der kifischen Atmosphäre. »Wo steckt Skkukuk?« fragte Tirun. »Ist er hinübergewechselt?«

»Die Götter wissen, welcher von beiden dort noch am Leben ist«, sagte Hilfy. »Ich weiß es nicht, und es kümmert mich auch nicht.« Sie hob die Waffe, wußte zwar nicht genau, ob sie wirklich schießen wollte, konnte es aber auch nicht ausschließen.

Tirun streckte die Hand aus und packte sie am Handgelenk. »Was hast du vor? Was hast du vor, Hilfy Chanur?«

Die Wut in Tiruns Gesicht verwirrte sie und drang dann langsam zu ihr durch. Hani. Heimat. Und zivilisiertes Verhalten.

»Es ist ein verdammter *Kif!*«

»Wer führt hier draußen das Kommando?«

Hilfy entspannte ihren Arm und senkte die Ohren in stillem Respekt. Tirun ließ sie los, die Ohren angelegt.

»Py-anfar«, sagte Tully und packte Hilfy fest an der Schulter. »Hilfy, Py-anfar ...«

Sie schüttelte seine Hand ab.

»Können wir weitermachen, um der Götter willen?« fragte Tahar.

»Ja, los!« sagte Tirun. Diesmal führte sie, bis andere sie wieder überholten. Hilfy gehörte zu den ersten. Im Augenwinkel sah sie den Kif aufspringen und in die Schatten der gegenüberliegenden Docksseite laufen, sah dann, wie er wieder herauskam und in Deckung ging und danach verschwand.

Pyanfar stolperte und fiel auf die Knie, reagierte heftig, um zu verhindern, daß Haury mit dem Schädel aufschlug – aber Haral und Tav waren schnell genug; sie retteten Haury, und Haral gelang es obendrein, Pyanfar am Gürtel zu packen und hinter eine Metallkonsole zu ziehen.

»O ihr Götter«, ächzte Pyanfar und drehte sich, um die verletzten Knie unter sich zu ziehen. Brust und Bauch taten weh; ihre Lenden waren wie Wasser, und die Knie spürte sie schon lange nicht mehr. Sie packte Haral am Arm und lehnte sich für einen Moment an sie. »Ich bin zu alt für so was – ihr Götter ...«

»Aye«, keuchte Haral. Sie beide lehnten sich aneinander, hielten sich aneinander fest.

Und die Welt verwandelte sich in Feuer und Lärm.

»Liebe Götter!« schrie Geran, und Hilfy ergänzte: »Etwas ist explodiert!«

Rauch rollte wie eine schwarze Wand über das Dock, verhüllte Knäuel übereinandergestürzter Kif und machte Laserfeuer momentan sichtbar, bevor er überhaupt alles verschluckte. Und dort vorne war ein Häufchen Rotbraun zu entdecken in all dem Schwarz und Grau, Gestalten, die sich auf dem Dock zusammendrängten.

»Seht mal!« brüllte Khym und lief dorthin, verließ ihre stark auseinandergezogene Reihe. Hilfy packte Tully und rannte ebenfalls los. Sirenen heulten, gaben Dekompressionsalarm, jenes dreifach unterbrochene Muster kreischender Sirenen, das über alle Grenzen von Lebensform und Logik hinaus verstanden wurde – die Docks waren unstabil geworden. Eine Außenwand war gefährdet. Und die Schüsse hörten nicht auf. AP-Feuer prasselte an die Innenwand, und Kif versperrten den Hani den Weg, wandten ihnen den Rücken zu, denn sie waren damit befaßt, die andere Gruppe von Hani weiter vorne niederzuhalten.

Geran eröffnete das Feuer, und Hilfy folgte ihrem Beispiel – blieb stehen, um zu zielen, und lief weiter, denn Khym setzte sich jetzt der Gefahr aus, von den eigenen Leuten getroffen zu werden. Er stürmte schießend voraus, und obwohl er kaum in der Lage war, etwas zu treffen, spielte das keine Rolle, denn es war gar nicht nötig, sich Ziele herauszusuchen. Die Kif-Belagerer liefen auseinander, und Hilfy geriet ins Stolpern, als ein Splitter ihre Wade traf, fing sich wieder und lief weiter, zwischen die Träger und Kabel hinein und wieder heraus. Sie wurden immer noch beschossen, und Hilfy feuerte gelegentlich zurück, umrundete dann die letzte Ecke ihrer Deckung und stürmte über das freie Dock hinweg zwischen die Hani, direkt auf Gerans Fersen ...

... und blieb wie erstarrt stehen.

Es waren Ehrran-Leute in schwarzen Kniehosen. Sie standen auf und empfingen sie beide mit angelegten Pistolen und Gewehren.

Es war der zweite Aufschlag für einen angeknacksten Schädel, und Pyanfar lag da, nach Atem ringend in einer Luft, die durchsetzt war von Schweißgeruch und Rauch und ätherischen Stoffen. Als sie wieder hören konnte, vernahm sie den beunruhigenden Klang einer Sirene über dem Krachen der Schüsse. Sie spürte, wie sich an ihr etwas bewegte. Sie zwang ihre Augen, einen Brennpunkt zu finden, die Tendenz zu einem Übereinanderlaufen der Sehachsen zu besiegen, und sie blickte in Harals benommenes Gesicht neben ihr.

»Ich glaube, sie haben diese Kanister erwischt«, kommentierte Haral aus der Horizontalen. »O ihr Götter, mein Kopf!« Und sie machte Anstalten, sich wieder zu bewegen, stieß dabei leise einen Strom unzusammenhängender Flüche hervor. Pyanfar rollte sich auf einen Ellbogen und setzte sich auf. »Gilan ...«

Die Tahar bewegten sich alle wieder – schwerfällig, aber sie bewegten sich. Haury gab ein Lebenszeichen von sich, indem sie sich auf die Seite drehte; und Pyanfar schwang sich herum, um zu sehen, worauf sich Haurys Augen plötzlich mit einem wilden Ausdruck richteten. Ein Reflex drückte den Abzug einer Pistole, die zu halten sie schon vergessen hatte. Die Patrone zerbarst an einem Kif mitten im Sprung, und die Überreste klatschten dumpf auf das Dock, kaum eine Körperlänge weit von dem Kanisterstapel entfernt, der den Hani Deckung gab.

Pyanfar saß da und zitterte wie eine bartlose Jugendliche. Dann kam sie wieder zu Atem und zog die Fersen und eine Hand unter sich. »Geht weiter!« befahl sie mit einer Stimme, die sie nicht mehr in der Gewalt hatte, und sie blickte auf zu den leeren, unfreundlichen Drucktoren eines abgeschlossenen Schiffsliegeplatzes. Ein freier Liegeplatz. Oder ein Schiff, das sich zum Schutz von innen her abgeschlossen hatte. Im letzteren Fall konnten sich diese Tore jeden Moment öffnen und feindliche Kif sich mitten in ihren Zufluchtsort hinein ergießen. »Wir müssen weiter ...«

»Haury«, protestierte Tav, die sich schwankend auf die Knie erhob. »Haury ...«

Sie hatte recht. Haury Savuun mußte getragen werden, aber keine von ihnen hatte mehr genug Luft dafür. Pyanfar sank wieder an Ort und Stelle zusammen, zurück auf die Fersen. Haral streckte sich wieder aus, die Hände hinter dem Kopf verschränkt, dem es wahrscheinlich nicht besser ging als dem Pyanfars, und der daher in gleicher Weise unter dem Klang der Sirene pochte, der ihnen mitteilte, daß das Dock jeden Augenblick ins Vakuum explodieren konnte.

»Sie schießen nicht mehr«, sagte Nif Angfylas, deren eingerissene Ohren sich trotz der Erschöpfung aufrichteten. »Vielleicht ...«

Ein Schuß traf die Wand, und sie duckten sich in ihre Deckung.

»Verdammt!« Die Schüsse kamen aus einer neuen Richtung, kamen hoch aus einem Winkel von etwa fünfundvierzig Grad zu ihrer Fluchtroute. »Sie haben uns festgenagelt!«

Ein weiteres Geschoß explodierte, und Pyanfar zog den Kopf zwischen die Arme ein, hob ihn dann wieder mit sinkendem Mut – diesmal war der Schuß aus der *gegenüberliegenden* Richtung gekommen. »Sie haben uns im *Kreuzfeuer!*« schrie sie Haral zu. »Sieh zu, daß du diesen verdammten Heckenschützen da vorne oben erwischst, und achte dabei auf deinen Kopf! Ich denke, er steckt auf dem Fußweg der zweiten Ebene!«

Pyanfar kroch zur Schußposition an der anderen Ecke ihres Zufluchtsortes, und sie spürte jemanden dicht hinter sich – Vihan Tahar, die den toten Kif nach Waffe und Patronen durchsuchte. Vihan schob sich dicht an Pyanfars Schulter heran, während Haral die andere Seite der Konsole besetzte, die ihr winziges Dreieck geschützten Raumes gegen Schüsse absicherte. Rauch wallte nach oben und trieb in sichtraubenden Wolken dahin. Was auch immer explodiert war, hatte sich schnell verbraucht – es roch wie Treibstoff, aber eine Pfütze davon brannte immer noch auf dem Dock und beleuchtete die rauchverhangene Decke mit einem höllischen Schein. Dort oben arbeiteten keine Ventilatoren mehr. Die Luftleitungen hatten sich automatisch abgedichtet, um das Feuer nicht zu nähren.

Aber damit wurde auch das Atmen nicht genährt. Pyanfars Nase lief. Sie wischte sich mit einer verschmutzten Hand über die Augen und überprüfte die Patronen in ihrer AP. Nur noch sechs. Nachladen konnte sie nicht mehr. »Wir dürfen keine Munition mehr verschwenden«, sagte sie zu Vihan Tahar. »Hatte dieser Kif noch etwas, was wir gebrauchen können?«

»Habe noch zwei Magazine gefunden«, sagte Vihan und drückte sie ihr in die Hand. »Seine Waffe ist kaputt.«

»Kriechen Sie hinüber und sehen Sie nach, ob Haral sie dringender braucht! Ich habe ...«

Schüsse schlugen dicht neben ihnen ein. Pyanfar schoß in dem Moment, in dem sie die helle Flamme eines auf sie gezielten Gewehres sah. Dann duckte sie sich zur Seite und drückte Vihan mit der Schulter zu Boden.

Donner krachte, und Splitter regneten herab. Pyanfar richtete sich wieder auf und verkniff es sich, eine weitere Runde zu feuern. »Vielleicht habe ich den Kerl erwischt ... Ich kann es nicht feststellen ...«

Kif wurden sichtbar, ferne schwarze Gestalten, die im wallenden Rauch um einen Teich aus goldenem Feuer herumliefen. *Sikkukkuts Leute? – Akkhtimakts?*

BUMM! drang es von der anderen Seite herüber. Pyanfar wirbelte herum und drückte sich flach an die Konsole. Vihan und Naur kauerten sich eng an sie. Sie warf einen Blick zu Haral hinüber, die sich wie ihr Spiegelbild an die gegenüberliegende Ecke der Konsole drückte. »Haben wir ihn erwischt?«

»Weiß nicht«, sagte Haral und wischte sich mit einer blutigen Faust die tränenden Augen ab. »Verdammter Rauch ...«

Pyanfar blickte auf. Der Rauch wurde immer dichter, verhüllte jetzt den größten Teil des Portals, zog sich über ihnen zusammen wie eine schwarze, erstickende Decke. »Bei den Göttern, sie werden die Ventilation bald wieder in Gang bringen müssen!« Ein Hustenanfall kündigte sich an. Ihre Augen tränten, und der Hals war rauh.

»Wir haben noch vier Liegeplätze vor uns bis zum nächsten Dock«, sagte Haral.

»Dort wartet eine Blockade auf uns«, warf Gilan ein. »Kif stehen zwischen uns und jedem Weg hier hinaus. Sicher halten Heckenschützen unsere eigenen Leute fest. Sikkukkut steht im Begriff, diesen Kampf zu *verlieren* ...«

»Das Pult«, sagte Pyanfar auf einmal und erhob sich auf die Knie. Sie entdeckte die Lagerkontrolltafel hinter sich, mit den kifischen Buchstaben, die für NOTFALL standen.

Sie riß die Platte auf und zog das Erste-Hilfe-Pack hervor. Plasmaschaum. Ein paar Kunststoffverbände. Sie schob den Inhalt Gilan Tahar zu. Keine Spritzen. Keine Klasse-zwei-Vorräte. Kein Sauerstoff.

Ein zweiter Blick nach oben. Eine Telefonstation war über ihnen zu erkennen, zugänglich, falls jemand sich weit genug aufrichten wollte, um sie zu bedienen. Und dabei den Kif ihre genaue Position angeben. Aber die Sirenen warnten vor unmittelbareren Gefahren. Der Rauch wurde dichter.

Pyanfar erhob sich auf die Knie und riskierte dann ihren Kopf, als sie aufstand, rasch nach dem Mikrophon griff und auf einen der vertieften Kanalknöpfe drückte. Die Verbindung kam nicht zustande. »Käpt'n!« schrie Haral erschrokken auf, als sie es mit der nächsten Eingabe versuchte.

»Götterverdammt kurze Schnur. *Stolz,* hallo *Stolz,* hört ihr mich?«

»Versuch es mit der *Mahijiru!*« schrie Haral unter Pyanfars Schulter hervor. »Und zieh den Kopf ein!«

»Käpt'n«, antwortete eine Hani-Stimme, heiser und schwach und von Störungen verzerrt. *»Was geht vor?«*

»Chur? *Chur?* Wo ist Tirun? Wir brauchen Hilfe ...«

Etwas fuhr pfeifend an ihrem Kopf vorbei und zerbarst hinter ihr, und jemand packte sie an den Beinen und zog sie heftig herunter. Haral hielt sie fest umklammert, als eine zweite Explosion die Ecke der Konsole wegriß und stechenden Rauch aufwirbelte. Irgendwo im Dunkeln über ihnen kreischte und ächzte verbogenes Metall protestierend, Zeichen von etwas Gewaltigem, das nachgab ...

»Das Portal bricht zusammen!« schrie Nif Angfylas. »Meine Götter, das Portal kommt herunter!«

Pyanfar rollte sich herum, als das metallene Geräusch zu einem schrillen Kreischen anstieg. Sie war nicht die einzige, die nach Haury langte; Tav Savuun hatte ihre Schwester am anderen Arm gepackt. Es erfolgte ein allgemeiner Zusammenstoß wohlmeinender Hilfe, und im Rauch über ihnen machte der Zusammenbruch des Portals kreischend Fortschritte, gefördert durch die unvermeidliche Drehung der

Station und die eigene stählerne Masse. Kabel fielen herab und peitschten wie Schlangen hin und her.

»Lauft!« brüllte Pyanfar, kämpfte sich auf die Beine und zog Haury mit. Ihre Knie schlotterten, als sie sich gegen das Gewicht stemmte. *»Lauft!«*

»Wo ist meine Tante?« schrie Hilfy die Ehrran an, durch den Lärm des Feuers und eines gewaltigen Zusammensturzes irgendwo weiter unten auf den Docks. »Welche Position haben sie? Habt ihr sie gesehen?«

»Irgendwo da draußen!« schrie die leitende Ehrran-Crewfrau zurück und deutete in den stechenden Rauch. »Woher sollte ich das wissen?« Der Unterkiefer klappte ihr herab, als Tully zusammen mit Geran herankeuchte. »Meine Götter – ihr Dummköpfe!«

Hilfy streckte abrupt einen Arm aus; Tully entzog sich dem Griff der Ehrran, indem er tief einatmete und sich wegdrehte – und Hilfy warf sich dem Ehrran-Offizier mit einem harten Bodycheck in den Weg.

»Du Bastardwelpe!« Die Ehrran harkte mit den Krallen der linken Hand voll in Hilfys Schulter, und da schoß aus dem Nichts heraus ein heftiger Schlag an Hilfys Schulter vorbei, und die Ehrran taumelte mit einem Fluch rückwärts.

Es war Tiruns Arm. Sie hatte die Ohren angelegt und hielt eine AP in der anderen Hand.

»Lauft!« schrie Pyanfar, als sie sah, wie das Portal donnernd niederkrachte und in Stücken über das Dock hüpfte, als wäre es auf perverse Weise lebendig, mal auf die kifischen Stellungen zu, mal auf ihre eigenen, zerbrochen und die Teile an mehreren Stellen in eigenständiger Bewegung. Rauch wogte unter der Erschütterung auf.

Und einen kostbaren Augenblick lang verweilte diese willkürliche Gewalt auf dem Dock, so groß wie die der Kif, und sie sprang auf die Kif zu.

»Lauft!« schrie Pyanfar wieder. Die Tahar packten Haury an beiden Armen und humpelten weiter. Pyanfar erübrigte

einen Schuß aus ihrer kostbaren Munition für die gegenüberliegende Docksseite, damit die Kif ihre Köpfe unten behielten. Haral feuerte ebenfalls noch eine ihrer schwindenden Salven ab, und Gilan Tahar tat als dritte dasselbe, während sie davoneilten und in die Deckung sprangen, die die herabstürzenden Trümmer ihnen boten.

»Lassen Sie das!« schrie Tirun den Ehrran-Offizier an. »Sparen Sie sich das für später auf, Ehrran – wir haben ernste Probleme hier unten! Wenn Sie später darüber reden wollen, schön. Aber wir wollen unsere Leute erst einmal dort hinten vom Dock holen!«

»Das ist Tahar!« Die Ehrran deutete auf Dur Tahar. »Bei den Göttern, Chanur ...«

»Sparen Sie sich das!« brüllte Tirun. »Klären Sie das später, klar? Sie sprechen mit dem leitenden Offizier eines Schiffes, Frau, und Hani-Leben stehen auf dem Spiel!«

»Chanur-Patente zählen für mich nicht. Sie haben einen Mann mit herausgebracht, der Waffen trägt, Sie haben einen fremden Nichtbürger und eine bekannte Flüchtige in Waffen ...« Die Ehrran hob ihre Waffe. »Sie alle stehen unter Arrest!«

»Sie verfluchte Irre!« brüllte Khym und stapfte nach vorn. Ein Schuß ging los, und Khym wirbelte halb herum ...

»Ihr Götter!« schrie Hilfy auf. Ihre Muskeln reagierten automatisch, und sie sprang im selben Moment los wie Geran, Tirun und Tully.

Aber Khym hatte zu keinem Zeitpunkt innegehalten. Er warf sich ganz herum und landete einen weit ausholenden Schlag. Die Ehrran flog über das Dock wie ein Bündel Lumpen. Hilfys Ziel hatte den Mund noch offenstehen, als Hilfy sie mit dem Knie in den unvorbereiteten Bauch traf. Dann zwang sie die Ehrran dazu, sich wieder aufzurichten, indem sie ihr einen Pistolenlauf unter das Kinn hielt, und schob sie zurück. »Es ist eine AP«, knurrte Hilfy für den Fall, daß die Ehrran irgendwelche Zweifel hegte, was sie an ihren Unterkiefer drückte. »Laß deine Waffe fallen – *laß sie fallen!*«

Die Frau rollte mit den Augen, und die Waffe polterte zu Boden. Hilfy stieß die Frau weg. Die Ehrran zerstreuten sich in wilder Flucht, und nur zwei verweilten noch, um ihre bewußtlose Anführerin aufzuheben. Tully rappelte sich wieder vom Boden auf; er blutete aus der Nase und stand schwankend auf den Beinen, aber er hielt die Pistole noch in der Hand, und die letzte Ehrran rannte davon. Hilfy holte tief Luft und zielte mit der AP mitten unter die Fliehenden ...

Ihr Finger erstarrte. Ihre Hand zitterte. Keiner von ihnen schoß. Keiner von ihnen. Die Schwarzhosen überquerten den offenen Bereich und stießen auf eine Gruppe heranrükkender Mahendo'sat, die aus ihrer Deckung hervorgekommen waren.

»Mahend' nai casheni-te!« rief Tirun ihnen zu. »Hai na Jik!«

»Pau nai!« kam der Antwortruf, begleitet von winkenden Armen. *Wartet!*

»Zur Hölle mit euch, *helft uns!*«

Schüsse prasselten auf das Dock. Die Mahendo'sat stürzten sich in wirrem Durcheinander wieder in ihre Deckung.

»Verdammt noch mal!« schrie Tirun. Es war nicht mehr ihre Stimme, sondern nur noch ein heiseres, versagendes Geräusch. Und sie sprangen selbst ebenfalls in Deckung.

»Alles in Ordnung mit dir, Khym?« fragte Geran.

»Uhhh«, brummte er, die Hand auf dem Oberarm. Blut sickerte unter ihr hervor. Seine Augen waren dunkel und schrecklich anzusehen. »Gehen wir weiter.«

»Kommt!« sagte Tirun und sprang auf. Weiter die Docks entlang! Hinein in den Kampf! Der einzige Weg, für den sie alle sich entschieden.

»Wo steckt Tahar?« schrie Hilfy, die den Kapitän plötzlich vermißte, während sie weiterliefen. »Tirun, Tahar ...«

»Gehen!« rief Tully und winkte mit einem Arm, um ihr die Richtung anzuzeigen. Er schnappte nach Luft, während er versuchte, mit ihnen Schritt zu halten. »Tahar gehen!«

Die Richtung, in die er wies, war auch ihre.

Pyanfar blieb stehen, drehte sich um und feuerte einen weiteren Schuß auf die Innenwand der Docks ab, deckte damit die drei, die Haury Savuun trugen, plazierte sich selbst und eine weitere ihrer letzten Salven zwischen Haurys allzu preisgegebene Person und das Risiko eines weiteren Schusses.

Der kam aus halbhoher Position und explodierte an dem niedergestürzten Portal zu einem Hagel aus Fragmenten. Ein zweiter Schuß ging an Pyanfar vorbei und traf die hintere Wand. Pyanfar schwankte und warf sich in das bißchen Deckung, das sich ihnen hier bot, wischte sich über die vernebelten Augen.

»Wir müssen weiter«, schrie sie und schob Nif zur Seite, um Haurys schlaffen Arm mit einer Hand zu packen. »Wir haben keine andere Wahl; uns bietet sich nirgendwo mehr Deckung ...«

»Wo bleibt Jik?« keuchte Haral, während sie weiterliefen, als ein Schuß krachend die gegenüberliegende Wand traf und etwas dahinter explodierte. »Mögen die Götter den Kerl verdammen, wo *bleibt* er nur?«

Wo bleibt Tirun? übersetzte Pyanfar das für sich. Haral stellte diese Frage nicht. Keine von ihnen fragte sich das laut.

Und von oben, von überall her donnerte es über die Rundspruchanlage: »... Ktogot ktoti nakekkekt makthaikki ... kothoggi gothikkt nakst ... sotkot naikkta ... hakkikktu ... skthsikki ... nak sogkt makgoth Kefku ...«

»Sikkukkut – beansprucht – den Sieg – für sich«, keuchte Naun Tahar, die sich mit dem an sie gelehnten Gewicht Canfy Maurns dahinschleppte.

»Ich wünsche ihm viel Glück«, keuchte Pyanfar und packte Canfy von der anderen Seite, als sie ins Stolpern geriet.

Und blieb stehen und blinzelte in dem Rauch ihre Tränen weg. Eine einzelne Gestalt rannte auf sie sie, eine bewaffnete Hani.

VIERZEHNTES KAPITEL

»Ihr Götter!« schrie Pyanfar. »Das ist Dur! *Tahar! Wo sind die anderen?* «

Dur Tahar schrie irgendeine Antwort und sprintete durch die Feuerzone zu Gilan Tahar – zwei Kusinen in dem stechenden Rauch, Gilan und Vihan, die entferntere Verwandte; hastige Umarmungen folgten ... Dur drehte sich um, als Pyanfar mit Canfy im Schlepptau herbeikam und auch Haral herbeilief und sich bei jedem dritten Schritt zu der verdunkelten Wandseite umsah, von wo aus die Heckenschützen ihr Werk unvermindert fortsetzten.

»Wo?« fragte Pyanfar Dur Tahar. »Götterverdammt, *wo steckt meine Besatzung?* «

»Ehrran ...«, keuchte Tahar, drehte sich rasch um und packte sie an beiden Armen. »Sie sind mit Ehrran aneinandergeraten – Pyanfar ...« Tahar schnappte nach einer zweiten Mundvoll Luft. *»Kommen Sie!«*

Pyanfar musterte sie von Kopf bis Fuß in der Hoffnung, AP-Munition zu entdecken, fand aber nichts; nichts außer der kleinen Pistole, die ihr Tahar an den Arm drückte. Ihr sank der Mut. »Tahar, wo bleibt Jik? Haben Sie Jik oder Ismehanan-min gesehen?«

»Die götterverdammten Mahendo'sat sind dort hinten auf dem Dock und halten nur ihre eigenen Stellungen ... Mehr weiß ich nicht ...«

»Käpt'n!« rief Haral, und Pyanfar blickte an Tahars Schulter vorbei und entdeckte weitere Gestalten, die auf sie zukamen, rotbraune Pelze und ein weißes Hemd, das wie ein natürliches Ziel in dem Rauch leuchtete.

»Verdammt!« schrie Pyanfar ihnen entgegen. »Hier stekken überall Heckenschützen! *Lauft!* «

Das Herz klopfte ihr bis zum Hals, als ihre eigene Crew durch den Rauch gestürmt kam, Tirun, Geran, Hilfy, Khym und Tully, alle bewaffnet. Khym blutete aus einem Arm und Hilfy aus einer Wade, und Tirun humpelte hinter den anderen her und schnitt vor Schmerz Grimassen.

»Was hat euch denn aufgehalten?« schrie Haral ihre Schwester an.

»He«, entgegnete Tirun, die keuchend vor Haral stehenblieb und hinter sich auf das rauchverhangene Dock zeigte. »Was willst du eigentlich? Nächstesmal, wenn du eine Party veranstaltest, Hal, gib uns um der Götter willen die Adresse!«

»Verschwinden wir von hier!« schrie Pyanfar und winkte. »Helft den Verwundeten hoch, und sehen wir zu, daß wir von hier wegkommen!«

Khym hob Haury Savuun hoch und vertropfte sein Blut auf sie beide, und Tirun und Geran legten jede einen Arm um Canfy Maurn, als sie Verstand und Atem wiederfanden und durch den Rauch und den Lärm der Sirenen liefen. Der tiefe schnarrende Baß der Sirenen, die von Dockskatastrophen kündeten, wechselte sich ab mit dem Klicken und Zischen und Dröhnen kifischer Drohungen und Anweisungen.

Das plötzliche Aufflammen von Natriumlicht durchbrach die Rauchschleier links von ihnen, ganz in der Nähe, ein Licht, in dem Schatten wimmelten, Gestalten in Gewändern, die aus einem Schiffseingang herausströmten.

Einhundert Kif, eine ganze Schiffsbesatzung eilte auf sie zu, gerufen von irgend jemandem, oder sie hatte sich endlich entschlossen, auf welche Seite sie sich schlagen wollte. Neue, schrill klingende Sirenen machten sich bemerkbar. Schüsse hagelten von der Seite her um sie herum, als andere Kif auf die Neuankömmlinge schossen.

»Rennt!« schrie Pyanfar und schlug humpelnd eine neue Richtung ein. Sie drehte sich dabei noch einmal um und setzte ihren letzten Schuß dorthin, wo er etwas bewirkte, in die am dichtesten besetzte Schützenstellung, die ihnen ihre Schüsse um die Ohren jagte. Sie wandte sich wieder um und rannte weiter, atemlos und fast blind, näherte sich einer

Anordnung von Stützpfeilern in der Nähe eines zentralen Frachtschachtes, wo ein Förderband in die oberen Stockwerke der Station hinaufführte.

Und blieb abrupt stehen, als sie die Ecke umrundete und die Kif-Gruppe vor sich stehen sah. APs wurden auf sie angelegt, die mit leerer Waffe dastand.

Verdammt, fand sie noch Zeit zu denken, von tiefem Selbstabscheu erfüllt.

Ein AP-Geschoß landete mitten zwischen den Kif. Pyanfar riß instinktiv den Unterarm hoch, um die Augen zu schützen. Ihre Beine schleuderten sie zur Seite und mit ausgestreckten Gliedern zu Boden, um die feindlichen Schützen zu verwirren. Und dann drehte sie sich wieder um und erhob sich auf die Knie, starrte zu einem einzelnen stehenden Kif hinauf, der seine AP zur Seite gerichtet hielt und sich so im Kreis drehte, ein nicht am Kampf Beteiligter neben dem rauchenden Haufen fünf früherer Gefährten.

»Kapitän«, sagte Skkukuk so fröhlich, wie sie nur je einen Kif hatte reden hören, etwa zu dem Zeitpunkt, als ihre Crew heranströmte und eine schützende Mauer um sie bildete.

Pyanfar kämpfte sich auf die Beine und schlug dabei fast wieder hin, aber Tully, der ihr am nächsten stand, packte sie am Arm und half ihr, das Gleichgewicht zu halten.

»Ich fürchtete Verrat«, sagte Skkukuk mit einem Wink zum Rest der Besatzung. »Also folgte ich meinem eigenen Weg, Kapitän, um Ihnen zu dienen.«

»Mögen die Götter uns bewahren«, brummte Tirun.

»Ich würde empfehlen«, sagte Skkukuk, »daß wir zum Schiff zurückkehren. Der *Hakkikt* Sikkukkut wird Sie für diese Klugheit belohnen.«

»Du bist sein verdammter Agent!« schrie Pyanfar.

Seine dunklen Ärmel bauschten sich, als er mit der Waffenhand zu dem rauchenden Haufen Kif-Leichen deutete. »Hatte ich Ihnen nicht meine Waffen angeboten? Ich bin *Skku* von Chanur und niemandem sonst, und ich habe Ihnen Ihre Feinde übergeben.« Skkukuk drehte sich um und deutete über die Docks zu ihrem Liegeplatz. »Die Mahendo'sat haben die Docks ein Stück weiter unten gesichert. Kommen Sie, ich zeige Ihnen einen sicheren Weg!«

»Dann geh!« sagte Pyanfar benommen. »Los!«

»Halten Sie mir die vom Hals!« forderte Skkukuk und deutete mit einer Kralle auf Hilfy. »Sie ...«

»Du verfluchtes Stück Dreck!« schrie Hilfy und lief auf ihn zu, aber Pyanfar packte sie am Arm. »*Mach* schon!« schrie Pyanfar den Kif an.

Er drehte sich um und huschte hinter eine andere Dekkung. »Los!« sagte Pyanfar, die Hilfy immer noch am Arm festhielt, sie aber jetzt wegschubste. Sie überholte sie auf der Spur des Kif, der wie ein schwarzer Schatten durch den Rauch huschte.

Ein dumpfer Schlag ertönte, und über ihnen gingen die Lichter wieder an. Das ferne Surren der Ventilatoren setzte wieder ein. Die Kefk-Station versuchte zu überleben. Ein Lautsprecher plärrte, blieb aber unverständlich in dem übrigen Lärm.

Die Schüsse hörten auf einmal auf. Als hätte plötzlich die Entropie eingesetzt – abnehmende Organisation und zunehmendes Bedürfnis auf seiten der Kif, die noch am Ausgang der Angelegenheit beteiligt waren, am Leben zu bleiben, mit welchen Gewinnen auch immer. An diesem Punkt ging es nur noch um Verteidigung.

Dem Kif folgen. Dem Kif vertrauen, der ihr die Haut gerettet hatte. Sie waren jetzt in Kom-Reichweite der *Stolz.* Pyanfar griff nach ihrem Taschenkom, während sie humpelnd dahintrabte, hustete und blinzelte in dem Rauch, der ihr in die Augen stach, und sie hoffte bei allen Göttern, daß die anderen noch vollzählig hinter ihr waren, während sie dem leichtfüßigen Kif von Deckung zu Deckung folgte. »Chur«, keuchte sie in den Kom. »Chur, ich bin es, Pyanfar – hörst du mich?«

Keine Antwort.

Ein Dutzend Schritte weiter. »*Chur!*«

Der Kom schwieg. Er konnte bei einem Sturz kaputtgegangen sein. Er konnte ...

Skkukuk blieb im Schutz einer Trägeranordnung plötzlich stehen und drückte sich eng daran. Die Blitze stroboskopischer Lampen beleuchteten weiter vorne den Rauch; die Lichter liefen in aufeinanderfolgenden Kreisen bis zur Decke hinauf, ein Anblick, der geeignet war, das Herz eines Raumfahrers in Eis zu verwandeln.

Auf einmal erbebte die gesamte Station. Pyanfar ruderte mit den Armen wild ums Gleichgwicht und fand es neben Skkukuk. Rollen und hydraulische Anlagen dröhnten, und ein Luftschock schlug zu, daß ihr die Ohren weh taten.

»Oh, ihr Götter«, sagte sie, an die Säule gelehnt. Sie blickte hinaus zu der dahinwogenden Wolke, während die übrigen Besatzungsmitglieder sie einholten. Die großen Tore des Sektionsverschlusses hatten sich geschlossen. Das Dock der *Stolz*, der *Mahijiru* und der *Wachsamkeit* – auch der *Aja Jin*. Und sie waren ausgesperrt!

»Was ...« Khyms Stimme klang keuchend, gedämpft und eingeschüchtert. Er lehnte sich mit dem Rücken an die Kreuzstrebe des Trägers und schnappte nach Luft. Haury hing schlaff in seinen Armen. »Was ist passiert?«

»Ich weiß nicht«, antwortete Pyanfar. Die ganze Station wirkte auf einmal ruhig. Die Sirenen waren verstummt. »Ein Loch könnte entstanden sein ...« Die *Stolz*. O ihr Götter. »Wir sind abgeschnitten.« Sie versuchte es wieder mit dem Taschenkom. »Chur, Chur, empfängst du mich?«

Sie rechnete nicht mit einer Antwort. Sie erhielt auch keine. Sie schaltete das Gerät wieder auf Bereitschaft und blickte zufällig in Gerans Augen. »Wahrscheinlich komme ich nicht durch«, sagte sie in einem Atemzug. »Die Reichweite ist durch den Verschluß nur marginal ...«

»Ktiot ktkijik!« donnerte die Rundspruchanlage. *NOTFALL!* Und sie redete in einem fort weiter ... Skkukuk hob das dunkle, lange Gesicht, um besser zu hören, aber die kifischen Worte wurden durch die Echos entstellt.

Aus Lautsprechern in einer anderen Richtung drang nun auch eine Durchsage, ebenfalls kifisch. Sie kam aus Bodenhöhe.

»Käpt'n!« Haral packte sie am Arm und streckte die Hand aus, wies damit auf vier hell gekleidete Mahendo'sat, die ihre Deckung verlassen hatten und auf sie zuliefen.

Verzweifelt.

»Verdammt«, sagte Pyanfar. *»Jik,* Jik, Sie ohrenloser Bastard ... *Was geht dort eigentlich vor?«*

Jik lief nach Luft schnappend zu ihr und packte sie an den Armen. Er war ganz außer Atemn. »Sie kommen – müssen gehen – anderes Richtung. Können nicht gehen Schiff, nicht gehen Schiff ...«

»Was ist dort drüben geschehen?«

»Haben Probleme. *Wachsamkeit* ... ich denken, sie haben sich losgerissen aus Dock. Ich denke, sie gehen – gehen Treffpunkt.«

»Wo ist die *Mahijiru?* Was tut denn die *Aja Jin,* um der Götter willen? Haben Sie Kontakt? Schießen Sie ihr eine Generatorfläche ab! Halten Sie sie auf!«

Jik blinzelte und schnappte nach Luft. »Ich verlieren Kontakt *Aja Jin. Mahijiru* fahren hoch Energie. *Mahijiru – Wachsamkeit* gehen.«

»Er ist hinter ihr her.«

»Er nicht schießen, nicht schießen. Pyanfar, ich nicht wissen, was er tun ... *Wir müssen verschwinden von Dock, müssen verschwinden von Dock! Mein Partner – er ... er nicht schießen!«*

»Sie meinen, er fliegt *mit* ihr? Er fliegt zusammen mit der *Wachsamkeit* ab?«

»Ah«, keuchte Jik und schüttelte sie. »Wir haben – Problem ...«

»Kkkt«, warf Skkukuk ein. »Eine Untertreibung. Der *Hakkikt* wird heute nicht zufrieden sein mit Mahendo'sat oder Hani.«

»Sei *still!«* knurrte Pyanfar, und Skkukuk zog den Kopf zwischen die Schultern.

»Sehen Sie sich einmal um!« sagte er.

»Uhh«, sagte Haral, und Pyanfar sah sich um.

Schatten tauchten überall in den Rauchschleiern auf, Schatten in Gewändern, die sich ihnen mit Vorsicht und

Bedacht aus allen Richtungen näherten. Und ihre Gewehre anlegten.

»Da sie nicht schießen«, vermutete Skkukuk, »sind es wohl Leute des *Hakkikt.* Sie werden uns zu Ihren Schiffen zurückbringen. Oder nicht, je nachdem, wie es dem *Hakkikt* beliebt. Kkkt. Ich baue darauf, daß Sie ihn während Ihres Gespräches mit ihm nicht beleidigt haben.«

»Hüten Sie sich vor Goldzahn«, murmelte Pyanfar abwesend. »Hüten Sie sich vor Ismehanan-min.«

»Was sagen?« fragte Jik. »Was reden, Pyanfar?«

»Das ist nicht von mir, sondern von Stle stles stlen. Der Stsho warnte mich auf dem Treffpunkt. Ganz zu Beginn. Ich habe viel für diesen Rat bezahlt. Sehr viel.« Sie steckte sich die leere Waffe ins Halfter und starrte den sich verengenden Ring aus Kif resigniert an. »Bleibt alle ruhig! Wir versuchen nur, die Waffen zu behalten, wenn es irgendwie geht.«

»Kkkkt. Parini, *Ker* Pyanfar?«

»Gerne, *Hakkikt.*« Pyanfar streckte eine rußige und mit angetrocknetem Blut bedeckte Hand aus, als ein Diener einen Pokal neben sie stellte, hier in der matt beleuchteten Halle des *Hakkikt.*

Wieder am Anfang. Das Blut und der Gestank der Docks klebten noch an ihnen. Sie bluteten aus ihren Wunden. Der *Hakkikt* hatte sich entweder dafür entschieden, seine Nase zu beleidigen, oder er genoß den Schweiß und das Unbehagen der Gegenseite.

Sie waren *alle* da – auch Hilfy und Tully –, saßen an Sikkukkuts niedrigem Tisch auf insektenbeinigen Stühlen, Haral, Dur Tahar, Jik; und die übrigen Angehörigen aller drei Besatzungen, Hani und Mahendo'sat gleichermaßen, standen hinter ihnen in den Schatten entlang der Wände zwischen bewaffneten Kif. Alle außer Haury Savuun. Die Kif hatten sie mitgenommen, hatten sich über alle Proteste hinweggesetzt, die sie so heftig vorgebracht hatten, wie sie nur wagten. Es hatte nichts genutzt. Es war sicherlich

Hohn, daß Hilfy und Tully als Gäste an Sikkukkuts Tisch saßen, zusammen mit Dur Tahar; und es war plumper Hohn, der Skkukuk einen Platz auf dem Boden nahe dem Stuhl des *Hakkikt* zugewiesen hatte, wo er zusammengekauert saß, die gewandten Knie bis an den kapuzenbedeckten Kopf gezogen, die Arme außer Sicht, ein sehr, sehr ruhiger Skkukuk, der sich so klein machte, wie er nur konnte.

Sikkukkut nippte an seinem Pokal. Der Inhalt war kein Parini. Dunkle Augen glitzerten. »Wenn ich in Zukunft noch einmal ein Dock zerstört haben will«, sagte er, »werde ich einfach meine Freundin Pyanfar einladen. Erst die Stsho, dann die Mahendo'sat, und jetzt die Kif. Sie sind ein teurer Gast.«

»Ich würde gerne Verbindung zu meinem Schiff aufnehmen.«

»Natürlich würden Sie. Kkkt. Chur Anify ist an Bord geblieben. Verwundet, sagen Sie. Aber vielleicht immer noch in der Lage, die Kontrollen zu bedienen. Wer weiß? Während die Besatzung, die Sie auf der *Aja Jin* zurückgelassen haben, Keia, buchstäblich komplett ist. Außer Ihnen und Ihren vier Begleitern. Sie und Ismehanan-min haben ihre Leute zur selben Zeit vom Dock zurückgezogen wie die *Wachsamkeit*. Um es direkt zu formulieren – *warum?*«

»Ah, weil ...« Jik fischte in seinem Beutel und brachte einen Rauchstengel und ein Feuerzeug zum Vorschein. Er steckte sich den Stengel zwischen die Lippen und zündete das Feuerzeug an.

»Tun Sie das nicht!« forderte Sikkukkut entschieden, und Jik hielt inne und sah ihn an, ließ das Feuer zunächst brennen und den Stengel kalt. »Tun Sie das nicht!« wiederholte Sikkukkut.

Jik regte sich für einen Moment nicht, als wäre er unschlüssig, schnippte das Feuerzeug flink aus, nahm den Stengel aus dem Mund und steckte die beiden Gegenstände wieder in den Beutel.

»Nun?« hakte Sikkukkut nach.

»Nummer eins sicheres Sache, daß *Wachsamkeit* machen Schwierigkeiten.« Jik deutete mit dem Daumen auf seine Leute hinten an der Wand und zeigte dann locker auf Tahar, die direkt neben ihm saß. »Ehrran gehen hinaus, sie denken, vielleicht bekommen Tahar in Hände. Wollen das sehr. Nicht gut versuchen. *Stolz* nicht lassen. Dinge gehen rasch schief, Schießen fangen an, diese Hani bekommen Rückkehrbefehl. Crew von *Stolz*, sie versuchen, finden Kapitän, ah? Versuchen überqueren Dock – sie selbes Zeit retten zufällig Haut von Ehrran-Leute. Diese laufen wie Teufel, gehen an Bord von Schiff. Als ich sehen Crew von *Wachsamkeit* verlassen Dock, ich werden sofort nervös.«

»Sie wüßten, was Ehrran tun würde.« Sikkukkut nippte an seinem Pokal und fuhr sich mit der Zunge genüßlich über die Lippen. »Nun, während wir hier gemütlich zusammensitzen, ist die *Wachsamkeit* auf dem Weg nach draußen, mit Kurs auf den Treffpunkt, ganz ohne Zweifel. Ihr Kollege und Partner Ismehanan-min folgt ihr dicht auf den Fersen, aber von keiner Seite wird ein Schuß abgefeuert. Überrascht Sie das, Keia?«

»Verdammt sicher mich überraschen«, versetzte Jik finster.

»Und Sie, *Ker* Pyanfar?«

Pyanfar senkte die Ohren. »*Hakkikt*, ich sagte Ihnen schon früher, was Ehrran tun wird, sobald sie die erste Chance dazu hat. Nein, ich bin überhaupt nicht überrascht.«

Das gefiel dem *Hakkikt* gar nicht. Pyanfar sah die Spannung in der Hand, mit der er den Pokal hielt, und das Relief von Sehnen und Adern unter der dunklen, grauen Haut. Aber dann hob er die Schnauze wieder elegant vom Pokal. Die dunklen Augen blinzelten offen. »Was würden Sie unternehmen, *Skth skku?*«

Mein Vasall. – Pyanfar legte die Ohren noch flacher. »Das, was nötig ist. Der *Hakkikt* bedarf meines Rates nicht, aber unsere Motive stimmen nach wie vor überein. *Pukkukkta.* Ehrran hat eindeutig vor, uns zu töten, und ich habe nicht vor, ihr ein unbewegliches Ziel zu bieten. Mit Ihrer Erlaubnis, *Hakkikt.* Was ich sagte, bevor die Kämpfe begannen, ist immer noch wahr.«

»Sktothk nef mahe fikt.« Eine Pistole wurde ganz in der Nähe entsichert. Eine Wache hielt sie an Jiks Kopf, aber Jik zuckte nicht einmal zusammen, sondern griff nach seinem Wein und nahm bedächtig einen Schluck.

»Vertrauen Sie unserem Freund Keia?« fragte Sikkukkut.

»*Er* ist noch da. Er ist hereingelegt worden, genau wie wir.«

»Wirklich? Zweite Frage. Ist er *mein* Freund?«

»Wie immer«, sagte Jik und neigte seinen gefährdeten Kopf. Die Fröhlichkeit war einem Stirnrunzeln gewichen. »*Hakkikt,* langes Zeit ich arbeiten mit Ana Ismehanan-min. Er manchmal verrückt. Ich denken, er haben vielleicht Idee, vielleicht gehen nach dieses Ort ...«

»*Menschen.*« Sikkukkut beugte sich vor, stellte den Pokal auf den niedrigen Tisch und stützte sich mit den Händen auf die Knie, die lange Schnauze vorgeschoben. »Ismehanan-min weiß ganz genau, wofür er arbeitet. Für *mahen* Interessen – die vielleicht sehr wenig mit meinen zu tun haben. Oder sogar mit Ihren, *Ker* Pyanfar. Ich frage mich, was diese beiden miteinander besprochen haben, bevor Ismehanan-min das Dock verließ. Ich frage mich, welche Absprachen bestehen. Wissen *Sie* vielleicht etwas von diesen Dingen?«

»Ich habe Goldzahn nie als sehr mitteilsam erlebt, was seine Pläne anging.« Sie zitterte fast vor Erschöpfung, oder vielleicht lag es auch an der Kälte oder an dem übelkeiterregenden Schrecken vor dem schmalen Pfad, auf dem sie sich bewegten, davor, wo er sich vielleicht als nächstes hinwandte. Die Pistole blieb dicht an Jiks Kopf. Pyanfar hatte das Gefühl, als läge ihr Eis im Magen, und die Nase lief. »Er hat Jik hier zurückgelassen. Also hat er Jik auch nichts gesagt. Genausowenig wie mir. Er vertraute mir nicht bei dem, was er im Schilde führte.«

»Aber er vertraute – und mir gefällt diese Vorstellung überhaupt nicht –, er *vertraute* dieser Rhif Ehrran.«

2·87·1

»Das muß nicht sein, *Hakkikt*. Ich glaube nicht, daß er irgend jemandem *vertraut*.«

»Aber Ehrran hat ein Schiff auf den Fersen, und nach den neuesten Berichten nimmt sie es nicht unter Feuer. Ist das typisch für sie?«

»Ja, das ist es, falls es sich bei dem Verfolger um ein Jägerschiff handelt. Sie ist nur auf Docks tapfer. Welchen Stil sie im Raum pflegt, habe ich noch nicht erlebt, aber ich weiß, daß sie sich in einem Kampf nicht mit Goldzahn messen kann. Das wäre auch völlig *unmöglich*, wenn er erstmal in einer günstigen Position ist. Phantastisches Schiff, phantastische Computer, phantastische Programme. Programme für alles. Aber ich würde nicht auf die Waffensysteme der *Wachsamkeit* wetten, wenn es gegen die *Mahijiru* geht, und ganz sicher auch nicht auf die Besatzung. Offensichtlich ist Ehrran da ganz meiner Ansicht.«

»Es gibt noch eine andere Möglichkeit. Ismehanan-min ist an Bord der *Wachsamkeit* gegangen, als er im Hafen war.«

Pyanfars Ohren richteten sich auf. Es erforderte keine Schauspielerei. »Nachdem er bei mir war, oder vorher, *Hakkikt?*«

»Danach. Kommt Ihnen dabei ein Gedanke?«

»Es hätte immer noch um unser Gesprächsthema gehen können.« Der Schweiß brannte in ihren Wunden. An der Wand sank Canfy Tahar langsam zu Boden; sie wurde nicht ohnmächtig, sondern war einfach mit ihrer Kraft am Ende. Tav kniete sich neben sie, und die Kif richteten ihre Waffen auf die beiden. Die Gäste des *Hakkikt* trugen immer noch ihre eigenen Waffen – kifische Etikette. Aber sie hatten sie in den Halftern stecken, die Kif nicht.

Und die Pistole an Jiks Schläfe blieb dort. Er nippte vorsichtig an seinem Getränk und ignorierte sie. Aber auch das war kalkuliert und gefährlich.

»Ich bezweifle das«, meinte Sikkukkut. »Falls sie noch keine Partner sind, die im selben Bett schlafen, dann werden sie es bis zum Morgen sein. Lautet nicht so ein Hani-Sprichwort?«

Pyanfar blinzelte. »Ein hundertjähriges Kind. Das ist ein mahen Sprichwort. Langfristige Probleme, die aus einer einzelnen Handlung resultieren. Entweder macht Goldzahn einen schweren Fehler, *Hakkikt,* oder er handelt immer noch in Ihrem Interesse. Er wird den Treffpunkt anfliegen. Wo er nützlich ist. Und es ist nicht seine Art, sich mit Partnern zu konsultieren.«

»Was halten Sie davon, Keia?«

»Ich möchten jetzt rauchen, *Hakkikt.«*

»Antworten Sie!«

Jik wandte den Blick langsam Sikkukkut zu. »Pyanfar haben recht. Ich denken, Ana vielleicht haben Idee gehen dorthin, wo er können machen viele Schwierigkeiten.«

Sikkukkut zog die lange Nase ein wenig nach unten. Es war kein angenehmer Ausdruck. Er verschränkte die langen Finger unter dem vorgeschobenen Kiefer. »Kkkkt. Sollte ich die Feststellung treffen, daß ihre Position ungemütlich ist, Keia? Daß ich gegenwärtig damit konfrontiert bin, daß Schiffe auf den Sprung zueilen, um meine Feinde zu warnen? Daß diese ganze Ablenkung auf den Docks – *Ablenkung,* Keia – vielleicht nur dem Zweck diente, diesen beiden Schiffen Gelegenheit zur Flucht zu geben?«

»Es sein Kif, die haben gekämpft, *Hakkikt.«*

»Es sind Würmer, denen jede Initiative abging, bis jemand einen Zug machte! Erzählen Sie *mir* nichts von kifischen Motiven! Spielen Sie mir nicht den Unschuldigen, Mahe, oder Sie werden mich anders als höflich erleben!«

Pyanfar beugte die Krallen und versuchte nachzudenken, ohne sich von ihrem Herzklopfen ablenken zu lassen. Der Jägerblick versuchte sie zu überwältigen. Sie zwang die schwarzen Ränder zurück. »Sie waren mit ihm im Hafen.«

»Ihm«, sagte Sikkukkut scharf. Die Kif wandten ihre Aufmerksamkeit jetzt ihr zu, wechselten von einer Jägerfixierung zu ihr. »Wer?«

»Goldzahn war zur gleichen Zeit wie Rhif Ehrran auf dem Treffpunkt; zur gleichen Zeit wie Sie, *Hakkikt.* Ich frage mich, wer damals mit wem gesprochen hat. Sie selbst haben mit Goldzahn gesprochen. Er deutete es an. Aber wer hat mit den Stsho verhandelt? Und wer hat sich in den Stsho-Büros mit wem getroffen?«

»Nein«, sagte Sikkukkut in einem Ton, als hätte er etwas in seinem Mund umgewendet und sich entschlossen, es auszuspucken. Seine Augen brannten und waren voller Überlegungen. »Nein, ich billige den Stsho nicht soviel Mut zu.«

»Dann«, fuhr Pyanfar fort, »glaubten die Stsho aber wenigstens, sie wären in die Sache eingeweiht. Sie glaubten, sie wären der Jagd *voraus.* Oder führten die Jäger dorthin, wo sie sie haben wollten.«

»Vermutungen sind eine wacklige Brücke, *Ker* Pyanfar. Besonders, wenn das Wasser tief ist. Sie wollen mich ablenken. Sie sehen – ich kenne *Freundschaft.* Ich ordne es dort ein, wo ich auch *Märtyrertum* unterbringe – in die Kategorie von Begriffen, die zu kennen nützlich ist. Freundschaft – ist auch Gegenstand einer Neuordnung von Loyalität. Zu den ungünstigsten Augenblicken. Glauben Sie mir, ich verstehe etwas von den Erfordernissen des Wechsels von Treue und Vorteil. Operieren wir damit, ja? Überlegen wir uns einmal, was diesen Angriff auf mein Leben auslöste ... denn darum handelte es sich mit Gewißheit, überlegen wir uns, wie es dazu kam, daß es zufällig auch eine Flucht ermöglichte ... Die *Wachsamkeit* benutzte ihre Waffen, als sie sich von unserer Gesellschaft trennte, und zerstörte ein ganzes Dock, setzte es dem Vakuum aus, passenderweise, ohne daß es zu Verlusten unter Hani oder Mahendo'sat kam, wohl aber unter Kif. Bemerkenswerterweise waren Ihre Besatzung und die der *Mahijiru* und der *Aja Jin,* Keia, nicht auf diesem Dock, als es die Dekompression erfuhr, und natürlich auch nicht die der *Wachsamkeit.*«

»Wir befanden uns selbst nicht in einer vorteilhaften Position, *Hakkikt.*«

»Seien Sie still, *Ker* Pyanfar, und gestatten Sie es meinem alten Freund Keia, das zu erklären. Soll er mir mitteilen, wie die *Aja Jin* den Zeitpunkt so gut abpassen konnte. Wollen

Sie rauchen, Keia? *Tun* Sie es! Vielleicht hilft es Ihren Überlegungen.«

»Ah.« Jik griff in den Beutel, tat es vorsichtig, brachte mit seinen Bewegungen zum Ausdruck: Ich habe es nicht eilig. Ihr zwingt mich nicht.

Pyanfar sträubten sich die Nackenhaare angesichts der Geduld, die Sikkukkut auf einmal zeigte. Anschleichen und umkreisen. *Tun* Sie es! *Nehmen* Sie sich, was Sie möchten, und nehmen Sie es aus meiner Hand! Wenn ich es entscheide. Falls ich es entscheide. Ihre Sucht macht Sie verletzlich, und ich beherrsche sie, ich demonstriere sie den anderen, und Sie müssen es hinnehmen.

Und bald noch andere Dinge.

Sehen Sie, Jägerin Pyanfar, wie leicht und gefährlich der Sturz aus meiner Gunst ist.

Freundschaft und Verwandtschaft sind Ihre Sucht. Ich kann auch sie wie ein Messer in einer Wunde drehen.

Und als Hilfy lange und vorsichtig ausatmete, dachte sie: *Um der Götter willen, sitz still, Nichte!*

Der Rauch stieg auf, graue Schwaden vor dem orangefarbenen Natriumlicht. Und er kräuselte sich über Jiks Kopf, wurde von der Ventilation erfaßt. »Ich Ihnen erzählen«, sagte Jik leichthin, und bei den Göttern, er roch nur ganz leicht nach Angst, war standhaft genug dazu. Der starke Rauch überdeckte andere Gerüche – vielleicht eine raffinierte Kriegslist. »Ich sagen Ihnen, ich nicht glücklich. Ana sein altes Freund. Aber Politik machen Unterschiede. Wir sein Mahendo'sat, *Hakkikt*. Ich wissen, was er machen. Er gehen auf Nummer Sicher.« Er vollführte eine Geste mit dem Rauchstengel und steckte das Feuerzeug weg. »Er nennen mich Dummkopf. Vielleicht ich sein. Wir beide nicht vertrauen Ehrran. Ich wissen verdammt sicher, wenn Ehrran-Besatzung sich zurückziehen von Dock, wir bekommen Probleme. *Mahijiru* haben bereits dichtgemacht Luke. Ich schicken alles Besatzung an Bord, sagen laufen wie Teufel von Dock, versuchen bekommen verdammtes dummes Hani ...« Er deutete zu Pyanfar und über die

Schulter zu den anderen. »Sie gehen suchen Kapitän. Verdammt sicher *ich* nicht haben Möglichkeit, sie zu stoppen. Jedenfalls verdammt gutes Idee. Pyanfar sein wert-vol-les Verbündete. Vielleicht tun *Hakkikt* eine Gefallen, ah? Retten Pyanfar.« Wieder zog er intensiv an dem Rauchstengel. Der Rauch strömte langsam aus seiner Nase. »Mir *nicht* gefallen Idee, daß ganzes Besatzung von *Stolz* gehen hinaus – aber sie gehen rasch weg von Dock. Das Nummer eins gutes Idee. Ich nicht vertrauen Ehrran. Ich laufen wie Teufel, versuchen einfangen diese Hani. Nicht gut. Wir werden in Deckung getrieben. *Wir* haben nicht *Hakkikt*-Erlaubnis sein auf Dock, ah? Jedes verdammtes Dummkopf dort draußen versuchen erschießen uns. *Hani* kommen durch. Wir festsitzen. Also wir haben nur noch eines Aufgabe: Halten Weg offen für Hani, zurück zu Schiff. Wir tun. Wir hoffen, Ana sich kümmern um Ehrran. Ich denken er machen. Er *folgen* ihr. Ich immer noch hoffen, er haben gutes Idee. Vielleicht helfen. Er nicht gern sagen, was er machen. Das möglicherweise machen Freund sehr nervös. Vielleicht ich jetzt verdammt nervös, ah? Ich sein wie Sie, *Hakkikt*. Ich stets gern wissen, was machen mein Freund.«

»Ihr *Freund* hat Sie in einer prekären Lage zurückgelassen. Oder Sie haben sich entschlossen, zu bleiben und mich anzulügen.«

»Ah, nicht lügen. Müssen kennen Wahrheit, um zu lügen. Ich nicht wissen. Er nicht reden mit mir.«

»Was bedeutet, daß nichts Ihnen diese Wahrheit entreißen kann.«

»Nicht kennen. Wahrheit nicht kennen. Was wollen? Ich sagen geben Ihnen Kefk. Und ich geben.«

»Kefk ist zerstört, Keia. Es scheint mir ein zweifelhaftes Geschenk.«

»Sie haben vieles *Sfik*. Sie treten auf Kefk, gehen weg, nehmen viel größeres Beute, ah? Akkhtimakt nicht haben. Sie sein reich, Sie bringen in Ordnung, leicht.«

»Ah. Aber Sie gehen immer noch davon aus, daß Ismehanan-min uns am Treffpunkt unterstützen wird.«

»Er nicht mögen Akkhtimakt.«

»Das setze ich voraus. Sie selbst dienen Ihrer Persönlichkeit, und nicht mir. Genau wie er. Bedeutet das, daß ein Abkommen über Vorgehensweisen besteht?«

Jik zog wieder lange an seinem Stengel und sah sich dann um, wo er die Asche lassen konnte, fand aber nichts. Er schnippte sie auf den Boden. »Ich dienen Persönlichkeit. Ich sagen Ihnen offen, ich haben Grund, warum ich wollen Sie als *Hakkikt.* Ich denken, das sein gut für alle. So ich dienen Persönlichkeit. Dienen Ihnen. Gleichgewicht, *Hakkikt.* Sie sein Persönlichkeit, die wir an-er-ken-nen. Sie haben vieles *Sfik* bei Mahendo'sat. Dies sein verrückte Zeiten. Besser, wenn Kif haben gutes, gescheites Persönlichkeit, ah?«

»Schmeichelei, falsche Schmeichelei, Keia. Wieder ein Ablenkungsmanöver. Ich sage Ihnen, es ist Ihnen nicht gelungen, mich davon zu überzeugen, daß es Kif waren, die den Kampf auf den Docks begannen. Und dieser ...«

In der Dauer eines Augenblinzelns schoß Sikkukkuts Arm vor, und Wachen stürzten sich auf Skkukuk und rissen ihn hoch.

»Kkkt!« Skkukuks Protest kam tief aus der Kehle und klang gequält.

»Er gehört mir«, sagte Pyanfar gepreßt. *Weiche niemals zurück, gib niemals nach, erlaube niemals einem Kif, sich mit deinem Eigentum davonzumachen.* »Ein Geschenk von Ihnen, *Hakkikt.*«

Gefährlich, o ihr Götter, es war gefährlich! Aber es wäre auch gefährlich gewesen, zurückzuweichen, als sich dieses langschnauzige Gesicht ihr zuwandte.

»Er gehört auch weiter Ihnen«, sagte Sikkukkut.

»Er hat ein wenig *Sfik* gewonnen«, sagte Pyanfar, »als er in Ihrem Dienst dort draußen kämpfte. Ich möchte ihn gerne behalten.«

»Kothogot ktktak tkto fik nak fakakkt?«

Die Frage war an Skkukuk gerichtet, und dieser zog den Kopf zurück, als sehnte er sich weit weg, fort aus Sikkukkuts Blickfeld.

»Nak gothtak hani, hakkikta.«

»Nakt soghot puk mahendo'satkun?«

»Hukkta. Hukktaki soghotk. Hani gothok nak uman Taharkta makkt oktktaikki, hakkikta.«

– *Nein.* Es klang verzweifelt. *Ich habe nichts von einer geheimen Absprache mitbekommen. Die Hani stritt über den Besitz des Menschen und Tahars und ging, Hakkikt.*

Sikkukkut winkte. Die Wachen ließen Skkukuk los, und er brach neben dem Tisch zu einem zitternden Haufen zusammen, den Kopf tief gesenkt.

»So, er bezeugt Ihr Verhalten«, sagte Sikkukkut. »Ihr *Sfik* zieht ihn immer noch stark in Ihren Dienst. Ich frage mich, ob es Hoffnung auf Sie ist oder die Angst vor mir, was ihn so antreibt.«

»Er ist nützlich.«

»Und während wir uns unterhalten, beeilen sich die *Wachsamkeit* und Ismehanan-min, uns am Treffpunkt zu verraten. Was zieht sie dort so an, frage ich mich, das Ismehanan-min dazu bringt, Keia hier zu meinem Vergnügen zurückzulassen ... Erinnere ich mich korrekt an ein mahen Sprichwort, Keia, alter Freund, daß grüne Blätter im Sturm fallen und die stärkste Freundschaft in der Politik?«

»Langes Zeit Freund, Ana Ismehanan-min.«

»Aber er ist bereit, Sie sterben zu lassen.«

»Wie Sie sagen, Politik. Auch ...« Jik drückte den Rauchstengel aus und verstaute den Stummel in seinem Beutel. »Ana auch sehr verrückt mit mir.« Jik blickte auf, die Augen glänzend und verwundbar und ohne den geringsten Zweifel. »Er wissen, ich arbeiten mit Tc'a. Dummkopf, er sagen; Jik, du sein verdammtes Dummkopf, ziehen hinein Methanvolk. Ana, ich sagen, ich nicht haben großes Sorge, denn ich langes Zeit bereits reden mit Tc'a. Haben viele Tc'a kennen mich, langes Zeit schon. Ich wollen, daß Tc'a kommen her nach Kefk – schön. Vielleicht gefährlich. Ich jetzt denken, vielleicht haben Knnn Interesse. Vielleicht gut, vielleicht schlecht ...«

Oh, wie geschickt, Jik! Die Methanatmer-Verbindung. Das ist *etwas, was Sikkukkut fürchten muß. Um der Götter willen, übertreib es nicht!*

Jik zuckte die Achseln. »Also, Ana sein sehr aufgeregt. Knnn viel sich interessieren für dieses Menschensache. *Viel* Interesse!«

Tiefe Stille breitete sich aus. Pyanfar ertappte sich dabei, wie sie den Atem anhielt und nicht wagte, ihn wieder loszulassen. Sie hielt die Ohren reglos; und auch das verriet die Spannung, die die Körperhaltung aller im Raum zum Ausdruck brachte, der Kif und der Hani gleichermaßen. Tullys Augen huschten zu Jik, zu Pyanfar, zu den Kif, eine einsame, strahlend blau glitzernde Bewegung in einer grauschwarzen Welt.

»Ja«, sagte Sikkukkut, »sie zeigen Interesse. Und mir ist auch eingefallen, daß wir hier unter uns eine Informationsquelle haben. An diesem Tisch. Tully – du verstehst mich doch, Tully.«

Oh, ihr Götter! Pyanfar sah, wie Hilfy ganz leicht zusammenzuckte, sah die Spannung in ihren Muskeln, auch bei Tully und Haral – *sieh hierher, Tully!*

»Ich verstehen«, sagte Tully mit seiner besten Aussprache und sah Sikkukkut direkt an, ohne eine Pause oder einen Seitenblick, um Rat zu suchen. »Ich nicht wissen, *Hakkikt,* ich nicht kennen Route. Ich nicht wissen Zeit. Ich nur wissen, Menschen kommen schnell.«

Für eine geraume Weile starrte Sikkukkut ihn an, während Pyanfar beide betrachtete. Tullys Arme begannen sichtbar zu zittern, von den Händen auf den Knien ausgehend. »Du und ich, wir sind uns in dieser Angelegenheit bereits begegnet«, sagte Sikkukkut. »Aber wie flüssig du in der Sprache geworden bist!«

»Ich sein Crewmann, *Hakkikt,* auf der *Stolz.* Ich gehören zu Kapitän Pyanfar. Sie sagen reden, ich reden.«

Mögen die Götter uns helfen, sei vorsichtig, *Tully!*

»Wohin werden sie sich wahrscheinlich wenden?«

Jetzt blickte Tully zu ihr, ein ruhiger und doch verzweifelter Blick.

»Weißt du es?« fragte Pyanfar, gespielt, nicht gespielt. Er verblüffte sie unablässig. »Tully, verdammt, *rede!*«

Er wandte sich wieder Sikkukkut zu. »Ich nicht wissen. Ich denken, Menschen kommen zu Treffpunkt. Ich denken, daß Goldzahn wissen.«

»Kkkkt, ja. Das denke ich auch. Ebenso weiß es Akkhtimakt, der dieses Wissen deinen Schiffsgefährten entriß. Wer besitzt das, was dieser Überbringer bei sich hatte, eine Information, die sich zweifellos schon zu Stellen im mahen Raum ausgebreitet hat? Nun gelangt die Wahrheit aus der unwahrscheinlichsten Quelle zu uns. Du amüsierst mich, Tully, du amüsierst mich grenzenlos. Was soll ich mit Keia machen?«

»Freund«, sagte Tully ruhig und schlicht. Sein bestes Wort. Fast sein erstes Wort. Das Wort, auf das er zurückgriff, wenn er verloren war.

»Aber wessen?«

Schweigen trat ein. Blieb lange bestehen.

»Ich denke, daß Keia eine Zeitlang mein Gast sein wird. Kehren Sie zu Ihren Schiffen zurück! Ich werde Ihre Besatzung rechtzeitig freilassen, Keia, denn ich will den Betrieb Ihres Schiffes nicht beeinträchtigen. Und ich bin sicher, daß Ihr Erster Offizier vollkommen kompetent ist.«

Jik fummelte nach einem weiteren Rauchstengel. Niemand erhob Einwände. Er blickte seitlich in Pyanfars Richtung. *Gehen Sie!*

»In Ordnung«, sagte Pyanfar leise. »Verstehe ich richtig, daß wir entlassen sind, *Hakkikt?*«

»Nehmen Sie alles, was ich Ihnen gegeben habe. Sie werden über einen Leichter an Bord gehen. Der Dockszugang ist nicht benutzbar.«

»Verstanden.« Sie erhob sich von dem Insektenstuhl, hier in dieser Düsternis und dem orangefarbenen Licht. Sie winkte ihrer Besatzung und Tahar. Jik blieb sitzen, zündete sich seinen zweiten Rauchstengel an und machte ein Gesicht, als bliebe er hier in der alltäglichsten Gesellschaft zurück.

O ihr Götter, Jik, was soll ich sonst tun?

»Der *Hakkikt* hat mir *alles* zugesagt«, sagte Pyanfar zu der Wache, die Ohren angelegt und die Nase gerümpft. »Ich will die verwundete Hani. Savuun. Haury Savuun. Sie wissen sicher, wo sie ist. Bringen Sie sie!«

Sie machte Druck – so weit, wie sie es sich überhaupt erlauben konnte. »Ja«, antwortete der verantwortliche Kif steif. Völlig steif. Die Feindseligkeit war greifbar. Kein Haß. *Haß* stand nicht zur Debatte. Was der Kif tat, war abwägen, wieweit der Kredit der Fremden beim *Hakkikt* ging. Wann es ans Töten ging. Wann im Namen des *Hakkikt* vorzudringen oder sich zurückzuziehen war. Ein Kif machte nie zwei Fehler.

Ja. Er drehte sich um und erteilte die entsprechenden Befehle.

Darauf folgte ein schweigsamer Weg, hinab durch die Innenwelt der *Harukk* zur Hangar-Bucht. Sie empfanden keinerlei Erleichterung, bis sie schließlich unten beim großen Einstiegsraum angekommen waren und Haury mit dem anderen Aufzug ebenfalls eintraf. Sie war benommen und unsicher auf den Beinen, als sie herausgeführt wurde, aber mit Hilfe der Kif konnte sie sich humpelnd fortbewegen. Sie hob den Kopf; ihre Ohren richteten sich momentan auf und ihre Augen weiteten sich zu einem Ausdruck der Verwirrung. Dann wurde das Gesicht ausdruckslos, und ihre Augen schweiften umher, nahmen Freunde und Wachen und die Einstiegsschleuse wahr. Die Götter allein wußten, womit sie gerechnet hatte, als die Kif sie hinabfuhren, aber nur die Spannung um ihren Unterkiefer verriet immer noch Emotionen – eine Hani, die schon lange an Kif gewöhnt war, grimmig und schweigsam. Die fortwährend dasselbe Spiel spielte, das auch einen Kif am Leben hielt.

»Wir kommen hinaus«, sagte Dur Tahar, als Haury und ihre Wachen dicht herangekommen waren. »Ist alles in Ordnung mit dir?«

»Mir geht's gut«, sagte Haury mit einer Stimme, die nur noch heiser flüsterte. Das war alles. Sie warf Pyanfar einen langen, verschlossenen Blick zu, ließ sich dann anstelle der

Kif von ihrer Schwester Tav helfen. Verbände waren um ihre Rippen gewickelt, und Plasma bedeckte ihre Wunden. Immerhin hatten die Kif also etwas für sie getan ... mit wieviel Höflichkeit, war wieder eine andere Frage.

»Gehen Sie!« sagte der Kif auf den Docks und deutete mit einem Wink auf den Leichtereingang. »Der *Hakkikt* läßt Ihnen Grüße bestellen.«

Lob dem Hakkikt blieb Pyanfar im Hals stecken. Pyanfar gewährte dem Kif einen langen Blick, blieb mit den Händen im Gürtel, neben ihren leeren Waffen, stehen, während die beiden Besatzungen an Bord gingen. Haral wartete mit ihr. Sie gingen dann zusammen an Bord, hinab durch die kurze, dunkle Röhre und die Luke.

In dem Leichter benötigten sie keine Raumanzüge – dank den Göttern, denn nichts Kifisches hätte ihnen gepaßt. Pyanfar ging durch den Mittelgang in den matt beleuchteten Nutzraum, den hinteren Teil des Frachtleichters, dorthin, wo die Chanur und Tahar Seite an Seite auf den tiefen Bänken saßen. Weiter vorne gab der kifische Pilot der Startcrew mit Zischen, Klicken und gutturalen Lauten die Bestätigung durch. Pyanfar setzte sich und gurtete sich an, während der Leichter im Zuge der abschließenden Startvorbereitungen aufheulte und seine Luke zum Schiff hin schloß. Die Beleuchtung, soweit vorhanden, zeichnete den Piloten und den Kopiloten weiter vorne in grellem Orange und erzeugte Schatten, wenn sie sich bewegten. Die kalte Luft stank nach Ammoniak und Maschinen.

Niemand sagte etwas. Sie schwankten und hielten sich fest, als der Leichter über den Startbaum aus der Bucht fuhr. Dann ging es glatt weiter. Nicht einmal ein Beben war in den Armen zu spüren. Die *Harukk* war gut instandgehalten. Pyanfar merkte sich solche Einzelheiten, und sie erinnerte sich an die störrische Verladevorrichtung, mit der sich die *Stolz* jahrelang begnügt hatte. Dieses schlanke Killerschiff wies keine mechanischen Defekte auf. Nicht einmal kleine Fehler, auch nicht dort, wo sie weniger ins Gewicht gefallen wären. Aus solchen Einzelheiten konnte man etwas über einen Kapitän erfahren, und Pyanfar verstaute diese Information bei den übrigen Dingen, die sie über Sikkukkut an'nikktukktin wußte, Inquisitor für Akkukkak, Verschwörer von Mirkti, Prinz und Herr über das zerstörte Kefk.

Der Greifer des Startbaums klinkte sich mit dumpfem Hall aus und ließ sie frei in ihrer gepanzerten kleinen Nußschale, als der schattenhafte Pilot einen dünnen Arm ausstreckte und achtern einen leichten Schub einschaltete. Hinter ihrem eigenen Schatten und gleißenden Licht schob sich die massive Flanke eines benachbarten kifischen Schiffes vor die doppelte Sichtluke und schwenkte davon, als der Leichter gleichzeitig beschleunigte und manövrierte, die Rotationsebene verließ und es der Stationsdrehung überließ, die *Stolz* in Kopplungsposition zu bringen.

Wie arrogant, dachte Pyanfar, irritiert über das unbekümmerte Abflugmanöver. *Ein Fehler von dir.*

Großtuerei vor den Passagieren. Sikkukkut würde dem Piloten dafür die Haut abziehen. Dann erinnerte sie sich an die Zugangsrampe der *Harukk* und ihren schrecklichen Schmuck. *Buchstäblich. O ihr Götter, ihr Götter, Jik ...*

Kif redete mit Kif, als das Sichtfeld matter und schließlich dunkel wurde. Sie trieben jetzt im freien Fall. Von hier an oblag die Durchführung der heiklen Angelegenheit den bordeigenen Computern und Kefks Führung. Das unangenehmste Manöver überhaupt war es, sich an den Notfalleingang eines im Dock liegenden Schiffes zu koppeln; die Computer mußten sie dazu zwischen den Generatorflächen und Vorsprüngen der mit einem rotierenden Körper verbundenen Schiffe hindurchführen. Sie hatten nicht vor, den Kabelgreifer zu benutzen und sich hineinzuwinschen, sondern den eigenen Dockbaum der *Stolz* einzuschalten und mit Hilfe der von der *Stolz* bereitgestellten Energie einzufahren. Dazu brauchten sie einen Zugangscode, um Luke und Balken einzuschalten – ein kostbarer Schlüssel in den Computern der *Stolz,* der den Kif ausgehändigt werden mußte. Sie mußten ihn sofort verändern, sobald sie an Bord waren!

Wenn du mein Schiff beschädigst, du Hitzkopf, reiße ich dir die Ohren ab!

Es war leichter, sich über ein verpfuschtes Andockmanöver und einen Codewechsel Sorgen zu machen als über andere Dinge. Wie darüber, daß sie keine Verbindung zur *Stolz* bekamen. »Ihr Schiff antwortet nicht«, hatte der kifische Offizier gesagt, als sie ihn gebeten hatte, das Anlegeersuchen zu übermitteln. Und das bedeutete, daß Chur nicht antwortete. Daß sie nicht antworten *konnte.* Geran wußte es. Sie saß zwischen den anderen, schweigsam und verschlossen und ausdruckslos, als Pyanfar es riskierte, ihr einen Blick zuzuwerfen.

Das Chanur-Gut. Das Hoftor, als Geran und Chur eines Tages hereinkamen, jung und aufsehenerregend, wo immer sie mit ihrer zarten Anify-Schönheit auftauchten – Chur die Liebenswürdigkeit selbst, und Geran mürrisch und schweigsam, selbst dann, als Chur den Chanur-Lord um seine Gunst bat und um einen Platz im Chanur-Haushalt. »Paßt auf die beiden auf!« hatte der alte Lord gesagt, *Na* Dothon, Pyanfars Vater. »Paßt auf alle beide auf!« Auf Chur, stets zu einem Lächeln bereit, und auf Geran, stets bereit, das Messer zu ziehen.

Und es war das Messer, das jetzt Gerans Gedanken beherrschte. Blutfehde. Pyanfar wußte es. Sie kaute auf den Schnurrbartenden, erfüllt von Angst vor dem, was auf der *Stolz* auf sie wartete. Sie ärgerte sich über die Verzögerung, die das Benutzen eines Leichters mit sich brachte, und sie verabscheute die ganze Prozedur und die dunklen Hände der Kif in den Codes der *Stolz,* ihre Anwesenheit am verwundbaren unteren Eingang. Verbündete. Verbündete – während sie mit Jik taten, was nur die Götter wußten.

Verräter, war ein Wort, das ihr für Ana Ismehanan-min einfiel, neben anderen Worten. Inzwischen mußte die *Wachsamkeit* schon auf den Sprung zufliegen – eilig gefolgt von der *Mahijiru,* obwohl Goldzahn wußte – bei den Göttern *wußte,* daß er Jik in einer verzweifelten Situation zurückließ. Aber was er *nicht* wußte, war, daß er Jik als Gefangenen zurückgelassen hatte. Pyanfar weigerte sich zu glauben, daß Goldzahn sich darüber im klaren gewesen war, daß sein verdammter Dummkopf von Partner *nicht* mit seiner Crew sofort an Bord der *Aja Jin* gehen würde, daß der loyale Dummkopf statt dessen persönlich das Dock entlangeilte auf der Suche nach einer befreundeten Hani, um sie vor der Bedrohung durch die Docksbeschädigung und der Rache der Kif zu bewahren.

Und sich von den Kif fangen ließ. Allein.

Soje Kesurinan befehligte jetzt die *Aja Jin* – eine tüchtige Frau. Jiks Leute gehörten alle zur ersten Garnitur, und seine Stellvertreterin war alles andere als dumm. Und sie würde auch nicht zum Dummkopf werden, hoffte Pyanfar. Ihr Götter, wie sie das hoffte!

Verrat auf allen Seiten. Nur die Kif hatten niemanden verraten. Nur die Kif hatten zu ihrem Wort gestanden. Wie Skkukuk dort hinten, ein leicht zu vergessender Schattenhaufen am hintersten Ende des Leichters. Skkukuk, der bislang kein falsches Spiel mit ihnen getrieben hatte.

Loyalität?

Ihr Sfik *zieht ihn immer noch in Ihren Dienst,* hatte Sikkukkut über ihn gesagt.

Und sich im nächsten Atemzug gefragt, ob es die Alternative war, die Skkukuk zur Ergebenheit gegenüber seinem neuen Kapitän zwang.

Chur. Jik. Die Kälte der Luft drang Pyanfar durch die Haut, und sie saß wie betäubt da, während die Schwerkraftgewalt des Rollmanövers sie packte und eine gewaltige weiße Masse vor der Sichtluke auftauchte. Die Abbremsung wurde deutlich spürbar, als die weißen und schwarzen Stellen sich abwechselten – während die Stationsdrehung ein Kifschiff an ihrem Bug vorbeitrug. Es ging jetzt immer langsamer, und sie sanken immer weiter zu jenem Punkt hinab, den die *Stolz* erreichen würde, sobald die Station sie herantrug.

Sie würden den ersten Durchgang bereits ausnutzen, dank den Göttern. Keine Warterunde. Der Zugangscode

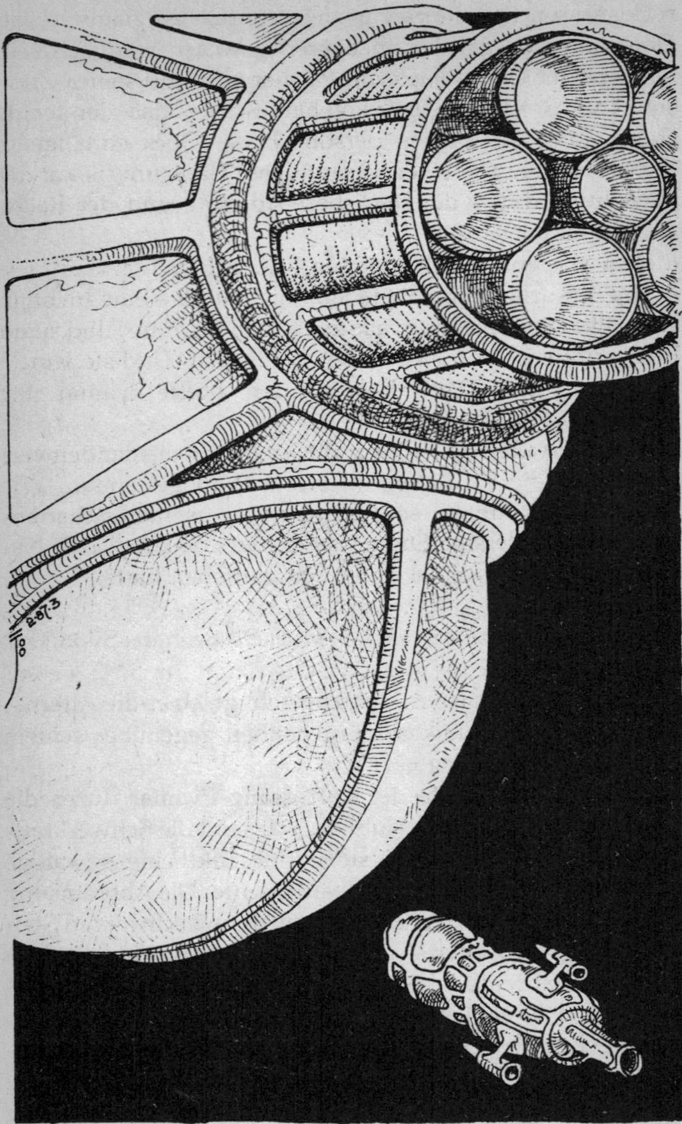
2.87.3

war sicher schon hinausgegangen. Die *Stolz* würde ihren Docksbaum ausgefahren haben und darauf warten, daß sie den Kontakt herstellten, würde ihren Bewegungen unablässig folgen und den Kegel exakt auf ihre Anflugrichtung einstellen.

Der Rand des Kegels kam heran, und er besaß gewaltige Dimensionen nach ihren Vergleichsmaßstäben. Der Kopilot streckte eine Hand aus, und die Hydraulik heulte auf, als sie die Dockssperren des Leichters ausfuhr. Sie umgaben den Bug ringförmig, um zu verhindern, daß der Kegel sie ganz verschluckte. Dann ging es hinein in das grün beleuchtete Innere.

Kontakt und leichter Rückprall der Hydraulik, als der Ring des Leichters die Erschütterung absorbierte und sich fest ankoppelte. Kein Kratzen oder Knirschen. Ein perfektes Manöver.

Arrogant und gut, gestand Pyanfar ein. *Aber wenn er das nicht wäre, dann wäre er auch kein* Harrukk-*Pilot, oder?* Ein Dutzend Sorgen nagten an ihr, stürzten auf einmal herein, als ihr die Ablenkungen ausgingen. Wieder heulten die Leichtersysteme auf. Ein Beben pflanzte sich durch das Boot fort, als der seit Jahren ungenutzte Baum der *Stolz* sie zur Luke im Schiffsrumpf zog, soweit, bis die Elektronik spürte, wieweit der Baum ausgefahren bleiben mußte.

Die Schwerkraft war jetzt stabil, als sie über den Baum der *Stolz* mit der rotierenden Station verbunden waren. Pyanfar schnallte sich los und tastete sich ihren Weg über Khyms und Harals Knie, bis die beiden sich auch losgurteten und den Weg zu Dur Tahar für sie freigaben. »Dur«, sagte Pyanfar, »Sie sind an Bord willkommen. Ich will Ihnen das noch einmal sagen. Wir haben immer noch etwas Zeit hier, das hoffe ich bei den Göttern.«

»Sie haben Ihre eigenen Probleme.«

»Wir verfügen über medizinische Einrichtungen. Die *Mondaufgang* ...«

»Wir sind gut genug ausgerüstet, um mit allem fertig zu werden. Wir haben einige gute Sachen dort. Piraterie –

macht sich bezahlt, Pyanfar. Wir kümmern uns um Haury. Und die anderen von uns.«

Pyanfar nickte und wollte gerade aufstehen und sich nach vorne arbeiten, als das Deck ruckte. Der endgültige Kontakt war hergestellt. Der Zugang ging wimmernd auf.

Dur Tahar packte sie am Arm. »Was Sie getan haben – daß Sie sich um meine Besatzung bemüht haben, daß Sie *bei* ihr geblieben sind ... Sie haben mir erzählt, wie Sie und Haral Haury über das Dock getragen haben ...«

»Ja, nun ...«

»He!« Die Hand packte fest zu. »Wollen Sie mein Wort, Chanur? Irgend etwas, was wir haben? Sie bekommen es.«

»Folgen Sie meiner Führung in dieser Sache?«

»Bei Herd und Blut, Chanur.«

Pyanfar nickte langsam. Manche Dinge konnten an Bord nicht ausgesprochen werden, wo jedes Wort, das sie flüsterten, aufgefangen oder aufgezeichnet wurde. Selbst Dialekte waren nicht sicher, denn möglicherweise gab es unter den Kif die entsprechenden Übersetzer. Und eine ganze Menge Dinge durften nicht angedeutet werden – wie Pläne für den Treffpunkt, und was sie tun würden, wenn sie feststellten, daß auf der Gegenseite Hani aufmarschierten.

Oder was es für ihr Ansehen beim *Hakkikt* bedeuten konnte, wenn die *Mondaufgang* flüchtete.

»Ich habe mich für Sie verbürgt«, sagte Pyanfar, »dort draußen am Rand des Abgrunds.«

»Wir folgen Ihnen, wie ich schon sagte.«

Pyanfar blickte lange in das beschattete Gesicht Tahars, als sie endgültig an das eigene Schiff herangeführt wurden, die Luke aufging und die Besatzungsmitglieder ihre Gurte öffneten. Pyanfar überlegte sich erneut, daß vielleicht aufgenommen wurde, was sie sagten. Sie deutete mit den Augen zur Decke und sah, wie sich Tahars Lider andeutungsweise senkten, die Bestätigung, daß sie ähnliche Gedanken hegte. »Da wäre ein Schiff zu nennen, hinter dem ich besonders her bin«, sagte Pyanfar.

»Sie meinen die *Wachsamkeit*«, sagte Tahar.

»Kein Gegenargument von mir.«

»Huh.« Grelles orangefarbenes Licht strömte von oben herab, als die Leichterluke sich wimmernd öffnete. Pyanfar drehte sich um und griff nach der Leiter, ohne höfliche Worte für die Kif-Besatzung zu finden. Haral kletterte vor ihr her, dorthin, wo der blasse Ring, bei dem es sich um die Luke der *Stolz* handelte, mit den dunklen Klammern des Zugangs verbunden war. Haral riß ein Knäuel kifischen Stoffs aus ihrer Tasche, packte damit den weltraumkalten Hebel und zerrte daran. Die Luke ging auf. Der Druckausgleich erfolgte mit einem Puffen, ein Zug sauberen, kalten Windes. Haral blickte vom oberen Ende der Leiter herab, in weißes Licht getaucht. Pyanfar winkte ihr zu, weiterzuklettern, und zur Hölle mit dem Protokoll. Haral stieg durch die Luke.

Pyanfar folgte ihr, spürte, wie die Leiter zitterte, als jemand eilig nach ihr griff. Sie erreichte die grellweiß beleuchtete Notluftschleuse der *Stolz* und drehte sich um, zusammen mit Haral, um Tirun hereinzuziehen, dann Geran, Tully und Hilfy, schließlich Khym, dessen Arm wieder blutete, obwohl die Kif ihn schnell mit Plasma besprüht hatten. Sie hatte es vergessen, hatte es einfach vergessen; und als sie sich aufrichtete, um nach Khym zu sehen, hörte sie wieder jemanden auf der Leiter und sah einen Schatten zu ihnen heraufklettern.

Sie beugte sich hinab und streckte die Hand aus, als Haral sich nicht dazu bereitfand. Skkukuks dunkle, knochige Finger verschränkten sich mit ihren, und er sprang mit kifischer Behendigkeit in die Schleuse herauf, den Kopf aufgerichtet und die Augen geweitet.

Der Kapitän half ihm mit eigener Hand. Skkukuks Augen glitzerten, und seine Nasenlöcher weiteten sich vor Erregung. Pyanfar empfand Abscheu und war enttäuscht darüber. Die Luke wimmerte zu und schloß sich mit einem dumpfen Schlag, nachdem Haral den entsprechenden Schalter gedrückt hatte. Die Innenluke öffnete sich zum E-Korridor. »Geran«, sagte Pyanfar sofort, »lauf los!«

»Aye!«

Und die kleinere Frau verließ die Schleuse und rannte mit voller Kraft davon. »Schließt ab!« rief Pyanfar der ganzen Besatzung zu und überließ es damit ihnen, sich um die Sicherheit zu kümmern. Dann eilte sie hinter Geran her, hinauf in den oberen Teil des Schiffes – um dort auf der Brücke zu finden, was immer sie dort erwartete. Mochten die Götter ihnen helfen!

Sie hörte die Luke zugehen. Die Lampen leuchteten im Korridor vor ihr auf, als der Monitor die Laufschritte Gerans empfing und ihr damit folgte, daß er überall die Energie hochfuhr.

Die Kabine des E-Lifts war unten, durch den Öffnungsbefehl für die Luke automatisch herabgerufen. Die Aufzugtür öffnete sich sofort, als Geran den Rufknopf drückte. Pyanfar huschte hinter ihr hinein und schloß die Tür sofort, als Geran bereits den Code eingab, der sie nach oben in Fahrt setzte und dann seitwärts, als die Kabine den internen Gleisen zum Hauptaufzugschacht folgte.

Geran schnappte nach Luft. Sie hatte die Ohren flach angelegt, und in den Augenwinkeln war das Weiße zu sehen. Sie stand kurz davor, in Panik zu geraten, und sie blickte nicht in Pyanfars Richtung, starrte nur auf die laufenden Markierungslampen der Aufzugskabine, während diese ihrem Weg nach oben folgte, zu dem Korridor vor der Brücke, sobald sie den Hauptschacht erreicht hatte.

Jetzt war nicht die Zeit für Tröstungen. Und es hätte auch nichts genutzt.

Sie eilten im Laufschritt durch den Hauptkorridor, und ein kleines dunkles Etwas quietschte und schlängelte sich in einen Seitenkorridor davon. Ein weiteres Etwas huschte vor ihnen weg. *Ihr Götter, was ist das?* fragte sich Pyanfar, dachte aber sofort nicht mehr daran, denn sie war ganz von nur einem Gedanken in Anspruch genommen. Ein rascher Blick durch die offene Tür, als sie an Churs geborgter Kabine vorbeikamen, überzeugte sie davon, wo Chur sich nicht aufhielt. Das Bett war leer, die Decken zurückgeschlagen, und die Schläuche baumelten in der Luft. Lampen blitzten an dem Lebenserhaltungssystem und zeigten Fehlfunktionen an. Pyanfar wirbelte herum und lief mit voller Kraft hinter Geran her, stürmte wild auf die Brücke, wo eine dünne, rotbraune Gestalt zusammengesackt in Hilfys Sessel hockte, den Kopf auf das Pult gelegt. Eine Pistole lag neben Churs Schulter. Einer ihrer Arme hing schlaff über die Lehne.

Geran blieb bei ihr stehen, eine Hand auf dem Sessel, und hob Churs Kopf an, benutzte dann beide Hände, um sie im Sessel zurückzulehnen. Churs Unterkiefer hing schlaff herab. Pyanfar half mit, so gut sie konnte, und ihre Hände zitterten dabei.

Churs Ohren zuckten. Der Mund ging zu und die Augen öffnete sich halb, und dann langte sie mit einer heftigen Bewegung nach dem Pult und der Pistole.

Pyanfar hielt sie fest. »Alles in Ordnung, alles in Ordnung«, sagte sie, stützte Chur ab und hob ihr Gesicht so weit an, daß Chur mit ihren wild blickenden Augen registrieren konnte, mit wem sie es zu tun hatte. »Wir sind es.«

»Ihr Götter«, sagte Geran und sank neben dem Sessel auf die Knie. Ihre Ohren waren nach hinten gelegt. Sie zitterte sichtlich, während sie sich an der Lehne festklammerte. »Verdammt, Chur ... Was *machst* du hier?«

Churs Ohren zuckten und kippten in Richtung ihrer Schwester, als sie den Kopf zu ihr umwandte. »Alle herausgekommen?« fragte sie mit der geisterhaften Andeutung einer Stimme.

Der Aufzug trat in Funktion. »Sie kommen herauf«, sagte Pyanfar. »Wir haben leider sogar Skkukuk zurückbekommen.«

»Er war bei euch?« fragte Chur mit belegter Stimme. »Ihr Götter, ich dachte, er liefe auf dem Schiff herum. Habe Dinge gesehen – kleine schwarze Dinger ... Konnte aber niemanden an Bord finden – ihr Götter!« Chur lehnte sich zurück, blinzelte und leckte sich die Lippen. »Die *Wachsamkeit* – ist geflohen, Käpt'n. Ich habe versucht, die Geschütze einzustellen, sie aufzuhalten. Hat aber nicht geklappt. Die

Bewaffnung ist immer noch eingeschaltet ...« Sie deutete schlaff zu Harals Station. »Kam hierher zurück – erinnere mich nicht – verdammte kleine schwarze Dinger in den Korridoren ...«

Pyanfar stand auf und ging zu ihrer Station hinüber. Das Bereitschaftslicht des Waffensystems blitzte rot auf ihrem Pult. Sie stellte das System ab, klappte den Deckel darüber zu und blickte auf, als unten auf dem Korridor die Lifttür aufging und ihre schlecht zusammenpassende Besatzung herbeigeeilt kam, mit Kif und allem. »Sie ist in Ordnung!« schrie sie ihnen entgegen und verletzte damit ihre eigene Kardinalsregel. Und sie ging zurück zu Chur, erkannte erst jetzt, daß Chur völlig nackt war. »Götter«, brummte sie. Keine Decke war in Griffweite, und zwei Männer – nein, drei – kamen auf die Brücke. Aber dann sagte sie sich, daß es keine Rolle spielte. Sie gehörten alle zur Besatzung. Sogar der Kif Skkukuk, wohl oder übel mitgebracht. Tully kam herbeigeeilt, zusammen mit den anderen, und Chur lächelte und tätschelte sein besorgtes Gesicht, dort vor Khym und allen.

»Zurück ins Bett mit dir!« sagte Pyanfar. »Die verdammte Med-Maschine bläst ihre Sicherungen durch.«

»Uhhnnn.« Chur legte eine Hand auf die Sessellehne, um sich aufzustemmen, fiel aber wieder zurück. »Goldzahn«, sagte sie auf einmal benommen. »Goldzahn.«

»Was ist mit ihm?«

»Flog ab, nach der Ehrran – sandte noch diese Nachricht ...«

»Hast du sie?«

Chur deutete auf das Kom-Pult. »Irgendwo da drin. Im Dekoder ...«

Pyanfar machte Anstalten, sie sofort abzurufen, hielt aber inne, eine Hand schon auf dem Pult, als sie sich erinnerte, daß auch Skkukuk anwesend war. Sie drehte sich um und gab ihrer Besatzung einen Wink. »Tirun, an deinen Posten! Ich möchte, daß die Systeme durchgecheckt werden. Schnell! Geran, Hilfy, ihr bringt Chur ins Bett! Haral, Khym,

Tully, bringt Skkukuk in seine Kabine, wascht euch, flickt euch zusammen und kommt so schnell es geht wieder her! Wir haben ein Schiff zu betreiben.«

Haral legte die Ohren schräg. »Du bist schlimmer verletzt als ich.«

Die Metallstückchen stachen Pyanfar bei jeder Bewegung; der größte Teil ihres freiliegenden Fells war mit Blut bedeckt, das aus den kleinen Einstichen der Splitter stammte. Ihr mitgenommener Schädel pochte von so vielen Schlägen, wie er erhalten hatte. Es stimmte wahrscheinlich, daß sie der ernstere Fall war, aber sie sagte: »Los, geht!« Denn da war noch diese Nachricht von Goldzahn im Dekoder. Haral verstand sie auf diese stille Weise, mit der sie beide so oft in denselben Bahnen dachten. Und nachdem sie ihren Protest erhoben hatte, drehte sich Haral um und machte Anstalten, Skkukuk im Vorbeigehen mitzunehmen.

»Ich bin ein hochgeschätzter Verbündeter«, sagte Skkukuk und richtete sich beleidigt auf. »Kapitän, meine Tür soll nicht abgeschlossen werden, meine ...«

»Halt den Mund!« sagte Hilfy, die neben Chur stand. »Mach schon!«

»Sie will mich verletzen«, meinte Skkukuk. »Kkkt. Kkkt. Kapitän ...« Er wich aus, als Khym nach seinem Arm griff. »Sie haben mir die Waffen weggenommen! Ich warne Sie vor ihren Absichten ...«

»Weg mit dir!« fuhr ihn Pyanfar an. Skkukuk zuckte zusammen und zog den Kopf ein, und Haral gab ihm wieder einen Wink. *Ich hätte ihn nicht anschreien dürfen,* dachte Pyanfar. *Ich hätte ihn nicht anschreien dürfen; der Bursche hat mir klar und eindeutig das Leben gerettet.*

Aber er ist ein Kif.

Sie führten ihn hinaus und durch den Korridor, Haral, Tully und Khym gemeinsam. Und Hilfy und Geran drehten Churs Sessel herum, beugten sich herab und hoben Chur mit äußerster Sorgfalt hoch. »Ich kann gehen«, behauptete Chur. »Ich kann gehen, ich bin nur müde ...« Aber sie hoben sie einfach von den Füßen und trugen sie weg, von der

Brücke und durch den Korridor. Chur murmelte unablässig Proteste, erkannte erst jetzt und obendrein lautstark, daß sie ihre Hose vergessen hatte.

Pyanfar sank in den freigewordenen Sessel und schaltete den Kom auf Wiedergabe. Nichts meldete sich. Frustration wallte in ihr auf über die ständigen Änderungen in den Systemen. Jedesmal, wenn sie hinsahen, hatten sie es mit einem neuen Spielzeug zu tun. »Verdammt, wie lautet der Zugriff zum Dekoder?«

»Das ist CVA12«, meldete Tirun von Harals Sitz. »Auf deine Eins, ich habe es, ich bekomme es.«

Es lief.

»Verflucht, es ist in Mahensi!« Sie gab es erneut ein und schickte es durch den Translator.

»Die Lage verschlechtert sich«, ertönte die leiernde Stimme des Translators. »Ich teile Ihnen mit, daß der Treffpunkt das Ziel der Menschen ist. Und meines. Ich muß mit einem gewissen Stle stles stlen reden. Vielleicht ein Abkommen treffen. Ehrran fliegt ab; ich tue es ebenfalls, bleibe in ihrer Gesellschaft. Verlassen Sie Dock Nummer eins schnell, alle beide! Habe einen kleinen Aufruhr inszeniert!«

»Zur Hölle mit ihm!«

»Die besten Chance, die ich Ihnen verschaffen kann.«

»In seine eigene Hölle mit ihm! Weißt du eigentlich, was du getan hast, du eingebildeter Bastard, weißt du, in welcher Lage du deinen Partner zurückgelassen hast?«

Die Nachricht war zu Ende. Pyanfar schaltete mit zitternder Hand ab. Saß mit geballten Fäusten da, bis sich die schwarzen Ränder aus ihrem Blickfeld zurückzogen. Dann schaltete sie vorsichtig einen weiteren Anruf durch: »*Aja, Jin,* hier ist Pyanfar Chanur. Melden Sie sich!«

Kein chiffriertes Programm. Die Kif in der Reihe der Schiffe, die Kif im Stationskommando, sie alle überwachten zweifellos sogar die sogenannte abgeschirmte Verbindung. Alles. Es wäre nicht klug gewesen, zu diesem Zeitpunkt in zu enger Verbindung mit der *Aja Jin* zu stehen oder geheim mit ihr zu sprechen.

»Kapitän, hier sprechen Soje Kesurinan. Sollen Aja Jin *Sie unterstützen? Haben Sie Nachrichten?«*

»Schlechte Nachrichten, Kesurinan. Ihr Kapitän ist festgenommen worden. Er und seine Begleiter sind in Verwahrung des *Hakkikt.* Ich denke, daß Ihr Personal freigegeben wird. Über Ihren Kapitän gibt es leider keine entsprechende Nachricht. Der *Hakkikt* ...« Formuliere es neutral und zweideutig, gib Kesurinan Hinweise zur Situation, so weit sie zwischen den Zeilen lesen kann. »... der *Hakkikt* möchte gewissermaßen das Wohlverhalten der *Aja Jin* sicherstellen, nachdem die *Mahijiru* durchgebrannt ist. Und obendrein will er die Angelegenheit diskutieren. Haben Sie diesbezüglich irgendwelche Neuigkeiten erhalten?«

»Sie springen«, sagte Kesurinan einen Moment später. *»Bestätigen. Haben Sie Informationen über Status von Kapitän?«*

»Nur daß der *Hakkikt,* Ehre sei ihm, mit ihm sprechen wollte. Allein. Als ich ging, befand er sich bei guter Gesundheit.«

Ehre sei ihm. *Wir werden ausgespäht, Kesurinan, denken Sie daran. Wir stecken wirklich in Schwierigkeiten. Bedrängen Sie mich nicht mit Fragen!*

Eine lange Pause trat am anderen Ende ein. *»Sie haben Vorschlag, Kapitän?«*

»Ich möchte Ihnen nahelegen, daß es sicherlich helfen würde, wenn Sie eine gute Erklärung hätten, was die *Mahijiru* mit Ehrran vorhat.«

»Ich verstehen«, sagte Kesurinan. Ihre Anspannung war durch den Akzent und die Verzerrungen des Koms hindurch zu hören. *»Ich machen Nummer eins schnell.«*

»Wenn Sie etwas herausfinden, teilen Sie es uns so schnell wie möglich mit! Ich halte die Lage, in der sich Ihr Kapitän befindet, für extrem heikel. Ich glaube nicht, daß er weiß, was der *Hakkikt,* Ehre sei ihm, von ihm will. Wenn Sie ihm dazu verhelfen könnten, dann wäre es vielleicht hilfreich. Verstanden? Wir werden ebenfalls nutzen, was wir an Einfluß haben.«

Eine zweite lange Pause. *»Ja, verstehen. Danke, Chanur-Kapitän. Danke, daß Sie haben angerufen.«*

»Es tut mir leid«, sagte Pyanfar aus ganzem Herzen und unterbrach die Verbindung. Stützte den pochenden Kopf auf die Hände und zuckte hilflos zusammen, als sie dabei eine der vielen Beulen am Kopf berührte. Sie blutete. Sie spürte die Feuchtigkeit und betrachtete den Fleck auf dem Fell zwischen den Ballen. Sie fing an zu zittern. »Ich gehe mich waschen«, sagte sie zu Tirun. »Kannst du eine Zeitlang weitermachen?«

»Aye«, sagte Tirun, ohne sich umzudrehen. Auf den Pulten gingen die raschen Checks weiter, die Suche nach heimlichen äußeren Schäden, die, wenn schon nicht die Kif, die Ehrran ihnen vielleicht zugefügt hatte.

Oder die *Mahijiru,* aber Pyanfar konnte nicht an die Fahnenflucht der *Mahijiru* glauben. Konnte nicht glauben, daß Goldzahn sich gegen sie gewendet hatte.

Aber es ging um Politik. Wie die Politik des *Han,* wie der Kampf um die Macht, die es ihr, Pyanfar, und Ehrran möglich machte, einig zu sein. In diesem Fall ging es um zwei Partner, deren Meinung kraß auseinandergingen über die Frage, wie mit den Kif umzugehen war – Jik, der einen Kompromiß suchte, und Goldzahn, der irgendein anderes Spiel spielte, in das auch die Knnn verwickelt waren; ein Spiel, in dem die Risiken vielleicht zu hoch waren, undenkbar hoch, so daß es nicht mehr möglich war, Freundschaft irgendwo in diese Gleichung einzubringen.

Die Angelegenheiten von Herrschern, von Persönlichkeiten. Hani hatten nie ein göttliches Recht toleriert, außer dem Recht der Clans, über ihre eigenen Angelegenheiten zu entscheiden, oder die Rechte von Clangruppen, ein Territorium zu besitzen; und, bei den Göttern, Hani beugten nie ein Knie vor jemandem, außer vor Verwandten und dem Haus-Lord.

Ehre sei ihm! Ehre einem Piratenprinzen, der ihre Freunde quälte und innerlich lachte, wenn eine Hani ihm höflich kommen mußte.

Ich würde ihm jedes erdenkliche schöne Wort widmen, um Jiks Leben zu retten. Und ich werde ihm bei den Göttern noch etwas anderes widmen, sobald ich die Chance dazu erhalte.

Wahrscheinlich weiß er das auch.

Er wollte mich schon, bevor er die Mahendo'sat wollte. Bot mir damals auf dem Treffpunkt schon eine Allianz an. Er konnte den Mahendo'sat nicht trauen. Er wußte das. Er wußte auch, wie man eine Hani einfängt; er weiß zu würdigen, was Chanur sein und tun könnte – so wie es auch der Han *weiß. O ja, der* Han *will unsere Felle an die Wand nageln! Der* Han *hat es schon gesehen, bevor es die Kif taten ... wozu wir fähig sind, seit wir Akkukkak besiegten und mit den Menschen Kontakt aufgenommen hatten. Sie sahen es kommen ... falls wir ehrgeizig waren. Und sie dachten, daß wir es sind. Und sie haben uns dazu getrieben.*

Sie ging von der Brücke und blieb für einen Moment an der Tür von Churs Raum stehen, wo Hilfy und Geran Chur wieder ins Bett gelegt hatten.

»Verdammte Nadeln«, sagte Chur zu ihr.

»Sicher. Wenn du dich noch einmal davon losreißt, werde ich ein Wörtchen mit dir wechseln.«

»Goldzahns Nachricht?«

»Mehrdeutig wie immer.« Sie bemerkte die Blicke, die Hilfy und Geran ihr zuwarfen. »Ich weiß nicht, was er vorhat.« Sie hatten Chur sicher nichts von Jik und seinen Gefährten erzählt, hatten ihr sicher nicht mehr schlechte Nachrichten zugesteckt, als unvermeidlich war. »Bleib liegen, ja?«

»*Wohin fliegt er?*«

»Er denkt, daß er zum Treffpunkt fliegt. Und das tut auch sonst jeder, den wir kennen. Dort wird eine große Party stattfinden.«

»Mit uns?«

»O ja, darauf kannst du wetten, Kusine! Wir werden dort sein.«

Chur blinzelte und drehte den Kopf zur Seite, wo Geran Schläuche an ihrem Ellbogen befestigte. »Der Käpt'n sagt nicht alles, wie?«

Geran schürzte die Lippen, antwortete aber nicht auf die Frage.

»Eine Verschwörung«, murmelte Chur. Und sie schloß erschöpft die Augen.

»Sie hat gute Arbeit geleistet«, sagte Pyanfar in der Überlegung, daß Chur sie hörte.

»Ja«, sagte Geran.

Pyanfar blieb noch einen Moment und betrachtete die drei forschend, Chur, Geran und Hilfy. Keine von ihnen war noch die, die sie vorher gewesen war, außer Chur, außer vielleicht Chur. Gerans Bewegungen waren ruhig, ökonomisch, zart. Ihr Verhalten brachte eine ironische Fröhlichkeit zum Ausdruck, und es war eine Maske. Chur spürte es sicherlich, wußte von der mörderischen Wut, die darunter brannte, in Geran mit dem Messer, in Geran der Schweigsamen. Geran, die heutigentags mit dem Mund lächelte, aber nicht mehr mit den Augen. Und Hilfy. Hilfy hatte sich in eine Peitschenschnur verwandelt, hatte ein leicht auszulösendes Temperament entwickelt. Es war nicht mehr die kleine Hilfy; nein, sie war überhaupt nicht mehr jung. Feingeschliffen war sie, und wenn sie ruhig war, konnte man stets ein Schattenspiel hinter ihren Augen beobachten, wo sich Dinge bewegten, über die Hilfy Chanur nicht redete. Es handelte sich um Natriumfeuer und Dunkelheit, und kein Bad konnte mehr den Ammoniakgestank und das Blut entfernen.

Aber Hilfy hatte dort dabeigesessen und ihr zugehört, wie sie auf dem schmalen Pfad gegangen war mit diesem Kif, so wie auch Geran dort gesessen hatte, verzehrt von Sorge um ihre Schwester, ohne es ein einziges Mal zu verraten; und Tirun hatte ihren Job bis an die Grenze getan, wie Haral, beide immer dort, wo sie gebraucht wurden.

Und Seite an Seite hatten auch in dieser dunklen Ratshalle gesessen: Tully, der den Kif ruhige Antworten gab; und Khym, dessen Selbstbeherrschung niemals versagt hatte – zwei Männer, die ihren Zorn in sich zurückgehalten und auf die Befehle ihres Kapitäns gewartet hatten. Besatzungsmitglieder. Wie die anderen auch. Die besten. Von der *Stolz.* Etwas, was die Kif nie besitzen würden.

»Huh«, sagte Pyanfar, faßte damit alles zusammen und ging hinaus und den Korridor hinunter.

Der Zyklus wird abgeschlossen mit

DIE HEIMKEHR DER CHANUR
(06/4402)

ANMERKUNG DER AUTORIN

Leser haben mir Fragen zum Aufbau dieser Buchreihe gestellt. Ja, es stimmt, DAS SCHIFF DER CHANUR ist eine eigenständige Geschichte, und ja, es stimmt auch: sie steht im Zusammenhang mit DAS UNTERNEHMEN DER CHANUR, DIE KIF SCHLAGEN ZURÜCK und CHANURS HEIMKEHR, aber nicht so eng, wie die drei letztgenannten Titel miteinander verbunden sind. Und sie alle gehören in das Universum der Allianz und der Union aus PELLS STERN, DIE STERBENDEN SONNEN und anderen. Der Raum des Paktes liegt auf der der Allianz und der Union gegenüberliegenden Seite von Sol, und die Ereignisse dieses Zyklus finden nach denen von PELLS STERN und KAUFFAHRERS GLÜCK statt und parallel zu denen von 40000 IN GEHENNA.

Die Unterteilung in UNTERNEHMEN, KIF und HEIMKEHR stammt von mir. Dasselbe Massenvertriebssystem, das Ihnen Bücher so schnell liefert, bringt unglücklicherweise auch Überlegungen bezüglich des Umfangs und des Lagerraums von Geschäften und Großhändlern mit sich, und dieser Tatbestand hat Auswirkungen auf den Schriftsteller: Falls Sie als Leser sich je gefragt haben, warum das moderne Verlagswesen so viele Trilogien hervorbringt, dann erlauben Sie mir, Ihnen zu erklären, daß darüber mehr Gründe bestehen, als vielleicht auf den ersten Blick ins Auge fallen, und viele davon haben nichts mit den Wünschen von Autor oder Verlag zu tun oder damit, was für die Geschichte am besten ist. Die unglückliche Tatsache ist die: Sobald ein Autor die Idee zu einer wirklich langen und komplexen Geschichte hat, sagt ihm sein professionelles Verständnis des Verlegens, daß das Buch Vertriebsprobleme bekommen wird, wenn er es nicht unterteilt. Aber warum in drei Teile und nicht in zwei? Weil, lieber Leser, ein Buch einen Anfang, einen Mittelteil und ein Ende hat, und obwohl der Mittelteil der meisten Geschichten sich einer Unterteillung widersetzt, ist es fast immer mit Hilfe einiger Änderungen im Ablauf der Ereignisse möglich, irgendeine Erzählung in drei Abschnitte zu gliedern.

Aber was muß der Autor dann mit seiner langen Geschichte tun? Nun, er muß natürlich seine Idee ändern, die Struktur der Handlung in drei Stadien aufspalten, ob das nun paßt oder nicht, und einfach zwei zusätzliche Enden hineinzwingen, die zu sauberen stimmungsvollen Abschlußstellen führen, damit die Erzählung in drei getrennten Bänden auf den Markt gebracht werden kann. Und wenn eine Geschichte darunter leidet, wenn sie dadurch in sich weniger geschlossen ist, und wenn die Ereignisse eine andere Wendung nehmen müssen, als es sich der Autor ursprünglich ausgedacht hat, nun, so sind das Opfer, die ein Autor dem Markt bringen muß.

Oder er kann einfach völlig darauf verzichten, lange und komplexe Geschichten zu entwerfen, kann statt dessen drei kürzere Bücher schreiben und damit genausogut leben, als hätte er eine Trilogie geschrieben, und dreimal besser, als hätte er ein dickes Buch geschrieben, das im Vertrieb scheiterte.

Also müssen sich die Leser mit Erzählungen begnügen, die in ihrem Verlauf künstliche Endpunkte enthalten. Oder mit kürzeren und vollständigen Romanen. Jede dieser Entscheidungen beeinflußt die Qualität von Erzählungen auf dem Gebiet der Science Fiction und bedeutet an sich schon, daß die Science Fiction keine Werke solcher Komplexität mehr hervorbringt, wie sie die ihr eigene weltenbauende Natur eigentlich logischerweise erfordert. Daher das Umsichgreifen von Trilogien, Quasi-Serien und aller Art von Strukturen, die sich herausgebildet haben, um eine breitere Entfaltung einer literarischen Welt zu ermöglichen – die aber unvermeidlicherweise auch die intellektuelle Breite verdecken und die literarische Qualität dessen beeinflussen, was ein Autor hervorbringt.

Der Verlag DAW Books hat mir eine in diesem Geschäft sehr ungewöhnliche und riskante Freiheit gewährt und mir ermöglicht, die Geschichte weitestgehend so zu erzählen, wie sie erzählt werden *sollte,* ohne darauf zu bestehen, daß jeder Teil zu einem kompletten Abschluß kommt. Die einzige Konzession an die getrennten Bände, die ich gemacht habe, liegt in den Anfängen, und ich habe *nirgendwo* den Gang der Ereignisse umgeändert, um dem Trilogienspiel zu genügen. Mein Dank gilt dem Verlag, der sich stets bereit gezeigt hat, in diesem Geschäft Risiken einzugehen zugunsten des Autors und des Interesses, dem Leser Erzählungen zugänglich zu machen, die er sonst wohl nie in ihrer wahren Form zu Gesicht bekommen hätte.

C. J. Cherryh,
Edmond, Oklahoma,
September 1985